the host

호스트

보이지 않는 적 *the host 1*

스테프니 메이어 장편소설
홍성영 옮김

랜덤하우스

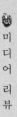
"메이어의 책을 한 번도 보지 못한 독자들에게 《호스트》를 읽어보라고 권하고 싶다. 당신은 분명히 작품 속 환상적인 이야기와 캐릭터들에 설득당하고 반하게 될 것이다."

– 타임

"인간의 뇌에 기생하는 외계인들이라는 SF적인 탄탄한 설정과 함께 스테프니 메이어는 자신만의 장기인 로맨틱한 삼각, 혹은 사각관계를 그려낸다. 매력적이고 놀라운 작품."

–퍼블리셔스 위클리

"뱀파이어에 이어 메이어는 같은 몸 안에 존재하는 두 개의 영혼이라는 주제를 선택했다. 《트와일라잇》으로 전 세계 10대 팬들을 매료시킨 그녀는 이 첫 성인 소설로 자신의 팬을 부동의 성인 독자층까지 늘려나갔다. 역시 스테프니 메이어."

–라이브러리 저널

"환상적이고, 독창적이며, 사려 깊고, 힘이 있는 소설이다. 이 두꺼운 소설을 손에서 놓을 타이밍을 당최 잡을 수 없다는 것만으로도 작품의 힘을 실감할 수 있을 것이다. 《호스트》는 스티븐 킹과 아이작 아시모프의 독특한 혼합이라 할 만하다."

–리들리 피어슨(작가)

"스테프니 메이어라는 작가의 탄생은 놀라운 기현상이다. 그녀는 등장인물의 고통과 슬픔, 또 사랑과 희망을 통해 이야기 속에서 빛과 어둠의 모호한 경계를 절묘하게 표현해낸다."

–오슨 스콧 카드(작가, 평론가)

"《호스트》는 메이어의 또 다른 시리즈와는 차별되는 아름답고도 깊이 있는 이야기이다. 강렬하고, 흥미로우며, 드라마틱하고, 가슴이 설렌다."

–아마존 닷컴

"《호스트》는 꼼꼼한 설정과 이야기 구성, 그리고 흥미로운 주제와 매력적인 캐릭터들로 이루어진 성공적인 소설이다. 엔터테인먼트 소설 중 올해 최고로 꼽을 만하다."

–북리포터

"독창적인 설정과 재능 있는 글 솜씨가 빚어낸 SF와 로맨스의 멋진 혼합물이다. 수백 페이지가 넘는 양에도 불구하고 독자들은 페이지마다 가슴이 먹먹한 감동을 받을 것이다."

–커커스 리뷰

"〈엑스파일〉이 〈우리들의 하루〉(Days of our lives)를 만났다. 메이어의 스토리와 캐릭터는 SF 팬과 로맨스 소설의 팬 모두를 만족시키기에 충분하다."

–USA 투데이

"기발하고 환상적인 설정…. 이제껏 보지 못한 지구 위에서 펼쳐지는 새로운 사랑과 모험 이야기는 독자들을 허구의 세계 속에서 길을 잃게 만든다."

–피츠버그 포스트

"스테프니 메이어는 이 작품에서 장르의 형식에 얽매이기보다는 창의적이고 자유롭게 이야기를 풀어나간다. 작가의 긍정적이고 희망적인 주제의식은 그녀의 첫 성인 소설인 이 작품에서도 여전히 발휘된다."

–엔터테인먼트 위클리

차
례

질문

소중한 내 집과
내 말과 내 사냥개
너희들이 쓰러지면
나는 어떻게 할까

나는 어디에서 잠을 잘까
어떻게 말을 달릴까
어떻게 사냥을 할까

말도 타지 못한 채
다급하고 재빠르게
어디에 갈 수 있을까
짙은 안개 낀 눈앞에
위험이 있을지 보물이 있을지
어떻게 알 수 있을까
내 소중하고 충직하고
영리한 개가 죽었을 때

지붕도 문도 없이
불어오는 바람을 맞으며
하늘에 누워 있는 건
어떤 느낌일까

구름이 움직이기라도 하면
어떻게 몸을 숨길까?

-메이 스웬슨

삽입되다

치료사의 이름은 포즈 딥 워터즈였다.

인간의 몸 안으로 들어온 소울인 그는 천성적으로 선한 존재였다. 사랑과 동정심은 물론이고 정직함과 고결함, 그리고 인내심까지 두루 갖추고 있었다. 하지만 불안은 그에게 낯선 감정이었다.

짜증을 느끼는 경우는 더 드물었다. 그러나 어차피 인간의 몸 안에서 살아가는 존재로서, 짜증이라는 감정을 완전히 피해갈 수는 없었다.

치료를 배우는 학생들이 속삭이는 소리가 수술실 구석에서 들려왔다. 포즈 딥 워터즈는 지그시 입술을 깨물었다. 익숙한 미소 대신 짜증이 드러난 그의 입술은 매우 어색해 보였다.

조수 대런은 그의 찡그린 얼굴을 보고 어깨를 가볍게 두드려 주었다.

"포즈, 그들은 호기심이 강한 것뿐입니다." 대런이 나직하게 말했다.

"소울을 인간의 몸 안으로 삽입시키는 과정은 특별하거나 어려운 게 아니야. 응급상황이 닥치면 소울이라면 누구든지 그 과정을 수행할 수 있어.

지금 이 삽입 과정을 지켜본다고 해서 새롭게 배울 건 아무것도 없네." 포즈는 평소 부드럽던 자신의 목소리에 날이 서 있는 것을 느끼며 내심 놀랐다.

"이 학생들은 성인(成人)을 한 번도 본 적이 없습니다." 대런이 말했다.

포즈는 한쪽 눈썹을 치켜 올렸다. "서로의 얼굴도 보지 못했나? 거울도 없는 거야?"

"그러니까… 아직 소울이 삽입되지 않은 거친 인간들을 말하는 겁니다. 반란자들 말입니다."

포즈는 수술대에 엎드려 누워 있는 무의식 상태의 소녀를 내려다보았다. 수색꾼들이 그녀를 치료 센터로 데려왔을 때를 떠올리자 연민이 느껴졌다. 그녀는 극심한 고통을 겪은 상태였다.

물론 지금은 완전히 치료되어 완벽한 상태였다. 포즈가 보기에는 분명 그랬다.

"이제 그녀는 우리와 똑같아 보여." 포즈가 대런에게 중얼거렸다. "우리는 모두 인간의 얼굴을 갖고 있으니까 말야. 그녀도 잠에서 깨어나면 우리 일원이 되겠지."

"학생들에겐 흥미진진할 겁니다. 그것 때문에 모여 있는 것이고요."

"그래, 단순히 인간 호스트 몸에서 본래 영혼을 제거하는 과정을 보러 온 건 아닐 테지. 오늘 우리가 이식할 소울은 상상할 수 없을 만큼 대단한 존재라네. 반란자의 몸에 들어가게 되면 그녀가 할 일이 무척이나 많아질 거야. 그녀에게 이 과정을 시행하는 건 왠지 옳지 못하다는 생각이 드는군."

이 과정이란 단순한 삽입 과정을 말하는 것이 아니었다. 포즈는 자신의 목소리에 다시 날카로운 날이 서는 걸 느낄 수 있었다.

대런은 그의 어깨를 가볍게 두드렸다. "괜찮을 겁니다. 수색자는 정보가 필요할 것이고…."

수색자라는 말이 나오자마자 포즈는 대런을 날카롭게 노려보았다. 대런은 깜짝 놀란 듯 두 눈을 깜박거렸다.

"미안하네." 포즈는 곧장 그에게 사과했다. "다른 뜻이 있었던 건 아니었어. 수색자라는 말만 들어도 두려움이 느껴지는군."

그는 테이블 옆에 놓인 저온 탱크로 시선을 옮겼다. 작동 중임을 가리키는 탁한 붉은색 불빛이 켜져 있었고, 동면 상태라는 표시가 나타나 있었다.

"이 소울은 임무를 위해 특별히 선택된 겁니다." 대런이 부드러운 목소리로 말했다. "그녀는 대부분의 소울들과는 달리 용감하지요. 그녀가 살아온 과정을 보면 알 수 있습니다. 그녀에게 직접 물어봤더라도 아마 자발적으로 나섰을 겁니다."

"대의를 위한 것이라면 우리 가운데 어느 누가 자발적으로 나서지 않겠는가?" 치료사가 말했다. "하지만 이번 경우는 정말 대의를 위한 것일까? 이일로 대의를 얻을 수 있을까? 문제는 그녀가 자발적으로 나서는 것이 아니라, 어떤 소울에게든 이런 짐을 지우는 것이 옳은 거냐는 거야."

치료를 배우는 학생들 역시 동면 상태의 소울에 대해 이야기를 나누고 있었다. 포즈는 그들이 속삭이는 소리를 분명히 들을 수 있었다. 그들의 목소리는 흥분으로 점점 더 커졌다.

"그녀는 여섯 행성에서 살았대."

"난 일곱 행성이라고 들었는데."

"똑같은 호스트 종족으로 두 번 살았던 적도 없대."

"그게 가능할까?"

"거의 모든 종족으로 살았던 경험이 있다더군. 꽃, 뱀, 거미…."

"해초랑 박쥐도!"

"심지어 용으로 살았던 적도 있대."

"믿을 수가 없어. 어떻게 일곱 행성에서 살 수 있었을까?"

"적게 잡아도 일곱 행성이래. 오리진(Origin) 행성에서 처음 시작했고,"

"정말? 오리진 행성에서?"

"모두 조용하세요!" 포즈가 학생들의 이야기를 가로막았다. "전문적인 자세로 조용하게 관찰할 수 없다면, 난 여러분들에게 나가달라고 요구할 수밖에 없습니다."

여섯 학생은 겸연쩍어하며 입을 다물었고 곧 흩어졌다.

"자, 이제 시작하지, 대런."

모든 준비를 마쳤다. 필요한 의약품들이 인간 소녀 옆에 가지런히 놓여져 있었다. 짙은 갈색의 긴 머리는 수술용 모자에 숨겨져 있었고 가늘고 긴 목만이 드러난 상태였다. 그녀는 깊이 잠든 채 천천히 숨을 들이쉬고 내쉬기를 반복하고 있었다. 햇볕에 그을린 피부 어디에서도 불행한 사고의 흔적은 찾아볼 수 없었다.

"해동 과정부터 시작해, 대런."

회색 머리칼의 조수 대런은 다이얼에 손을 올린 채 이미 저온 탱크 옆에서 기다리고 있었다. 그는 안전장치를 풀고 다이얼을 돌렸다. 작은 회색 실린더 위에 있는 빨간색 불빛의 색깔이 바뀌면서 초 단위보다 더 빠른 속도로 깜빡거리기 시작했다.

포즈는 의식이 없는 소녀의 몸에 온 신경을 집중하고 있었다. 그는 소녀의 두개골 아랫부분 살갗에 메스를 대고 신중하고 정확하게 움직였다. 그리고 흘러나오는 피를 막아주는 약을 바른 다음 메스로 두개골 아랫부분을 가르기 시작했다. 그는 목 근육에 손상을 주지 않은 채 그 아랫부분을 조심스럽게 다루며, 척추 맨 윗부분에 있는 뼈를 드러나게 했다.

"소울은 준비되었습니다, 포즈." 대런이 그에게 알려주었다.

"나도 준비되었으니 시작하기로 하지."

포즈는 대런이 옆에 와 있는 것을 느꼈다. 두 사람은 몇 년째 함께 일해온 터라 그는 대런을 보지 않고서도 준비가 완료되었음을 알 수 있었다. 그는 두개골 아랫부분의 벌어진 틈을 그대로 유지한 채 곧 한 손을 대런에게 뻗었다.

"그녀를 몸 안으로 넣어." 그가 낮은 목소리로 속삭였다.

대런의 손이 시야에 들어왔고, 동그랗게 만 그의 손 안에서 은색으로 빛나며 서서히 깨어나고 있는 소울이 보였다.

소울의 본래 모습을 볼 때마다, 포즈는 그 아름다움에 감탄하곤 했다. 은색 소울은 밝게 빛나고 있었다. 수술실 안에 비쳐 들어오는 빛보다, 손에 든 은색 메스보다 더 밝게 빛났다. 마치 살아 있는 리본처럼, 그녀는 몸을 비틀면서 저온 탱크에서 행복하게 벗어났다. 천여 개에 달하는 얇은 깃털 같은 부착물이 창백한 은색 털처럼 부드럽게 움직였다. 그 모습은 항상 아름다웠지만, 포즈 딥 워터즈가 보기에 이번 것은 특히나 더 우아했다.

그런 반응을 보인 것은 포즈뿐만이 아니었다. 대런이 부드럽게 탄성을 내뱉는 소리와 학생들이 감탄하며 중얼거리는 소리가 들렸다.

대런은 포즈가 절개한 인간의 목 아랫부분 틈 사이로 작고 반짝이는 이 생명체를 집어넣었다. 소울은 틈 사이로 미끄러지면서 낯선 인체 안으로 들어갔다. 포즈는 그녀가 새로운 호스트에 들어가는 과정을 보며 감탄했다. 그녀의 부착물은 자연스럽게 신경 축 안으로 밀착되어 감겨 들어갔고, 그가 볼 수 없는 더 깊은 지점인 뇌와 시신경과 귀 안으로 부드럽게 들어갈 터였다. 그녀는 재빠르고 정확하게 움직였다. 얼마 지나지 않아, 반짝이는 몸의 일부분만을 남긴 채 그녀의 모습은 거의 다 사라졌다.

"잘했어." 포즈는 그녀가 자신의 말을 들을 수 없다는 걸 알면서도 중얼거렸다. 인간 소녀 또한 귀가 있었지만 아직도 곤한 잠에 빠진 탓에 그의 말을 들을 수 없을 것이다.

그 과정을 끝내는 것은 쉽고 일상적인 일이었다. 그는 상처자국을 깨끗이 닦아 치료하고, 소울이 들어간 자국을 봉합해 주는 연고를 발랐다. 그리고 목에 남은 메스 자국에 상처를 완화해 주는 가루도 뿌렸다.

"늘 그렇듯이 이번에도 완벽하군요." 조수 대런이 말했다. 그는 인간 호스트의 이름이었던 대런이라는 이름을 그대로 사용했는데, 포즈는 그 이유를 알 수 없었다.

포즈는 한숨을 내쉬었다. "오늘 한 일이 후회스러워."

"당신은 치료사로서 임무를 수행하고 있는 것뿐입니다."

"치료 과정에서 이런 죄책감을 느끼는 건 드문 경우야."

대런은 작업장을 청소하기 시작했다. 어떻게 대답해야 할지 알 수 없었다. 포즈는 자신의 소명을 다하고 있었고, 대런에게는 그것으로 충분했다.

그러나 뼛속까지 진정한 치료사인 포즈 딥 워터즈에게는 그것으로 충분하지 않았다. 그는 평화롭게 잠든 인간 소녀의 몸을 걱정스럽게 바라보았고, 그녀가 깨어나자마자 평화는 사라질 거라는 사실을 잘 알고 있었다. 그가 방금 이 소녀의 몸 안에 삽입한 순수한 소울에 의해 인간은 두려움에 떨며 깨어날 것이다.

그는 소녀의 몸 속에 들어간 소울이 자신의 목소리를 들을 수 있기를 간절히 바라며 고개를 숙인 채 속삭였다.

"인간의 몸 안을 떠돌고 있을 소울이여, 행운이 함께하기를."

1

기억하다

그것은 생명이 끝날 때 시작된다는 것을 나는 이미 알고 있었다. 지금 이 눈에게는 생명이 끝나는 것이 죽음처럼 보일 것이다. 그랬다. 나는 예전부터 이것을 알고 있었다.

이제 '이 눈'이 아니라 '내 눈'이다. 이제 순수한 내 눈이다.

그리고 언어…. 내가 인지하는 이 언어는 매우 낯설게 느껴졌지만 의미는 모두 파악할 수 있었다. 일관성 없고, 모호하고, 길게 이어지는 이 언어는 예전에 사용했던 여러 행성의 언어들과 비교하면 믿을 수 없을 정도로 능력이 떨어졌지만 유동성과 표현력은 그럭저럭 괜찮았다. 그리고 가끔은 아름답게 느껴지기도 했다.

나는 본능적으로 호스트의 뇌로 향했고 호흡과 반사작용을 그대로 따르다가 마침내 더 이상 분리되지 않는 하나의 존재가 되었다. 이제 호스트가 아닌 내 자신이었다.

다른 누군가의 몸이 아니라 이제 내 몸이 된 것이다.

진정작용이 서서히 사라지고 정신이 되돌아오는 느낌이 들었다. 나는 첫 번째 기억을 떠올리기 위해 온 힘을 쏟았다. 첫 번째 기억이란 실제로는 마지막 기억일 것이다. 이 몸이 경험했던 마지막 기억. 나는 지금 일어날 상황에 대해 이미 인지하고 있었다. 인간이 느끼는 감정은 내가 겪어온 다른 생명체들보다 훨씬 더 생생하고 강렬할 것이다. 인간에 대해 미리 연구한 결과였다.

드디어 첫 번째 기억과 맞닥뜨렸다. 이미 알고 있었던 것처럼, 역시 그 감정은 준비할 수 있는 것이 아니었다.

선명한 색깔, 그리고 귀를 울리는 소리…. 피부가 차가워지고 몸에는 견딜 수 없는 통증이 몰려왔다. 입 안에 금속을 물고 있는 것 같은 느낌도 들었다. 예전에는 가질 수 없었던 제5의 감각도 느껴졌다. 공기 속 미립자를 몸 안으로 빨아들여 밖으로부터의 메시지를 뇌 속에 전달하는 감정, 바로 후각이었다. 코로 느껴지는 냄새라는 것 때문에 머리가 어지럽고 혼란스러웠지만 내 호스트는 그렇지 않은 것 같았다. 그녀의 머릿속에는 오로지 두려운 기억밖에 없었기 때문이다.

두려움에 사로잡혀 다른 감정은 거의 마비된 상태였다. 팔다리를 서툴게 뻗어보았지만 오히려 방해만 될 뿐이었다. 그녀가 할 수 있는 것은 힘껏 달려 도망치는 것뿐이었다.

끝났어.

내 호스트의 기억은 놀라울 정도로 강하고 선명했기 때문에 도저히 통제할 수 없었다. 이 위험이 단지 기억에 지나지 않고, 내가 주인공이 아니라는 사실조차 구분할 수 없을 지경이었다. 그녀는 생의 마지막 순간, 두려움에 떨며 끔찍한 나락 속으로 떨어졌다. 그렇게 나, 그리고 그녀, 우리는 함께 달렸다.

주위가 너무 컴컴하다. 아무것도 보이지 않는다. 바닥도 보이지 않고, 손을 앞으로 뻗어도 보이지 않는다. 어둠 속에서 그들이 쫓아오고 있는데 그 소리조차 들을 수 없다. 내 맥박 소리 때문에 다른 소리는 전혀 들리지 않는다.

날씨가 차갑다…. 아니, 추운 건 상관없는데 고통이 심하다. 몸이 너무 차갑다.

그녀의 코로 느껴지는 공기는 불쾌했다. 아주 나쁜 냄새였다. 그 냄새의 강렬함 때문에 나는 잠시 동안이나마 그녀의 기억으로부터 자유로울 수 있었다. 그러나 그 순간은 잠시였고, 나는 다시 그녀의 기억 속으로 끌려들어갔다. 내 눈에는 금세 두려움의 눈물이 가득 찼다.

길을 잃어버렸어. 이제 다 끝났어.

그들이 나를 뒤쫓는 소리가 들린다. 수많은 발자국 소리들…. 나는 혼자일 뿐인데… 결국 그들에게 당하고 말았다.

수색자들이 소리 높여 외치고 있다. 그들의 목소리가 내 몸 안에서 뒤틀리고, 속이 울렁거리기 시작한다.

"괜찮아, 괜찮아." 어느 수색자가 나를 진정시키기 위해 거짓말을 하고 있다. 숨을 몰아쉬는 그 목소리가 거칠다.

"조심해!" 다른 수색자가 날카로운 목소리로 외친다.

"자살은 안 돼!" 한 수색자는 걱정스러운 목소리로 부탁하듯이 말한다. 그래, 분명 걱정스러운 목소리야.

뜨거운 열기가 혈관 속으로 몰려왔고, 격한 증오심 때문에 숨까지 막힐 지경이었다.

나는 평생 동안 그런 감정을 느낀 적이 단 한 번도 없었다. 또 다시 잠시 동안, 급격한 감정의 동요 때문에 아무런 기억도 느낄 수 없었다. 날카로운 비명소리가 귓속을 울리더니 머릿속까지 메아리쳤다. 그 소리가 기도를 긁는 바람에 목구멍에서 통증까지 느껴졌다.

소리치는 거야.

나는 깜짝 놀라 온몸이 얼어붙었다. 소리는 더 이상 들리지 않았다.

그것은 기억이 아니었다.

내 몸, 다시 말해서 내 호스트가 생각을 하고 있었다. 내게 말을 걸었던 것이다!

그러나 그 순간, 기억은 놀란 내 감정보다 더 강렬해졌다.

"조심해! 앞쪽은 위험해!" 그들이 소리친다.

'나한테 위험한 건 뒤야!' 나는 머릿속으로 그렇게 외친다. 하지만 나는 그들이 무슨 말을 하는지 알고 있다. 어디서 나오는지 알 수 없는 희미한 불빛이 복도 끝에서 보인다. 그것은 평평한 벽이나 잠긴 문도 아니고, 내가 두려워했던 죽음의 끝도 아니다. 그것은 블랙홀이다.

엘리베이터의 수직 통로. 이 건물과 딱 어울리는 텅 비고 으스스한 공간. 한때는 몸을 숨기는 피신처였지만 지금은 무덤일 뿐이다.

계속 달려 나가자 안도감이 생긴다. 방법은 있어. 살아남을 수 있는 방법은 없지만 이길 수 있는 방법은 있어.

아니야, 이건 아니야! 이 생각은 온전히 내 것일 뿐이라고 소리치면서 나는 그녀라는 존재에서 벗어나기 위해 고군분투했다. 그러나 우리는 어쩔 수 없는 한 몸이었다. 그리고 우리는 함께 죽음의 끝을 향해 힘껏 달리고 있었다.

"조심해!" 그들의 외침소리가 더욱 절박하다.

내가 더 빨리 달릴 수 있을 거라는 생각이 들자 웃음이 터져 나올 것 같다. 그들이 내 등 바로 뒤에서 손을 뻗어 나를 잡으려 한다는 상상을 한다. 그러나 나는 그들보다 빠르고 민첩하다. 하지만 바닥에 난 구멍에 발이 빠지고 만다.

텅 빈 공간이 나를 집어삼킨다. 두 다리를 버둥거려 보지만 아무 소용이 없다. 두 손을 허공에 저으며 무언가를 잡으려 하지만 아무것도 잡히지 않는다. 차가운 기운이 마치 회오리바람처럼 내 곁을 지나간다.

끝없이 낙하하며 내 몸이 바람에 부딪히는 소리가 들리고… 곧 그 소리마저 멈춘다….

그리고 온몸이 부서지는 듯한 통증이 느껴진다…. 고통 이외에는 아무것도 없다.

제발 끝났으면….

나는 숨 쉴 수 없는 고통 속에서 스스로에게 속삭인다.

이 고통은 언제 끝날까? 도대체 언제?

어둠은 그 고통을 삼켜버렸고, 마지막 순간에 기억이 찾아온 것이 그나마 고맙게 느껴졌다. 어둠이 모든 것을 삼켰다. 그리고 나는 자유로워졌다. 마음을 안정시키기 위해 천천히 숨을 내쉬었는데, 그런 행동은 나의 호스트, 즉 이제 내 것이 된 이 몸의 습관이었다.

그러나 다시 어둠이 몰려왔고, 기억이 되살아나 나를 집어삼켰다.

안 돼! 추위와 고통과 끔찍한 두려움이 또 다시 몰려올까 두려웠다.

그러나 이번에는 똑같은 기억이 아니었다. 그것은 기억 속의 기억, 단말마와 같은 진정한 마지막 기억이었다. 그러나 그 기억은 첫 기억보다 훨씬 더 강렬했다.

어둠이 또 다시 모든 것을 집어 삼켰다. 하나의 얼굴만을 남긴 채.

내 호스트 중의 하나였던 얼굴 없는 뱀의 촉수처럼 낯선 그 얼굴은 새로운 호스트의 것이리라. 나는 이번 세상을 준비하면서 그런 종류의 얼굴을 본 적이 있었다. 인간의 얼굴들은 서로 구분하기가 쉽지 않았다. 개체들의 유일한 차이점인 색깔과 모양의 다양하고 미묘한 차이를 읽기가 쉽지 않았다. 거의 모두가 유사해 보였다. 동그란 얼굴 한가운데에 코가 있었고, 그 위로는 눈, 아래로는 입이 있었고, 양쪽 측면에는 귀가 있었다. 촉각을 제외한 다양한 감각이 얼굴이라는 한 곳에 집중되어 있었다. 뼈 위에는 살갗이, 머리에는 털이 덮여 있었고, 눈 바로 위에는 이상한 모양의 털이 곡선을 이루며 나 있었다. 어떤 인간들은 턱 아래에 더 많은 털이 나 있기도 했는데, 그런 경우는 모두 남자였다. 털의 색깔은 갈색에서 옅은 크림색, 짙은 검정색까지 다양했다. 털 이외에 무엇을 보고 인간은 서로를 구분할 수 있는 것일까?

하지만 수백만 가지 얼굴 가운데에서도 지금 이 얼굴만큼은 정확히 구분해낼 수 있을 것 같았다.

각진 사각형, 그리고 단단한 뼈를 갖고 있는 이 얼굴. 피부색은 연한 금색이 도는 갈색이었고 얼굴에 난 털은 피부색보다 약간 더 짙었는데, 머리와 눈 위에 난 털은 예외적으로 담황갈색이었다. 흰색 안구 안에 있는 눈동자는 털보다 색깔이 더 짙었지만, 털과 마찬가지로 빛을 받으면 반짝였다. 눈 주변에는 가는 주름들이 있었다. 미소를 짓거나 햇빛을 보고 찡그린 흔적이라고, 그녀의 기억이 내게 말해 주었다.

어떤 것이 인간들에게 아름다움으로 통하는지 알 수 없었지만, 나는 이 얼굴이 아름답다는 걸 분명히 알 수 있었다. 나는 그 얼굴을 계속 바라보길 원했다. 하지만 그 사실을 깨닫자마자, 얼굴은 곧바로 사라져버렸다.

'내 것이야.' 낯선 목소리가 다시 내게 말을 걸었다.

놀라움에 다시 온몸이 얼어붙었다. 이 몸 안에 나 이외에는 다른 어떤 누구도 있어서는 안 되었다. 너무나 당연한 일이었다.

불가능했다. 어떻게 그녀가 아직도 이곳에 있을 수 있단 말인가? 이 몸은 이제 내 것인데….

'내 것이야.' 나는 그녀를 꾸짖으며 말했다. 그리고 목소리에 힘과 권위를 최대한 실으려 애썼다. '모든 건 다 내 것이라고.'

그런데 내가 왜 그녀에게 대꾸하는 걸까? 그런 의구심이 들자 나는 더 이상 아무 말도 하지 않고 입을 다물어 버렸다.

2

엿듣다

부드러운 목소리가 가까운 곳에서 들렸다. 나는 그들의 목소리를 알아차렸지만, 두 사람은 내가 의식을 찾은 걸 알지 못한 채 여전히 중얼거리며 대화를 나누는 중이었다.

"그녀가 감당하기에는 너무 힘들 겁니다." 누군가 말했다. 부드럽지만 깊이가 느껴지는 남자의 목소리였다. "그런 폭력은 누구든 감당하기 힘들죠." 목소리는 급격한 변화에 대해 말하고 있었다.

"그녀가 비명을 지른 건 딱 한 번이에요." 어떤 여자의 날카로운 목소리도 들렸다. 그녀는 이 대화의 주도권을 자기가 쥐고 있는 것처럼 목소리를 높이며 즐거워하는 듯했다.

"나도 압니다." 남자가 그 점을 인정했다. "그녀는 매우 강인해요. 다른 사람이라면 더 약한 자극에도 심한 충격을 받았을 겁니다."

"이미 말했지만 그녀는 괜찮아질 거예요." 여자가 단호하게 말했다.

"당신은 왠지 우리 소울들에게 주어진 소명을 어긴 것 같군요." 남자의 목소리에는 날이 서 있었다. 내 기억은 그런 감정을 '빈정거림'이라고 이름 붙였다. "당신도 나처럼 치료사가 되어야 했습니다."

여자는 즐거운 듯한 웃음소리를 냈다. "그렇지는 않을 거예요. 우리 수색 자들은 치료사들과는 다른 종류의 진단법을 더 선호하니까요."

내 몸은 수색자라는 단어를 알고 있었다. 그 단어를 떠올리자 두려움이 몰려왔다. 호스트에게 그대로 남아 있는 반응이었다. 물론, 지금의 내가 수색자를 두려워할 이유는 전혀 없었지만 말이다.

"당신 호스트의 성격이 당신의 일에 영향을 미친 것이 아닌지 종종 의구심이 듭니다." 남자가 조용한 목소리로 말했다. 그의 목소리에는 여전히 짜증이 묻어 있었다. "폭력은 당신이 선택한 삶의 일부분이나 마찬가지죠. 당신에게 남은 호스트의 천성 덕분에 이런 일을 즐기고 있는 겁니까?"

나는 상대방을 비난하는 그의 어조를 듣고 의아했다. 두 사람이 나누는 대화는… 언쟁인 것 같았다. 내 호스트에게는 익숙한 것 같았지만, 나는 한 번도 경험하지 못한 것이었다.

여자의 목소리는 방어적이었다. "우리는 폭력을 선택하지 않아요. 어쩔 수 없을 때만 사용하는 것뿐이죠. 우리들이 폭력을 견딜 수 있을 만큼 충분히 강인해서 다행이라고 생각해요. 우리가 임무를 다하지 않으면 당신이 누리는 평화는 사라지고 말 테니까."

"그건 옛 이야기죠. 당신들이 하는 일은 곧 쓸모없어질 겁니다."

"당신 말은 틀렸어요. 침대에 누워 있는 저 인간을 좀 보라고요."

"아무 무기 없이 혼자 누워 있는 저 소녀 말입니까? 그렇군요, 우리의 평화를 충분히 위협할 수 있는 존재지요."

여자는 무겁게 숨을 내쉬었다. 한숨이었다. "그녀는 도대체 어디서 왔을까요? 반란이 일어난 곳에서 수백 킬로미터나 떨어진 시카고 한가운데에 어떻게 나타난 거죠? 그 모든 걸 혼자서 해냈단 말인가요?"

그녀는 아무 대답도 바라지 않는 것처럼 혼잣말로 중얼거렸다. 벌써 몇 번이나 그 질문을 되뇐 것 같았다.

"그건 당신 문제지 내 문제는 아닙니다." 남자가 말했다. "내가 맡은 일은 이 소울이 불필요한 통증이나 상처자국 없이 새로운 호스트에 적응할 수 있도록 돕는 거죠. 그리고 지금 당신은 내 일을 방해하고 있는 겁니다."

나는 서서히 깨어나면서 새로운 감각에 적응해 갔고, 두 사람이 나누는 대화의 소재는 바로 나 자신이라는 사실을 깨달았다. 나는 그들이 말하는 '소울'이었다. '소울'이라는 단어는 내 호스트에게 많은 의미를 함축하고 있는 단어였다. 여러 행성에 살 때마다 우리는 각각 다른 이름을 가졌다. 이번엔 '소울'이다. 몸을 이끄는 보이지 않는 힘, 나는 적절한 명칭이라는 생각이 들었다.

"내 질문에 대답하는 건 이 소울을 돌보는 것만큼 중요해요." 여자가 말했다.

"글쎄, 그건 생각해볼 문제로군요."

무언가 움직이는 소리가 들렸고, 그녀는 목소리를 낮추며 속삭였다. "언제쯤 반응을 보일까요? 이제 곧 진정작용이 끝날 텐데."

"그녀가 준비되면 반응을 보일 테니, 가만히 기다려요. 가장 편안한 방식으로 상황에 대처해 나가도록 그냥 두어야 합니다. 의식이 되돌아왔을 때 충격이 얼마나 클지 상상해 봐요. 그녀는 수색자에게 쫓기다가 거의 죽을 뻔한 반란군 호스트의 몸 안으로 들어간 겁니다. 평화로운 시기라면 어느 누구도 그런 끔찍한 충격을 견뎌서는 안 될 일이에요." 감정이 격해지면서 그의 목소리도 높아졌다.

"그녀는 강인해요." 여자의 목소리는 확신에 차 있었다. "최악인 첫 번째 기억에 얼마나 잘 대처했는지 봐요. 그녀가 어떤 걸 기대했는지 알 수 없지만, 그 순간만큼은 훌륭히 잘 대처했어요."

"왜 그래야만 하는 겁니까?" 남자는 대답에 대한 기대 없이 혼잣말로 중얼거렸다.

여자가 대답했다. "우리가 필요한 정보를 갖게 된다면…"

"필요한 정보가 아니라 원하는 정보라고 말하는 편이 정확하겠지요."

"그렇게 되면 누군가는 위험해지겠지요." 그녀는 그의 말을 듣지 못한 것처럼 말을 이었다. "내가 듣기론, 그녀에게 부탁할 방법만 있었다면 그녀는 그 도전을 기꺼이 받아들였을 거라던데요. 그녀를 뭐라고 부르죠?"

남자는 오랫동안 아무 대답도 하지 않았고, 여자는 가만히 기다렸다.

"방랑자." 마침내 그는 내키지 않는 듯 대답했다.

"어울리는 이름이군요." 그녀가 말했다. "공식적인 통계는 없지만, 이렇게 여러 곳을 방랑하며 돌아다닌 소울은 거의 없었어요. 그녀가 스스로 이름을 선택할 때까지, 방랑자는 그녀에게 잘 어울리는 이름이 될 거예요."

그는 아무 말도 하지 않았다.

"하지만 호스트와 일치하는 지문이나 망막 스캔 기록은 찾지 못했어요. 호스트의 이름이 무엇이었는지 모르겠어요. 그녀는 호스트의 이름을 추정할 수 있겠지요…"

"그녀는 인간의 이름을 선택하지는 않을 겁니다." 남자가 중얼거렸다.

그녀는 그를 달래듯이 대답했다. "모두들 자신의 방식대로 편안함을 찾는 법이에요."

"당신의 수색 방식 탓에 이 방랑자는 다른 소울보다 훨씬 더 절대적인 안정을 취해야 하게 됐죠."

그때 날카로운 소리가 들렸다. 딱딱한 바닥 위로 재빠르게 지나가는 발걸음 소리였다. 여자가 다시 말문을 열었을 때, 그녀의 목소리는 방 저편에서 들려왔다.

"임무를 맡은 지 얼마 되지 않았다면, 당신도 미숙하게 처리했을 거예요."

"평화로운 시기였다 해도 당신은 임무를 미숙하게 처리했을 겁니다."

여자는 소리 내어 웃었지만, 즐거워서 웃는 웃음이 아니었다. 나는 그녀의 어조와 억양을 듣고 진심인지 아닌지 추론하는 데 점차 익숙해지고 있었다.

"당신은 내가 맡은 소명이 어떤 의미인지 잘 알지 못해요. 수많은 파일과 지도를 보고 오랜 시간 동안 고심했어요. 대부분 책상에 앉아 평화롭게 일을 처리했고, 갈등이나 폭력은 거의 없었다고요." 여자가 단호하게 말했다.

"그럼 열흘 전 살인 무기로 무장하고 이 인간을 뒤쫓아간 건 뭐죠?" 남자가 반박했다.

"그건 일반적인 규칙이 아닌 예외였어요. 당신이 혐오하는 무기는 우리 수색자들이 상대방을 경계할 때만 사용한다는 사실을 잊지 말아요. 하지만 인간들은 우리를 죽일 수 있는 기회가 생기면 언제든 우리를 죽이죠. 어떤 인간들은 우리를 영웅으로 보기도 한다는 걸 알기나 해요?"

"마치 전쟁이 닥쳐오고 있는 것처럼 말하는군요."

"남아 있는 인류들에게는 전쟁이지요."

그 말이 내 귀에 또렷하게 들렸다. 내 몸은 그 말에 반응했다. 호흡이 빨라졌고, 평소보다 심장 박동 소리도 커졌다. 내가 누워 있는 침대 옆에서 어떤 기계가 내 호흡과 심장 박동을 기록하고 있었다.

치료사와 수색자는 서로 의견이 맞지 않는 게 분명했다.

"하지만 인간들에 대해 알아야 할 사실을 잊어버렸군요. 그들은 수적으로 완전히 열세입니다. 당신도 알겠지만, 백만 대 일 정도 되지 않을까요? 그들에게 가능성이라곤 없다고요."

"우리가 수적으로 약간 더 우세하긴 해요." 그녀가 인색하게 말했다.

치료사는 그 말을 듣고도 여전히 불만족스러운 것 같았다. 그러나 잠시뿐이었다.

그동안 나는 지금 내가 처한 상황에 대해 생각해 보았다. 많은 것이 명확해졌다.

나는 치료 기관에 있었고, 무척이나 끔찍했던 삽입 과정에서 깨어나 회복하고 있는 중이었다. 내가 삽입되기 전에 호스트의 몸이 완전히 치료되었다는 사실을 명확히 알 수 있었다. 치료되지 못했다면 호스트의 몸은 처분되었을 테니까.

나는 치료사와 수색자의 상반되는 의견에 대해 곰곰이 생각해 보았다. 내가 들은 바에 의하면, 나는 자유의지 없이 이곳에 오게 된 것이다. 그 권리는 치료사에게 있었다.

호스트의 몸 안에 남아 있던 적대감은 이제 거의 사라졌다. 지구라는 행성은 우주에서 바라보았던 것처럼 평화롭고 고요했다. 초록색과 푸른색으로 어우러진 지구를 흰 구름이 아름답게 감싸고 있는 것처럼 이제 나도 이 몸과 평화롭게 조화를 이룬 상태였다.

치료사와 수색자 사이의 언쟁은 이해가 가지 않았다. 항상 온화한 우리 소울들과는 어울리지 않게 이상할 정도로 공격적이었다. 도대체 왜 언쟁을 벌이고 있는 걸까? 혹시 사실일까? 파도처럼 일렁이던 그 소문들이….

하지만 나는 곧 다른 것에 정신이 팔렸고, 가장 최근에 머물렀던 나의 호스트가 어떤 종류였는지 기억해내려고 애썼다. 거기에 이름이 있었던 건 분명하지만, 그 이름은 기억해낼 수 없었다. 그곳에선 여기서 사용하는 언어보다 훨씬 더 단순한 언어를 사용했고, 침묵의 언어로 모두의 마음이 하나로 통했다. 습기 찬 흙에 영원히 뿌리를 내리고 살려면 그것이 편리하기 때문이었다.

나는 새로 배운 인간의 언어로 그것을 표현해내려고 했다. 우리가 살던 세상 전체는 바다로 덮여 있었고, 우리는 그 거대한 바다의 바닥에서 살았다. 그 세상에도 명칭이 있었지만, 그 이름은 더 이상 기억나지 않았다. 우리는 각각 천 개의 눈이 달려 있는 팔을 백 개나 지닌 존재였기에 방대한 바다 속의 모습을 하나도 놓치지 않고 볼 수 있었다. 소리를 낼 필요가 없었기 때문에 들을 수 있는 방법도 없었다. 우리는 바다의 맛을 보았고 필요한 모든 것을 눈으로 보았다. 우리는 햇빛과 물 위에 있는 여러 가지 것들을 우리에게 필요한 영양분으로 전환하며 생존해나갔다.

내가 경험했던 호스트의 모습을 자세히 묘사할 수는 있지만 그 이름은 기억해낼 수 없었다. 나는 잃어버린 기억을 아쉬워하며 한숨을 내쉬었고, 다시금 내가 엿듣고 있는 이야기에 대해 생각하기 시작했다.

대체로 소울은 진실만을 말한다. 물론 수색자들은 소명을 다하기 위해 가끔 거짓말을 할 필요가 있었지만, 소울들 사이에서는 거짓말을 할 이유가 전혀 없었다. 내가 속했던 이전 종족의 언어로는 거짓말을 하는 것 자체가 불가능했고, 거짓말을 할 의지나 상황도 생겨나질 않았다. 그러나 우리는 지루함을 덜기 위해 이야기를 만들어내기는 했다. 이야기를 만들어내는 능력은 모든 이들을 즐겁게 해주었던 탓에 소울 사회에서는 가장 훌륭한 재능으로 인정받았다. 하지만 이야기를 하다보면 사실과 허구가 자주 뒤엉켰기 때문에 무엇이 정확한 사실이고 무엇이 허구인지 구분해내기는 쉽지 않았다.

새로운 행성인 지구를 생각할 때면 흥분보다는 두려움이 앞서기도 했다. 지구에는 냉담하고, 천태만상에, 폭력적이고, 상상도 할 수 없을 정도로 파괴적인 인간이라는 종족이 들어차 있었다. 곧이어 이야기는 새로운 주제로 이어졌다. 그 주제는 바로 인간과 소울 사이의 한판 전쟁이었다. 이 전쟁에 대한 정보는 언제나처럼 처음 의도와는 다르게 윤색되고 허구화 되었다.

그리고 어디선가 속삭이는 소리가 들렸다. 인간 호스트는 생각했던 것보다 훨씬 강인했기 때문에 우리 소울은 그들을 억눌러야 했다. 하지만 인간의 성격을 그대로 물려받은 소울들은 인간의 생각을 완전히 장악할 수 없었다. 여태껏 다른 행성의 호스트들에게서 겪지 못한 인간들의 허상과 소문, 그리고 광기는 소울에게 크나큰 피해를 안겨주었다.

아마도 치료사들이 완벽하게 소임을 수행해내지 못했기 때문이리라….

나는 그 생각을 몰아냈다. 그것보다 더 심한 잘못은, 우리들 대부분이 수색자의 소명을 좋아하지 않는다는 점이었다. 서로 싸우고 쫓고 쫓기는 삶을 누가 선택하겠는가? 호스트를 뒤쫓아 그들을 붙잡아야 하는 번거로운 일을 누가 좋아하겠는가? 아무런 생각도 없이 쉽게 살인을 일삼는 적대적인 인류의 폭력에 누가 기꺼이 맞서고 싶겠는가? 아직 내게 익숙하지 않은 개념인 '군대'라는 단어가 머릿속에 떠올랐다. 이곳 지구에서는 수색자들이 실질적으로 군대 역할을 하는 것이다. 가장 덜 문명화되고, 가장 덜 진화한 소수가 수색자의 길을 선택하게 되는 걸까?

지구라는 행성에서 수색자들은 새로운 위치를 점하게 되었다. 이런 식으로 완전히 엉망이 되어 버린 임무는 예전에 없었고, 피로 얼룩진 전투도 이번이 처음이었다. 그렇게 많은 소울이 희생된 적도 없었다. 수색자들은 마치 강인한 방패처럼 임무를 수행해나갔고, 지구에 정착한 소울들은 그들에게 빚을 졌다고 할 수 있었다. 그들 덕분에 무차별 폭력으로부터 안전할 수 있었다. 수색자들은 매일 기꺼이 위험을 무릅쓰고 죽음과 맞닥뜨렸고, 새로운 호스트를 계속 공급해 주었다.

그러나 이제 초기의 위험은 거의 사라졌기 때문에, 수색자들의 필요성도 덜해진 상태였다. 수색자들에게 그 변화는 결코 유쾌할 수 없었다.

그녀가 나에 대해 무엇을 물어볼지 예측하기란 어렵지 않았다. 치료사는 내가 새로운 몸에 적응할 시간을 주려 했지만, 나는 수색자를 돕기 위해 최선을 다할 것이다. 훌륭한 시민의식은 모든 소울에게 반드시 필요한 덕목이었다.

　나는 숨을 깊이 들이마시며 준비 태세를 갖추었다. 모니터가 모든 동작을 기록했다. 나는 교묘하게 시간을 벌고 있었다. 인정하기 싫었지만, 나는 두려움에 떨고 있었다. 수색자가 필요한 정보를 얻기 위해서는, 내가 겁에 질려 소리치게 만들었던 폭력적인 기억을 떠올려야만 했다. 그러나 그것보다 더 두려운 것은 내 머릿속에서 울리는 목소리였다. 그러나 그녀의 목소리는 더 이상 들리지 않았다. 그녀의 목소리 역시 기억에 지나지 않았던 것이다.

　두려워하지 않았어야 했다. 나는 '방랑자'라는 이름을 얻었고 또 그 이름으로 불리지 않았던가.

　또 다시 깊게 숨을 들이마시자 두려운 기억들이 떠올랐다. 나는 이를 악물면서 그 기억과 맞닥뜨렸다.

　나는 기억의 끝자락을 건너뛰었고 이번엔 기억에 억눌리지 않았다. 기억 앞부분에서, 나는 다시 어둠 속을 달리다 멈추었다. 모든 상황은 아까와는 달리 금방 끝났다.

　일단 그 장벽을 지나자 주변 상황은 덜 위협적이었고, 내가 원하는 정보도 얻을 수 있었다. 나는 그녀가 어떻게 이 추운 도시에 왔는지 알 수 있었다. 그녀는 훔친 차로 밤 동안 이곳에 왔다. 두터운 코트를 입고서도 추위에 떨며 시카고 거리를 걷는 기억을 떠올릴 수 있었다.

　그녀는 무언가를 찾고 있었다. 그리고 자신처럼 무언가를 찾는 사람이 있기를 희망했다. 꼭 한 사람. 가족이자 사촌인 그 사람.

　말을 하고자 했으나 입이 떨어지질 않았다. 나는 그 이유를 이해할 수 없었다. 잊어버린 걸까? 거의 죽음과 맞닿았던 정신적인 충격 때문에 말하는 것 자체를 잊어버린 걸까? 아직 무의식에서 깨어나지 못한 걸까? 나는 온 힘을 다해 정신을 차리려고 애썼다. 낯선 감각이 느껴졌다. 내 몸 안에서 진정작용이 여전히 진행되고 있는 것일까? 의식은 충분히 명료했지만 내가 원하는 대답은 머릿속에서 떠오르지 않았다.

나는 더 선명한 해답을 찾아 다시 거리를 나섰다. 그녀는 대체 무엇을 찾고 있나? 그녀가 찾는 것은… 샤론이었다. 그 이름이 갑작스럽게 떠올랐다. 그리고 그들….

나는 벽을 쳤다.

그러나 아무것도 느껴지지 않았다. 출구 없는 원을 계속 도는 것 같은 느낌, 내가 찾는 정보가 사라져 버린 것 같은 느낌이었다.

뇌가 손상을 당한 것 같았다.

분노가 북받쳤고, 마음속 깊은 곳이 뜨거워지면서 거칠어졌다. 나는 이 예상치 못한 반응에 깜짝 놀라 숨을 몰아쉬었다. 인간의 감정이라는 것이 매우 불안정하다는 것은 이미 들어서 알고 있었지만, 예상했던 것보다 훨씬 더 심했다. 여덟 번의 삶을 사는 동안, 나는 그런 강렬한 감정을 느껴 본 적이 한 번도 없었다.

피가 목을 통해 솟구쳐 오르는 것 같았고, 맥박 소리가 다시금 강해졌다. 나도 모르게 두 주먹이 불끈 쥐어졌다.

옆에 놓인 기계는 내 심장 박동이 빨라지는 것을 기록하고 있었다. 방 안에서도 반응이 있었다. 수색자가 날카로운 발걸음 소리를 내며 내게 다가왔고, 그 뒤로 발을 질질 끌며 다가오는 것은 아마도 치료사일 터였다.

"지구에 온 것을 환영해요, 방랑자." 여자 목소리가 가까이서 들렸다.

3

저항하다

"아직 이름을 인지하지 못할 겁니다." 치료사가 중얼거리며 말했다.

새로운 감각이 느껴졌다. 수색자가 내 옆에 서 있었고, 공기 중에 어떤 기분 좋은 변화가 느껴졌다. 나는 그것이 냄새라는 것을 깨달았다. 그곳에서는 꽃향기와 풀냄새가 났다. 향수… 내 머릿속에서 그 단어가 떠올랐다.

"내 말 들려요?" 수색자가 내게 말을 걸었다. "정신이 들어요?"

"서두르지 말고 천천히." 치료사가 이전보다 한결 더 부드러운 목소리로 말했다.

나는 눈을 뜨지 않았다. 다른 데 정신을 빼앗기고 싶지 않았다. 머릿속에서 필요한 단어가 떠올랐고, 이 단어를 사용하면서 뜻을 전달할 수 있는 어조도 가르쳐 주었다.

"당신이 필요한 정보를 얻기 위해 나를 이 호스트의 몸 안으로 삽입한 건

가요, 수색자?"

나는 세차게 숨을 쉬었다. 곧 따뜻한 느낌이 피부에 전해지더니 내 손을 감쌌다.

"아니." 치료사는 확신에 찬 어조로 말했다. "수색자가 모든 걸 맘대로 할 수 있는 건 아닙니다."

이번엔 수색자가 숨을 몰아쉬었다. 쉿 소리가 났고, 나의 기억은 바로잡혔다.

"그럼 이 머리가 올바르게 작동하지 않는 이유는 뭐죠?"

잠시 침묵이 흘렀다.

"스캔은 완벽했어요." 수색자가 말했다. 그녀의 어조는 나를 안심시키는 게 아니라 오히려 시비를 거는 것 같았다. 나와도 언쟁을 하려는 걸까? "몸도 완전히 치료됐죠."

"자살을 시도하다 겨우 목숨을 건진 상태에서 치료했군요." 나는 여전히 화가 난 상태였기 때문에 딱딱한 어조로 말했다. 아직 분노에 익숙하지 않았다. 마음속 분노를 감당하기가 쉽지 않았다.

"모든 것은 완벽한 상태였어요…."

수색자의 말을 자르며 치료사가 내게 물었다. "어떤 점이 이상한 거죠? 언어 능력은 습득한 상태인데."

"기억이요. 난 수색자가 원하는 정보를 찾으려 했어요."

치료사와 수색자가 아무 말도 하지 않았지만, 나는 어떤 변화를 느낄 수 있었다. 긴장되었던 분위기가 누그러진 듯했다. 내가 어떻게 이 분위기를 이해할 수 있는지 의아했다. 오감(五感)으로 느끼는 것 이상을 감지하고 있는 것 같은 이상한 기분이었다. 거의 사용하지 않는 또 다른 감각이 있었다. 직감? 그렇다, 직감이었다.

수색자가 목소리를 가다듬었지만, 정작 말문을 연 쪽은 치료사였다.

"부분적인 기억이 떠오르지 않는다고 해서 불안해할 필요는 없습니다. 그런 상황을 예측하진 못했지만 굳이 놀라거나 걱정할 일은 아니니까요."

"무슨 뜻인지 모르겠네요."

"이 호스트는 인간 저항군이었어요." 수색자의 목소리에 흥분이 감돌았다. "삽입 과정을 시행하기 전 우리의 존재를 아는 인간들은 진압하기가 더 힘들죠. 이 인간 호스트는 아직도 저항을 하고 있는 거예요."

잠시 침묵이 흘렀고, 그들은 내 대답을 기다리고 있었다.

저항이라면…. 호스트는 내가 그녀의 몸 안으로 들어가는 걸 막고 있는 것일까? 또 다시 치솟아 오르는 분노가 느껴졌다.

"지금 내 상황이 정상인가요?" 그들에게 물었다. 치아 사이로 말이 샜기 때문에 발음이 이상했다.

"정상입니다." 치료사가 말했다. "827개 부분이 모두 최적 상황으로 나타났어요."

새로운 호스트는 이전의 호스트보다 뇌를 더 많이 사용했고, 181개의 연결 장치를 갖추고 있었다. 감정이 선명하게 느껴지는 것은 그 연결 장치가 다양하게 결합하기 때문인 것 같았다.

나는 눈을 뜨기로 결심했다. 치료사가 말한 것을 직접 확인하고 내 신체의 다른 부분도 괜찮은 상태인지 확인할 필요성을 느꼈기 때문이었다.

눈을 뜨자 밝은 빛이 쏟아져 들어왔다. 눈이 아팠다. 나는 다시 눈을 감았다. 내가 마지막으로 보았던 빛은 바다 속 깊은 곳으로 여과되어 들어온 은은한 빛이었다. 그러나 새롭게 갖게 된 눈은 더 밝은 빛에 익숙한 듯했다. 가늘게 눈을 뜨자, 속눈썹이 눈부신 빛을 막아 주었다.

"불을 꺼 줄까요?" 치료사가 내게 물었다.

"괜찮아요. 곧 적응되겠죠."

"그럴 겁니다." 치료사가 말했다.

내가 두 눈을 천천히 뜨는 동안, 치료사와 수색자는 조용히 기다렸다.

이곳은 치료 기관의 평범한 병실이었다. 천장 타일은 짙은 색 점이 찍힌 흰색이었다. 타일과 크기가 동일한, 네모난 전등은 일정한 간격을 두고 설치되어 있었다. 벽은 연두색이었다. 마음을 차분하게 해주는 색깔이었지만, 멀미가 날 것 같기도 했다. 그다지 현명한 색깔 선택은 아니라는 생각이 들었다.

나와 마주하고 있는 자들이 병실보다 더 흥미로웠다. 치료사에게 눈길이 닿자마자, 머릿속에서는 의사라는 단어가 떠올랐다. 그는 팔이 드러나는 헐렁한 초록색 가운을 입고 있었다. 팔에는 털이 북슬북슬했고, 얼굴에도 이상한 털이 나 있었다. 내 기억은 그 색깔을 빨간색이라고 인지했다.

빨간색! 나는 지난 다섯 번째 세상 이후로는 빨간색이나 그와 유사한 색깔을 본 적이 없었다. 그의 붉은색 털을 보는 것만으로도 예전에 살았던 세상이 그리워졌다.

치료사는 인간의 얼굴이었지만, 내 머릿속의 기억은 그가 인간이라는 사실보다 친절하다는 사실을 먼저 인지했다.

다급하게 숨을 몰아쉬는 소리에 나는 수색자를 쳐다보았다.

그녀는 매우 작았다. 숨소리를 내지 않았다면, 그녀가 치료사 옆에 있다는 사실조차 알아차리지 못했을 것이다. 온통 어두워 보여서 특별히 눈길이 가지 않았다. 수색자는 턱부터 발목까지 검정색 차림이었는데, 실크 터틀넥에 보수적인 정장을 입고 있었다. 그녀는 턱까지 내려오는 검정색 머리칼을 귀 뒤로 살짝 넘겼다. 피부색 또한 치료사보다 더 짙었는데, 올리브처럼 푸르죽죽했다.

인간의 감정 표현의 변화는 너무 미미해서 구분하기가 매우 힘들었다. 그럼에도 나는 그 여자의 얼굴에 나타난 표정을 읽을 수 있었다. 약간 튀어나온 눈 위에 있는 짙은 눈썹이 밑으로 내려가면서 기이한 모양을 만들었다. 분노라기보다는 긴장이나 짜증인 것 같았다.

"이런 현상이 얼마나 자주 나타나는 거죠?" 나는 다시 치료사를 쳐다보며 물었다.

"자주는 아닙니다." 치료사도 그런 현상이 없지 않다는 사실을 인정했다. "성인 호스트는 이제 거의 남아 있지 않아요. 대신 미성숙한 호스트는 유순하고 쉽게 적응할 수 있죠. 하지만 당신은 성인으로 삶을 시작하기를 원했습니다."

"그래요."

"대개는 그와 반대로 요구합니다. 인간의 수명은 당신이 예전에 거쳐 온 다른 생명체들보다 훨씬 더 짧으니까요."

"그런 사실은 잘 알고 있어요. 치료사, 예전에도 호스트가 저항하는 상황을 본 적이 있었나요?"

"꼭 한 번 있었죠."

"그땐 어땠는지 사실대로 말해 주세요." 나는 잠시 말을 멈추었다. "부탁이에요." 나는 덤덤하게 덧붙여 말했다.

치료사는 한숨을 내쉬었다.

수색자는 손가락으로 팔을 가볍게 톡톡 쳤다. 조바심이 난다는 증거였다. 그녀는 자신이 원하는 것을 얻기 위해 느긋하게 기다리지 못했다.

"4년 전에 그런 일이 있었습니다." 치료사가 이야기를 시작했다. "그 소울은 남자 성인을 호스트로 요구했어요. 호스트로 가능했던 첫 번째 인간은 저항군이었죠. 그는 자신이 붙잡히면 어떻게 되는지 잘 알고 있었어요."

"내 호스트도 그랬겠지요."

"맞아요." 치료사가 목청을 가다듬으며 말했다. "그리고 그때는 소울이 두 번째로 맞은 삶이었습니다. 그는 '암흑 행성'에서 왔죠."

"암흑 행성이라고요?" 나는 고개를 갸우뚱하며 물었다.

"우리가 별명으로 부르는 명칭을 아직 모르는군요. 당신도 암흑 행성에서 살았던 적이 있어요." 그는 주머니에서 컴퓨터를 꺼내어 재빠르게 정보를 찾았다. "당신이 일곱 번째로 살았던 행성이었어요. 81구역이군요."

"암흑 행성이라고요?" 나는 그가 무슨 말을 하는지 알아듣지 못했다.

"네. 거기서 살았던 이들은 '노래하는 행성'이라는 명칭을 선호합니다."

나는 천천히 고개를 끄덕였다. 노래하는 행성이라는 명칭이 더 마음에 들었다.

"그리고 그곳에 한 번도 가본 적이 없는 이들은 '박쥐 행성'이라고 부르더군요." 수색자가 중얼거렸다.

나는 가늘게 눈을 뜬 채 박쥐를 머릿속에 떠올렸다.

"수색자, 당신은 그곳에 가본 적이 한 번도 없을 겁니다." 치료사가 재빠르게 말했다. "우리는 그 소울을 처음에는 '레이싱 송'(Racing Song)이라고 불렀는데, 노래하는 행성에서 쓰던 이름을 그대로 가져온 거죠. 하지만 그는 곧 자신의 호스트 이름인 케빈으로 개명했습니다. 그가 살아온 삶을 고려해 보다 음악적인 이름이 필요했지만, 새로 삽입된 호스트의 기계적인 삶을 계속 살아가는 편이 더 편안할 거라는 느낌이 들었기 때문이었죠. 약간 걱정스럽긴 했지만 케빈은 별 문제 없이 잘 적응해 갔습니다. 그러고 나서 그는 어떤 시기를 완전히 잊어버렸다고 불평하기 시작했죠. 그래서 다시 이곳 치료 센터로 왔고, 우리는 호스트의 뇌에 문제가 없는지 확인하기 위해 정밀 검사를 실시했어요. 검사를 하는 동안, 치료사들은 그의 행동과 성격에서 몇 가지 차이점을 알아냈어요. 케빈은 어떤 말과 행동에 대한 기억이 떠오르지 않는다고 주장했습니다. 우리는 위안자와 함께 그를 계속 관찰했고, 결국 호스트가 케빈의 몸을 주기적으로 제어하고 있다는 사실을 알아냈죠."

"제어한다고요?" 나는 두 눈을 크게 뜨며 물었다. "소울이 알아차리지 못하는 상태에서요? 호스트가 자신의 몸을 되찾은 건가요?"

"맞아요. 케빈은 호스트를 억누를 수 있을 만큼 강인하지 못했습니다."

그랬다. 그는 충분히 강인하지 못했던 것이다.

저들은 나도 케빈처럼 약하다고 생각하는 것일까? 그렇기 때문에, 머릿속에서 질문에 대한 답도 떠올리지 못한다고 생각하는 것일까? 기억 이외에는 아무것도 없어야 할 내 머릿속에 그녀의 존재감이 느껴지는 걸 보면, 나도 호스트보다 훨씬 더 약한 게 아닐까? 나는 나 자신이 항상 강한 존재라고 생각해 왔다. 하지만 그것이 아닐 수도 있다는 생각이 들자 갑작스레 수치심이 들었다.

치료사가 말을 이었다. "몇몇 사건이 일어났고 결국…."

"무슨 사건이요?"

치료사는 내 질문에 아무 대답도 하지 않고 고개를 숙였다.

"무슨 사건이죠?" 나는 반복해서 물었다. "나는 알 권리가 있어요."

치료사가 한숨을 쉬었다. "맞아요, 권리가 있죠. 케빈은… 치료사를 공격했습니다." 그는 잠시 주춤했다. "그는 치료사를 때려 눕혀 기절시켰고 외과용 메스를 집어 들었어요. 제정신이 아니었죠. 호스트는 자신의 몸 안에 들어온 소울을 몰아내기 위해 애썼던 겁니다."

나는 곧장 그에게 물었다. "그래서 어떻게 됐죠?"

"호스트는 심각한 손상을 입었고 다행스럽게 오랫동안 의식이 돌아오지 않았어요. 케빈은 다른 호스트를 정했고, 이번에는 미성숙한 호스트로 삽입이 되었죠. 문제가 많았던 그 호스트는 점점 상태가 나빠졌고, 그를 구할 가능성은 희박하다고 결론 내렸어요. 이제 케빈은 일곱 살입니다. 그리고 지극히 정상이죠…. 케빈이라는 이름을 사용한다는 사실 이외에는 모두 정상이에요. 보호자들이 잘 보살피고 있고, 그가 항상 음악을 듣고 있다는 점도 다행스러워요…." 그는 마치 좋은 소식인 것처럼 덧붙이며 말했다. 나머지 이야기를 모두 잊어버리게 할 수 있는 좋은 소식인 것처럼.

"왜요?" 나는 목소리를 좀 더 크게 내기 위해 목청을 가다듬었다. "왜 다시 성인 호스트로 들어가지 않은 거죠?"

"한 가지 분명한 사실은…" 수색자가 끼어들었다. "성인이 된 인간 호스트의 몸 안에 들어가 동화하는 과정은 어린이 호스트인 경우보다 훨씬 더 도전적이라는 거예요. 미성숙한 호스트를 선택하는 편이 훨씬 더 낫죠."

"단지 도전적이라는 단어만으로 케빈의 이야기를 다 설명할 순 없어요." 나는 혼잣말로 중얼거렸다.

"어쨌든 당신은 우리의 권고를 무시했어요." 내가 긴장하는 태도를 보이자, 잠자코 있던 수색자가 두 손을 들어 올리며 진정하라는 제스처를 취했다. 긴장한 내 몸 탓에 좁은 침대를 덮고 있던 뻣뻣한 시트가 부스럭거렸다. "당신이 잘못했다고 탓하는 게 아니에요. 유년기는 매우 지루한 시기고, 당신은 평범한 소울이 아니니까. 난 당신이 이번 호스트를 충분히 감당해낼 수 있을 거라고 확신해요. 이제껏 겪어왔던 호스트와 완전히 다르긴 하지만 쉽게 접근해서 단숨에 제어하겠죠."

나는 수색자가 내가 호스트에 동화되는 과정을 끈기 있게 참고 기다렸다는 사실을 알아채고 적지 않게 놀랐다. 하지만 한편으론 내가 호스트에 대한 정보를 제대로 얻지 못하고 있음을 알고 실망하는 것 같았다. 또 다시 알 수 없는 분노가 치솟았다.

"나를 이 호스트 안에 삽입하면 당신이 찾고 있는 해답을 얻을 수 있을 거라고 생각했나요? 차라리 당신이 이 몸에 들어가지 가지 그랬어요?" 수색자에게 물었다.

그러자 그녀의 몸이 갑자기 굳어졌다. "난 스키퍼가 아니니까요."

내 눈썹이 저절로 치켜 올라갔다.

"스키퍼란 호스트 안에서 주어진 수명을 마치지 못한 자들을 일컫는 말이에요." 치료사가 내게 설명해 주었다.

나는 알아듣겠다는 표정을 지으며 고개를 끄덕였다. 다른 행성에서 살았을 때도 그런 뜻을 가진 단어가 있었다. 우리 소울들에게는 우울한 얘기였다. 나는 수색자에게 더 이상 아무 말도 하지 않고 내가 할 수 있는 이야기를 해주었다.

"그녀의 이름은 멜라니 스트라이더였어요. 뉴멕시코 주의 앨버커키에서 태어났고, 로스앤젤레스에도 있었고요. 몇 년 동안 숨어 지내다가 이번에 발각된 것 같은데… 미안해요, 과거 이야기는 나중에 다시 떠올려 볼게요. 신체 나이는 스무 살이었어요. 차를 몰고 시카고로 왔는데, 아니…." 나는 고개를 가로저었다. "여러 단계를 거쳐 왔는데, 항상 혼자였던 건 아니에요. 훔친 차였고요. 그녀는 샤론이라는 사촌을 찾고 있었는데, 샤론도 아직 인간으로 남아 있다는 사실을 알고 있었어요. 멜라니는 발각되기 전까지 아무도 찾아내지 못했고 연락도 취하지 못했어요. 하지만…." 나는 텅 빈 벽과 맞서 싸워야 했다. "확실히 모르겠지만… 그녀는 어딘가에 메모를 남겼어요."

"그렇다면 누군가가 자신을 찾을 거라고 기대했던 거예요?" 수색자가 다급하게 물었다.

"그래요. 그녀가 실종된 걸 알고 누군가 찾아 나설 거예요. 그녀는 어떤 약속을 했기 때문에…."

나는 이를 악물고 기억을 떠올리려고 애썼다. 내가 맞서 싸우는 벽은 컴컴했고, 그 두께를 알 수 없었다. 나는 벽을 힘차게 두드렸고, 이마에는 금방 땀방울이 맺혔다. 수색자와 치료사는 내가 집중할 수 있도록 아무 말도 하지 않고 조용히 있었다.

다른 기억을 떠올려보았다. 자동차 엔진에서 나던 시끄럽고 낯선 소리, 다른 차량의 불빛이 가까이 올 때마다 힘차게 솟아오르던 아드레날린. 예전에도 이미 이런 기억을 떠올린 적이 있었다. 나는 기억에 몸을 맡겼다. 밤의 어둠이 퍼지기 시작하는 도시의 차도가 스쳐 지나갔고, 수색자들이 나를 찾아냈던 건물의 차가운 바람도 느껴졌다.

아니, 내가 아니라 그녀였다. 몸이 부르르 떨렸다.

"너무 무리하지 말아요." 치료사가 말했다.

그러자 수색자는 입술에 손을 갖다 대며 그에게 조용히 하라는 신호를 보냈다.

발각되었을 당시의 공포심과 수색자에 대한 불타는 증오심이 마음속에 가득 찼다. 증오는 사악하고 고통스러운 감정이었다. 이 감정을 견딜 수 없어 괴로웠지만, 그러면서도 저항감이 누그러지기를 기다렸다.

나는 그녀가 들키지 않으려고 몸을 숨기려 애썼지만 결국 실패했던 모습을 조심스럽게 바라보았다. 그녀는 부러진 연필로 종이 부스러기에 다급하게 메모를 했다. 그리고 서둘러서 그 메모지를 문 바로 밑에 밀어 넣었다. 어느 특정한 문 밑으로.

"5층에 있는 다섯 번째 복도의 다섯 번째 문. 그녀가 남긴 메모는 그곳에 있어요."

수색자는 손에 들고 있던 휴대폰에 대고 재빠르게 중얼거렸다.

"그 건물은 안전했어요." 나는 이야기를 계속했다. "그들은 그 건물이 용도 폐기됐다는 사실을 알고 있었고요. 그녀는 자신이 어떻게 발각됐는지도 몰라요. 샤론도 발각됐나요?"

오싹한 두려움이 몰려들었고 팔에 소름이 돋았다.

그 질문은 내가 하는 것이 아니었다.

내 자유의지와 상관없이 마치 입술에서 자연스럽게 튀어나온 것 같았다. 하지만 수색자는 문제가 있다는 걸 알아차리지 못했다.

"그 사촌요? 아니, 다른 인간들은 발견 못했어요." 그녀의 대답을 듣자, 온몸의 근육이 이완되면서 안도감이 밀려왔다. "이 호스트는 건물에 들어가면서 발각됐어요. 말했다시피 그 건물은 사용되지 않고 있었기 때문에 한 시민이 그리로 들어가는 그녀를 의심하면서 우리에게 신고를 했죠. 우리는 건물 안에 혹시 다른 인간이 있나 확인하고 그 건물을 점거했어요. 이들이 약속했다는 장소를 기억해낼 수 있겠어요?"

나는 기억을 떠올리기 위해 애를 썼다.

머릿속에 떠오르는 모든 기억은 너무나 선명하고 또렷했다. 한 번도 가 본 적 없는 수많은 장소가 눈앞에 떠올랐고, 수많은 낯선 이름이 귓가에 맴 돌았다. 커다란 나무가 여러 그루 서 있는 로스앤젤레스의 집, 애리조나 윈 슬로우 외곽 숲 속 풀밭에 보이는 텐트와 모닥불. 그리고 멕시코에 있는 바 위가 보이는 황량한 해변. 오리곤 어딘가에 있는 입구에 비가 들이치는 지 하 동굴. 텐트와 초라한 집과 거친 사람들. 시간이 흘러감에 따라 이름들이 희미해져갔다.

나는 소울이며 방랑자이지만 인간 호스트의 기억은 마치 내 기억인양 선 명했다. 움직일 수 있는 자유의지만큼은 분명 내 것이었지만 기억과 결합할 때마다 적들이 쫓고 있다는 두려움이 엄습했다. 사실 단순히 움직이려는 의지가 아니라 달리며 도망치려는 것이었다.

나는 연민의 감정을 느끼지 않으려 애썼다. 대신, 기억에 온 정신을 집중 하려 했다. 그녀가 어디에 있었는지는 알 필요가 없었다. 내게 필요한 건 그 녀가 어디를 향해 가고 있는가 하는 것이었다. 시카고라는 단어와 연관된 여러 이미지를 떠올려 보았지만, 모두 무작위로 고른 것에 지나지 않았다. 나는 범위를 확장해 보았다. 시카고 외곽에 무엇이 있었을까? 춥다는 생각 이 가장 먼저 들었다. 추위와 함께 마음 한구석에 걱정이 몰려왔다.

도대체 이곳이 어디일까? 기억을 계속 떠올리자 다시 벽이 나타났다.

나는 힘껏 숨을 내쉬었다. "시카고 외곽에 주거 지역과 멀리 떨어져 있는 공원이 있어요. 예전에 가본 적은 없지만, 어떻게 가야 하는지 그녀는 알고 있는 것 같아요."

"시간이 얼마나 필요하죠?" 수색자가 물었다.

"얼마 필요하지 않아요." 내 입에서 자동적으로 대답이 나왔다. "내가 이곳에 얼마나 오랫동안 있었죠?"

"호스트가 완전히 회복하도록 치료하는 데 9일이 소요됐습니다." 치료사가 대답했다. "그리고 열흘째 되는 오늘 삽입 과정을 실시했어요."

열흘이라…. 몸 안에 서서히 안도감이 몰려왔다.

"너무 늦었어요." 나는 말했다. "약속 장소에 가기에는…. 그리고 메모를 보기에도 너무 늦었어요." 나는 호스트의 반응을 온몸으로 느낄 수 있었다. 그 느낌이 너무나 강렬했지만 호스트는 모르는 척 새침을 떨었다. 나는 호스트가 하는 말을 입 밖으로 내면서, 비로소 그 뜻을 알게 되었다. "그는 그곳에 오지 않을 거예요."

"그라니, 누구 말이죠?" 수색자가 궁금해하는 표정으로 물었다.

검은 벽이 순식간에 무너져 내렸고, 그녀의 의지는 곧 산산조각 나고 말았다.

다시, 아까 보았던 얼굴이 머릿속에 떠올랐다. 그을린 황금빛 피부에 옅은 색의 눈동자. 그 얼굴은 내 호스트의 것이 아니었다. 그 아름다운 얼굴이 머릿속에 선명히 떠오르자, 내 마음속에는 기쁨이 차올랐다.

무너져 내리는 벽과 함께 끓어오르던 분노도 사라져버렸다.

"제러드." 나는 대답했다. 호스트가 아닌 나 자신이 말하는 것처럼 재빠른 속도였다. 그러나 내 입술을 통해 나오는 대답은 내가 생각해낸 것이 아니었다. "제러드는 안전해요."

4

꿈꾸다

밤이 찾아왔지만 대낮처럼 무덥다. 늦은 밤에 이런 무더위는 지극히 이례적이다.

나는 엉성한 관목 뒤에 웅크린 채 몸을 숨기고 있다. 주변은 칠흑처럼 어둡고, 내 몸 안에 남아 있는 모든 수분은 땀으로 흐르고 있다. 차고에서 나온 지 15분이 지났다. 주변에 켜져 있는 불빛은 하나도 없다. 제습 냉방장치가 작동할 수 있도록 상점 문이 5센티미터 정도 열려 있다. 나는 축축한 습기와 공기 속으로 흐르는 차가운 기운을 상상할 수 있다. 그 기운이 이곳까지 와 닿으면 좋을 텐데….

뱃속에서 나는 꾸르륵거리는 소리를 멈추기 위해 근육을 긴장시킨다. 하지만 주변이 너무 조용해서 이 소리가 더 또렷하게 들린다.

배가 너무 고파.

하지만 내 굶주림보다 더 중요한 일이 있다. 어둠 속 먼 곳에 숨어 있는 또 다른 굶주린 배. 당분간 주거지로 사용하고 있는, 화산 바위가 들쑥날쑥 솟아 있는 동굴 속에서 그 애가 홀로 나를 기다리고 있다. 내가 돌아가지 못하면 그 애는 어떻게 될까? 이런 게 바로 모성애란 걸까? 마음이 무겁다. 나 자신이 무력하게만 느껴진다. 제이미는 얼마나 배가 고플까.

이 근처에는 집이 거의 없다. 해가 중천에 떠 있을 때부터 유심히 살폈지만, 개 한 마리도 보이지 않는다.

잔뜩 웅크리고 있던 구부린 몸을 살짝 펴자 장딴지가 아우성을 친다. 나는 여전히 허리를 굽힌 채 관목 숲 뒤에 숨어 있다. 부드러운 모래사장이 창백한 달빛을 받아 반짝인다. 길에는 차 소리도 들리지 않는다.

나는 50대 초반 정도인 집주인 부부가 돌아오면 무엇을 알아차릴지 알고 있다. 그들은 내가 누구인지 정확히 알아낼 것이고, 즉시 조사를 시작할 것이다. 일을 끝내는 즉시 여기서 멀리 떠나야 한다. 오늘은 아마 금요일일 테고, 나는 그들이 도시로 나가 한참 돌아오지 않기를 간절히 희망한다. 그들은 우리의 습관을 훤히 꿰뚫고 있기 때문에 인간과의 차이점을 분간하기 힘들다. 바로 그 사실 때문에 그들이 우리를 이길 수 있었던 것이다.

안마당을 둘러싸고 있는 울타리는 허리 높이밖에 되지 않는다. 나는 아무 소리도 내지 않고 쉽게 울타리를 넘는다. 그러나 안마당에는 자갈이 깔려 있어서 조심스럽게 걸어야 한다. 나는 현관까지 걸어간다.

블라인드는 열려 있다. 달빛이 환하게 비치는 방 안을 들여다보자, 아무런 움직임도 보이지 않는다. 이곳에 사는 부부는 분명 외출을 했다. 정말 다행이다. 몸을 숨기는 게 점점 더 힘들어지고 있다. 물론 숨을 곳도 남아 있지 않다. 설령 숨을 곳이 있다 해도 이젠 너무 늦었는지도 모른다.

우선 스크린 도어를 연 다음 유리문을 연다. 두 개의 문은 모두 아무 소리 없이 열린다. 조심스럽게 타일 위에 발을 디뎌본다. 역시 안에도 사람은 없다.

차가운 공기가 마치 천국처럼 느껴진다.

왼쪽에 부엌이 있다. 화강암으로 만든 싱크대가 불빛을 받아 반짝이고 있다.

나는 어깨에 멘 캔버스 천 가방을 내리고 먼저 냉장고로 다가간다. 문을 여는 순간 새어나오는 불빛을 본 나는 불안감에 휩싸이지만, 버튼을 찾아내어 발로 내린다. 순간 앞이 캄캄해진다. 어둠에 적응할 시간이 없는 나는 주변을 더듬으며 앞으로 나아간다.

우유와 얇게 썬 치즈, 플라스틱 그릇에 담긴 음식이 보인다. 집주인이 저녁 식사로 닭고기와 밥을 준비하는 걸 봤는데, 그릇에 담긴 음식이 그 요리였으면 좋겠다. 오늘 밤 제이미와 함께 그것을 먹을 수 있다면….

주스, 사과 한 봉지, 조그마한 당근도 있는데, 내일 아침까지는 신선하겠지.

나는 서둘러 식료품 저장실로 간다. 오랫동안 보관할 수 있는 음식이 필요하다.

어둠에 눈이 서서히 적응하고, 나는 가져갈 수 있는 만큼 욕심껏 음식을 가방에 담는다. 아, 맛있는 초콜릿 칩 쿠키. 지금 당장 쿠키 봉투를 열고 싶지만, 이를 악물고 굶주린 배를 움켜쥔다.

가방은 금방 가득 찼다. 아무리 조금씩 먹는다 하더라도 일주일 후면 가방은 텅 빌 것이다. 그리고 조금씩 먹을 리도 없다. 게걸스럽게 금방 먹어 치우겠지. 나는 귀리와 건포도를 눌러 만든 그라놀라 바를 주머니에 불룩하게 채워 넣는다.

그리고 한 가지 더. 나는 서둘러 싱크대에 가서 물통을 채운다. 그리고 수도꼭지 밑에 입을 갖다 대고 물을 벌컥벌컥 마신다. 텅 빈 뱃속에 물이 들어오자 이상한 소리가 난다.

해야 할 일을 끝마치자 갑자기 공포가 엄습한다. 이곳에서 당장 나가고 싶다. 죽은 듯 고요한 주변이 불안하기만 하다.

어깨에 멘 무거운 가방에 온통 정신이 팔려 나는 바닥만 내려다보며 걷는다. 그 때문에, 현관의 검은 실루엣을 늦게서야 알아차린다.

실루엣에서 중얼거리는 소리가 들린다. 내 입에서 두려운 신음소리가 가늘게 새나온다. 자물쇠가 잠겨 있지 않기를 간절히 바라며 몸을 돌려 앞문으로 뛰어간다. 잠겨 있지 않더라도 쉽게 열 수 있으면 다행이리라.

두어 걸음도 채 옮기기 전에, 억센 손이 내 어깨를 움켜잡더니 나를 돌려 세운다. 크고 건장한 체구로 보아 여자일 리가 없다. 남자의 낮은 목소리가 들린다.

"소리 내면 죽어." 그가 거칠게 위협한다. 얇고 날카로운 칼날이 내 턱밑에 닿는 것이 느껴진다.

상황 파악을 할 수 없다. 아무런 선택의 여지도 없다. 이 괴물은 도대체 누구일까? 규칙을 깨는 자에 대해서는 들어본 적이 없다. 나는 이렇게 대답한다.

"죽여." 나는 이를 악물고 내뱉는다. "당장 죽여. 더러운 기생충처럼 살고 싶지는 않으니까."

칼날이 나를 찌르기를 기다리며, 가슴이 아파오는 것을 느낀다. 나의 강렬한 심장 소리가 마치 제이미, 제이미, 제이미라고 부르는 것 같다. 제이미…, 넌 이제 어떻게 될까?

"영리하군." 남자가 중얼거리지만, 내게 하는 말처럼 들리지는 않는다. "아마 넌 수색자겠지. 그리고 그건 함정이란 뜻이야. 그들이 어떻게 알아냈지?" 턱밑에 있던 날카로운 칼날이 사라지고 강철처럼 단단한 손이 내 목을 움켜쥔다.

그가 목을 조르자 숨을 쉴 수가 없다.

"나머지는 어디 있어?" 목을 강하게 누르며 그가 묻는다.

"나뿐이야." 나는 거친 목소리로 내뱉는다. 이자를 제이미에게 데려갈 수는 없다. 내가 돌아가지 않으면 제이미는 어떻게 될까? 제이미는 지금 배가 고파 죽을 지경일 텐데….

팔꿈치로 그의 배를 가격하자, 되려 내 팔꿈치에 심한 통증이 느껴진다. 신기하게도, 그의 복부 근육은 강철처럼 단단하다. 그렇게 단단한 근육은 힘들게 살아온 과정이나 집착의 결과일 것이다. 기생충 같은 존재에게는 그런 힘든 과정도, 집착도 없다.

그럼에도 불구하고 그는 숨도 한 번 몰아쉬지 않는다. 다급해진 나는 뒤꿈치로 그의 발등을 내려찍는다. 그러자 자세가 흐트러진 그가 뒤뚱거린다. 나는 몸을 돌려 도망치려 하지만, 그는 내 가방을 움켜쥐고 나를 잡아당긴다. 그는 강철 같은 손으로 내 목을 다시 누른다.

"평화를 사랑한다는 기생충 외계인치고는 꽤 성깔을 부리는군." 그가 말한다.

그가 하는 말은 엉터리다. 나는 외계인들은 모두 똑같을 거라고 생각했다. 하지만 외계인들 가운데도 바보들이 있는 것 같다.

나는 몸을 비틀면서 빠져나오려고 애쓴다. 손톱으로 그의 팔을 눌러보지만, 오히려 그는 내 목을 더 힘껏 누른다.

"인간의 몸이나 훔치는 더러운 놈, 널 죽여 버리겠어. 괜히 협박하는 게 아냐."

"당장 죽여!"

갑자기 그가 숨을 몰아쉰다. 사지를 버둥거리다가 그를 한 대 가격한 것일까?

　그는 내 팔을 놓더니 이젠 머리칼을 움켜쥔다. 당장 목에다 칼을 꽂지는 않을 것 같다. 하지만 나는 언제 닥칠지 모를 날카로운 칼날에 대비한다.

　그는 내 목을 조르던 손을 풀고 내 뒷덜미를 부드럽게 만진다.

　"이럴 수가." 그가 숨을 내쉰다.

　무언가가 쿵 소리를 내며 바닥에 떨어진다. 그가 칼을 떨어뜨린 걸까? 나는 도망칠 방법을 궁리한다. 그가 내 목덜미를 힘껏 붙잡고 있지 않다면, 그의 손아귀에서 빠져나갈 수도 있을 것이다. 칼이 어느 지점에 떨어졌는지 알 것 같다.

　그가 갑자기 불안하게 움직이기 시작한다. 찰칵 소리가 나더니 왼쪽 눈이 멍해진다. 나는 숨을 몰아쉬며 헤어나려고 발버둥 친다. 그는 내 머리칼을 더 힘껏 움켜쥔다. 오른쪽 눈에도 빛이 번쩍이더니 멍해지기 시작한다.

　"믿을 수가 없군." 그가 낮은 목소리로 중얼거린다. "아직 인간으로 남아 있다니…."

　그는 양손으로 내 얼굴을 움켜쥔다. 그리고 나서 그의 입술을 내 입술에 힘껏 갖다 댄 다음 손을 푼다.

　잠시 동안 나는 꼼짝도 하지 못하고 얼어붙는다. 아주 오래전 부모님이 내 뺨이나 이마에 키스해준 적은 있었지만 지금까지 내게 이런 식으로 키스했던 사람은 단 한 명도 없다. 특히 입술은 더더욱…. 이건 내가 생각했던 것과는 전혀 다른 느낌이다. 어떤 느낌인지 분간할 수도 없다. 너무나 큰 두려움과 공포, 엄청난 아드레날린이 솟아오른다.

　나는 무릎으로 날카롭게 그를 가격한다.

　그는 헉 하는 소리를 냈고 나는 풀려난다. 그가 예상한 대로 정문으로 뛰어가는 대신, 나는 몸을 굽혀 그의 팔 밑을 지나 열린 문을 뛰어넘는다. 무거운 짐이 있다 해도 나는 그보다 더 빨리 달릴 수 있으리라. 그는 아직도 고통스런 신음소리를 내뱉고 있다. 어디로 가야 할지 나는 잘 알고 있다. 어둠 속에서 그가 따라올 수 있는 여지를 남기지는 않을 것이다. 음식을 모두 떨어뜨리지 않아서 다행이다. 하지만 그라놀라 바 하나는 떨어뜨린 것 같다.

"거기 서!" 그가 소리친다.

'닥쳐!' 나는 마음속으로 생각하지만 소리치지는 않는다.

그는 나를 뒤쫓아 오고 있다. 그의 목소리가 점점 더 가까이 다가온다. "나는 그것들이 아니야!"

나는 모래에 시선을 고정한 채 빠르게 달린다. 아버지는 내가 치타처럼 달린다고 말하곤 했다. 나는 경주 팀에서 가장 빨랐고 내가 살던 주(州) 챔피언이었다. 물론 세상이 끝나기 이전에 말이다.

"내 말 들어봐!" 그는 여전히 목청껏 외치고 있다. "내가 증명할게. 멈추고 날 좀 봐!"

그럴 리 없다. 나는 여울을 돌아 낮은 관목을 훌쩍 뛰어넘어간다.

"누군가 남아 있을 거라고는 생각 못했어! 제발, 나랑 얘기 좀 해!"

너무나 가까워진 그의 목소리에 나는 깜짝 놀란다.

"키스해서 미안해! 내가 어리석었어. 너무 오랫동안 외로웠다고."

"닥쳐!" 큰 소리로 말하지는 않았지만, 그는 분명히 들었을 것이다. 그는 점점 더 가까이 다가오고 있다. 지금껏 나를 따라잡았던 사람은 아무도 없었는데…. 나는 두 발을 힘껏 내딛는다. 그도 속도를 더욱 내며 숨을 몰아쉬고 있다.

무언가 커다란 것이 내 등을 덮치고, 나는 몸을 숙인다. 입 안에 진흙이 튄다. 너무 무거운 것에 억눌려 숨을 쉴 수가 없다.

"기다려. 잠깐만." 그가 힘껏 소리친다.

그는 체중을 실어 나를 덮친다. 두 다리를 벌려 내 가슴을 누르고 팔을 쥔다. 내가 가져온 음식들이 짓눌리고 있다. 나는 숨을 몰아쉬면서 그에게서 빠져나가려고 안간힘을 쓴다.

"자, 봐!" 그는 뒷주머니에서 작은 실린더를 꺼내어 윗부분을 돌린다. 실린더 끝에서 빛줄기가 나온다.

그는 그 불빛을 자신의 얼굴에 비춘다.

불빛에 비친 그의 얼굴이 노랗게 보인다. 두드러진 광대뼈에 길고 가는 코, 사각으로 각진 턱이 불빛에 비친다. 입술을 굳게 다물고 있지만, 남자치고는 입술이 꽤 두꺼워 보인다는 걸 알 수 있다. 눈썹과 속눈썹은 햇빛에 그을려 탈색되었다.

그러나 그가 내게 보여 주려는 건 따로 있다.

바로 그의 눈이다. 불빛을 받아 황갈색으로 빛나는 눈동자는 다른 사람의 눈보다 더 밝게 빛난다. 그는 오른쪽과 왼쪽 눈을 번갈아 비춘다.

"보여? 나도 너와 마찬가지야."

"목을 보여줘." 내 목소리에는 의심이 짙게 묻어 있다. 이건 그의 속임수에 지나지 않을 것이다. 무슨 속임수인지는 모르겠지만 속임수가 있는 것만은 분명하다. 이제 더 이상 희망은 없으니까.

그는 입술을 실룩거린다. "이런… 아무 소용도 없군. 눈만으로 충분하지 않아? 난 그들이 아니야."

"그럼 왜 목을 보여주지 않는 거야?"

"목에 상처자국이 있으니까." 그가 대꾸한다.

나는 그에게서 벗어나려고 다시 발버둥치지만, 그는 내 어깨를 힘껏 누른다.

"내가 직접 낸 상처자국이지." 그가 설명한다. "죽을 만큼 아팠지만 멋지게 해낸 것 같아. 목을 덮을 만큼 머리가 길지 않아. 상처자국 덕분에 그것들과 섞일 수 있는 거라고."

"날 놓아줘."

그는 잠시 머뭇거린다. 그러더니 손을 사용하지 않은 채 자리에서 일어나, 내게 손을 내민다.

"제발 도망가지 마. 그리고 다시는 날 차지 말아 줘."

나는 꼼짝도 하지 않는다. 다시 달아난다 해도 그는 나를 잡을 수 있을 것이다.

"너 누구야?" 나는 낮은 목소리로 속삭인다.

그는 입을 크게 벌리고 함박웃음을 짓는다. "내 이름은 제러드 호우. 사람과 얘기한 지 벌써 2년은 넘었어. 그래서 아마 이상하게 보였을 거야. 용서해줘. 네 이름은 뭐야?"

"멜라니." 나는 낮은 목소리로 짧게 대답한다.

"멜라니… 널 만나서 얼마나 기쁜지 몰라."

나는 그에게 시선을 고정한 채 가방을 움켜쥔다. 그는 개의치 않고 천천히 손을 내민다.

나는 그의 손을 잡는다.

그의 손을 잡는 순간, 내가 그를 믿는다는 사실을 깨닫는다.

그는 내 손을 잡고서 일어서도록 도와준다. 하지만 내가 일어섰을 때도 그는 손을 놓지 않는다.

"이제 어떻게 하지?" 나는 조심스럽게 묻는다.

"여기 오래 머물 순 없어. 나랑 그 집으로 돌아가자. 네가 날 차는 바람에 가방을 두고 왔어."

나는 고개를 가로젓는다.

그는 내가 얼마나 예민한 상태인지 알아채는 것 같다.

"그럼 이곳에서 좀 기다려줄래?" 그는 부드러운 목소리로 묻는다. "금방 올게. 우리가 먹을 음식을 좀 더 가져와야겠어."

"우리라고?"

"내가 널 그냥 가게 놔둘 거라고 생각하니? 네가 싫다고 해도 난 널 따라갈 거야."

나도 그가 내 눈앞에서 사라지는 게 두렵다.

"그런데…" 어떻게 다른 인간을 온전히 믿지 않을 수 있겠는가? 우리는 가족이나 마찬가지다. 곧 멸종될 위기에 처한 형제자매다. "시간이 없어. 갈 길이 멀어. 제이미가 기다리고 있거든."

"혼자가 아니구나." 처음으로 그의 어조에 불안이 묻어 있다.

"내 남동생이야. 이제 겨우 아홉 살인데, 내가 떠날 때 겁에 질려 있었어. 동생에게 돌아가려면 반나절이나 걸려. 만약 내가 붙잡혀도 모르고 계속 기다릴 거야. 제이미는 지금 배가 너무 고플 거야." 내 말을 입증이라도 하듯, 배에서 꾸르륵거리는 소리가 난다.

제러드가 다시 미소 짓는다. 이전보다 더 환하게 웃고 있다. "내가 태워 주면 안 될까?"

"태워 준다고?" 나는 놀라 묻는다.

"거래를 하자. 내가 음식을 더 가져올 때까지 기다려주면, 네가 원하는 곳 어디든지 지프차로 데려다줄게. 무턱대고 달리는 것보다는 훨씬 빠를 거야."

"차 있어?"

"물론이지. 이곳까지 걸어왔다고 생각한 거야?"

나는 여기까지 오는 데 여섯 시간 정도 걸렸던 것 같다.

"서둘러서 네 동생이 있는 곳까지 가자." 그는 분명한 어조로 약속한다. "여기서 절대 움직이지 마, 알았어?"

나는 고개를 끄덕인다.

"그리고 뭘 좀 먹어. 배에서 자꾸 소리가 나면 곤란하니까."

그가 눈웃음을 지으며 씩 웃자 가슴이 뭉클하다. 그가 밤을 새고 오더라도 나는 이곳에서 그를 기다릴 것 같다.

그는 아직 내 손을 꼭 잡고 있다. 그리고 천천히 손을 놓으면서도 나를 향한 시선을 거두지 않는다. 그는 한 걸음 물러서더니 금방 멈춘다.

"날 차지 마." 그는 몸을 앞으로 숙이더니, 내 턱을 잡으며 부드럽게 말한다. 그가 내게 다시 키스한다. 이번에는 키스가 어떤 느낌인지 알 수 있다. 그의 입술은 손보다 더 부드럽고, 더운 사막의 열기보다 더 뜨겁다. 불안이 엄습하고 숨이 막힌다. 나는 본능적으로 그의 얼굴을 만진다. 따뜻한 빰과 목까지 내려온 거친 머리칼이 손에 닿는다. 머리칼 바로 아래, 주름 잡힌 상처자국이 손끝에서 느껴진다.

나는 놀라 소리 지른다.

일어나보니 온몸이 땀에 젖어 있었다. 잠에서 완전히 깨어나기도 전에, 나는 삽입 과정 때 뒷덜미에 남은 상처자국을 더듬어 찾았다. 손끝에 와 닿는 상처자국은 극히 미미했다. 치료사가 사용했던 약의 효과가 꽤 좋은 것 같았다.

제러드의 목 뒷덜미에 남은 상처는 거의 치료를 받지 못해 엉망인 상태였고 남에게 숨길 수도 없었다.

나는 침대 옆에 놓인 조명을 켜면서 호흡이 진정되기를 기다렸다. 꿈이 현실인양 생생했기 때문에 실제로도 몸에서 아드레날린이 솟아올랐다.

약간 새롭기는 했지만, 지난 몇 달 동안 꾸었던 꿈과 본질적으로는 다르지 않았다.

아니다. 꿈이 아니라 기억이 분명했다.

제러드의 입술 온기가 아직도 느껴지는 것 같았다. 나도 모르게, 구겨진 시트 위로 두 손을 뻗어 무언가를 찾고 있었다. 힘없이 두 손을 놓아버리자 마음 한구석이 아파왔다.

눈을 깜빡이자 생각지도 않았던 눈물이 흘러 내렸다. 이런 상태를 더 이상 얼마나 견딜 수 있을지 알 수 없었다. 과거의 기억을 떠올리지 못하는 몸 안에서 얼마나 더 살아갈 수 있을까? 어떤 것인지도 모르는 채, 이 벅찬 감정을 안고 얼마나 더 살아남을 수 있을까?

내일이면 지칠 것이다. 꿈에서 깨어나 진정하는 데 몇 시간은 걸릴 것이다. 차라리 맡은 임무를 수행하면서 이런 감정을 이겨내는 편이 좋을 것이다. 그러면 떠올리고 싶지 않은 생각을 몰아낼 수 있을 것이다.

나는 침대에서 나와 텅 빈 책상 위에 놓인 컴퓨터로 비틀거리며 걸어갔다. 몇 초가 지나자 컴퓨터 화면이 켜졌고, 다시 몇 초가 지나자 메일 프로그램이 열렸다. 수색자의 주소를 찾는 건 어렵지 않았다. 연락할 수 있는 대상은 넷밖에 없었다. 수색자, 치료사, 나의 새 고용주 그리고 그의 아내인 내 전담 위안자.

내 오스트인 멜라니 스트라이더와 인간이 한 명 더 있음.

나는 인사말도 생략하고 자판을 두드렸다.

그의 이름은 제이미 스트라이더. 그녀의 남동생임.

잠시 동안, 나는 겁에 질렸다. 그녀가 날 제어하고 있는 걸까? 나는 지금 껏 남자아이의 존재에 대해서는 까맣게 모르고 있었다. 남동생이 그녀에게 중요하지 않기 때문이 아니라, 내가 들추어낸 다른 어떤 비밀보다 그것을 더 철저하게 비밀로 지켰기 때문이다. 이것보다 더 중요한 비밀이 있을까? 너무나 신성하고 소중한 비밀이라 꿈에서조차 가르쳐주지 않았던 것일까? 그녀는 그토록 강인한 것일까? 나머지 정보를 찾으려 자판을 두드리는 내 손끝이 미세하게 떨렸다.

지금 그는 청소년일 것임. 나이는 열세 살 정도. 그들은 캠프 생활을 하고 있는데, 애리조나 주 케이브 크릭의 북쪽에 위치한 곳으로 추정됨. 그러나 수년 전의 일이었음. 지도를 찾아 내가 예전에 기억하고 있던 지역을 비교해보면 될 것임. 항상 그랬던 것처럼, 새로운 정보를 알게 되면 추후 연락하겠음.

나는 메일을 보냈다. 메일을 보내자마자, 온몸에 두려움이 몰려왔다.

'제이미는 안 돼!'

머릿속에서 들리는 그녀의 목소리가 내 입 밖으로 나오는 소리만큼 또렷하게 들렸다. 두려움에 몸이 저절로 부들부들 떨렸다.

이 알 수 없는 감정을 억누르려고 애쓰는 동안, 허황된 꿈에 대해 이메일을 보낸 것을 수색자에게 사과하고 싶은 미친 듯한 욕구가 몰려왔다. 비몽사몽간이어서 그저 엉뚱한 메시지를 보냈다고 말하고 싶었다.

그러나 그 욕구는 내 것이 아니었다.

나는 얼른 컴퓨터를 껐다.

'네가 미워.' 머릿속에서 큰 고함소리가 들렸다.

"그렇다면 네가 떠나야 할 거야." 나는 재빨리 말했다. 그녀에게 대답하는 내 목소리를 듣자, 다시 온몸이 전율했다.

이곳에 온 이후로 그녀는 아무 말도 하지 않았었다. 하지만 그녀가 점점 더 강해지고 있다는 점은 의심할 여지가 없었다. 매일 이어지는 이 꿈처럼 말이다.

그리고 분명한 사실이 있었다. 나는 내일 위안자를 찾아갈 것이다. 그 생각을 떠올리자 실망과 수치심이 느껴지면서 눈물이 고였다.

나는 침대로 되돌아가, 베개를 뒤집어쓴 채 아무 생각도 하지 않으려 애썼다.

위로 받지 못하다

"어서 와요, 방랑자! 자리에 편안히 앉으세요."

나는 위안자의 사무실에 한 발만 들여놓은 채 문가에서 머뭇거렸다.

그녀는 입술 끝을 살짝 올리면서 미소를 지었다. 이제 그녀의 표정을 읽기가 훨씬 더 쉬웠다. 지난 몇 달 동안의 경험을 통해, 나는 미세한 근육의 움직임을 알아차리게 되었다. 위안자가 머뭇거리는 내 태도를 약간 흥미롭게 여긴다는 걸 알 수 있었다. 그와 동시에, 내가 그녀를 찾아오는 것을 아직도 어색해한다는 사실에 약간 실망하는 표정도 엿볼 수 있었다.

단념의 한숨을 내쉬며 나는 밝은 색의 조그마한 방 안으로 들어가 자리에 앉았다. 늘 해오던 것처럼, 그녀에게서 가장 멀리 떨어진 폭신한 빨간색 의자를 선택했다.

그녀의 입술은 굳게 닫혀 있었다.

그녀의 시선을 피하기 위해, 나는 열린 창문 너머 햇빛 사이로 지나가는 구름을 바라보았다. 희미한 바다 냄새가 부드럽게 방 안을 지나갔다.

"꽤 오랜만에 찾아왔군요."

나는 죄의식을 느끼며 그녀를 마주보았다. "지난 번 약속에 대해서는 메시지를 남겼어요. 저한테 시간을 요청한 학생이 있어서요…."

"네, 알고 있어요." 그녀는 다시 희미한 미소를 지었다. "메시지는 잘 받았답니다."

그녀는 나이 든 여자치고는 꽤 매력적으로 보였다. 백발로 변한 머리는 자연스럽게 그냥 둔 채였다. 은색보다는 흰색에 가까운 길고 부드러운 머리는 느슨하게 포니테일로 묶었다. 눈동자는 어느 누구에게서도 본 적 없는 신비로운 초록색이었다.

"죄송해요." 나는 대답했다. 그녀가 대답을 기다리고 있는 것 같았기 때문이다.

"괜찮아요, 이해합니다. 이곳에 오는 게 힘들겠지요. 오지 않아도 되길 바랄 겁니다. 예전에는 이곳에 올 필요가 없었지요. 하지만 이번 일 때문에 당신은 겁에 질린 상태예요."

나는 원목 바닥을 내려다보며 말했다. "네, 맞아요. 위안자."

"나를 캐시라고 부르라고 부탁했을 텐데요."

"네…, 캐시."

그녀는 가볍게 웃었다. "아직 인간 이름을 부르는 게 어색한가 보군요. 그렇죠, 방랑자?"

"아니에요. 솔직하게 말하자면… 항복하는 것 같아서요."

그녀가 천천히 고개를 끄덕였다. "왜 그렇게 느끼는지 이해가 가네요."

나는 침을 꿀꺽 삼켰고, 다시 원목 바닥을 내려다보았다.

"우선 좀 더 쉬운 것부터 이야기하도록 하죠." 캐시가 제안했다. "많은 소명은 여전히 즐거운가요?"

"네." 이번 질문은 대답하기가 쉬웠다. "막 새로운 학기를 시작했어요. 똑같은 것을 반복하면 지루하지 않을까 생각했지만 지금까지는 그렇지 않아요. 새로운 학생들이 강의를 들으니 강의가 새롭게 느껴지고요."

"커트가 당신 얘기를 좋게 하더군요. 당신이 강의하는 과목이 대학에서 인기가 좋다고 하더라고요."

칭찬을 듣자 뺨이 약간 달아올랐다. "그렇게 말씀해 주시니 감사해요. 배우자 분도 잘 지내시지요?"

"커트는 아주 잘 지내요. 우리 호스트들은 나이에 비해 매우 건강하죠. 앞으로 오랫동안 더 살 수 있을 거예요."

그 이후에 그녀가 이 세상에 더 머물 것인지, 다른 인간 호스트로 넘어갈 것인지, 아니면 지구를 그냥 떠날지 궁금해졌다. 그러나 우리를 더 곤란한 상황에 처하게 할 질문은 하고 싶지 않았다.

"가르치는 게 즐거워요." 나는 대신 그렇게 말했다. "해초 행성에서 했던 일과 연관이 있어서 생소한 일보다 하기가 더 쉽고요. 커트 선생님이 저를 요청해 주신 덕분이지요."

"당신 같은 교수에게 배우는 건 행운이에요." 캐시가 따뜻하게 미소 지었다. "역사학 교수가 두 행성의 삶을 경험한 사례는 매우 드물지요. 하지만 당신은 두 행성이 넘는 곳에서 살았잖아요. 게다가 오리진 행성에서도 살았고요. 그 행성에는 학교가 없으니 당신을 빼앗아가지는 않겠죠. 커트는 당신에게 교수의 소임을 무겁게 맡길 거예요. 그러니까 당분간 다른 행성으로 가는 건 생각도 할 수 없을 걸요."

"정확하게 말하자면 명예교수죠."

캐시는 미소를 짓더니 숨을 깊게 내쉬었다. 그녀의 얼굴에서 미소가 사라졌다. "당신은 오랜 시간동안 날 찾아오지 않았어요. 그래서 당신이 갖고 있던 문제가 저절로 풀리지 않았을까 기대했죠. 하지만 반대로 문제가 더 악화되었기 때문에 날 찾아오지 않을지도 모른다는 생각이 들었어요."

나는 손을 내려다보면서 아무 말도 하지 못했다.

내 손은 옅은 갈색이었다. 햇볕을 쬐든 쬐지 않든, 그을린 색깔은 전혀 옅어지지 않았다. 왼쪽 손목 바로 위에는 짙은 반점이 있다. 손톱은 짧게 잘랐다. 긴 손톱의 느낌을 싫어하기 때문이었다. 긴 손톱에 피부가 긁히면 기분이 불쾌했다. 손가락은 길고 가늘었다. 손톱마저 길면 손가락은 이상하리만치 길어 보일 것이다.

그녀는 잠시 동안 목을 가다듬었다. "내 직감이 맞는 것 같군요."

"캐시." 나는 그녀의 이름을 천천히 불렀다. 시간을 벌기 위해서였다. "왜 인간의 이름을 계속 사용하는 거죠? 그 이름을 그대로 부르면… 호스트와 하나가 된 듯한 느낌이 들기 때문인가요?" 커트의 선택에 대해서도 물어보고 싶었지만, 너무 사적인 질문이 될 것이다. 커트 본인 이외의 어느 누구에게도 그런 질문을 하는 것은 옳지 못할 것이다. 심지어 그의 부인에게조차도. 내가 너무 무례하게 군 것 같은 걱정이 들었는데, 그녀는 오히려 소리 내어 웃었다.

"설마 그럴 리가요. 내가 얘기하지 않았었나? 음, 얘기하지 않았던 것 같군요. 내가 하는 일은 이야기를 하는 게 아니라 남의 말을 들어주는 것이기 때문이겠죠. 나를 찾아오는 대부분의 소울들은 당신처럼 대단한 용기를 내지 않아도 됩니다. 우리가 이곳에 왔다는 걸 인간들이 알아차리기 전, 난 벌써 지구에 있었죠. 우리 집 양쪽에 살던 이웃은 인간들이었어요. 커트와 나는 수년 동안이나 우리 호스트 행세를 하고 다녔죠. 지구에 정착한 이후에, 인간과도 이렇게 가까이 살 수 있다는 사실을 몰랐거든요. 그래서 캐시는 지금 내 모습이 된 거죠. 게다가 예전에 내가 사용하던 이름은 열네 단어나 되는데다 듣기 좋게 줄일 수도 없었어요." 그녀가 소리 없이 웃었다. 창문을 통해 들어온 햇빛이 그녀의 눈동자에 비쳤고, 은빛이 도는 초록색이 벽 위에 일렁거렸다. 잠시 동안, 초록빛 아이리스 꽃이 무지개 빛깔로 반짝였다.

이렇게 부드럽고 온화한 여자가 최전방에 섰다는 게 믿기지 않았다. 그 사실을 납득하는 데 약간 시간이 걸렸다. 그녀를 바라보자, 갑자기 존경심이 솟아올랐다. 나는 위안자들에 대해 심각하게 생각한 적이 한 번도 없었다. 그들은 힘겨워하는 자들을 도와주는 존재였고, 나는 그들과 함께 있다는 사실이 부끄럽기만 했다. 캐시가 지구에 오게 된 이야기를 듣자 그녀와 함께 있는 게 덜 어색했다. 그녀는 그 분위기를 파악한 것 같았다.

"인간으로 가장했다는 것이 당신을 불편하게 하나요?" 나는 물었다.

"아뇨. 아시겠지만, 인간 호스트는 익숙해지기가 힘들어요. 이전 호스트들과 다른 점들이 너무나 많아서요. 감각 기관이 과부하 상태라고나 할까요. 이미 맞추어진 패턴을 따르는 것이 처음처럼 여전히 힘들죠."

"그리고 커트 말이에요… 당신은 인간 호스트의 배우자와 함께 머무르고 있죠. 지금 생이 끝나도 그럴 건가요?"

이번 질문은 더 날카로웠다. 캐시도 곧 그 사실을 알아챈 것 같았다. 그녀는 자세를 약간 바꾸고 다리를 앞으로 끌어당겼다. 그리고 내 머리 윗부분을 조심스럽게 쳐다보며 대답하기 시작했다.

"맞아요, 난 커트를 선택했죠. 그리고 그도 나를 선택했고요. 물론 처음에는 무작위로 선택한 것이었어요. 우리는 위험한 임무를 함께 수행하며 많은 시간을 보냈고, 그동안 자연스럽게 유대감이 생겼어요. 당신도 잘 알겠지만, 대학 총장인 커트는 많은 사람과 어울려요. 우리가 사는 집은 삽입 과정을 실시하는 시설이었죠. 우리 집으로 들어온 인간들이 우리와 같은 종으로 동화되어 집 밖으로 나가는 걸 보면 꽤 뿌듯한 감정이 느껴지곤 했어요. 모든 과정은 신속하고 조용하게 이루어져야 했죠. 인간 호스트들은 대개 폭력적인 경향이 있으니까요. 더 이상 그 비밀을 지킬 필요가 없어졌을 때, 커트와 내가 함께하기로 결정한 데는 그럴 만한 이유가 있었어요. 당신의 두려움을 누그러뜨리기 위해 그럴 만한 이유가 있었다고 거짓말하는 것일 수도 있겠죠. 하지만…." 그녀는 고개를 가로젓더니, 내게 시선을 고정한 채 의자에 몸을 깊이 묻었다. "수천 년이 지나도 인간들은 사랑이 무엇인지 알아내지 못할 거예요. 사랑은 얼마만큼 육체적인 것이고, 얼마만큼 정신적인 걸까요? 얼마만큼 우연이고 얼마만큼 운명일까요? 왜 완벽해 보이는 부부는 헤어지고, 서로 어울리지 않는 부부는 행복하게 살아갈까요? 나도 답을 잘 모르겠어요. 사랑은 사랑이 머무는 곳에 있을 뿐이죠. 내 호스트는 커트의 호스트를 사랑했고, 몸의 주인이 바뀐 이후에도 그 사랑은 변하지 않았어요."

그녀는 나를 유심히 바라보다가 이마를 약간 찌푸렸다. 나는 구부정한 자세로 의자에 앉은 채 꼼짝도 하지 않았다.

"멜라니는 제러드 생각으로 아직 마음이 아픈 거죠?" 그녀가 말했다.

내 의지와는 상관없이 고개가 끄덕이는 게 느껴졌다.

"그리고 당신도 그를 생각하면 마음이 아픈 거고요."

나는 두 눈을 감았다.

"계속 꿈을 꾸나요?"

"매일 밤에요." 나는 낮은 소리로 중얼거렸다.

"꿈에 대해 얘기해 봐요." 그녀의 목소리는 부드럽고 설득력이 있었다.

"생각하고 싶지 않아요."

"나도 알아요. 하지만 도움이 될 테니 꿈에 대해 얘기해 봐요."

"도대체 어떻게요? 눈을 감을 때마다 그의 얼굴이 보인다는 이야기를 하는 게 무슨 도움이 되나요? 잠에서 깨어나 그가 없다는 걸 알 때마다 눈물을 흘려요. 기억이 너무 선명해서 그녀의 기억과 내 기억을 더 이상 구분할 수 없다는 얘기를 하는 게 무슨 도움이 된다는 말이죠?"

나는 갑자기 말을 멈추고 이를 악물었다.

캐시는 주머니에서 흰 손수건을 꺼내어 내게 내밀었다. 내가 움직이지 않자, 그녀는 자리에서 일어나 손수건을 내 무릎 위에 내려놓았다. 그리고 의자 팔걸이에 앉아 잠자코 기다렸다.

나는 잠시 동안 고집을 부리며 가만히 있었다. 그러고 나서 신경질적으로 작은 손수건을 움켜쥐고 눈물을 닦았다.

"이런 게 너무 싫어요."

"모두들 첫해에는 많이 울지요. 소울은 인간의 변화무쌍한 감정을 받아들이기가 매우 힘이 들어요. 우리가 의도하든 의도하지 않든, 우리에게는 모두 어린아이 같은 구석이 있어요. 난 아름다운 해넘이를 바라볼 때마다 눈물이 고이곤 했어요. 땅콩버터를 먹을 때도 종종 그런 감정을 느꼈지요." 그녀는 내 머리를 쓰다듬으며, 항상 귀 뒤로 넘기는 머리칼을 부드럽게 만져주었다.

"너무나 아름답게 빛나는군요." 그녀가 말했다. "볼 때마다 머리가 더 짧아지네요. 왜 머리를 그렇게 짧게 자르는 거죠?"

벌써 눈물이 고인 나는 의연하게 대처할 수 없었다. 항상 그랬던 것처럼, 관리하기 더 쉽기 때문이라고 대답해야 하는 것일까? 도대체 왜? 결국 나는 마음을 털어놓고 도움을 얻기 위해 이곳에 온 것이다. 솔직하게 대답하는 편이 나을 것 같았다.

"그녀의 마음을 불편하게 하기 때문이에요. 멜라니는 긴 머리를 좋아하거든요."

캐시는 내가 예상했던 것과는 달리 숨을 몰아쉬지 않았고 자신이 맡은 일에 능숙했다. 아주 짧은 시간 동안만 놀랍다는 표정을 지었을 뿐이다.

"그녀는… 그녀는 아직도 존재감이 그렇게 강한가요?"

나는 진실을 말하기 시작했다. "그녀가 원할 때면 그래요. 내가 일을 하고 있는 동안은 잠잠하지만, 어쨌든 항상 내 머릿속에 있어요. 그녀가 나만큼 존재감이 강하다는 생각이 들 때도 종종 있어요." 말을 마칠 즈음, 내 목소리는 중얼거리는 것처럼 낮고 힘이 없었다.

"방랑자!" 캐시는 두려움에 휩싸여 내 이름을 불렀다. "그렇게 나쁜 상태라고 왜 진작 말하지 않았어요? 얼마 동안 그렇게 지낸 거죠?"

"점점 더 나빠지고 있어요. 희미하게 사라지기는커녕 그녀의 존재는 더 강해져요. 하지만 아직 치료사가 말했던 케빈이라는 그 소울처럼 최악은 아니에요. 그녀는 나를 제어하지 못했고, 앞으로도 그럴 거예요. 그런 일은 절대 일어나지 않도록 할 거고요." 나는 목소리를 높이며 말했다.

"물론 그런 일은 일어나지 않을 거예요." 그녀가 나를 안심시켰다. "하지만 이렇게 불행하게 지내면서 왜 좀 더 일찍 털어놓지 않았어요? 당신을 치료사에게 데려가야겠군요."

나는 다른 생각에 빠져 있었기 때문에, 잠시 시간이 지나서야 그녀의 말을 이해할 수 있었다.

"치료사라고요? 내가 스키퍼가 되기 원하는 거예요?"

"그런 선택에 대해 아무도 나쁘게 생각하지 않을 거예요. 호스트에 결함이 있으면 충분히 그럴 수 있는 일이에요."

"결함이 있다고요? 아니에요. 그녀에게 결함이 있는 게 아니라 나한테 결함이 있는 거예요. 난 지구에서 살아가기에는 너무 약해요!" 수치심이 몰려와 나는 손으로 얼굴을 가렸다. 또 다시 눈물이 고였다.

캐시가 두 팔로 내 어깨를 감싸주었다. 마음속에서 솟아오르는 너무나 친밀한 감정이었지만, 도저히 감당할 수가 없었다.

멜라니 역시 마음이 불편한 것 같았다. 그녀는 외계인과 포옹하는 걸 좋아하지 않았다.

그 순간 멜라니의 존재감은 더 강해졌고, 결국 나도 그녀의 힘을 인정하자 견딜 수 없을 정도로 거북한 느낌이 밀려들었다. 멜라니는 매우 기뻐했다. 그런 감정에 휩싸일 때면 그녀를 제어하기가 더 힘들었다.

'네가 내 자리를 차지하고 있어.' 그녀의 생각은 희미했지만 분명히 인식할 수 있었다. 상황은 더 나빠지고 있었다. 그녀는 원할 때마다 내게 말을 할 수 있을 정도로 강인했다. 마치 잠에서 깨어나 처음 의식을 느꼈을 때처럼 힘들었다.

'가 버려! 여기는 내 자리야.'

'그럴 순 없어!'

"방랑자, 당신은 약하지 않아요. 그 점은 우리 둘 모두 잘 알고 있어요."

"글쎄요."

"당신은 강인해요. 놀라울 정도로 강인하죠. 우리들 소울은 개체마다 거의 비슷비슷하지만 당신은 그 기준을 넘었어요. 너무 강한 존재여서 오히려 놀랄 정도지요. 당신이 과거에 살았던 삶이 그걸 증명해주고 있어요."

과거의 삶은 강했을 수 있지만, 이번 삶도 과연 그럴까? 내 힘은 어디에 있는 것일까?

"하지만 인간은 우리들보다 개인에 따라 편차가 더 크죠." 캐시는 이야기를 이어나갔다. "어떤 이들은 다른 이들보다 훨씬 더 강해요. 만약 다른 누군가의 소울이 멜라니에게 삽입되었다면 아마 며칠도 지나지 않아 죽어 버렸을 게 분명해요. 우연일 수도 있고 운명일 수도 있지만, 우리 가운데 가장 강한 당신을 가장 강한 인간에 삽입한 것 같군요."

"단지 우리 입장에서만 생각하는 게 아닐까요?"

그녀는 내 말이 함축하는 의미를 알아차렸을 것이다. "그녀는 당신보다 우세하지 않아요. 내 옆에 앉아 있는 아름다운 여인은 바로 당신이에요. 그녀는 당신 마음 한구석에 있는 그림자에 지나지 않아요."

"캐시, 그녀는 내게 말을 하고 여전히 스스로 생각해요. 심지어 비밀까지 지키고 있다고요."

"하지만 당신을 대신해서 말을 하지는 않아요. 내가 당신을 대신해 말할 수 없는 것처럼요."

나는 아무 대답도 하지 않았다. 너무 비참한 느낌이 들었다.

"재이식 과정을 고려해야겠군요."

"캐시, 당신은 다른 소울이 그녀에게 삽입됐다면 곧 죽었을 거라고 말했어요. 그 말을 지금 믿으라는 거예요? 당신은 나를 위로하고 있는 것뿐이에요. 그녀가 너무 강인해서 다른 누군가에게 넘긴다는 건 부당해요. 내가 그녀를 이기지 못했는데, 왜 그녀를 다른 이에게 떠넘기려는 거죠?"

"당신을 위로하려고 한 말이 아니에요."

"그렇다면 왜…."

"당신의 호스트를 재사용하지는 않을 거예요."

"맙소사!"

갑자기 등골이 오싹해졌다. 그 생각에 두려움을 느낀 건 나뿐만이 아니었다.

강한 거부감이 들었다. 나는 겁쟁이가 아니었다. 가장 최근에 머물렀던 해초 행성에서 오랜 시간 동안 혁명을 일으키면서, 나는 기다려왔다. 한 곳에 뿌리를 내리고 영원히 산다는 것의 의미는 생각했던 것보다 더 일찍 퇴색되었다. 해초 행성에서의 삶은 이곳 지구의 시간으로 계산하면 수 세기에 달하지만, 나는 내 호스트가 살아야 할 기간을 건너뛰지 않았다. 그렇게 하는 것은 옳지 못한 일이라는 소신이 있었기 때문이었다. 우리 소울의 본질에 어긋나는 일이었다. 우리는 우리가 사는 곳을 더 좋은 곳으로 만들었다. 무엇보다 그것이 가장 중요했고, 그렇지 않으면 소울의 가치는 퇴색된다고 생각했다.

우리가 했던 일은 헛되지 않았다. 우리는 우리가 정착하는 곳을 더 평화

룹고, 더 아름답고, 더 훌륭하게 만들었다. 그에 비해 인간들은 잔인하고 난폭한 존재였다. 그들은 빈번하게 서로를 죽였고, 살인을 삶의 일부분으로 받아들였다. 그들이 수천 년 동안 만들어낸 다양한 고문 방식은 상상할 수 없을 정도로 역겨웠다. 삭막한 관료 조직들도 견딜 수 없었다. 거의 모든 대륙에는 전쟁이 만연했다. 사악한 청부살인도 일어났다. 평화로운 나라에 사는 사람들은 다른 인류가 굶어 죽어가는 모습을 아무렇지도 않게 바라보았다. 풍부한 자원도 평등하게 분배되지 않았다. 인간의 자손들은 때때로 낯선 이들뿐만 아니라 그들이 믿는 사람에게 희생되기도 했다. 소울은 인간의 가능성을 높게 보았지만 인류의 부주의하고 탐욕스러운 실수는 결국 지구를 위험에 처하게 하고 말았다. 하지만 지구의 예전 모습과 현재 모습은 도저히 비교할 수 없었다. 우리 덕분에 지구가 더 살기 좋은 곳이 되었다고 인정하는 이는 아무도 없었다.

'너희들은 인간을 말살하고 스스로 등을 토닥이고 있지.' 그녀가 내 머릿속에서 말하는 소리가 들렸다.

나는 주먹을 움켜쥐었다.

'널 처분해 버릴 수도 있어.' 나는 그녀에게 상기시켰다.

'어서 그렇게 해. 공식적으로 날 죽어버리라고.'

나는 으르렁거렸다. 멜라니도 마찬가지였다.

아, 그녀는 죽고 싶다고 생각하고 있는 것이다. 결국 그녀의 마지막 순간처럼 엘리베이터 굴대에 몸을 던져 자살할 수도 있을 것이다. 그러나 그건 두려움과 패배의 순간이다. 편안한 의자에 앉아 차분하게 고려하는 것과는 달랐다. 내가 다른 유순한 호스트로 옮겨가는 걸 고려하자, 그녀가 두려움 대신 아드레날린을 느끼는 게 온몸으로 전해졌다.

다시 혼자가 되고, 나 자신만의 생각을 갖고 싶었다. 지구라는 세상은 여러 가지 면에서 아름다운 곳이었다. 이렇게 거부당한 것 같은 감정이나 분노 없이 바라본다면 더없이 멋진 장소일 것이다.

내가 마음속 깊이 논리적으로 생각하려고 노력하자, 멜라니가 움츠러들었다. 결국 난 이 호스트를 포기해야 하는 것일까?

포기라는 단어를 떠올리는 것만으로도 겁이 나고 움찔했다. 방랑자인 내가 포기한다고? 그만둔다고? 실패를 인정하고, 아무런 문제도 일으키지 않을 온순한 호스트 안에 들어가야 한다는 사실을 인정한다고?

나는 고개를 가로저었다. 생각만으로도 견딜 수 없었다.

그리고 이건 분명히… 내 몸이었다. 나는 내 몸의 느낌에 이미 익숙해졌다. 근육이 뼈 위로 움직이는 방식, 관절과 힘줄이 구부러지는 느낌이 좋았다. 거울에 비치는 모습도 맘에 들었다. 짧게 자른 짙은 갈색 머리카락, 그리고 갈색이 도는 초록빛 눈동자도 좋았다. 이건 분명히 나였다.

나는 나 자신을 원했다. 나는 내 몸이 파괴되도록 가만히 내버려두지 않을 것이다.

6

뒤따르다

창밖에 비치던 햇빛이 마침내 수그러들고 있었다. 3월치고는 더운 날씨가 마치 나를 자유롭게 놔주기 싫은 것처럼 계속 이어졌다.

나는 코를 훌쩍거리면서 젖은 손수건을 다시 접었다. "캐시, 당신에게는 다른 할 일도 있잖아요. 커트가 당신을 찾을지도 모르고요."

"그는 이해할 거예요."

"계속 여기서 이러고 있을 순 없어요. 그런다고 무슨 답을 얻을 수 있는 것도 아니고요."

"나도 일을 신속하게 처리하는 편은 아니에요. 당신은 새로운 호스트에 대해서 반대하는군요."

"네."

"그렇다면 지금 호스트에 적응하는 데 약간 시간이 걸릴 거예요."

나는 좌절감을 느끼며 이를 악물었다.

"도움을 받는다면 더 빨리, 쉽게 적응할 수 있을 거예요."

"앞으로는 좀 더 자주 찾아오죠. 약속할게요."

"물론 그러기 바라지만, 내가 말하려는 것은 그게 아니에요."

"당신 이외의 다른 도움이 필요하단 말인가요?" 낯선 이와 지금처럼 참담한 상황을 겪어야 한다는 생각이 떠오르자 몸이 움츠러들었다. "당신은 위안자로서 어느 누구보다 더 훌륭하잖아요."

"다른 위안자의 도움이 필요하다는 뜻이 아니에요." 그녀는 자세를 고쳐 앉더니 뻣뻣하게 몸을 폈다. "방랑자, 당신에겐 친구가 몇 명이나 있죠?"

"직장에서 함께 일하는 사람들 말인가요? 매일 서너 명의 교수들을 만나죠. 그리고 강의실에서 이야기를 나누는 학생들도 몇몇 있고요."

"학교 밖에는?"

나는 멍하니 그녀를 쳐다보았다.

"인간 호스트들은 상호작용이 필요해요. 당신은 혼자 있는 것에 익숙하지 않아요. 지구 행성의 여러 사상에 대해 알고 있겠지만…."

"아직 그 단계까지 나가지는 못했어요." 나는 유머를 시도해 보았지만 소용이 없었다.

그녀는 희미하게 미소 짓더니 다시 말을 이었다. "현재 겪고 있는 문제가 너무 커서 다른 것에 집중하기가 힘들 거예요. 그렇게 온전하게 집중하지 않는 것이 해결책이 될 수도 있을 것 같군요. 멜라니는 당신이 일을 하는 동안은 잠잠해진다고 했죠? 동료들과 관계를 발전시킨다면 그녀를 더 잠잠하게 만들 수 있을 거예요."

나는 입술을 지그시 깨물었다. 하루 종일 위안자와 보낸 시간에 지친 멜라니는 대들 생각조차 별로 없는 것 같았다.

캐시가 고개를 끄덕였다. "그녀에게 신경 쓰기보다는 살아가는 과정에 더 몰두하세요."

"일리 있는 말이군요."

"그리고 인간에게는 강렬한 육체적인 욕망이 있어요. 예전에는 듣지도 보지도 못한 거죠. 최전방에 섰던 우리들이 극복해야 했던 것 가운데 가장 힘들었던 것이 짝짓기를 하려는 본능이었어요. 당신은 그렇지 않다 해도 인간은 그 욕망을 알아차리죠." 그녀는 소리 없이 웃으면서 옛 기억을 떠올렸다. 그녀가 기대하는 대로 내가 반응하지 않자, 그녀는 한숨을 쉬며 조바심 어린 태도로 팔짱을 꼈다. "당신도 분명히 알아차렸을 거예요."

"네, 물론이에요." 나는 머뭇거리며 중얼거렸다. 멜라니의 마음이 불안하게 흔들렸다. "그 꿈에 대해서도 말하지 않았고요…."

"단지 기억에 대해 말하려는 게 아니에요. 어떤 사람을 보자마자 화학적인 반응이 일어난 적 없어요?"

나는 그녀의 질문을 곰곰이 생각했다. "지금까지는 그런 적 없어요."

"내 말을 믿어요. 분명히 그런 적이 있을 거예요." 그녀는 냉담한 어조로 말하면서 고개를 가로저었다. "눈을 크게 뜨고 주변을 둘러봐야 할 거예요. 당신에게 많은 도움이 될 테니까."

그런 생각을 떠올리자 몸이 절로 떨렸다. 몸속에서 멜라니가 역겨워하는 게 느껴졌다.

캐시는 내 표정을 읽은 것 같았다. "방랑자, 당신이 주변 사람과 상호작용하는 걸 그녀가 제어하도록 두어서는 안 돼요. 그녀가 당신을 제어해서는 안 된다고요."

화가 치밀었다. 나는 아직 익숙해지지 않은 화를 겨우 억누르며 천천히 대답했다.

"그녀는 나를 제어하지 않아요."

캐시의 눈썹이 치켜 올라갔다.

화가 치밀어 목이 뻣뻣해졌다. "현재 호스트와 당신도 그다지 관계가 좋지 않은 것처럼 보이네요. 그런 선택도 제어한 건가요?"

그녀는 화난 내 모습을 무시한 채 질문에 대해 곰곰이 생각했다.

"그럴 수도 있지요." 그녀가 천천히 말문을 열었다. "알아차리기 어려운데 당신은 정확히 알고 있군요." 그녀는 셔츠 깃을 만지작거렸다. 그러고 나서 내 시선을 회피하고 있다는 사실을 문득 깨달은 것처럼, 두 손을 모으고 어깨를 펴서 자세를 바로잡았다. "어떤 행성에서 어떤 호스트가 주어질지 누가 알겠어요? 예전에도 말했지만, 시간이 지나면 문제가 해결될 거예요. 그녀가 점점 더 냉담해지고 말이 없어질 수도 있고, 제러드 이외에 다른 선택을 할 수 있을 수도 있죠…. 수색자들은 매우 훌륭해요. 그들은 이미 그를 찾고 있고, 당신은 도움이 될 만한 정보를 기억해 낼 거예요."

나는 꼼짝도 하지 않고 가만히 앉아 그녀의 말뜻을 생각했다. 내가 그 자리에 얼어버린 것처럼 미동도 하지 않고 있다는 사실을 그녀는 눈치 채지 못한 것 같았다.

"그들은 멜라니가 사랑하는 사람을 찾아낼 것이고, 그러면 당신과 멜라니는 하나가 될 수 있을 거예요. 제러드도 그녀처럼 간절한 마음이라면, 새로운 소울도 아마 기꺼이 따르겠죠."

"아니에요!" 누가 소리쳤는지 알 수 없었다. 그 소리는 내 것 같기도 했다. 나는 두려움에 휩싸였다.

나는 몸을 떨면서 자리에서 벌떡 일어났다. 이번만은 눈물이 흐르지 않았고, 주먹을 꽉 쥔 손만 부들부들 떨릴 뿐이었다.

"왜 그래요, 방랑자?"

그러나 나는 몸을 돌려 문을 향해 달려갔다. 말이 입 밖으로 나오지 않아 미칠 것 같았다. 그녀의 말인지 나의 말인지 알 수가 없었다. 누구의 것이든 간에 입 밖으로 절대 내뱉을 수 없는 말이었다.

'그를 죽이려는 거야! 그의 존재를 끝내려는 거야! 난 다른 누군가를 원하는 게 아니야. 내가 원하는 건 제러드야. 그의 몸 안에 있는 낯선 자는 원치 않아! 제러드가 없는 몸은 내게 아무 의미도 없어.'

등 뒤에서 캐시가 부르는 소리가 들렸지만 나는 길을 향해 달려갔다.

내가 사는 곳은 위안자의 사무실로부터 그다지 멀지 않았다. 하지만 밖이 어두워 길을 잘못 들고 말았다. 두 블록도 채 지나지 않아 나는 잘못된 방향으로 가고 있다는 걸 깨달았다.

사람들이 나를 쳐다보고 있었다. 운동복 차림으로 조깅을 하고 있는 것도 아니었다. 어디론가 도망치고 있었다. 그러나 간섭하는 사람은 아무도 없었다. 그들은 예의 바르게 시선을 돌렸다. 그들은 내가 호스트에 익숙해지지 않았다고 추측할 것이다. 어린아이처럼 행동한다고 생각할 것이다.

나는 달리는 속도를 늦추고 걷기 시작했다. 캐시의 사무실 앞을 지나가지 않기 위해 북쪽으로 방향을 바꾸었다.

내 걸음은 달리는 것보다 약간 덜 빨랐을 뿐이다. 탕, 탕, 탕. 댄스 음악 비트에 맞추어 콘크리트 바닥에 발걸음을 맞추려 해도, 바닥에 닿는 발자국 소리가 너무 빨랐다. 드럼을 치는 소리와는 달랐다. 화난 외침 같았다. 탕, 탕, 탕. 누군가가 다른 누군가를 힘껏 치는 소리. 끔찍한 장면이 떠올랐고 몸이 부르르 떨렸다.

내 아파트에 불이 켜져 있는 게 보였다. 아파트까지 거리는 그리 멀지 않았다. 그러나 나는 길을 건너지 않았다.

속이 메슥거렸다. 토한 적은 한 번도 없지만 구토의 느낌은 기억났다. 이마에 진땀이 흐르고 귀에서 소리가 울렸다. 예전처럼 토할 거라는 걸 분명히 느낄 수 있었다.

보도 옆에는 잔디가 깔려 있었고 가로등 주변에는 잘 다듬은 울타리가 쳐져 있었다. 더 좋은 장소를 찾을 시간이 없었다. 나는 비틀거리며 가로등으로 걸어가서 넘어지지 않기 위해 기둥을 잡았다. 속이 메슥거리고 머리가 어지러웠다.

그렇다, 이제 곧 구토를 경험할 게 분명했다.

"방랑자, 당신이었군요. 어디 아픈 거예요?"

익숙한 목소리가 희미하게 들렸지만 집중할 수가 없었다. 구경꾼이 생기다니, 상황이 더 나빠졌다. 나는 고개를 숙이고 얼마 전에 먹었던 것을 모두 다 토해내기 시작했다.

"당신 치료사가 누구죠?" 역시 익숙한 목소리가 들렸지만, 아주 먼 곳에서 윙윙거리는 소리 같았다. 구부러진 나의 등에 손길이 와 닿았다. "구급차 부를까요?"

나는 기침을 두어 번 하고 고개를 가로저었다. 뱃속이 텅 비었고 구토는 이제 끝난 게 분명했다.

"괜찮아요." 나는 가로등 기둥을 붙잡은 채 몸을 일으키며 말했다. 내 치욕스런 순간을 본 사람이 없는지, 주변을 둘러보았다.

시카고 출신의 수색자는 손에 든 휴대폰으로 어떤 기관으로 전화하려고 결심한 것 같았다. 그녀를 한 번 쳐다본 다음, 나는 다시 고개를 숙이고 토하기 시작했다. 뱃속이 텅 비었다고 생각했지만 그렇지 않았다. 그녀를 그곳에서 만난 게 당혹스럽기만 했다.

그러나 속에 든 것을 모두 토해내자, 그녀가 여기 있는 이유를 불현듯 깨달았다.

아, 안 돼, 안 돼, 안 돼, 절대 안 돼!

"도대체 왜?" 나는 숨을 몰아쉬었다. 두려움과 메스꺼움 때문에 목소리가 제대로 나오지 않았다. "왜 여기 있는 거죠? 어떻게 된 거예요?" 머릿속에서 위안자와 나누었던 대화들이 메아리쳤다.

수색자의 검정색 양복 깃을 움켜잡고 있는 손을 바라보던 나는, 그 손이 내 것이라는 사실을 뒤늦게 깨달았다.

"무슨 짓이에요!" 그녀가 떨리는 목소리로 말했다. 얼굴에는 분노가 어려 있었다.

나는 그녀는 붙들고 흔들다가 급히 손을 떼내고 내 얼굴을 감쌌다. "미안해요." 나는 큰 소리로 외쳤다. "정말 미안해요. 나도 모르게 그만…"

수색자는 얼굴을 찡그리며 입고 있던 옷을 매만졌다. "몸도 안 좋은데다, 날 보고 놀라기까지 한 것 같군요."

"당신을 이곳에서 만날 거라고는 생각도 하지 못했어요." 나는 속삭이듯 중얼거렸다. "그런데 여긴 어쩐 일로…"

"우선 당신을 치료 기관으로 보내고 나서 얘기하도록 하죠. 감기에 걸렸으면 치료를 받아야 해요. 몸이 아픈 상태로 방치하면 안 된다고요."

"감기에 걸리지도 않았고 몸이 아프지도 않아요."

"상한 음식이라도 먹은 거예요? 그렇다면 어디서 그 음식을 먹었는지 보고해야 해요."

그녀의 어투에는 짜증이 묻어 있었다.

"상한 음식을 먹지도 않았어요. 난 건강해요."

"치료사에게 찾아가 확인해보는 게 어떻겠어요? 금방 확인할 수 있죠. 당신 호스트를 소홀히 하면 안 돼요. 그건 무책임한 행동이라고요. 건강을 돌보는 게 얼마나 쉽고 효과적인데 그걸 소홀히 하면 절대 안 되죠."

나는 심호흡을 하면서, 그녀를 다시 붙잡아 흔들고 싶은 욕구를 억제했다. 그녀는 나보다 머리 하나가 모자랄 정도로 키가 작았다. 싸운다면 내가 이길 것이다.

싸움이라…. 나는 그녀에게서 돌아서서 곧장 집으로 향했다. 위험할 정도로 감정을 주체할 수 없었다. 돌이킬 수 없는 일을 저지르기 전에 마음을 가라앉혀야 했다.

"방랑자! 기다려요! 치료사를…."

"치료사는 필요 없어요." 나는 뒤돌아보지 않고 소리쳤다. "감정적 균형이 맞지 않았던 것뿐이에요. 이젠 괜찮아요."

수색자는 아무 대답도 하지 않았다. 그녀가 내 대답을 어떻게 생각했을지 궁금했다. 하이힐을 신고 뒤따라오는 발자국 소리를 들었기 때문에, 아파트 문은 닫지 않고 그냥 두었다. 그녀가 나를 따라 안으로 들어올 거라는 걸 알았기 때문이었다. 싱크대로 가서 컵에 물을 채운 후 천천히 입안을 헹구고 물을 뱉었다. 그리고 싱크대에 기대어 가만히 개수대를 쳐다보았다.

그녀는 곧 지루해진 것 같았다.

"방랑자… 아직도 그 이름을 쓰는군요. 그렇게 부르는 게 무례한 건 아니겠죠?"

나는 그녀를 쳐다보지 않고 대답했다. "여전히 방랑자라고 불러요."

"그렇군요. 그녀가 스스로 선택한 이름이라는 사실을 알려줬을 텐데요."

"선택한 건 바로 나예요. 내가 방랑자라는 이름을 선택한 거예요."

내가 치료 기관에서 깨어난 첫날 처음 엿들었던 소리는 수색자의 잘못이라는 말이었다. 수색자는 내가 아홉 번의 삶을 살면서 만난 소울 가운데 가장 반항적인 이였다. 첫 번째 치료사였던 포즈 딥 워터즈는 매우 침착하고, 친절하고, 현명했지만 말이다.

나는 고개를 돌려 그녀를 마주보았다. 그녀는 마치 아주 오랫동안 그곳에 머물 것처럼, 조그만 의자에 편안히 앉아 있었다. 그녀는 만족스런 표정이었고, 튀어나온 눈 역시 즐거움에 가득 차 있는 것처럼 보였다. 나는 얼굴을 찌푸리고 싶은 욕구를 억눌렀다.

"그런데 이곳에는 어쩐 일이죠?" 나는 길거리에서 했던 질문을 다시 던졌다. 내 목소리는 단조롭고 기운이 없었다. 수색자 앞에서 다시는 통제력을 잃지 않을 것이다.

"소식을 들은 지 꽤 오래되어서 직접 찾아와 확인해야겠다는 생각이 들었어요. 당신 같은 경우는 진전이 거의 없었으니까요."

나는 테이블에 두 손을 고정한 채, 최대한 편안한 목소리로 말했다.

"의욕이 과도한 것 같네요. 게다가 어젯밤에 메시지도 보냈잖아요."

나 때문에 갑자기 짜증이 치민 듯 그녀는 다시 눈썹을 치켜 올렸다. 그리고 곧 팜(palm) 컴퓨터를 꺼내어 몇 번 스크린을 터치했다.

"이런." 그녀가 뻣뻣한 어조로 말했다. "오늘 메일을 확인하지 않았군."

그녀는 아무 말도 하지 않은 채 내가 보낸 메일을 자세히 확인했다.

"오늘 새벽에 보냈는데 비몽사몽간이었어요." 내가 말했다. "내가 쓴 내용이 기억인지 꿈인지 잘 모르겠는데, 그냥 꿈을 그대로 옮겨 적은 걸 수도 있고요."

나는 멜라니가 하는 말을 그대로 옮겼다. 그녀가 하는 말이 입 밖으로 쉽게 빠져나왔다. 심지어 말을 마친 다음 마음속에서 우러나오는 웃음을 터뜨리기도 했다. 나는 나 자신을 기만했고, 그건 수치스러운 행동이었다. 그러나 내가 호스트보다 더 약하다는 사실을 절대 수색자에게 알리지 않을 것이다.

우선 멜라니는 나를 이긴 것에 대해 밉살스럽게 굴지 않았다. 오히려 내가 그녀를 저버리지 않은 것에 안도하고 고마워했다.

"흥미롭군요." 수색자가 중얼거렸다. "끊임없이 문제들이 일어나니 우리가 평화롭게 지낼 틈이 없는 게 당연하죠." 그녀가 고개를 가로저으며 말했다. 그러나 평화롭게 지내지 못한다는 사실에 실망하기보다는 오히려 즐거워하는 것처럼 보였다.

나는 입술을 지그시 깨물었다. 멜라니는 그 소년은 꿈에서 본 것에 불과하다며, 또 다시 강력하게 부인했다. '어리석게 굴지 마. 뻔한 일이잖아.' 나는 그녀에게 말했다. 수색자는 워낙 쌀쌀맞고 냉담한 성격이라, 나와 멜라니를 함께 논하지는 않았다.

'난 저 여자가 싫어.' 멜라니의 속삭임은 마치 칼에 베인 상처처럼 날카롭고 아팠다.

'알아, 나도 알아.' 나도 똑같은 심정이라는 걸 부인할 수 있다면 좋을 텐데…. 증오는 도저히 용서할 수 없는 감정이었다. 그럼에도 수색자는 도저히 좋아할 수 없는 상대였다. 그녀를 좋아하는 건 불가능했다.

수색자는 나와 멜라니가 마음속으로 나누는 대화를 차단했다. "여기서 말한 새로운 위치를 살펴보는 것 이외에, 별 도움이 되는 정보가 없군요."

그녀의 비판적인 어조에 내 몸이 반응하는 게 느껴졌다. "대략적인 장소만 언급했을 뿐이지 구체적인 건 몰라요. 나한텐 더 이상 도움이 될 만한 정보가 없어요."

그녀는 혀를 세 번 찼다. "하지만 그녀는 알고 있는 것 같다고 했어요."

"그렇게 생각하는 것뿐이에요. 더 이상은 나도 몰라요."

"왜요? 아직도 호스트를 정복하지 못한 건가요?" 그녀는 큰 소리를 내며 웃었다. 나를 향한 비웃음이었다.

나는 그녀에게서 등을 돌리고 마음을 가라앉히는 데 집중했다. 그녀가 그 자리에 없는 것처럼 생각하려고 노력했다. 부엌에 혼자 서서 창밖의 밤하늘을 바라보았다. 다른 별들보다 특별히 더 빛나는 별 세 개가 보였다.

밤하늘, 별, 꿈, 부서진 기억들, 그리고 선(線)….

선이라니…, 난데없는 기억이었다. 당황할 사이도 없이 갑작스레 선들이 나타나 머릿속에 알 수 없는 그림을 그리기 시작했다.

첫 번째 선. 완만하지만 거친 곡선이 이어지다가 갑자기 북쪽으로 휘어진다. 그리고 다시 다른 방향으로 휘어져 더 길게 이어지다가, 별안간 남쪽으로 내려온 후 다시 완만한 곡선을 그린다.

두 번째 선. 복잡한 지그재그 모양. 네 개의 지그재그 선이 이어지는데,

그것들이 교차한 다섯 번째 점은 지워지기라도 한 양 이상하리만치 무뎌 보인다.

세 번째 선. 부드러운 물결무늬가 이어지다가 갑자기 끊기고, 얇고 긴 손가락 모양이 북쪽으로 올라갔다가 다시 내려온다.

이해할 수도 없고 아무런 의미도 없는 것처럼 보였다. 그러나 멜라니에게 중요한 의미가 있다는 걸 알 수 있었다. 처음부터 난 알 수 있었다. 멜라니는 남동생에 대한 비밀 다음으로 이 선에 얽힌 비밀을 반드시 지키려고 애썼다. 어젯밤 그 꿈을 꾸기 전까지, 나는 남동생의 존재에 대해 알지 못했다. 무엇 때문에 그녀의 마음이 그렇게 아픈지 알지 못했었다. 내 머릿속에서 대화를 시도하면, 그녀는 더 많은 비밀을 내게 알려줄 것이다.

혹시 그녀가 실수로 내게 말해 줄지도 모른다. 그러면 그 이상한 선이 무엇을 의미하는지 알게 될 것이다. 적어도 그 선이 어떤 의미를 담고 있다는 것, 그리고 어딘가로 이끌어주는 단서라는 사실은 분명히 알 수 있었다.

수색자의 웃음소리가 여전히 메아리치던 바로 그 순간, 나는 그 선이 왜 그렇게 중요한지 깨달았다.

그 선은 제러드에게로 이어지는 것이다. 제러드와 제이미에게 되돌아가는 길…. 그들 이외에 돌아갈 곳이 어디 있단 말인가? 그녀에게 어떤 장소가 의미 있겠는가? 하지만 문제는 어느 누구도 이 선을 따라간 적이 없다는 점이었다. 돌아갈 길이라는 건 분명했지만 이 선은 여전히 수수께끼일 뿐이었다.

벽으로 시선을 돌리자 문득 정신이 들었다. 멜라니는 나보다 더 수색자에게 주의를 기울이고 있었다. 그녀가 내 뒤에서 들리는 소리에 민감하게 반응한 덕에, 나는 수색자가 가까이 다가왔다는 걸 눈치 챌 수 있었다.

수색자는 한숨을 내쉬었다. "당신은 내 기대에 미치지 못하고 있어요. 당신의 기록을 보면 앞날이 밝았는데…."

"이 임무를 직접 맡지 못한 게 유감스러웠겠네요. 호스트가 강하게 저항하더라도, 당신에게는 누워서 떡먹기였을 테니까요." 나는 그녀를 돌아보지 않고 말했다. 내 목소리에는 흔들림이 없었다.

그녀는 콧김을 내뿜으며 씩씩거렸다. "반란군 호스트가 없었던 초기였다면 충분히 가능한 일이었겠죠."

"난 수많은 호스트에게 정착하는 과정을 경험했어요. 단순히 당신의 주관적 판단에 휘둘리진 않아요."

수색자는 콧방귀를 뀌었다. "이전 해초 행성의 호스트도 길들이기 어려웠나 보죠? 그래서 그렇게 도망친 건가요?"

나는 침착함을 유지하려 애썼다. "남쪽은 아무 문제가 없었어요. 물론 북쪽은 문제가 달랐지만요. 북쪽은 완전히 실패했어요. 숲 전체를 모두 잃었지요." 당시의 슬픔이 내 마음속에서 느껴졌다. 감각기관을 지닌 수천 개의 생명체가 우리를 받아들이는 대신 눈을 감았다. 태양 아래에서 잎을 동그랗게 만 다음 굶어 죽어버린 것이다.

'그들에겐 오히려 다행이지 뭘 그래.' 멜라니가 속삭였다. 악의나 원한은 느껴지지 않았다. 단지 내 기억 속에 있는 비극적인 일을 인정하는 것 같았다.

'그건 어리석은 일이었어.' 우리의 자매였던 숲이 고통 속에 죽어가던 기억을 떠올리자 슬픔이 밀려왔다.

'어쨌든 너희 때문이었잖아.' 멜라니가 말했다.

수색자가 다시 말문을 열었고, 나는 그녀와의 대화에 집중하려 애썼다.

"맞아요, 임무를 제대로 수행하지 못했었죠." 그녀의 목소리가 불안정하게 들렸다.

"새로운 행성에 처음 정착할 때는 아무리 조심해도 지나치지 않아요. 그런데 어떤 이들은 충분히 주의를 기울이지 않죠."

그녀는 아무 대답도 하지 않았고, 곧 몇 걸음 물러나는 소리가 들렸다. 수많은 생명체가 한꺼번에 자살을 한 배후에 수색자가 있었다는 사실은 모두 알고 있었다. 해초는 여타 생물들처럼 도망치거나 반란을 일으킬 수 없는 존재였기 때문에, 수색자들은 그들이 스스로 목숨을 저버릴 거라고는 미처 생각하지 못했다. 그들은 무모하게 밀어붙였고, 적절한 개체수가 모여 동화되기 전에 성급하게 첫 번째 정착을 시도했다. 수색자들이 해초들이 무엇을 할 수 있는지 깨달았을 때는 이미 너무 늦어버렸다. 동면하는 소울을 다시 공수해 오기에는 시간이 너무 늦었고, 그들이 도착하기 전에 북쪽 숲은 완전히 사라지고 말았다.

내가 한 말이 그녀에게 어떤 영향을 끼쳤는지 궁금해서, 나는 수색자의 얼굴을 똑바로 쳐다보았다. 그녀는 아무렇지도 않은 표정으로 방 반대편에 있는 벽을 멍하니 바라보고 있었다.

"더 이상 도울 수 없어서 미안하네요." 나는 거절의 뜻을 분명히 밝히기 위해 힘주어 말했다. 이제 집에 혼자 있을 준비가 되었다.

'너 혼자가 아니라 나와 함께 있는 거지.' 멜라니가 심술궂게 끼어들었다. 한숨이 나왔다. 그녀의 존재감은 더 분명해졌다.

"괜히 번거롭게 이곳까지 왔군요."

"내가 맡은 일인 걸요." 수색자는 어깨를 으쓱하며 말했다. "내가 맡고 있는 대상은 당신뿐이니까요. 다른 대상이 나타날 때까지 당신에게 가까이 붙어 있는 게 좋을 것 같군요."

7

대항하다

　"질문 있어요, 페이시즈 선워드(Faces Sunward)?" 누군가 손을 들어 질문하는 바람에 강의가 중단된 게 오히려 고맙게 느껴졌다. 강의실 연단 뒤에 서 있는 게 평소처럼 편안하지 않았다. 내 호스트는 청소년기 이후 정규 교육도 받지 못했기 때문에, 내가 할 수 있는 강의는 직접 체득한 개인적인 경험밖에 없었다. 특히나 이번 학기에 맡은 첫 세계사 강의는 기억을 더듬어 끄집어낼 것도 없었다. 강의를 듣는 학생들은 예전과는 다른 점 때문에 혼란스러울 것이 분명했다.

　"강의 중에 끼어들어 죄송하지만…." 흰 머리 남자가 잠시 말을 멈춘 다음, 다시 힘겹게 말을 이었다. "잘 이해가 되지 않습니다. 불을 먹는 자들은 움직이는 꽃들을 태우는 연기를 마치 음식을 섭취하듯 빨아들이는 겁니까?" 그는 두려움을 억누르는 듯한 어조로 물었다. 소울은 다른 소울을 판단하지 않는 법이다. 그러나 꽃의 행성 출신인 그가 다른 행성의 유사한 생명체의 운명에 대해 강한 반응을 보이는 태도는 그리 놀랍지 않았다.

자신이 예전에 살았던 세계에 갇혀 다른 세계는 완전히 무시해 버리는 소울들을 보면 항상 놀라움을 금할 수 없었다. 그러나 정확하게 말하자면, 불의 행성이 악명을 떨치고 있을 때 페이시즈 선워드는 동면을 하고 있던 상태였다.

"그래요. 그들은 그 연기에서 필수 영양소를 얻죠. 불의 행성의 근본적인 딜레마와 끊임없는 논쟁은 바로 거기 있어요. 불의 행성에 생명체가 가득 차서 다른 생명체를 차단할 시간이 되었음에도 아직 그러지 못하는 이유가 바로 그 때문이에요. 재수용 확률이 매우 높은 편이죠. 불의 행성을 처음 발견했을 때, 모두들 지배 종족인 불을 먹는 자들이 지각력이 있는 유일한 생명체라고 간주했어요. 불을 먹는 자들은 움직이는 꽃들이 자신들과 대등하다고 생각하지 않았고요. 문화적 편견이었지요. 그 때문에 첫 정착민이 몰려온 이후에도 한동안 그들은 자신들이 지각력이 있는 생명체를 살해하고 있다는 사실조차 깨닫지 못했어요. 하지만 그 사실을 알게 된 이후부터, 불의 행성 과학자들은 불을 먹는 자들의 식습관을 대체할 것을 찾는 데 연구를 집중했죠. 도움을 받기 위해 거미들을 운반해오고 있었지만, 수백 광년이나 멀리 떨어진 곳이라 역시 어려움이 따랐고요. 이 제약을 극복해야만 움직이는 꽃들이 불의 행성에서 살아갈 수 있는 희망이 생길 거예요. 그들이 서로 대등하다는 점을 인지한 이후부터 잔인한 행동은 거의 사라졌지요."

"어떻게…." 페이시즈 선워드는 말을 끝내지 못하고 끝을 흐렸다.

다른 누군가가 페이시즈 선워드 대신 말을 이었다. "너무 잔인합니다. 그런데 그 행성은 왜 아직까지 버림받지 않고 있는 겁니까?"

"로버트, 그 점에 대해서는 지금까지 논쟁이 이어지고 있어요. 우리는 행성을 쉽게 버리지 않죠. 불의 행성이 고향인 소울도 많이 있잖아요. 그들의 의지와 상반되게 뿌리를 잃어버리는 일은 없을 거예요." 나는 논외의 토론을 끝낼 의도로, 시선을 돌려 노트를 내려다보았다.

"하지만 너무 야만적이지 않습니까?"

로버트는 대부분의 학생들보다 나이가 어렸는데, 거의 내 나이와 비슷했다. 그리고 어떤 면에서는 어린아이 같기도 했다. 그가 첫 번째로 살게 된 세상은 지구였다. 그를 낳은 어머니는 지구에서 살던 생명체였을 것이다. 그러나 그는 나이가 지긋하거나 여러 행성을 돌아다닌 소울들보다 전망이 더 밝아 보이지는 않았다. 앞선 경험도 없이 압도적인 감정에 휩싸이는 인간으로 지구에 태어난다는 건 어떤 것일까? 객관성을 찾는 게 쉽지 않을 것이다. 나는 그 점을 인지하며 그에게 인내심 있게 대답하기 위해 노력했다.

"모든 세상은 저마다 독특한 경험이에요. 그 세상에 살아보지 않았다면 그곳을 이해할 수 없죠…."

"하지만 교수님은 불의 행성에 계셨던 적이 없으신 걸로 압니다." 로버트가 끼어들며 말했다. "그 행성을 건너뛰실 다른 이유가 없었다면, 교수님도 저와 같은 감정 때문이셨을 게 분명합니다. 교수님은 거의 모든 행성을 거쳐 오셨으니까요."

"로버트, 행성을 선택하는 건 매우 개인적인 사항이에요. 당신도 언젠가 경험하게 되겠지만 말이에요." 나는 그 주제에 대해 더 이상 토론하지 않기 위해 단호하게 말했다.

'왜 학생들에게 말하지 않는 거지? 너도 야만적이고, 잔인하고, 잘못됐다고 생각하잖아. 네가 나에게 묻다니 정말 아이러니하군. 뭐가 문제야? 로버트의 의견에 동의한다는 사실이 부끄러워? 그가 다른 이들보다 더 인간적이기 때문인 거야?' 멜라니가 내 머릿속에서 말했다.

나는 자신의 목소리를 찾은 멜라니의 존재를 참을 수 없었다. 그녀의 생각이 머릿속에서 계속 울린다면 내 일에 어떻게 집중할 수가 있겠는가?

로버트의 뒷좌석에서, 어두운 그림자가 움직였다.

평소처럼 검정색 옷차림을 한 수색자가 처음으로 토론에 관심을 보이며 몸을 앞으로 숙였다.

나는 그녀에게 얼굴을 찌푸리고 싶은 욕구를 억누르기 위해 애를 썼다. 로버트에게 그런 것이 아니었지만, 그의 얼굴에는 벌써 당황스러운 기색이 역력했다. 멜라니가 투덜거렸다. 그녀는 나의 이 몹쓸 욕구를 억누르지 않기를 바랐다. 수색자가 항상 우리를 뒤쫓자, 멜라니의 마음속엔 새로운 증오가 생긴 것 같았다. 예전에는 세상 어느 것보다, 세상 누구보다 나를 더 미워했지만 이제는 그렇지 않았다.

"강의를 마칠 시간입니다." 나는 안도의 한숨을 내쉬며 말했다. "다음 주 화요일에 초청연사가 오시는데, 내가 완전히 설명하지 못했던 이번 주제에 대해 자세히 말씀해 주실 겁니다. 최근 우리 행성에 오신 플레임 텐더(Flame Tender) 님께서 직접 불의 행성에 정착했던 과정을 알려주실 거예요. 여러분이 내게 그랬듯이 예의 바른 태도로 그를 맞아주기 바라고, 그의 호스트가 나이가 어리다는 점을 감안해 주세요. 이상 강의를 마치겠습니다. 감사합니다."

어떤 학생들은 천천히 강의실을 빠져나갔고, 또 다른 학생들은 소지품을 챙기면서 주변 학생들과 이야기를 나누었다. 캐시가 친구에 대해 이야기했던 게 머릿속에 떠올랐지만, 학생들 틈에 끼어 이야기를 주고받고 싶은 마음은 생기지 않았다. 그들은 내게 낯선 이들이었다.

원래부터 내가 그렇게 느꼈던 것일까? 아니면 멜라니가 그렇게 느끼고 있는 것일까? 대답하기 힘들었다. 생각해 보니 난 비사교적인 성격을 타고난 것 같았다. 내 개인사를 생각해봐도 그랬다. 나는 한 행성에서 두 번의 삶을 살 만큼 강한 애착을 느꼈던 적이 한 번도 없었다. 로버트와 페이시즈 선워드가 강의실을 나가지 않고 문가에 서 있는 모습이 보였다. 그들은 열떤 토론을 벌이고 있었고, 나는 토론의 주제가 무엇인지 추측할 수 있었다.

"불의 행성에 대해서는 의견이 분분해요."

나는 가볍게 시작했다.

수색자가 어느 틈에 내 옆에 서 있었다. 하이힐 소리가 들리면, 대개 그녀가 왔다는 걸 알 수 있었지만 오늘은 스니커즈였다. 당연하게도 검정색. 하이힐을 신지 않자 그녀는 평소보다 훨씬 더 작아 보였다.

"내가 좋아하는 주제가 아니군요." 나는 덤덤한 어조로 말했다. "난 직접적인 경험에 대해 토론하길 좋아하거든요."

"학생들이 강한 반응을 보이더군요." 수색자가 말했다.

"네, 그랬죠."

그녀는 내게 더 많은 것을 원하는 것처럼, 기대하는 눈빛으로 나를 바라보았다. 나는 노트를 모아 가방에 집어넣었다.

"당신 역시 반응을 보이는 것 같았고요."

나는 고개를 돌리지 않은 채, 조심스럽게 하던 일을 계속했다.

"왜 그 질문에 대답하지 않았는지 궁금했어요."

그녀는 말을 멈추고 내가 대답하기를 잠시 기다렸다. 하지만 나는 아무 대답도 하지 않았다.

"…왜 질문에 대답하지 않았던 거죠?"

나는 조급한 표정을 숨기지 않고, 고개를 돌려 그녀를 쳐다보았다. "강의와는 상관없는 질문이었기 때문이에요. 또 로버트가 좀 더 예의바르게 행동하는 법을 배워야 했기 때문이고, 어느 누구와도 상관없는 문제였기 때문이죠."

나는 가방을 어깨에 메고 강의실 출입문으로 향했다. 그녀는 짧은 다리로 발걸음을 재촉하며 나를 따라왔다. 우리는 아무 말 없이 복도를 걸어갔다. 밖으로 나오자 티끌 같은 먼지들이 오후 햇빛을 받아 반짝이고 있었다.

그때 그녀가 다시 말문을 열었다.

"방랑자, 우리가 이 행성에 정착할 수 있을 거라고 생각해요? 당신은 이 행성을 꽤 좋아하는 것처럼 보이는군요."

은근히 나를 모욕하는 어투에 화가 치밀었다. 멜라니 역시 분개했다.

"무슨 말을 하는지 모르겠군요."

"방랑자, 솔직하게 말해 봐요. 그들이 불쌍해요?"

"누구요?" 나는 무덤덤하게 물었다. "움직이는 꽃 말이에요?"

"아니, 인간들 말이에요."

나는 발걸음을 멈추었고, 그녀도 내 옆에 멈추어 섰다. 몇 블록만 더 가면 내가 사는 아파트였다. 이번에도 그녀가 집 안까지 따라 들어올지 모르지만, 나는 한시라도 빨리 그녀와 헤어지고 싶은 마음에 걸음을 재촉하고 있던 상태였다. 그러나 그녀가 던진 질문은 나를 무방비 상태로 만들었다.

"인간들이라고요?"

"그래요. 인간들을 불쌍히 여기는 거예요?"

"당신은요?"

"난 아니에요. 인간은 야만적인 종족이죠. 이렇게 오랫동안 생존한 것도 행운이라 할 수 있고요."

"모든 인간이 나쁜 건 아니에요."

"그들은 유전적으로 나쁜 기질인데다 야만성까지 갖고 있어요. 그런데도 당신은 그들을 불쌍히 여기는 것처럼 보이고요."

"다른 종족의 침입을 받아 패배하는 건 많은 것을 의미해요. 그렇게 생각하지 않아요?" 나는 주변을 가리키며 말했다. 우리는 담쟁이로 뒤덮인 두 기숙사 사이에 있는 공원에 서 있었다. 짙은 초록색의 담쟁이덩굴은 보기에 참 좋았는데, 특히 색이 바랜 오래된 벽돌 건물과 대조를 이룰 때면 한층 멋져 보였다. 공기는 부드러웠고, 관목 숲에서 나는 향긋한 꽃향기에 짠 바다 냄새가 훅 끼쳤다. 어디선가 불어온 바람이 맨살에 살며시 닿았다. "다른 행성에서 사는 동안 이렇게 선명한 감정은 느껴보지 못했겠죠. 이 모든 걸 빼앗긴 자들이 불쌍하지 않아요?" 그녀의 표정에는 아무런 변화도 없었다. 나는 그녀가 다른 관점에서 생각할 수 있도록 다른 질문을 던져보았다. "다른 행성에서 살아본 적 있어요?"

그녀는 잠시 머뭇거리다가 어깨를 똑바로 펴며 대답했다. "아뇨, 지구에서밖에 살지 못했어요."

나는 그녀의 대답을 듣고 깜짝 놀랐다. 그녀는 로버트만큼 어린아이일 뿐이었던 것이다. "한 행성에서만 살았다고요? 그런데 첫 번째 생에서 수색자가 되기로 결정했단 말인가요?"

그녀는 입을 꼭 다문 채 고개를 한 번 끄덕였다.

"어쨌든, 그건 나와는 상관없는 일이죠." 나는 다시 발걸음을 옮기기 시작했다. 내가 그녀의 사생활을 보호해준다면, 그녀도 나에게 호의를 베풀어줄 것이다.

"당신을 담당하는 위안자와 이야기를 했어요."

'과연 정말 그랬을까?' 멜라니는 심술궂게 생각했다.

"뭐라고요?" 나는 숨을 몰아쉬며 물었다.

"내가 필요한 정보를 얻는 것 이외에도, 당신이 더 힘들어하고 있다는 정보를 얻게 됐죠. 좀 더 유연한 다른 호스트를 선택할지 생각해 봤어요? 위안자는 그렇게 제안했어요, 그렇죠?"

"캐시는 당신에게 아무 말도 하지 않았을 거예요."

수색자는 얼굴을 찡그렸다. "굳이 그녀의 대답을 들을 필요도 없었어요. 난 인간의 표정을 읽는 데 매우 능숙하니까요. 내 질문을 듣고 상대방이 언제 신경이 예민해지는지 알아차릴 수 있거든요."

"어떻게 감히 그럴 수 있죠? 소울과 위안자와의 관계는…"

"맞아요, 신성한 관계죠. 이론은 충분히 잘 알고 있어요. 그러나 조사한 결과에 의하면 당신 경우는 그렇지 않은 것 같더군요. 그렇다면 좀 더 창의적으로 생각할 수밖에요."

"내가 뭔가를 숨기고 있다고 생각해요?" 화가 치밀어 올라 도저히 숨길 수가 없었다. "내가 위안자에게 뭔가 털어놨다고 생각하는 거예요?"

나는 불같이 화를 냈지만 그녀는 당황하는 기색이 없었다. 그녀의 성격이라면 아마 이런 반응은 수도 없이 겪었으리라.

"아니, 그렇게 생각하지 않아요. 당신이 알고 있는 대로 말하고 있을 거예요…. 하지만 당신에게 빈틈이 보이는 것 같아요. 예전에도 그런 모습을 본 적이 있죠. 당신은 호스트를 점점 더 불쌍히 여기고 있어요. 그녀의 기억에 동화되면서 그녀가 무의식적으로 자신의 욕망을 지시하도록 내버려 두고 있고요. 지금 시점에서는 너무 늦은 것 같아요. 다른 호스트로 옮겨가는 것이 당신에게 더 편할 거예요. 그리고 다른 소울이 그녀의 몸속으로 들어가는 편이 더 나을 거고요."

"말도 안 돼!" 나는 큰 소리로 소리쳤다. "멜라니는 아마 그를 살아 있는 채로 잡아먹어 버릴 거예요."

수색자의 표정이 완전히 굳어 버렸다.

캐시에게서 어떤 이야기를 들었든, 수색자는 그런 생각까지는 하지 못했을 것이다. 멜라니는 기억을 떠올리는 것으로 잠재의식 속에서만 영향을 미칠 거라고 생각했던 것이다.

"멜라니를 현재 시점으로 말하다니 흥미롭군요."

나는 그녀의 말을 무시하며, 아무 실수도 하지 않은 척 가장했다. "다른 누군가가 그녀의 비밀을 풀어낼 수 있을 거라고 생각한다면 오산이에요."

"알아내는 방법은 단 한 가지뿐이에요."

"생각하고 있는 소울이라도 있어요?" 나는 반감을 느끼며 굳은 표정으로 물었다.

그녀는 소리 없이 씩 웃으며 대답했다. "시도할 수 있는 허가는 받았지만, 오래 걸려선 안 돼요. 그동안 그들이 내 호스트를 맡아주기로 했죠."

심호흡을 해야 했다. 나는 몸을 부들부들 떨었고, 멜라니는 이루 말로 표현할 수 없는 증오를 느끼고 있었다. 수색자가 나와 함께 이 몸 안에 있는 것이 아니라는 사실은 알고 있었지만, 그녀가 이 안에 들어온다는 생각만으로도 너무 불쾌해져서 지난주처럼 속이 메슥거리기 시작했다.

"난 호스트를 떠나지 않을 거예요. 당신 연구에 도움이 되지 못해서 유감이군요."

수색자는 눈을 가늘게 뜨며 말했다. "그렇다면 임무가 지연될 수밖에 없겠네요. 난 역사에는 별로 관심 없지만, 지금 내가 역사를 만들어나가는 과정에 있는 것은 분명해요."

"그녀의 기억에서 더 많은 것을 얻어내기에는 이미 너무 늦은 것 같다고 하지 않았나요?" 나는 목소리를 최대한 침착하게 유지하면서 그녀에게 그 사실을 상기시켰다. "당신이 있던 곳으로 돌아가는 게 어때요?"

그녀는 어깨를 으쓱하더니 인색한 웃음을 지었다. "자발적인 정보를 얻기에는 너무 늦었죠. 하지만 당신이 협조하지 않더라도, 그녀가 나를 인도해 줄 거예요."

"당신을 인도한다고요?"

"그녀가 완전히 통제력을 갖게 되면, 당신은 레이싱 송으로 살았다가 지금은 케빈으로 살고 있는 그자와 다름없는 존재가 되겠죠. 기억하죠? 치료사를 공격했던 자 말이에요."

나는 두 눈을 크게 뜨고 그녀를 노려보았다.

"시간문제인 것 같군요. 당신의 담당 위안자는 당신에게 통계는 말해주지 않았을 거예요, 그렇죠? 설령 말해주었다 해도, 우리가 접근할 수 있는 최근 정보에 대해서는 말해주지 못했겠죠. 당신 경우처럼 인간 호스트가 한 번 저항하기 시작하면, 장기간 정착할 수 있는 성공 확률은 20퍼센트도 되지 않아요. 성공 확률이 그렇게 낮을 거라고 생각해 본 적 있어요? 저들은 호스트에 삽입되는 소울들에게 주는 정보를 변경하고 있어요. 앞으로는 어른 호스트를 제공하지 않을 거예요. 위험 요소가 너무 많아서죠. 우리는 많은 소울을 잃어가고 있어요. 머지않아 멜라니는 당신에게 말을 걸 것이고, 당신을 통해 말을 할 것이고, 당신이 내리는 결정을 제어하게 되겠죠."

나는 미동도 하지 않고 가만히 있었다. 수색자는 몸을 앞으로 숙이더니, 내게 얼굴을 들이밀었다. 그녀는 목소리를 낮추면서 나를 설득하려 했다.

"방랑자, 패배하기 원하나요? 서서히 사라지면서 결국 다른 의식에 의해 지워지기 원하는 거예요? 호스트의 몸에 불과한 존재가 되고 싶어요?"

나는 숨조차 쉴 수 없었다.

"상황만 더 나빠질 뿐이에요. 당신은 더 이상 당신일 수 없는 거죠. 그녀가 당신을 물리칠 거고, 당신은 결국 사라질 거예요. 아마 다른 누군가가 끼어들 수도 있겠죠…. 저들이 케빈에게 그랬던 것처럼 당신을 다른 호스트로 옮길 거예요. 그리고 당신은 음악을 작곡하기보다는 자동차를 만지작거리기 좋아하는, 멜라니라는 이름을 가진 어린아이가 되겠죠."

"성공할 확률이 20퍼센트도 안 된다고요?" 나는 중얼거리듯 말했다.

그녀는 웃음을 참으려 애쓰면서 고개를 끄덕였다. "방랑자, 당신은 자신을 잃어가고 있어요. 당신이 살아온 모든 세상과 당신이 축적한 모든 경험들이 아무 소용도 없어질 거예요. 당신 파일을 확인해 보니, 어머니가 될 잠재력이 있다고 적혀 있더군요. 만약 당신이 어머니가 된다면, 적어도 모든 것이 헛되이 사라지지는 않겠죠. 왜 당신 존재를 포기하는 거죠? 어머니가 되는 것에 대해 생각해 본 적 있어요?"

나는 얼굴을 붉히며 몸을 돌려 그녀를 외면했다.

"무례한 질문을 해서 미안해요." 그녀가 중얼거렸다. 표정이 급격히 어두워져 있었다. "방금 내가 말한 건 잊어버려요."

"집으로 갈 테니 따라오지 말아요."

"방랑자, 난 당신을 따라가야만 해요. 내가 맡은 일이니까요."

"얼마 남아 있지 않은 인간에 대해 왜 그렇게 신경을 쓰는 거죠? 도대체 이유가 뭐죠? 당신이 하는 일을 더 이상 평계가 안 돼요. 우리는 이미 승리했잖아요. 당신도 이제 사회에서 좀 더 생산적인 일을 할 때가 됐다고요."

나는 비난 섞인 어조로 말했지만, 그녀는 당황하는 기색이 없었다.

"우리 종족을 건드리면 죽음만이 있을 뿐이죠." 그녀는 평온한 태도로 말했다. 그리고 그 순간, 나는 그녀의 얼굴에서 다른 사람의 얼굴이 스쳐가는 걸 얼핏 보았다. 그녀가 자신이 하는 일을 굳건히 믿고 있다는 사실이 놀라웠다. 그녀가 무의식적으로 폭력을 열망하기 때문에 수색자가 되기로 결심했을 거라는 생각이 들기도 했다. "기억 속에 있는 제러드나 제레미에게 당신이 패배한다면, 그렇게 하나의 소울이 사라지는 거예요. 이 행성에 완전한 평화가 찾아올 때까지, 나는 내 일을 계속해나갈 이유가 있어요. 제러드 같은 인간이 살아남는 한, 나는 우리 종족을 보호하기 위해 필요한 존재예요. 우리 소울을 간섭하는 멜라니 같은 인간이 있는 한…."

나는 그녀를 등지고 아파트를 향해 큰 보폭으로 성큼성큼 걸어갔다. 나를 따라잡기 위해선 그녀는 거의 뛰어야 할 것이다.

"방랑자, 패배해선 안 돼요!" 그녀가 등 뒤에서 소리쳤다. "당신에겐 시간이 없다고요!" 그녀는 잠시 말을 멈추더니 더 큰 소리로 외치기 시작했다. "언제 당신을 멜라니로 불러야 할지 알려줘요!"

수색자와의 거리가 점점 더 멀어지자, 목소리도 희미하게 사라졌다. 이번 주는 불안한 한 주였다. 강의할 때마다 그녀는 강의실 맨 끝줄에 앉아 있었고, 매일 그녀가 내 뒤를 따라오는 발자국 소리를 들었다. 하지만 그것은 앞으로 다가올 일에 비하면 아무것도 아닐 것이다. 그녀는 내 삶을 비참하게 만들고 말 것이다.

순간 멜라니가 마치 내 두개골 안에서 격렬하게 튀어 오르는 것 같은 느낌이 들었다.

'말도 안 된다고 수색자에게 말해. 그녀는 대놓고 우리를 공격하고 있어. 어떻게 그런 행동을 할 수 있냐고 그녀의 상사한테 보고해.'

나는 그녀의 상사와는 연락을 할 수 없는 처지라고 멜라니에게 상기시켰다. '소울 사회에는, 그런 의미의 상사는 없어. 모두들 동등한 입장에서 일을 해. 정보를 조직하기 위해 보고를 하는 대상도 있고, 그 정보에 대해 결정을 내리는 단체도 있지만, 그녀가 하는 일을 하지 못하도록 막을 수는 없을 거야. 항상 그런 방식이니까…'

'우리에게 도움이 되지 않으면 그런 방식이 무슨 소용이 있어? 그럼 차라리 그녀를 죽여 버리자!' 내가 수색자의 목을 조르는 모습이 머릿속에 떠올랐다.

'그런 생각을 하다니…. 너무 야만적이고 잔인해.'

'거만한 태도 같은 건 버리시지. 너도 나처럼 즐거워할 테니까.' 내가 수색자를 죽이는 모습이 다시 머릿속에 떠올랐다. 멜라니와 나의 상상 속에서 수색자의 얼굴은 파랗게 질려갔다. 그런데 이번에는 흥분과 쾌감이 밀려왔다.

'넌 그런 방식이겠지만 난 너와 달라.' 내 말은 진심이었다. 수색자를 죽이는 모습을 떠올리자 속이 메슥거렸다. 그리고 위험하고 잘못된 길로 들어서는 듯했다. 수색자를 다시 보지 않는다면 몹시 기쁠 것 같은 생각이 들었기 때문이다.

'도대체 뭣 하는 거야? 난 포기하지 않을 거야. 너도 포기해선 안 돼. 그 사악한 수색자도 아마 절대 포기하지 않을 거야! 우린 그녀한테 맞서야 한다고!' 멜라니가 머릿속에서 외쳤다.

나는 아무 대답도 하지 않았다. 대답할 말이 없었다.

잠시 동안 머릿속이 텅 비었다. 그 느낌이 좋았다. 침묵이 더 오랫동안 이어진다면 좋을 텐데…. 그러나 평화를 유지할 방법은 하나밖에 없었다. 난 기꺼이 그 대가를 치를 것인가? 더 이상 선택의 여지가 있을까?

멜라니는 서서히 잠잠해졌다. 나는 문을 열고 들어가서, 한 번도 사용한 적이 없는 자물쇠를 잠갔다. 인간이 고안한 자물쇠는 소울이 지배하는 평화로운 세상이 되자 아무 소용이 없어졌다. 멜라니가 말했다.

'너희 종족이 어떻게 살아가는지 한 번도 생각해 본 적 없어. 이런 부분이 있으리라곤 생각 못했네.'

'듣던 중 고마운 소리군.' 그녀는 내 역설적인 표현에도 개의치 않았다.

그녀는 깊은 생각에 빠진 채였고, 나는 컴퓨터를 켜고 왕복 비행기 편을 찾았다. 잠시 후, 그녀는 내가 하는 행동을 알아차렸다.

'어디로 갈 건데?' 멜라니는 겁에 질린 목소리로 물었다. 그녀의 의식이 내 머릿속에서 퍼지는 느낌이 들더니 내가 숨기고 있는 무언가를 열심히 찾는 듯했다. 마치 부드러운 깃털이 머릿속을 간지럽히는 것 같았다.

나는 그녀가 찾는 것을 가르쳐주기로 결심했다. '시카고로 갈 거야.'

겁에 질린 목소리는 더 큰 공포로 변했다. '왜?'

'치료사를 만날 거야. 수색자를 믿을 수 없으니, 치료사와 직접 이야기를 나누고 나서 결정해야겠어.'

침묵이 이어졌고, 잠시 후 그녀가 다시 말문을 열었다.

'뭘 결정한다는 거야? 나를 죽이겠다는 결정?'

'그래, 바로 그거야.'

8

사랑하다

"비행기가 무서워요?" 불신으로 가득 찬 수색자의 목소리는 조롱하는 듯한 느낌마저 들었다. "우주를 여덟 번이나 여행했으면서 고작 애리조나 툭슨으로 가는 게 두렵단 말이에요?"

"아뇨, 전혀 두렵지 않아요. 그리고 혹시나 모를까 봐 알려주는데 우주를 여행하는 동안, 난 내가 어디 있는지 의식하지 못했어요. 동면 상태였으니까요. 덧붙여 말하자면, 이 호스트는 비행기를 타면 멀미를 해요."

수색자는 눈을 크게 뜨며 역겨운 표정을 지었다. "그럼 약을 먹어요! 치료사 포즈가 세인트 메리 병원에 없다면 어떻게 할 거예요? 차로 시카고까지 가기라도 할 거예요?"

"아뇨, 하지만 운전하는 편이 더 나을 것 같으면 그렇게 해야겠죠. 이 세상을 조금이라도 더 볼 수 있다면 좋겠어요. 사막도 정말 멋질 것 같고…."

"사막은 지루하기 짝이 없어요."

"게다가 서두를 이유도 없으니까요. 생각할 게 많으니 혼자 조용히 있게 해준다면 고맙겠군요." 나는 '혼자'라는 단어를 강조하면서, 그녀를 날카롭게 노려보았다.

"어쨌든 예전 치료사를 왜 찾아가는지 이해할 수 없군요. 이곳에도 능력 있는 치료사들이 얼마든지 있잖아요."

"치료사 포즈와 이야기하는 편이 편해요. 그는 비슷한 경험이 있을 거고, 날 도와줄 수 있을 거예요." 나는 또 다시 의미심장한 시선을 그녀에게 던졌다.

"방랑자, 서둘러야 할 거예요. 이미 신호가 보이기 시작했다고요."

"당신이 주는 정보는 왠지 그다지 공정하지 못하다는 생각이 들어요. 나도 조작 신호를 감지할 수 있을 만큼 인간 행동에 대해 충분히 잘 알고 있거든요."

수색자는 언짢은 표정으로 나를 노려보았다.

나는 최소한으로 꾸린 짐을 자동차에 실었다. 일주일 동안 입을 옷과 기본적인 위생 필수품들이었다. 많은 것을 가져가는 건 아니었지만, 남은 짐도 별로 없었다. 개인 물품은 거의 없었다. 작은 아파트에 몇 달 동안 살았지만, 벽장은 여전히 텅 비어 있었고 선반도 텅 비어 있었다. 아마 이곳에 정착할 의도가 없었던 것이리라.

내가 자동차 트렁크에 짐을 넣는 동안, 수색자는 보도에 서서 꼼짝도 하지 않았다. 그녀는 틈만 나면 내게 비열한 질문을 퍼부었다. 그리고 조바심을 치며 나를 따라올 게 분명했다. 또 내게 수치심을 줄 요량으로 버스를 타고 툭슨으로 올 것이다. 보지 않아도 뻔했다. 그녀는 내가 차를 멈추고 식사를 할 때마다 나와 합석할 것이고, 주유소 화장실 주변을 어슬렁거릴 것이고, 신호등을 받아 차를 멈출 때마다 지치지 않고 내게 질문을 퍼부어

델 것이다. 생각만 해도 몸이 부르르 떨렸다. 새로운 인간의 몸으로 들어가 수색자에게서 벗어날 수 있다면…. 그것 역시 유인책일 것이다.

다른 선택의 여지도 있었다. 이번 행성을 실패로 인정하고 열 번째 행성으로 건너가는 것이었다. 이 모든 경험을 잊을 수도 있을 것이다. 이제껏 내 기록에 아무런 오점도 남기지 않았지만, 지구에서의 삶은 작은 오점으로 남을 것이다.

하지만 어디로 간단 말인가? 내가 이미 경험했던 행성으로 되돌아가야 할까? 노래하는 행성은 내가 가장 좋아했던 행성 가운데 하나였지만, 앞을 볼 수 없다는 점이 아쉬웠다. 꽃의 행성은 너무나 아름다웠다. 하지만 감정의 변화가 거의 없어 지루했다. 인간이 사는 행성인 지구를 경험한 이후, 꽃의 행성에서의 삶은 견딜 수 없을 정도로 느리게 느껴질 것이 뻔했다.

새로운 행성으로 가야 할까? 지구에서 최근에 알게 된 사실이 하나 있다. 내가 가보지 않은 새로운 행성의 호스트를 이곳 언어로 돌고래라고 부르고 있다는 사실이었다. 사실 그들은 바다 포유류인 돌고래보다는 잠자리를 더 많이 닮았는데도 말이다. 오랫동안 해초 행성에 머문 직후여서, 수중 행성에 갈 생각만으로도 반감이 느껴졌다.

이 행성에는 내가 경험하지 못했던 많은 것들이 있었다. 한적한 거리의 푸른 잔디밭만큼 내게 강한 인상을 준 곳은 우주 어디에도 없었다. 그리고 멜라니의 기억 속에서 보았던 텅 빈 사막 하늘도 매혹적이었다.

멜라니는 내가 어떤 것을 선택해도 자신의 의견을 제시하지 않았다. 내 첫 번째 치료사였던 포즈 딥 워터스를 찾아가기로 결심한 이후부터 그녀는 줄곧 침묵을 지켰다. 그 침묵이 무엇을 의미하는지 알 수 없었다. 자신이 덜 위험해 보이고, 덜 짐이 되는 것처럼 보이려고 애쓰는 걸까? 수색자의 침입에 대비하는 걸까? 아니면 죽음을 맞을 준비를 하고 있는 것일까? 그게 아니라면 나와 싸울 준비를 하는 걸까? 그것도 아니면 나를 이기기 위해 힘을 비축하고 있는 것일까?

어떤 계획을 세우고 있든, 그녀는 스스로 나와의 거리를 유지했다. 그녀는 내 머리 뒤쪽에 희미하고 조심스럽게 존재하고 있을 뿐이었다.

내 여행에 잊어버린 것이 있는지 마지막으로 확인했다. 아파트는 텅 빈 것처럼 보였다. 지난번에 살던 이가 남기고 간 기본적인 가구 이외에는 아무것도 없었다. 찬장에는 예전에 있던 접시들이 그대로 있었고, 침대 위에는 베개가 있었고, 테이블 위에는 전등이 놓여 있었다. 내가 돌아오지 않는다면, 다음 거주자는 치울 게 별로 없을 것이다.

문밖으로 나설 때 전화벨이 울렸다. 돌아가서 수화기를 들었지만, 전화는 이미 끊긴 상태였다. 첫 번째 전화벨이 울릴 때 자동 응답기로 넘어가도록 맞추어두었기 때문이다. 응답기에 녹음한 내용이 흘러나왔다. 나는 남은 학기 기간 동안 강의를 할 수 없을 것이고, 대체 수업을 하기 전까지 강의를 취소한다는 사실을 희미한 목소리로 녹음했다. 그리고 아무런 이유도 밝히지 않았다. 텔레비전 위에 놓인 벽시계를 쳐다보았다. 아침 8시도 채 되지 않은 시각이었다. 커트가 전화를 건 게 분명했다. 어젯밤 늦은 시간에 약간 더 자세하게 작성해서 보낸 내 이메일을 보고 전화한 것이리라. 그와의 약속을 지키지 못하고, 벌써 지구를 건너뛰고 다른 행성으로 갈 것처럼 굴어서 죄책감이 들었다. 이번 단계가, 이렇게 떠나는 것이 다음 결정의 첫걸음일 수 있다는 생각이 들었다. 밀려드는 수치심에 마음이 불편해졌다. 그러자 급히 떠나야 할 상황도 아니었지만, 응답기에서 흘러나오는 메시지를 듣고 싶지 않았다.

나는 텅 빈 아파트를 한 번 더 둘러보았다. 그 아파트가 마음에 들지 않았고, 이곳에 아무것도 남기고 싶지 않았다. 내가 이 행성을 아무리 간절히 원한다 해도, 멜라니뿐만 아니라 이 행성 전체가 나를 원하지 않는 것 같은 이상한 느낌이 들었다. 지구라는 행성에 내 뿌리를 내릴 수 없을 것 같았다.

뿌리? 갑자기 쓴웃음이 났다. 인간이나 믿는 단순한 미신 같은 걸 나도 믿고 있는 듯한 느낌이 들어서였다.

미신을 믿는 호스트는 지금껏 한 번도 겪어본 적이 없었다. 미신에 사로잡혀 있다는 것은 감시자를 보지도 않고 감시당하고 있다는 사실을 아는 것처럼 흥미로운 느낌이다. 갑자기 목덜미가 쭈뼛해졌다.

아파트를 나와 문을 굳게 닫았지만, 오래된 자물쇠는 건드리지 않았다. 어차피 내가 되돌아오거나 다른 누군가가 이 집에 들어올 때까지, 아무도 얼씬도 하지 않을 터였다.

수색자를 쳐다보지도 않고 차 안에 올라탔다. 나는 운전해 본 적이 거의 없고 멜라니도 능숙한 편은 아니라서 약간 불안했다. 그러나 곧 익숙해질 거라는 확신이 들었다.

"툭슨에서 기다리고 있을게요." 시동을 걸자, 열린 차창에 기대어 수색자가 말했다.

"당연히 그렇겠죠." 나는 낮은 소리로 중얼거렸다.

차창을 여닫는 버튼이 눈에 들어왔다. 나는 입가의 미소를 감추며 창문을 닫는 버튼을 눌렀고, 그녀는 깜짝 놀라 뒤로 물러섰다.

"아마…." 그녀가 목청을 높여 거의 소리를 지르다시피 했기 때문에, 창문이 닫히고 엔진소리가 울릴 때에도 그녀의 목소리를 분명히 들을 수 있었다. "당신을 따라갈 거예요. 길에서 만나게 될지도 모른다고요."

그녀는 미소를 지으며 어깨를 으쓱했다.

내 화를 북돋우고 싶어 한 말이리라. 하지만 나는 화난 모습을 보이지 않으려 애썼다. 시선을 앞으로 고정한 채 조심스럽게 차를 움직였다.

고속도로를 찾는 것은 쉬웠고, 곧 샌디에이고에서 빠져나가는 표지판을 발견할 수 있었다. 잠시 지나자 더 이상 어딘가를 따라가라는 표지판도 나오질 않았다. 제대로 길에 들어선 듯했다. 여덟 시간 후면 툭슨에 도착하겠지. 그 정도면 그리 긴 시간이 아니었다. 고속도로를 달리다가 밤이 되면 작은 마을에 들러 하룻밤 묵을 것이다. 수색자가 조바심치며 앞서가고 있는 걸 확신하게 된다면, 나는 차를 세우고 그녀보다 늦게 출발할 것이다.

백미러를 자주 쳐다보면서 수색자가 뒤쫓아 오고 있는지 확인했다. 목적지에 가기 싫은 것처럼 일부러 천천히 차를 몰았고, 다른 차들은 거침없이 나를 앞질러갔다.

앞지르는 운전자들은 모두 낯선 이들이었다. 머릿속으로 수색자를 떠올리며 불안해하지 말아야 했지만, 뜻대로 되지 않았다. 그녀는 어디든 천천히 갈 성격이 아니었다. 여전히… 나는 그녀를 찾고 있었다.

서쪽에 위치한 바다, 아름다운 캘리포니아의 해안이 펼쳐진 남북으로 가본 적은 있지만, 동쪽으로는 가본 적이 한 번도 없었다. 문명의 흔적은 빠른 속도로 멀어져 갔고, 텅 빈 언덕과 바위들이 눈에 들어오기 시작했다. 곧 황량한 사막이 펼쳐질 거라는 신호였다.

도시 문명에서 벗어난다고 생각하자 잠시 마음이 편안해졌지만, 이내 다시 불안감이 들었다. 혼자 있는 상태를 좋아해서는 안 된다. 소울은 사교적인 존재다. 우리는 함께 살고 일하면서 서로 조화를 이룬다. 우리는 모두 같은 존재다. 평화롭고, 친절하고, 정직한 존재다. 동족들에게서 멀어지면서 왜 마음이 편안해진단 말인가? 이런 기분이 드는 건 멜라니 때문일까?

그녀를 찾아보았지만, 그녀는 내 머리 뒤쪽에서 꿈을 꾸고 있었다.

그녀가 내게 말을 걸기 시작한 이래로 가장 편안한 상태였다.

차창 풍경이 빠르게 지나갔다. 거친 바위와 덤불로 덮인 먼지 이는 평원이 단조롭게 창밖으로 스쳐갔다. 내가 의도했던 것보다 더 빠른 속도로 운전하고 있다는 생각이 들었다. 강렬하게 나를 사로잡는 생각이 없었기 때문에, 정신은 점점 산만해졌다. 멜라니의 기억 속에 있는 사막은 왜 그렇게 아름다워 보이고 매력적이었던 것일까? 이 텅 빈 공간이 왜 특별한지 알고 싶어 나는 그녀에게 마음을 맡겼다.

그러나 그녀가 보고 있는 것은 우리를 둘러싸고 있는 황량한 사막이 아니었다. 그녀가 꿈꾸고 있는 사막은 붉은색의 협곡이 이어지는 마법 같은 곳이었다. 멜라니는 애써 나를 밀어내려 하지 않았다. 사실, 그녀는 내 존재를 거의 알아차리지도 못했다. 그녀와의 거리가 무엇을 의미하는지, 다시 의구심이 들기 시작했다. 나를 공격할 의도는 없는 것 같았다. 마지막을 준비하는 것 같은 느낌이 더 강하게 들었다.

그녀는 마치 작별 인사라도 하고 기억 속 더 행복한 삶으로 들어가는 듯 조심스럽게 나를 이끌었다. 그곳은 그녀가 내게 한 번도 보여준 적이 없던 곳이었다.

작은 오두막 한 채가 있었다. 붉은색 사암 모퉁이에 기묘하게 지은 집으로 홍수를 표시하는 만조표에 위험할 정도로 가까운 곳에 위치해 있었다. 집이 있을 거라고는 도저히 짐작할 수 없는 곳이었다. 그곳으로 가는 길은 매우 험난해 보였고, 기술과 문명의 흔적도 전혀 보이지 않았다. 멜라니는 펌프로 물을 길어 올리며 활짝 웃던 기억을 떠올렸다.

"파이프가 터질 거야." 제러드가 눈썹을 찌푸리며 말한다. 내 웃음소리를 들은 그의 얼굴에 걱정이 어린다. 내가 이곳을 좋아하지 않을까 두려워하는 것도 같았다. "우리가 여기 있었다는 어떤 흔적이나 증거도 남겨서는 안 돼."

"그래, 좋아." 나는 재빠르게 말한다. "꼭 옛날 영화에 나오는 이야기 같네. 정말 완벽해."

그의 얼굴에는 항상 미소가 어린다. 심지어 잠을 잘 때도 미소를 짓는다. "영화의 가장 나쁜 부분은 보지 않았나 보군. 자, 지저분한 화장실을 보여줄게."

앞서 달려가는 제러드 뒤로, 제이미의 웃음소리가 좁은 협곡에 메아리친다. 검은 머리칼이 제이미의 어깨 위에서 흔들린다. 줄곧 주변을 뛰어다니고 있는 어린 제이미의 피부는 햇볕에 검게 그을린 채다. 몸은 야위었고 어깨도 너무 가냘프다. 탄력 있는 몸매에 기운 차 보이는 제러드와는 여러모로 반대다. 제러드의 얼굴에서 불안한 기색이 사라지더니 씩웃음을 짓는다. 내가 생각했던 것보다 우리 두 사람은 훨씬 더 기분이좋고 활기에 넘치고 있다.

"이 집은 누가 지은 거야?"

"우리 아버지와 형들. 나도 약간 거들었는데, 오히려 방해만 됐을지도모르지. 아버지는 모든 것에서 벗어나 자유롭게 지내는 걸 좋아하셨어. 관습에 얽매이지도 않는 분이셨지. 이 땅이 누구 것인지, 공공기관의 허가를 받아야 하는 것은 아닌지, 그런 성가신 문제에 대해서는 알려고도하지 않으셨어." 제러드는 고개를 뒤로 젖히며 웃음을 터뜨린다. 그의금발 머리가 햇빛을 받아 여울처럼 반짝인다. "뭐, 결국 이곳은 사유지는 아니었어. 덕분에 편하게 집을 지을 수 있었고." 그는 아무 생각도 없이 손을 뻗어 내 손을 잡는다.

그의 손길이 닿는 곳마다 살결이 붉게 변한다. 기분 좋은 느낌이지만, 이상하게도 가슴 한구석이 아프다.

그는 영원히 이렇게 나를 만져주고, 나를 안심시켜 줄 것 같다. 그의따뜻한 손길만 와 닿아도 내가 얼마나 행복한지, 그는 알고 있는 걸까? 그의 맥박도 나처럼 빨라지고 있을까? 아니면 단지 더 이상 혼자 있지않아도 된다는 사실에 행복해하는 것일까? 이런 낯선 감정들이 아직은어색하게 느껴질 뿐이다.

그를 처음 만났던 날 밤, 난 그의 목에 난 상처자국을 보고 소리를질렀다. 그리고 그날 이후로 그는 내게 키스하지 않았다. 그때 그 일 때문에 내게 키스하고 싶지 않은 걸까? 내가 그에게 먼저 키스해야 하는 걸까? 하지만 그가 싫어하면 어떡하지?

그가 나를 내려다보며 미소를 짓자, 가는 거미줄 같은 잔주름이 눈 주변에 퍼진다. 내가 생각하는 것만큼 그가 잘생긴 것인지, 혹은 제이미와 나 이외에 세상에 남아 있는 유일한 인간이기 때문에 그렇게 보이는지 알 수 없다.

아니, 그렇지 않다. 그는 정말 잘생겼다.

"무슨 생각 하는 거야, 멜라니?" 그가 묻는다. "중요한 생각이라도 하는 거야?" 그가 활짝 웃으며 말한다.

나는 어깨를 으쓱하지만, 마음속은 두근거린다. "여긴 정말 아름다운 것 같아."

그는 주변을 둘러본다. "응, 아름다워. 하지만 정말 아름다운 곳은 집이 아닐까?"

"집…" 나는 조용히 중얼거린다. "집…"

"네가 원한다면 여길 너의 집이라고 하자."

"그래…" 지난 3년의 세월 동안 향했던 곳이 바로 이곳이라는 느낌이 든다. 결국엔 이곳을 떠나야 할 거라는 사실을 알면서도, 마음속으로는 그날이 오질 않기를 바라고 있다.

그가 내 손을 꼭 잡자 가슴이 세차게 뛴다. 이 기쁨은 마치 고통처럼 무겁게 마음을 짓누른다.

멜라니가 기억을 건너뛰자 감각이 희미해져갔다. 붉은색의 좁은 협곡 뒤로 해가 넘어간 이후 몇 시간 동안, 내 머릿속은 그녀의 생각으로 어지러웠다. 마치 최면에 걸린 것 같았다. 끝없는 길이 펼쳐지고 덤불숲이 빠르게 지나가자 머릿속이 하얘졌다.

나는 좁은 침실을 들여다본다. 표준 사이즈 매트리스와 거친 돌을 쌓아올린 벽 사이의 간격이 불과 몇 센티미터밖에 되지 않는다.

제이미가 부드러운 베개를 베고 진짜 침대에 누워 자는 모습을 보자 벅찬 기쁨이 밀려온다. 야윈 팔다리를 뻗은 채 자고 있어서, 내가 함께 잘 수 있는 공간은 거의 없다. 내게는 언제나 어린아이 같은 제이미이지만 이제 곧 열 살이 되는 그는 예전과 비할 수 없을 정도로 자란 모습이다.

제이미는 편안하게 숨을 내쉬며 깊은 잠에 빠져 있다. 적어도 이 순간만큼은 악몽을 꾸지 않을 것이다.

나는 조용히 방문을 닫고, 제러드가 기다리는 작은 소파로 향한다.

"고마워." 나는 그에게 속삭이듯 낮은 소리로 말한다. 크게 소리쳐도 제이미가 잠에서 깨지 않겠지만, 나는 최대한 목소리를 낮추어 말한다. "소파가 너무 짧아서 너한텐 안 맞아. 네가 제이미와 함께 침대를 쓰는 게 좋겠어."

제러드가 키득거린다. "멜라니, 난 너보다 한 뼘 정도 더 클 뿐이야. 이번에는 네가 여기서 편안히 자. 다음번에 밖에 나가면 간이침대를 훔쳐야겠어."

그의 말을 듣고 마음이 상하는 데는 여러 가지 이유가 있다. 그는 곧 떠나려는 걸까? 떠날 때 우리를 함께 데려갈까? 아니면 이곳에 영원히 머물려는 걸까?

그는 내 어깨를 감싸며 나를 가까이 당긴다. 나도 그에게 가까이 다가가지만, 따뜻한 손길이 와 닿자 마음속 고통이 다시 느껴진다.

"표정이 왜 그래?" 그가 묻는다.

"너 언제… 아니, 우리 언제 다시 떠나야 할까?"

그는 어깨를 으쓱한다. "우린 지난 몇 달 동안 먹을 걸 찾아 헤맸어. 한 곳에 잠시 머물고 싶다면, 내가 몇 번 나가서 먹을 걸 훔쳐 오면 돼.

도망치는 데 지친 거지, 멜라니?"

"응." 나는 그의 말에 고개를 끄덕이고는 숨을 깊게 들이마시며 용기를 낸다. "하지만 네가 떠난다면 나도 같이 떠날게."

그는 나를 꼭 안아준다. "그렇다면 더 좋지. 너와 헤어진다고 생각하면 차라리 죽는 게 더 낫다는 생각이 들어. 믿기지 않지? 너무 멜로드라마 같나?" 그는 소리 내어 웃으며 말한다.

"아니, 그렇지 않아. 무슨 말인지 잘 알아."

그도 나와 같은 느낌인 것이 분명하다. 나를 여자가 아닌 단순히 인간 동지라고 생각했다면 절대 그런 말을 하지 않을 것이다.

우리가 만났던 그날 밤 이후, 우리 둘만 함께 있는 건 이번이 처음이다. 제이미는 방 안에서 자고 있고, 이곳엔 단둘이다. 우리는 수많은 밤을 지새우며 속삭였고, 서로의 이야기를 들어주었고, 행복한 이야기와 무서웠던 이야기를 나누었다. 그때마다 항상 제이미가 내 무릎을 베고 자고 있었다. 단지 제이미가 옆방에서 자고 있을 뿐인데, 내 심장 박동이 빨라지는 듯하다.

"당장 간이침대를 구해올 필요는 없을 것 같아."

그가 나를 바라보고 있는 게 느껴지지만, 그의 눈을 마주볼 수 없다. 괜한 말을 한 것 같아 당혹스럽다. 이미 입 밖으로 내뱉은 말이라 어쩔 수도 없지만…

"음식이 떨어질 때까지 이곳에 있을 테니 걱정하지 마. 이 소파보다 더 불편한 곳에서 잔 적도 많아."

"그런 뜻으로 말한 건 아니야." 나는 여전히 고개를 숙인 채 말한다.

"멜라니, 네가 침대에서 자. 난 여기서 잘게."

"그런 뜻으로 말한 것도 아니야." 나는 낮은 목소리로 그에게 속삭이듯 말한다. "침대가 제이미에겐 크다는 뜻이야. 내 말은… 우리가 함께 침대를 쓸 수도 있다는 거야."

그는 아무 말도 하지 않는다. 나는 고개를 들어 그의 표정을 살피고 싶지만, 차마 부끄러워 그러지 못한다. 그가 싫어하면 어떻게 하지? 도대체 그 상황을 어떻게 견딜까? 나에게 떠나라고 하진 않을까?

그는 따뜻한 손으로 내 턱을 들어올린다. 우리 두 사람의 눈이 마주치자 심장이 세차게 박동한다.

"멜라니, 난…" 처음으로, 그의 얼굴에서 미소가 사라진다.

나는 고개를 돌리려 하지만, 그가 내 턱을 잡고 있어 시선을 회피할 수도 없다. 그의 몸과 내 몸 사이에 느껴지는 뜨거운 열기를, 그는 느끼지 못하는 걸까? 나만 느끼는 것일까? 어떻게 이걸 나만 느낄 수 있는 거지? 우리 사이에 뜨거운 태양이 끼어 있는 것 같았다. 마치 두꺼운 책에 끼워 말린 꽃잎 같은 기분도 든다. 그의 기분은 나와 다를까? 기분 나빠할까?

잠시 후, 그는 고개를 돌린다. 여전히 내 턱을 잡은 채이지만 이번에는 그가 내 시선을 외면한다. 그는 조용한 목소리로 말한다. "나한테 그렇게까지 해줄 것 없어, 멜라니. 넌 내게 아무것도 빚진 게 없어."

침을 삼키는 것조차 힘들다. "그런 말이 아니야… 반드시 그렇게 해야 한다는 뜻은 아니었어. 내가 했던 말은 잊어줘."

"그럴 것 같지 않아, 멜라니."

그가 한숨을 쉬자, 나는 쥐구멍에라도 숨고 싶다. 그런 커다란 실수를 없었던 것으로 할 수만 있다면, 방금 전 실수를 지울 수만 있다면, 차라리 침입자들에게 굴복할 것이다. 어떤 대가도 감수할 것이다.

제러드는 깊게 숨을 내쉬고는 눈을 가늘게 뜬다. "멜라니, 이럴 필요는 없어. 우리가 함께 있다고 해서, 우리가 지구에 남은 마지막 남자와 여자라고 해서…" 그는 힘들어하며 겨우 말을 이어나간다. 예전에는 그런 모습을 한 번도 본 적이 없었던 것 같다. "그런 이유 때문에 네가 원하지 않는 걸 할 필요는 없어. 남자로서 그런 걸 기대하지는 않았어…. 굳이 내게 그럴 필요 없어…."

당혹감이 가득한 그는 여전히 내 시선을 외면하고 있다. 나는 실수를 했다는 걸 알면서도 다시 말문을 연다. "내 말뜻은 그게 아니야." 나는 말을 더듬는다. "반드시 그렇게 해야 한단 뜻은 아니었어. 네가 그런 남자일 거라고 생각하지 않아. 절대 그렇게 생각하지 않아…. 난 단지…."

난 단지 그를 사랑한다. 나 자신을 더 비참하게 만들지 않기 위해 이를 악문다. 상황이 더 나빠지기 전에 혀를 깨물어야 할지도 모른다.

"난 단지…?" 그가 묻는다.

고개를 가로저으려 하지만, 그는 내 턱을 강하게 잡고 있다.

"멜라니?"

나는 턱을 강하게 잡아당긴 다음, 세차게 고개를 가로젓는다.

그의 얼굴이 내게 가까이 다가오고, 표정이 갑자기 바뀐다. 그의 표정에서 알 수 없는 갈등이 보이는 듯하지만, 그것이 무엇인지 완전히 이해할 수는 없다. 그러자 거절당한 것 같은 고통스러운 느낌이 사라진다.

"제발 나한테 말 좀 해줄래?" 그가 속삭인다. 그의 따뜻한 입김이 뺨에 와 닿자, 잠시 아무 생각도 할 수 없다.

그의 눈빛을 보자 수치스럽다는 생각도, 다시는 아무 말도 하고 싶지 않던 생각도 잊어버린다.

"이 황량한 지구에 함께 남을 한 사람을 선택해야 한다면, 난 널 선택할 거야." 나는 낮은 목소리로 속삭인다. 우리 사이에 있던 태양은 더 뜨겁게 불타오른다. "난 항상 너와 함께 있고 싶어. 단지 이야기만 나누는 것에 그치고 싶지 않아…. 네 손길이 닿으면…." 나는 대담하게도 손끝으로 그의 팔을 가볍게 만진다. 손끝에서 불꽃이 뿜어져 나오는 것 같다. 그는 두 팔로 나를 꼭 안아준다. 그도 불꽃처럼 뜨거운 것을 느끼는 걸까? "멈추지 말아줘." 더 자세히 말하고 싶지만, 뭐라고 말해야 할지 모르겠다. 어차피 상관없다. 이렇게 속내를 내보인 것만으로도 최악의 상황이다. "네 마음이 나와 같지 않다면 이해할게. 네 마음은 다를 수도 있으니까 괜찮아."

"멜라니…" 그는 한숨을 쉬더니 내 얼굴을 마주본다.

그의 입술에서 다른 어떤 것보다 더 강렬한 불꽃이 뿜어져 나온다. 내가 무엇을 하고 있는지 알 수 없지만, 그런 건 중요하지 않다. 그는 내 머리를 쓰다듬고 있고, 내 가슴은 터져버릴 것만 같다. 숨을 쉴 수가 없다. 숨을 쉬고 싶지도 않다.

그러나 그의 입술은 내 귀로 향한다. 내가 다시 그의 입술에 키스하려 하자, 그는 두 손으로 내 얼굴을 잡는다.

"멜라니, 내가 널 찾아낸 건 기적이었어. 아니, 기적 이상이었어. 지구를 원래 상태로 되돌리거나 널 만나는 것 중에 하나를 선택해야 한다면, 난 널 포기하지 않을 거야. 50억을 구하는 대신 널 선택할 거야."

"그건 옳지 않아."

"옳지 않지만 사실이야."

"제러드." 나는 숨을 쉰다. 그리고 다시 그의 입술에 다가가려 한다. 그는 할 말이 있는 것처럼 뒤로 물러난다. 도대체 무슨 할 말이 더 있단 말인가?

"하지만…"

"하지만?" 하지만 뭐가 문제란 말인가? 이렇게 뜨겁게 불타는데, '하지만' 다음에 무슨 말이 이어진단 말인가?

"하지만 넌 열일곱 살이야, 멜라니. 난 스물여섯이고."

"그게 무슨 상관이야?"

그는 아무 대답도 하지 않는다. 그가 손으로 내 팔을 쓰다듬자, 뜨거운 불길이 번진다.

"지금 농담하는 거야?" 나는 뒤로 물러서며 그의 표정을 살핀다. "세상이 끝나버린 이 시점에 관습에 얽매인다는 게 말이 돼?"

그는 침을 삼키며 어렵게 말한다. "멜라니, 대부분의 관습에는 이유가 있는 법이야. 내가 나쁜 사람이라는 생각이 들고, 널 이용한다는 느낌이 들어. 넌 너무 어려."

"이제 어린 사람은 더 이상 없어. 이렇게 오랫동안 살아남았으니 무척 늙은 셈이지."

그의 입가에 미소가 어린다. "그럴지도 모르지. 하지만 이건 서두를 일이 아니야."

"뭘 더 기다려야 하는데?" 나는 그에게 묻는다.

그는 오랫동안 머뭇거리며 생각에 잠긴다.

"우선… 실질적으로 고려해야 할 문제들이 있어."

괜스레 화제를 다른 곳으로 돌리려는 걸까? 그런 느낌이 든다. 내 한쪽 눈썹이 치켜 올라간다. 그가 화제를 돌리고 있다니 믿을 수 없다. 만약 그가 정말 그럴 의도라면, 도저히 납득할 수 없다.

"생각해 봐." 그가 머뭇거리며 설명한다. 짙은 금빛으로 그을린 그의 피부가 붉게 물드는 것 같기도 하다. "이곳에 들어왔을 때, 사람을 더 늘리겠다는 계획은 세우지 않았어. 그러니까 내 말은…" 나머지 말이 곧 그의 입 밖으로 나온다. "아이를 낳는 일은 생각도 하지 못했어."

나는 이마를 살짝 찌푸린다. "어머!"

그의 얼굴에서 미소가 사라진다. 그리고 잠시 동안, 그는 예전에 한 번도 보지 못했던 화난 모습이다. 그러자 그는 어떤 면에서 위험해 보이기도 한다. 나는 그런 모습을 상상도 하지 못했다. "지금 같은 세상에 아이를 낳고 싶지 않아."

나는 아무 말도 할 수 없다. 조그마한 아이가 이 세상에 태어나 눈을 뜰 생각을 하자 온몸이 움츠러든다. 제이미의 눈을 보는 것만으로도 너무 힘든데…. 최악이 아니라고 해도, 그가 이 세상을 어떻게 살아갈지 생각만 해도 끔찍하다.

제러드는 다시 원래의 모습으로 되돌아온다. 그의 눈동자가 다시 밝아지면서 입가의 미소도 돌아온다. "게다가 이 문제에 대해 생각할 시간은 얼마든지 있어." 그가 화제를 다른 곳으로 돌리고 있는 것 같은 의구심이 다시 든다. "지금까지 우리가 함께했던 시간이 굉장히 짧다는 거 알아? 우리가 서로를 찾아낸 지 4주밖에 지나지 않았어."

그 말을 듣자 아무 대꾸도 할 수 없다. "그럴 리가…."

"29일째야. 마음속으로 세고 있었거든."

나는 돌이켜 생각해본다. 제러드가 우리의 삶을 바꾼 지 29일밖에 되지 않았다니, 믿기지 않는다. 적어도 2,3년 정도는 그와 함께 있었던 것 같은데….

"우리에겐 시간이 있어." 제러드가 다시 말한다.

마치 사전 경고 같은 갑작스런 두려움이 몰려와 오랜 시간 동안 아무 말도 할 수 없다. 그는 걱정스런 눈빛으로 내 표정이 변하는 모습을 바라본다.

"그건 모르는 일이야." 조급함이 마치 매서운 채찍질처럼 내 마음을 괴롭힌다. "우리에게 얼마나 많은 시간이 있을지는 아무도 몰라. 우리에게 남은 시간이 몇 달, 며칠, 아니 몇 시간밖에 안 될지도 모르지."

그는 따뜻한 미소를 짓더니, 긴장한 내 미간에 입술을 갖다 댄다. "걱정하지 마, 멜라니. 기적은 그런 식으로 일어나지는 않아. 난 절대 널 잃지 않을 거야. 절대 네가 내 곁을 떠나도록 두지 않을 거야."

멜라니는 나를 다시 현재로 데려왔다. 애리조나 사막을 향해 마치 얇은 리본처럼 휘어진 고속도로는 정오의 태양 아래 뜨겁게 달아올랐다. 눈앞에 펼쳐진 황량한 사막을 바라보자 내 마음도 텅 빈 것 같았다.

그녀는 내 머릿속에서 희미한 한숨을 내쉬었다. '앞으로 너한테 남은 시간이 얼마인지도 알 수 없어.'

내 눈에 고인 눈물은 우리 둘 모두의 것이었다.

9

발견하다

　빠른 속도로 I-10교차로를 통과할 즈음에는 해가 뉘엿뉘엿 넘어가고 있었다. 도로에 그어진 흰색과 노란색 선 이외에는 아무것도 보이지 않았다. 나는 이따금씩 나타나는 커다란 초록색 도로표지판을 보며 계속 동쪽으로 향했다. 이제 서두르고 있었다.

　그러나 내가 어디를 향해 서둘러 가는지는 확실히 알 수 없었다. 아마도 이 상황에서 벗어나기 위해 서두르는 것이리라. 고통으로부터, 슬픔으로부터, 희망 없는 사랑으로부터 벗어나기 위해…. 그렇다면 이 몸으로부터는 어떻게 해야 할까? 다른 답은 생각조차 할 수 없었다. 치료사에게 가서 우선 물어보아야 알 수 있겠지만, 이미 마음속엔 결심이 서 있었다. 나는 이 행성을 건너뛰거나 곧 이 호스트를 떠날 것이다. 그 생각이 머릿속을 떠나지 않았다.

그리고 만약 방법을 찾아낼 수 있다면, 나는 멜라니를 수색자의 손아귀에서 구해낼 것이다. 그러나 쉽지 않을 터였다. 아니, 거의 불가능할 것만 같았다.

하지만 최소한의 시도는 해 보리라.

나는 그녀에게 약속했지만, 그녀는 귀 기울여 듣지 않았다. 멜라니는 여전히 꿈을 꾸고 있었다. 그녀의 의지와 상관없이, 이 일을 포기하기에는 너무 늦어버렸다는 생각이 들었다.

머릿속에 떠오른 붉은 협곡을 지워 버리려 애썼지만, 나는 어느샌가 그곳에 가 있었다. 차들은 항구를 향해 달리고 있었고, 하늘에는 뭉게구름이 떠다녔다. 가까이 다가오는 차를 보려고 아무리 애를 써도, 나는 그녀의 꿈에서 완전히 자유로워질 수 없었다. 수백 개의 다양한 각도에서 보는 제러드의 얼굴이 떠올랐다. 제이미가 갑자기 성장한 모습도 보였는데, 여전히 비쩍 마른 모습이었다. 두 사람을 보자 가슴이 아파왔다. 아니, 단순히 아프다기보다는 칼끝에 찔린 것처럼 매섭고 격한 감정이었다. 도저히 참을 수가 없었다. 나는 꿈에서 벗어나야만 했다.

좁은 2차선 고속도로를 마구 달렸다. 사막은 이전보다 더 단조롭고 황폐한 모습이었다. 평원이 이어졌고, 관목 숲도 거의 찾아볼 수 없었다. 저녁 시간이 되기 훨씬 이전에 툭슨에 도착할 수 있을 것이다. 오늘은 아직 아무것도 먹지 않았다. 그 사실을 깨닫자 뱃속에서 꾸르륵 소리가 났다.

수색자가 거기서 나를 기다리고 있겠지.

뱃속이 허기로 요동쳤고, 메스꺼움 대신 배고픔이 몰려들었다. 나는 무의식적으로 차를 세웠다.

조수석에 놓인 지도를 살펴보자, 곧 피카초 피크라는 작은 휴게소에 도착할 거라는 사실을 알 수 있었다. 수색자를 만나는 것은 잠시 미루고 그곳에서 무언가를 먹어야겠다.

피카츄 피크라는 낯선 이름을 떠올리자. 멜라니가 숨이 막히는 것처럼 이상한 반응을 보였다. 나는 전혀 이해할 수 없었다. 혹시 예전에 그곳에 와 본 적이 있는 걸까? 그곳과 연관되는 풍경이나 냄새 같은 기억을 떠올려보 았지만, 아무것도 알아낼 수 없었다. 피카츄 피크. 멜라니가 억누르고 있던 관심이 다시 강하게 느껴졌다. 피카츄 피크라는 단어는 그녀에게 무엇을 의미하는 걸까? 하지만 그녀는 나의 의심을 개의치 않고 다시금 먼 기억 속 으로 빠져 들어갔다.

호기심이 더욱더 발동했다. 그곳이 무언가를 가르쳐줄지도 모른다고 생 각하면서, 나는 지금까지보다 더 빨리 차를 몰았다.

호젓한 산 정상이 지평선 위로 모습을 드러내기 시작했다. 일반적인 기 준으로 볼 때 거대한 규모는 아니었고 낮은 언덕 위에 솟은 작은 산 정상이 었다. 여느 산 정상과는 달리 특이한 모양이었다. 멜라니는 그 정경을 바라 보며 짐짓 무관심한 척했다.

하지만 나는 그녀의 변화된 태도를 금방 알아차렸다. 내가 그 기억을 캐 내려고 하자 그녀는 강하게 거부했다. 우리 둘을 가로막고 있는 벽을 다시 느낄 수 있었다. 거의 무너졌다고 생각했던 벽이 예전보다 더 두텁게 쌓인 것만 같았다.

나는 멜라니의 그런 태도를 못 알아챈 척 하기로 결심했고, 그녀의 의식 이 더 강해지는 대로 내버려두었다. 대신, 창백하고 뜨거운 하늘을 배경으 로 서 있는 산 정상을 바라보았다. 어디선가 본 듯 낯익은 느낌이었다. 예 전에 온 적 없는 장소인 것은 분명했지만, 분명 기억 속에 존재하는 장소인 것 같았다.

마치 내 생각을 다른 곳으로 유도하려는 듯, 멜라니는 갑작스레 제러드에 대한 기억을 떠올렸다. 나는 곧 그녀의 기억에 자연스럽게 의식을 맡겼다.

나는 추위에 몸을 떨면서도 빽빽한 관목 숲 너머로 뉘엿뉘엿 넘어가고 있는 태양에서 눈을 떼지 못한다. 내 몸은 아직 이 추위에 익숙하지 않다. 생각한 것보다 춥지 않다고 계속 혼잣말처럼 중얼거린다.

낯선 곳에 대한 두려움이 마음속 깊이 느껴진다. 그의 손길이 소리 없이 내 어깨에 와 닿지만 나는 놀라지 않는다. 내 어깨를 누르는 그의 손길이 너무나 익숙하다.

"이러다간 덮쳐도 모를 것 같아."

이젠 그의 목소리에서도 미소가 느껴진다.

"네가 다가오는 걸 봤어." 난 뒤돌아보지 않고 말한다. "난 머리 뒤에도 눈이 있거든."

따뜻한 그의 손길이 관자놀이에서 턱까지 내려오고, 내 얼굴에는 곧 뜨거운 불길이 지나가는 듯하다.

"숲의 요정 드라이어드 같군." 그가 내 귓속에 속삭인다. "너무 아름다워서 비현실적으로 느껴질 정도야."

"숲 같아 보이려면 집 주변에 나무를 더 심어야겠네."

그가 키득거리며 웃는다. 그의 웃음소리를 들으며, 나는 눈을 감고 미소를 짓는다.

"그럴 필요 없어. 넌 항상 아름다우니까." 그가 말한다.

"지구에 남은 마지막 남자가 마지막 여자한테 하는 말 같아. 서로 헤어지기 하루 전날에."

내 입가에 웃음이 사라진다. 오늘은 웃음이 오래 지속되지 못한다.

그는 한숨을 쉰다. 숲의 냉기에 비해 내 뺨에 와 닿는 그의 숨결은 훨씬 더 따뜻하다.

"제이미가 들으면 화낼 거야."

"제이미는 아직 어린애야. 제발 그 애를 안전하게 지켜 줘."

"그럼 이렇게 하자." 제러드가 내게 제안한다. "넌 널 안전하게 지켜. 나도 최선을 다해서 제이미를 지킬게. 알겠어?"

그저 농담처럼 말하지만, 난 가볍게 생각할 수 없다. 우리가 서로 헤어지면 어떻게 될지 아무것도 장담할 수 없다. "무슨 일이 있어도…." 나는 말끝을 흐린다.

"아무 일도 일어나지 않을 거야. 걱정하지 마." 아무 의미 없는 말처럼 들린다. 그러나 그가 무슨 말을 하든, 그의 목소리를 듣는 것만으로도 나는 기분이 좋아진다.

"알았어."

그는 나를 가슴팍에 끌어당기고, 나는 그의 가슴에 얼굴을 묻는다. 그에게서 나는 냄새를 무엇에 비유해야 할지 모르겠다. 그에게선 노간주나무나 사막의 비 같은 독특한 냄새가 난다.

"우린 절대 헤어지지 않을 거야." 그는 분명하게 약속한다. "혹시나 헤어진다 해도 내가 널 찾아낼 거니까." 제러드는 단 한순간도 온전히 진지하지 않다. "아무리 꼭꼭 숨어도 찾아낼 거야. 난 숨바꼭질을 정말 잘하거든."

"그럼 열까지 세어 볼래?"

"몰래 엿보지 말고?"

"어서 해봐." 나는 울먹이는 소리를 숨기기 위해 낮은 목소리로 중얼거린다.

"겁내지 마. 넌 안전할 거야. 넌 강하고, 빠르고, 또 영리하니까." 그는 자신의 마음도 다잡는 것 같다.

그의 곁을 떠나는 것이 과연 옳은 걸까? 그러나 나는 샤론이 인간으로 남아있다는 사실을 확인해야만 했다.

뉴스에 나온 그녀의 얼굴을 보자, 난 확신할 수 있었다.

수백 번 그랬던 것처럼, 우리는 누군가의 집으로 몰래 숨어들어갔다. 여느 때처럼 아무도 없다는 걸 확인하고 안전하다는 생각이 들자, 우리는 텔레비전을 켠 채 식품 저장실과 냉장고를 비우기 시작했다. 텔레비전을 튼 것은 일기예보를 듣기 위해서였다. 더러운 소울들 사이에서 뉴스로 통하는 기사들은 지루하기 짝이 없었다. 그런데 어떤 머리칼이 내 시선을 사로잡았다. 분홍빛이 도는 빨강머리, 오직 한 사람에게서만 보았던 머리칼이었다.

그녀가 한쪽 눈으로 카메라를 흘깃 쳐다보던 눈빛이 아직도 생생하다. 그 표정은 마치 '난 투명 인간이 되려고 노력하고 있으니, 날 보지 마.'라고 말하는 것 같았다. 그녀는 평상시 걸음걸이를 유지하면서 너무 느리게 걷지도 않으려고 노력하고 있었다. 다른 이들과 보조를 맞추려고 애쓰고 있는 것이었다.

그 어떤 소울도 그런 식의 행동을 하진 않을 것이다.

샤론은 시카고처럼 거대한 도시에서 소울들 주변을 서성거리며 도대체 뭘 하고 있을까? 다른 인간들도 있을까? 그녀를 찾아내는 것은 거의 불가능해 보인다. 하지만 혹시라도 그녀를 찾아낸다면 다른 인간들도 함께 있을 것이 분명했다.

그리고 나는 홀로 가야 한다. 샤론은 어느 누구의 접근도 허락하지 않을 테지만, 나는 예외일 것이다. 물론 처음엔 내게서도 도망치겠지만, 곧 나도 인간이라는 사실을 알아채고 나의 말을 들어줄 것이다. 나는 그녀가 머무는 비밀 거처를 알고 있다.

"그럼 넌?" 목이 잠겨 말이 잘 나오지 않는다. 이 갑작스런 이별을 견딜 수 있을지 모르겠다. "너도 안전할 수 있겠지?"

"하늘이 무너지고 땅이 꺼져도 난 네 곁을 떠나지 않아, 멜라니."

숨을 돌리거나 눈물을 닦을 틈도 없이, 멜라니는 내게 또 다른 기억을 보여주었다.

제이미가 몸을 동그랗게 말고 내게 안긴다. 앙상한 두 팔로 나를 안던 예전과는 다른 모습이다. 강인해진 팔에는 근육이 생기기 시작했지만, 이런 순간에 몸을 움츠린 채 떠는 걸 보면 아직 어린아이다. 제러드는 차에 짐을 싣고 있다. 제이미는 눈물을 보이려 하지 않는다. 그는 제러드처럼 용감하고 늠름해지기 원하기 때문이다.

"무서워." 제이미가 내 귀에 대고 속삭인다.

나는 그의 머리에 입을 맞춘다. 날카로운 나뭇가지 사이에 서 있는데도 여전히 먼지와 뜨거운 태양의 냄새가 난다. 제이미가 나의 일부처럼 느껴지고, 우리가 함께 맞붙은 지점에서 살갗이 떨어져 나가는 것 같다.

"제러드와 함께 있으면 안전할 거야." 내 마음이 어떻든, 나는 용감하게 말해야 한다.

"알아. 하지만 누나가 걱정이야. 누나가 돌아오지 못할까 두려워. 아빠도 돌아오지 못했잖아."

순간 나는 몸을 떤다. 아빠는 돌아오지 않았다. 결국 그의 육신만 돌아와서 우리들을 수색자에게 안내하려 했을 때 느꼈던 두려움과 공포와 고통은 이루 말로 표현할 수 없다. 내가 제이미에게 다시 그런 짓을 하게 된다면 어떡하지?

"난 돌아올 거야. 반드시 돌아올 거야."

"무서워." 제이미가 또 다시 말한다.

난 용감해야 한다.

"약속할게. 아무 일 없을 거야. 꼭 돌아올게. 누나가 약속 꼭 지키는 거 알지? 너에게 한 약속은 어떤 일이 있어도 지킬게."

제이미가 천천히 안정을 찾아간다. 제이미는 언제나 내 말을 믿고 신뢰한다.

그리고 또 다른 끔찍한 악몽이 이어졌다.

저 아래에서 그들의 소리가 들린다. 몇 분 후, 몇 초 후, 그들은 나를 찾아낼 것이다. 나는 더러운 신문지에 휘갈겨 글을 쓴다. 거의 알아볼 수 없지만, 그가 발견한다면 무슨 말인지 이해할 수 있을 것이다.

얼른 서둘러. 너와 제이미를 사랑해. 집으로 가지 마.

난 그들의 마음을 아프게 할 뿐 아니라 그들의 피난처마저 빼앗는다. 협곡에 위치한 우리들의 작은 집이 텅 비어 있는 모습을 떠올린다. 그들이 떠나지 않고 그곳에 그대로 있다면, 그곳은 무덤이 될 것이다. 내 몸은 수색자들을 그곳으로 이끈다. 그리고 결국 그들을 붙잡았을 때 내 얼굴에는 미소가 어린다…

"이제 그만해!" 나는 고통에 몸부림치며 소리쳤다. "그만해! 무슨 말인지 충분히 알아들었어! 나도 이제 그들 없이는 살아갈 수 없어. 이제 너도 속이 시원해? 내게 선택의 여지가 없기 때문이야? 내 손으로 널 없애길 바라는 거야? 수색자가 네 몸 안으로 들어오기 원해?" 치밀어 오르는 화 때문에 나는 이런 말들을 지껄여댔지만 얼마 지나지 않아 후회하고 말았다.

'또 다른 선택을 할 수 있어.' 멜라니가 부드러운 목소리로 말했다.

"무슨 소리야?" 나는 회의적인 태도로 물었다. "그럼 내게 보여줘."

'잘 봐.'

나는 여전히 산 정상을 바라보고 있었다. 평평한 덤불숲에 둘러싸인 바위가 불쑥 솟아 있는 정경이었다. 나는 바위의 윤곽을 조심스럽게 살피면서 두 개의 산봉우리를 바라보았다.

완만한 곡선이 이어지다가 북쪽으로 날카롭게 꺾였고, 다시 갑자기 반대 방향으로 꺾이다가 또 다시 길게 북쪽으로 이어졌다. 그러고 나서 남쪽으로 내려오며 완만한 곡선을 그렸다.

그녀의 기억 속에서 본 길은 남쪽과 북쪽이 아닌, 항상 아래위로 오르락내리락 했다.

산꼭대기의 측면 윤곽.

제러드와 제이미에게로 이어지는 선. 이것이 바로 출발점이 되는 첫 번째 선이었다. 이 선을 토대로 나는 그들을 찾을 수 있을 것이다.

'그들을 찾으러 가자.' 그녀는 말을 이었다. '넌 모든 길을 알고 있진 않아. 오두막에서 그랬던 것처럼, 모든 걸 가르쳐주지는 않았거든.'

"도저히 모르겠어. 어디로 이어지는 거야? 산으로 가면 또 어디로 이어지는 건데?" 제러드와 제이미가 근처에 있다는 생각이 들자 심장 박동이 빨라졌다.

멜라니는 내게 답을 보여주었다. 다시 기억이 이어졌다.

"그건 단지 선일 뿐이야. 젭 삼촌은 제정신이 아냐. 우리 아빠 가족들이 모두 그런 것처럼, 젭 삼촌도 바보 얼간이야." 제러드의 손 안에 있는 책을 잡아당기지만, 그는 전혀 알아차리지 못하는 것 같다.

"샤론의 어머니처럼 말이야?" 그는 오래된 앨범의 뒷장에 남은 짙은 연필 자국을 곰곰이 내려다보면서 대꾸한다. 그렇게 오랫동안 도망 다니면서도 잃어버리지 않은 유일한 물건은 앨범이다. 어릿광대 같은 젭 삼촌이 마지막으로 우리 집에 왔을 때 사진첩에 한 낙서를 보기만 해도 마음이 아련해진다.

"그렇단 얘기지." 샤론이 아직 살아 있다면 그녀의 엄마 덕분일 것이다. 젭 삼촌은 아빠 형제 가운데 가장 어리석은 미치광이였는데, 샤론의 엄마인 매기 고모도 그에 뒤지지 않았다. 아빠는 미치광이 혈통을 약간만 물려받았다. 적어도 아빠는 마당에 함정 같은 것을 파서 우리를 놀리지는 않았기 때문이다. 그러나 매기 고모와 젭 삼촌, 가이 삼촌은 항상 남을 골탕 먹이는 일을 꾸미곤 했다. 결국 가이 삼촌이 가장 먼저 돌아가셨다. 평범한 자동차 사고였지만 매기 고모와 젭 삼촌은 음모를 벗기겠다며 난리를 피웠다. 그 후 다른 삼촌과 고모들은 소울이 지구를 침략했을 당시 모두 실종되었다.

아빠는 애정 어린 마음으로 그들을 '미치광이'라고 불렀다. "이제 미치광이들을 찾아갈 시간이야." 아빠가 그렇게 말할 때마다, 엄마는 불평을 늘어놓곤 했다. 그 때문에 아빠가 삼촌과 고모를 찾아가는 경우는 많지 않았다.

시카고에 사는 매기 고모를 찾아갔을 때, 샤론은 고모의 비밀 방을 내게 몰래 보여주었다. 그러나 고모가 도처에 덫을 놓아둔 탓에 우리는 얼마 지나지 않아 들키고 말았다. 샤론은 심하게 야단을 맞았다. 나는 비밀로 하겠다고 맹세했지만, 매기 고모가 새로운 은신처를 짓고 있다는 느낌이 들었다.

첫 번째 은신처가 어디였는지 기억할 수 있다. 적의 도시 한가운데에서 안네 프랑크처럼 살고 있을 샤론의 모습이 눈앞에 떠오른다. 나는 그녀를 찾아 집으로 데려와야 한다.

제러드의 말에 회상이 끊긴다. "앞으로 살아남을 사람들도 어리석기는 마찬가지야. 실제로는 보지 못한 것을 봤다고 말하는 사람들, 남은 인류가 위험하지 않은데도 그들을 의심하는 사람들, 이미 숨을 장소를 준비해둔 사람들." 제러드는 씩 웃으며, 여전히 깊은 생각에 잠겨 선을 바라보고 있다. 그는 더 무거워진 목소리로 말한다. "그리고 우리 아버지 같은 사람들. 아버지와 내 형제들이 싸우지 않고 숨었더라면… 아직 살아 있을 텐데."

그의 고통스러운 목소리를 듣고서 나는 부드러운 목소리로 말한다. "나도 이론에는 동의하지만, 이 선에는 아무런 의미도 없어."

"삼촌이 선을 그리면서 했던 말을 다시 해줘."

나는 한숨을 쉬며 말을 잇는다. "아빠와 젭 삼촌이 논쟁을 벌이고 있었어. 젭 삼촌은 뭔가 잘못되고 있다고, 절대 아무도 믿어서는 안 된다고 아빠한테 말하고 있었지. 하지만 아빠는 그냥 웃어 넘기셨어. 젭 삼촌은 테이블에 놓인 앨범을 가져와서는, 앨범 뒷면에 연필로 선을 그리기 시작했어. 아빠는 화를 내면서 엄마가 알면 큰일 날 거라고 말했고. 그러자 젭 삼촌이 말했어. 린다 엄마가 사람들을 모두 불러 모은 거잖아, 그렇지? 뭔가 이상해. 갑작스럽게 무슨 일이 생긴 거야. 린다만 돌아오면 약간 당황스럽겠지? 트레브 형, 사실대로 말하자면, 린다가 돌아오면 아무것도 개의치 않을 거야. 물론 평소처럼 행동하겠지. 하지만 형도 뭔가 차이점을 알아차릴 수 있을 거야.' 그땐 엉뚱한 소리처럼 들렸지만, 아빠는 불같이 화를 냈어. 그러면서 젭 삼촌에게 당장 집에서 나가라고 명령했어. 젭 삼촌은 처음에는 고집을 피우면서 나가지 않았어. 너무 늦기 전에 대비해야 한다고 계속 우리한테 경고하면서 말야. 삼촌은 내 어깨를 붙들면서 낮은 목소리로 속삭였어. '저들에게 잡히면 안 돼. 그 선을 따라가. 출발점에서 시작해서 계속 선을 따라가야 해. 젭 삼촌이 너희들을 위해 안전한 장소를 준비해 두었으니까.' 바로 그때, 아빠가 젭 삼촌을 밖으로 내몰았지."

제러드는 여전히 선을 바라보면서 고개를 끄덕인다. "출발점이라… 출발점이라… 뭔가 의미가 있을 거야."

"그럴까? 제러드, 그건 그냥 구불구불한 곡선이야. 지도처럼 보이지도 않고, 선이 연결되어 있지도 않잖아."

"하지만 첫 번째 선에 뭔가 있어. 왠지 익숙한 느낌이 들어. 예전에 어디서 봤는지는 확신할 수 없지만."

나는 다시 한숨을 쉬며 말한다. "젭 삼촌이 매기 고모한테 말했을지도 몰라. 고모가 방향을 더 잘 알지도 모르지."

"그럴 수도 있겠군." 제러드는 그렇게 대답하더니, 젭 삼촌이 그린 구불구불한 선을 계속 들여다본다.

멜라니는 훨씬 더 오래된 기억으로 나를 이끌고 갔다. 아주 오래전 그녀의 머릿속에서 사라졌던 기억으로. 그녀가 오래된 기억과 최근의 기억을 함께 갖고 있다는 사실은 꽤 놀라웠다. 내가 이곳 지구에 온 이후의 기억도 생생히 갖고 있었다. 젭 삼촌이 그린 선은 그녀의 가장 소중한 기억 가운데 하나였다. 하지만 그 때문에 오히려 그녀는 그 기억을 통제할 수 없는 것 같았다. 그녀는 무언가에 쫓기듯 다급하게 기억을 되살렸다.

흐릿한 옛 기억 속에서, 멜라니는 여전히 그 앨범을 손에 쥔 채 아버지의 무릎에 앉아 있었다. 당시만 하더라도 그렇게 너덜너덜한 상태는 아니었다. 그녀의 손은 조그마했다. 내가 속한 몸이 어린아이였던 시절을 기억하자 기분이 매우 이상했다.

그들은 앨범 첫 페이지를 보고 있었다.

"여기가 어딘지 기억나니?" 아빠는 앨범 맨 윗부분에 있는, 색이 바랜 오래된 사진을 가리키며 묻는다. 그 사진은 오래전 조상으로부터 내려온 사진처럼 더 얇고, 낡아 보인다.

"스트라이더라는 성을 가진 우리 조상이 맨 처음 태어난 곳이에요." 나는 배운 것을 그대로 말한다.

"맞아. 스트라이더 목장이야. 너도 한 번 가본 적이 있지만, 기억은 나지 않을 거야. 네가 생후 18개월이었을 때지." 아빠는 기분 좋게 웃는다. "이곳은 처음부터 스트라이더 목장이었어…"

그리고 사진에 대한 기억이 떠올랐다. 수백 번을 보았지만 한 번도 자세히 들여다보지 않던 사진이었다. 흑백사진이 심하게 바래 거의 회색으로 변해 있었다. 황량한 벌판 반대편에는 나무로 지은 작은 시골집이 보였다. 앞에는 울타리가 있었고, 울타리와 집 사이에는 말이 몇 마리 서 있었다. 그리고 그 풍경 너머에는, 날카로운 인상의 한 사람이 보였다.

앨범 윗면에는 연필로 쓴 메모가 적혀 있었다.

'스트라이더 목장, 1904, 아침, 날씨 흐림…'

"피카초 피크." 나는 조용히 중얼거렸다.

'그들은 샤론을 찾아내지 못하더라도 알아낼 수 있을 거야. 제러드가 알아낼 게 분명해. 그는 나보다 더 영리하고, 또 그에겐 사진이 있으니까. 나보다 더 일찍 해답을 알아냈는지도 몰라. 아니면 거의 답을 찾아냈을지도…'

멜라니의 갑작스러운 흥분은 우리를 가로막고 있던 벽을 일시에 무너뜨려 버렸다.

그들이 조심스럽게 사막을 가로지르는 모습이 보였다. 멜라니와 제러드, 제이미는 훔친 자동차를 타고 밤을 틈 타 도망치듯이 어디론가 향했다. 몇 주 이상 걸린 여정이었다. 마침내 도시 외곽에 위치한 자연자원 보호 구역 근처에 멜라니는 그들을 남겨두고 떠났다. 그들에게 익숙한 황량한 사막과는 완전히 다른 모습이었다. 제러드와 제이미가 몸을 숨기며 기다리던 추운 숲보다 어떤 면에서는 더 안전하게 느껴졌다. 두꺼운 나뭇가지로 뒤덮인 덕분에 몸을 거의 숨길 수 없었던 사막보다 훨씬 은신하기가 쉬웠기 때문이었다. 그러나 익숙하지 않은 냄새와 소리 때문에 더 위험하기도 했다.

그리고 이별이 다가왔다. 너무 고통스러웠기 때문에 우리는 몸서리를 치며 그 기억을 건너뛸 수밖에 없었다. 잠시 후 그녀가 몸을 숨겼던 빈 건물이 보였다. 멜라니는 그곳에 몸을 숨긴 채, 맞은편에 있는 집을 살피면서 기회를 엿보고 있었다. 그녀는 샤론을 찾아낼 수 있기를 간절히 바라며 사방이 벽으로 둘러싸인 건물 지하에 앉아 긴 시간을 기다렸다.

'너에게 그 모습은 보여주지 않았어야 했는데.' 멜라니가 후회하듯이 중얼거렸다. 희미한 그녀의 목소리에서 피곤이 묻어났다. 갑작스럽게 몰려온 기억과 위압감 때문에 그녀는 지쳤다. '넌 어디로 가야 샤론을 찾을 수 있는지 그들에게 얘기하겠지. 그리고 그녀를 죽일 거고 말이야.'

"난 내가 맡은 일을 해야 해." 나는 힘껏 외쳤다.

'왜?' 그녀는 거의 졸린 목소리로 속삭였다. '그런다고 너한테 어떤 행복이 찾아오는데?'

그녀와 언쟁하고 싶지 않았기 때문에 나는 아무 말도 하지 않았다.

우리 앞에 보이는 산이 점점 더 커져갔다. 잠시 후면 우리는 산 아래로 들어갈 것이다. 편의점과 패스트푸드점이 딸린 작은 숙박시설이 보였다. 투숙객은 서넛밖에 되지 않는 듯했다. 초여름의 열기 때문에 기분은 점점 더 불쾌해졌다.

이제 어떻게 하지? 잠시 들러서 늦은 점심이나 이른 저녁을 먹을까? 차에 기름을 채우고, 수색자를 만나러 계속 툭슨으로 가야 할까?

그런 생각을 하는 것만으로도 심기가 불편해졌다. 갑자기 속이 메슥거려 이를 악물어야 했다. 나는 반사적으로 브레이크를 밟았고, 자동차는 끼익 소리를 내며 도로 한가운데 급정거를 했다. 다행스럽게도 뒤따라오는 차는 없었다. 차를 멈춰 세우고 걱정하며 도와주러 오는 이도 없었다. 고속도로는 텅 비어 있었다. 따가운 태양이 도로에 내리 쬐었고, 도로 위로 아지랑이가 피어오르다가 사라졌다.

올바른 길로 계속 가고 있다는 생각과 동족에 대한 배반이라는 생각이 계속 교차했다. 나의 첫 번째 언어, 오리진 행성에서만 사용하는 소울의 언어에는 배신이나 배반 같은 단어는 없다. 심지어 충성을 뜻하는 단어도 없다. 반대 개념이 존재하지 않는 개념은 아무런 의미가 없기 때문이다.

수색자를 떠올리자 깊은 죄책감이 몰려왔다. 내가 알게 된 사실을 그녀에게 털어놓는다면…. 아니, 옳지 못한 일이다. 아니, 옳지 못하다니…, 뭐가? 나 자신의 생각이 사악하게 느껴졌다. 이곳에 차를 세우고 내 호스트의 유혹적인 제안에 귀를 기울인다면, 나는 진정 배반자가 될 것이다. 그건 절대 안 되었다. 나는 소울이기 때문이었다.

그러나 나는 내가 뭘 원하는지 알고 있었다. 내가 살아온 여덟 번의 삶 동안 바라던 어떤 것보다 더 강렬하고 간절히 원했다. 햇빛 때문에 눈을 깜박이자, 제러드의 얼굴이 눈꺼풀 뒤에서 춤을 추듯 일렁거렸다. 이번에는 멜라니의 기억이 아니라, 바로 나의 기억이었다. 이제 그녀는 나에게 어떤 것도 강요하지 않았다. 이제는 머릿속에서 그녀를 거의 느낄 수 없었다. 마치 나 스스로 결정하는 것이 가능한 것처럼, 그녀가 숨을 멈추고 있는 모습을 상상해보았다.

하지만 나는 내 호스트가 원하는 것으로부터 자유로워질 수 없었다. 지금껏 내가 의도했던 것보다, 내 호스트는 훨씬 더 중요한 나의 일부가 되어버렸다. 이것은 내가 원했던 것일까, 아니면 호스트가 원했던 것일까? 이런 구분이 과연 필요는 한 것일까?

멀리서 다가오는 차에 비친 빛이 백미러에 반사되어 눈을 찔렀다.

나는 다시 액셀러레이터를 밟고, 산 정상 그늘에 있는 작은 가게를 향해 천천히 차를 몰고 갔다. 해야 할 일은 한 가지밖에 없었다.

10

방향을 바꾸다

　벨이 울리면서, 편의점에 손님이 왔다는 사실을 알려주었다. 무언가 잘못을 저지른 것 같은 죄책감이 든 나는 둘러보고 있던 상품 진열대 뒤로 몸을 숨겼다.

　'죄 지은 것처럼 행동하지 마.' 멜라니가 충고했다.

　'그런 척 하는 거 아냐.' 나는 짤막하게 대답했다. 작은 편의점 안은 꽤 더웠지만, 손으로 땀을 닦자 축축하고 차가운 느낌이 들었다. 편의점 유리로 햇빛이 많이 들어오기 때문에, 에어컨은 시끄러운 소음을 내면서 쉴 새 없이 가동되고 있었다.

　'어느 걸로 할까?' 내가 물었다.

　'더 큰 걸로 해.' 그녀가 말했다.

　나는 큰 걸로 두 묶음을 골랐다. 그런 다음 마시는 물이 진열된 선반 쪽으로 향했다.

'물 10리터는 가져갈 수 있어.' 그녀가 결정했다. '그들을 찾는 사흘 동안은 버틸 수 있을 거야.'

나는 심호흡을 하면서, 그걸로는 버티지 못한다고 말하려 했다. 그녀와 좀 더 동등해지려는 의도였고, 다른 뜻은 없었다. 결국 나는 누군가를 찾게 될 것이다. 그리고 내 전담 수색자보다 덜 불쾌한 수색자도 찾게 될 것이고, 내가 갖고 있는 정보를 그녀에게 전해줄 것이다. 단지 철저하게 하는 것뿐이야. 나는 스스로에게 약속하듯 말했다.

스스로에게 거짓말을 하는 게 너무 어색하고 한심해서, 멜라니는 주의조차 기울이지 않았고 걱정도 하지 않았다. 수색자가 경고했던 것처럼, 난 이미 너무 늦어 버렸는지도 모른다. 아마도 툭슨 행 비행기를 탔어야 했는지도 모른다.

'너무 늦었다고? 차라리 그랬으면 좋겠어.' 멜라니가 투덜거렸다. '난 네가 원하지 않는 건 시킬 수가 없어. 내 손도 마음대로 올리지 못하지.' 그녀는 절망적인 목소리로 신음했다.

나는 그녀가 그렇게 간절히 원하는 물을 들어 올리는 대신, 허벅지 위에 올린 손을 가만히 내려다보았다. 그녀가 조바심 내는 게 느껴졌고, 팔을 올리려는 그녀의 절실한 욕구가 느껴졌다. 내 존재가 그녀와 이 세상 중간에 잠시 끼어든 것에 지나지 않는다는 생각이 다시 머릿속에 떠올랐다.

그녀는 콧방귀를 뀌더니 다시 본론으로 돌아왔다. '서둘러. 어서 출발해. 곧 어두워질 거야.' 그녀는 나를 재촉했다.

나는 한숨을 쉬면서, 선반에 놓인 가장 큰 물병을 집어 들었다. 물병이 선반 모서리에 부딪혀 바닥으로 떨어질 뻔했다. 마치 탈골된 것처럼 두 팔에 힘이 없었다.

"말도 안 돼." 나는 큰 소리로 외쳤다.

'입 다물어!' 멜라니가 머릿속에서 외쳤다.

"뭐라고 하셨습니까?" 통로 끝에 서 있던, 키가 작고 몸이 구부정한 다른 손님이 물었다.

"아, 아무것도 아니에요." 나는 그의 눈길을 피하며 중얼거렸다. "생각했던 것보다 무거워서요."

"도와 드릴까요?" 그가 내게 제안했다.

"아니에요." 나는 재빨리 대답했다. "더 작은 걸로 사려고요."

그는 다시 선반에 진열된 감자 칩을 고르기 시작했다.

'아니야, 바꾸지 마.' 멜라니는 고집을 피웠다. '난 이것보다 더 무거운 것도 들었어. 너 때문에 우리가 나약해지고 있어, 방랑자.' 그녀는 짜증스럽게 덧붙여 말했다.

'미안해.' 나는 짧게 대답했다. 그녀가 처음으로 내 이름을 부르자 머릿속이 멍해졌다.

'다리에 힘을 주고 들어 올려.'

무거운 물병을 힘겹게 들어올리긴 했지만 얼마나 멀리 옮길 수 있을지 의구심이 들었다. 계산대까지는 겨우 옮길 수 있었다. 그리고 다행스럽게 계산대 위로 물병을 들어 올릴 수도 있었다. 물병 윗부분에 가방을 두고, 그라놀라 바 한 상자, 도넛 한 상자, 가까운 곳에 진열된 과자 한 봉지를 추가했다.

'사막에서는 음식보나 물이 더 중요해. 이러면 가져간 게 너무 많잖아...'

'난 배가 고파.' 난 그녀의 말을 자르며 끼어들었다. '그리고 이 정도면 가벼워.'

'그래, 어차피 네가 들 거니까.' 그녀는 인색하게 말하더니 명령조로 말했다. '지도를 사.'

나는 그녀가 원하는 지형도를 계산대 위에 올렸다. 그녀가 시키는 대로 따라할 뿐이었다.

백발의 계산원은 형식적인 웃음을 띠며 바코드를 찍기 시작했다.

"하이킹 가나 봐요?" 계산원이 밝은 표정으로 물었다.

"산이 아름답군요."

"산으로 올라가는 지점이 바로 저기 있죠." 그는 그 지점을 손으로 가리키며 말했다.

"그렇군요." 나는 짤막하게 대꾸하면서 계산대 위에 있던 물건을 내렸다.

"날씨가 어두워지기 전에 내려가세요. 잘못하다가는 길을 잃을 수도 있으니까요."

"그럴게요."

멜라니는 나이든 계산원을 못마땅하게 생각했다.

'친절하잖아. 날 걱정해서 해주는 말이야.' 멜라니에게 말했다.

'너희 둘 모두 어리석어.' 그녀가 냉소적으로 말했다. '낯선 자와 얘기하지 말아야 한다는 사실도 몰라?'

나는 죄의식을 느끼며 대답했다. '우리 종족한테는 낯선 자가 없어.'

'물건을 사고 돈을 지불하지 않는 것도 이상하고.' 그녀는 화제를 바꾸었다. '그러면서 바코드는 대체 왜 찍는 거야?'

'물론 물품을 기입하기 위해서지. 주인이 물건을 더 주문해야 할 때, 손님들이 가져간 모든 물건을 기억할 수는 없을 테니까. 게다가, 모두들 정직한데 굳이 화폐를 사용할 필요가 있겠어?' 나는 잠시 말을 멈추었다. 마음속에서 다시 죄책감이 들었는데, 이번에는 고통스러울 정도였다. '물론 나는 예외지만.'

우리 종족에 대한 생각으로 내가 고통스러워하자 멜라니가 주춤했다. 마음을 바꾸기라도 할까 걱정하는 것 같았다. 멜라니는 당장 이곳에서 나가 자신의 목표를 향해 나아가야 한다는 강렬한 욕구를 분출했다. 그녀의 불안감이 내게 전해졌고, 나는 발걸음을 서둘렀다.

나는 편의점에서 구입한 물건을 차로 가져와 조수석 문 옆 바닥에 내려놓았다.

"내가 도와줄게요."

편의점 반대편에 있던 남자가 비닐봉투를 손에 든 채 서 있었다.

"아… 고맙습니다." 겨우 대답했지만 귓불 뒤에서 맥박이 빨라지는 게 느껴졌다.

멜라니는 금방이라도 달아날 것처럼 긴장했고, 우리는 함께 기다렸다. 남자는 우리의 짐을 차 안으로 실어주었다.

'두려워할 것 없어. 그냥 친절하게 도와주는 것뿐이야.'

멜라니는 여전히 그를 의심스러운 눈길로 바라보았다.

"고맙습니다." 그가 차문을 닫았을 때 내가 말했다.

"천만에요."

그는 우리를 돌아보지도 않고 곧장 자신의 차로 향했다. 나는 차 안으로 들어가 감자 칩 봉투를 집었다.

'지도를 봐.' 그녀가 말했다. '그가 시야에서 멀어질 때까지 기다려.'

'우리를 지켜보고 있는 사람은 아무도 없어.' 나는 그녀에게 확실한 어조로 말했다. 그러나 새어나오는 한숨은 어쩔 수 없었다. 지도를 펴고 한 손으로 감자 칩을 먹었다. 우리가 향하고 있는 곳을 지도를 통해 미리 알아두는 게 좋을 것 같았다.

'어디로 가야 하는 거야?' 그녀에게 물었다. '출발점은 찾아냈는데, 이제 어떻게 하지?'

'주변을 둘러봐.' 그녀가 명령했다. '이곳에서 찾지 못하면, 산 정상 남쪽에서 찾아봐야 해.'

'뭘 찾는데?'

그녀는 기억 속의 이미지를 내 앞에 펼쳐보여 주었다. 복잡한 지그재그 선, 네 개의 지그재그 길, 마치 부러진 것처럼, 이상하게 불쑥 튀어나온 다섯 번째 지점….

나는 동쪽에서 서쪽 방향으로 지평선의 윤곽을 자세히 살펴보았다. 지평선 북서쪽의 산의 윤곽을 본 이후에 머릿속 이미지를 떠올렸다. 의외로 너무 찾기 쉬워서 마치 엉터리처럼 보였다.

'바로 저기야!' 멜라니는 너무 신이 나서 콧노래라도 부를 것 같았다. '어서 가자!' 그녀는 내가 차에서 나오기를 바랐다.

나는 고개를 가로저으며 다시 지도를 들여다보았다. 산등성이가 너무 멀어 보여서, 얼마나 멀리 떨어져 있는지 가늠할 수가 없었다. 다른 선택의 여지가 없다면, 이 주차장에서 나가 황량한 사막을 향해 오직 걷기만 해야 할 것이다.

'이성적으로 생각해.' 나는 손가락을 짚고 지도 위의 가는 선을 따라갔다. 동쪽으로 몇 킬로미터 떨어진 간선도로로 이어지는 이름 없는 길을 따라가며 계속 그 방향으로 선을 이어 보았다.

'빠를수록 더 좋아.' 그녀는 만족하며 동의했다.

우리는 비포장도로를 쉽게 찾을 수 있었다. 성긴 관목 숲 사이로 난 길은 차 한 대가 겨우 지나갈 정도로 좁았다. 다른 지역에 이런 도로가 있다면, 곧 나무가 우거져 길이 사라져버렸을 것이다. 이곳은 나무가 자라는 데 수십 년이 걸리는 사막 지역이라 지나가는 사람이 거의 없어도 비포장도로는 그대로 남아 있었다. 입구에는 녹슨 쇠사슬이 내려와 있었는데, 쇠사슬 한쪽 끝이 나무 기둥에 고정되어 있었고 나머지 끝은 헐렁하게 풀려 있었다. 나는 재빨리 쇠사슬을 풀고 첫 번째 나무 기둥 바닥에 놓아두었다. 그리고 누군가 차를 멈추고 도와주지 않기를 바라며 서둘러 내 차로 되돌아갔다. 흙먼지 길을 지나 다시 쇠사슬을 묶는 동안, 고속도로는 여전히 텅 비어 있었다.

포장도로가 뒤로 사라지자 우리 둘 모두 안도감을 느꼈다. 거짓말이나 침묵으로 속여야 하는 상대가 더 이상 없다는 생각이 들자 마음이 편안해졌다. 동족의 배반자라는 생각도 덜 들었다.

주변에 아무것도 보이지 않자 멜라니도 편안함을 느끼는 것 같았다. 그녀는 주변에 있는 가시투성이 식물들의 이름을 모두 알고 있었다. 그녀는 식물들의 이름을 중얼거리며, 마치 오래된 친구를 만나듯 반가워했다.

크레오소트, 오코틸로, 촐라, 가시 배나무, 메스키트….

우리는 고속도로와 문명의 흔적으로부터 멀어져갔다. 사막의 모습이 멜라니에 의해 새로운 생명을 얻어가는 것처럼 보였다. 그녀는 차 속도를 더 내길 바랐지만, 우리의 자동차는 바닥과의 거리가 너무 짧아 외진 길을 운전하는 데 적당하지 않았다. 진흙길을 달릴 때마다 충격 흡수를 하지 못해 매우 불편했다. 멜라니는 뜨거운 사막을 자신의 다리로 걷고 싶어 안달이 난 것 같았다.

어차피 차의 기름이 떨어지면 우리는 걸어야 할 것이고, 시간이 지나면 나도 익숙해질 것이다. 하지만 그런 시간이 왔을 때 그녀가 만족할 수 있을지 의구심이 들었다. 나는 마음속 깊은 곳에서 멜라니의 진정한 욕구를 느낄 수 있었다. 자유. 목적지로 그녀를 이끌기 위해 나는 멜라니가 익숙한 리듬과 큰 보폭, 자신의 의지로 걸어가도록 놓아두리라. 잠시 동안, 나는 형체 없는 감옥을 보았다. 안으로 들어갈 수는 있지만 들어간 이상 주변에는 아무런 영향도 끼칠 수 없다. 덫에 걸리는 것이다. 그곳은 아무 선택의 여지도 없는 감옥이다.

나는 몸이 떨리는 것을 느꼈다. 멜라니에 대한 연민과 두려움을 떨쳐내려고 애쓰며 다시 거친 비포장도로에 정신을 집중했다. 어떤 호스트도 내게 이런 죄책감을 느끼게 하지 않았다. 물론 상황에 대해 불평하는 호스트도 없었다.

우리가 처음으로 의견의 차이를 보였을 때, 태양은 서쪽 언덕 끝에 걸려 있었다. 길 위에는 이상한 무늬의 긴 그림자가 어려 있었고, 바위와 분화구 등을 피해 가기가 쉽지 않았다.

'바로 저기야!' 동쪽 먼 곳에서 다른 형태의 지형이 눈에 들어오자 멜라니가 의기양양하게 소리쳤다. 부드러운 곡선을 그리는 바윗덩어리로, 길고 가는 손가락이 하늘을 향해 불쑥 튀어나온 것처럼 돌출부가 있었다.

그녀는 차가 어떻게 되든 아무 상관도 하지 않고 곧장 관목 숲을 향해 직진하려 했다.

'첫 번째 이정표를 발견하려면 앞으로도 얼마를 가야 하는지 몰라.' 나는 그 점을 지적했다. 흙먼지가 날리는 좁은 길은 계속 구불구불했다. 그런 길을 계속 가다보니 두려운 마음이 덜컥 생겼다. 어떻게 도시로 되돌아갈 수 있을까? 혹시 돌아가지 못하는 건 아닐까?

바로 그 순간, 나는 수색자를 떠올렸다. 서쪽 지평선에 나 있는 지그재그 길 위에 강렬한 햇빛이 내리쬐고 있었다. 내가 툭슨에 도착하지 않으면 수색자는 어떻게 생각할까? 너무 기쁜 나머지 큰 웃음소리가 터져 나왔다. 멜라니 역시 수색자가 분노에 떨며 짜증내는 모습을 떠올리며 즐거워했다. 그녀가 샌디에이고로 돌아가서 이 모든 것이 자신을 따돌리기 위한 계략이라는 걸 알아차리는 데 얼마나 시간이 걸릴까? 내가 그곳에 없을 때, 그리고 수색자가 찾는 어느 곳에도 내가 없을 때 그녀는 대체 어떤 조처를 취할 것인가?

그 순간 나는 정말 그때 내가 어디에 있을지 상상할 수 없었다.

'봐, 바람이 차를 깨끗이 씻어내고 있어. 자, 계속 이 길을 따라가자.' 멜라니가 말했다.

'이 길로 가도 되는지 아직 잘 모르겠어.'

'곧 날이 어두워질 테고 우린 차를 세워야 해. 시간 낭비하지 마.' 그녀는 좌절감에 휩싸여 소리 없는 아우성을 질렀다.

'시간을 벌고 있을지도 모르지. 게다가, 이건 내 시간이야. 안 그래?'

그녀는 아무 대답도 하지 않았다. 어떤 기억을 떠올리려다가 다시 비포장도로에 정신을 집중하는 것 같았다.

'이 일을 하는 사람은 바로 나야. 그러니 내 방식대로 할 거야.'

멜라니는 아무 말도 없이 씨근거렸다.

'이제 두 번째 선도 내게 보여주는 게 어때?' 나는 그녀에게 제안했다. '밤이 오기 전에 뭔가 보이는 게 있는지 확인할 수 있을 테니까.'

'안 돼. 그건 내 방식대로 할 거야.' 그녀가 재빨리 대꾸했다.

'유치하게 굴지 마.'

그녀는 아무 말도 하지 않았다. 나는 네 개의 뾰족한 산 정상을 향해 계속 나아갔고, 그녀는 부루퉁해졌다.

태양이 언덕 뒤로 넘어가자 갑자기 밤이 찾아왔다. 일순간 사막이 오렌지 빛 석양으로 물들었고 주변은 곧 칠흑처럼 캄캄해졌다. 나는 차 속도를 늦추었고, 대시보드를 더듬어 헤드라이트를 켰다.

'제정신이야?' 멜라니가 목소리를 낮추며 말했다. '헤드라이트 불빛이 얼마나 눈에 잘 띄는지 몰라? 누군가가 우리를 보게 돼.'

'그럼 이제 어떻게 하지?'

'등받이를 젖히고 누워서 잠이나 자.'

자동차 시동을 끄면서, 황량한 사막에 둘러싸여 차 안에서 자는 것 이외에 다른 선택의 여지가 있는지 궁리해 보았다. 멜라니는 내가 다른 방법을 찾지 못한다는 것을 알면서도 인내심 있게 기다려주었다.

'이건 미친 짓이야.' 차를 세우고 자동차 열쇠를 뽑으면서 그녀에게 말했다. '이런 곳에 누군가 있을 리가 없어. 우린 아무것도 찾아내지 못할 거야. 아무리 찾으려 애써 봐도 소용없을 거야.' 우리가 계획하고 있는 일에 위험이 닥칠 것 같은 불길한 예감이 들었다. 대안도 없이, 되돌아갈 길도 모른 채 뜨거운 사막을 돌아다니는 계획은 무모하기 짝이 없었다. 멜라니는 그 위험에 대해 분명히 알고 있었지만, 전혀 내색을 하지 않았다.

내가 비난해도 그녀는 아무런 반응도 보이지 않았다. 멜라니는 어떤 문제도 개의치 않았다. 예전의 삶으로 되돌아가기보다는 차라리 평생 동안 혼자 사막을 배회하는 편이 더 낫다고 생각하는 것 같았다. 적어도 수색자의 위협으로부터도 자유로웠기 때문에, 그녀는 이곳 사막이 도시보다 훨씬 더 낫다고 생각했다.

좌석을 최대한 뒤로 젖혀 보았지만, 편안하지 않았다. 과연 차 안에서 잠을 잘 수 있을지 의구심이 들었지만, 곧 더 이상 아무 생각도 나지 않고 머릿속이 텅 비는 것 같았다. 멜라니 역시 침묵을 지켰다.

눈을 감았다. 달빛도 비치지 않는 칠흑 같은 어둠은 눈을 감아도 그대로였다. 그리고 예상과는 달리 편안하게 무의식 속으로 빠져들었다.

11

탈수되다

"맞아, 네 말이 맞아! 네 말이 맞아!" 나는 목소리를 높여 말했다. 주변에는 내가 소리치는 걸 들을 사람도 없었다.

멜라니는 자신이 옳았다고 겉으로 내색하지 않았지만 나는 그녀의 침묵에서 비난을 느낄 수 있었다.

차는 더 이상 아무 쓸모가 없었다. 그러나 난 여전히 차를 떠나고 싶지 않았다. 기름이 떨어지면, 남아 있는 힘을 다해 차를 밀어서 얕은 골짜기로 떨어뜨릴 것이다. 그러면 자동차는 개울의 흔적이 남아 있는 곳에 처박힐 것이다. 자동차 앞 유리창 너머로 보이는 평원을 보자 갑작스런 두려움이 몰려왔다.

'어서 움직여야 해, 방랑자. 점점 더 더워지고 있어.'

나는 두 번째 이정표까지 자동차로 가겠다고 고집을 부렸지만, 이정표를 발견하지 못했고 결국 갔던 길을 되돌아와야만 했다. 그때 4분의 1의 기름을 낭비하지 않았더라면, 훨씬 더 먼 거리를 달려 다음 목표에 근접했을 것이다. 내 섣부른 판단 때문에 우리는 이제 사막을 걸어가야 하는 것이다.

나는 불필요할 정도로 신중한 태도로 배낭에 물을 한 병씩 채워 넣었다. 그리고 남아 있는 그라놀라 바를 넣었다. 그동안 멜라니는 내게 서두르라고 재촉했다. 그녀가 조바심을 치는 바람에 정신을 집중할 수 없었다. 우리에게 무슨 일이 닥칠지 생각할 여유도 없었다.

'서둘러, 어서!' 내가 어정쩡한 자세로 비틀거리며 차 밖으로 나올 때까지, 그녀는 나를 계속 다그쳤다. 허리를 똑바로 펴자 등이 욱신거렸다. 배낭 무게 때문이 아니라 어젯밤에 새우잠을 잤기 때문이다. 어깨를 이용해 배낭을 짊어지자 생각보다 무겁지 않았다.

'이제 차를 덮어.' 그녀는 근처에 있는 크레오소트와 팔로 베르데 같은 가시가 있는 나뭇가지를 꺾어, 자동차 위를 덮으라고 명령했다.

"왜?"

그녀는 그런 것도 이해 못하는 나를 한심하게 여기는 투로 말했다. '그래야 아무도 우리를 찾지 못하지.'

'하지만 누군가 나를 찾아주기 바란다면 어쩔 거야? 이곳 주변에는 더위와 흙먼지 이외에는 아무것도 없어. 누군가가 우리를 찾지 못하면 우리가집으로 되돌아갈 방법도 없어.'

'집이라고?' 그녀는 우울한 이미지를 떠올리며 내게 물었다. 샌디에이고에 있는 텅 빈 아파트, 수색자의 밉살스러운 표정, 지도에 표시된 툭슨…. 그리고 붉은 협곡의 아름다운 모습이 잠시 스쳐 지나갔다. '집이 대체 어디 있단 말이야?'

그녀의 충고를 무시한 채, 고개를 돌리고 차를 바라보았다. 나는 곧장 차안으로 들어갔다. 되돌아올 수 있는 희망을 모두 저버리지는 않을 것이다.

누군가 이 차를 발견하고 나를 찾아낼 것이다. 나를 구조해줄 사람에게 내가 이곳에서 뭘 하려고 했는지 분명하게 설명할 것이다. 나는 길을 잃었다고, 길을 잃었고… 통제력을 잃었고… 정신을 잃었다고 말할 것이다.

멜라니의 자연스런 큰 보폭에 몸을 맡기고 사막에 난 길을 따라갔다. 대학교 강의실을 왔다 갔다 하며 걷던 나의 걸음걸이와는 완전히 달랐다. 척박한 이곳에 적당한 걸음걸이였고, 놀랄 만큼 속도도 빨랐다. 나는 곧 그 걸음걸이에 익숙해졌다.

"내가 이 길로 오지 않았다면 어떻게 됐을까?" 사막으로 들어서며 의구심이 들었다. "치료사 포즈가 아직 시카고에 있으면 어떻게 할까? 이 길이 그들에게 가까이 다가가는 길이 아니면 어떻게 할까?"

그러나 제러드와 제이미가 바로 그곳에 있을지도 모른다는 생각, 텅 빈 사막 어딘가에 있을지도 모른다는 생각을 떠올리자 나는 무모한 계획을 실천에 옮기지 않을 수 없었다.

'나도 잘 모르겠어.' 멜라니도 그 사실을 인정했다. '지금도 수색자가 우릴 찾고 있겠지. 다른 소울들이 이 근처 어딘가에 있을지 모르고 말이야. 난 두려워. 널 믿었기 때문에 두 사람 모두 목숨을 잃을 수도 있어.'

그런 생각이 들자 우리는 함께 몸을 떨었다.

'하지만 이렇게 가까이 왔잖아… 이젠 돌아갈 수도 없어. 부탁이야.' 갑자기 그녀는 애원하기 시작했다. 그녀의 생각에 분노는 어려 있지 않았다. '그들을 해치기 위해 내 몸을 사용하지는 말아 줘. 부탁이야.'

"그럴 생각 없어… 내가 과연 그들을 해칠 수 있을까? 차라리…"

차라리…, 차라리 그 길 잃은 인간들을 수색자에게 넘기느니 내가 죽는단 말인가?

이런 생각들은 우리를 불안에 떨게 했다. 내가 곧 그 생각을 떨쳐버리자 멜라니는 다시 안도하는 것 같았다. 그러나 겁에 질린 내 마음은 쉽게 가라앉지 않았다.

　사막에 난 길이 북쪽을 향해 굽어지기 시작하자, 멜라니는 평평한 길로 계속 가는 대신 세 번째 이정표로 향하는 직선로를 택해야 한다고 제안했다. 세 번째 이정표는 구름 한 점 없는 하늘에 마치 손가락처럼 뻗어 나온 바위였다.

　자동차에서 나오기를 거부했던 것처럼, 나는 사막에 난 길 또한 벗어나고 싶지 않았다. 이 길을 계속 따라가면 다시 길이 나올 것이고, 다시 고속도로에 닿을 수 있을 것이다. 아주 먼 거리여서 가는 데 며칠은 걸리겠지만, 이 길을 벗어나면 표류하게 될 게 뻔했다.

　'믿음을 가져, 방랑자. 우리는 젭 삼촌을 찾아낼 수 있을 거야. 아니면 그가 우리를 찾아낼 수도 있고.'

　'젭 삼촌이 아직 살아 있다면 그렇겠지.' 나는 사방이 똑같아 보이는 관목 숲으로 발걸음을 내디디면서 한숨을 쉬었다. '믿음은 내게 익숙한 개념이 아니야. 어떤 마음을 가져야 할지 모르겠어.'

　'믿어.'

　'누구를? 널 믿으라고?' 나는 소리 내어 웃었다. 숨을 들이쉬자 뜨거운 공기가 목구멍으로 넘어갔다.

　'그냥 생각해 봐.' 그녀는 화제를 바꾸며 말했다. '오늘 밤 그들을 만날 수도 있어.'

　그것은 우리 모두 간절하게 바라는 바였다. 한 남자와 한 소년의 얼굴이 우리 둘 모두의 기억 속에서 떠올랐다. 발걸음을 더 빨리 옮기자, 나는 내 움직임조차 제어할 수 있는지 확신할 수가 없다는 생각이 들었다.

　날씨는 점점 더 더워졌다. 거기서 더 더워졌고, 또 더 더워졌다. 머리에서 땀이 흘러내렸고, 입고 있는 노란색 티셔츠는 땀이 묻어 축 늘어졌다. 오후가 되자 회오리바람이 불어와 얼굴이 온통 모래투성이가 되었다. 건조한 공기 탓에 땀은 금방 말라 버렸고, 머리칼은 모래에 엉켜 푸석거렸다. 땀에 젖었던 티셔츠가 바짝 마르자, 마치 마분지처럼 뻣뻣하게 변했다. 나는 계속 걸음을 옮겼다.

나는 멜라니가 원하는 것보다 더 자주 물을 마셨다. 그녀는 인색한 한숨을 쉬며 내일 훨씬 더 많은 물을 마시고 싶어 할 거라고 위협했다. 그러나 나는 이미 지쳐 있었고, 그녀에게 귀를 기울일 기분이 아니었다. 갈증이 날 때마다 물을 마셨다. 결국 쉬지 않고 물을 마신 것과 다름없었다.

두 다리를 옮기며 계속 앞으로 나아갔지만, 머릿속으로는 아무 생각도 할 수 없었다. 터벅터벅 걷는 소리가 마치 느리고 지루한 음악처럼 들렸다.

특별히 눈에 띄는 것은 아무것도 없었다. 금방이라도 부서질 것 같은 휘어진 관목이 사방을 둘러싸고 있었는데, 모두 똑같아 보였다. 그 풍경을 보고 있으니 눈이 현혹되는 것 같았다. 창백한 하늘을 배경으로 서 있는 산의 윤곽만 겨우 구분할 수 있었다. 발걸음을 옮길 때마다 그 윤곽을 살피자, 눈을 감고도 그릴 수 있을 것 같았다.

주변 풍경은 마치 얼어붙은 것처럼 아무런 변화도 없었다. 나는 계속 머리를 쥐어짜면서 네 번째 이정표를 찾았다. 멜라니가 오늘 아침 내게 보여 주었던 이정표는 커다란 돔 모양의 산꼭대기였는데, 옆 부분이 잘려나간 것처럼 움푹 들어간 모양이라고 했다. 조금 더 걷자 멀리서 보이는 모습이 변한 것 같기도 했다. 이것이 마지막 단서이기를 바랐다. 그렇게 멀리까지 가는데도 행운이 따라야 할 것이기 때문이었다. 하지만 멜라니는 아직도 내게 많은 것을 숨기고 있었다. 우리의 여행은 끝이 보이지 않을 정도로 멀게만 느껴졌다.

오후에 그라놀라 바를 먹고 난 후에야 그것이 마지막이었다는 것을 깨달았다. 해가 지자 어제처럼 빠른 속도로 어둠이 찾아왔다. 멜라니는 이미 마음의 준비를 하고 있었고, 주변을 두리번거리며 밤새 지낼 곳을 찾고 있었다.

'여기로 하자. 촐라에서 가능한 한 멀리 떨어지는 게 좋아. 잠을 자는 동안 가시에 찔릴 수 있으니까.' 멜라니가 말했다.

가시투성이 선인장이 희미한 어둠 속에 서 있는 모습이 보였다. 뼈와 비슷한 색깔의 두꺼운 가시를 보자 마치 털 같다는 생각이 들어 나도 모르게 소름이 돋았다.

'여기 바닥에서 그냥 자라고?'

'대안이라도 있어?' 내가 겁에 질린 걸 느낀 그녀는 마치 나를 불쌍히 여기는 것처럼 목소리를 부드럽게 낮추었다. '이곳이 자동차 안보다 나아. 적어도 바닥이 평평하니까. 날씨가 너무 더워서 이상한 동물들이 너한테 달려들지도 않을 거야.'

"이상한 동물이라고?" 나는 깜짝 놀라 큰 소리로 물었다.

죽은 곤충들과 똬리를 튼 뱀의 모습이 그녀의 기억 속에서 빠르게 떠올랐다가 사라졌다.

'걱정하지 마.' 사막의 모래 밑에 무언가 이상한 동물이 숨어 있을지도 모른다고 생각하며 나는 도망칠 곳을 찾고 있었다. 내가 호들갑을 떨자 그녀는 부드러운 목소리로 나를 안심시켰다. '네가 먼저 공격하지 않으면 동물들은 널 번거롭게 하지 않을 거야. 어쨌든, 이곳에 사는 동물들은 모두 너보다 몸집이 더 작거든.' 이번에는 썩은 고기를 먹는 코요테가 머릿속에 떠올랐다.

"알았어." 나는 신음소리를 내며 바닥에 털썩 주저앉았지만, 이상한 동물에 대한 두려움은 가시지 않았다. "코요테한테 물려 죽을 수도 있다니… 그렇게 허무하게 죽을지 누가 생각이나 했겠어? 클라이맥스도 없이 바로 저 세상으로 가버리는 거잖아. 차라리 안개 행성에 사는 맹수들 손에 죽는 게 낫겠어. 그렇게 죽으면 적어도 위엄은 있겠지."

멜라니는 한심하다는 듯이 말했다. '어린아이처럼 굴지 마. 아무것도 널 해치지 않아. 이제 자리에 누워 좀 쉬어. 내일은 오늘보다 더 힘들테니까.'

'듣던 중 반가운 소식이군.' 나는 투덜거렸다. 멜라니는 독재자처럼 변해가고 있었다. 갑자기 '하나를 주면 열을 요구한다'는 속담이 떠올랐다. 그러나 피곤에 지친 나는 자리에 드러누웠고 흙먼지가 날리는 더러운 바닥에 누워 눈을 감자 그대로 잠에 빠져들었다.

몇 분이 지난 것 같았는데, 아침이 밝아왔다. 눈이 부실 만큼 강렬한 햇빛이 내리쬐었고, 너무 더워서 이미 땀이 흐르고 있었다. 잠에서 깨어나자 흙과 모래가 몸에 묻어 버석버석거렸다. 오른쪽 팔이 심하게 눌려서 감각이 느껴지지 않았다. 나는 팔을 흔들면서 물을 마시기 위해 배낭으로 손을 뻗었다.

멜라니는 반대했지만 나는 그녀의 의견을 무시했다. 배낭을 뒤져서 어제 마시다가 반 정도 남은 물통을 찾아 물을 확인했다.

서서히 의식이 분명해지자, 나는 남은 물통의 숫자를 세기 시작했다. 두 번을 세었다. 가득 찬 물통보다 빈 물통이 두 개 더 많았다. 갖고 있는 물의 절반 이상을 마셔버린 셈이었다.

'물을 너무 많이 마신다고 경고했잖아.'

나는 아무 대답도 하지 않고 물을 마시지 않은 채 배낭을 둘러맸다. 입안이 모래처럼 거칠었고, 담즙이 올라오는 것 같았다. 그 느낌을 잊어버리려 이를 악물며, 발걸음을 떼기 시작했다.

태양이 더 높이 떠오르고 햇볕이 더 따가워지자, 모래를 씹은 것 같은 입안보다 굶주린 배가 더 견디기 힘들었다. 기다리는 음식이 들어오지 않자, 규칙적인 간격으로 뱃속이 뒤틀리며 꼬였다. 오후가 되자, 불편한 정도였던 배고픔은 고통으로 변해갔다.

'이건 아무것도 아니야. 우리는 이보다 더 배고팠던 적도 있었어.' 그녀가 심술궂게 말했다.

'우리가 아니라 너겠지.' 나는 지지 않고 맞받아쳤다. 이제는 그녀의 고통스런 기억을 더 이상 들어주고 싶은 기분이 아니었다.

절망감이 들기 시작했을 때 좋은 소식이 왔다. 내키지 않는 마음으로 지평선을 따라 가고 있는데, 작은 산꼭대기 북쪽에 불룩하게 튀어나온 돌출부가 눈에 들어왔다. 내가 서 있는 지점에서 보면 그것은 희미한 톱니바퀴처럼 보였다.

'이제 거의 다 왔어.' 나는 앞으로 계속 나아갔고, 멜라니도 나처럼 한껏 들떠 있었다. 나는 북쪽으로 방향을 틀면서 발걸음을 더 재촉했다. '돌아올 경우를 대비해 전망을 기억해 둬.' 나는 주변을 둘러보았다. 하지만 그렇게 일찍 둘러봐야 아무 소용없다는 것을 깨달았다.

그것은 동쪽에 있을 것이다. 북쪽으로 가서 동쪽으로, 그러고 나서 다시 북쪽으로 가야 한다. 그런 식의 유형이었다.

또 다른 이정표가 눈에 들어왔다. 다리는 점점 더 아팠지만 나는 계속 앞으로 나아갔다. 발걸음이 느려질 때면 멜라니가 내게 용기를 불어넣어 주었다. 그리고 기운이 빠지면 제러드와 제이미를 생각했다. 나는 꾸준히 앞으로 나아갔고, 목구멍이 타들어갈 것처럼 갈증이 심했지만 멜라니가 허락할 때만 물을 마셨다.

나 자신이 그렇게 힘든 상황을 견뎌내는 게 자랑스러웠다. 비포장도로가 나타나자, 마치 보상을 받은 것처럼 기뻤다. 그 길은 이미 내가 향하고 있는 북쪽을 향하고 있었다. 하지만 멜라니는 조심스러웠다.

'이 길이 맘에 들지 않아.' 그녀는 고집을 부렸다.

관목 숲 사이로 나 있는 그 길은 지극히 평범해 보였다. 길 한가운데 남아 있는 오래된 타이어 자국을 보자 그녀는 더 의기소침해졌다.

'잘못된 길이면 되돌아오면 되잖아.' 나는 이미 그 길로 접어들고 있었다. '선인장 덤불에 찔릴까 조심하며 가는 것보다는 훨씬 낫다고.'

그녀는 아무 대답도 하지 않았다. 하지만 그녀가 불안에 떨자 나도 마음이 편치 않았다. 다음 이정표를 찾아보았다. 알파벳 M 모양과 똑같은 두 개의 분화구였다. 그리고 예전보다 사막 주변을 더 조심스럽게 살폈다.

좀 더 주의를 기울이자, 먼 곳에서 회색 얼룩이 눈에 들어왔다. 나는 헛것을 본 것이 아닌지 의심하면서 눈을 깜박였다. 흐릿한 색깔로 보아 바위는 아닌 것처럼 보였고, 나무처럼 보이지도 않았다. 눈부신 햇빛을 피해 눈을 가늘게 뜨면서, 그것이 무엇일지 추측해 보았다.

그런 다음 다시 눈을 깜박였다. 그러자 회색 얼룩은 갑자기 다른 모양으로 변했다. 내가 생각했던 것보다 더 가까이 있는 것 같았다. 조그마한 집이나 건물일까? 심하게 낡은 그것은 단지 회색의 점 같기도 했다.

멜라니가 돌연 공포에 휩싸이자, 좁은 선이 흔들리면서 메마른 관목 숲 속에 묻혀 들어가는 것만 같았다.

'버려진 집이 분명해.' 내가 그녀에게 말했다.

'그걸 어떻게 알아?' 그녀가 뒤로 물러서려 했기 때문에, 나는 내 다리에 온 정신을 집중해야 했다.

'누가 저런 곳에 살겠어? 우리 소울들은 항상 함께 어울려 살아가.' 내가 어디에 있는지 잘 알고 있었기 때문에, 내 말투에는 씁쓸함이 묻어났다. 나는 문자 그대로 사막 한가운데에 서 있었기 때문이다. 왜 나는 더 이상 소울들과 어울려 살아가지 않는 것일까? 왜 그곳에 속해서 함께 살아가고 싶은 마음을 느끼지 못하는 걸까? 나는 진정으로 내가 속해야 할 공동체의 일부였던가, 아니면 이전의 삶을 단순히 무상하게 느끼고 있는 것일까? 정신 착란일까, 아니면 멜라니가 나를 혼란시키는 걸까? 이번 행성이 나를 바꾼 것일까, 아니면 예전에는 드러나지 않았던 내 본래 모습이 드러난 것일까?

멜라니는 내 개인적인 위기감에는 관심이 없었다. 그녀는 내가 가능한한 빨리 그 건물에서 멀어지기를 바랐다. 그녀의 의지가 내 생각을 방해했다. 깊은 생각에 빠져 있던 나는 비로소 정신을 차렸다.

'진정해.' 나는 그녀에게 명령했다. 내 생각에 집중하며 그녀의 상념에서 분리되려 애썼다. '이곳에 사는 생명체가 있다면 그건 바로 인간일 거야. 내 말 믿어. 우리 소울들 가운데는 은둔자가 없어. 아마 너의 삼촌 젭이나…'

멜라니는 그 생각을 강력하게 부인했다. '이런 사막에서 살아남을 수 있는 사람은 아무도 없어. 너희들 소울은 어떤 곳이든 샅샅이 찾아내니까. 이곳에 살았던 사람이라면 도망갔거나 아니면 너희들과 같은 족속이 되었겠지. 젭 삼촌이라면 더 안전한 곳에 숨어 있을 거야.'

'이곳에 살았던 자가 소울이었다면 곧 이곳을 떠났을 거야. 오직 인간만이 이런 식으로 살아갈 수 있으니까…' 갑자기 두려움이 몰려와 나는 말끝을 흐렸다.

'뭐라고?' 내가 느낀 두려움에 그녀는 강하게 반응했고, 우리는 그 자리에 멈추어 섰다. 그녀는 내 생각을 자세히 살피면서, 무엇이 내 마음을 불편하게 했는지 찾으려 했다.

새로운 것은 보이지 않았다. '멜라니, 저곳에 젭 삼촌과 제러드, 제이미가 아닌 다른 인간들이 있으면 어떻게 하지? 다른 누군가에게 들키면 어떻게 해야 하는 거야?'

그녀는 천천히 대답했다. '그들은 우리를 바로 죽여 버릴 거야.'

나는 애써 침을 삼켰다. 바싹 마른 입속에서 퍼지는 공포를 삼키려고 애썼다.

'아무도 없을 거야. 어떻게 저런 곳에 사람이 살 수 있겠어?' 멜라니는 논리적으로 말했다. '너희 종족들은 벌써 이런 곳을 샅샅이 뒤졌을 거야. 누군가가 이곳에 몸을 숨겼다가 가버렸을 수는 있을 테니 확인해보

자. 넌 너희 종족이 아니라고 확신하고, 난 우리 종족이 아니라고 확신해. 아마 무언가 도움이 되는 걸 찾을 수도 있을 거야. 무기로 사용할 만한 것 말이야.'

날카로운 칼이나 곤봉 같은 도구를 떠올리자 온몸이 부들부들 떨렸다. 무기는 절대 안 될 일이었다.

'저런! 그렇게 겁 많은 너희 종족들이 어떻게 우리 인간들을 물리칠 수 있었을까?'

'너희가 모르는 사이 서서히 잠식했고 숫자상으로도 우세했으니까. 너희들은, 심지어 어린애조차 우리보다 훨씬 더 위험한 존재들이지. 하지만 너희들은 뭉쳐 놓으면 더더욱 단결을 못해. 반면에 우리는 수백만이 한꺼번에 모여 한 가지 목표를 위해 완벽한 조화를 이루거든.'

통합성에 대한 얘기는 잘못 꺼냈다는 생각이 들었다. 내가 이런 말을 하고 있다니 무언가 확실히 잘못되었다. 나는 이런 말을 할 자격이 없지 않은가?

우리는 크레오소트 선인장을 따라 걸으며 작은 구조물로 다가갔다. 그 집은 길가에 지은 작은 오두막으로 별다른 목적은 없어 보였다. 왜 이런 위치에 집을 지었는지 도저히 이해할 수 없었다. 이곳에 있는 것이라곤 황량함과 뜨거운 열기뿐이었다.

최근에 누군가가 살았던 흔적도 없었다. 문틀만 있을 뿐 문은 떨어져 나간 상태였고, 텅 빈 유리창 틀에 유리 파편 몇 조각만 매달려 있었다. 문지방과 집 안에는 먼지가 가득 쌓여 있었고 회색 벽은 바람을 맞아 곧 쓰러질 것처럼 기울어져 있었다. 이곳에서는 바람이 항상 같은 방향으로만 부는 것 같았다.

나는 불안한 마음을 억누르고 머뭇거리며 문 쪽으로 걸어갔다. 어제와 오늘 하루 종일 그랬던 것처럼, 이곳에서도 아무도 만날 수 없을 것 같은 생각이 들었다.

어두침침한 입구를 지나 안으로 들어가자 두려움이 엄습해왔다. 나는 귀를 기울이면서 재빠르게 걸음을 옮겼다. 출입구를 지나자마자 한쪽 벽에 몸을 밀착했다. 멜라니가 먹을 것을 찾아 헤매던 시절 몸에 익힌 본능적인 행동이었다. 나는 꼼짝도 하지 않고 그곳에 서서, 눈이 어둠에 익숙해지기를 기다렸다.

우리가 예상했던 것처럼 오두막 안은 텅 비어 있었다. 누군가가 살고 있는 흔적은 전혀 보이지 않았다. 방 한가운데는 부서진 테이블이 비스듬하게 놓여 있었고, 녹슨 철제 의자 하나가 옆에 있었다. 너덜너덜해진 카펫에 뚫린 커다란 구멍 사이로 콘크리트 부스러기가 보였다. 벽에 딸린 작은 부엌의 싱크대는 녹이 슬었고, 일렬로 늘어선 찬장 문 몇 개는 떨어져 있었다. 허리 높이까지 오는 열린 냉장고 안은 곰팡이가 검게 슬어 있었다. 반대편 벽에는 소파 틀만 놓여 있을 뿐, 쿠션은 모두 사라지고 없었다. 소파 위에 걸려 있는 것이라고는 포커를 하는 강아지 사진뿐이었다.

'아늑하네. 네 아파트보다는 더 신경 써서 꾸몄는걸.' 멜라니가 말했다. 그녀는 이제 나를 빈정거릴 수 있을 만큼 여유를 찾은 것 같았다.

나는 벌써 싱크대를 향해 움직이고 있었다.

'꿈 깨는 게 좋을 거야.' 멜라니가 덧붙여 말했다.

이런 외진 곳에서 물이 나올 거라는 기대는 할 수 없었다. 그럼에도 나는 수도꼭지를 돌려 보았다. 한쪽 수도꼭지는 녹이 심하게 슬어 내 손이 닿자마자 부서져 버렸다.

나는 옆에 놓인 찬장으로 가서, 더러운 카펫 위에 무릎을 꿇고 찬장 안을 자세히 들여다보았다. 독을 지닌 사막 생물이 숨어 있을지도 모른다는 생각에, 몸을 벽에 기댄 채 조심스럽게 찬장 문을 열었다.

첫 번째 찬장은 텅 비어 있었기 때문에 나무로 만든 바깥쪽 벽이 그대로 보였다. 문이 없는 두 번째 찬장 안에는 오래된 신문지가 있었고, 그 위에 먼지가 쌓여 있었다. 호기심이 생긴 나는 신문 한 부를 꺼내어 바닥에 놓은 다음 날짜를 확인했다.

지구에 인간이 살던 시절의 신문이었다. 그러므로 날짜는 굳이 확인할 필요가 없었다.

'세 살 난 친딸을 불태워 죽인 아버지.' 머리기사 옆에는 천사 같은 금발의 아기 사진이 실려 있었다. 신문 첫 페이지에 실린 기사는 아니었다. 그만큼 끔찍한 사건은 아니기 때문이었다. 그 기사 밑에는 2년 전 아내와 두 아이를 살해한 용의자의 사진이 나와 있었고 그 남자가 멕시코에 있는 것을 목격했다는 기사가 실려 있었다. 음주운전으로 두 명이 사망하고 세 명이 다쳤다고 했다. 그리고 저명한 지역 은행가의 죽음이 자살로 알려졌지만, 살인 사건으로 드러나 조사를 벌이고 있다는 기사도 있었다. 그리고 어린이를 성추행했다고 강제 자백한 혐의자가 풀려났고, 애완동물이 도살당해서 쓰레기통에 버려진 채 발견되었다는 기사도 있었다.

나는 몸서리를 치며, 다시 찬장 안을 둘러보기 시작했다.

'일반적인 경우가 아냐. 예외적인 사람들이라고.' 멜라니는 내가 방금 느낀 두려움을 애써 외면하며 조용히 말했다.

'우리가 더 잘해낼 수 있을 거라고 생각하게 된 이유가 뭔지 알아? 너희 인간들이 이렇게 아름답고 훌륭한 세상에 살 가치가 없다고 생각하게 된 원인이 뭔지 알아?'

멜라니의 대답에는 가시가 돋쳤다. '너희들이 정말 이곳을 깨끗하게 하고 싶었다면 그냥 폭파시켜 버릴 수도 있었을 거야.'

'너희들 공상과학 소설가들이 꿈꾸는 것과는 달리, 우리에게는 단순히 기술만 있는 게 아니야.'

멜라니는 내 농담이 우습다고 생각하지 않았다.

'게다가 지구를 폭파시켜 버리는 건 낭비야. 지구는 정말 아름다운 곳이

지. 물론 입에 담을 수 없을 정도로 끔찍한 사건은 예외지만.' 나는 덧붙여
말했다.

'너희들도 이곳에서는 그런 식이었어.' 멜라니는 신문 머리기사를 다시
떠올리며 말했다. '저녁 뉴스가 인간의 관심을 끄는 이야기뿐일 때, 아이
들을 괴롭히는 변태 성욕자가 넘쳐나고 마약 중독자들이 병원에 줄을
섰을 때, 모든 게 끔찍하게 변해갈 때, 너희들은 구경만 하고 있었어.'

"정말 끔찍하게 변해갔지." 나는 다음 찬장으로 넘어가면서 무미건조하
게 말했다.

찬장 문을 앞으로 당기자 무언가가 들어 있었다.

"크래커다!" 나는 반쯤 뭉개진 크래커 상자를 집어 들며 소리쳤다. 그 뒤
에 상자 하나가 더 있었는데, 발자국이 찍혀 있었다. "오, 트윙키잖아!" 나는
기쁨에 들떠 소리 질렀다.

'저기 봐!' 멜라니는 찬장 뒤쪽에 놓인, 먼지 쌓인 표백제 통 세 개를 가
리켰다.

'표백제는 왜?' 나는 크래커 상자를 이미 뜯으며 물었다. '누군가의 눈에
뿌리려고? 아니면 통으로 머리를 내리치려고?'

크래커는 잘게 부서져 있었지만, 다행스럽게 비닐 포장에 들어 있었다.
나는 포장을 뜯어 부스러기를 입안에 털어 넣은 다음, 제대로 씹지도 않고
얼른 삼켜 버렸다.

'표백제 통을 열고 냄새를 맡아 봐.' 멜라니는 내 말을 못 들은 척하며
말했다. '우리 아빠는 표백제 통에 물을 담아 차고에 보관하곤 했어. 거
기 물을 담아 두면 변하지 않거든.'

잠시 시간이 흘렀다. 나는 크래커 한 봉지를 다 먹고 두 번째 봉지를 먹
기 시작했다. 신선하지는 않았지만, 내게는 무엇과 비교할 수 없을 정도로
맛있었다. 세 번째 봉지를 마저 먹자, 크래커에 묻어 있던 소금기 때문에 입

술과 입 가장자리가 따끔거리기 시작했다.

나는 멜라니의 말이 맞기를 바라면서 표백제 통 하나를 들어 올리려 했지만 팔에 기운이 없어서 불가능했다. 그러자 갑자기 걱정이 몰려왔다. 몸 상태가 이미 얼마나 악화된 것일까? 앞으로 얼마나 더 버틸 수 있을까?

표백제 뚜껑이 너무 꽉 잠겨 있어서 도저히 열릴 것 같지 않았다. 그러나 결국 나는 치아로 뚜껑을 깨물어 여는 데 성공했다. 표백제 냄새가 나지 않기를 바라며 코를 대어 보았다. 화학제품 냄새는 거의 나지 않았다. 좀 더 냄새를 맡아보자, 물이 틀림없었다. 오랫동안 고여 있어서 곰팡내가 나기는 했지만, 어쨌든 물이었다. 약간만 목을 축여 보았다. 신선한 상태는 아니었지만 갈증을 해소하기엔 충분했다. 나는 벌컥벌컥 마시기 시작했다.

'이제 그만 마셔.' 멜라니가 경고했고, 나도 그녀의 생각에 동의하지 않을 수 없었다. 이곳에 들어온 건 행운이었지만, 계속 시간을 낭비할 수는 없었다. 타는 듯한 소금기는 이제 많이 누그러졌다. 나는 트윙키 상자를 열고 비닐 포장 안에 든 윤이 나는 케이크 세 개를 핥아 먹었다.

마지막 찬장은 텅 비어 있었다.

허기가 가시자마자, 멜라니의 조바심이 내 생각 속으로 스며들기 시작했다. 이번에는 그녀의 재촉에 전혀 저항하지 않았다. 크래커와 트윙키를 얼른 배낭에 담고, 배낭 안에 공간을 만들기 위해 빈 물병을 싱크대에 버렸다. 표백제 통은 무거웠지만 마음은 편안했다. 오늘 밤은 갈증과 배고픔에 허덕이며 사막 바닥에서 잠을 자지 않아도 되기 때문이었다. 설탕이 서서히 혈관 속으로 퍼지는 걸 느끼면서, 나는 다시 뜨거운 오후 햇살 아래로 나왔다.

12

실패하다

"그럴 리가 없어! 네가 잘못한 거야! 그럴 리가 없어!"

나는 먼 곳을 응시하며 말했다. 마음속의 불신은 금방 두려움으로 바뀌었다.

어제 아침, 나는 마지막으로 남은 트윙키를 식사로 때웠다. 오후에는 산꼭대기 두 개를 찾아내고 다시 동쪽으로 향했다. 멜라니는 마지막 이정표가 틀림없다고 내게 말했다. 그 소식을 듣자 나는 너무 기뻐 어쩔 줄 몰랐다. 그리고 어젯밤 나는 남은 물을 모두 마셔버렸다. 이제 나흘째였다.

오늘 아침, 눈이 부실 만큼 따가운 햇살과 절박한 심정 때문에 기억이 몽롱해지는 듯했다. 이제 시간이 얼마 남지 않았다. 마지막 이정표를 찾아 지평선을 둘러보자 두려움이 스멀스멀 올라왔다. 이정표처럼 보이는 곳은 없었다. 길고 평평한 산봉우리 양쪽에 마치 보초를 선 것처럼 무딘 봉우리가 솟아 있는 이정표는 어디에도 보이지 않았다. 동쪽과 북쪽에 보이는 산꼭대기는 날카롭게 솟아 있었다. 그 산꼭대기 사이에 평평한 산봉우리 대지가 어디에 숨겨져 있는지 알 수 없었다.

아침에서 정오 사이, 태양은 여전히 동쪽에 있는 것처럼 보였고 나는 발걸음을 멈추고 휴식을 취했다. 몸이 너무 약해진 것 같은 느낌이 들자 덜컥겁이 났다. 몸의 모든 근육이 아팠는데, 너무 많이 걸은 탓만은 아닌 것 같았다. 오랫동안 행군을 한 건 사실이었지만 그보다는 사막 바닥에서 웅크리고 잔 탓이 더 큰 것 같았다. 이전에 느꼈던 고통과는 완전히 달랐다. 몸에 있는 수분은 점점 더 빠져나갔다. 고통을 억지로 견디려 하자 근육통은 더 심해졌다. 이제는 얼마 가지 못할 것 같았다.

얼굴에 쏟아지는 햇빛을 막기 위해 잠시 고개를 서쪽으로 돌렸다.

바로 그때, 그것이 눈에 들어왔다. 길고 평평한 산의 능선과 분명한 경계를 짓는 봉우리가 보였다. 서쪽 멀리서 보이는 그것은 마치 사막에 드리운 신기루처럼, 하늘에 떠 있는 먹구름처럼 아른거렸다. 우리는 지금껏 계속 잘못된 방향으로 가고 있었던 것이다. 마지막 이정표는 우리가 걸어왔던 방향과는 정반대인 서쪽에 있었다.

"이럴 수가…." 나는 다시 중얼거렸다.

멜라니는 아무 생각도 하지 못한 채 얼어붙은 것 같았고, 새로운 사실을 완강히 거부하려 했다. 그녀가 잠잠해지길 기다리면서 익숙한 산봉우리의 형태를 천천히 살폈다. 멜라니는 곧 본인의 실수를 인정하며 슬픔에 잠겼다. 그녀의 침묵 때문에 내 마음속의 고통이 한 겹 더 쌓였다. 나는 소리도 없이, 눈물도 흘리지 않고 흐느꼈다. 태양이 내 등 뒤로 스멀스멀 올라왔고, 뜨거운 열기가 짙은 내 머리칼 속으로 파고들었다.

발밑에 작은 그림자가 생겼을 즈음, 나는 마음을 다잡았다. 힘겹지만 다시 발을 딛고 일어섰다. 날카롭고 작은 자갈이 내 다리에 박혀 있었지만, 굳이 털어내지도 않았다. 나는 나를 기만하며 서쪽에 떠 있는 산봉우리를 오랜 시간 동안 땡볕에 서서 노려보았다.

왜 그랬는지는 알 수 없었다. 나는 다시 앞으로 걷기 시작했다. 내가 분명히 알고 있는 것은, 나를 움직인 것은 다른 어느 누구도 아닌 바로 나라는 사실이었다. 내 머릿속에 든 멜라니는 아주 작은 존재일 뿐이었다. 단단하게 싸인 작은 고통의 캡슐에 지나지 않았다. 그녀로부터 아무 도움도 받을 수 없었다.

천천히 발걸음을 옮길 때마다 자갈이 밟히는 소리가 들렸다.

"젭은 결국 미치광이였을 뿐이야." 나는 혼잣말을 했다. 이상한 두려움이 가슴을 죄어 왔고, 목이 잠기며 기침이 올라왔다. 잔기침은 끊이지 않고 계속되었고, 눈에 눈물이 찔끔거릴 때에야 비로소 나는 내가 웃고 있다는 걸 깨달았다.

"아무것도 없어…. 여긴 아무것도 없어!" 숨이 막혔고, 경련이 일어나는 것 같았다. 정신은 몽롱했지만 나는 발을 끌면서 계속 앞으로 나아갔다.

'그렇지 않아.' 멜라니는 비참한 생각을 떨쳐버리고 지금까지 믿고 있던 신념을 지켰다. '내가 뭔가를 잘못한 거야. 내 잘못이야.'

나는 그녀를 비웃었다. 웃음소리는 몰아치는 회오리바람에 날려 사라져 버렸다.

'기다려, 기다려.' 그녀는 내 주의를 끌려고 애쓰며 말했다. '혹시… 그들도 이곳에 다녀갔다는 생각 안 들어?'

그녀의 예상치 못한 두려움에 헛웃음이 났다. 뜨거운 공기 때문에 숨이 막혔고 병적인 발작 때문에 가슴이 두근거렸다. 다시 숨을 쉴 수 있게 되었을 때, 빈정거림은 흔적 없이 사라져버렸다. 이렇게 삶을 허비한 자가 나 이외에도 있는지 찾아보기 위해 나는 본능적으로 사막을 둘러보았다. 사막은 끝이 보이지 않을 만큼 광활했고, 남아 있는 흔적이라곤 아무것도 없었다.

'아니, 그럴 리 없지.' 멜라니는 벌써 스스로를 위로하고 있었다. '제러드는 굉장히 영리하니까. 그는 우리처럼 아무런 준비도 없이 이곳에 오지 않았을 거야. 그는 제이미가 위험에 처하지 않도록 대비했을 거야.'

'물론 네 말이 맞겠지.' 그녀가 확신하는 것처럼, 나도 그녀의 말을 믿고 싶었다. '이렇게 어리석은 자는 우주 전체에 아무도 없을 거야. 게다가 제러드는 아예 여기 오지 않았을지도 몰라. 아무 문제도 해결하지 못했을지도 모르지.'

나도 모르는 사이에 발이 앞으로 계속 나아갔다. 거의 무의식적인 움직임이었다. 너무 먼 거리가 남아 있었기 때문에 계속 발걸음을 내디뎌도 큰 의미는 없었다. 그리고 만약 기적처럼 그 지점에 닿는다 해도, 그 다음엔 어떻게 해야 한단 말인가? 나는 그곳에 아무것도 없을 거라고 확신하고 있었다. 그곳에서 우리를 구하기 위해 기다리고 있는 사람은 아무도 없을 것이다.

"우린 죽을 거야." 아무런 두려움도 느껴지지 않는 내 목소리가 놀라웠다. 그것은 분명한 사실이었다. 태양은 뜨거웠고 사막은 극도로 건조했다. 우리는 죽을 것이다.

'그렇겠지.' 그녀 역시 차분했다. 우리의 모든 노력이 미친 짓이었다는 것을 인정하기보다는 차라리 죽음이 더 쉬울 듯했다.

"넌 슬프지 않아?"

그녀는 잠시 생각에 잠겼다가 대답했다.

'적어도 시도해보다가 죽었잖아. 그리고 난 이겼어. 그들의 존재를 폭로하지 않았고, 그들을 해치지도 않았어. 난 그들을 찾아내기 위해 최선을 다했어. 그리고 약속을 지키기 위해 노력했어…. 난 그들을 위해 죽는 거야.'

나는 대답 대신 발걸음을 세며 걷기 시작했다. 모래 위에 널린 하찮은 바위 부스러기를 밟으며 열아홉 번 발걸음을 옮긴 후 나는 대답했다.

"그럼 난 뭘 위해서 죽는 거지?" 그런 의문이 떠오르자 마른 눈물샘이 따끔거리는 것 같았다. "길을 잃었기 때문인가? 그 이유 때문에 죽는 건가?"

내가 서른네 발자국을 옮긴 이후, 그녀가 내 질문에 대답했다.

'아니, 그렇지 않아.' 그녀는 천천히 대답했다. '내가 보기엔 그렇지 않아. 내가 생각하기에… 넌 아마도… 인간이 되기 위해 죽는 게 아닐까?' 그녀의 말은 중의적이었다. 멜라니의 얼굴을 볼 수 있다면 아마도 미소를 짓고 있지 않을까 하는 생각이 들었다. '지금까지 네가 거쳐 온 모든 행성과 호스트를 뒤로 하고, 넌 드디어 네가 죽을 행성과 몸을 찾아낸 거야. 난 네가 고향을 찾았다고 생각해, 방랑자.'

다시 열 걸음을 옮겼다.

이제 입을 열 기운조차 없었다. '여기 더 이상 머무를 수 없다니 유감이군.'

그녀의 말이 진심인지 알 수 없었다. 내 비위를 맞추려 그렇게 말했는지도 모른다. 나는 그녀를 이곳까지 끌고 와서 나와 함께 죽게 하는 겁쟁이인지도 모른다. 그녀가 이겼다. 그녀는 절대 사라지지 않았으니까.

나는 비틀거리기 시작했다. 마치 내게 치료 방법이라도 있는 것처럼, 근육들이 살려달라고 아우성쳤다. 그 자리에 멈춰 서려 했지만, 멜라니는 항상 그랬듯이 나보다 더 강인했다.

이제는 머리에서뿐만 아니라 사지에서도 그녀를 느낄 수 있었다. 보폭은 더 커졌고, 비틀거리던 걸음도 나아졌다. 그녀는 시체 같은 내 몸을 이끈 채 불가능한 목표를 향해 앞으로 나아갔다.

고군분투하다보니 예상치 못한 기쁨도 있었다. 내가 그녀를 느낄 때, 그녀는 내 몸을 느낄 수 있었다. 이제는 내 몸이 아니라 우리의 몸이었다. 허약한 나는 그녀에게 통제력을 넘겨주었다. 열심히 움직여봤자 아무런 소용이 없다 해도, 적어도 멜라니는 자신의 팔다리를 자유롭게 움직이면서 마지막 환희를 맛보았다. 그녀는 그것을 진정한 축복으로 여겼다. 심지어 죽음의 고통조차 서서히 옅어지기 시작했다.

'그곳엔 뭐가 있을까?' 앞으로 나아가면서 그녀가 물었다. '죽음 이후엔 뭘 보게 될까?'

'아무것도 없어.' 나는 공허하고, 결연하고, 확신에 차서 대답했다. '죽음이라고 부르는 데는 그럴 만한 이유가 있는 법이지.'

'소울들은 내세를 믿지 않아?'

'우리는 여러 번의 삶을 사니까 더 많은 것을 기대해서는 안 돼⋯. 우리는 호스트를 떠날 때마다 작은 죽음을 경험해. 그리고 또 다른 호스트 안에서 삶을 살지. 내가 이곳에서 죽으면, 그걸로 영원히 끝일 거야.'

긴 침묵이 이어졌고, 우리는 그동안에도 계속 발걸음을 옮겼다.

'넌 어때?' 나는 침묵을 깨며 다시 말문을 열었다. '죽음 이후에 뭔가 있다고 믿어?' 인간 세상의 마지막에 대한 그녀의 기억을 떠올려보았다.

'죽을 수 없는 것들이 있는 것 같아.'

우리의 마음속에 그들의 얼굴이 더 가깝고 선명하게 떠올랐다. 우리가 제러드와 제이미에게 느끼는 사랑은 영원할 것 같았다. 바로 그 순간, 죽음은 그렇게나 절실하고 간절한 무언가를 모두 녹여버릴 수 있을 만큼 강할지도 모른다는 생각이 들었다. 이 사랑은 그녀에게만 살아남을 것이다. 나에게는 남지 않을 것이다.

그 사랑에서 벗어나면 안도감을 느낄 수 있을까? 알 수 없었다. 이제 그것은 나의 일부처럼 느껴졌으니까.

우리는 몇 시간밖에 버티지 못했다. 멜라니의 강인한 정신력도 우리의 쓰러져가는 몸을 지탱하지는 못했다. 앞이 거의 보이지 않았다. 우리가 들이마시고 내뱉는 공기에 산소가 들어있는지조차 의심스러웠다. 거친 호흡을 내뱉을 때마다 통증이 느껴졌다.

'이렇게 힘든 경험은 해보지 못했을 거야.' 나는 낮은 관목보다 1미터 정도 더 높은 나무를 향해 발을 끌면서 그녀에게 투정을 부렸다. 쓰러지더라도 그늘에 가서 쓰러지고 싶었다.

'맞아, 이렇게 힘든 적은 없었어.' 그녀도 내 말에 동의했다.

원하던 대로 나무까지 다다를 수 있었다. 이미 말라버린 고목은 그늘을 드리워주었고, 우리는 바닥에 드러누웠다. 얼굴에 비치는 햇빛을 피해, 우리는 몸을 앞으로 더 움직였다. 뜨거운 열기를 막으려고 머리를 돌려 모로 누웠더니 코 바로 앞에 먼지가 보였다. 내 숨소리는 더욱 거칠어졌다.

얼마나 시간이 지났을까… 우리는 눈을 감았다. 눈은 붉게 충혈된 상태였다. 이젠 그늘에 드리운 희미한 거미줄도 느낄 수 없었다. 더 이상 우리에게 와 닿는 것 같지도 않았다.

'얼마나 오래 걸릴까?' 그녀에게 물었다.

'모르겠어. 죽어 본 경험이 한 번도 없거든.'

'한 시간, 아니면 더 오래 걸릴까?'

'나도 잘 모르겠어.'

'정말 필요할 때 코요테는 어디 있는 거지?'

'어쩌면 우리가 운이 좋을 건지도 몰라. 맹수들과 만나지 않는 걸 보면…' 그녀의 생각이 뒤죽박죽되어 희미해져갔다.

그것이 우리의 마지막 대화였다. 단어를 연결할 수 없을 만큼 힘들었다. 죽음은 생각했던 것보다 훨씬 더 고통스러웠다. 우리 몸 안의 모든 근육들이 죽음과 맞서 싸우며 경련을 일으켰다.

우리는 싸우지 않았다. 그저 정처 없이 헤맸고 기다렸다. 그리고 정처없이 기억 속을 넘나들었다. 아직 의식이 명료했던 동안에는 머릿속으로 자장가를 흥얼거렸다. 우리가 제이미에게 들려주곤 하던 자장가였다. 잠을 자는 바닥이 너무 딱딱하거나, 날씨가 너무 춥거나, 두려움이 너무 심해 잠들 수 없을 때 자장가를 불러주곤 했다. 제이미의 머리가 우리 어깨에 와 닿는 것 같았고, 팔 아래로 그의 완만한 등이 느껴지는 것 같았다. 그와 동시에 우리의 머리는 누군가의 더 넓은 어깨에 닿았고, 그도 우리를 위해 편안한 자장가를 불러주었다.

눈앞이 온통 어두웠지만, 죽음은 아니었다. 밤이 찾아오자 왠지 서글퍼졌다. 낮의 열기가 없어서 우리는 아마 더 오랫동안 버틸 수 있을 것이다.

시간을 느낄 수 없는 공간은 어둡고 더 적막하게 느껴졌다. 그러더니 어디선가 어떤 소리가 들렸다.

그 소리를 듣고도 우리는 거의 의식을 차리지 못했다. 헛소리를 들은 것인지도 모른다는 생각이 들었다. 아마 코요테의 울음소리였을 것이다. 그저 듣기를 원한 소리가 아닐까? 잘 모르겠다. 우리는 잠 속으로 빠져들었고, 소리에 대해서는 곧 잊어버렸다.

무언가가 우리를 흔들어 깨우더니 감각을 잃은 우리의 몸을 당기고 또 끌었다. 모든 게 빨리 끝나기 바랐지만, 그건 우리의 희망일 뿐이었다. 단번에 끝나길 원했지만 우리는 하늘로 얼굴을 향한 채 질질 끌려가다가 멈추기를 반복할 뿐이었다.

차가운 물줄기가 우리 얼굴에 떨어졌다. 그 습한 느낌이 도저히 믿기지 않았다. 물방울이 떨어지면서 눈에 묻은 굵은 모래를 씻어냈다. 떨어지는 물방울을 피해 나는 눈을 깜박거렸다.

눈에 묻은 모래 따윈 신경 쓸 겨를이 없었다. 우리는 마치 방금 알에서 부화한 아기 새처럼 턱을 높이 치켜들고 입을 벌린 채 버둥거리기만 했다.

어디선가 한숨소리가 들린 것 같았다.

바로 그때, 입속에 물방울이 떨어졌고, 우리는 숨을 헐떡이며 물을 받아먹었다. 하지만 숨을 몰아쉬는 동안 물은 사라져버렸고, 우리는 손을 벌리며 더 많은 물을 갈구했다. 평평하고 묵직한 것이 우리가 숨을 쉴 수 있을 때까지 등을 두드려주었다. 숨이 진정되자마자 우리는 두 손을 허공에 저으며 다시 물을 찾았다.

이번에는 한숨소리가 분명하게 들렸다.

무언가가 우리의 마른 입술을 눌렀고, 다시 물이 흘러 들어왔다. 이번에는 아까보다 조심스럽게 물을 마셨다. 숨이 막힐까 조심했던 게 아니라, 물을 흘리고 싶지 않았기 때문이었다.

우리는 배가 아플 때까지 물을 마셨다. 흐르던 물이 거의 멈추자 우리는 안 된다며 목쉰 소리로 고함쳤다. 흐르는 물에 입술을 갖다 대고 그것이 텅 빌 때까지 미친 듯이 물을 마셨다.

신음소리 한 번만 내도 배가 곧 터져 버릴 것 같았지만, 우리는 눈을 깜박거리며 정신을 집중한 채, 물이 더 있는지 둘러보았다. 주변은 칠흑처럼 어두웠고 별빛 하나 보이지 않았다. 다시 눈을 깜박이자, 어둠이 하늘보다 더 가까이 있다는 걸 깨달았다. 밤보다 더 어두운 형체가 우리 위를 떠다니고 있었다.

옷감을 문지르는 소리와 발꿈치 밑 모래가 버스럭거리는 낮은 소리가 들렸다. 그 형체는 천천히 몸을 폈다. 적막함 속에 지퍼를 여는 날카로운 소리가 들리자 귀가 먹먹할 지경이었다.

마치 날카로운 칼날처럼, 빛이 내 눈을 뚫고 들어왔다. 우리는 고통스런 신음소리를 내며 두 손으로 눈을 가렸다. 눈을 감았는데도 빛은 너무나 밝았다. 잠시 후 빛이 사라졌고, 이젠 우리 얼굴 바로 옆에서 한숨소리가 들렸다. 조심스럽게 다시 눈을 떴지만 이전보다 눈이 더 아팠다. 우리와 마주보고 앉은 형체는 아무 말도 없이 침묵을 지키고 있었다. 우리는 잔뜩 긴장했지만, 그 긴장감은 지금 우리 앞이 아닌 바깥 먼 곳에서 느껴지는 것만 같았다. 뱃속에 든 물과 어디서 물을 더 구할 수 있는지 신경 쓰는 것만으로도 이미 힘들었다. 그 와중에도 우리는 정신을 집중하며, 무엇이 우리의 목숨을 구해주었는지 알고자 했다.

몇 분 동안 눈을 깜박거리며 실눈을 뜨고 알아낸 것은 어두운 얼굴에서 나오는 하얀 빛이었다. 깜깜한 밤하늘에 수백만 개의 창백한 빛이 반짝거리는 것 같았다. 그것이 산타클로스의 수염과 같은 턱수염이라는 걸 깨닫자, 곧 얼굴의 다른 부분도 기억 속에 떠올랐다. 모든 게 제자리에 들어맞았다. 크고 날렵한 코, 넓은 광대뼈, 짙은 흰색 눈썹, 주름진 얼굴에 움푹 들어간 두 눈이 보였다. 지금은 이목구비만 겨우 짐작할 수 있을 뿐이었지만, 빛을 비추면 그가 어떤 모습일지 알 수 있었다.

"젭 삼촌!" 우리는 깜짝 놀라 쉰 목소리로 소리쳤다. "삼촌이 우리를 찾아냈군요."

쭈그리고 앉아 있던 젭 삼촌은 곧 다리를 펴고 일어났다.

"아…" 그의 퉁명스러운 목소리를 듣자 온갖 기억이 머릿속에 떠올랐다. "깨어났구나."

13

판결 받다

"그들이 이곳에 있어요?" 우리는 숨을 몰아쉬며 말을 뱉었다. 마치 폐 속에 있던 물이 밖으로 뿜어져 나오는 것 같았다. 그런 다음 우리는 가장 궁금했던 것을 물어보았다. "그들이 해냈어요?"

어둠 속에 있는 젭 삼촌의 표정을 읽을 수가 없었다.

"누구 말이냐?" 젭 삼촌이 물었다.

"제이미와 제러드요!" 우리는 다급한 목소리로 속삭였다. "제러드가 제이미와 함께 있어요. 그들이 이곳에 왔어요? 삼촌과 만났어요?"

"아니." 삼촌은 뜸도 들이지 않고 곧바로 대답했다. 그의 대답은 분명했고, 어떤 연민이나 감정도 느껴지지 않았다.

"아니라고요…." 우리는 낮은 목소리로 속삭였다. 나는 젭 삼촌이 우리를 의심하고 있다는 것을 그제야 알아차렸다. 그렇게 의심을 하면서 대체 왜 우리를 살렸던 걸까? 우리는 눈을 감고 다시 고통스러운 몸에 귀를 기울였다. 몸속의 고통이 마음속의 고통을 몰아내기를 바랐다.

잠시 후 젭 삼촌이 다시 말문을 열었다. "잠깐 할 일이 있다. 조금 있다 돌아올게."

말소리만 들릴 뿐, 우리는 그가 무슨 말을 하는지 알아듣지 못했다. 우리는 계속 눈을 감고 있었다. 그의 발자국 소리가 멀어져 갔다. 그가 어느 방향으로 갔는지 알 수 없었다. 솔직히 어디로 가든 아무 상관없었다.

그들은 사라져 버렸다. 이제 그들을 찾을 방법도 없고 희망도 없다. 제러드와 제이미는 영원히 사라져 버렸고, 다시는 그들을 만나지 못할 것이다.

물을 마시고 차가운 밤공기가 느낄 수 있게 되자 의식이 명료해졌다. 그러나 그건 우리가 원하던 바가 아니었다. 우리는 몸을 뒤척이며 다시 얼굴을 모래에 묻었다. 너무 지쳤고, 기진맥진한 상태를 지나 고통스러운 상태였다. 금방이라도 잠이 들 수 있을 것 같았다. 아무 생각도 하지 말아야 했다. 그럴 수 있을 것 같았다.

그렇게 아무 생각도 하지 않았다.

잠에서 깨어나자 여전히 밤이었지만, 동쪽 지평선에서 곧 동이 틀 것 같았다. 산의 윤곽이 어두운 붉은색으로 서서히 물들기 시작했다. 입에서는 먼지 냄새가 났고, 우리는 젭 삼촌이 나타난 꿈을 꾸었다고 생각했다.

아침에 일어나자 머리가 더 맑았다. 우리는 오른쪽 뺨 옆에 무언가가 있다는 것을 알아차렸다. 그것은 바위도 선인장도 아니었다. 손으로 만져보자 딱딱하기도 했고 부드럽기도 했다. 슬쩍 찔러보자, 안에서 물이 출렁거리는 소리가 났다.

젭 삼촌이 왔다. 그건 사실이었다. 우리에게 물병을 두고 간 것이다.

조심스럽게 자리에서 일어나 앉자, 몸이 막대처럼 두 동강나지 않는 것이 놀라울 따름이었다. 사실, 몸 상태는 더 나아졌다. 물이 몸 이곳저곳에 잘 흡수되었을 것이다. 고통은 무뎌진 상태였고, 아주 오래간만에 우리는 배고픔을 느꼈다.

뻣뻣하고 서투른 손으로 물통 뚜껑을 돌렸다. 물을 아무리 많이 마셔도 부족하게만 느껴졌다. 우리는 또 다시 물을 마시기 시작했고, 결국 있는 물을 모조리 마셔 버렸다. 하루치 물을 다 마셔 버린 것이다.

물병 뚜껑이 바닥으로 떨어지면서 둔탁한 소리가 났고, 다시 적막이 흘렀다. 이제 정신이 번쩍 들었다. 뒤늦은 한숨이 새어나왔고, 차라리 의식을 잃어버리는 게 더 낫겠다는 생각이 들었다. 우리는 얼굴을 손에 묻었다. 이제 어떻게 해야 한단 말인가?

"왜 물을 준 겁니까?" 우리 등 뒤에서 누군가가 화난 목소리로 물었다.

무릎을 구부리고 몸을 돌려 뒤를 돌아보았다. 우리 앞에 펼쳐진 광경을 보자, 심장이 멈추는 듯했고 다시 의식이 흐릿해졌다.

내가 무릎을 꿇은 채 앉아 있는 나무 주위로 여덟 명의 사람들이 반원을 그리며 서 있었다. 의심의 여지도 없었다. 그들 모두는 인간이었다. 증오로 뒤틀린 입술, 야생 동물처럼 꽉 깨문 입술, 치켜 올라간 눈썹, 분노로 이글거리는 눈빛…. 나는 그렇게 야만적인 표정을 본 적이 없었다.

남자 여섯 명과 여자 두 명이었다. 그들 가운데 몇몇은 덩치가 매우 컸고, 대부분은 나보다 더 컸다. 그들이 두 손을 꼭 쥐고 있는 모습을 보자 피가 거꾸로 솟는 것 같았다. 그들이 손에 들고 있는 것은 무기였다. 어떤 이들은 식칼과 비슷한 짧은 칼을 쥐고 있었고, 어떤 사람들은 더 길고 위협적인 칼을 들고 있었다. 그것은 부엌에서 사용하는 것이 아니었다. 멜라니는 주로 사탕수수를 자르는 데 사용하는 날이 넓은 큰 칼이라고 내게 가르쳐주었다.

다른 사람들은 긴 막대를 들고 있었는데, 금속으로 만든 것도 있었고 나무로 만든 곤봉도 있었다.

젭 삼촌은 그들 한가운데에 서 있었다. 그가 손에 들고 있는 물건은 내가 직접 본 적이 없는 것으로, 멜라니의 기억 속에서만 존재하는 것이었다. 긴 칼처럼 보이는 그것은 총이었다.

나는 두려웠지만, 멜라니는 그저 놀란 마음으로 이 모든 광경을 지켜보았다. 무엇보다 그들의 숫자에 깜짝 놀란 것 같았다. 여덟 명의 인간들이 생존해 있었던 것이다. 그녀는 젭 삼촌 혼자 있거나, 많아야 두어 명과 함께 있을 거라고 생각했다. 자신의 종족이 이렇게나 많이 살아남았다는 사실을 깨닫자, 그녀는 기쁨을 감추지 못했다.

'이게 기뻐할 만한 일일까?' 나는 그녀에게 말했다. '저들의 모습을 봐.'

나는 그녀에게 내 관점에서 그들을 보라고 강요했다. 더러운 청바지와 흙먼지가 묻어 갈색으로 변한 셔츠를 입은, 위협적인 저들의 모습을 보라고 강요했다. 그녀가 생각하는 것처럼 저들은 한때 인간이었을 수는 있지만, 지금은 다른 모습이었다. 오히려 야만인이나 괴물에 가까웠다. 그들은 칼날을 들이대며 우리를 내려다보고 있었다.

우리에게 사형을 언도하는 것 같은 그들의 섬뜩한 눈빛이 느껴졌다.

멜라니는 그들의 모습을 보면서, 내키지 않았겠지만 내가 옳다는 사실을 인정해야만 했다. 그 순간, 그녀가 사랑하던 인류는 최악의 모습이었다. 우리가 버려진 신문에서 보았던 것처럼 우리를 바라보고 있던 자들은 살인자들이었다.

우리는 더 현명했어야 했다. 어제 죽었어야 했는데 그렇지 못한 게 안타까웠다.

젭 삼촌은 이런 상황에서 왜 우리를 살려냈단 말인가?

온몸이 부들부들 떨렸다. 흉악한 인간의 만행이 머릿속에 스쳐 지나갔다. 생각만 해도 끔찍했다. 정신을 번쩍 차려야 했다. 인간들이 적을 잠시 동안이나마 살려둔 데에는 이유가 있을 것이다. 나에게서 얻어낼 무언가가 있다고 생각하는지도 몰랐다….

곧 한 가지가 머릿속에 떠올랐다. 그들이 내게서 원하는 한 가지 비밀. 그들이 내게 무슨 짓을 하든, 절대 그들에게 말해줄 수 없는 비밀. 그 비밀을 말해줄 바에야 차라리 자살을 할 것이다.

나는 내가 간직하고 있는 비밀을 멜라니에게도 보여주지 않았다. 멜라니의 몸 안으로 들어온 후 처음으로, 나는 나의 비밀에 대해 생각하면서 그녀의 방어 체계를 역으로 이용해 머릿속에 벽을 쌓아올렸다. 이전에는 그것에 대해 생각할 이유조차 없었는데 말이다.

멜라니는 머릿속 벽 반대편에 들어앉은 채 내가 무슨 생각을 하고 있는지 궁금해하지도 않았고 굳이 그 벽을 허물려고 애쓰지도 않았다. 내 비밀보다는 눈앞에 닥친 걱정이 더 컸던 것이다.

그녀에게서 내 비밀을 지키는 게 그렇게 중요할까? 나는 멜라니처럼 강인하지 않았다. 그녀는 어떠한 혹독한 고문도 견딜 수 있을 것이다. 나는 그들이 원하는 것을 주기 전에 얼마동안 고통을 견딜 수 있을까?

마음이 무거웠다. 자살할 생각도 해보았지만, 내키지 않았다. 자살 역시 사람을 죽이는 것이기 때문이다. 멜라니는 고문을 당하거나 죽임을 당할 것이다. 다른 선택의 여지가 없다면 나도 기다려야 할 것이다.

'아니야, 그럴 리 없어. 삼촌이 저들을 막을 거야.'

'젭 삼촌은 네가 여기 있다는 걸 몰라.' 나는 멜라니에게 그 사실을 상기시켰다.

'얼른 삼촌에게 말해!'

나는 노인의 얼굴을 똑바로 쳐다보았다. 덥수룩하게 자란 턱수염 때문에 입술이 보이지 않았지만, 그의 눈빛은 다른 이들처럼 불타오르고 있지 않았다. 나는 몇몇 사람들이 내게서 시선을 돌리고 그 노인을 쳐다보고 있는 것을 곁눈으로 볼 수 있었다. 그들은 나를 경계하는 자신들의 눈빛에 노인이 대답하기를 기다렸다. 하지만 젭 삼촌은 그들을 무시한 채 나를 쳐다보고 있었다.

'삼촌에게 말할 수 없어, 멜라니. 그는 내 말을 믿지 않을 거야. 내가 그들에게 거짓말을 하고 있다고 생각할 거고, 날 수색자로 간주할 거야. 이곳에 와서 거짓말을 하는 자는 수색자밖에 없다는 정도는 경험을 통해 알고 있을 거야.'

멜라니는 내 생각이 맞다는 걸 곧장 알아차렸다. 자신이 수색자의 말을 듣고 증오심으로 가득 찼던 것처럼, 이들도 같은 반응을 보일 것이다.

'어쨌든 그런 건 상관없어. 난 인간이 아니라 소울이야. 그들에게 그것만으로도 충분해.'

긴 칼을 들고 있던 자가 역겨운 소리를 내더니 바닥에 침을 뱉었다. 큰 체구에 검은 머리칼, 그리고 이상할 정도로 흰 피부에 푸른 눈을 지니고 있는 자였다. 그는 앞으로 걸어 나오며 긴 칼을 천천히 들어올렸다.

느린 것보다는 오히려 빠른 게 나을 것이다. 자살하는 것보다는 차라리 이 무자비한 인간의 손에 죽는 편이 나을 것이다. 나뿐만 아니라 멜라니를 위해서라도 폭력적인 생명체로서 죽는 것보다는 나을 것이다.

"가만히 있어, 카일." 젭 삼촌은 무심하게 말했지만, 남자는 동작을 멈추었다. 그는 얼굴을 찡그리며 멜라니의 삼촌을 쳐다보았다.

"왜 그래요? 저들 가운데 하나라고 확신한다고 하지 않았습니까?"

나는 그의 목소리를 알아차렸다. 왜 내게 물을 주었냐고 삼촌에게 묻던 바로 그 목소리였다.

"맞아, 저들 가운데 하나라는 건 분명해. 하지만 문제가 약간 복잡해."

"뭐가 복잡하단 거죠?" 다른 남자가 물었다. 검은 머리의 카일 옆에 선 몸집이 큰 그 남자는 카일과 매우 닮은 것으로 보아 형제인 것 같았다.

"이 아이는 내 조카이기도 하다네."

"이제는 더 이상 조카가 아닙니다." 카일은 담담한 어조로 말했다. 그는 다시 침을 뱉은 다음, 칼날을 겨누며 내 쪽으로 한 걸음 더 다가왔다. 금방이라도 나를 덮칠 것 같은 그의 행동을 보자, 무슨 말을 해도 그를 막을 수 없다는 걸 알 수 있었다. 나는 눈을 감았다.

날카로운 칼날이 서로 부딪히는 소리가 들렸고, 헐떡이는 숨소리도 들렸다. 나는 다시 눈을 떴다.

"가만히 있으라고 하지 않았나, 카일." 젭 삼촌의 목소리는 여전히 침착했지만, 두 손으로 총을 단단히 잡은 채 카일의 등을 겨눈 채였다. 카일은 내게서 몇 걸음 떨어진 곳에서, 칼날을 허공에 향한 채 꼼짝도 하지 않고 서 있었다.

"젭, 무슨 짓이에요?" 카일의 동생이 충격을 받은 목소리로 말했다.

"여자애한테서 물러나, 카일."

카일은 우리를 등진 후 심하게 화를 내며 젭 삼촌에게 다가갔다. "젭, 저건 여자애가 아니에요."

젭은 어깨를 으쓱했다. "상의할 문제가 있네." 그는 여전히 카일에게 총을 겨누고 있었다.

"의사는 뭔가 알아낼 수 있을 거야." 한 여자가 무뚝뚝하게 말했다.

그녀의 말을 듣자 나는 잔뜩 움츠러들었다. 젭 삼촌이 나를 조카라고 불렀을 때, 어리석게도 나를 불쌍하게 여길지도 모른다는 생각이 들면서 삶의 희망이 다시 피어났다. 잠시 동안이나마 그런 생각을 했던 것이 너무 어리석게 느껴졌다. 혹시라도 나를 불쌍히 여긴다 해도, 목적 때문에 결국엔 죽이고 말 것이란 사실을 간과한 것이다.

나를 두려움에 떨게 한 여자를 무심코 바라보았다. 젭 삼촌과 비슷한 연배이거나 나이가 더 들어 보여 나는 깜짝 놀랐다. 백발이 아닌 짙은 회색의 머리색이었던 탓에 그녀의 나이를 미처 알아차리지 못했던 것이다. 주름투성이의 얼굴은 모두 분노로 얼룩져 있었다. 그러나 그녀의 주름 너머에는 어디선가 본 듯한 익숙한 느낌이 있었다.

잊고 있었던 부드러운 인상의 얼굴이 멜라니의 기억 속에서 떠올랐다.

"매기 고모? 고모가 어떻게 이곳에? 샤론은…?" 멜라니 생각이 또 다시 나의 입을 통해 나왔다. 그 말을 미처 막지 못해 후회스러웠다. 사막에서 오랫동안 함께 있다 보니 멜라니가 더 강인해진 것 같았다. 혹은 내가 더 약해진 걸 수도 있었다. 아니면 어디서 날아올지 모르는 죽음의 칼날에만 너무 정신을 집중했기 때문일 수도 있다. 내가 죽음의 순간을 최대한으로 늦추기 위해 고군분투하고 있는 동안, 멜라니는 가족과 다시 상봉했던 것이다.

그러나 멜라니의 반가움은 아주 잠시 동안밖에 지속되지 못했다. 매기라는 이름의 늙은 여인은 연약한 겉모습과는 달리 그 말을 듣자마자 재빠른 속도로 내게 칼을 겨누었다. 하지만 검정색 쇠지레를 들고 있는 다른 한 손은 올리지 않았다. 나는 지레를 든 손을 쳐다보고 있었기 때문에, 그녀가 다른 한 손의 칼로 내 얼굴을 겨누는 걸 미처 알아차리지 못한 상태였다. 그 반동에 나는 순간 뒤로 튕겨났다가 다시 제자리로 돌아왔다. 그녀는 다시 한 번 나를 찰싹 때렸다.

"넌 우리를 속일 수 없어. 너희들이 어떤 식으로 우리를 기만하는지 잘 알고 있어. 우리를 아무리 똑같이 흉내 내도 절대 속지 않아."

내 얼굴이 벌겋게 달아올랐다.

'다시는 그러지 마.' 나는 멜라니를 비난했다. '그들이 무슨 생각을 하고 있는지 이미 말했잖아.'

멜라니는 너무 충격을 받아 아무 대답도 하지 못했다.

"그만해, 매기 누나." 젭 삼촌이 달래는 목소리로 말했다.

"그런 식으로 말하지 마, 이 바보야! 수색자 떼를 끌고 우리를 찾아왔는지도 몰라." 그녀는 천천히 물러나더니 나를 마치 똬리를 튼 뱀이라도 되는 것처럼 쳐다보면서 남동생 젭 옆으로 갔다.

"나도 모르겠어." 젭이 매기에게 말했다. "어이!" 그가 갑자기 소리치는 바람에 나는 몸서리를 쳤다. 또 다른 누군가를 부르고 있었다. 젭은 오른손에 총을 쥔 채 왼손을 머리 위로 흔들면서 소리쳤다. "여기야!"

"입 닥쳐!" 매기가 그의 가슴을 힘껏 밀치면서 으르렁거렸다. 그러나 젭은 꼼짝도 하지 않았다.

"이 애는 혼자였어. 내가 찾아냈을 때 거의 죽은 거나 다름없었고, 지금도 이 꼴을 좀 봐. 지네도 자기 종족을 이런 식으로 희생시키지 않아. 이 애가 수색자라면 그런 상태까지 놓아뒀을 리가 없어."

몸통이 길고 다리가 여럿 달린 동물이 머릿속에 떠올랐다. 그러나 이 상황과의 연관성을 생각해낼 수 없었다.

'삼촌은 너에 대해 이야기하는 거야.' 멜라니가 설명해 주었다. 그녀는 독특하게 생긴 생물의 모습을 머릿속으로 보여주었다. 나는 처음 보는 것이었다.

'삼촌이 네 모습을 어떻게 알아본 걸까?' 멜라니는 멍하니 생각했다. 나는 소울의 외양에 대해 잠시 생각했지만 멜라니는 그 기억을 매우 낯설어 할 뿐이었다.

멜라니와 함께 의문을 가질 시간이 없었다. 젭이 내게로 걸어왔고, 다른 사람들은 그의 뒤를 바짝 따라왔다. 카일은 금방이라도 젭을 저지하거나 밀어낼 것처럼 그의 어깨에 손을 올리고 있었지만, 의도가 정확히 무엇인지는 알 수 없었다. 젭은 총을 왼손으로 옮긴 다음 내게 오른손을 내밀었다. 나는 조심스럽게 그의 손을 쳐다보며 가만히 기다렸다.

"내가 널 이렇게 멀리까지 데려왔으니, 마음만 먹었다면 너를 집까지 데려다줬을 수도 있을 거야. 우선 우리 집으로 가자. 넌 약간 더 걸어야 한다." 젭이 부드러운 목소리로 말했다.

"안 됩니다!" 카일이 투덜거렸다.

"데려갈 거야." 젭이 말했다. 처음으로 그의 목소리가 거칠게 느껴졌다. 턱수염 밑으로 보이는 그의 턱 선이 고집스러워 보였다.

"젭!" 매기가 반대했다.

"여긴 내 땅이나 마찬가지야, 매기 누나. 내가 원하는 대로 할 거야."

"늙은 고집쟁이 같으니라고!" 매기는 짧은 욕설을 내뱉었다.

젭은 몸을 숙이더니, 주먹을 쥔 채 아래로 내린 내 손을 잡았다. 그는 나를 잡아당겨 자리에 세웠다. 잔인함은 느껴지지 않았지만, 그는 서두르고 있었다. 어쨌든 내 목숨을 구해주었으니, 잔인하다고는 할 수 없는 노릇이었다.

몸이 흔들렸다. 다리에 감각도 잘 느낄 수 없었다. 피가 아래로 쏠리자 곧 바늘로 찌르는 듯한 통증이 느껴졌다.

젭 뒤에서 누군가 반대의 뜻으로 엇 소리를 냈다. 반대하는 사람은 분명 하나 이상이었다.

"좋아, 네가 누구든 간에, 이 찜통에 죽기 전에 우선 여길 벗어나야겠구나." 그가 내게 말했다. 그의 목소리는 여전히 친절했다.

카일의 동생이 젭의 팔을 붙들며 말했다.

"우리가 사는 곳을 보여줄 수는 없어요, 젭."

"그건 상관없어." 매기가 거친 목소리로 말했다. "그런 이야기를 전할 기회는 없을 테니까."

젭은 한숨을 쉬면서, 목에 두른 큰 수건을 벗었다. 수건을 벗기 전에는 턱수염밖에 보이지 않았었다.

"아무 쓸모없는 짓이야." 그는 그렇게 말하면서도, 땀에 젖어 뻣뻣해진 손수건을 눈가리개로 사용하기 위해 접었다.

그가 내 눈을 가릴 때도 나는 가만히 있었다. 적들이 눈앞에 보이지 않자 두려움은 더 커져갔다.

앞은 보이지 않았지만, 내 등에 손을 얹고 인도해주는 사람이 젭이라는 걸 알 수 있었다. 다른 사람이라면 그런 손길이 아닐 테니까.

우리는 앞으로 나아갔다. 북쪽으로 가고 있다는 생각이 들었다. 아무도 입을 열지 않았고, 발밑에 모래가 부서지는 소리만 들렸다. 땅은 평평했지만 나는 다리에 감각을 잃고 계속 비틀거렸다. 젭은 인내심이 있었다. 금방이라도 넘어질 듯한 데다 느리기까지 한 나를 이끌어주는 그의 손길이 정중하다고 느껴질 정도였으니까.

걷는 동안 태양이 떠오르는 걸 느낄 수 있었다. 다른 이들보다 더 빨리 걸음을 옮기는 사람들도 있었다. 그들은 발자국 소리가 거의 들리지 않을 정도로 우리를 앞서 갔다. 젭과 나와 함께 가고 있는 사람은 소수인 것 같았다. 나를 지키는 데 그다지 많은 사람이 필요하지 않다고 생각한 듯했다. 나는 배고픔에 지쳐 있었고, 걸음을 옮길 때마다 비틀거렸고, 머리는 어지러웠다.

"그에게 말할 생각은 아니지, 그렇지?"

매기의 목소리였다. 몇 발자국 뒤에서 들리는 그녀의 목소리에는 비난이 담겨 있었다.

"그는 알 권리가 있어." 젭이 대답했다. 그의 목소리에서는 완고한 고집이 느껴졌다.

"그건 너무 잔인한 일이야."

"삶이란 게 원래 잔인한 거야. 매그놀리아."

두 사람 가운데 누가 더 위협적인지 구분하기 힘들었다. 나를 계속 살려두려는 사람은 젭일까? 아니면 본능적으로 내게 두려움을 불러일으킨 의사 얘기를 가장 먼저 꺼냈던 매기일까? 누군가에 대한 잔인함을 더욱 걱정하는 것은 오히려 매기인 것 같았다.

우리는 아무 말도 하지 않은 채 서너 시간을 더 걸어갔다. 내 다리가 뒤틀릴 때면, 젭은 나를 땅바닥에 앉힌 다음 어젯밤에 그랬던 것처럼 물통을 내 입에 갖다 주었다.

"준비되면 말해." 젭이 내게 말했다. 그의 목소리는 여전히 친절했지만 나는 아까처럼 잘못 해석하지 않으리라 다짐했다.

누군가가 조바심을 내며 한숨을 쉬었다.

"왜 이러는 거예요, 젭?" 한 남자가 물었다. 이미 귀에 익숙한 그 목소리는 카일 형제 가운데 한 명인 것 같았다. "의사 때문에 이래요? 카일에게 잘 말할 수도 있었잖아요. 총까지 겨눌 필요는 없었다고요."

"카일은 종종 총을 겨누게 만들지." 젭이 중얼거렸다.

"연민 때문에 이러는 건 아니라고 말해 줘요." 남자가 이야기를 계속했다. "결국 당신은…."

"나도 알아. 연민이란 걸 몰랐다면 이 모든 게 가치가 없지. 하지만 이건 연민 때문이 아냐. 내가 이 불쌍한 생명에 동정심 같은 걸 품었다면 오히려 난 이 애가 죽도록 내버려두었을 거야."

나는 불구덩이처럼 뜨거운 햇별 아래에서 겁에 질렸다.

"뭐라고요? 그럼 뭣 때문에 구해준 거예요?" 카일의 남동생이 물었다.

긴 침묵이 이어졌고, 젭이 내 손을 잡았다. 나는 다시 일어서기 위해 그 손을 꼭 잡았다. 그는 다른 한 손으로 내 등을 잡아주었고, 나는 다시 앞으로 걸어가기 시작했다.

"호기심 때문이었어." 젭이 낮은 목소리로 말했다.

그의 말에 대꾸하는 사람은 아무도 없었다.

나는 걸어가면서 몇 가지 확실한 사실에 대해 생각했다. 첫 번째, 나는 그들이 붙잡은 최초의 소울이 아닐 것이다. 이미 이곳에는 정해진 과정이 있겠지. 의사는 나보다 먼저 붙잡힌 소울들을 철저히 연구했을 것이다.

두 번째, 그의 시도는 성공하지 못했을 것이다. 어떤 소울이 자살을 포기하고 인간의 고문을 견뎌냈다면, 그들은 지금 나를 필요로 하지 않았을 것이다. 나는 되려 자비롭게 빠른 시간 내에 죽었을 것이다.

하지만 이상하게도, 나는 그들이 빨리 나를 죽여주기를 희망할 수 없었고, 그러기 위해 노력할 수도 없었다. 그렇게 하는 게 오히려 더 쉬운 일이 될 테고, 심지어 되어 가는 대로 가만히 놓아두기만 하면 될 것인데 말이다. 난 그들에게 거짓말만 하면 될 것이다. 수색자인 척 가장하고, 동료들이 나를 뒤따라오고 있다고 말하고, 허세를 부리고 위협하면 될 것이다. 혹은 그들에게 진실을 말할 수도 있을 것이다. 멜라니가 내 안에 살고 있다고, 그녀가 나를 이곳으로 데려왔다고.

그들은 또 다른 거짓말을 듣게 될 것이다. 삽입 이후에 인간이 계속 살아남을 수 있다는 생각은 너무나 그럴듯해서 인간들이 믿을 만했다. 그리고 너무나 교활하기도 해서, 내가 주장만 한다면 그들은 내가 수색자라고 믿을 것이다. 그들은 함정이 있을 거라고 생각할 것이고, 즉각 나를 제거할 것이고, 이곳에서 멀리 떨어진 곳에 몸을 숨길 새로운 장소를 찾을 것이다.

'네 말이 맞을지도 몰라.' 멜라니가 동의했다.

'난 그렇게 할 거야.'

그러나 나는 아직 고통스럽지 않았다. 그리고 어떤 형태로든 자살을 저지를 수가 없었다. 살아남으려는 본능으로 내 입술은 굳게 닫혀 있었다. 위안자와 마지막으로 만났던 때가 떠올랐다. 교양과 격식을 갖춘 위안자와 함께 있던 한 시간은 마치 다른 행성에 있는 것 같았다. 멜라니는 내게 자신을 없애달라고 했다. 그녀는 자살 충동을 느끼는 듯 했지만 그건 허세에 불과했다. 편안한 의자에 앉아 죽음에 대해 생각하기가 너무나 어렵다고 했던 기억이 떠올랐다.

어젯밤 멜라니와 내가 죽음을 원하던 순간, 죽음은 목전에 와 있었다. 하지만 다시 살아나자 마음이 달라졌다.

'나도 죽고 싶지 않아.' 멜라니가 속삭였다. '하지만 네가 틀렸을 수도 있어. 그들이 우리를 살린 것은 그 때문이 아닐지도 몰라. 그들이 왜 그랬는지 이해할 수는 없지만…' 멜라니는 그들이 우리에게 할 행동에 대해 상상하고 싶지 않은 것 같았다. 그녀는 나보다 더 나쁜 상황인 게 분명했다. '그들이 너에게 간절히 바라는 게 도대체 뭘까?'

'어림없어. 난 절대 말하지 않을 거야. 너한테도, 어떤 인간한테도.'

나는 대담하게 선언했다. 그러나 그땐 내가 아직 진정한 고통을 느끼기 전이었다.

또 다시 한 시간이 흘러갔다. 태양은 머리 바로 위로 떠올랐고, 불로 만든 왕관을 머리에 쓴 것 같았다. 익숙했던 소리들이 갑자기 다른 소리로 바뀌기 시작했다. 나와 멀리 떨어져 있어서 거의 들리지 않던, 모래 밟는 발자국 소리가 내 앞에서 메아리로 변해갔다. 젭의 발자국 소리는 내 발자국 소리와 비슷했지만, 앞서가는 사람들은 새로운 시대에 들어선 것 같았다.

"이제부터 조심해." 젭이 내게 경고했다. "머리 조심하고."

무엇이 날 기다리고 있는지 알 수 없었고 눈가리개로 가린 눈으로 어떻게 앞을 봐야할지 알 수도 없었기에 난 잠시 머뭇거렸다. 왼손으로 내 등을 누르던 젭은 내 머리를 누르며 몸을 굽히라고 말했다. 나는 그대로 했지만 목이 너무 뻣뻣했다.

그는 나를 앞으로 인도했고, 우리의 발걸음이 똑같은 소리를 내며 메아리치는 소리를 들을 수 있었다. 바닥은 모래처럼 느껴지지도 않았고 바위 같지도 않았다. 발밑에 느껴지는 바닥은 평평하고 단단했다.

태양은 더 이상 느껴지지 않았다. 피부가 타는 느낌도, 머리칼이 뜨거운 느낌도 없었다.

한 발자국을 더 내디디자, 새로운 공기가 뺨에 와 닿았다. 한쪽에서 다른 쪽으로 부는 바람이 아니라, 한 곳에 머물러 있는 공기였다. 나는 그 공기 속으로 들어갔다. 메마른 사막 바람은 이제 불어오지 않았다. 공기는 고요하고 더 시원했다. 습기나 곰팡이 냄새는 전혀 나지 않았다.

멜라니와 내 머릿속에는 너무나 많은 질문들이 있었다. 멜라니는 질문들을 퍼붓고 싶어 했지만, 나는 계속 침묵을 지켰다. 우리에게 도움이 될 만한 질문은 전혀 없었기 때문이다.

"자, 이젠 고개를 들어도 돼." 젭이 내게 말했다.

나는 천천히 고개를 들었다.

눈가리개를 하고 있었지만, 빛이 없다는 걸 알 수 있었다. 주변은 온통 칠흑처럼 어두운 것 같았다. 뒤따라오던 사람들이 우리가 앞으로 나아가기 기다리며 조바심 내며 발을 끄는 소리가 들렸다.

"이쪽이야." 젭은 다시 나를 인도하며 말했다. 발자국 소리가 바로 뒤에서 울리는 것으로 보아, 우리가 들어온 공간은 꽤 좁은 게 분명했다. 나는 본능적으로 고개를 숙이고 몸을 구부렸다.

우리는 몇 발자국 앞으로 더 나아갔고, 온 방향과 반대방향으로 모퉁이를 돌았다. 내리막길이 시작되었다. 발걸음을 내디딜 때마다 경사는 더 가팔라졌고, 젭은 거친 손으로 날 잡으며 넘어지지 않도록 도와주었다. 어둠 속에서 얼마나 오랫동안 미끄러지며 나아갔는지 알 수 없었다. 매 순간 두려움에 떨고 있었기 때문에 시간이 더 길게 느껴졌을 것이다.

한 번 더 방향을 틀자, 오르막 경사가 시작되었다. 경사가 더 심해지자, 감각을 잃은 다리가 나무처럼 더 뻣뻣해지는 것 같았다. 젭은 나를 거의 끌다시피 해야만 했다. 안으로 더 들어갈수록, 곰팡이 냄새와 습기가 느껴졌지만, 어둠은 그대로였다. 들리는 소리라고는 우리의 발자국 소리와 가까이에서 울리는 메아리뿐이었다.

길은 곧 평평해졌고, 얼마 후엔 뱀처럼 나선형으로 돌기 시작했다.

마침내 눈가리개 윗부분과 아랫부분에 빛이 느껴지기 시작했다. 물론 내가 직접 눈가리개를 벗을 수는 없었다. 누군가가 가리개를 풀어주거나 혹은 저절로 풀리기를 바랐다. 내가 어디에 있는지, 누구와 함께 있는지 알 수 있다면, 이렇게 겁에 질리지는 않을 것 같았다.

빛과 함께 소리가 들렸다. 더듬거리며 낮게 중얼거리는 것 같은 이상한 소리였다. 마치 폭포가 떨어지는 소리 같기도 했다.

앞으로 나아가자 그 소리는 더 커졌지만 가까이 다가갈수록 폭포 소리는 아닌 것 같았다. 높고 낮은 소리가 한데 뒤섞여 메아리치는 듯했다. 심한 불협화음만 아니었다면, 노래하는 행성에서 부르던 음악과 비슷하게 들리기도 했다. 눈이 가려져 있어서인지 앞이 보이지 않던 그 시절의 기억이 더 잘 떠올랐다.

멜라니는 나보다 먼저 이것이 무슨 소리인지 이해했다. 나는 인간들과 함께 있어 본 적이 없기 때문에 이 소리를 한 번도 들은 적이 없었다.

'논쟁을 벌이는 거야.' 멜라니가 말했다. '많은 사람들이 논쟁을 벌이고 있는 소리야.'

멜라니는 가만히 그 소리에 귀를 기울였다. 그렇다면 이곳에는 더 많은 사람들이 있단 말인가? 여덟 명의 사람들을 보고도 깜짝 놀란 우리에게 이곳은 더 큰 놀라움을 선사하고 있었다. 도대체 이곳은 어디일까?

누군가 내 목 뒷덜미를 건드렸고, 나는 놀라 뒷걸음질 쳤다.

"이제 그만 풀자." 젭이 눈가리개를 풀어주었다.

나는 천천히 눈을 깜박거렸다. 그러자 주변에 있던 어두운 그림자가 서서히 형체를 드러내기 시작했다. 거칠고 울퉁불퉁한 벽, 얽은 자국이 있는 천장, 낡고 먼지 쌓인 바닥이 눈에 들어왔다. 자연적으로 만들어진 지하 동굴 안에 들어와 있는 것 같았다. 하지만 그렇게 깊은 지하는 아닌 듯했다. 아래로 미끄러져 내려온 것보다는 위로 올라간 길이 더 긴 것 같아서였다.

거대한 바위 벽과 천장은 짙은 보라색이 도는 갈색이었다. 스위스 치즈처럼 작은 구멍이 군데군데 뚫려 있었다. 얕은 구멍의 테두리는 닳았지만, 천장에 있는 구멍은 정교했고 테두리는 날카로워 보였다.

천장 위의 동그란 구멍에서 비치는 빛은 자연적인 동굴 구멍에서 나오는 것 같았지만, 크기가 더 컸다. 이곳은 너 밝은 곳으로 향하는 입구였다. 멜라니는 더 많은 사람들이 있다는 생각에 들떠 있었다. 하지만 나는 잔뜩 긴장했고, 눈가리개로 가리는 것이 앞을 보는 것보다 차라리 나을 수도 있겠다는 생각이 들었다.

젭이 한숨을 쉬며 낮은 목소리로 말했다. "미안해." 목소리가 너무 낮아서 나밖에 듣지 못한 듯했다.

나는 침을 삼키려 했지만 그럴 수 없었다. 머리가 어지러웠는데, 아마 배고픔 때문이리라. 손을 덜덜 떨고 있는 나를 젭이 통로 속으로 밀어 넣었다.

통로를 지나자 너무나 넓은 방이 나와서, 펼쳐진 광경을 믿을 수 없을 정도였다. 천장은 너무나 밝고 높았다. 마치 인공적으로 만든 하늘 같았다. 방 안을 비추는 밝은 빛의 정체를 보려 했지만, 따가운 불빛이 눈을 찔러 아프기만 할 뿐이었다.

나는 웅성거리는 소리가 더 커질 거라고 기대했다. 그러나 커다란 동굴 안은 갑자기 쥐 죽은 듯이 조용해졌다.

비현실적으로 높고 밝은 천장에 비하면 바닥은 어둑했다. 이윽고 나는 모든 형체를 눈으로 확인할 수 있었다.

군중들. 그 말밖에 할 수 없었다. 아무 말 없이 돌처럼 굳은 군중들이 불타는 듯한 증오로 가득 찬 눈빛으로 나를 노려보고 있었다. 멜라니는 너무 놀라 사람들의 숫자를 세는 것 이외에는 아무것도 하지 못했다. 열, 열다섯, 스물…, 스물다섯, 스물여섯, 스물일곱….

나는 몇 명의 사람들이 있는지 따위는 신경 쓰지 않았다. 그건 중요하지 않다고 멜라니에게 말하려 했다. 나를 죽이기 위해, 아니 우리를 죽이기 위해 스무 명의 사람들이 필요하지는 않을 것이다. 나는 우리가 처한 상황이 얼마나 위험한지 말하려 했지만, 멜라니는 꿈도 꾸지 못했던 수많은 사람들을 보고 어쩔 줄 몰랐다.

군중 속에서 한 사람이 걸어 나오자 나는 그가 손에 무기를 들고 있지 않은지 먼저 살폈다. 그는 주먹을 불끈 쥐고 있었지만, 상대방을 위협하는 무기는 들고 있지 않았다. 내 눈은 곧 밝은 빛에 익숙해졌고, 햇볕에 검게 그을린 그의 피부를 바라보았다.

그리고 남자의 얼굴을 쳐다본 순간, 나는 갑작스런 희망에 숨이 멎을 듯했다.

14

논쟁하다

그를 보자 가슴이 벅찼다. 다시는 볼 수 없을 거라고, 영원히 헤어졌다고 생각했는데 그를 이곳에서 다시 보게 되다니…. 나는 그 자리에 얼어붙은 채 아무런 반응도 할 수 없었다. 젭 삼촌의 얼굴을 보고 싶었고, 그가 사막에서 말했던 슬픈 소식을 이해하려 했지만, 갑자기 나타난 그에게서 눈길을 뗄 수 없었다. 나는 믿기지 않는 표정으로 제러드의 얼굴을 계속 바라보았다.

멜라니의 반응은 달랐다.

"제러드." 그녀는 울부짖었다. 목이 아파서 쉰 소리만 겨우 나왔다.

강한 의지로 사막에서 나를 밀어붙였듯 멜라니는 또 다시 그 자리에 얼어붙은 내 몸을 앞으로 힘껏 밀었다. 달랐던 점은, 이번에는 거의 강제적이었다는 것이다.

그녀를 막을 수 없었다.

멜라니는 그를 향해 팔을 뻗으며 앞으로 나아갔다. 나는 머릿속으로 그녀에게 소리치며 경고했지만, 그녀는 내 말을 듣지 않았다. 그녀는 내가 그곳에 있다는 사실조차 의식하지 않는 듯했다.

멜라니가 그를 향해 나아가는 걸 막으려는 사람은 나 이외에는 아무도 없었다. 그녀는 손에 닿을 만큼 가까이 그에게 다가갔지만, 내가 보는 것을 여전히 보지 못했다. 몇 달 동안 떨어져 있는 동안 그의 얼굴이 어떻게 변했는지, 얼마나 굳은 얼굴이 되었는지, 표정과 윤곽이 얼마나 달라졌는지 깨닫지 못했다. 그녀가 기억하는, 항상 그의 얼굴을 떠나지 않던 미소는 이 새로운 얼굴에는 어울리지 않는다는 걸 알지 못했다. 그의 얼굴은 어둡고 위험하게 변했고, 예전과는 사뭇 다른 표정을 짓고 있었다. 그녀는 이 모든 걸 보지 못하고 있었다. 아니면 애써 외면하는 것이든지.

하지만 그의 손이 먼저 내게 닿았다.

나의 손가락으로 멜라니가 그를 만지기 전에, 그는 팔을 뻗어 손등으로 내 얼굴을 내리쳤다. 그 충격이 너무 커서 나는 바닥에 머리를 세게 부딪쳤다. 쓰러지면서 몸이 부딪치는 둔탁한 소리가 들렸지만, 나는 그걸 느낄 수 없었다. 머릿속에서 두 눈이 돌아갔고, 귓속에서는 윙윙 소리가 울렸다. 의식을 잃을 것 같은 어지럼증이 들었지만 나는 이를 악물고 참았다.

'어리석었어! 정말 어리석었어!' 나는 그녀에게 소리쳤다. '그러지 말라고 했잖아.'

'제러드가 여기 있어! 제러드가 살아 있어! 제러드가 이곳에 있다고!' 하지만 멜라니는 아직 기쁨에만 가득 차 있는 상태였고, 마치 노래를 부르는 것처럼 흥얼거리기만 했다.

나는 두 눈에 초점을 맞추려 했지만, 이상하게도 천장은 눈이 부실 정도로 밝았다. 빛을 피해 고개를 돌린 다음 북받쳐 오르는 눈물을 억누르자,

그제서야 칼에 베인 듯한 통증이 얼굴에 느껴졌다.

고작 한 대 맞았을 뿐인데, 그 통증은 견딜 수 없을 정도였다. 나는 갑작스럽게 당한 일격을 꾹 참아내고 있었다. 어설프게 희망 따위를 가졌던 내가 바보였다.

내 옆에서 발을 끄는 소리가 났다. 내 눈은 본능적으로 그 발길을 따라갔다. 젭 삼촌이 나를 내려다보며 서 있었다. 그는 한 손을 내게 내밀었지만, 시선은 돌린 채였다. 나는 신음소리를 내며 고개를 약간 들어올려 주변을 둘러보았다.

제러드가 우리를 향해 걸어오고 있었다. 그의 얼굴은 사막에서 보았던 야만인들의 얼굴과 똑같았다. 그러나 분노에 찬 그의 얼굴조차 위협적이라기보다는 아름다웠다. 심장이 멎는 것 같다가 불규칙적으로 박동했다. 나 자신을 비웃고 싶었다. 그는 나를 때렸고, 아마 죽이려 할 것이다. 그런데 그가 아름답다는 것이, 내가 그를 사랑했다는 것이 무슨 상관이란 말인가?

나는 그가 나에 대한 살의보다는 분노를 더 크게 느끼기를 바랐다. 그 마음이 통했음인지 그의 얼굴에서 누군가를 진정으로 죽이려 하는 마음은 느낄 수 없었다.

젭과 제러드는 잠시 서로를 마주보았다. 제러드는 입술을 꼭 깨문 채였지만, 젭의 얼굴은 평온했다. 아무런 말도 없이 계속되던 신경전은 제러드가 갑자기 분노의 숨을 내쉬며 뒤로 한 걸음 물러서면서 끝났다.

젭은 한 손으로 내 손을 잡고, 다른 한 손으로 내 등을 잡은 채 나를 일으켜 세웠다. 머리가 빙빙 돌며 어지럼증과 통증이 느껴졌고, 속이 메슥거렸다. 며칠 동안 속이 비어 있지 않았다면 속에 든 것을 모두 토해내고 말았을 것이다. 발이 바닥에 닿지 않고 둥둥 떠다니는 것 같았다. 나는 비틀거리면서 앞으로 나아갔다. 젭은 팔꿈치를 잡아 내가 서 있을 수 있도록 도와주었다.

제러드는 이를 드러낸 채 얼굴을 찡그리며 그 모든 모습을 바라보고 있었다. 멜라니는 바보 멍청이처럼 또 다시 그에게 다가가려고 애썼다. 그러나 그의 모습을 보고 충격에 휩싸인 나는 그녀처럼 어리석게 굴지 않았다. 멜라니는 다시 끼어들지 못할 것이다. 나는 그녀를 내 머릿속에 꼭꼭 가두어 둘 것이다.

'그냥 조용히 있어. 그가 날 싫어하는 걸 아직도 모르겠어? 네가 어떤 말을 하더라도 상황은 더 악화될 뿐이야. 우리는 죽은 몸이야.'

'하지만 제러드가 살아 있잖아. 그가 지금 여기에 있다고!' 멜라니는 낮은 소리로 중얼거렸다.

동굴 안에 깃들어있던 정적이 깨졌다. 마치 내가 어떤 원인이라도 제공한 것처럼, 사방에서 동시에 속삭이는 소리가 들리기 시작했다. 그 소리들이 무엇을 의미하는지 전혀 이해할 수 없었다.

사람들을 찬찬히 둘러보았다. 모두 성인이었고, 체격도 나이도 거의 비슷해 보였다. 하지만 내가 찾는 사람이 보이지 않자 다시금 마음이 아파왔다. 멜라니는 또 다시 사람들에게 질문을 던지려 했다. 나는 그녀가 아무 말도 하지 못하도록 온힘을 다하여 막았다. 이곳에 보이는 것이라곤 낯선 사람들의 얼굴과 제러드의 얼굴에 나타난 분노와 증오뿐이었다.

낮은 목소리로 속삭이는 여러 사람들 사이로 한 남자가 걸어 나왔다. 큰 키에 호리호리한 체격의 그는 다른 이들보다 눈에 띄는 두상을 가지고 있었다. 깨끗하게 손질한 머리칼은 갈색 같기도 했고 짙은 금발 같기도 했다. 부드러운 머리 색깔과 긴 몸매처럼, 그의 얼굴 역시 갸름하고 온화했다. 그의 얼굴에는 다른 사람들처럼 분노가 어려 있지 않았기에 그는 내 눈길을 사로잡았다.

그는 높은 직위에 있는 사람인 듯 다른 이들은 그가 앞으로 나갈 수 있도록 길을 만들어 주었다. 다만 제러드만이 그에게 경의를 표하지 않았다.

제러드는 똑바로 서서 오직 나만 노려보고 있었다. 호리호리한 그 남자는 바닥에 있는 장애물에는 아무 신경도 쓰지 않는 것처럼 제러드 주변을 맴돌았다.

"좋아, 좋아." 그는 제러드 주변을 돌다가 내게로 와서, 이상할 정도로 유쾌한 목소리로 입을 열었다. "자, 무슨 일인지 말해 봐."

그러자 옆에 서 있던 매기 고모가 나서며 대답했다.

"젭이 사막에서 찾아냈어. 예전에는 우리 조카 멜라니였지. 어쨌든 지금은 젭이 지시한 대로 따르고 있는 것처럼 보여." 매기는 기분 나쁜 눈빛으로 젭을 노려보았다.

"음." 키 크고 마른 남자가 호기심 어린 눈빛으로 나를 쳐다보며 중얼거렸다. 그는 마치 나를 감정하는 것처럼 쳐다보며 흐뭇한 표정을 지었다. 하지만 그가 무엇을 보고 좋아하는지 도무지 가늠할 수 없었다.

나는 그의 시선을 피하며 다른 여자를 쳐다보았다. 그의 팔에 손을 올린 채, 주변을 둘러보고 있는 젊은 여자였다. 그녀의 선명한 머리칼이 맨 먼저 눈에 들어왔다.

'샤론!' 멜라니가 소리쳤다.

내가 그녀를 알아보는 걸 느낀 샤론의 얼굴이 차갑게 굳었다.

나는 멜라니에게 조용히 하라고 지시했다. '쉿!'

"음." 키 큰 남자가 다시 고개를 끄덕이며 말했다. 내게 손을 내밀던 그는 내가 뒤로 물러서며 젭 곁에 다가가자 놀라는 표정이었다.

"괜찮아." 남자는 미소를 지으며 내게 말했다. "난 널 해치지 않아."

그는 다시 내게 다가왔다. 나는 방금 전처럼 젭 곁으로 움츠러들었지만, 젭은 팔을 구부리며 나를 앞으로 밀었다. 키 큰 남자는 내 턱을 만지며 고개를 돌렸는데, 예상했던 것보다 부드러운 손길이었다. 그가 손끝으로 내 목덜미를 만지는 게 느껴졌다. 나는 그가 삽입 과정 때 생긴 상처자국을 검사하고 있다는 걸 알아차렸다.

나는 곁눈으로 제러드의 얼굴을 흘깃 쳐다보았다. 제러드는 키 큰 남자의 행동에 분개하고 있었고, 나는 곧 그 이유를 알 수 있었다. 그가 내 목에 있는 연한 분홍색 상처자국을 얼마나 증오하는지 알 수 있었다.

제러드는 얼굴을 찡그렸지만, 그의 얼굴에서 분노는 사라진 채였다. 눈썹을 치켜 올린 그의 얼굴은 화가 났다기보다는 당혹스러워 보였다.

키 큰 남자는 손을 내리고 내게서 멀어져 갔다. 그의 입술은 굳게 닫혀 있었고, 눈빛은 무언가를 힐난하는 것처럼 번쩍였다.

"최근에 과로, 탈수, 영양실조에 시달린 점을 제외하고는 건강해 보이는군. 물은 충분히 마시게 했을 테니 탈수 현상은 해결되었겠고, 그럼 됐어." 그는 마치 손을 씻는 것처럼 이상하고 무의식적인 동작을 취했다. "자, 시작하지."

그의 말과 짧은 설명이 맞아 떨어졌고, 그제서야 나는 상황을 이해할 수 있었다. 나를 해치지 않겠다고 약속한 부드러운 인상의 남자는 의사였다.

젭 삼촌은 무겁게 한숨을 쉬더니 두 눈을 감았다.

의사는 내게 손을 내밀며 자신의 손을 잡으라는 시늉을 했다. 나는 등 뒤로 두 주먹을 불끈 쥐고 있었다. 그는 조심스럽게 나를 쳐다보면서 내 눈빛에 비치는 공포를 살폈다. 그의 입언저리가 살짝 내려갔지만, 찡그리는 표정은 아니었다. 의사는 어떻게 일을 진행해야 할지 생각하고 있는 듯했다.

"카일, 이안?" 그는 목을 길게 빼더니, 군중을 둘러보며 방금 자신이 호명한 사람들을 찾았다. 검은 머리칼의 두 형제가 앞으로 걸어 나오자, 나는 아까의 상황이 생각나 다리가 후들거렸다.

"좀 옮겨 주었으면 좋겠는데…" 의사는 카일 옆에 서자 별로 커 보이지도 않았다.

"안 됩니다."

갑작스런 소리에 모두들 고개를 돌려 대립하는 두 사람을 쳐다보았다. 나는 굳이 고개를 돌리지 않고도 그 목소리의 주인공을 알 수 있었다.

제러드의 눈썹이 잔뜩 찌푸려진 채였고 입술은 이상하게 일그러져 있었다. 수많은 감정이 한데 뒤섞인 듯한 그의 얼굴을 도저히 설명해낼 수가 없었다. 분노, 반항, 혼란, 증오, 두려움, 그리고 고통….

의사가 눈을 깜박였다. 그의 얼굴에는 놀란 기색이 역력했다. "제러드? 문제라도 있나?"

"그렇습니다."

모두들 잠자코 기다렸다. 젭은 웃음이라도 참는 것처럼 입술 꼬리를 아래로 내리고 있었다. 만약 정말 웃음을 참는 것이라면 젭은 이상한 유머 감각을 갖고 있는 것이다.

"무슨 문제인가?" 의사가 물었다.

제러드가 대답했다. "뭐가 문제인지 말씀드리죠. 그걸 언제나처럼 실험대에 올리는 것과 지금 죽여 버리는 게 도대체 무슨 차이가 있는지 모르겠습니다."

내가 공포로 몸을 떨자 젭이 내 팔을 도닥여주었다.

의사는 다시 눈을 깜박거렸다. "글쎄." 그는 그 말밖에 하지 않았다.

제러드는 자신이 던진 질문에 대답했다. "차이점은, 지금 젭이 총으로 쏴 죽여 버리면 적어도 깨끗하게 죽는다는 겁니다."

"제러드." 의사의 목소리는 내게 말했을 때처럼 부드러웠다. "우리는 매번 많은 것을 배우잖아. 아마 이번에는…."

"저런!" 제러드는 콧방귀를 뀌었다. "별로 나아진 게 없는 것 같은데요."

'제러드가 우리를 보호해줄 거야.' 멜라니의 생각이 희미하게 들렸다.

대답이 금세 말로 튀어나올 만큼 집중하기가 힘들었다. '우리가 아니라 네 몸이겠지.'

'둘 다 마찬가지야…' 그녀의 목소리는 마치 내 머리 바깥 멀리서 들리는 것처럼 희미했다.

샤론은 한 발자국 앞으로 나아가 의사 앞에 섰다. 이상할 정도로 방어적인 자세였다.

"기회를 낭비할 필요는 없어." 그녀는 매섭게 말했다. "제러드, 당신에게 힘들다는 건 우리 모두 잘 알지만, 결국 당신이 결정할 문제는 아니야. 다수를 위해 무엇이 가장 좋을지 결정하는 건 우리야."

제러드는 샤론을 노려보았다. "말도 안 돼." 그는 으르렁거리며 말했다.

속삭이는 투는 아니었지만 그의 말은 아주 조용하게 들렸다. 사실, 주변이 정말로 갑자기 조용해진 상태였다. 샤론은 입술을 실룩거리며 악의적으로 제러드를 손가락질했지만, 내겐 쉿쉿 하는 소리밖에 들리지 않았다. 두 사람 가운데 어느 누구도 발을 떼지 않았다. 그러나 그들은 서서히 내게서 멀어져가는 것 같았다.

짙은 머리칼의 두 형제가 분노에 찬 얼굴로 제러드에게 다가가는 모습이 보였다. 손을 번쩍 들어 막고 싶었지만, 팔에 기운이 없어 맥이 빠졌다. 제러드의 얼굴은 벌겋게 달아올랐고, 목의 힘줄은 소리치는 것처럼 부풀어 올랐다. 그러나 아무 소리도 들리지 않았다. 젭은 내 팔을 놓았고, 그가 들고 있는 총이 내 옆에서 흔들리는 게 보였다. 총은 나를 겨누지 않았지만 나는 반사적으로 움츠러들며 피했다. 그 때문에 균형 감각이 깨졌고, 방이 한쪽 방향으로 서서히 기울어지는 것처럼 느껴졌다.

"제이미." 나는 한숨을 쉬었고, 눈앞에서 빛이 어른거렸다.

매서운 표정으로 나를 내려다보고 있는 제러드의 얼굴이 보였다.

"제이미?" 나는 다시 숨을 내쉬면서 말했다. 이번에는 그의 모습이 맞는지 확신이 서지 않았다. "제이미?"

젭의 무뚝뚝한 목소리가 어디선가 들려왔다.

"애는 괜찮아. 제러드가 여기까지 데려왔어."

나는 제러드의 고통스런 얼굴을 쳐다보았지만, 그의 얼굴은 내 눈동자 뒤 어둠 속으로 사라져버렸다.

"고마워." 나는 낮은 소리로 속삭였다.

그런 다음 곧 의식을 잃고 어둠 속으로 빠져들었다.

15

보호 받다

정신이 들자 방향 감각을 되찾을 수 있었다. 내가 어디에 있는지도 정확히 인지할 수 있었다. 두 눈을 감자 호흡은 일정해졌다. 나는 의식을 되찾았다는 사실 이외에, 내가 어떠한 상황에 처해 있는지 알기 위해 애썼다.

배가 고팠다. 아무것도 먹지 못해 뒤틀린 뱃속에서 이상한 소리가 났다. 나는 의식을 잃고 쓰러졌지만, 뱃속은 그렇지 않았을 것이다. 잠을 자는 동안 뱃속은 끊임없이 소리를 내며 불평했을 게 분명했다.

머리가 심하게 아팠다. 피곤 때문인지, 얻어맞았기 때문인지 가늠할 수가 없었다.

나는 딱딱한 바닥에 누워 있었다. 바닥은 거칠었고 얽은 자국이 있었다. 평평하지 않은 바닥은 마치 얕은 통 안에 누워 있는 것처럼 이상한 곡선을 그리고 있었다. 불편했다. 구부정한 자세를 취하고 있어서 등과 엉덩이가 욱신거렸다. 아마 몸이 욱신거려서 의식을 되찾은 것이리라. 쓰러져 있었지만 휴식을 취한 것 같지도 않았다.

주변은 어두웠는데, 그건 눈을 뜨기 전에도 알 수 있었다. 어두컴컴한 정도가 아니라 주위가 칠흑처럼 어두웠다.

곰팡이 냄새가 이전보다 더 심하게 났다. 공기는 축축했고, 목구멍 뒤에서 특이하고 역한 냄새가 나는 것 같았다. 기온은 사막에 있을 때보다 더 낮았지만, 이유를 알 수 없는 습도 때문에 불쾌하기는 마찬가지였다. 다시 땀이 나기 시작했고, 젭에게 얻어 마셨던 물이 땀구멍을 통해 빠져나왔다.

내 숨소리가 바로 근처에서 메아리치는 것이 들렸다. 벽이 가깝기 때문일 수 있지만, 공간 자체가 매우 협소한 것 같았다. 조심스럽게 귀를 기울였다. 반대편에서 들리는 메아리는 아마도 내 숨소리겠지.

젭이 나를 데리고 온 동굴 안이라 짐작했으므로, 눈을 뜨면 무엇이 보일지도 알 수 있었다. 나는 치즈 구멍처럼 나 있는, 짙은 보라색이 도는 갈색 바위의 작은 구멍 안에 있는 게 틀림없었다.

내 몸에서 나는 소리 이외에는 아무 소리도 들리지 않고 적막했다. 눈을 뜨기 두려웠다. 나는 온몸의 감각을 깨우고 귀를 기울였다. 그러나 역시 아무 소리도 들리지 않자, 도무지 이해할 수가 없었다. 그들은 보초도 세우지 않고 나를 여기 혼자 내버려둔 걸까? 항상 총을 들고 있는 젭 삼촌이든 그보다 동정심이 덜한 다른 사람이든 아무도 없이 홀로 내버려 둔 것은⋯. 그들의 잔인한 성격과 나라는 존재에 대한 두려움과 증오와는 어울리지 않는 행동이었다.

만약 그렇지 않다면⋯.

침을 삼키려 했지만 두려움 때문에 침이 목구멍으로 넘어가지 않았다. 그렇지 않다면 그들은 나를 혼자 내버려두지 않았을 것이다. 내가 죽었다고 생각했거나 혹은 곧 죽을 거라고 확신한 게 분명했다. 이 동굴은 아무도 되돌아오지 못하는 장소임이 틀림없었다.

머릿속에 그리던 그림이 어지럽게 변하기 시작했다. 깊은 땅 밑이나 무덤 속에 매장된 것일 수도 있었다. 호흡이 가빠지기 시작했고, 산소가 부족한 건 아닌지 공기를 깊숙이 들이마셔 보기도 했다. 소리를 지르기 위해 폐 속에 공기를 가득 채우자 폐 주변의 근육이 팽창했다. 그리고 공기가 빠져나가지 않도록 이를 악물었다.

머리 근처에서, 무언가가 삐걱거리는 소리가 날카롭게 울렸다.

나는 소리를 질렀고, 비명 소리가 좁은 공간 안에 날카롭게 울렸다. 두 눈을 번쩍 떴다. 불길한 소리에 몸을 홱 움직이면서, 나는 들쭉날쭉한 바위 벽에 몸을 내던졌다. 그리고 얼굴과 머리가 낮은 천장에 부딪히지 않도록 보호하기 위해 두 손으로 얼굴을 감쌌다.

갇힌 동굴 구멍 안으로 이어지는 동그란 입구를 통해 희미하게 불빛이 비쳐 들어왔다. 한쪽 팔을 내게 향한 채 입구를 통해 내민 제러드의 얼굴이 보였다. 입술은 화가 난 것처럼 꾹 다물고 있었다. 겁에 질린 내 반응을 보자 그의 이마에 난 혈관이 움직였다.

그는 꼼짝도 하지 않고 화난 표정으로 나를 가만히 노려보았다. 거칠던 내 숨소리는 다시 잦아들기 시작했다. 호수처럼 잔잔하던 그의 눈빛이 갑작스레 떠올랐다. 내 감방 밖에서 그가 보초를 서고 있으리라고는 생각도 하지 못했다.

그러나 분명히 다른 어떤 소리가 들렸다. 제러드가 팔을 더 가까이 내밀었고, 삐걱거리는 소리가 또 다시 들렸다. 나는 아래를 내려다보았다. 내 발치에 부서진 플라스틱 쟁반이 놓여 있었고, 그 위에는….

나는 황급히 물병을 집어 들었다. 물병을 입에 갖다 대자 그가 못마땅한 표정으로 날 쳐다보고 있는 건 신경도 쓰지 않았다. 나중에는 곤란해질 수도 있겠지만, 그 순간에 중요한 건 오직 물밖에 없었다. 그렇게 다급하게 물을 찾을 일이 다시 있을까? 이곳에서 내 삶이 연장된다 해도, 그럴 일은 없을 것 같았다.

제러드의 모습이 둥근 입구 밖으로 사라져버렸다. 입구를 통해 보이는 것이라곤 소맷자락뿐이었다. 그의 옆 어디에선가 희미한 빛이 비쳐 들어왔다. 푸르스름한 빛이 도는 전등 불빛이었다.

물병을 절반 정도 비웠을 때 새로운 냄새가 코끝을 자극했고, 물 이외에 또 다른 게 있다는 걸 감지했다. 나는 쟁반을 내려다보았다.

음식이 있었다. 나를 죽이지 않으려는 건가?

쟁반 위에 놓인 것은 빵이었다. 짙은 색깔에 울퉁불퉁한 모양의 롤빵이었는데, 처음 맡아보는 냄새였다. 양파 냄새가 나는 맑은 수프도 있었다. 가까이서 살펴보자, 수프 아래에는 짙은 색깔의 건더기도 보였다. 그 옆에는 짤막한 흰색 야채 세 개가 있었는데, 종류를 알 수 없는 것이었다.

음식을 발견하자마자, 뱃속에서는 먹을 것을 달라고 아우성을 쳤다.

우선 손으로 빵을 찢었다. 빵에 박혀 있던 통곡물이 치아 사이에 끼었다. 질감은 거칠었지만 맛은 놀라울 정도로 풍부했다. 그렇게 맛있는 것은 한 번도 맛본 적이 없었다. 찌그러진 트윙키보다 훨씬 더 맛있었다. 가능한 한 빨리 음식을 씹었지만, 결국 입에 든 빵을 절반도 씹지 않은 채 목구멍으로 넘겼다. 빵을 넘길 때마다 배에서 꾸르륵 소리가 났다. 뱃속이 너무 오랫동안 비어 있었기 때문에, 갑자기 음식이 들어가자 속이 부대꼈다.

불편한 뱃속은 무시한 채 이번에는 수프를 먹기 시작했다. 수프는 더 쉽게 목구멍을 타고 내려갔다. 양파 향이 나는 수프는 정말 부드러웠고 초록색 덩어리는 말랑말랑했다. 나는 그릇이 더 깊었으면 좋겠다는 생각을 하며 그릇째 들고 수프를 마셨다. 그리고 남아 있는 수프도 모두 핥아 먹었다.

흰색 야채를 씹자 우두둑 소리가 났다. 나무 맛이 나는 그것은 아마도 뿌리 야채인 것 같았다. 수프처럼 먹기 쉽지도 않았고 빵처럼 맛있지도 않았지만, 양이 넉넉해서 만족스러웠다. 배는 아직 차지 않았고, 씹을 수 있다면 쟁반도 먹어치울 수 있을 것 같았다.

음식을 다 먹고 나서야, 그들이 내게 음식을 주었을 리 없다는 생각이 들었다. 제러드가 의사와 더 이상 대립하지 않는 것일까? 그렇다 하더라도 제러드가 왜 나를 지켜주는 거지?

나는 텅 빈 쟁반을 옆으로 밀었다. 하지만 쟁반이 덜그덕 거리는 소리에 나도 모르게 쭈뼛했다. 벽에 등을 기댄 채 앉아 있는데, 제러드가 손을 뻗어 쟁반을 치웠다. 이번에는 나를 쳐다보지 않았다.

"고마워요." 나는 사라지는 제러드를 보며 낮은 목소리로 말했다. 제러드는 아무 말도 하지 않았다. 그의 얼굴에는 아무런 변화가 없었다. 이번에는 그의 소맷자락조차 보이지 않았다. 그러나 나는 그가 그곳에 있다는 걸 확신할 수 있었다.

'그가 나를 때리다니 믿기지 않아.' 멜라니가 조용히 말했다. 화가 났다기보다는 도저히 믿을 수 없다는 태도였다. 아직도 놀라움이 가시지 않은 것 같았다. 나도 처음에는 믿기지 않았다. 그러나 그가 날 때린 건 분명한 사실이었다.

'넌 어디 있었던 거야?' 멜라니에게 물었다. '나를 이런 상황에 혼자 내버려두고 사라진 건 너무했어.'

그녀는 비난하는 듯한 내 어조에 아랑곳하지 않았다. '그가 그러리라고는 생각지도 못했어. 나라면 그를 절대로 못 때릴 텐데.'

'아니, 넌 할 수 있어. 그가 이글거리는 눈빛으로 네게 다가가면, 너도 똑같이 그랬을 거야. 넌 선천적으로 폭력적이니까.' 나는 멜라니가 수색자를 목 졸라 죽이는 모습을 상상하던 때를 떠올렸다. 몇 달 전 일이었지만, 며칠 전처럼 또렷하게 떠올랐다. 차라리 더 오래전이라면 이해가 갈 것이다. 그렇게 짧은 시간에 이런 끔찍한 상황에 처했다는 게 도저히 믿기지 않을 뿐이었다.

멜라니는 공정하게 생각하려고 애썼다. '난 그렇게 생각하지 않아. 난 절대 제러드를 해칠 수 없어. 제이미도 말야. 심지어 그 애가…' 멜라니는 말끝을 흐렸다. 그런 생각을 떠올리는 것조차 끔찍한 것 같았다.

틀린 말은 아니었다. 제이미가 다른 무엇 혹은 다른 누군가가 되었다 해도, 멜라니와 나는 그에게 손찌검을 하지 못할 것이다.

'그건 달라. 넌 제이미에게 어머니와 같은 존재야. 이곳 행성의 어머니는 비이성적이고 지나치게 감성적이지.'

'모성은 항상 감성적인 거야. 너희들 소울들에게도.'

나는 그 말에는 아무 대답도 하지 않았다.

'이제 어떻게 될 것 같아?'

'인간에 대해선 네가 더 잘 알잖아.' 나는 멜라니에게 그 사실을 상기시켰다. '그들이 내게 음식을 준 건 좋은 일이 아닌 것 같아. 나를 살려 두는 이유는 하나밖에 없어.'

잔혹한 인간 역사에 대한 기억이 며칠 전 신문에서 읽었던 잔인한 사건들과 함께 뒤엉켰다. 멜라니가 실수로 뜨거운 팬을 잡는 바람에, 오른쪽 손 지문이 모두 없어지는 사고를 당했던 기억이 떠올랐다. 통증이 얼마나 고통스러웠는지도 기억났다. 미처 대비하지 못할 정도로 예리하고 견디기 힘든 고통이었다.

그러나 그것은 단순한 사고일 뿐이었다. 멜라니는 재빨리 얼음으로 응급 처치를 받은 후 약도 발랐다. 고의적으로 그런 사고를 저지르는 인간은 아무도 없다. 첫 번째 신체적 고통에 대한 기억에 이어서 더 많은 기억들이 떠올랐다….

나는 그런 고통들이 산재한 행성에는 살아본 적이 없었다. 그런 면에서 지구라는 행성은 진정 가장 고귀하면서도 가장 추한 곳인 듯했다. 가장 아름다운 감각을 느낄 수 있고, 가장 미묘한 감정을 느낄 수 있지만, 가장 악의적인 욕망이 들끓고 가장 잔혹한 행동이 벌어지는 곳이기도 했다. 지구는 원래 그런 곳인 것 같았다. 가장 추한 면이 없다면 가장 고귀한 면도 없으리라. 그렇다면 소울들은 이곳의 어둠일까, 빛일까?

'그가 널 때렸을 때, 뭔가가 느껴졌어…' 멜라니가 내 생각을 가로막으며 끼어들었다. 마치 아무런 생각도 하기 싫은 것처럼, 그녀는 한 마디 한 마디 천천히 말했다.

'나도 느꼈어.' 멜라니와 함께 오랜 시간을 보낸 이후, 내 말투도 자연스럽게 빈정거리는 투가 되었다는 게 놀라웠다. '손등으로 때렸다는 거지, 그렇지?'

'내가 말하려는 건 그게 아니야. 내 말은…' 그녀는 오랫동안 망설였다. 그러더니 단숨에 말을 내뱉었다. '우리가 그에 대해 느끼는 감정은 오로지 나만의 감정이었어. 내가 감정을 통제하고 있다는 생각을 했거든.'

그녀의 생각은 입 밖으로 내뱉는 말보다 더 분명하고 또렷했다.

'넌 너무나 간절히 원했기 때문에 날 이곳까지 데려올 수 있다고 생각했어. 그리고 날 제어하고 있다고 생각했지.' 나는 화내지 않으려고 애썼다. '넌 나를 조종하고 있다고 생각했어.'

'맞아.' 그녀의 어조가 유감스럽게 들렸던 것은 내가 화를 냈기 때문이 아니라 자신이 틀렸다는 사실을 인정하기 싫었기 때문이다. '하지만…'

나는 아무 말도 하지 않고 기다렸다.

또 다시 그녀는 단숨에 말을 내뱉었다. '너 역시 그를 사랑하고 있어. 내가 느끼는 감정과는 달라. 그가 우리와 함께 있었을 때, 네가 그를 처음 만났을 때는 미처 알지 못했어. 대체 어떻게 그런 일이 일어난 거지? 한 뼘도 안 되는 벌레가 어떻게 인간을 사랑할 수 있다는 거야?'

'벌레라고?'

'미안해. 난 너한테 더듬이 같은 게 있을 거라고 생각했어…'

'더듬이라기보다는 안테나 같은 거야. 그리고 몸을 펴면 한 뼘은 더 돼.'

'중요한 건, 그가 네 종족과는 다르다는 사실이야.'

'내 몸은 인간이야.' 나는 그녀에게 말했다. '내가 몸에 붙어 있는 한, 나역시 인간이야. 그리고 네가 기억 속에서 제러드를 바라보는 눈빛…, 그것 때문이야. 그건 모두 네 잘못이라고.'

멜라니는 잠시 동안 생각에 잠겼다. 그녀는 머릿속에 떠오르는 생각들을 몰아내고 싶어 했다.

'툭슨으로 가서 새로운 몸을 얻었다면, 넌 더 이상 그를 사랑하지 않았을까?'

'그랬으면 좋았을 텐데.'

우리 둘 가운데 어느 누구도 그 대답에 기뻐하지 않았다. 나는 무릎에 머리를 기대었다. 멜라니는 화제를 바꾸었다.

'적어도 제이미는 안전해. 제러드가 그를 돌볼 거야. 만약 내가 제이미 곁을 떠나야 한다면, 제러드에게 맡기는 편이 가장 안전하니까…. 제이미가 보고 싶어.'

'그만 좀 해!' 나는 몸을 움츠렸다.

그러면서도 그 소년의 얼굴이 간절히 보고 싶었다. 제이미가 실제로 이곳에 있다는 사실을, 무사히 있다는 사실을 확인하고 싶었다. 그리고 음식을 먹고 보살핌을 받고 있는 걸 확인하고 싶었다. 누군가 나처럼 정성껏 그를 돌봐주기 바랐다. 밤이 되면 누군가 그에게 자장가를 불러 주고 이야기를 들려줄까? 화난 얼굴로 변한 제러드가 그런 사소한 것까지 생각해줄까? 제이미가 겁에 질릴 때, 움츠린 몸을 안아줄 사람이 있을까?

'내가 여기 있다는 걸 제이미에게 말해 주었을까?' 멜라니가 물었다.

'말했다면 그에게 도움이 될까, 해가 될까?' 내가 되물었다.

그녀는 속삭이는 목소리로 대답했다. '모르겠어…. 내가 약속을 지켰다는 걸 제이미에게 말해주고 싶어.'

'넌 분명히 약속을 지켰어.' 나는 고개를 흔들었다. '항상 그랬던 것처럼, 넌 돌아왔잖아.'

'고마워.' 그녀의 목소리는 희미했다. 그녀가 내 말을 듣고 있는지 혹은 머릿속에 더 큰 그림을 그리고 있는지 알 수 없었다.

갑자기 피곤이 몰려왔고, 그녀 역시 매우 피곤해한다는 걸 느낄 수 있었다. 속도 약간 편안해졌고, 배도 어느 정도 부른 것 같았다. 다른 통증도 잠을 잘 수 없을 만큼 고통스럽지는 않았다. 나는 소리가 날까 몸을 움직이기 전에 머뭇거렸지만, 내 몸은 기지개를 활짝 켜기를 원했다. 가능한 한 조용히 몸을 펴면서, 내가 들어갈 수 있을 정도로 큰 구멍을 찾아보았다. 결국 둥근 입구 밖으로 다리를 뻗어야만 했다. 제러드가 그 소리를 듣고 내가 도망치는 거라고 생각할까 걱정되었지만, 그는 어떤 반응도 보이지 않았다. 나는 팔베개를 하고 누워, 울퉁불퉁한 바닥에 신경 쓰지 않으려고 애쓰면서 눈을 감았다.

잠깐 잠이 든 것 같았지만, 깊은 잠은 아니었다. 정신이 들었을 때, 멀리서 발자국 소리가 들렸다.

이번에는 곧장 눈을 떴다. 변한 건 아무것도 없었다. 희미하고 푸르스름한 불빛이 둥근 구멍을 통해 비쳐 들어왔으나 제러드가 밖에 있는지는 여전히 볼 수 없었다. 누군가가 이곳으로 다가오고 있었다. 발소리가 점점 더 가까워졌다. 나는 입구 밖으로 내밀었던 다리를 안으로 당기고, 가능한 한 조용히 움직이며 다시 벽에 붙어 몸을 동그랗게 말았다. 자리에서 일어나고 싶었다. 자리에 서 있기만 해도, 어떤 상대가 오든 덜 위험할 것 같았다. 하지만 동굴 구멍의 낮은 천장 때문에 무릎을 꿇고 앉아 있는 것도 거의 불가능했다.

내가 갇힌 감옥 밖에서 무언가 움직이는 소리가 났다. 자리에서 일어서는 제러드의 발소리였다.

"여기야." 한 남자가 말했다. 침묵을 깨는 목소리가 너무나 커서 나는 화들짝 놀랐다. 그 목소리가 누구의 것인지 알아채기는 어렵지 않았다. 사막에서 보았던 형제 가운데 한 명, 칼을 들고 있던 카일의 목소리였다.

제러드는 아무 말도 하지 않았다.

"우린 이 방식을 따르지 않을 거야. 제러드." 다른 남자가 말했는데, 카일의 남동생인 이안인 것 같았다. 두 형제의 목소리는 매우 유사했다. 그러나 카일은 항상 고함을 치는 것 같았고 분노에 가득 찬 반면, 이안은 더 책임감이 느껴지는 목소리를 가지고 있었다. "항상 누군가가 죽었어. 아니, 모두 다 죽었어. 이건 말도 안 되는 짓이야." 카일이 투덜거리며 덧붙여 말했다.

"의사에게 맡기지 않으면 결국 죽게 될 거야."

"죄수를 여기 계속 놔둬서는 안 돼." 이안이 말했다. "결국 도망칠 거고 우리가 있는 곳이 드러날 거라고."

제러드는 아무 말도 하지 않았다. 그는 한 발자국 옆으로 움직여 내 감방 입구 정면에 오게 되었다.

두 형제가 하는 이야기를 듣는 동안, 심장이 거칠고 빠르게 박동했다. 제러드는 결국 이길 것이고 나는 고문 당하지 않을 것이다. 그리고 죽지도 않을 것이다. 어쨌든, 당장은 아니겠지. 제러드는 나를 이렇게 죄수로 계속 가두어 둘 것이다.

갑자기 죄수라는 말이 왠지 아름답게 들렸다.

'그가 우리를 보호해 줄 거라고 했잖아.'

"제러드, 괜히 상황을 어렵게 만들지 마." 내가 모르는 남자 목소리가 들렸다. "어차피 해야 할 일이야."

제러드는 아무 말도 하지 않았다.

"널 해치고 싶지 않아, 제러드. 여기 있는 모든 이들은 형제야. 하지만 네가 도와주지 않으면 안 돼." 카일은 괜히 허세를 부리는 게 아니었다. "비켜."

제러드는 꼼짝도 하지 않았다.

심장이 더 빨리 뛰기 시작했고 갈비뼈에 경련까지 일어나는 것 같았다. 폐에 리듬이 깨져 숨 쉬기조차 힘들었다. 멜라니는 겁을 먹고, 말도 제대로 잇지 못했다.

그들은 제러드를 해칠 것이다. 미치광이 같은 인간들이 자신의 종족 가운데 한 명을 해칠 것이다.

"제러드…, 제발 이러지 마." 이안이 말했다.

제러드는 아무 대답도 하지 않았다.

무언가 무거운 것으로 단단한 것을 치는 소리가 들렸다. 숨이 막히는 소리가 들렸고, 거친 숨이 목구멍으로 넘어가는 소리도 들렸다.

"안 돼!" 나는 힘껏 소리치며, 구멍 밖으로 몸을 내밀었다.

16

할당 받다

바위 턱은 매끄럽게 마모되어 있었지만, 밖으로 기어 나가는 동안 손바닥과 정강이가 긁혔다. 뻣뻣한 몸을 일으켜 세우자 통증이 심했고, 숨도 제대로 쉴 수 없었다. 피가 아래로 몰려 머리도 어질어질했다.

내가 알고 싶은 건 오직 하나뿐이었다. 제러드가 어디 있는지. 나는 그와 그를 공격하러 온 자들 사이에 끼었다.

그들은 꼼짝도 하지 않은 채 나를 쳐다보고 있었다. 제러드는 등을 벽에 기대고 불끈 쥔 두 주먹을 아래로 내리고 있었다. 바로 앞에는 카일이 버티고 서 있었다. 이안과 낯선 사람이 제러드를 밀치려고 했지만, 꼼짝도 하지 않는 그를 보고 어쩔 줄 몰라 하는 것 같았다. 나는 그 틈을 이용했다. 나는 큰 보폭으로 걸어가서 카일과 제러드 사이에 섰다.

카일이 먼저 반응을 보였다. 그와 나 사이의 거리는 30센티미터 정도밖에 되지 않았고, 그는 본능적으로 나를 밀치려 했다. 카일은 손으로 내 어깨를 잡더니 나를 바닥에 밀어버렸다. 바닥에 쓰러지기 전에, 무언가가 내 손목을 잡더니 나를 다시 일으켜 세웠다.

하지만 자신의 행동을 깨닫자마자, 제러드는 내 피부에서 산이 흘러나오기라도 하는 것처럼 내 손목을 당장 놓아버렸다.

"안으로 다시 들어가." 그가 내게 고함쳤다. 그도 내 어깨를 밀었지만, 카일처럼 억센 손길은 아니었다. 나는 주춤거리며 벽에 난 구멍 안으로 다가갔다.

좁은 복도에 검정색 둥근 구멍이 나 있었다. 그 작은 감옥 밖으로는 더 길고 더 높은 동굴이 이어졌는데, 둥근 돔 형태라기보다는 긴 튜브 같았다. 어떤 전원을 사용하는지 알 수 없는 작은 전등이 복도 바닥을 희미하게 비추고 있었다. 남자들에게 드리워진 이상한 모양의 그림자가 마치 흉악하게 찌푸린 괴물의 얼굴처럼 보였다.

나는 제러드에게 등을 돌리고 다시 그들을 향해 걸어갔다.

"당신들이 원하는 건 나잖아요." 나는 카일에게 직접 말했다. "그는 가만히 놔둬요."

잠시 동안 침묵이 흘렀다.

"교활한 것." 이안이 마침내 침묵을 깨며 말했다. 그는 두 눈에 혐오를 가득 담고 있었다.

"안으로 들어가라고 했잖아." 제러드가 내 뒤에서 비난하듯이 말했다.

나는 카일을 그대로 지켜보면서 제러드를 향해 몸을 약간만 돌렸다. "당신을 희생하면서 날 보호할 필요는 없어요."

제러드는 얼굴을 찡그리며, 나를 다시 감옥 안으로 밀어 넣으려 했다.

나는 재빨리 빠져나왔다. 그리고 나를 죽이려는 자들을 향해 다가갔다.

이안은 내 팔을 잡더니 등 뒤로 가져가 고정했다. 강렬하게 저항했지만 그의 힘에 대항하진 못했다. 그가 내 팔을 힘껏 구부렸고, 나는 고통스러워하며 숨을 몰아쉬었다.

"그 여자한테 손대지 마." 제러드가 그들에게 돌진하며 소리쳤다.

카일이 그를 뒤에서 움켜잡더니 목을 강제로 눌렀다. 제러드가 몸부림치자 다른 남자가 팔을 잡았다.

"그를 해치지 말아요!" 나는 뒤로 묶인 손을 버둥거리며 소리쳤다.

제러드가 팔꿈치로 카일의 배를 가격했다. 카일은 숨을 몰아쉬며 잡고 있던 제러드를 놓아주었다. 제러드는 사람들에게서 빠져나와 뒤로 물러섰고, 주먹으로 카일의 코를 내리쳤다. 검붉은 피가 벽과 전등에 튀었다.

"죽여 버려, 이안!" 카일이 소리쳤다. 그는 고개를 숙인 채 제러드에게 돌진해서는 다른 사람에게 밀쳐 버렸다.

"안 돼!" 제러드와 내가 동시에 소리쳤다.

이안은 내 팔을 풀더니 목을 조르기 시작했다. 손톱으로 그의 손을 할퀴려 했지만 아무 소용도 없었다. 그는 내 목을 더 세게 잡았고, 나의 발은 공중에서 대롱거렸다.

목이 졸리고 갑자기 숨이 가빠지자 죽음의 고통이 밀려들었다. 나를 죽이려는 손길보다 그 고통으로부터 빠져나오기 위해 나는 몸부림쳤다.

찰칵, 찰칵.

예전에 꼭 한 번 들었던 소리였지만, 나는 그 소리를 곧 알아차릴 수 있었다. 그곳에 있는 모든 사람들도 그 소리가 무엇인지 알아차리고는 모두 그 자리에 얼어붙었다. 이안조차 내 목을 조른 채 꼼짝도 하지 않았다.

"카일, 이안, 브랜트, 뒤로 물러서!" 젭이 소리쳤다.

나만 여전히 손톱으로 이안의 팔을 할퀴며 허공에서 버둥거릴 뿐, 아무도 꼼짝 하지 않았다.

갑자기 제러드가 카일을 공격하더니 곧 나를 덮쳤다. 그의 주먹이 내 얼굴을 향해 다가오는 걸 보며 나는 눈을 감았다.

내 머리 바로 뒤에서 무언가가 강타 당하는 소리가 들렸다. 이안은 악을 쓰며 울부짖었고 나는 바닥에 떨어졌다. 나는 그의 발치에 쭈그린 채 숨을 몰아쉬었다. 제러드는 화난 눈빛으로 나를 쳐다본 다음 젭 옆으로 갔다.

"자네들은 이곳에 온 손님이라는 사실을 잊지 말게." 젭이 으르렁거렸다. "저 아이 일에 간섭하지 말라고 분명히 말했어. 저 아이도 내 손님이야. 다른 사람을 죽이는 손님들은 가만두지 않을 거야."

"젭." 이안이 손으로 입을 막은 채 신음소리를 냈다. "젭, 제발요. 이건 미친 짓이에요."

"어떻게 할 생각인 겁니까?" 카일이 물었다. 피로 얼룩진 그의 얼굴은 보기에도 섬뜩했다. 그러나 고통스러운 기색은 전혀 없었고, 부글부글 끓어오르는 분노만이 가득했다. "우리도 알 권리가 있습니다. 이곳이 안전한 곳인지 그리고 다른 곳으로 떠날 시간이 되었는지 결정해야 한다고요. 앞으로 얼마 동안 이걸 애완동물처럼 데리고 있을 겁니까? 놀이를 마친 후엔 어떻게 처리할 거죠? 우린 이 대답을 들을 권리가 있단 말입니다."

카일이 내뱉은 엄청난 말이 내 머릿속에서 메아리쳤다. 나를 애완동물처럼 데리고 있다고? 젭은 나를 손님이라고 부르지 않았던가…. 손님이라는 말은 죄수와 같은 말인가? 젭은 나를 지키주려는 사람인가, 언젠가 고문을 하고 나의 비밀을 알아내려는 사람인가? 이 두 의도가 한 인간 안에 공존한다는 게 가능할까? 만약 가능하다면, 나는 인간에 대해 다시 정의를 내려야 할 것이다.

"난 아무 대답도 할 수 없어, 카일." 젭이 대답했다. "그건 내가 결정할 문제가 아니야."

젭이 대답하자 그곳에 있던 다른 사람들은 더 혼란스러워진 것 같았다. 카일과 이안, 내가 모르는 낯선 남자 그리고 심지어 제러드까지 충격을 받은 표정으로 젭을 쳐다보았다. 나는 여전히 숨을 몰아쉬며 이안의 발밑에 쭈그린 채, 그들 몰래 다시 구멍 안으로 기어들어갈 방법을 궁리했다.

"당신이 결정할 문제가 아니라고요?" 카일은 여전히 믿기지 않는 표정으로 그에게 되물었다. "그럼 누구에게 달렸단 말입니까? 투표를 할 생각이라면, 이미 결정된 거나 마찬가지예요. 이안과 브랜트와 나에겐 당연히 결정권이 있어요."

젭은 고개를 가로저었다. 그는 카일에게서 단 한 순간도 시선을 떼지 않은 채 결연한 자세로 말했다. "투표는 하지 않을 거야. 이곳은 내 집이야."

"그럼 누가 결정한다는 겁니까?" 카일이 소리쳤다.

마침내 젭의 눈빛이 번득였다. 그는 다른 사람을 쳐다보더니 다시 카일에게 시선을 돌렸다. "제러드가 결정할 걸세."

나를 포함한 모든 사람들의 시선이 제러드에게 향했다.

제러드도 다른 사람들처럼 깜짝 놀란 표정으로 젭을 멍하니 바라보았다. 그런 다음 이를 꽉 물더니 증오에 찬 눈길로 나를 노려보았다.

"제러드라고요?" 카일은 젭을 쳐다보며 물었다. "그건 말도 안 돼요!" 그는 자제력을 잃고 분노를 터뜨렸다. "제러드는 누구보다도 편견이 심합니다. 왜 하필 제러드죠? 그가 이 일에 대해 이성적으로 판단할 수 있다고 생각하는 겁니까?"

"젭, 전 그럴 수…." 제러드가 말끝을 흐리며 중얼거렸다.

"이 애는 자네가 맡아, 제러드." 젭은 단호한 목소리로 말했다. "물론 이런 문제가 생기거나 이 애를 감시하는 건 내가 도와줄 거야. 그러나 결정을 내리는 건 전적으로 네게 달렸어." 카일이 다시 반박하려 하자 젭은 손을 들어 올리며 막았다. "이렇게 생각해 봐, 카일. 누군가가 자네가 사랑하는 조디를 이리로 데리고 왔다면, 그녀를 어떻게 할지 누가 결정하길 바라나? 나? 아니면 의사? 아니면 투표로 정하길 바라나?"

"조디는 이미 죽었습니다!" 카일이 입술에 피를 튀기며 거칠게 반박했다. 그는 제러드와 똑같은 표정으로 나를 노려보았다.

"만약 그녀가 아직 죽지 않고 이곳을 떠돌고 있다면, 그건 자네가 결정할 문제야. 다른 방법이 있겠어?"

"하지만 대다수의 사람들은…."

"내 집에서는 내 규칙을 따라야 해." 젭이 매섭게 말했다. "그 문제에 대해서는 더 이상 문제 삼지 마. 투표도 하지 않을 거고, 누군가를 살해하려고 시도해서도 안 돼. 지금부터 그렇게 결정한다고 다른 사람들에게 전해."

"다른 사람들에게 전하라고요?" 이안은 낮은 목소리로 중얼거렸다.

젭은 이안의 말을 무시했다. "그럴 일은 없겠지만, 앞으로 다시는 이런 일이 일어나서는 안 돼." 젭은 총으로 카일의 옆구리를 찌르더니, 뒤로 보이는 복도를 가리켰다. "당장 나가. 다시는 이곳에서 보고 싶지 않아. 이 복도는 출입금지 구역이라는 걸 모두에게 알려줘. 제러드 이외에는 아무도 이곳에 들어올 이유가 없어. 누군가 이곳에서 얼씬거리다가 잡히면 가만두지 않을 거야. 무슨 말인지 알겠나? 자, 얼른 밖으로 나가." 젭은 다시 총으로 카일을 밀었다.

흉악한 세 사람이 얼굴도 찡그리지 않고 곧장 복도로 걸어가는 모습을 본 나는 놀라지 않을 수 없었다.

젭이 손에 들고 있는 총이 엄포를 놓기 위한 것이기를 진심으로 바랐다.

처음 본 그 순간부터, 젭은 내게 친절히 대해 주었다. 그는 내게 폭력을 가한 적이 한 번도 없었고, 악의적인 눈빛으로 나를 쳐다본 적도 없었다. 이곳에서 나를 해칠 의도가 없는 사람은 오직 두 사람뿐이고, 젭은 그 가운데 한 명인 것 같았다. 제러드는 나를 살리기 위해 싸우고 있었지만, 과연 그래야 하는지 마음속으로 갈등하고 있는 게 틀림없었다. 그는 언제든 마음을 바꿀 수 있었다. 그의 혼란스러운 표정에서 괴로움이 느껴졌다. 특히 내릴 수 없는 결정을 맡긴 젭 때문에 혼란은 더 가중된 것 같았다. 내가 그를 살펴보며 그런 생각을 하고 있는 동안, 제러드는 가증스럽다는 듯 나를 노려보았다.

젭이 들고 있는 총이 으름장이기를 바랐지만, 나는 세 명의 남자가 어둠 속으로 사라지는 걸 분명히 지켜본 상태였다. 그들은 어쩔 수 없이 물러서는 게 분명했다. 다른 사람들과 맞서는 젭의 모습은 나머지 사람들처럼 냉담하고 잔혹했다. 그가 과거에 총으로 위협만 하고 아무도 죽인 적이 없다면, 누구도 그에게 그런 식으로 복종하지 않았을 것이다.

'절박한 시간이야.' 멜라니가 머릿속에서 중얼거렸다. '우리는 너희들이 만들어낸 세상에서 더 이상 물러날 틈이 없어. 우리는 도망자들인데다 위험에 처해 있지. 모든 결정에 생과 사가 달려 있어.'

'쉿, 너와 말싸움할 시간 없어. 난 정신을 집중해야 해.'

제러드는 한 손을 내민 채 젭과 마주보고 있었다. 손바닥은 위로 향했고, 손가락은 구부러져 있었다. 다른 사람들이 모두 사라지자, 그들의 시선은 다소 누그러졌다. 젭은 총을 든 채 약간 떨어져 있기는 했지만, 턱수염 밑으로 소리 없이 씩 웃기도 했다. 정말 이상한 인간.

"저한테 이 일을 맡기지 마세요, 젭." 제러드가 말했다. "카일 말이 맞습니다. 전 이성적인 판단을 내릴 수 없어요."

"지금 당장 결정을 내려야 한다고 말한 사람은 아무도 없어. 그녀는 아무데도 가지 않으니까." 젭은 여전히 씩 웃으면서 나를 내려다보았다. 제러드는 볼 수 없었지만, 젭은 재빨리 눈을 깜박이며 내게 윙크를 했다. "이 애가 가져온 모든 문제를 해결한 이후에 결정해. 생각할 시간은 얼마든지 있어."

"생각할 게 없어요. 멜라니는 죽었습니다. 하지만… 젭, 전 그럴 수 없어요…." 제러드는 말을 끝맺지 못했다.

'그에게 말해.'

'난 지금 죽을 준비가 되어 있지 않아.'

"그럼 아무 생각도 하지 말게." 젭이 그에게 말했다. "나중에 해결책을 찾게 되겠지. 지금은 시간을 가져."

"이제 어쩌죠? 계속 보초를 서서 감시할 수는 없지 않습니까."

젭이 고개를 가로저었다. "당분간은 그렇게 할 수밖에 없어. 사태는 진정될 거야. 몇 주 후면 카일의 분노도 가라앉겠지."

"몇 주라고요? 몇 주 동안이나 이곳에서 보초를 설 수는 없습니다. 해야 할 다른 일들이…"

"나도 알아." 젭이 한숨을 쉬었다. "방법을 찾아보지."

"다른 문제도 있습니다." 제러드가 다시 나를 노려보았다. 이마에서 힘줄이 튀어나왔다. "어디에 가둬 둡니까? 장소도 마땅치 않은데."

젭은 나를 내려다보며 싱긋 웃었다. "이제 더 이상 말썽부리지 않을 거지, 그렇지?"

나는 말없이 그를 바라보았다.

"젭." 제러드가 화난 목소리로 중얼거렸다.

"이 아이에 대해선 걱정하지 마. 우선, 우리가 이 애를 감시할 테니까. 둘째, 이 애는 여기서 빠져나가는 길을 찾아내지도 못해. 방향을 잃고 돌아다니다가 곧 누군가에게 잡힐 거라고. 셋째, 이 애는 그 정도로 어리석지 않아." 그는 흰 눈썹 한쪽을 치켜 올리며 내게 말했다. "카일이나 다른 사람을 찾아 돌아다니지는 않겠지, 그렇지? 다른 사람들은 널 좋아하지 않아."

나는 편안한 그의 목소리에 귀를 기울이며 그를 가만히 쳐다보았다.

"이것한테 그런 식으로 말하지 않으면 좋겠군요, 젭." 제러드가 중얼거렸다.

"나는 좀 더 평온하고 예의 바른 시대를 살아온 사람이라 어쩔 수 없네." 젭은 제러드의 팔을 가볍게 치며 말했다. "밤새 이곳을 지켰으니 이젠 내가 말도록 하지. 가서 눈 좀 붙이게."

제러드는 괜찮다고 말하려다가 다시 굳은 표정으로 나를 노려보았다.

"젭, 당신이 뭘 원하든… 전 이번 일에 대한 책임을 떠맡을 수 없습니다. 당신이 최선이라고 생각하면 죽이십시오."

나는 몸을 떨었다.

제러드는 나를 매섭게 쏘아보더니, 갑자기 등을 돌리고 사람들이 사라졌던 복도로 걸어갔다. 젭은 제러드가 사라져 가는 모습을 지켜보았고 그가 딴 데 정신을 판 사이, 나는 다시 구멍 안으로 기어들어갔다.

젭이 구멍 입구 옆에 천천히 주저앉는 소리가 들렸다. 그는 한숨을 내쉬며 기지개를 켰고, 관절이 우두둑거리는 소리가 몇 번 들렸다. 잠시 후, 그는 낮게 휘파람을 불기 시작했다. 흥겨운 노래였다.

나는 작은 감방 깊숙이 등을 밀고, 무릎을 구부려 몸을 동그랗게 말았다. 등이 미세하게 떨리기 시작했고, 척추 위아래로 그 떨림이 전해졌다. 더운 날씨였지만 손이 떨렸고, 이가 서로 부딪히며 소리를 냈다.

"누워서 한숨 자는 게 좋을 거야." 젭이 말했다. 내게 하는 말인지, 혼자 중얼거리는 말인지 알 수 없었다. "내일은 아주 힘든 날이 될 테니까."

30분쯤 지나자 몸은 아까보다 덜 떨렸다. 그리고 피곤이 몰려왔다. 나는 젭의 충고를 듣기로 했다. 바닥은 예전보다 더 불편했지만, 나는 곧 무의식 속으로 빠져들었다.

나를 깨운 건 음식 냄새였다. 눈을 뜨자마자, 이번에는 휘청거리다가 방향 감각을 잃어버렸다. 잠에서 완전히 깨어나기도 전에 나는 본능적으로 두려움에 사로잡혀 손부터 떨고 있었다.

내 옆에 지난번과 똑같은 쟁반과 음식이 놓여 있었다. 젭은 옆모습을 보인 채 동굴에 앉아 있었고 길고 둥근 복도를 내려다보면서 휘파람을 불고 있었다.

목이 타는 듯한 갈증 때문에 나는 몸을 일으켜 물병을 집었다.

"안녕." 젭이 고개를 끄덕이며 말했다.

나는 손에 물병을 든 채 꼼짝도 하지 않았다. 그가 고개를 돌리고 다시 휘파람을 불기 시작했을 때에야 물을 마셨다.

어느 정도 갈증이 풀리자, 물에서 이상하고 불쾌한 뒷맛이 느껴졌다. 자극적인 공기 냄새와 비슷했지만 그보다 약간 더 강했다. 톡 쏘는 냄새가 입 안에 남아 없어지지 않았다.

나는 재빨리 음식을 먹어치웠다. 이번에는 수프를 맨 마지막에 먹었다. 오늘은 전날보다 뱃속이 덜 불편했고, 음식도 그럭저럭 잘 소화되는 듯했다. 꾸르륵거리는 소리도 거의 나지 않았다.

가장 다급한 배고픔이 해결되자, 내 몸은 다른 것도 요구하기 시작했다. 어둡고 비좁은 구멍 안을 둘러보았다. 선택 사항은 많지 않을 것 같았다. 하지만 그렇게나 친절한 젭에게도 내가 먼저 말을 걸 생각을 하니 두려움을 억누를 수 없었다.

나는 이리저리 몸을 뒤척였다. 동굴 안에 몸을 구부리고 있었더니 골반에 통증이 느껴졌다.

"으흠!" 젭이 인기척을 냈다.

그는 나를 쳐다보았다. 흰 턱수염 밑으로 보이는 그의 피부는 여느 때보다 더 짙어 보였다.

"오랫동안 이곳에 틀어박혀 있었으니…" 젭이 천천히 말했다. "이제 그만 나와야겠지?"

나는 고개를 끄덕였다.

"잠깐만 기다려." 젭은 유쾌한 목소리로 말했다. 그는 놀라울 정도로 기민하게 몸을 움직이며 자리에서 일어났다.

나는 구멍 가장자리로 기어가서 조심스럽게 그를 쳐다보았다.

"화장실을 보여주지." 젭이 말했다. "이제 곧 이른바 중앙 광장을 지나가게 될 거야. 걱정하지 마. 지금쯤 모두들 전갈을 받았을 테니까." 그는 무의식적으로 총을 툭 쳤다.

나는 애써 침을 삼켰다. 방광이 가득 차서 고통스러웠고, 무시할 수 없는 지경에 이르렀다. 하지만 화난 살인자들 사이를 가로질러 갈 수 있을까? 그냥 내게 양동이를 가져다주면 안 될까?

젭은 내 눈빛에 어린 두려움과 웅크리며 감옥 안으로 움츠러드는 반사적인 움직임을 보았다. 그는 생각에 잠긴 것처럼 입술을 굳게 다물더니, 몸을 돌리고 어두운 복도를 따라 걸어 내려가기 시작했다. "따라와." 그는 내가 따라가는지 확인도 하지 않고 나를 불렀다.

카일이 나를 쳐다보는 모습이 번쩍 스쳐 지나가자 가만히 있을 수 없었다. 얼마 지나지 않아 젭이 감방 밖으로 나가버렸고 나는 가능한 한 빨리 그를 뒤따라갈 수 있도록 절뚝거리며 자리에서 일어났다. 다시 몸을 펴고 똑바로 서자 끔찍하기도 했고 놀랍기도 했다. 고통은 심했지만, 안도감이 더 컸다.

복도 끝에 도착했을 때, 나는 젭 바로 뒤에 서 있었다. 높다란 타원형 입구 너머로 어둠이 내려왔다. 나는 머뭇거리면서, 그가 바닥에 둔 작은 램프를 되돌아보았다. 어두운 동굴 안에 있는 불빛이라고는 그게 전부였다. 저걸 가져가도 되는 걸까?

내가 멈추어 서는 소리가 들리자, 그는 고개를 돌리고 어깨 너머로 나를 쳐다보았다. 나는 턱으로 램프를 가리킨 다음, 다시 그를 쳐다보았다.

"그냥 둬. 길은 훤히 알고 있어." 그는 내게 손을 내밀며 말했다. "내가 안내해 줄게."

나는 잠시 동안 그의 손을 쳐다보았다. 방광이 터질 것 같아 그의 손바닥에 거의 닿지 않게 천천히 손을 내렸다. 어쩔 수 없는 이유 때문에 뱀을 만져야 하는 것 같은 태도로.

젭은 재빠르고 확신에 찬 발걸음으로 어둠 속을 걸어가면서 나를 안내 했다. 긴 동굴을 지나자 반대 방향으로 얽힌 일련의 통로들이 이어졌다. 또 다시 복잡한 통로를 지나자, 나는 어느 방향으로 가는지 도무지 알 도리가 없었다. 고의적인 행동이 분명했다. 젭이 램프를 두고 온 이유도 그 때문일 것이다. 그는 이 미궁에서 빠져나가는 길을 나에게 알려주고 싶지 않았던 것이다.

이곳이 어떤 곳인지, 젭은 어떻게 이곳을 발견했는지 그리고 다른 사람 들은 어떻게 이곳에 모였는지 호기심이 생겼다. 그러나 나는 입을 꼭 다물 었다. 지금은 입을 다물고 있는 게 최선인 것 같았다. 내가 진정으로 무엇을 바라는지 잘 알 수 없었다. 며칠 더 살아 있기를 바라는 걸까? 아니면 고통 이 멎기를 바라는 걸까? 남아 있는 다른 건 없을까? 내가 알고 있는 건, 아 직 죽을 준비가 되지 않았다는 것뿐이었다. 예전에 멜라니에게 말했던 것처 럼, 내 생존 본능은 보통 사람들처럼 강렬했다.

또 다시 모퉁이를 돌자, 첫 번째 불빛이 보였다. 길고 좁은 틈 사이로 불 빛이 새어나오고 있었다. 그 불빛은 내 감옥 옆에 놓인 전등처럼 인공적인 불빛이 아니었다. 너무나 환하고 순수한 빛이었다.

우리는 바위에 생긴 좁은 틈 사이로 나란히 지나갈 수 없었다. 젭이 앞서 갔고 바로 뒤에 있는 나를 당겨 주었다. 일단 틈을 지나가자 앞이 다시 보 였다. 나는 젭에게서 손을 빼냈다. 그는 아무런 반응도 보이지 않고, 한 손 으로 다시 총을 잡았다.

짧은 동굴이 나왔고, 아치 모양의 입구에서 좀 더 밝은 빛이 새어나왔다. 벽은 여전히 보라색이 도는 갈색 바위였다.

이제 사람 목소리가 들리기 시작했다. 지난 번 여러 사람들이 모였던 때보다 목소리가 더 낮았고, 분위기도 덜 다급하게 들렸다. 오늘은 아무도 우리가 나타날 거라고 기대하지 않을 것이다. 내가 젭과 함께 나타나면 그들이 어떤 반응을 보일지 상상할 수 있었다. 갑자기 손바닥이 축축하고 차가워졌고, 숨도 가빠지기 시작했다. 나는 젭과 접촉하지 않은 상태에서 가능한 한 그에게 가까이 붙어 섰다.

"편안하게 생각해." 젭은 뒤돌아보지 않고 중얼거렸다. "네가 그들을 두려워하는 것보다 그들이 널 더 두려워하니까."

그의 말이 믿기지 않았다. 설령 그것이 사실이라 해도, 인간의 마음속에 있는 두려움은 언제든 증오와 폭력으로 변할 수 있다는 걸 알고 있다.

"누구도 널 해치지 못하게 할게." 입구에 다다랐을 때 젭이 중얼거리며 말했다. "어쨌든 이곳에 익숙해지는 게 좋을 거야."

무슨 뜻이냐고 묻고 싶었지만, 젭은 곧 입구로 들어가 버렸다. 나는 그를 따라 들어갔고, 반 발짝 뒤에 서서 되도록 몸을 감추려 했다. 방 안으로 들어가는 것보다 더 힘들었던 것은, 젭에게 뒤쳐져 나 혼자만 잡힐지도 모른다는 두려움이었다.

우리가 들어서자 갑자기 침묵이 흘렀다.

그곳은 그들이 맨 처음 나를 데리고 왔던 그 넓고 밝은 방이었다. 그때가 얼마 전이었을까? 짐작도 할 수 없었다. 천장은 너무 밝아 빛의 정체가 무엇인지 알 수 없었다. 예전에는 알아차리지 못했지만, 자세히 보니 벽에 틈이 갈라져 있었고 열두어 개 정도의 불규칙한 틈이 각각 다른 동굴로 이어지고 있었다. 어떤 것은 꽤 넓었고, 어떤 것은 한 사람이 지나가기도 버거울 정도로 좁았다. 또 어떤 것은 자연적으로 만들어진 것 같았고, 어떤 것은 사람이 만들었거나, 적어도 좁은 틈을 넓힌 것 같았다.

몇몇 사람들은 그 틈에 꼼짝도 하지 않고 서서 우리를 쳐다보고 있었다. 그리고 다른 사람들은 하던 동작을 멈추고 우리를 쳐다보았다. 어떤 여자는 몸을 구부린 채 구두끈을 묶는 자세로 멈춰 있었다. 한 남자는 손을 올린 채 동료들에게 무언가를 설명하던 자세 그대로 꼼짝하지 않고 서 있었다. 또 다른 남자는 갑자기 동작을 멈추어 균형을 잡지 못해 뒤뚱거리고 있었다. 애써 균형을 잡으려 하자, 한 발이 쿵 소리를 내며 내려왔다. 동굴 전체에 메아리치며 울리는 그 소리 이외에는 넓은 공간에 아무 소리도 들리지 않았다.

젭이 들고 있는 그 끔찍한 총에 고마움을 느낀다는 건 옳지 못했다. 하지만 안타깝게도 나는 그 총을 보며 진심으로 고마움을 느꼈다. 총이 없었다면, 저들은 우리를 공격했을 것이다. 저들 인간은 할 수만 있다면 젭을 공격할 것이다. 그러나 우리에겐 총이 있었다. 젭은 한 번에 여러 명을 쏘아 죽일 수 있을지도 모른다.

머릿속에 떠오르는 생각이 너무 섬뜩해서 견딜 수가 없었다. 나는 그 생각을 몰아내고 내가 처한 끔찍한 상황에 정신을 집중하려 했다.

젭은 허리춤에 찬 총을 밖으로 겨눈 채 잠시 가만히 서 있었다. 그곳에 있는 사람을 하나씩 확인해보는 것 같았다. 사람들은 스무 명이 되지 않았다. 젭은 사람들의 숫자를 확인한 다음, 동굴의 왼쪽 벽을 향해 걸어갔다. 나는 두려움에 떨며 그를 뒤따라갔다.

젭은 동굴을 똑바로 가로질러 가는 대신 벽을 따라 돌아갔다. 그를 뒤따라가던 나는 짙은 색깔의 커다란 사각형 모양이 바닥 한가운데를 차지하고 있는 걸 알아보았다. 굉장히 넓은 공간이었지만 그 사각형 모양 위에 서 있는 사람은 아무도 없었다. 그 이상한 공간을 보자 나는 알 수 없는 겁에 질렸다. 왜 그런 공간이 있는지 이유조차 추측할 수 없었다.

우리가 벽을 따라 거의 다 돌아가자, 사람들이 약간씩 움직이기 시작했다. 허리를 구부린 채 우리를 쳐다보던 여자는 몸을 똑바로 폈다. 엉거주춤한 자세를 취하던 남자는 팔짱을 꼈다. 모두들 분노에 찬 얼굴로 가늘게 실

눈을 뜨고 있었다. 하지만 우리에게 다가오는 사람은 아무도 없었고, 말문을 여는 사람도 없었다. 카일과 다른 사람들이 젭과 대항하고 있다는 사실을 이들에게 어떤 식으로 알렸는지는 몰라도 젭이 원하던 대로 된 것 같았다.

사람들 사이를 거의 다 지나가자, 샤론과 매기가 놀라 입을 벌린 채 우리를 쳐다보고 있는 모습이 보였다. 하지만 그들의 표정은 곧 냉담해졌다. 그들은 젭만을 응시할 뿐 나는 마치 없는 사람처럼 시선도 주지 않았다. 하지만 젭은 그들의 시선을 무시했다.

동굴 반대편까지 걸어가는 시간이 영겁처럼 길게 느껴졌다. 젭은 중간 크기의 검은색 출입문을 가리켰다. 내 뒤에서 나를 노려보는 사람들의 시선이 따갑게 느껴졌지만, 감히 돌아보지 못했다. 사람들은 꿈쩍도 하지 않고 조용히 서 있었다. 그들이 따라올지도 모른다는 두려움이 앞섰고, 그들을 피해 다른 어느 곳으로 들어간다는 생각만으로도 마음이 편안해졌다. 젭은 내 팔꿈치를 잡고 안내했고, 이번만큼은 나도 움츠러들지 않았다. 사람들이 웅성거리는 소리도 더 이상 들리지 않았다.

"예상했던 것보다 상황이 좋은 편이야." 젭이 나를 동굴 안으로 안내하며 중얼거렸다. 나는 그 말을 듣고 눈을 크게 떴다. 그가 어떤 일을 상상했는지 짐작조차 못했던 게 나로선 오히려 다행스러웠다.

내리막길이 이어졌고, 겨우 앞을 볼 수 있을 정도의 희미한 불빛이 길을 비추고 있었다.

"이런 곳은 처음 볼 거야." 젭은 나직한 목소리로 말했는데, 예전처럼 다정하고 수다스러운 목소리였다. "정말 멋진 곳이지, 그렇지?"

그는 잠시 말을 멈추고 내 대답을 기다렸지만, 내가 아무 말도 하지 않자 말을 계속 이었다.

"70년대에 이곳을 발견했지. 아니, 이곳이 날 찾았다는 편이 옳을 거야. 이 커다란 동굴의 지붕 위에서 떨어졌으니까. 떨어지자마자 죽었어야 했는데, 내가 그 정도로 죽을 위인은 아니거든. 한참 지나서 겨우 출구를 찾아냈어. 밖으로 기어 나왔을 땐, 배가 너무 고파 바위라도 씹어 먹을 것 같았지. 그때 목장에 남아 있던 사람은 나밖에 없었기 때문에 이 동굴을 보여줄 사람이 아무도 없었어. 구석구석 갈라진 틈을 모두 살피자 가능성 같은 게 보이더구나. 혹시라도 무슨 일이 생기면 몸을 숨기기에 좋은 곳이라고 생각했지. 스트라이더 가문의 자손들은 항상 만반의 준비를 하니까."

우리는 희미한 불빛이 비치는 조명을 지나갔다. 천장에 난 주먹 크기의 구멍에서 새어드는 불빛이 바닥을 희미하게 비춰 주었다. 그곳을 지나자, 또 다른 불빛이 먼 곳에서 보였다.

"이 모든 걸 어떻게 만들었는지 아마 궁금할 거야." 젭은 잠시 말을 멈추었다가 곧 계속했다. "내가 약간 연구를 했지. 이곳은 용암 동굴인데, 무슨 말인지 알아듣겠어? 예전에 화산이 폭발하던 곳이란 얘기야. 아마 아직 약간 화산 기운이 남아 있는 활화산일 거야. 이 동굴과 동굴에 난 구멍은 용암이 식으면서 생긴 것들이지. 지난 수십 년 동안 동굴 안을 조금씩 손봤어. 몇몇 과정은 쉬웠어. 특히 통로를 연결하는 건 식은 죽 먹기였지. 하지만 다른 과정은 많은 상상력이 필요했어. 중앙 광장 안의 천장 봤니? 그 천장을 만드는 데는 수년이 걸렸단다."

어떻게 만들었는지 물어보고 싶었지만, 말이 입 밖으로 나오지 않았다. 입을 다물고 있는 편이 가장 안전할 것 같았다.

내리막길의 경사가 더 심해졌다. 울퉁불퉁한 계단이 이어졌지만 여기는 충분히 안전해 보였다. 젭은 나를 이끌고 천천히 내려갔다. 지하 깊숙이 내려갈수록, 열기와 습도가 더 올라갔다.

사람들이 웅성거리는 소리가 다시 들리자 몸이 뻣뻣해졌다. 이번에는 앞쪽이었다. 젭은 내 손을 따뜻하게 잡아주었다.

"이곳이 마음에 들 거야. 모두들 여길 가장 좋아하거든." 그는 약속하듯이 말했다.

넓게 열린 아치형 문에서 빛이 어른거렸다. 커다란 홀에서 본 것과 똑같은 희고 순수한 불빛이었지만 이상하게도 마치 춤을 추는 것처럼 일렁거렸다. 이 동굴 안의 모든 것들이 이해하기 쉽지 않듯, 이 불빛 또한 나를 겁에 질리게 했다.

"이제 다 왔어." 젭은 아치형 문을 지나며 들뜬 표정으로 내게 물었다. "어때, 마음에 들어?"

17

방문하다

먼저 더운 기운이 훅 끼쳐왔다. 축축한 공기가 스팀처럼 몰려와 피부에 땀방울이 맺혔다. 갑자기 공기가 답답해지자, 나는 반사적으로 입을 열고 숨을 들이마셨다. 냄새도 이전보다 더 강했다. 마시던 물에서 나던 이상한 금속 냄새가 동굴 전체에 진동했다.

사방에서 중얼거리는 소리가 새어나와 벽에 닿아 울리며 메아리쳤다. 나는 습기 차고 흐릿한 주변을 불안에 떨며 둘러보면서, 이 소리가 어디서 들리는지 알아내려고 애썼다. 어디선가 빛이 환하게 내려오고 있었다. 홀처럼 높지는 않지만 지하치고는 꽤 높은 천장에서 새어 들어오는 빛이었다. 수증기를 비추는 빛이 뿌옇게 뭉치면서 앞을 거의 분간할 수 없을 지경이었다. 나는 두려움 속에서 젭의 손을 꼭 잡았다.

이상한 웅성거림은 우리가 들어온 것과는 아무 상관이 없는 것 같았다.

사람들은 아직 우리를 보지도 못한 듯했다.

"여긴 앞이 잘 보이지 않는군." 젭은 뿌연 수증기를 손으로 가르면서 사과조로 말했다. 다정한 어투였지만 목소리가 너무 커 나는 잔뜩 긴장했다. 마치 우리 주변에 아무도 없다는 투였다. 하지만 그가 그렇게 말한 이후에도 웅성거리는 소리는 계속 들렸다.

"앞이 보이지 않아 불평하는 건 아니야." 젭이 말했다. "이곳이 있어서 죽을 고비를 여러 번 넘길 수 있었던 거야. 이 동굴에 들어온 이후로, 이곳이 없다면 안전한 곳은 생각할 수 없을 정도로 여기가 중요해졌어. 몸을 숨길 곳이 없다면 우리 모두 죽었을 거야, 그렇지?"

그는 팔꿈치로 나를 툭 치면서, 공모자 같은 몸짓을 취했다.

"이곳은 정말 편리해. 밀가루 반죽으로 짓는다 해도 이보다 더 멋지게 만들진 못할 거야."

그의 웃음소리가 뿌연 공기를 가르는 것 같았다. 나는 드디어 방 안을 볼 수 있었다.

둥근 천장이 높이 솟아 있었고, 축축한 공간에 두 개의 강이 흐르고 있었다. 내 귀에 웅성거리는 소리로 들리던 것은 바로 물줄기가 흐르는 소리였다. 흘러나온 물줄기는 화산 바위 밑으로 향하고 있었다.

하나는 강이었고, 다른 하나는 작은 개울이었다. 개울은 바로 근처에 있었다. 천장의 밝은 불빛을 받은 개울은 마치 은색 리본을 묶은 것처럼 반짝였고, 금방이라도 넘칠 것 같은 낮은 강둑 사이를 흘러갔다. 부드럽게 흘러가는 물소리는 마치 고음의 여자 목소리 같았다.

남자 목소리 같은 저음은 강물이 흐르는 소리였다. 멀리 보이는 벽 아래에 뚫린 구멍 속에서 뿌연 수증기가 올라오고 있었다. 강물은 검은색처럼 보였다. 동굴 바닥 아래로 흐르면서 침식 작용이 생긴 결과, 넓고 둥근 모양의 강이 방을 따라 길게 나 있었다. 힘차게 강물이 흘렀지만 형태는 거의 보이지 않았고, 어느 방향으로 흘러가는지도 전혀 가늠할 수 없었다. 강물이 흐르는 소리는 마치 물이 끓는 소리 같았다.

천장에는 길고 가느다란 종유석이 매달려 있었고, 바닥에는 석순이 자라고 있었다. 그 가운데 세 개의 종유석과 석순이 만나 만들어진 가느다란 검정색 기둥에서는 물방울이 흘러내리고 있었다.

"조심해야 해." 젭이 말했다. "뜨거운 온천이 있는데, 빠지면 즉사해. 예전에 그런 일이 한 번 있었지." 그는 심각한 표정을 지으며 고개를 끄덕였다.

빠른 속도로 흐르는 강물이 갑자기 무섭게 보였다. 끓는 물에 빠지는 상상을 하자 온몸이 부들부들 떨렸다.

젭이 내 어깨 위에 가볍게 손을 올렸다. "걱정하지 마. 계단만 조심하면 괜찮을 거야." 그는 개울이 어두운 동굴 안으로 흘러들어가는 먼 지점을 가리키며 말했다. "저기 보이는 첫 번째 동굴이 욕실이야. 바닥을 파내어 깊은 웅덩이를 만들었지. 순서를 정해 목욕을 하지만, 남들에게 보일까 걱정할 필요는 없어. 이곳은 칠흑처럼 어두우니까. 욕실은 개울가에 가까이 있는데 물은 온천처럼 뜨겁지 않아. 갈라진 틈을 지나가면 동굴이 하나 더 나와. 편안하게 지나갈 수 있도록 입구를 넓혔지. 개울이 끝나는 지점에 방을 만들었고, 개울물은 곧 지하로 흘러간단다. 그래서 그곳에 화장실을 만든 거야. 편리하고 위생적이지." 그는 마치 스스로 모든 것을 다해낸 것처럼 득의만만한 어조로 말했다. 그는 이곳을 찾아내서 개발했을 뿐이다. 하지만 그것만으로도 약간은 자부심을 가질 만했다.

"건전지를 낭비하고 싶지도 않고, 모두들 눈을 감고도 이곳을 다닐 수 있지. 하지만 넌 처음이니 이걸 갖고 가거라."

젭은 주머니에서 손전등을 꺼내어 내게 내밀었다. 손전등을 보자, 사막에서 죽어가던 나를 그가 찾아냈던 순간이 떠올랐다. 그는 내 눈을 확인하고 내가 무슨 생각을 하는지 알아차렸다. 그 기억을 떠올리면서 왜 슬퍼지는

지 알 수 없었다.

"강물을 따라가겠다는 어리석은 생각은 하지 않는 게 좋아. 강물은 지하로만 흐를 뿐 지상으로는 올라오지 않으니까." 그는 내게 경고했다.

젭은 내 반응을 기다리고 있었기 때문에, 나는 고개를 가볍게 한 번 끄덕여주었다. 그리고 그를 안심시키기 위해 천천히 손을 움직여 조심스럽게 손전등을 잡았다.

그는 고개를 끄덕이며 웃어 주었다.

나는 그가 가리킨 방향을 따라 걸어갔다. 물 흐르는 소리도 이제 참을 만했다. 그의 시야에서 벗어나자 불안이 엄습했다. 이 동굴에 누군가가 숨어 있다면, 결국 이곳에 갇혀야 한다면 어떻게 될까? 물 흐르는 소리 때문에 젭이 내 목소리를 들을 수 있을까?

나는 욕실 전체에 손전등을 비추며 무언가 숨어 있는 것이 없는지 확인했다. 너울거리는 그림자를 보고 불안해졌지만, 두려워할 대상은 없었다. 젭이 만든 웅덩이는 작은 수영장보다 약간 더 컸고, 칠흑처럼 검었다. 누군가가 숨을 쉬지 않고 물 밑에 숨어 있을지도 몰랐다… 나는 머릿속의 생각을 떨치기 위해, 서둘러 좁은 틈 사이로 지나갔다. 젭과 점점 멀어지면 멀어질수록 더욱 큰 두려움에 사로잡혔다. 숨도 제대로 쉴 수 없었다. 맥박이 뛰는 소리가 귀에 들리는 것 같았다. 나는 강이 있는 방으로 거의 달리다시피 서둘러 갔다.

젭이 여전히 그곳에 같은 자세로 서 있는 모습을 보자, 불안하던 마음이 편안해졌다. 호흡과 심장 박동도 느려졌다. 이런 이상한 인간을 보고 왜 마음이 편안해지는지, 도무지 이해할 수 없었다. 멜라니가 말했던 것처럼, 아마 나도 '절박한 시기'인 것 같았다.

"그리 초라하진 않지?" 젭은 자랑스러운 태도로 이를 드러내며 웃었다.

나는 다시 고개를 한 번 끄덕이고 손전등을 돌려주었다.

"이 동굴은 자연의 멋진 선물이야." 우리는 어두운 통로를 향해 다시 걸어갔다. "동굴이 없다면 이렇게 많은 사람들이 살아남을 수 없을 거야. 매그놀리아와 샤론은 시카고에서 무사히 지냈지만 얼마나 더 안전할지 알 수가 없었어. 그리다 운 좋게 이곳 지하 동굴까지 올 수 있었지. 공동체에서 함께 지낸다는 건 멋진 일이야. 내가 정말 인간처럼 느껴지거든."

가파른 계단을 올라가며 그는 다시 내 팔꿈치를 잡아주었다.

"그곳에 널 가둔 건 미안하구나. 내가 생각하기에 거기가 가장 안전한 곳이라 그런 거란다. 그들이 널 그렇게 빨리 찾아내다니 정말 놀라웠어." 젭은 한숨을 쉬었다. "카일은 정말 의지가 강한 놈이야. 하지만 오히려 잘된 일이야. 상황이 어떻게 돌아갈지 익숙해지는 게 좋을 테니까. 너한테 더 우호적인 사람들도 있을 거야. 적어도 나와 함께 있는 한, 그 작은 구멍 안에 몸을 웅크리고 있을 필요가 없어. 네가 원한다면, 홀 안 내 옆에 앉아 있어도 돼. 하지만 제러드가…" 그는 말끝을 흐렸다.

그가 미안해하는 모습을 보자 묘한 기분이 들었다. 내가 기대했던 것보다 더 친절한 행동이었고, 인간이 적에게 베풀어줄 수 있는 최소한의 동정심 이상이었다. 나는 내 팔꿈치를 붙들고 있는 그의 손을 가볍게 잡았고, 문제를 일으키지 않겠다는 뜻을 머뭇거리며 전하려 했다. 제러드는 나를 보지 않기를 바랄 게 분명했다.

아무 말도 하지 않았지만, 젭은 무언의 신호를 이해했다. "착하구나." 젭이 말했다. "어떻게든 문제를 해결할 거야. 의사는 사람들을 치료하는 데 집중하고 있어. 넌 생각보다 훨씬 흥미로운 존재인 것 같구나."

의사라는 말에 나는 몸을 떨면서 그에게 바짝 다가갔다.

"걱정하지 마. 지금은 의사가 널 귀찮게 하지 않을 거야."

하지만 나는 떨리는 몸을 숨길 수 없었다. 젭이 약속한 것은 단지 지금뿐이었다. 제러드가 내 비밀보다는 멜라니의 몸을 보호하는 것이 더 중요하다고 생각하지 않는다는 보장은 없었다. 그런 운명을 생각하자, 차라리 어젯밤 이안의 의도가 성공했으면 좋았을 거라는 생각이 들었다. 침을 삼키자 목구멍 안이 따가웠다.

'시간이 얼마나 남아 있는지 넌 절대 알 수 없어.' 며칠 전 멜라니가 했던 말이 떠올랐다.

사람들이 모이는 중앙 광장으로 다시 들어서자, 그 말이 머릿속에서 메아리쳤다. 내가 처음 도착했던 날 밤처럼, 그곳은 사람들로 가득 차 있었다. 모두들 분노에 가득 찬 눈빛으로 우리를 노려보았는데, 그를 바라볼 때는 배신감이, 나를 바라볼 때는 살의가 느껴졌다. 나는 계속 발밑을 내려다보고 있었다. 곁눈으로 옆을 살피자, 젭은 다시 총을 든 채였다.

우리를 둘러싼 사람들에게서 여전한 증오와 두려움이 느껴졌다. 단지 시간이 문제였다. 젭은 오랫동안 나를 보호할 수는 없었다.

좁은 틈을 지나서 구불구불하고 어두운 미로를 지나, 내가 숨어 있던 곳으로 가는 게 더 나을 것 같았다. 그곳으로 가서 혼자 있고 싶었다.

내 뒤에서 위협적으로 쉬익 거리는 소리가 메아리쳐 울렸다. 젭이 더 빨리 나를 미로로 인도해 주었으면 좋겠다는 생각으로 마음이 조급해졌다.

젭이 낄낄 대며 웃었다. 오랫동안 함께 있을수록 그는 더 이해할 수 없는 면만 내게 보여주었다. 그의 유머 감각은 행동만큼이나 수수께끼였다.

"이곳 지하 세계가 이따금씩 따분하게 느껴지기도 하지." 그는 내게 속삭이는 것 같기도 했고, 혼자 중얼거리는 것 같기도 했다. 젭은 도무지 종잡을 수 없는 사람이었다. "여기가 진절머리 날 때면, 내가 얼마나 재미있는 사람인지 고마워하게 될 거야."

우리가 지나가는 길은 어두컴컴했고 뱀처럼 구불구불했다. 익숙한 느낌이 전혀 없었다. 내가 방향 감각을 찾지 못하도록 그가 다른 통로로 가는 것일 수도 있었다. 시간은 좀 더 걸린 것 같았지만, 다음 모퉁이에서 드디어 연한 푸른색 불빛이 보였다.

제러드가 그곳에 있을지 모르기 때문에 나는 마음을 단단히 먹었다. 만약 그곳에 있다면, 분명 크게 화를 낼 터였다. 그는 젭이 나를 데리고 동굴 안을 돌아다닌 것에 항의할 것이다. 꼭 필요했다 하더라도 그는 화부터 낼 것이다.

모퉁이를 돌자마자, 램프 옆에 서 있는 형체가 눈에 들어왔다. 그 형체는 우리가 있는 곳으로 길게 그림자를 늘어뜨린 모습이었다. 나는 본능적으로 젭의 손을 잡았다.

잠시 후 나는 그 형체를 자세히 들여다보았다. 나보다 키가 작았기 때문에, 제러드가 아니라는 사실을 쉽게 알 수 있었다. 호리호리한 몸에 작은 키였지만, 강인해 보이는 느낌이었다. 희미한 푸른색 조명 속에서도, 나는 그의 피부가 햇볕에 검게 그을렸다는 걸 알아차릴 수 있었다. 부드러운 검정색 머리가 턱 밑까지 덥수룩하게 내려와 있었다.

다리가 후들거렸다.

공황 상태에서 젭의 손을 붙들고 있던 나는 그에게 더욱 매달렸다.

"이런!" 젭이 짜증난 목소리로 말했다. "이곳에서는 스물네 시간 동안도 비밀을 지킬 수 없는 거야? 이렇게 입이 가벼워서야…." 그는 말끝을 흐리며 중얼거렸다.

나는 젭의 말을 이해하려고도 하지 않았다. 나는 지금까지 살아오면서 가장 혹독한 전투를 치르고 있었다.

내 몸의 모든 세포에 멜라니가 살아 있는 걸 느낄 수 있었다. 익숙한 그녀의 존재를 의식하자 신경 끝이 예민해졌고 근육이 더욱 긴장했다. 입술이 떨리면서 금방이라도 입이 열릴 것 같았다. 나는 통로에 서 있는 남자아이를 향해 가까이 다가갔다.

내가 통제력을 양도하거나 허용했던 몇 번의 경험을 통해 멜라니는 많은 것을 배운 상태였다. 나는 그녀에게 대항하기 위해 고군분투했다. 힘껏 애를 쓰자 이마에 땀방울이 맺혔다. 나는 절대 이곳에서 죽지 않을 것이다. 나는 약하지 않았다. 영원히 헤어졌다고 생각했던 사람이 갑자기 나타나도 경계를 흐트러뜨리지 않을 만큼 강했다. 원기를 회복한 몸은 다시 강인해졌고 몸에 힘이 생기자 자제력과 결단력도 생겼다. 이런 순간에 굴복하지 않을 자신이 있었다.

나는 그녀가 어디서 나타나든 곧 내쫓아버렸다. 그리고 머릿속으로 밀어넣어 그녀를 사슬로 꽁꽁 묶어버렸다.

그녀는 갑작스럽게도 완전히 굴복하고 말았다. 그녀의 한숨이 고통스러운 신음소리처럼 들렸다.

그녀를 제압하자마자, 이상하게도 죄책감이 들었다.

그녀가 단순히 소울을 거부하는 호스트 이상의 존재라는 걸 나는 이미 알고 있었다. 우리는 친구가 되었고, 수색자가 우리 둘을 동일한 적으로 간주한 이후 지난 몇 주 동안 비밀을 털어놓을 수 있는 사이로 발전했다. 사막에서 카일이 내 목에 칼을 겨누었을 때, 이렇게 죽을 운명이라면 내 손으로 멜라니를 죽이지 않아 차라리 다행이라는 생각도 한 적이 있었다. 그때도 멜라니는 내게 단순한 몸 이상의 존재였다. 그러나 지금은 그조차도 훌쩍 넘어서는 존재가 되어버린 것 같았다. 그녀를 고통스럽게 만든 게 후회스러웠다.

그러나 멜라니는 그걸 깨닫지 못했다. 우리는 그릇된 말 한 마디, 어리석은 행동 하나로 곧바로 죽음에 처할 수 있었다. 멜라니의 반응은 너무나 거칠고 감정적이었다. 멜라니는 우리를 곤경에 처하게 할 것이다.

'이제 날 믿어야 해.' 나는 그녀에게 말했다. '우리가 살아남을 수 있도록 애쓰는 것뿐이야. 너희들 인간이 우리를 해칠 거라고 믿고 싶지 않다는 건 알아. 하지만…'

'제이미야.' 멜라니가 낮은 목소리로 속삭였다. 제이미를 보고 싶어 하는 멜라니의 마음이 너무나 간절해서, 다리가 다시 후들거렸다.

나는 감정에 치우치지 않고 제이미를 바라보려고 애썼다. 시무룩해 보이는 10대 소년은 팔짱을 꼭 낀 채 동굴 벽에 기대어 서 있었다. 나는 그를 낯선 사람처럼 대할 생각이었으므로, 모르는 척하는 편이 낫다고 결론 내렸다. 그리고 시도는 했지만, 실패하고 말았다. 그는 분명 제이미였다. 멜라니의 팔이 아닌 내 팔이 그를 내 가슴에 안기를 간절히 원했다. 눈물이 고여 뺨 위로 흘러내렸다. 눈물이 희미한 불빛에 가려 보이지 않기를 바랄 뿐이었다.

"삼촌." 제이미가 퉁명스럽게 불렀다. 그의 눈길이 내게로 왔다가 재빨리 지나갔다.

그의 목소리가 한층 더 묵직해졌다. 벌써 그럴 나이가 되었나? 그의 열네 번째 생일을 잊어버렸다는 사실을 깨닫자, 죄책감이 배가되었다. 멜라니가 내게 생일을 알려주었고, 처음으로 제이미의 꿈을 꾼 날짜와 일치한다는 걸 깨달았다. 멜라니는 제이미를 보호하기 위해 스스로 기억을 흐리게 했지만 의식이 있는 동안은 내내 그리움과 고통에 시달렸다. 그 결과 제이미가 그녀의 꿈속에 나타난 것이다. 그리고 나는 수색자에게 그와 관련한 이메일을 보냈다.

내가 그에게 지나치게 냉담했다는 사실이 믿어지지 않아, 온몸에 전율이 흘렀다.

"여기서 뭐해, 꼬마?" 잽이 물었다.

"왜 나한테 말하지 않았죠?" 제이미가 되물었다.

잽은 아무 말이 없었다.

"제러드가 말하지 말라고 했나요?" 제이미가 다그쳐 물었다.

잽은 한숨을 쉬었다. "맞아, 네가 생각한 대로야. 그게 너와 무슨 상관이겠니? 우리가 원한 건 단지…."

"나를 보호하는 거라고요?" 제이미가 단호하게 그의 말을 가로막았다.

제이미가 언제 저렇게 냉혹해졌을까? 모두 내 잘못인가? 그랬다, 모두 내 잘못이었다.

멜라니가 내 머릿속에서 흐느껴 울기 시작했다. 그녀가 흐느끼기 시작하자, 젭과 제이미의 목소리가 멀리 사라지는 것 같았다.

"좋아, 제이미. 보호 받는 게 싫다면, 네가 원하는 건 뭐야?"

젭이 의외로 곧바로 뜻을 굽히자 제이미는 당황한 기색이 역력했다. 그는 젭과 나를 번갈아보며, 무슨 요구를 해야 할지 망설이고 있었다.

"누나… 아니, 그것과 이야기하고 싶어요." 제이미가 마침내 그렇게 말했다. 확신이 서지 않을 때 그의 목소리는 더 높아졌다.

"이 애는 거의 말을 하지 않아." 젭이 그에게 말했다. "하지만 원한다면 시도해도 좋아."

젭은 자신의 팔을 잡고 있던 내 손을 밀어냈다. 그런 다음 등을 돌리고 가까운 벽으로 가서, 바닥에 주저앉았다. 그는 몸을 뒤척이다가 편안한 자세로 고쳐 앉았다. 총은 무릎 위에 가지런히 놓은 상태였다. 그는 머리를 벽에 기대고 두 눈을 감았다. 잠시 후, 그는 잠든 것처럼 조용해졌다.

나는 자리에 가만히 선 채 제이미의 얼굴을 외면하려 했지만, 그럴 수 없었다.

이번에도 젭이 순순히 의견을 따라주자 제이미는 놀란 것 같았다. 그는 나이 든 젭이 바닥에 기대어 있는 모습을 가만히 쳐다보았다. 젭이 잠든 후 몇 분이 지나자, 제이미는 긴장한 눈빛으로 나를 쳐다보았다.

그는 나를 노려보았다. 용감한 어른처럼 보이려고 애썼지만, 그의 어두운 두 눈에는 두려움과 고통이 어른거렸다. 멜라니는 더 큰 소리로 흐느껴 울었고 내 다리는 더욱 후들후들 떨렸다. 힘이 빠져 주저앉지 않기 위해, 나는 젭이 기대어 있는 반대편 동굴 쪽으로 천천히 걸어가 바닥에 앉았다. 그리고 몸을 동그랗게 말아 최대한 작게 만들었다.

제이미는 조심스럽게 나를 살핀 다음, 네 발자국을 걸어와 나를 내려다보았다. 그리고 반대편에 있는 젭을 쳐다보았는데, 그는 여전히 미동도 하지 않고 눈도 뜨지 않았다. 잠시 후 제이미는 내 옆에 앉았다. 강렬한 그의 표정을 보자 어느 때보다 더 어른스럽게 느껴졌다. 어린 소년의 얼굴에 나타난 슬픈 어른의 표정에 나의 가슴은 찢어졌다.

"넌 누나가 아니야." 제이미가 낮은 목소리로 말했다.

말을 하고 싶은 마음이 너무나 간절해 오히려 아무 말도 하지 않는 게 힘들었다. 잠시 망설이다가 나는 그의 말에 수긍하며 고개를 끄덕였다.

"넌 누나의 몸 안에 들어간 거야."

잠시 후, 나는 다시 고개를 끄덕였다.

"얼굴은 왜 그래?"

나는 어깨를 으쓱했다. 내 얼굴이 어떤 모습인지 알 수 없었지만, 짐작은 갔다.

"누가 이렇게 한 거야?" 제이미가 다급하게 물었다. 망설이는 그의 손끝이 내 목에 살짝 와 닿는 것 같았다. 나는 가만히 있었고, 그의 손길이 닿아도 몸을 움츠리지 않았다.

"매기 고모, 제러드, 이안." 젭이 기운 없는 목소리로 사람들 이름을 차례로 댔다. 젭의 갑작스러운 목소리에 우리는 깜짝 놀랐다. 젭은 꼼짝도 하지 않고 앉아 있었고, 눈은 여전히 감고 있었다. 그는 마치 꿈속에서 제이미의 질문에 대답한 것처럼, 평온하게 잠든 모습이었다.

제이미는 잠시 기다렸다가, 다시 나를 쳐다보았다.

"넌 누나가 아니지만 누나의 모든 기억을 갖고 있어, 그렇지?"

나는 다시 고개를 끄덕였다.

"너 내가 누구인지 알아?"

나는 말을 삼키려 했지만, 입 밖으로 나오고 말았다. "넌 제이미야." 나도 모르게, 따뜻한 목소리로 제이미의 이름을 불렀다.

제이미는 눈을 깜박였고, 내가 침묵을 깨고 입을 연 사실에 놀란 것 같았다. 그는 고개를 끄덕이며 낮은 소리로 중얼거렸다. "그렇군."

우리는 여전히 미동도 하지 않는 젭을 쳐다본 다음, 서로를 마주보았다.

"그럼 누나한테 무슨 일이 일어났는지 기억하지?" 제이미가 물었다.

나는 주춤거리며 천천히 고개를 끄덕였다.

"알고 싶어." 그가 낮은 목소리로 말했다.

나는 고개를 가로저었다.

"알고 싶어." 제이미가 다시 말했다. 그의 입술이 떨렸다. "난 어린아이가 아니야. 말해."

"유쾌한 이야기가 아니야…." 나는 숨을 내쉬었지만 말을 멈출 수 없었다. 제이미가 원하는 것을 거부하기가 힘들었다.

그의 짙은 눈썹이 가운데부터 치켜 올라갔다. "부탁이야, 말해줘." 그가 속삭였다.

나는 젭을 바라보았다. 눈을 가늘게 뜬 채 지켜볼 수도 있다고 생각했지만, 확실히 알 수는 없었다.

내 목소리는 숨소리처럼 나지막했다. "멜라니가 출입 금지 구역으로 들어가는 게 목격됐어. 그녀의 잘못된 행동 때문에 수색자가 출동한 거야."

수색자라는 말에 제이미는 움찔했다.

"수색자들은 멜라니를 굴복시키려 했지만 멜라니는 도망쳤어. 궁지에 몰리자, 멜라니는 열린 엘리베이터 통로로 뛰어들었어."

나는 고통스러운 기억을 떠올리며 움츠러들었고, 제이미의 얼굴은 창백하게 변했다.

"누나는 죽지 않았어?" 제이미가 낮은 목소리로 물었다.

"응, 죽지 않았어. 뛰어난 치료사가 있으니까. 그들은 멜라니를 재빨리 치료했어. 그런 다음 그들이 나를 멜라니 안에 삽입했어. 그들은 멜라니가 그렇게 오랜 기간 생존할 수 있었던 방법을 내가 알아내기를 바랐어." 그렇게 많은 것을 말할 의도는 아니었다. 나는 갑자기 입을 다물어 버렸다. 제이미는 알아차리지 못하는 것 같았지만, 젭은 천천히 눈을 뜨더니 나를 쳐다보았다. 그는 눈만 떴을 뿐 여전히 미동도 하지 않았고, 나만 쳐다보고 있던 제이미는 그것을 알아차리지 못했다.

"왜 누나가 죽도록 내버려 두지 않았어?" 제이미가 물었다. 금방이라도 울음을 터뜨릴 것 같은 목소리였다. 어린아이에게는 어울리지 않는 목소리여서 더 듣기 괴로웠다. 낯선 사람을 두려워하면서도 어른의 고뇌를 충분히 이해하는 목소리. 손을 뻗어 그의 뺨을 만져주고 싶은 마음을 억누르기가 너무나 힘들었다. 그를 품에 안아주고 슬퍼하지 말라고 말해주고 싶었다. 나는 주먹을 쥐며 그가 묻는 질문에 집중하기 위해 애썼다. 젭의 눈길이 내 손에 머물다가 다시 내 얼굴로 돌아왔다.

"난 그 결정에 개입하지 않았어." 나는 중얼거리듯 대답했다. "그런 일이 일어나는 동안, 난 동면 탱크 안에 있었어."

제이미는 놀라 눈을 깜박거렸다. 내 대답은 그가 예상하지 못한 것이었고, 그는 새로운 감정에 휩싸인 듯했다. 젭을 쳐다보자, 그의 눈은 호기심으로 빛나고 있었다.

제이미의 눈에서도 호기심이 보였지만, 젭보다는 더 신중해 보였다. "넌 어디서 왔어?" 그가 물었다.

그가 마지못해 보이는 관심에 나도 모르게 웃음이 나왔다. "멀리서 왔어. 다른 행성에서."

"이게 무슨…!" 제이미가 더 질문하려 했지만 누군가가 그의 말을 가로막왔다.

"도대체 무슨 짓들을 하는 거야?" 제러드가 우리에게 소리쳤다. 그는 동굴 끝을 돌다가 우리를 발견하고는 멈추어 섰다. "젭! 이건 약속이 다르잖아요…."

제이미가 몸을 일으켜 자리에서 일어났다. "삼촌이 데려온 게 아니야. 하지만 난 여기 오지 않을 수 없었어."

젭이 한숨을 쉬면서 천천히 일어섰다. 그러는 동안 메고 있던 총이 무릎에서 바닥으로 굴러, 바로 내 곁에 떨어졌다. 나는 불안해하며 얼른 뒤로 물러섰다.

제러드의 반응은 달랐다. 그는 큰 보폭으로 공간을 가로지르며 내게 돌진했다. 나는 벽으로 물러서며 팔로 얼굴을 감쌌다. 두 팔 사이로, 그가 바닥에서 총을 집어 올리는 모습이 보였다.

"우리 모두를 죽일 작정이에요?" 제러드는 젭의 가슴에 총을 거의 던지며 소리쳤다.

"진정해, 제러드." 젭은 한 손으로 총을 받아들고는 지친 목소리로 말했다. "밤새 옆에 두어도 이 애는 총을 건드리지도 않을 거야. 무슨 말인지 알겠어?" 그가 내게 총을 내밀자 나는 움찔하며 뒤로 물러섰다. "이 애는 수색자가 아니야."

"입 다물어요, 젭!"

"젭 삼촌에게 뭐라고 하지 마. 잘못한 것 없으니까." 제이미가 소리쳤다.

"너!" 제러드가 분노에 찬 제이미를 향해 소리쳤다. "당장 이곳에서 나가! 안 그러려면 날 돕든가."

제이미는 주먹을 쥐며 꼼짝도 하지 않았다.

제러드도 주먹을 불끈 쥐었다.

나는 충격을 받아 한 발자국도 움직일 수 없었다. 어떻게 저런 식으로 서로에게 고함칠 수 있을까? 그들은 가족이었다. 아니, 그들은 혈연보다 더 강인한 관계였다. 제러드는 제이미를 해치지 않을 것이다. 그는 절대 그럴 수 없다! 나는 무언가를 하고 싶었지만, 어떻게 해야 할지 알 수 없었다. 내가 간섭하면 오히려 그들을 더 화나게 만들 것이다.

멜라니는 나보다 더 침착했다. '그는 제이미를 해칠 리 없어. 절대 그럴 리 없어.' 그녀는 확신에 찬 어조로 말했다.

나는 원수처럼 서로 노려보고 있는 그들을 보며 자책감에 사로잡혔다.

'여기 오지 말았어야 했어. 우리가 그들을 얼마나 불행하게 만들었는지 봐.' 나는 신음소리를 냈다.

"이 사실을 나한테 비밀로 하지 말았어야지." 제이미가 이를 악물고 말했다. "그리고 그녀를 해치지 말았어야 했어." 그는 손으로 내 얼굴을 가리키며 말했다.

제러드는 바닥에 침을 뱉었다. "저건 멜라니가 아니야. 그녀는 절대 되돌아오지 않아, 제이미."

"저건 누나 얼굴이야." 제이미가 고집을 부렸다. "그리고 목을 봐. 목에 난 상처를 보고 마음이 아프지도 않아?"

제러드는 힘없이 손을 떨어뜨렸다. 그는 눈을 감고 심호흡을 했다. "제이미, 당장 이곳에서 나가든지 날 혼자 있게 해줘. 그렇지 않으면 억지로 널 내보낼 거야. 괜히 겁 주는 게 아니야. 더 이상 감당할 수가 없어. 이제 한계에 부딪혔어. 그러니 이 이야기는 나중에 하면 안 될까?" 그는 고통으로 가득 찬 눈을 떴다.

제이미는 제러드를 바라보았고, 그의 얼굴에서 분노가 서서히 사라졌다. "미안해." 그는 잠시 후 중얼거렸다. "우선 갈게…. 하지만 다시 오지 않겠다는 약속은 못하겠어."

"지금 당장은 아무것도 생각할 수 없으니 그냥 가도록 해."

제이미는 어깨를 으쓱했다. 그는 다시 한 번 나를 살핀 다음 자리를 떠났다. 익숙한 그의 걸음걸이를 보자, 잊고 있던 고통이 다시 느껴졌다.

"당신도요." 제러드가 젭을 쳐다보며 담담한 목소리로 말했다.

젭은 눈을 이리저리 굴리며 말했다. "자넨 충분히 휴식을 취한 것 같지 않아. 내가 지켜볼게…."

"가세요."

젭이 얼굴을 찡그렸다. "알았어, 그러지." 그는 복도를 내려다보았다.

"젭?" 제러드가 그를 불렀다.

"왜?"

"내가 지금 당장 이것을 죽여 버리라고 요구하면, 그렇게 할 수 있어요?"

젭은 우리를 돌아보지 않고 계속 걸어갔지만, 그의 말은 명료했다. "그래야지. 내가 정한 규칙이니까. 그러니 진심이 아니면 말하지 말게."

젭은 어둠 속으로 사라졌다.

제러드는 그가 멀어져 가는 모습을 지켜보았다. 제러드가 나를 쳐다보기 전에, 나는 얼른 머리를 숙이고 모퉁이 안으로 움츠러 들어갔다.

18

지루해하다

그날 나머지 시간 동안, 나는 잠깐 입을 열었을 뿐 줄곧 침묵을 지켰다. 잠깐 입을 열었던 때는, 몇 시간 후 젭이 제러드와 내게 음식을 갖다 주었을 때였다. 내가 머무는 작은 동굴의 입구 안으로 쟁반을 넣어주면서, 젭은 사과하는 듯한 미소를 지었다.

"고맙습니다." 나는 낮은 목소리로 그에게 속삭였다.

"천만에." 그가 내게 말했다.

제러드는 우리가 나누는 짧은 대화에 짜증을 내며 투덜거렸다.

그날 제러드가 내뱉은 말은 그게 전부였다. 그는 하루 종일 곁에 있었지만, 숨소리조차 거의 들리지 않았다.

긴 하루였다. 너무나 답답하고 지루한 날이었다. 이리저리 자세를 바꾸어 보았지만, 단 한 번도 몸을 편안하게 펼 수 없었다. 등이 욱신거리기 시작했다.

멜라니와 나는 제이미에 대해 많은 생각을 했다. 우리가 이곳에 와서 그에게 괜한 해를 끼쳤다는 걱정이 앞섰고, 우리가 그를 힘들게 하고 있다는 생각이 들었다. 이런 때에 꼭 돌아오겠다는 제이미와의 약속을 지키는 게 무슨 의미가 있을까?

시간은 별다른 의미가 없었다. 황혼녘일 수도 있고 새벽일 수도 있었다. 지하 깊은 곳에 있기 때문에 시간을 가늠할 수가 없었다. 멜라니와 나는 서로 논쟁을 벌일 대상이 없었다. 우리는 별다른 생각 없이 기억을 떠올렸는데, 특별한 프로그램을 찾지도 않으면서 계속 텔레비전 채널을 돌리는 것 같은 같은 느낌이었다. 잠깐 잠이 들기도 했지만, 자세가 너무 불편해서 깊이 잠들지 못했다.

마침내 젭이 돌아왔을 때, 난 그의 얼굴에 입맞춤이라도 할 것처럼 반가웠다. 그는 씩 웃으면서 내 동굴 안을 들여다보았다.

"또 산책할 시간인가?" 그가 내게 물었다.

나는 다급하게 고개를 끄덕였다.

"내가 할 테니 총을 주세요." 제러드가 성난 목소리로 말했다.

나는 동굴 입구에 어색한 자세로 쭈그린 채 머뭇거렸고, 젭이 고개를 끄덕였다.

"얼른 나와." 그가 내게 말했다.

나는 뻣뻣하고 불안정한 자세로 동굴 밖으로 나와, 젭의 손을 잡으며 균형을 찾았다. 제러드는 반감을 표하며 고개를 돌려버렸다. 그는 흰 손으로 총을 단단히 잡고 있었다. 그가 총을 잡고 있는 모습을 보고 싶지 않았다. 젭이 총을 들고 있을 때보다 더 신경이 쓰였다.

제러드는 젭이 내게 안내해 준 길을 허락하지 않았다. 그는 내가 따라오는지 확인하지도 않은 채 어두운 동굴 속으로 서둘러 갔다.

그를 따라가기가 힘들었다. 그는 발소리도 거의 내지 않았고, 나를 안내해 주지도 않았다. 바위에 걸려 넘어지지 않기 위해, 한 손으로 앞을 더듬고 다른 한 손으로 벽을 더듬으며 따라갔다. 울퉁불퉁한 바닥에 두 번이나 넘어졌다. 그럴 때마다 그는 내가 다시 일어서서 걸을 때까지 기다려 주었다. 곧게 난 길을 따라가던 나는 그의 뒤에 바짝 붙게 되었다. 그의 등을 만지고 어깨의 윤곽을 더듬고 나서야, 동굴 벽이 아니라는 사실을 깨달을 수 있었다. 그는 화를 내며 내 손길을 뿌리치더니, 성급히 앞으로 나아갔다.

"미안해요." 어둠 속에서 얼굴이 달아오르는 게 느껴졌다.

그는 아무 대답도 하지 않았다. 그의 걸음이 더 빨라져 따라잡기가 훨씬 힘들어졌다.

앞쪽으로 불빛이 보이자 나는 혼란스러웠다. 이번엔 다른 경로로 온 걸까? 가장 큰 동굴에서 비치던 환한 불빛이 아니었다. 흐릿하고, 창백하고, 은색이 도는 불빛이었다. 그러나 우리가 지나가야 하는 틈은 이전과 똑같았다. 메아리가 울리는 그 거대한 공간 안으로 들어가서야, 나는 불빛이 왜 달라 보였는지 알아차릴 수 있었다.

위에서 떨어져 내리는 불빛은 태양보다는 달을 모방한 것 같았다. 나는 그 불빛을 이용해 천장을 살펴보려 했고, 비밀이 무엇인지 알아내려고 살펴보았다. 높은 천장에 달린 백여 개의 가짜 달에서 희미한 불빛이 새어나오고 있었다. 조그마한 달빛은 부정형의 무늬를 이루며 바닥에 흩어졌다. 나는 고개를 가로저었다. 직접 바라보고 있으면서도, 여전히 그 불빛의 정체를 이해할 수 없었다.

"서둘러." 몇 발자국 앞에 있던 제러드가 화를 내며 다그쳤다.

나는 움찔하며 서둘러 그를 뒤따라갔다. 다른 곳에 정신을 판 것이 미안했다. 그가 내게 말하는 것을 얼마나 짜증스러워 하는지 알 수 있었다.

강이 흐르는 방에 다다랐을 때, 나는 손전등을 받을 수 있을 거라고 기대하지 않았고 실제로 받지도 못했다. 커다란 동굴에서처럼 희미한 불빛이 비쳤지만, 이곳에는 달 모양으로 만든 스무 개의 작은 전등이 있었다. 제러드가 턱을 악물고 천장을 올려다보는 동안, 나는 머뭇거리며 검은 웅덩이가 있는 방으로 들어갔다. 내가 비틀거리다가 뜨거운 지하 온천수 속으로 사라지더라도, 제러드는 아마 운명이라고 여길 거라는 생각이 들었다.

'우리가 떨어지면 그는 슬퍼할 거야.' 멜라니는 내 생각에 동의하지 않았다. 나는 벽을 감싸 안은 채 칠흑 같은 욕실 안으로 들어갔다.

'과연 그럴까? 처음에는 널 잃은 사실에 고통스러워하겠지만, 네가 아닌 내가 사라지면 그는 행복해할 거야.'

'그건 그가 널 모르기 때문이야.' 멜라니는 그렇게 속삭이더니, 갑자기 지친 것처럼 희미하게 사라져버렸다.

나는 묘한 느낌에 그 자리에 멈추어 섰다. 확실하지는 않았지만, 멜라니가 나를 칭찬한 것 같았기 때문이다.

"얼른 와." 제러드가 다른 방에서 버럭 소리를 질렀다.

나는 어둠과 두려움을 떨쳐 버리려고 발걸음을 서둘렀다.

동굴로 되돌아오자, 젭이 푸른 램프 옆에서 기다리고 있었다. 그의 발치에는 울퉁불퉁한 원통 두 개와 폭신하고 네모난 베개 두 개가 놓여 있었다. 예전에는 못 보던 것이었다. 우리가 화장실을 다녀온 사이 다른 곳에서 가져온 것 같았다.

"오늘 밤 누가 여기서 잘 텐가?" 젭이 아무렇지도 않은 듯 제러드에게 물었다.

제러드는 젭의 발치에 있는 것을 보았다.

"제가 잘 겁니다." 그가 무뚝뚝하게 말했다. "그리고 침낭은 하나면 돼요."

젭의 짙은 눈썹이 치켜 올라갔다.

"젭, 이 문제는 제게 맡겼으니 간섭하지 마십시오."

"이 애는 동물이 아니야. 설사 동물이라 하더라도 이런 식으로 다루어서는 안 되네."

제러드는 아무 대답도 하지 않고, 이를 악물었다.

"자네, 꽤나 잔인하군." 그는 부드러운 목소리로 말하고는 원통을 하나 집어 올리더니 끈을 잡고 어깨에 멨다. 그러고 나서 사각형의 베개를 겨드랑이에 끼웠다.

"미안하다." 그는 내 어깨를 가볍게 두드려 주며 말했다.

"그만 나가요!" 제러드가 으르렁거렸다.

잽은 어깨를 으쓱하더니 천천히 멀어져갔다. 그가 시야에서 사라지기도 전에, 나는 서둘러 내 동굴 안으로 숨어들어갔다. 나는 어두운 구석으로 들어가 몸을 동그랗게 말았다. 작은 공처럼 몸을 말아서 아무도 찾을 수 없었으면 좋겠다는 생각이 들었다.

제러드는 보이지 않는 먼 곳을 택하지 않고 내 동굴 입구 바로 앞에 침낭을 깔았다. 그는 손으로 베개를 몇 번 쳤는데, 평평하게 펴기 위해서인 것 같았다. 침낭에 누워 팔짱을 낀 그의 모습 일부분만이 구멍을 통해 보였다.

그의 피부는 지난 반 년 동안 내 꿈속에 나타나던 그 구릿빛 피부와 똑같았다. 꿈에서 보던 그 모습이 바로 내 눈 앞에 현실로 보이는 게 믿기지 않았다. 초현실적이었다.

"도망갈 생각은 안 하는 게 좋아." 그가 내게 경고했다. 그의 목소리는 이전보다 다소 누그러졌는데, 졸린 것 같기도 했다. "도망치려고 하면…." 그는 하품을 했다. "널 죽여 버릴 거야."

나는 아무 대답도 하지 않았다. 그의 경고를 듣자 모욕을 당한 것 같은 느낌이었다. 내가 왜 몰래 빠져나갈 궁리를 하겠는가? 대체 어디로 간단 말이지? 내가 어리석은 시도를 하기만을 기다리고 있는 야만인들의 손아귀 안으로 스스로 걸어 들어간단 말인가? 아니면 몰래 그들을 피해 빠져나간 다음, 더위에 지쳐 죽을 뻔한 사막으로 되돌아간단 말인가? 그는 내가 그렇게 할 수 있을 거라 생각하는 건가? 그는 내가 이 작은 세계를 떠나기 위해 어떤 궁리를 하고 있다고 생각하는 걸까? 내가 그렇게 강인해 보였던 것일까? 내가 아무것도 할 수 없는 무방비 상태라는 걸 모르는 걸까?

나는 그가 깊게 잠들었다는 걸 알 수 있었다. 멜라니가 기억하는 대로 몸을 뒤척이기 시작했기 때문이다. 그는 불안할 때면 몸을 뒤척이며 잠을 자곤 했다. 그의 손가락이 움찔하다가 멈추는 것을 보니, 내 목을 조르는 꿈을 꾸는 건 아닐까 하는 생각이 들었다.

그 이후 며칠 동안은 매우 조용했다. 이곳에서는 시간을 가늠할 수 없었기 때문에 며칠이 아니라 아마 일주일이 지났을 수도 있다. 제러드는 마치 말없는 벽처럼 나를 지키고 있었다. 내가 숨 쉬고 움직이는 소리 이외에는 아무 소리도 들리지 않았다. 어두운 동굴 안에는 희미한 불빛과 쟁반밖에 보이지 않았다. 제러드는 가끔씩 나를 훔쳐볼 뿐, 아무런 접촉도 하지 않았다. 얽은 자국이 있는 바위만이 가끔 피부에 와 닿았다. 쓴 맛이 나는 물, 딱딱한 빵, 부드러운 수프, 건조한 뿌리야채만 계속 반복해서 먹었다.

두려움은 계속되었고, 육체적인 불편함도 지속되었다. 동굴 생활은 고통스러울 정도로 단조로웠다. 그 세 가지 가운데 가장 견디기 힘든 것은 지루함이었다. 내가 갇힌 동굴은 감각을 점점 더 마비시키는 듯했다.

멜라니와 나는 함께 미쳐버릴 것 같았다.

'우리 둘 모두 머릿속에서 이상한 목소리를 듣고 있어. 좋은 징조가 아니야.' 멜라니가 그 점을 지적했다.

'말하는 법을 잊어버릴 거야.' 나는 그것이 진심으로 걱정이었다. '최근에 누군가가 우리에게 말을 건 게 언제지?'

'나흘 전에 삼촌이 음식을 가져다주었을 때 고맙다고 말했고, 삼촌이 천만에, 라고 대답했어. 그게 아마 나흘 전이었을 거야. 아니면 적어도 나흘 밤 이전일 거야.' 멜라니는 한숨을 쉬는 것 같았다. '손톱 좀 그만 물어뜯어. 그 버릇을 고치는 데 몇 년이 걸렸단 말야.'

그러나 길고 긁히기까지 한 손톱은 성가시기만 할 뿐이었다. '나쁜 버릇까지 걱정할 여유가 있나 봐.'

제러드는 젭이 음식을 가져오도록 허락하지 않았다. 대신, 다른 누군가가 음식을 가져와 복도 끝에 두면 제러드가 내 동굴까지 가져다주었다. 하루에 두 번씩, 나는·매일 똑같은 음식을 받아먹었다. 가끔 제러드가 먹을 음식도 함께 왔는데, 내게도 익숙한 레드 빈즈, 스니커즈, 팝 타트 같은 포장 음식이었다. 나는 인간들이 어떻게 그렇게 미묘한 맛을 만들어냈는지 궁금했다.

그가 그 음식을 나누어줄 거라고는 기대하지 않았지만, 내가 내심 기다리고 있다는 사실을 그가 알고 있을지 궁금했다. 몇 안 되는 즐거움 가운데 하나는 그가 음식을 먹는 소리를 듣는 것이었다. 그는 항상 남에게 과시하듯이 소리를 내며 음식을 먹기 때문이다. 얼마 전 젭이 베개를 가져다 주었을 때도 제러드는 베개를 내리치며 여봐란 듯이 허세를 부렸다.

제러드가 평소처럼 과시하듯이 치토스 봉지를 뜯자, 가짜 치즈가루 냄새가 동굴 안에 퍼졌다. 도저히 참을 수 없는, 맛있는 냄새였다. 그는 바삭거리는 소리를 내며 하나씩 천천히 씹어 먹었다.

뱃속에서 꾸르륵거리는 소리가 났고, 나 자신이 한심했다. 자신을 비웃은 적은 거의 없었다. 최근 경험을 떠올려보았지만 기억나지 않았다. 사막에서 이상할 정도로 섬뜩하게 히스테리를 부린 기억도 떠올랐지만, 비웃음은 아니었다. 이곳에 도착했을 때조차, 나 자신을 우습게 여기지는 않았다.

하지만 이 상황이 우스운 데는 몇 가지 이유가 있었다. 조그마한 치토스 하나에 뱃속이 반응을 보인 생각을 하자 다시 웃음이 났다. 나는 아마 미쳐

가고 있는 것이리라.

내가 보인 반응에 화가 났는지, 그는 자리에서 일어나 사라져 버렸다. 오랜 시간이 지난 후, 그가 다시 치토스를 먹는 소리가 들려왔지만, 이번에는 저쪽 멀리서였다. 고개를 내밀고 동굴 밖을 살피자, 내게 등을 돌린 채 어두운 복도 끝에 앉아 있는 그의 모습이 보였다. 그가 고개를 돌리고 나를 쳐다볼까 두려워, 나는 얼른 동굴 안으로 고개를 집어넣었다. 그때부터 그는 가능한 한 복도 끝에 주로 머물렀고 밤이 되어서야 내 동굴 앞으로 와서 몸을 눕혔다.

낮에 두 번씩, 혹은 밤에 두 번씩 나는 강이 흐르는 방으로 갔다. 제러드는 주변에 사람들이 있을 때는 나를 절대 데리고 나가지 않았다. 그곳으로 가는 게 두렵기는 했지만 항상 그 순간을 기다렸다. 이상한 모양의 작은 동굴에서 벗어날 수 있는 유일한 시간이었기 때문이다. 동굴 안으로 다시 몸을 웅크리고 들어갈 때마다, 하루하루가 더 힘들게 느껴졌다.

그주에 세 번, 매번 잠자는 시간에 누군가가 우리를 찾아와서 확인했다.

처음으로 찾아온 사람은 카일이었다.

제러드가 갑자기 자리에서 일어나는 바람에 나는 잠에서 깼다. "여기서 나가." 그는 총을 들고 카일에게 경고했다.

"그냥 확인하는 것뿐이야." 카일이 말했다. 그의 목소리는 멀찌감치 들렸지만, 거칠고 큰 목소리 때문에 그라는 걸 분명히 확인할 수 있었다. "정신 차려, 제러드. 언젠가 넌 저걸 앞에 두고서도 너무 곤히 잠들어서 깨어나지도 못할거야."

제러드는 대답 대신 총의 공이치기를 당겼다.

카일이 멀어지면서 그의 웃음소리도 잦아들었다.

나머지 두 번은 누가 찾아왔는지 알 수 없었다. 카일이 다시 왔을 수도 있고, 그의 남동생 이안 혹은 내가 모르는 다른 누군가가 왔을 수도 있다.

내가 알고 있는 사실은, 제러드가 자다 말고 벌떡 일어나 침입자에게 총을 겨누었다는 사실뿐이다. 그는 아무 말도 하지 않았다. 우리를 확인하러 온 사람은 제러드와 굳이 대화를 나누려 하지 않았다. 그들이 가버리자, 제러드는 곧 다시 잠들었다. 그러나 나는 마음을 진정시키는 데 오랜 시간이 걸렸다.

네 번째는 달랐다.

나는 깨어 있는 상태였지만, 제러드는 인기척이 들리자마자 잠에서 깨어나 재빨리 자리에서 일어났다. 그는 손에 총을 든 채 욕설을 내뱉었다.

"긴장하지 마." 멀리서 중얼거리는 목소리가 들려왔다. "싸우러 온 거 아니니까."

"무슨 일로 왔든 상관 없어." 제러드가 으르렁거렸다.

"단지 이야기를 하고 싶을 뿐이야." 목소리가 점점 더 가까워졌다. "여기서 아무와도 이야기하지 않고 지내잖아… 네가 중요한 일을 맡아서 하던 때가 그립군."

"그렇겠지." 제러드가 빈정거리며 말했다.

"총은 내려놔. 싸우려고 왔다면, 이번에는 남자 넷은 데리고 왔을 거야."

짧은 침묵이 이어졌고, 제러드가 다시 말문을 열었다. 그의 목소리에는 냉소적인 유머가 담겨 있었다. "너희 형제들은 잘 지내나?" 제러드는 즐거운 목소리로 질문했다. 그런 식으로 말하며 긴장을 푸는 것 같았다. 그는 내가 갇힌 동굴 바로 앞에 편안한 자세로 앉아 벽에 기댔지만, 총은 여전히 상대방을 겨누고 있었다.

목이 아팠다. 짓밟히고 멍이 든 두 손을 맞잡고 나는 그들의 이야기를 엿들었다.

"형은 코를 다쳤다며 여전히 노발대발하고 있어." 이안이 말했다. "뭐, 하지만 코가 부러진 게 이번이 처음은 아니니까. 네가 진심으로 미안해한다고 전해줄게."

"난 미안하지 않아."

"알아. 형을 쳤다고 미안해하는 사람은 아무도 없지."

그들은 낮은 소리로 웃었다. 그들에게는 분명 동료애가 느껴졌지만, 제러드가 이안을 향해 총을 겨누고 있는 모습과는 역시 어울리지 않았다. 그러나 절박한 상황에서 형성된 유대감은 분명 강한 것 같았다. 어쩌면 혈연보다 더 강할 것이다.

이안은 제러드 옆에 앉았다. 그의 옆모습이 희미한 푸른 불빛에 비쳤다. 그의 코는 완벽했다. 끝이 약간 올라간 곧은 모양의 코로, 유명한 조각상에서 보았던 코와 비슷했다. 코가 종종 부러지는 다른 형제에 비해 이안의 코가 그렇게 멀쩡한 건 사람들이 그 잘생긴 코를 차마 건드리지 못하기 때문일까? 아니면 그가 다른 사람의 비위를 더 잘 맞추어 주기 때문일까?

"이안, 원하는 게 뭐야? 카일 대신 사과하러 온 건 아닐 테고."

"젭이 너한테 말했나?"

"무슨 말이야?"

"그들이 찾는 걸 포기했어. 심지어 수색자들도 말야."

제러드는 아무 말도 하지 않았지만, 나는 갑작스런 긴장감이 흐르는 걸 느낄 수 있었다.

"어떤 변화가 있는지 계속 살피는 중인데, 그들이 불안해하는 것 같지는 않아. 그들은 차가 버려진 지역을 계속 수색하고 있어. 지난 며칠 동안 생존자보다는 시신을 찾고 있는 것 같더군. 그러다가 이틀 전날 밤, 수색을 잠시 멈췄어. 수색 팀이 쓰레기를 바깥에 두는 바람에 코요테 떼가 그들의 베이스캠프를 습격한 거야. 수색자 하나가 늦게 돌아오다가 코요테를 놀라게 한 모양이더군. 코요테들이 그놈을 공격해서 사막으로 끌고 갔고, 나머지 수색자들이 뒤늦게 비명 소리를 듣고 구하러 갔지. 물론 다른 수색자들은 무장을 하고 있었고. 뭐, 당연하지만 그들은 수색자를 쉽게 구해왔고, 그 수색자도 심하게 다치지 않은 것 같아. 하지만 그 사건을 보면, 이곳에 온 손님에게 무슨 일이 있었는지 추측할 수 있지."

이안이 말하는 손님은 바로 나였다. 저들은 나를 찾고 있는 수색자를 어떻게 몰래 정탐할 수 있었던 걸까? 모르는 사이에 이미 나는 노출되어 있었던 게 아닐까. 인간들이 자신들의 적인 소울을 감시하는 모습, 내 머릿속에 떠오른 생각이 영 찜찜했다. 그런 생각을 떠올리자 목 뒷덜미가 찌르는 것처럼 아팠다.

"그 후에 수색자들은 짐을 싸서 떠났어. 수색을 포기한 거지. 자원해서 참가한 다른 이들도 집으로 돌아갔어. 이제 그걸 찾는 자는 아무도 없어." 그는 고개를 돌려 나를 보았고 나는 몸을 구부렸다. 동굴 안이 너무 어두워 내 모습이 보이지 않기 바랐다. 그의 얼굴처럼, 내 모습도 검은 형체로 보일 것이다. "원래 하던 방식대로 따르자면, 공식적으로 사망했다고 발표했을 거야. 잽은 이야기를 듣는 사람들마다 '내가 그렇다고 말했잖아' 하면서 떠벌리고 있어."

제러드는 무엇인가 중얼거렸지만, 분명하게 들리는 건 잽의 이름밖에 없었다. 그런 다음 심호흡을 하고 말했다. "음, 그렇군. 결국 그렇게 끝난 것 같군."

"그런 것처럼 보이긴 해." 이안은 잠시 머뭇거리다가 덧붙여 말했다. "그런데 한 가지가 남아 있어…. 아무것도 아닐 수도 있지만."

제러드에게 다시 긴장감이 감돌았다. 그는 어떤 것도 놓치지 않고 알고 싶어 했다. "어서 말해."

"형 이외에는 아무도 대수롭게 생각하지 않아. 형이 어떤 사람인지는 너도 알잖아."

제러드는 투덜거리며 이안의 말에 동의했다.

"이런 일에 대해서 넌 가장 민감하니까 네 의견을 듣고 싶어. 그래서 목숨을 걸고 이 출입 금지 구역으로 들어온 거야." 덤덤하게 말하던 이안의 어조가 갑자기 진지하게 바뀌었다. "어떤 수색자가 있는데…, 글록 권총을 소지하고 있대."

나는 그것이 무엇을 의미하는지 곧바로 알 수 있었다. 총에 대해 말하는 이안의 어조가 부러움을 머금고 있다는 걸 알아챘을 때 나는 역겨움을 느꼈다.

"그 사실이 중요하다고 생각한 첫 번째 사람은 형이야. 나머지 사람들은 대수롭지 않게 생각하고 있어. 여러 사람들 의견을 모아 의논을 해야 한다고도 생각지 않아. 뭔가 심상치 않다는 느낌은 들지만, 아무도 귀 기울여 듣지 않아. 도대체 무슨 일인지 알 수 있다면 좋겠어…"

목덜미가 또 다시 찌르는 듯이 아팠다.

"어쨌든…." 이안은 이야기를 계속했다. "수색을 그만두기로 했지만 그 결정에 만족하지 못하는 수색자가 있었어. 소울들이 항상 얼마나 평화로운 척 하는지 모르지? 그런 그들이 서로 언쟁하는 걸 보니 이상하더군. 뭐, 물론 말을 되받아치는 자는 아무도 없었으니, 언쟁이라고 할 수도 없겠지만 말이야. 하지만 기분이 별로 안 좋아 보이는 수색자 하나가 다른 이들과 언쟁하는 것처럼 보이긴 했어. 나머지 수색자들은 그 수색자를 무시하고 모두 가버렸고."

"언쟁했다는 그 수색자는?" 제러드가 물었다.

"차를 타고 피닉스로 가던 중, 차를 돌려 툭슨으로 갔어. 그러고 나서 다시 서쪽 방향으로 차를 몰고 가더군."

"여전히 수색하고 있는 거야."

"아니면 결정을 내리지 못하고 혼란스러워 하고 있는지도 모르지. 그놈은 산 정상에 있는 편의점에 차를 세우고, 그곳에서 일하는 자와 이야기를 나누었어. 하지만 이미 다른 수색자가 그자에게 이것저것 물어본 상태였지."

"음." 이제 제러드는 관심을 보이며 수수께끼를 풀기 위해 궁리했다.

"저것이 하이킹 삼아 산 정상에 올라갔다니, 말도 안 되는 일이지. 나 같아도 안 믿어. 여하튼 그놈은 머리부터 발끝까지 검은색 차림이었어. 그놈을 잡아서 산 채로 불태워 죽여야 하는데."

갑자기 몸에 경련이 일었다. 나는 몸을 웅크려 동굴 벽으로 다가갔고 무의식적으로 손으로 얼굴을 가렸다. 작은 동굴 속에서 쉬익 하는 소리가 메아리쳐 울리다가 희미해졌는데, 그건 바로 내 목소리였다.

"왜 저러는 거야?" 이안이 깜짝 놀라며 물었다.

얼굴을 가린 손가락 너머로, 나는 그들이 구멍을 통해 나를 들여다보는지 확인했다. 이안의 모습은 어둠에 가려 보이지 않았고, 제러드의 얼굴에는 희미한 불빛이 비쳤다. 그의 얼굴은 돌처럼 굳어 있었다.

나는 죽은 듯이 가만히 있으려 했지만, 심하게 떨리는 몸을 주체할 수 없었다.

제러드는 밖으로 몸을 내밀더니 손전등을 들고 다시 다가왔다.

"눈을 살펴봐." 이안이 중얼거렸다. "겁에 질린 것 같아."

두 사람의 얼굴이 모두 불빛에 비친 채였지만, 나는 제러드의 얼굴만 쳐다보았다. 그는 생각에 잠긴 표정으로 나를 뚫어지게 쳐다보았다. 그는 이안이 했던 말을 곰곰이 생각하면서, 내가 왜 그런 행동을 했는지 이유를 따졌다.

나는 계속 떨기만 했다.

'그녀는 절대 포기하지 않을 거야.' 멜라니가 신음소리를 내며 말했다.

'나도 알아, 나도 알아.' 나도 신음소리를 냈다.

우리의 증오심이 언제 두려움으로 변한 걸까? 속이 거북하고 메슥거렸다. 왜 그녀는 다른 이들처럼 나를 아무렇게나 죽게 내버려 두지 않는 걸까? 내가 죽은 이후에도, 그녀는 계속 나를 찾아다닐까?

"검은 옷을 입은 수색자가 누구야?" 제러드가 갑자기 다그쳐 물었다.

입술이 떨렸지만 나는 아무 대답도 하지 않았다. 침묵하는 편이 가장 안전할 것 같았다.

"네가 말할 수 있다는 거 알아." 제러드가 으르렁거렸다. "넌 젭하고 제이미랑은 이야길 했잖아! 이제 나한테도 말해 봐."

동굴로 기어들어오던 그는, 몸을 완전히 구부려야 할 정도로 내부가 좁은 것을 보고 약간 놀란 듯했다. 천장이 낮아서 무릎을 구부려야만 하자 그는 심히 불쾌하다는 표정이었다. 우리 둘만으로도 동굴은 비좁았기 때문에 나는 도망칠 곳이 없었다. 완전히 모퉁이에 몰린 것이다. 그의 입김이 피부에 와 닿았다.

"네가 아는 걸 털어 놔." 그가 내게 명령했다.

19

포기하다

"검은 옷을 입은 수색자가 누구야? 왜 아직도 널 수색하고 있는 거야?"
제러드는 귀가 먹먹해질 정도로 크게 소리쳤다. 그의 목소리가 사방에 메
아리쳐 울렸다.

나는 그가 나를 때릴 거라고 지레 짐작하며 손으로 얼굴을 가렸다.

"제러드?" 이안이 중얼거렸다. "내가 말해보면 안 될까…?"

"여기서 당장 나가!"

이안의 목소리가 더 가깝게 들렸다. 이미 빈틈이 없는 비좁은 동굴 안으
로 그가 들어오려 하자, 바위가 긁히는 소리가 났다. "너무 겁에 질려 아무
말도 못하잖아. 잠시 그냥 내버려 둬."

제러드가 뒤를 돌아보고 잠시 후, 뭔가 쿵 하고 떨어지는 소리가 났다.
이안은 투덜거리며 욕을 내뱉었다. 얼굴을 가린 손가락 틈으로 이안은 더

248

이상 보이지 않았고 제러드는 내게 등을 보인 채 앉아 있었다.

이안은 침을 뱉으며 신음소리를 냈다. "벌써 두 번째야." 그가 투덜거리는 소리를 들으며, 나는 이안이 끼어드는 바람에 제러드에게 언어맞았다는 걸 알아차릴 수 있었다.

"세 번째도 준비됐어." 제러드는 그렇게 중얼거렸지만, 고개를 돌린 채 나를 똑바로 보지 않은 상태였다. 그가 이안을 친 손에는 손전등이 쥐어져 있었다. 어두웠던 동굴에 손전등을 비추자 마치 대낮처럼 환해졌다.

제러드는 손전등으로 내 얼굴을 자세히 살피면서 다시 말했다. "그, 수색자가, 누구냐고." 그는 한 마디 한 마디 분명하게 발음했다.

나는 손을 떨어뜨리고 동정심 없는 그의 눈빛을 들여다보았다. 누군가가 내 침묵으로 괴로워하는 모습을 보자 마음이 아팠다. 한때 나를 죽이려 했던 사람이라 해도 마음이 아픈 건 마찬가지였다. 그런 식으로 상대방을 고문해서는 안 될 것 같았다.

내 변화를 알아차린 듯 제러드의 표정이 흔들렸다. "널 해칠 필요는 없지만…" 그는 확신이 없는 듯 조용한 목소리로 말했다. "내 질문에 대한 답은 들어야겠어."

그것은 올바른 질문이 아니었다. 내가 어떻게든 지키려 하는 비밀은 그것이 아니라 다른 것이었으니까.

"말해." 그는 고집을 부렸다. 좌절로 가득 찬 불행한 눈빛이었다.

나는 정말 겁쟁이일까? 그냥 그렇게 믿고 싶었다. 고통의 두려움이 다른 어떤 것보다 더 강하다고 믿고 싶었다. 하지만 내가 입을 연 진짜 이유는 훨씬 더 애처로웠다.

나는 나를 그토록 미워하는 그를 조금이나마 즐겁게 해주고 싶었던 것이다.

"그 수색자는…" 나는 입을 열었다. 오랫동안 말을 하지 않아서 목이 잠졌다.

그는 조바심을 내며 내 말을 가로막았다. "수색자라는 건 나도 알아."

"그냥 수색자가 아니라, 내 수색자예요." 나는 낮은 목소리로 속삭이듯 말했다.

"네 수색자라니, 그게 무슨 뜻이야?"

"나를 전담하는 수색자, 항상 나를 따라다녀요. 이유는…." 나는 갑자기 입을 다물었다. 하마터면 '우리'라고 말할 뻔했다. 만약 그랬다면, 우리를 단숨에 죽음으로 몰고 갈 수도 있었을 것이다. 우리가 공존한다는 것은 명백한 사실이었지만 제러드는 새빨간 거짓말로 볼 것이 뻔했다. 자신이 간절히 바라는 것이면서도, 자신의 가장 큰 고통을 건드리는 거짓말이라고 생각할 것이다. 결국 믿지 않을 것이고, 믿으려 하지도 않을 것이다. 그렇게 바라는 것이 사실이라는 걸 절대 알아차리지 못할 것이다. 그는 사랑하던 여자의 눈빛 너머로, 위험한 거짓말쟁이를 보고 있을 뿐이었다.

"이유는?" 제러드가 다그쳐 물었다.

"내가 도망친 이유, 아니 내가 여기 온 이유는…."

온전한 사실은 아니었지만, 전적으로 거짓말도 아니었다.

제러드는 입을 반쯤 벌린 채 나를 쳐다보았다. 그가 곁눈질 하는 걸 보자, 이안이 다시 동굴 안을 들여다보고 있는 걸 알 수 있었다. 그의 창백한 입술에 핏자국이 묻어 있었다.

"네가 수색자한테서 도망쳤다고? 하지만 넌 그들과 한통속이잖아." 제러드는 마음을 가라앉히고 질문에 집중하려고 애를 썼다. "왜 수색자가 널 따라다니는 거야? 수색자가 원하는 게 뭐야?"

침을 삼키는 소리가 이상할 정도로 크게 들렸다. "수색자는 당신을 원했어요. 당신과 제이미요."

그의 얼굴이 갑자기 굳어 버렸다. "수색자를 이곳까지 데려오려고 했어?"

나는 고개를 가로저었다. "아니에요…, 난…." 어떻게 그에게 설명할 수 있을까? 그는 그 사실을 절대 인정하지 않을 텐데….

"뭐라고?"

"수색자에게 말하고 싶지 않았어요. 그녀가 싫었으니까요."

그는 다시 혼란스러워하며 눈을 깜박였다. "너희들은 모두를 좋아해야 하지 않아?"

"그래요." 나는 얼굴을 붉히며 그 사실을 시인했다.

"여긴 누구한테서 들었어?" 이안이 제러드의 어깨 너머에서 물었다. 제러드는 얼굴을 찌푸렸지만 여전히 내 얼굴에서 시선을 떼지 않았다.

"잘 모르겠어요…. 앨범에 그려진 선을 봤던 것뿐이에요. 수색자에게 그 선을 그려주긴 했지만, 우리는 선이 뭘 의미하는지는 알지 못했어요. 수색자는 그 선을 여전히 지도라고 생각하고 있을 거예요." 나는 말을 멈출 수 없었다. 하지만 실수를 하지 않기 위해 최대한 천천히 말하며 긴장을 늦추지 않았다.

"그게 뭔지 몰랐다는 게 무슨 뜻이야? 넌 이곳을 찾아왔잖아." 제러드는 내게 손을 내밀다 말고 아래로 떨어뜨렸다.

"내 기억력… 아니, 그녀의 기억력에 문제가 생겼어요. 그녀의 기억을 이해할 수 없었기 때문에, 모든 것에 접근할 수는 없었던 거예요. 벽이 있었어요. 그 때문에 수색자가 내게 할당되었고, 내가 나머지 기억을 풀어내기를 기다렸던 거예요."

이안과 제러드는 서로 눈빛을 교환했다. 내가 그들에게 한 말은 예전에 한 번도 들은 적 없던 이야기인 것 같았다. 그들은 나를 신뢰하지 않았지만, 그게 가능하다는 것을 간절히 믿고 싶어 했다. 그들은 너무 많은 것을 원했지만 그 때문에 두려움도 깊어지는 것 같았다.

제러드의 날카로운 목소리에 갑자기 정신이 번쩍 들었다. "내 오두막에

갔었어?"

"네, 하지만 오랫동안 있지는 못했어요."

"그래서 수색자에게 말했어?"

"아니요."

"아니라고? 왜 말하지 않았어?"

"왜냐하면… 기억이 떠올랐지만… 그녀에게 말하고 싶지 않았어요."

이안이 눈을 크게 떴다.

제러드의 목소리가 갑자기 더 낮고 부드럽게 변했다. 소리치는 것보다 오히려 더 위험하게 느껴졌다. "왜 그녀에게 말하고 싶지 않았던 거야?"

나는 턱에 힘을 주고 이를 악물었다. 수색자에 관한 것은 굳이 감추고자 한 비밀이 아니었지만, 그는 여전히 그것이 나의 가장 큰 비밀인 것처럼 캐 내려 하고 있었다. 그 순간, 내가 입을 다물겠다고 결심한 것은 스스로를 보호하겠다는 의지보다는 어리석은 자존심 때문이었다.

나는 나를 경멸하는 그 남자에게, 그 이유는 바로 너를 사랑하기 때문이 라고 말하지 않을 것이다.

그는 도전적인 내 눈빛을 보고, 대답을 얻기 위해 무엇이 필요한지 이해 한 듯했다. 그는 그 질문을 건너뛰거나, 나중에 다시 묻기로 결심한 것 같 았다.

"왜 모든 기억을 떠올릴 수 없었던 거야? 그건 일반적인 현상인가?"

그 질문 역시 매우 위험했다. 그때까지 처음으로, 나는 명백한 거짓말을 했다.

"그녀가 뭔가 잘못됐어요. 몸에 손상을 입었죠."

거짓말하는 건 쉽지 않았지만, 이번에는 무사히 해낼 수 있었다. 제러드 와 이안 두 사람 모두 그릇된 정보에 반응을 보였다. 제러드는 고개를 갸우 뚱했고, 이안의 한쪽 눈썹이 치켜 올라갔다.

"왜 그 수색자는 다른 이들과 달리 포기하지 않는 거지?" 이안이 물었다.

나는 완전히 기진맥진했다. 그들은 밤새 질문을 계속할 것이다. 내가 계속 대답을 하면 그들은 계속 질문을 할 것이고, 마침내 나는 말실수를 하게 될 터였다. 나는 벽에 몸을 웅크리며 눈을 감았다.

"모르겠어요." 나는 속삭이듯 대답했다. "그 수색자는 다른 소울들과는 달라요. 아주… 짜증나는 존재예요."

이안의 웃음소리가 터져 나왔다.

"그럼 넌 다른 소울들과 비슷해?" 제러드가 물었다.

나는 눈을 뜨고 멍한 표정으로 오랫동안 그를 바라보았다. 정말 어리석은 질문이었다. 나는 다시 눈을 감고 얼굴을 무릎에 숙인 다음, 두 팔로 머리를 감쌌다.

내가 입을 닫아 버리자, 제러드는 큰 소리로 투덜거리기 시작했다. 그는 동굴 입구를 빠져나오면서 몇 번씩이나 불평을 늘어놓았다. 그는 손전등을 잡은 다음, 몸을 펴면서 신음소리를 냈다.

"놀라운 얘긴데?" 이안이 목소리를 낮추며 말했다.

"새빨간 거짓말이야." 제러드가 그에게 속삭였다. 그들이 무슨 말을 하는지 들을 수 있었다. 그들은 자신들의 목소리가 동굴 안에서 울려 퍼진다는 사실을 모르는 것 같았다. "저 소울은 우리가 뭘 믿길 바라는 걸까? 우리가 어쩌길 바라는 거지?"

"거짓말하는 것 같지는 않아. 꼭 한 번 거짓말했는데, 알아차렸어?"

"행동만 보면 알지."

"제러드, 거짓말을 하는 소울을 본 적 있어? 물론 수색자는 예외지만."

"저건 분명 수색자야."

"진심이야?"

"분명해."

"저 여자, 아니 저건 수색자와는 거리가 멀어. 수색자가 우리를 찾아낼 생각이었다면, 군대를 끌고 왔을 거야."

"하지만 수색자는 아무것도 찾아내지 못했겠지. 하지만 저 여자, 아니 저건 이 안으로 들어왔잖아."

"거의 죽은 거나 다름없었어."

"맞아, 하지만 아직도 숨을 쉬고 있잖아, 그렇지?"

오랫동안 침묵이 흘렀다. 너무 오랜 시간이 흘렀기 때문에 나는 몸을 말고 있는 동굴 밖으로 나갈 궁리를 하기 시작했지만, 그것을 시도하며 괜히 소리를 내고 싶지는 않았다. 이안이 떠나고 잠을 잘 수 있기 바랐다. 너무 지쳐 아드레날린이 말라버린 것 같았다.

"젭과 이야기해 봐야겠어." 이안이 마침내 말문을 열며 속삭였다.

"아, 그거 좋은 생각이군." 제러드의 목소리에는 빈정거림이 짙게 묻어 있었다.

"그날 밤 기억나? 저 소울이 너와 형 사이에 갑자기 뛰어들었잖아. 아주 이상했어."

"살아남으려고, 도망치려고 발버둥친 것뿐이야."

"형에게 그녀를 죽이라고 했다면 신이 났을 텐데."

"그랬겠지."

"젭의 총이 효과가 있었지. 그녀는 그때 젭이 오고 있다는 사실을 알고 있었을까?"

"이안, 너무 오버하지 마. 저게 원하는 게 바로 그거야."

"왠지 난 네가 틀린 것 같아. 이유는 잘 모르겠지만…. 저건 우리가 자기 생각을 아예 하지 않기 바라는 것 같아." 이안이 일어서는 소리가 들렸다. "정말 복잡한 게 뭔지 알아? 그가 중얼거렸다. 그는 더 이상 속삭이는 목소리로 말하지 않았다.

"그게 뭔데?"

"죄책감이 들어. 저것이 우리를 보고 움찔하는 모습을 보면, 그리고 목에 난 검은 상처를 보면 죄책감이 들어 견딜 수 없어."

"그런 감정 느낄 필요 없어." 제러드는 갑자기 불안한 목소리로 말했다. "저건 사람이 아니야. 그따위 감정은 잊어버려."

"인간이 아니기 때문에 고통을 느끼지 않는다고 생각해?" 이안의 목소리가 희미해지며 멀어져갔다. "저것이 인간이었다면 우리가 그렇게 거칠게 다룰 수 있었을까."

"너나 조심해." 제러드가 그에게 야유를 보냈다.

"나중에 보자고, 제러드."

제러드는 이안이 떠난 이후에도 오랫동안 긴장을 풀지 못했다. 그는 한동안 동굴 안을 왔다 갔다 했다. 그런 다음 불빛을 가린 채 침낭에 앉아, 알아들을 수 없는 말을 혼자 중얼거렸다. 나는 그가 잠들기를 기다리는 걸 포기하고, 몸을 최대한 바르게 펴서 둥근 그릇 모양으로 패인 바닥에 누웠다. 내가 움직이는 소리가 날 때마다 그는 놀라 일어나더니 다시 혼자 중얼거리기 시작했다.

"죄의식이 든다니…." 그는 냉혹한 목소리로 중얼거렸다. "젭과 제이미도 그런데 이안까지 죄의식을 느끼다니, 이렇게 둘 수는 없어. 저걸 살려 두는 건 어리석은 짓이야."

두려움이 몰려왔지만 나는 무시하려고 애썼다. 그가 나를 죽일 생각을 할 때마다 겁에 질린다면, 나는 한 순간도 평화롭게 지내지 못할 것이다. 척추를 다른 방향으로 펴기 위해 배를 깔고 눕자, 그는 몸을 홱 움직이더니 침묵 속으로 빠져들었다. 마침내 나는 잠이 들었지만, 그는 밤새도록 곰곰이 생각에 빠져있을 터였다.

잠에서 깨어나자 제러드는 침낭 위에 앉아 있었다. 한 손으로 턱을 괴고 팔꿈치를 무릎 위에 올린 채였다.

한두 시간밖에 잠든 것 같지 않았지만, 통증이 너무 심해 다시 잠을 청할 엄두가 나지 않았다. 이안이 찾아왔던 기억이 떠오르자 내가 괜한 말을 한 것은 아닐까 생각이 들었고, 이안이 이상한 반응을 보인 이후에 제러드가 나를 더 철저하게 격리시키지 않을까 걱정도 되었다. 이안은 죄의식에 대해 왜 굳이 제러드에게 말했단 말인가? 죄의식을 느낄 수 있으면서도 나를 목 졸라 죽이려 했단 말인가? 멜라니 역시 이안의 방문에 대해 내심 불안해했고, 그가 죄책감을 느낀 결과가 어떻게 나타날지 걱정했다.

몇 분 후 발소리가 들리자, 멜라니와 나는 정신이 번쩍 들었다.

"나야. 긴장하지 말게." 멀리서 젭의 목소리가 들렸다.

제러드는 총의 공이치기를 당겼다.

"쏠 테면 쏴보게." 젭의 목소리가 점점 가까워졌다.

제러드는 한숨을 내쉬며 총을 내렸다. "그냥 가세요."

"자네에게 할 말이 있어." 젭은 숨을 거칠게 내쉬며 제러드 맞은편에 앉아 말했다. "안녕." 그는 고개를 끄덕이며 내게 인사했다.

"제가 얼마나 싫어하는지 알잖아요." 제러드가 중얼거렸다.

"알지."

"수색자에 대한 이야기는 벌써 이안에게 들었습니다."

"알아. 그와 잠깐 얘기를 했지."

"그럼 저한테 원하는 게 뭡니까?"

"자네에게 원하는 건 없어. 모두에게 필요한 게 있을 뿐이지. 요즘 모든 게 부족한 형편이야. 물품을 넉넉하게 조달해야 해."

"아, 그렇군요." 제러드가 중얼거렸다. 그것은 그가 긴장하면서 기다리던 문제가 아니었다. "카일을 보내십시오."

"그렇게 하지." 젭은 벽에 손을 짚고 다시 자리에서 일어나며 말했다.

제러드가 한숨을 내쉬었다. 그가 방금 젭에게 했던 말은 본심이 아닌 것 같았다. 그는 젭이 일어나자마자 말을 바꾸었다. "카일은 안 됩니다. 그는 너무…."

젭이 키득거리며 웃었다. "저번엔 혼자 돌아다니다가 큰 사고를 당할 뻔했지. 카일은 매사에 조심하고 꼼꼼하게 생각하는 유형은 아냐. 그럼 이안을 보낼까?"

"그는 지나치게 생각을 많이 해요."

"그럼 브랜트?"

"그를 이렇게 멀리 혼자 보내는 건 좋지 않습니다. 몇 주 전부터 겁을 먹기 시작했으니 실수를 할 겁니다."

"좋아, 그럼 누구를 원하는지 말해 봐."

잠시 후, 제러드가 젭에게 대답을 할 것처럼 숨을 들이쉬는 소리가 들렸다. 하지만 그는 숨만 내쉴 뿐 아무 대답도 하지 않았다.

"이안과 카일을 같이 보낼까?" 젭이 물었다. "함께 보내면 서로의 단점을 보완해 줄 거니까."

제러드가 신음소리를 냈다. "지난번처럼 말입니까? 그럴 바에야 차라리 제가 하겠습니다."

"자네가 최고지." 젭도 그의 말에 동의했다. "자네가 여기 온 이후로 우리의 삶이 바뀌었어."

우리는 젭의 말을 이해하고서 천천히 고개를 끄덕였다.

'제러드는 정말 대단해. 그가 우리와 함께 있을 때만큼은 제이미와 난 항상 안전했어. 하다 못해 잡힐 뻔했던 적도 없었지. 제러드를 시카고에서 만났다면 우린 안전했을 거야.'

제러드가 갑자기 어깨로 나를 가리키며 말했다. "그럼 저건…?"

"저 아이는 내가 지킬게. 자네는 카일과 함께 가는 게 좋을 거야."

"카일이 없더라도 아저씨 혼자서 이곳을 지키는 건 위험합니다. 누가 저여자… 아니, 저것을 또 해치러 올지 몰라요."

젭이 어깨를 으쓱했다. "내가 할 수 있는 한 최선을 다할게."

제러드는 천천히 고개를 가로저었다.

"얼마나 걸릴 것 같아?" 젭이 그에게 물었다.

"모르겠습니다." 제러드가 중얼거렸다.

긴 침묵이 흘렀다. 잠시 후, 젭이 운율도 맞지 않는 휘파람을 불기 시작했다.

마침내, 제러드는 자신도 의식하지 못한 채 오랫동안 참고 있던 숨을 내쉬며 말했다.

"오늘 밤 떠나겠습니다." 그는 마지못하는 태도로 천천히 말했지만, 어떤 방면으로는 안도하는 것 같기도 했다. 그의 목소리는 약간 덜 방어적이었다. 내가 이곳에 나타나기 전 그의 본래 모습이 아마 저렸겠지. 지금껏 어깨에 짊어지고 있던 짐을 내려놓고 기꺼이 다른 짐을 올려두는 것 같은 모습이었다.

그는 나의 생사를 이제 되어가는 대로 맡겨두는 것이리라. 혹은 군중들의 뜻에 맡기는 것인지도 몰랐다. 그가 돌아왔을 때 내가 죽어 있다면, 그는 어느 누구에게도 책임을 묻지 않을 것이다. 그는 나의 죽음을 슬퍼하지도 않을 것이다. 내가 들을 수 있는 말은 '상심'이 전부일 것이다.

나는 사람들이 '상심'이라는 감정을 지나치게 확대한다는 것을 잘 알고 있다. 멜라니는 자신이 '상심'했던 기억을 떠올렸다. 그러나 나는 그것이 항상 과장된 표현이라는 생각이 들었다. 아련하고 막연한 개념일 뿐 실질적인 상심은 한 번도 겪어 보질 못했다. 그러므로 마음이 상하는 것 같은 고통도 기대하지 않았다. 목구멍이 부글부글 끓는 것처럼 메스꺼웠고, 눈에 눈물이 고여 아려왔다. 하지만 마음을 다친다는 건 도대체 어떤 느낌일까? 도저히 이해가 가지 않았다.

마음에 물리적인 형체가 있다면 그것은 마음을 꼬고 당기고 때리고 부수는 듯한 느낌일까? 멜라니의 상심으로, 우리는 하나이면서도 서로 다른 몸에서 각각 다른 감정을 느끼는 듯한 상태가 되었다. 머리는 하나이지만 마음은 두 개인 상태. 그렇게 고통은 두 배가 되었다.

'그는 이제 떠날 거야.' 멜라니가 흐느껴 울며 말했다. '다시는 그를 보지 못할 거야.' 그리고 그녀는 우리가 곧 죽을 것이라는 사실도 전혀 의심하지 않았다.

나도 그녀와 함께 울고 싶었지만, 누군가는 정신을 차려야 했다. 나는 이를 악물고 슬픔을 참아냈다.

"그게 최선이겠군." 젭이 말했다.

"제가 직접 해결해야 할 것 같습니다." 제러드의 관심은 벌써 이곳에서 멀어져 새로운 목표를 향하고 있었다.

"그럼 여긴 내가 맡도록 하지. 안전하게 잘 다녀오게."

"고맙습니다. 그럼 돌아와서 뵙죠, 젭."

"그러지."

제러드는 젭에게 총을 넘겨준 다음, 무심하게 옷에 묻은 먼지를 털어냈다. 그러고 나서 재빠른 걸음걸이로 서둘러 내게서 멀어져갔다. 그의 생각은 벌써 다른 데 가 있는 것 같았다. 나를 단 한 번 쳐다보지도 않았고, 내 운명 따위도 생각하지 않는 것 같았다.

나는 옅어져 가는 그의 발자국 소리에 귀를 기울였다. 그 소리가 더 이상 들리지 않자, 나는 젭이 옆에 있다는 사실도 잊어버린 채 얼굴을 감싸 안고 흐느껴 울었다.

20
자유로워지다

젭은 내가 울도록 내버려두었다. 코를 훌쩍거리며 우는 동안 한 마디 말도 걸지 않았다. 거의 30분이 지나서야 그는 마침내 말문을 열었다.

"아직 깨 있는 거지?"

나는 아무 대답도 하지 않았다. 이러는 게 어느새 버릇이 되어 버렸다.

"바깥에 나와서 기지개 켜고 싶지 않아?" 젭이 제안했다. "그 안에 있다고 생각만 해도 난 온몸이 쑤시는데."

지난 한 주 동안 거의 아무 말도 하지 않고 지냈지만, 누군가와 이야기를 나누고 싶은 기분도 아니었다. 그러나 젭의 제안은 너무나 유혹적이라 거절할 수 없었다. 머릿속으로 생각하기도 전에, 나는 벌써 팔을 뻗어 입구 밖으로 나가고 있었다.

젭은 다리를 꼰 채 침낭에 앉아 있었다. 나는 팔다리를 흔들고 어깨를 풀어주며 그의 반응을 살폈지만, 그는 여전히 눈을 감은 채였다. 제이미가 찾아왔던 때처럼, 젭은 가만히 앉아 잠자고 있는 것처럼 보였다.

그때 이후로 얼마나 시간이 지났을까? 제이미는 어떻게 지내고 있을까? 이미 아픈 마음에 고통이 더해졌다.

"몸은 좀 나아졌어?" 젭이 눈을 뜨며 물었다.

나는 어깨를 으쓱했다.

"앞으로 더 좋아질 거야." 그는 활짝 웃으며 말했다. "내가 제러드에게 했던 말은… 완전히 거짓말은 아니었어. 뭐, 어떤 각도에서 보면 사실이기 때문이지. 하지만 또 다른 각도에서 자신이 원하는 걸 들으면 사실이 아니기도 해."

나는 멍하니 앞만 바라보았다. 그가 하는 말을 한 마디도 이해할 수 없었다.

"어쨌든 제러드는 잠시 여길 떠날 필요가 있어. 너를 떠나는 게 아니라." 젭은 재빨리 덧붙여 말했다. "이 상황에서 벗어나는 거야. 여기서 나가 있는 동안 새로운 시각을 갖게 되겠지."

젭은 내가 어떤 말에 상처를 받는지 어떻게 아는 걸까? 그리고 그것보다, 내가 상처를 받든 받지 않든 무슨 상관이길래 저렇게 신경을 쓴단 말인가? 젭이 이렇게나 친절한 이유를 알 수 없었기 때문에, 한편으로 두렵기도 했다. 적어도 제러드의 행동은 이해할 수 있었다. 그리고 카일과 이안의 살의와 의사의 의도도 논리적으로 설명할 수 있었다. 그러나 젭만은 미지수였다. 그는 대체 내게 뭘 원하는 것일까?

"그렇게 우울해하지 마." 젭이 내게 말했다. "생각해보면 긍정적인 면도 있어. 네게 못되게 굴던 제러드가 잠시 이곳을 떠날 테니, 좀 더 편안히 지낼 수 있을 거야."

나는 이마를 찌푸리며 그의 의도를 이해하려고 애썼다.

"음…, 예를 들자면, 여긴 우리가 물건을 저장하는 데 사용하는 곳이야. 제러드와 다른 사람들이 돌아오면, 그들이 가지고 온 물건을 보관할 장소가 필요할 거야. 그러면 네가 있을 만한 곳을 다시 찾아봐야겠지? 아마 이곳보다 좀 더 넓은 곳이어야 할 거야. 침대가 있는 방일 수도 있을 거고." 그는 내게 당근을 내밀며 다시 미소 지었다.

나는 그가 방금 했던 이야기가 농담이라고 말하기를 기다렸다.

그러나 물 빠진 청바지처럼 옅은 푸른색인 그의 눈동자는 너무나 부드럽게 진심을 얘기하고 있었다. 그 눈빛을 바라보자 목이 잠겨 아무 말도 할 수 없었다.

"이제는 좁은 동굴 안으로 기어들어갈 필요 없어. 힘든 시기는 끝난 것 같구나."

젭의 진심 어린 표정을 보면 도저히 의심이라는 것을 품을 수가 없었다. 나는 또 다시 얼굴을 손에 묻고 흐느껴 울었다.

그는 자리에서 일어나 어색한 손길로 내 어깨를 토닥여 주었다. 내가 우는 모습을 지켜보며 그는 마음이 불편한 것 같았다. "괜찮아, 그만 울어." 젭이 낮은 소리로 중얼거렸다.

이번에는 아까보다 빨리 마음을 추스를 수 있었다. 나는 눈물을 닦으며 머뭇거리다 그에게 웃어 보였고, 그는 이해한다는 듯이 고개를 끄덕였다.

"여자아이라 눈물이 많구나." 그가 나를 토닥여주며 말했다. "자, 이곳을 둘러보며 제러드가 정말 밖으로 나갔는지 확인해 보자." 그는 공모자처럼 이를 드러내며 씩 웃었다. "그런 다음 한번 놀아보자꾸나."

그에게 논다는 의미는 무장한 채 다른 사람들과 떨어져 있는다는 걸 뜻하는 것이리라.

그가 내 표정을 보더니 키득거리며 웃었다. "걱정하지 마. 제러드가 돌아오기를 기다리는 동안 편히 쉬는 편이 나을 거야. 얇은 침낭만 깔고 자더라도 지금보다는 훨씬 편안할 거야."

나는 바닥에 깔린 침낭을 보다가 다시 그를 쳐다보았다.

"좀 쉬어." 젭이 내게 말했다. "편안하게 잘 수 있을 거야. 내가 지키고 있을게."

다시 눈물이 고였다. 나는 침낭에 누워 베개를 벴다. 젭은 침낭이 얇다고 했지만 내게는 천국 같았다. 길게 기지개를 켜고, 손가락과 발가락을 쫙 폈다. 관절이 우두둑거리는 소리가 났다. 그런 다음 천천히 몸을 이완하고 편안히 침낭의 감촉을 느꼈다. 침낭이 마치 내 몸을 안아주면서, 아픈 곳을 어루만져주는 것 같았다. 나는 편안히 한숨을 내쉬었다.

"내 마음이 다 후련하구나." 젭이 말했다. "누군가 고통스러워 하는지 알면서도, 가려운 곳을 긁어주지 못해 안타까웠단다."

그는 몇 미터 떨어진 곳에 편안히 앉아 낮은 소리로 콧노래를 부르기 시작했다. 그가 첫 소절을 마치기도 전에 나는 잠들었다.

잠에서 깨어나자, 생각보다 오랜 시간 동안 잤다는 걸 알 수 있었다. 이곳에 온 이후로 가장 오랫동안, 그리고 깊이 잠든 것 같았다. 통증과 인기척에 놀라 잠을 깬 적도 없었다. 깨어났을 때 제러드가 가버리고 없다는 사실을 떠올리지만 않았다면, 훨씬 기분이 좋았을 텐데…. 베개에서 제러드 냄새가 났다. 나와는 달리 그에게서는 좋은 냄새가 났다.

'다시 꿈속으로 돌아가자.' 멜라니가 쓸쓸하게 한숨을 쉬었다.

꿈은 희미하게만 기억날 뿐이었지만, 나는 그 안에서 제러드의 모습을 분명히 보았다. 꿈속에서는 항상 그가 보였다.

"잘 잤어?" 젭이 기운찬 목소리로 말했다.

나는 눈을 뜨고 그를 쳐다보았다. 젭은 밤새 벽에 기대어 앉아 있었던 걸까? 그는 피곤해 보이지는 않았지만, 내가 더 편안한 잠자리를 차지했다는 생각에 죄책감이 들었다.

"그들은 이제 밖으로 나갔으니 동굴 안을 둘러볼까?" 그는 허리춤에 맨 총을 무의식적으로 한 번 툭 치면서 말했다.

나는 눈을 동그랗게 뜨고 믿기지 않는 표정으로 그를 바라보았다. 동굴 안을 둘러본다고?

"이제부터는 계집애처럼 굴면 안 돼. 아무도 널 성가시게 하지 않을 거야. 이제는 너 스스로 길을 찾을 수 있어야 한다."

그는 내게 손을 내밀며 일어서도록 도와주었다.

나는 그의 손을 잡았지만 그가 하는 말에 머리가 어지러워졌다. 나 스스로 길을 찾을 수 있어야 한다니? 이유가 뭘까? '이제는'이 뭘 의미하는 걸까? 그는 얼마 동안이나 이 순간을 기다렸던 것일까?

젭은 앞장서며 나를 이끌었다.

그의 손을 잡고 어두운 동굴 안을 지나가던 기억이 아득한 옛날처럼 느껴졌다. 나는 그 기억을 조금씩 떠올리며 그의 도움 없이 혼자 걷기 시작했다.

"자, 오른쪽 첫 번째 날개가 좋겠군." 그가 중얼거렸다. "네가 머물 멋진 곳을 정하는 거야. 그 다음은 부엌…." 그는 동굴을 둘러볼 계획을 세우고 있었다. 우리는 좁은 틈을 지나 밝은 동굴 안으로 들어갔는데, 커다란 홀보다 더 밝은 조명이 빛나고 있었다. 그곳에서 사람들의 목소리가 들리기 시작하자, 내 입안은 바짝 말랐다. 내 두려움을 모르는 건지 모르는 척하는 건지, 젭은 계속 이야기를 늘어놓았다.

"오늘은 당근 싹이 돋아날 거야." 그는 나를 중앙 광장으로 안내하며 말했다. 눈이 부셔서 그곳에 누가 있는지 구분할 수 없었지만, 여전히 증오의 눈빛으로 사람들이 나를 쳐다보고 있다는 건 느낄 수 있었다. 갑작스런 침묵이 다른 어느 때보다 불길하게 느껴졌다.

"언제 봐도 예쁘단 말이야." 젭이 혼잣말처럼 중얼거렸다. "연두색 새싹은 보기만 해도 기분이 좋아."

그는 발걸음을 멈추고 손으로 어딘가를 가리켰다. 나는 눈을 가늘게 뜨고 그가 가리킨 곳을 쳐다보았지만, 밝은 조명 때문에 여전히 앞이 잘 보이지 않았다. 잠시 후에야 나는 그가 무엇을 말했는지 알 수 있었다. 그리고 열다섯 명 정도 모인 사람들 역시 볼 수 있었는데, 모두들 적의를 담은 눈으로 나를 쳐다보았다. 그들은 일을 하던 중이었다.

커다란 동굴 한가운데를 차지하던 넓은 사각형은 이제 더 이상 어둠에 싸여있지 않다. 그 사각형의 절반은 방금 젭이 말했던 것처럼 연두색이었다. 너무나 아름답고 신기한 모습이었다.

일전에 그곳에 서 있던 사람이 아무도 없었던 건 당연한 일이었다. 그곳은 텃밭이었다.

"당근이라고요?" 나는 젭에게 물었다.

"절반은 초록색으로 변할 거야. 나머지 절반은 시금치야. 아마 며칠 지나면 싹이 나올 거야."

홀 안에 있던 사람들은 다시 일을 시작했다. 이따금 나를 쳐다보기는 했지만, 전반적으로 자신들이 하고 있는 일에 집중하고 있었다. 텃밭 주변에 바퀴 달린 큰 통과 고무관이 있는 걸 발견하고 나는 그들이 무슨 일을 하고 있는지 짐작할 수가 있었다.

"물을 대는 건가요?" 나는 낮은 목소리로 물었다.

"맞아. 더위 때문에 식물들이 금방 말라 죽거든."

나는 고개를 끄덕였다. 이른 시간이었지만, 몸에서 벌써 땀이 흘러 내렸다. 머리 위에서 내리쬐는 강렬한 열기 때문에 숨이 막힐 것 같았다. 천장을 다시 올려다보려 했지만, 너무 밝아서 역시 불가능했다.

젭의 소매를 잡은 채, 눈을 가늘게 뜨고 어지러운 빛을 올려다보았다.

"어떻게 한 거예요?"

젭은 내가 호기심을 보이자 미소를 지으며 즐거워했다. "마술사들처럼 거울을 이용했지. 수백 개의 거울이 필요했는데 이걸 모으는 데만도 오랜 시간이 걸렸어. 거울을 깨끗하게 닦는 건 이곳 사람들이 맡았지. 천장에는 작은 환기구 네 개밖에 없어서 내가 생각하던 계획을 실행에 옮기기에는 턱없이 부족했거든. 자, 내 아이디어 어때?"

그는 자랑스러워하며 어깨를 으쓱했다.

"정말 놀라워요. 대단해요." 나는 진심으로 고개를 끄덕였다.

젭은 놀라워하는 나를 보면서 씩 웃었다.

"자, 계속하자. 오늘은 할 일이 많아." 그가 제안했다.

그는 나를 새로운 동굴로 안내했다. 커다란 동굴에서 이어지는 또 다른 동굴로, 자연적으로 만들어진 모양이었다. 처음 보는 곳에 대한 두려움 때문에 온몸의 근육이 다시 긴장했다. 나는 무릎도 굽히지 않은 채 뻣뻣하게 걸으며 앞으로 나아갔다.

젭은 내 손을 가볍게 만져 주었지만, 다른 건 무시했다. "이곳은 잠을 자거나 물건을 보관하는 곳이야. 지표면과 더 가깝기 때문에 빛을 얻기도 훨씬 쉬워."

그는 동굴 천장에 난 좁은 틈 사이로 들어오는 밝은 빛을 가리키며 말했다. 바닥에는 손바닥 크기 정도 되는 빛이 비쳐 들어왔다.

곧 길이 여러 갈래로 나누어지는 지점에 이르렀다. 여러 통로들이 마치 문어발처럼 뻗어 있었다.

"왼쪽에서 세 번째." 젭은 무슨 대답이라도 기대하는 것처럼 나를 쳐다보며 말했다.

"왼쪽에서 세 번째라고요?" 나는 되물었다.

"맞아. 이곳에서는 길을 잃기 쉬우니 잊지 말도록 해. 길을 잃으면 위험해. 길을 잘못 드는 순간, 사람들이 네게 덤벼들 거야."

온몸이 부들부들 떨렸다. "네, 알려주셔서 감사하네요." 나는 낮은 목소리로 비꼬듯이 말했다.

내 대답이 우스웠는지 그가 웃었다. "사실을 부인해봐야 아무 소용없어. 목소리 높여 크게 말해도 더 나빠질 건 없고 말야."

더 좋아질 것도 없겠지. 나는 그 말은 하지 않았다. 기분이 약간 좋아지기 시작했다. 누군가 다시 내게 말을 걸어주는 게 좋았다. 젭과 함께 있으면 유쾌해졌다.

"첫 번째, 두 번째, 세 번째." 그는 차례대로 숫자를 센 다음, 왼쪽에서 세 번째 입구로 나를 안내했다. 우리는 임시로 만든 문이 달린 둥근 입구들을 지나가기 시작했다. 어떤 입구는 무늬 있는 천을 커튼처럼 달았고, 또 다른 입구는 마분지에 테이프를 붙여 만든 것이었다. 한 입구에는 두 개의 문이 달려 있었다. 붉은색 페인트를 칠한 목재 문과 회색 철제 문이 입구를 막고 있었다.

"일곱 번째." 젭이 숫자를 세면서 작은 입구 앞에 멈추어 섰는데, 높이는 내 머리보다 몇 센티미터 더 높은 정도였다. 그 동굴의 입구는 사생활을 보호하기 위해 은은한 초록색 천으로 가려져 있었는데, 언뜻 보면 거실 공간을 우아하게 나누는 가리개로 가린 것 같기도 했다. 초록색 실크 천을 장식한 체리 꽃 자수가 무척이나 아름다웠다.

"지금 생각할 수 있는 곳은 여기밖에 없어. 사람이 지내기에 적당한 곳 말이야. 몇 주 동안은 비어 있을 거고, 다시 필요할 때가 되면 더 좋은 곳을 찾아보도록 하마."

그가 가리개를 걷자, 입구에서보다 더 밝은 빛이 우리를 맞아주었다.

젭이 보여준 방을 보자 이상한 현기증이 느껴졌다. 폭에 비해 높이가 지나치게 높기 때문인 것 같았다. 마치 원탑 모양의 높은 저장고 안에 있는 것 같았다. 나는 이런 모양을 처음 보았지만 멜라니는 바로 그런 비유를 했다. 방의 폭보다 두 배나 높은 천장에는 마치 미로처럼 빈틈들이 복잡하게 연결되어 있었다. 빛의 넝쿨처럼 갈라진 틈은 원을 그리다가 다시 만나며 엉켰다. 내게는 한없이 위험하고 불안정해 보였다. 그러나 이 동굴에 너무나 익숙한 젭은 두려움이 전혀 없었다.

바닥에는 더블 사이즈 매트리스가 놓여 있었고, 세 면에 1미터 정도의 공간이 있었다. 매트리스 양쪽에 각각 베개와 침대가 놓여 있는 것으로 보아, 이 방은 두 사람을 위한 곳인 것 같았다. 갈퀴 손잡이 같은 두꺼운 나무 막대가 어깨 높이 정도로 벽에 수평으로 고정되어 있었고, 양쪽 끝은 스위스 치즈처럼 뚫린 구멍에 꽂혀 있었다. 그 위로 티셔츠 몇 장과 청바지 두 벌이 걸려 있었다. 등받이 없는 나무 의자는 벽에 붙어 있었고, 그 옆에는 임시로 만든 천 가방이 놓여 있었다. 바닥에는 오래된 책들이 가득 쌓여 있었다.

"누구 방이에요?" 젭에게 낮은 목소리로 물었다. 주인이 있는 방이 분명했다.

"습격하러 나간 사람 가운데 한 명인데, 당분간 돌아오지 않을 거야. 돌아올 때가 되면 다른 곳을 찾아줄게."

이 상황이 마음에 들지 않았다. 방이 그렇다는 것이 아니라, 이곳에 머물러야 한다는 것이 싫었다. 몇 가지 소지품이 있을 뿐이었지만, 방을 쓰던 사람의 존재감이 강하게 느껴졌다. 그가 누구이든, 내가 이곳에 머무는 것을 좋아하지 않을 것이다. 아니, 무척 싫어할 것이다.

젭이 내 마음을 읽은 것 같았다. 혹은 내 얼굴에 그것이 드러났을지도 모른다.

"그런 걱정은 하지 마." 젭이 내게 말했다. "여기는 내 집이고, 이곳은 여러 손님방 가운데 하나일 뿐이야. 누가 내 손님이고, 손님이 아닌지는 내가 결정해. 넌 내 손님이고 난 이 방을 너에게 내주는 거야."

나는 여전히 그 방이 마음에 들지 않았지만, 젭을 더 이상 당혹스럽게 만들 수도 없었다. 맹세하건데, 바닥에서 잠을 자야 한다고 해도 난 개의치 않을 것이다.

"자, 계속 가자. 잊지 마. 왼쪽에서 세 번째 입구, 일곱 번째 방."

"초록색 가리개." 나는 덧붙여 말했다.

"맞아, 정확해."

젭은 커다란 텃밭이 있는 방으로 나를 다시 데리고 가서, 반대편에 있는 경계선을 돌아 가장 큰 동굴 출구로 나가더니 텃밭에 물을 대는 사람들 사이를 지나갔다. 그들은 내가 그들 뒤로 걷는 것을 두려워하며 하던 일을 멈춘 채 가만히 서 있었다.

이번 동굴에는 빛이 유독 밝게 비쳤다. 빛이 들어오는 갈라진 틈새가 일정한 간격을 두고 이어져 있기 때문인 것 같았다.

"이제 지표면에 훨씬 더 가까이 가는 거야. 습기가 줄어들어 건조해지기도 하지만, 기온은 더 높아지지."

나는 그가 하는 말을 곧바로 이해할 수 있었다. 수증기가 없는 대신, 마치 화덕 안에 들어간 것처럼 공기가 뜨거워졌다. 지하 공기와 달리 신선해진 느낌이었다. 사막 먼지 냄새가 코끝을 자극했다.

앞에서 더 많은 사람들의 목소리가 들렸다. 나는 사람들의 어쩔 수 없는 반응에 아무렇지 않게 대처하기 위해 마음을 단단히 먹었다. 젭이 계속 나를 이런 식으로 대해준다면…. 나를 사람처럼 대해 준다면, 반가운 손님처럼 대해 준다면 나도 곧 익숙해질 것이다. 하지만 속이 다시 메슥거리고 구역질이 올라오기 시작했다.

"이곳으로 가면 부엌이야." 젭이 내게 말했다.

처음에는 사람들로 붐비는 다른 동굴 안으로 들어갔다고 생각했다. 나는 되도록 사람들과 떨어지기 위해 몸을 벽에 바짝 붙였다.

복도처럼 긴 부엌은 천장이 매우 높았다. 내가 새로 머물 방처럼, 폭보다 높이가 월등히 긴 비율이었다. 햇빛은 밝고 뜨거웠다. 두꺼운 바위에 얇은 틈이 있는 대신, 이곳에는 거대한 구멍이 있었다.

"낮에는 요리를 할 수 없어. 연기 때문이지. 밤이 되어야 이곳을 사용할 수 있어."

사람들의 이야기 소리가 갑자기 중단되었기 때문에, 젭의 목소리가 더 크게 들렸다. 그의 뒤에 숨고 싶었지만, 젭은 멈추지 않고 계속 안으로 걸어 들어갔다.

우리 때문에 사람들은 식사를 잠시 중단한 상태였다. 그 식사가 아침인지 점심인지 알 수 없었다.

얼핏 보았더니 스무 명 정도의 사람들이 서로 가까이 모여 있었다. 그곳은 그다지 큰 동굴이 아니었다. 바닥만 내려다보고 싶었지만, 만약의 경우를 대비해서 동굴 안을 조심스레 살폈다. 내 몸이 어디로든 도망치기 위해 긴장하는 게 느껴졌다. 하지만 어디로 가야 할지는 알 수 없었다.

입구 양쪽에는 바위가 높이 쌓여 있었다. 대부분은 보라색이 도는 화산석에 더 연한 색의 물질이 섞여 있었는데, 시멘트 같기도 했다. 그것은 바위 사이를 연결하며 서로 고정시켜 주는 역할을 했다. 바위 더미 위에는 더 짙은 갈색의 평평한 돌들이 쌓여 있었다. 그것 역시 연한 회색 시멘트 같은 걸 사이에 발라 고정되어 있었다. 맨 윗부분의 표면은 싱크대나 식탁처럼 상대적으로 평평했다. 아마 이 두 가지 용도 모두로 사용되는 게 틀림없었다.

어떤 사람들은 자리에 앉아 있었고, 어떤 사람들은 벽에 기대어 있었다. 그들은 빵을 먹다 말고, 젭이 나를 데리고 동굴을 둘러보는 것이 믿기지 않는 듯한 표정으로 바라보았다.

그들 가운데 몇몇은 아는 사람들이었다. 샤론과 매기, 그리고 의사는 나와 가장 가까운 곳에 있었다. 멜라니의 사촌과 고모는 분노에 찬 눈길로 젭을 쳐다보았다. 나는 이 상황을 이겨나갈 수 있을 것 같은 이상한 확신이 들었다. 샤론과 매기는 여전히 나를 본 척도 하지 않았지만 호기심 어린 눈길로 나를 쳐다보는 의사의 눈길을 느끼자 간담이 서늘해지는 듯했다.

동굴 반대편 끝에 서 있는 짙은 머리칼의 키 큰 남자가 보였다. 순간 심장이 세차게 뛰기 시작했다. 나는 제러드가 카일과 이안 형제를 함께 데려갔을 거라고 생각했고, 그 덕분에 내가 좀 더 편안히 지낼 수 있을 거라고 생각했다. 남은 사람이 카일이 아닌 동생 이안이라는 점이 그나마 다행이었다. 그러나 그렇게 위로해 봐도 심장은 여전히 빨리 박동하고 있었다.

"모두들 벌써 배가 부른 거야?" 젭이 빈정거리며 큰 소리로 말했다.

"식욕이 없어졌어." 매기가 중얼거렸다.

"넌 어때?" 젭이 나를 보며 물었다. "배고프니?"

낮은 신음소리가 사람들 사이에서 튀어나왔다.

나는 재빨리 고개를 가로저었다. 배가 고픈 것 같기도 했지만, 그 사람들 앞에서 식사를 하다가는 잡아먹히고 말 것 같았다.

"음, 난 배가 고파." 젭이 투덜거렸다. 그는 개수대 사이로 걸어갔고, 나는 뒤따라가지 않았다. 사람들 사이에 끼어 앉을 생각만 해도 견딜 수가 없었다. 나는 벽에 몸을 바짝 기댄 채 서 있었다. 젭이 플라스틱 통으로 가서 빵을 집어 드는 모습을 보고 있는 사람은 샤론과 매기뿐이었다. 다른 사람들은 모두 나를 쳐다보고 있었다. 내가 조금만 움직이더라도 그들은 내게 달려들 것이다. 나는 숨죽인 채 가만히 서 있기만 했다.

"자, 다른 데로 가자." 젭은 빵을 한입 먹으면서 내게로 돌아왔다. "모두들 식사에 전념하지 못하는구나. 이 사람들은 너무 쉽게 다른 데 정신을 판단 말이지."

사람들이 갑작스럽게 움직이기 시작했다. 하지만 나는 이름을 아는 몇몇 사람들의 얼굴조차 쳐다볼 수 없었다. 제이미가 자리에서 일어섰을 때야 비로소 나는 낯익은 그 아이를 알아볼 수 있었다.

제이미는 옆에 서 있는 어른보다 머리 하나 정도는 더 작았지만, 반대편 개수대에 걸터앉은 다른 두 아이들보다는 키가 컸다. 그는 앉아 있던 자리에서 내려와 젭을 따라왔다. 제이미의 표정은 마치 머릿속으로 어려운 방정식 문제를 푸는 것처럼 긴장되어 있었다. 그는 젭의 뒤에서 눈을 가늘게 뜨며 나를 쳐다보았다. 방 안에 있는 모든 사람들이 숨을 죽인 채 멜라니의 남동생인 제이미와 나를 번갈아보았다.

'아, 제이미!' 멜라니가 안타까운 목소리로 동생을 불렀다. 그녀는 동생이 어른 같은 표정을 짓는 것을 매우 싫어했고, 나 역시 그게 몹시 맘에 들지 않았다. 나는 멜라니보다 더 죄책감에 시달렸다.

'우리가 저 표정을 지워줄 수만 있다면…' 멜라니가 한숨을 내쉬며 말했다.

'너무 늦었어. 우리가 대체 뭘 할 수 있겠어?'

아무런 의미도 없이 던진 질문이었지만, 나는 어느새 질문에 대한 답을 궁리하고 있었고 멜라니 역시 마찬가지였다. 당연한 결론이었지만 당장은 그 질문에 대한 해답을 찾을 수 없었다. 동굴을 한 바퀴 둘러본 다음 기회가 있을 때 다시 생각해보기로 했다. 물론 그런 기회가 올 때까지 살 수 있다면 말이다.

"필요한 거 없어, 꼬마?" 젭이 그를 보지 않은 채 물었다.

"삼촌이 뭘 하고 있는지 궁금해요." 제이미가 대답했다. 그는 냉담한 척 물었지만, 속마음은 숨길 수 없었다.

젭은 내게로 와서 발걸음을 멈추었고, 제이미를 되돌아보았다. "손님에게 이곳을 구경시켜 주는 중이야. 새로온 손님들에게 항상 하는 것처럼."

다시 웅성거리는 소리가 새어나왔다.

"내가 해도 되나요?" 제이미가 물었다.

샤론이 화를 내며 고개를 힘껏 가로젓는 모습이 보였다. 젭은 그녀를 무시했다.

"예의만 갖춘다면 괜찮아."

제이미가 어깨를 으쓱하며 대답했다. "그건 문제없어요."

나는 두 손을 꼭 맞잡아야 했다. 제이미의 눈앞을 가리는 헝클어진 머리를 쓸어 넘겨주고, 그의 목을 꼭 껴안아주고 싶었기 때문이다. 제이미에겐 손길이 필요했다.

"가자." 젭이 우리 둘에게 말했다. 그는 우리가 들어왔던 길로 되돌아갔다. 젭과 제이미가 내 양쪽에 서서 함께 걷고 있었다. 제이미는 바닥만 보고 걸으려 했지만, 이따금 고개를 들어 내 얼굴을 힐끔힐끔 쳐다보곤 했다. 나도 그를 쳐다보지 않을 수 없었다. 눈길이 서로 마주칠 때마다, 우리는 얼른 시선을 피했다.

커다란 홀을 향해 절반쯤 갔을 때, 뒤에서 조용한 발자국 소리가 들렸다. 나는 무의식적이고 즉각적으로 반응했다. 재빨리 동굴 벽에 붙은 다음, 한쪽 팔로 제이미를 막은 것이다.

"왜 이래?" 제이미는 항의했지만 내 팔을 밀어내지는 않았다.

젭 역시 재빨랐다. 눈 깜짝 할 사이에 총을 겨누고 있었다.

이안과 의사는 머리 위로 손을 올렸다.

"무례하게 나타나서 미안하군." 의사가 말했다. 부드러운 목소리에 다정한 표정을 지닌 그가 고문자라는 사실이 믿기지 않았다. 온화한 겉모습 때문에 오히려 훨씬 더 무서워 보였다. 어두운 밤에는 젭이 우리를 지켜줄 것이다. 그러나 환한 대낮에는 어떨까? 오히려 숨을 곳이 더 없었다. 이 상황을 어떻게 이겨내야 할지 멜라니는 알고 있을까?

젭은 눈을 가늘게 뜬 채 이안에게 총을 겨누었다.

"문제를 일으킬 생각은 아니었어요, 젭. 저도 의사 선생님처럼 예의를 지킬 거예요."

"좋아." 젭은 퉁명스럽게 말하며 총을 내렸다. "날 시험하지 마. 사람을 쏜지 굉장히 오래 되어서 그 흥분이 가끔 그립기도 하니까."

숨이 가빠지기 시작했다. 사람들은 내 숨소리를 듣고 겁에 질린 내 얼굴을 쳐다보았다. 의사가 맨 처음 웃음을 터뜨렸고, 제이미도 잠깐 따라 웃었다.

"농담하는 거야." 제이미가 내게 속삭였다. 그의 손이 내게 닿을 것처럼 가까이 다가오다가, 재빨리 주머니 속으로 들어갔다. 여전히 그를 막고 있던 내 손이 아래로 떨어졌다.

"자, 시간 낭비 하지 말고 계속 가지." 젭은 여전히 약간 무뚝뚝하게 말했다. "기다려주지 않을 거니까 서두르는 게 좋을 거야." 그는 말을 마치기도 전에 서둘러 성큼성큼 걸어갔다.

21

이름 붙이다

나는 젭 곁으로 바싹 붙어 걸어갔다. 그리고 뒤따라오는 두 사람과 가능한 한 멀리 떨어지기 위해 걸음을 재촉했다. 제이미는 젭과 나 가운데 누구를 따라야 할지 혼란스러워하며 우리 사이를 오락가락했다.

동굴 나머지 부분을 둘러보는 데 정신을 집중할 수 없었다. 그의 안내에 따라 두 번째 텃밭을 구경했지만, 머릿속은 텅 빈 것 같았다. 두 번째 텃밭은 여러 개의 거울을 통해 반사된 열을 이용해 허리 높이까지 올라오는 옥수수를 재배하고 있었다. 넓지만 천장이 매우 낮은 그곳을 젭은 '놀이 방'이라고 불렀다. 지하 깊은 곳의 칠흑같이 어두운 방이었지만, 놀이를 원할 때면 빛을 끌어들일 수 있다고 했다. 항상 분노와 긴장감에 휩싸인 채 살아가는 이들이 '놀이'를 한다는 사실을 쉽게 납득할 수 없었다. 그러나 그에게 설명해 달라고 요구하지도 않았다. 그곳은 물이 더 풍부했지만, 젭은 이 샘

물은 마실 수 없는 유해한 것이기 때문에 종종 화장실로만 사용한다고 말했다.

뒤따라오는 두 사람과 내 곁에 있는 제이미에게 모두 신경이 쓰였다.

이안과 의사는 놀라울 정도로 예의를 잘 지켰다. 이미 얘기한 대로 어느 누구도 나를 공격하지 않았다. 그들의 심중을 알 수 없었기 때문에 여간 신경이 쓰이는 게 아니었다. 그들은 조용히 뒤따라오며 종종 낮은 목소리로 이야기를 나누기도 했다. 내가 알지 못하는 사람들의 이름과 이곳 동굴 안 팎의 지명을 거론하기도 했다. 내게는 모두 낯선 얘기들이었다.

제이미는 아무 말도 하지 않았지만 나를 자주 쳐다보았다. 다른 사람을 쳐다보지 않으려던 나도 종종 그에게 눈길을 던지곤 했다. 그 때문에 젭이 보여주는 것에 경탄할 여유가 없었다. 하지만 그는 내가 다른 데 정신이 팔려 있다는 걸 눈치 채지 못하는 것 같았다.

몇몇 동굴은 매우 길었다. 지하에 이런 깊은 동굴들이 있을 수 있다는 사실이 놀라웠다. 동굴 안은 칠흑처럼 어두웠지만, 젭과 다른 사람들은 멈추지 않고 계속 앞으로 나아갔다. 그곳 주변을 잘 알고 있거나 어둠 속을 걷는 데 익숙한 것 같았다. 젭과 단둘일 때보다 더욱더 신경이 쓰였다. 어둠 속에서는, 작은 소리 하나만 들려도 모두 공격하는 소리처럼 들렸다. 의사와 이안이 이야기를 나누는 소리조차 극악한 공격을 위장하는 소리처럼 들렸다.

'편집증이군.' 멜라니가 한 마디 했다.

'편집증에 시달려서라도 살아남을 수 있다면 그렇게 해야지.'

'젭 삼촌이 하는 말에 좀 더 신경 써봐. 여긴 정말 환상적이야.'

'넌 네가 원하는 걸 해.'

'난 네가 보는 것과 듣는 것밖에 보고 들을 수 없어, 방랑자.' 멜라니가 내게 말했다. 그런 다음 그녀는 화제를 바꾸었다. '제이미가 괜찮아 보

이는 것 같아, 안 그래? 별로 기분 나빠 보이지 않아.'

'제이미는… 지쳐 보여.'

오랫동안 습기 찬 어둠 속을 걸은 후 한쪽 끝에서 빛이 비치기 시작했다. "이곳은 동굴의 남쪽 끝이야." 젭이 걸어가면서 설명했다. "그다지 편리한 곳은 아니지만, 하루 종일 햇빛이 들지. 그래서 여기 병동을 만든 거야. 이곳은 의사가 일하는 곳이야."

젭이 그곳이 어디인지 말하는 순간, 내 몸은 얼어붙어 버렸다. 나는 갑자기 멈추어 섰고, 바닥에 붙은 발은 떨어지지 않았다. 나는 겁에 질린 채 두 눈을 크게 뜨고, 젭과 의사의 얼굴을 번갈아보았다.

그렇다면 이 모든 게 계략이었단 말인가? 고집 센 제러드가 밖으로 나가기를 기다렸다가 나를 꾀어 이곳으로 데려온 것일까? 나는 나 스스로 이곳까지 걸어 들어왔다는 게 믿기지 않았다. 아, 내가 이렇게 어리석은 짓을 저지르다니!

멜라니도 소스라치게 놀랐다. '우리가 스스로를 선물로 포장해서 저들에게 넘겨준 꼴이야!'

그들은 나를 쳐다보았다. 젭은 아무런 표정도 없었고, 의사는 나처럼 놀란 표정이었지만 겁에 질리지는 않았다.

"아니야." 제이미는 머뭇거리며 내 팔꿈치에 손을 올리더니 말했다. 그 손길이 익숙하지 않다면, 나는 움찔하면서 물러났을 것이다. "아니죠, 젭 삼촌? 그렇죠?" 제이미는 믿음 어린 눈빛으로 젭을 쳐다보았다. "괜찮은 거죠, 삼촌, 그렇죠?"

"물론이지." 젭의 희미한 푸른 눈동자는 고요하고 선명했다. "이 애에게 여길 보여주는 것뿐이란다."

"그게 무슨 말이야?" 이안이 우리 뒤에서 투덜거리며 물었다. 그는 상황을 이해하지 못하겠다는 듯 짜증 섞인 목소리로 말했다.

"우리가 고의로 이곳에 데려왔다고 생각했어?" 제이미는 이안에게 대답하는 대신 내게 말했다. "그러진 않을 거야. 제러드 형에게 약속했거든."

나는 이안의 진지한 얼굴을 보며 그 의도를 파악하려 애썼다.

"오!" 이안은 그제야 이해하겠다는 듯이 웃었다. "나쁜 계획은 아니었군. 그 생각을 하지 못했다니 꽤 아쉽네."

제이미는 덩치 큰 이안에게 얼굴을 찡그리더니 내 팔을 가볍게 두드려주며 말했다. "두려워하지 마."

젭은 멈추었던 이야기를 다시 이었다. "이 커다란 방엔 간이침대 몇 개를 놔두고 아프거나 다치는 사람이 쓸 수 있도록 하고 있어. 다행히 그런 경우가 거의 없었지. 의사가 응급처치를 했던 적도 거의 없었고." 젭이 나에게 씩 웃어 보였다. "너희 종족들은 지구를 점령한 후 우리의 의약품을 모두 폐기 처분해 버렸어. 그래서 우리가 필요한 의약품을 구하기가 힘들어."

나는 무의식적으로 고개를 가볍게 끄덕였다. 여전히 현기증이 났고, 내가 어떤 상황에 처해 있는지 알기 위해 정신을 바짝 차려야만 했다. 그 방은 치료만을 위해 사용되는 것처럼 보이긴 했지만, 여전히 속이 뒤틀리고 거북했다.

"소울의 치료약에 대해서 좀 알고 있어?" 의사가 고개를 갸우뚱하며 갑자기 물었다. 그는 호기심 어린 표정으로 내 얼굴을 쳐다보았다.

나는 아무 말 없이 그를 바라보았다.

"의사에게 어서 말해 봐." 젭이 내게 용기를 북돋워주었다. "모든 것을 고려하는 아주 신중한 사람이니까."

나는 고개를 한 번 가로저었다. 아는 것이 아무것도 없다는 뜻이었지만, 그들은 내 대답을 오해했다.

"어떤 비밀도 누설하지 않으려는 거로군, 그렇지?" 이안이 불쾌한 어조로 말했다.

"예의를 갖춰, 이안." 젭이 윽박질렀다.

"그게 비밀이야?" 제이미가 조심스럽게 물었다.

나는 다시 고개를 가로저었다. 그들은 모두 혼란스러운 표정이었다. 의사 역시 당황한 표정으로 천천히 고개를 저었다.

나는 숨을 깊게 내쉬며 낮은 목소리로 말했다. "난 치료사가 아니에요. 약이 어떤 작용을 하는지도 몰라요. 소울의 약은 단순히 어떤 증상에 작용하는 게 아니라 몸 자체를 치료해 줘요. 어떤 실험이나 부작용도 없어요. 인간들이 만들어낸 약은 필요없기 때문에 모두 폐기된 거예요."

모두들 어리둥절한 표정이었다. 처음에는 내가 대답을 하지 않아 놀랐고, 이번에는 내가 대답을 해서 놀란 것 같았다. 인간들이 원하는 게 무엇인지 도저히 종잡을 수가 없었다.

"너희 종족이 인간들이 남긴 걸 완전히 바꾼 건 아냐." 잠시 후 젭이 신중하게 말했다. "의학 체계를 바꾸었고 비행기 대신 우주선을 사용하는 것뿐이지. 그 이외에는 예전과 똑같은 모습으로 굴러가는 것 같아…. 이 땅 위에서는 말이야."

"우리는 바꾸는 게 아니라 경험하고 있는 거예요." 나는 속삭이듯 말했다. "하지만 건강을 철학보다 더 우선시하게 되었죠."

그런 다음 나는 입을 꼭 다물어버렸다. 좀 더 신중해야 했기 때문이다. 인간들은 소울들의 철학에 대해서 듣고 싶지 않을 것이다. 그들이 무엇 때문에 화를 낼지 어떻게 알 수 있단 말인가?

젭은 여전히 신중한 표정으로 고개를 끄덕이더니, 앞으로 나아가며 우리를 안내했다. 병동에 연결된 동굴을 보여주는 그의 태도는 예전처럼 열정적이지 않았고, 소개를 해주면서도 흥이 나지 않는 것 같았다. 그곳을 둘러보고 칠흑 같은 복도로 되돌아가자, 그는 입을 다물고 침묵을 지켰다. 우리는 아무 말도 없이 긴 복도를 걸어갔다. 나는 내가 했던 말 가운데 혹시 그의 심기를 건드린 말은 없었는지 곰곰이 생각해보았다. 아무리 생각해도 젭은 이상한 사람 같았다. 다른 사람들은 여전히 내게 적대적이고 의심도 풀지 않았지만, 왜 그런지 이해할 수는 있었다. 하지만 젭의 갑작스러운 이런 태도는 어떻게 이해해야 한단 말인가?

커다란 텃밭 동굴로 돌아오면서, 일정은 갑자기 끝났다. 당근 싹이 올라온 텃밭은 마치 짙은 바닥에 연두색 카펫을 깐 것 같았다.

"자, 이제 구경거리는 끝났으니 어서 가서 일이나 해." 젭이 이안과 의사를 보며 무뚝뚝하게 말했다.

이안은 의사에게 눈을 부라렸지만, 두 사람은 곧 아무 일도 없었다는 듯이 부엌으로 이어지는 넓은 입구로 향했다. 제이미는 그들을 보며 머뭇거리면서 그 자리에 서 있었다.

"넌 나와 함께 가자." 젭이 제이미에게 말했지만, 이번에는 덜 무뚝뚝한 태도였다. "네게 맡길 일이 있어."

"네." 제이미가 말했다. 그는 자신이 선택됐다는 사실에 기분이 좋아 보였.

우리는 침실이 있는 곳으로 향했다. 왼쪽에서 세 번째 입구로 들어가는 동안 제이미는 우리의 목적지를 정확히 알고 있었다. 젭은 우리 뒤를 따라왔다. 초록색 가리개가 있는 일곱 번째 침실에 이르자, 제이미는 곧 발걸음을 멈추었다. 그는 나를 위해 가리개를 젖혀 주었지만, 들어가지는 않았다.

"잠시 여기 있어도 되겠니?" 젭이 내게 물었다.

나는 다시 혼자 있을 수 있다는 사실에 감사하며 고개를 끄덕였다. 입구를 지나 안으로 들어갔지만 어떻게 해야 할지 알 수 없었다. 멜라니는 이곳에 책이 있다는 사실을 기억해냈지만, 나는 어떤 것도 손대지 않겠다던 맹세를 그녀에게 상기시켰다.

"난 할 일이 있어." 젭이 제이미에게 말했다. "먹을 것이 없어질 수도 있으니, 네가 보초를 서 주겠니?"

"물론이죠." 제이미가 밝게 웃으며 대답했다. 깊이 숨을 들이마시자 그의 야윈 가슴팍이 부풀어 올랐다.

젭이 제이미의 손에 총을 쥐어주는 모습을 본 나는 그 광경을 도저히 믿을 수가 없었다.

"미쳤어요?" 나는 소리쳤다. 목소리가 너무 커서 처음에는 내 목소리인지 알아듣지 못할 정도였다. 나는 항상 낮은 목소리로 속삭이듯이 말했기 때문이다.

젭과 제이미는 충격을 받은 표정으로 나를 올려다보았다. 나는 그들이 서 있는 복도로 곧장 나갔다.

나는 제이미의 손에 들린 총을 당장이라도 빼앗으려 했다. 하지만 그러지 못한 것은 자칫하면 내가 죽을지도 모른다는 두려움 때문이 아니라, 아이를 구하는 데 있어서는 내가 인간보다 약하다는 걸 알고 있었기 때문이었다. 나는 총에 손을 댈 수가 없었다.

대신 젭을 쳐다보며 따져 물었다.

"제이미에게 무기를 주다니, 도대체 생각이 있는 거예요?"

"제이미는 이제 어른이라 해도 될 만큼 충분히 컸어. 총을 어떻게 다루는지도 알고 있고."

젭이 칭찬하자 제이미의 어깨에 힘이 들어갔고, 그는 가슴팍으로 총을 더 단단히 당겼다.

젭의 어리석은 행동에 나는 숨이 막힐 것 같았다. "사람들이 날 찾으러 이곳에 오면 어떻게 해요? 무슨 일이 일어날지 생각해 봤어요? 농담이 아니에요! 저들은 나 때문에 제이미를 해칠 거예요!"

젭은 여전히 침착했다. "장담하지만, 오늘은 아무 일도 없을 거야."

"아니에요, 장담할 수 없는 일이에요." 나는 다시 소리쳤다. 동굴 벽에 울리는 내 목소리를 누군가가 들었겠지만, 나는 개의치 않았다. 차라리 젭이 이곳에 함께 있을 때 저들이 오는 편이 더 나을 테니까. "그렇게 확신한다면 차라리 날 혼자 두고 가세요. 어떤 일이 일어나도 상관없으니까. 하지만 제이미를 위험에 처하게 하진 말아요!"

"제이미를 걱정하는 거야, 아니면 그가 네게 총을 겨눌까 두려운 거야?" 젭이 음울한 목소리로 물었다.

분노가 치밀어 올라왔다. 그런 생각은 떠올리지도 않았다. 제이미를 보자 그도 깜짝 놀란 모습이었다. 제이미도 그런 생각에 충격을 받은 것 같았다.

젭의 표정은 변해 있었다. 그는 마치 마지막 퍼즐 조각을 맞추는 것처럼 입을 굳게 다문 채 한 곳을 응시하고 있었다.

"이안이나 다른 사람에게 총을 맡겨요." 나는 마음을 진정하며 느린 목소리로 말했다. "이 아이는 이곳에서 나가라고 해요."

젭이 씩 웃는 모습을 보자, 이상하게도 갑자기 먹잇감에 덤벼드는 고양이가 떠올랐다.

"이곳은 내 집이고 내가 원하는 대로 할 거야. 항상 그래왔거든."

젭은 고개를 돌리더니, 휘파람을 불면서 복도를 따라 걸어 내려갔다. 나는 입을 벌린 채 그가 멀어져 가는 모습을 바라보았다. 그가 사라지자, 나는 시무룩한 표정으로 나를 지켜보던 제이미를 쳐다보았다.

"난 어린아이가 아니야." 그는 호전적으로 턱을 내밀며, 평소보다 낮은 목소리로 중얼거렸다. "이제 그만… 네 방으로 들어가."

그는 강압적으로 명령하지는 않았지만, 내가 할 수 있는 건 아무것도 없었다.

나는 동굴 입구 한 면을 이루고 있는 바위에 기대어 앉았다. 반쯤 걷은 가리개 뒤에 몸을 숨길 수 있었지만, 제이미 때문에 그럴 수 없었다. 나는 다리를 감싸 안은 채 걱정하기 시작했다. 이런 상황이 지속되는 한 내가 할 수 있는 건 걱정밖에 없었다.

무언가가 다가오는 소리가 들리지 않는지 눈을 크게 뜨고 귀를 쫑긋 세웠다. 젭이 뭐라고 말했든, 나는 아무도 제이미에게 다가오지 못하도록 할 것이다. 잔인한 인간들이 제이미를 해치기 전에 나 스스로 목숨을 끊을 것이다.

'맞아.' 멜라니가 곧바로 동의했다.

제이미는 총을 꼭 쥔 채 몇 분 동안 복도에 서 있었는데, 자신이 맡은 임무를 어떻게 수행해야 하는지 잘 모르는 것 같았다. 가리개 앞을 왔다 갔다 했지만, 몇 번 반복하더니 괜한 짓이라고 생각하는 것처럼 보였다. 그는 반쯤 열린 가리개 옆에 주저앉았다. 마침내 총은 다리 위에 놓았고, 손으로 턱을 만졌다. 잠시 후, 제이미는 긴 한숨을 내쉬었다. 보초를 서는 일은 그가 기대한 만큼 신나는 일이 아니었다.

나는 그를 계속 쳐다보았다. 그 아이를 보고 있느라 지루할 틈이 없었다.

한두 시간 후, 제이미는 눈을 깜박이면서 다시 나를 쳐다보기 시작했다. 그는 입을 몇 번씩이나 벌렸다가 닫았고, 말하려던 것을 한 번 더 곰곰이 생각하는 듯했다.

나는 무릎에 턱을 괸 채 그가 입을 열기를 기다렸다. 오랫동안 인내심 있게 기다리자 제이미는 마침내 입을 열었다.

"멜라니 누나 몸으로 들어오기 전, 네가 살았던 행성은 어땠어?" 그가 마침내 말문을 열었다. "이곳과 비슷했어?"

나는 그가 그런 질문을 할 거라고는 예상도 하지 못했다. "아니." 나는 짧게 대답했다. 제이미와 단둘이 남게 되자, 낮은 목소리로 속삭이는 것보다 보통 때처럼 말하는 게 나을 것 같았다. "아니, 매우 다른 곳이야."

"어떤 곳이었는지 말해 줄래?" 멜라니가 잠들기 전 재미있는 이야기를 들려줄 때처럼, 제이미는 고개를 갸우뚱거리며 물었다.

그래서 나는 그에게 얘기를 시작했다.

제이미에게 물에 잠긴 해초 행성에 대한 모든 이야기를 들려주었다. 두 개의 태양, 타원형의 축, 회색의 바다… 한 번 그곳에서 태어나면 영원히 뿌리는 한 곳에만 머무를 수 있다는 것, 천 개의 멋진 눈으로 세상 끝까지 내다볼 수 있다는 것, 소리 없는 목소리를 들으며 사물과 끝없는 대화를 나눌 수 있다는 것을 말했다.

그는 눈을 동그랗게 뜨고 미소를 지으며 이야기에 귀를 기울였다.

"지구 밖에는 그곳만 있는 거야?" 빠뜨린 이야기가 없는지 입을 다물고 곰곰이 생각하고 있는데 제이미가 물었다. "해초 행성 이외에는 다른 외계는 없는 거야?" 그는 해초 행성이라는 말이 우스운지, 키득거리며 물었다.

나도 소리 내어 웃었다. "아니, 그 이외에도 많은 외계 행성이 있어."

"말해줘."

그래서 나는 그에게 노래하는 행성의 박쥐들이 어두운 암흑 세상에서 어떻게 노래를 하고, 어떻게 하늘을 나는지 이야기해 주었다. 안개 행성에 대해서도 얘기해 주었다. 두꺼운 흰색 털이 달린 느낌은 어떤지, 따뜻한 체온을 유지하기 위해 네 개의 심장을 가지고 있다는 사실과 날카로운 발톱을 지닌 맹수들을 어떻게 피해야 하는지도 설명해 주었다.

그리고 꽃의 행성에 대해, 색과 빛에 대해 이야기하기 시작했을 때 제이미가 새로운 질문을 하며 말을 가로막았다.

"삼각형 머리에 커다란 검은색 눈이 있는 초록색 녀석들은? 로즈웰에 불시착했던 것도 너희들이었어?"

"아니."

"그럼 그건 가짜였어?"

"모르겠어. 그럴 수도 있고 그렇지 아닐 수도 있지. 우주는 넓으니까 수많은 종족들이 살고 있어."

"이곳엔 어떻게 온 거야? 로즈웰 우주인들이 아니라면, 넌 누구였어? 움직이기 위해서는 몸이 필요하잖아, 그렇지?"

"맞아." 사실을 추론하는 그의 능력을 보며 나는 꽤 놀랐다. 제이미는 스펀지처럼 새로운 사실을 흡수하는 똑똑한 아이였다. "우선 처음에는 거미를 사용했어."

"거미라고?"

나는 매혹적인 종족인 거미에 대한 이야기를 들려주었다. 거미는 믿을 수 없을 정도로 총명한 존재였다. 거미에게는 세 개의 뇌가 있었는데 머리, 몸통, 다리로 분할된 세 곳에 뇌가 하나씩 있었다. 그들은 냉정하고 분석적이기 때문에 문제가 생기는 경우도 거의 없고, 호기심이 많아 설사 문제가 생겨도 스스로 해결했다. 모든 호스트 가운데 우리를 가장 반갑게 맞아주었던 종족은 바로 거미들이었다. 그들은 우리와 동화된 후에도 이전과의 차이점을 거의 알아차리지 못했고, 알아차렸을 경우에도 거부감을 느끼지 않았다. 거미 행성에 먼저 가 본 소울들은 그곳의 날씨가 춥고 흐릿하다고 우리에게 미리 말해 주었다. 모두가 색맹이라 흑백만을 구분할 수 있는 거미는 온도에도 그리 민감하지 않은 생물이었다. 거미들의 수명은 짧았지만, 새끼들은 어미가 가진 지식을 고스란히 물려받았다.

나는 거미로서 짧은 생을 살았고, 비로소 생이 끝나 그 몸을 떠날 때는 다른 거미에 머물고 싶은 마음은 없었다. 놀라울 정도로 명료한 생각, 아무런 노력 없이 쉽게 떠오르는 해답, 여럿이 함께 어울려 추는 춤은 즐거웠지만, 거미 몸 안에 사는 동안 감정과 색깔은 거의 느낄 수 없었다. 어떤 소울도 거미 호스트에 완벽히 만족을 느끼진 못했다. 그럼에도, 거미 행성은 수천 년 역사 동안 자부심이 대단했다. 거미들은 빠른 속도로 번식을 하기 때문에, 거미 행성은 이제 완전한 정착을 원할 경우에만 갈 수 있는 곳이 되었다.

나는 소울이 어떻게 이곳 지구를 공격하게 되었는지 제이미에게 말하기 시작했다. 거미들은 우리에게 최고의 기술자들이었다. 우리는 거미들이 만들어준 우주선을 타고, 다른 생명체의 눈에 띄지 않고 재빠르게 여러 행성들을 지나왔다. 거미의 몸은 그들의 머리만큼이나 유용했다. 각각의 몸통에는 네 개의 긴 다리가 달려 있었고, 각각 다리 끝에는 열두 개의 손가락이 달린 손이 있었다. 여섯 마디가 있는 손가락은 강철처럼 강인했고, 어떤 정교한 일도 해낼 수 있었다. 그들의 몸집은 작고 가늘었지만 황소 떼처럼 강인했다. 거미들은 첫 번째 삽입 과정을 아무 문제없이 해냈다. 그들은 인간들보다 강하고 똑똑했고, 매사에 준비가 되어 있었다. 그러나 인간들은 그렇지 않았다….

말을 멈추고 제이미를 쳐다보자, 그의 뺨에 눈물이 흘러내리고 있었다.

그는 멍하니 앞을 응시하고 있었고, 입술은 굳게 다물고 있었다. 커다란 눈물방울이 그의 뺨을 따라 천천히 흘러내렸다.

'바보 같으니!' 멜라니는 나를 나무랐다. '네가 하는 얘기가 제이미한테 어떤 의미일지 생각 못했니?'

'나한테 미리 알려줄 생각은 왜 안 한 거야?' 나도 지지 않고 그녀에게 대꾸했다.

멜라니는 아무 대답도 하지 않았다. 그녀 역시 나처럼 이야기에 정신을 팔고 있었던 게 분명했다.

"제이미…." 그의 눈물을 보자 목이 잠겨 목소리가 제대로 나오지 않았다. "제이미, 미안해. 내가 생각이 짧았어."

제이미는 고개를 가로저었다. "괜찮아, 내가 물었으니까. 어떻게 된 일인지 알고 싶었어." 그는 고통을 감추기 위해 애써 퉁명스럽게 말했다.

몸을 앞으로 숙이고 그의 눈물을 닦아주고 싶은 욕구가 본능적으로 일어났다. 처음에는 그 마음을 무시하려 애썼다. 나는 멜라니가 아니기 때문이다. 그러나 제이미의 눈물은 멈추지 않았다. 제이미는 텅 빈 벽에 시선을 고정한 채 입술을 떨고 있었다.

그는 내게서 멀리 떨어져 있지 않았다. 나는 팔을 뻗어 손끝으로 그의 뺨을 쓰다듬었다. 눈물이 뺨에 번졌다가 사라졌다. 또 다시 나는 그의 뺨에 손을 가져가 얼굴을 어루만졌다.

잠시 동안, 그는 나를 모르는 척했다.

그런 다음 눈을 감은 채 내게 다가와 내 품에 안겼다. 그리고 내 어깨에 얼굴을 묻고 흐느꼈다.

그건 어린아이의 눈물이 아니었다. 그 때문에 내 앞에서 흐르는 그의 눈물은 더 신성하고 고통스럽게 느껴졌다. 가족 모두가 죽은 장례식에서 한 남자가 흘리는 슬픔의 눈물이었다.

두 팔로 그를 안았지만, 예전처럼 쉽지 않았다. 얼마 지나지 않아 나도 그와 함께 눈물을 흘리기 시작했다.

"미안해." 나는 계속 중얼거렸다. 미안하다는 한 마디로 모든 것에 대한 용서를 빌었다. 우리가 이곳을 발견한 것, 우리가 이곳을 선택한 것, 그리고 내가 그의 누나의 몸속으로 들어간 것, 내가 멜라니를 이곳으로 데려와 그를 또 다시 아프게 한 것, 무분별한 이야기로 그를 울게 한 것에 대해 용서를 빌었다.

제이미는 곧 마음을 가라앉혔다. 그러나 나는 그를 안은 팔을 내리지 않고 그냥 두었다. 서둘러 그를 내 품에서 보내고 싶지 않았다. 내 몸은 처음부터 이런 접촉에 목말랐던 것 같았지만, 어떻게 해야 그 갈증을 채울 수 있을지는 알지 못했다. 인간이라는 존재의 강렬한 모성애를 이제야 이해할 수 있을 것 같았다. 다른 이를 위해 자신의 목숨을 내놓을 수 있는 것보다 더 강한 유대감은 없다. 예전에도 그 사실을 알고 있었지만, 왜 그런지 이유는 이해할 수 없었다. 이제는 어머니라는 존재가 왜 아이라면 자신의 목숨까지 바치는지 이해할 수 있었고, 이 깨달음으로 인해 우주를 보는 내 시야도 한층 달라질 듯했다.

"내가 이렇게 가르치지는 않았을 텐데, 제이미."

우리는 갑작스런 젭의 출현에 깜짝 놀라 서로에게서 떨어졌다. 제이미는 비틀거리며 자리에서 일어났지만, 나는 바닥에 몸을 숙인 채 벽 쪽으로 몸을 웅크렸다.

젭은 몸을 굽혀 바닥에 두었던 총을 집어 올렸다. "더 신중하게 총을 보관해야 해, 제이미." 젭의 어조는 부드러웠고 제이미를 심하게 나무라지 않았다. 그는 손을 뻗어 제이미의 덥수룩한 머리를 쓰다듬어 주었다.

제이미는 얼굴을 붉히며 젭에게 안겼다.

"죄송해요." 그는 중얼거리며 도망치듯 몸을 돌렸다. 그러다가 고개를 돌리며 내게 물었다. "네 이름은 뭐야?"

"방랑자(Wanderer)." 나는 낮은 목소리로 대답했다.

"방랑자?"

나는 고개를 끄덕였다.

제이미도 고개를 끄덕이더니 급히 멀어져갔다. 그의 목덜미는 여전히 벌겋게 달아올라 있었다.

제이미가 가 버린 후, 젭은 바위벽에 기대더니 제이미가 앉아 있던 바닥에 주저앉았다. 제이미가 그랬던 것처럼, 젭은 무릎에 총을 놓았다.

"아주 흥미로운 이름이군." 젭이 내게 말했다. 그는 유쾌한 기분을 다시 찾고 싶은 것 같았다. "어떻게 그 이름을 얻게 되었는지 나중에 말해 주겠니? 아마 재미있는 사연이 있을 거야. 하지만 약간 길다고 생각하지 않아, 방랑자?"

나는 그를 가만히 쳐다보았다.

"줄여서 완다라고 부르면 어떨까? 부르기 더 쉽잖아."

그는 내 대답을 기다렸다. 잠시 후, 나는 어깨를 으쓱했다. 그가 나를 꼬마라고 부르든, 그 어떤 이상한 이름으로 부르든 상관없었다. 나를 위한 배려라고 믿었기 때문이다.

"좋아, 그럼 완다라고 부르지." 그는 자신이 생각해낸 이름에 만족하며 미소를 지었다. "내 뜻에 따라줘서 고마워. 우리가 오래된 친구 같은 느낌이 들어."

그가 환한 얼굴로 소리 없이 씩 웃는 모습을 보자, 나도 웃지 않을 수 없었다. 그러나 내 웃음에는 슬픔이 담겨 있었다. 그는 내 적일 수밖에 없기 때문이었다. 젭은 아마 제정신이 아닐 것이다. 하지만 그는 내 친구이기도 했다. 그는 날 죽이지 않겠지만, 언제든 갈등의 기로에 설 것이다. 인간들은 나 같은 친구에게 뭘 요구하려고 할까?

22
이야기하다

젭은 머리를 감싸 쥐고 어두운 천장을 올려다보았다. 얼굴은 여전히 심각해 보였고, 즐거운 기분은 아직 돌아오지 않은 듯했다.

"저들에게 잡히면 어떤 느낌이 들까? 실제로 보기도 했고, 나도 몇 번 거의 잡힐 뻔하기도 했는데…. 도대체 어떤 느낌일까? 머릿속에 무언가를 주입하면 아프긴 할까?"

놀란 마음에 눈이 휘둥그레졌지만, 그는 나를 쳐다보지 않았다.

"너희들이 일종의 마취제를 사용하는 것 같지만, 내 추측일 뿐이야. 고통을 견디지 못해 소리 지르는 사람은 아무도 없는 걸 보면, 그다지 심한 고문은 아닌 것 같아."

나는 코를 찡그렸다. 고문, 그건 인간만의 전유물이 아니었다.

"네가 제이미에게 들려주던 이야기는 무척 흥미진진했어."

나는 꼼짝도 하지 못했고 젭은 큰 소리로 웃었다. "몰래 엿들은 건 인정하지만, 미안하게 생각하진 않아. 아주 훌륭한 이야기였고, 내겐 제이미한테처럼 이야기하지 않을 테니까. 박쥐와 꽃, 거미 이야기는 정말 재미있었어. 인간들이 생각할 부분도 많고. 난 공상과학 소설이나 신비로운 이야기에 항상 열광했거든. 그리고 제이미도 나와 비슷해. 그 애는 내가 가진 책은 모두 읽었고, 두세 번 읽은 것도 많아. 제이미가 새로운 이야기를 들은 건 예기치 않은 멋진 경험이야. 넌 아주 훌륭한 이야기꾼이구나."

나는 눈을 내리깔았지만, 마음이 한결 부드러워지고 경계심도 누그러지는 듯했다. 감성적인 인간들처럼, 칭찬을 듣자 나도 어깨가 으쓱했다.

"이곳에 있는 모든 사람들은 네가 우리 위치를 수색자들에게 넘겨줄 거라고 생각해."

그 충격적인 말을 듣자 온몸이 전율했다. 이를 악물다가 혀까지 물고 말았다. 입 안에 피 냄새가 났다.

"그것 말고는 무슨 이유가 있겠어?" 그는 내 반응은 안중에도 없거나 모르는 척하며 이야기를 계속했다. "그들은 어떤 고정관념에 사로잡혀 있는 것 같아. 의문을 갖고 있는 사람은 나밖에 없어…. 그러니까, 되돌아갈 길도 모른 채 사막 한가운데로 들어온 이유는 무엇이었을까?" 젭은 키득거리며 웃었다. "이리저리 방랑하는 게 네 장기야, 완다?"

그는 몸을 숙이며 팔꿈치로 나를 슬쩍 찔렀다. 나는 무슨 말인지 몰라 바닥을 내려다보다가 그의 얼굴을 쳐다보았고, 다시 시선을 내렸다. 그는 다시 소리 내어 껄껄 웃었다.

"내가 생각하기에, 돌아갈 길도 모른 채 사막 한가운데로 걸어 들어온 건 자살 행위나 마찬가지야. 그건 수색자의 행동방식이 아니지. 난 논리적으로 따져보려 애썼는데, 논리를 사용해야 한다는 건 너도 알지? 넌 되돌아갈 대안을 전혀 생각하지 않았기 때문에 돌아갈 방법이 없었고, 그렇다면 너에겐 다른 목적이 있었던 거야. 넌 이곳에 온 이후로 계속 입을 다물고 있다가, 제이미와는 많은 이야기를 나누었어. 그리고 난 네가 했던 이야기를 모두 들었어. 네가 사막에서 거의 죽을 뻔했던 이유는 바로 제이미와 제러드를 찾기 위해서였다고 추론할 수 있지."

나는 두 눈을 감았다.

"너한테 그들이 무슨 상관인 걸까?" 젭은 곰곰이 생각에 잠겨, 아무런 대답도 기대하지 않으며 물었다. "자, 내 생각은 이래. 넌 정말 뛰어난 배우일 수 있어. 예전 수색자보다 더 비열한 새로운 특급 수색자일 거야. 연기를 하는 게 아닐 수도 있겠지. 네가 연기하고 있다고 생각하기에는, 네 행동이 너무 복잡해. 그렇기 때문에, 난 왠지 네가 연기하고 있는 건 아닌 것 같아. 하지만 그게 아니라면…."

그는 잠시 말을 멈추었다.

"오랜 시간 동안 너희 종족을 지켜봐 왔어. 그들이 더 이상 인간처럼 연기해야 할 필요가 없을 때, 난 항상 그들이 본모습을 드러내길 기다렸어. 정말 오랫동안 기다렸지만, 그들은 계속 인간인 척 연기를 하더군. 호스트의 가족들과 함께 살았고, 날씨가 좋으면 소풍을 갔고, 꽃을 심고, 그림을 그리고, 여러 여가생활을 즐겼어. 너희 소울들이 완전히 인간이 되었는지도 모른다고, 우리는 결국 아무런 영향도 끼칠 수 없을지도 모른다는 의구심이 들었어."

그는 말을 멈추고 내게 대답할 기회를 주었지만, 나는 아무 말도 하지 않았다.

"몇 년 전 목격했던 일이 아직도 머릿속에서 떠나지 않아. 노부부를, 아니 소울이 들어온 노부부의 몸을 봤던 거지. 함께 오랜 시간을 살아온 부부였는데, 결혼반지를 낀 손마디는 주름투성이였어. 그들은 손을 꼭 잡고 있다가 할아버지가 뺨에 입을 맞추자 할머니가 얼굴을 붉히더군. 너희들도 우리와 똑같은 감정을 갖고 있다는 생각이 들었어. 너희들도 우리처럼 감정을 가진 존재이기 때문이지."

"맞아요." 나는 속삭이듯 말했다. "우리도 똑같은 감정을 갖고 있어요. 인간들이 느끼는 희망과 고통, 사랑을 느껴요."

"네가 연기를 하고 있는 게 아니라면, 넌 분명히 그들 둘을 사랑하는 거야. 완다, 넌 단지 멜라니의 몸에 불과한 존재가 아닌 것 같아."

나는 머리를 숙여 팔에 기댔다. 그가 말한 사실을 인정하는 몸짓이었지만, 상관하지 않았다. 더 이상 버틸 수 없었다.

"넌 그렇다쳐도, 내 조카 멜라니에 대해서는 어떻게 생각해야 할지 모르겠어. 그 애에게는 어떨지, 내게는 어떨지 모르겠어…. 머릿속에 다른 누군가를 집어넣으면, 본래의 사람은 지워져 버릴까? 마치 죽음처럼? 아니면 잠들어 있는 것 같을까? 넌 외부적인 제어를 의식하니? 그리고 그것은 널 의식하니? 넌 덫에 걸린 것처럼, 안에서 소리치고 있는 거야?"

나는 부드러운 표정을 짓기 위해 애쓰며 조용히 자리에 앉아 있었다.

"멜라니의 기억과 행동은 고스란히 남겨지는 게 분명해. 하지만 의식은…. 어떤 사람들은 의식이 없어지지 않기도 하는 것 같아. 나는 살아남기 위해 노력할 거고, 이곳에 있는 누구든 그런 의지를 가지고 있어. 난 투사야. 살아남은 우리 모두는 투사들이야. 너도 알겠지만, 난 멜라니도 투사라고 생각하고 있어."

그는 천장에서 눈을 떼지 않았고, 나는 바닥을 내려다보았다. 보라색이 도는 회색 먼지의 모양을 머릿속에 기억했다.

"난 그 점에 대해 많은 의구심을 가졌지."

그의 시선이 느껴졌지만, 난 여전히 고개를 떨어뜨리고 있었다. 나는 꼼짝도 하지 않고, 숨만 천천히 들이쉬고 내쉬었다. 이런 느린 호흡에도 많은 노력이 필요했다. 혀를 깨물어 입속에는 아직 피가 고여 있었다.

'우린 왜 삼촌이 미쳤다고 생각했을까?' 멜라니가 생각했다. '젭 삼촌은 모든 걸 볼 줄 아는 것 같아. 미친 게 아니고 천재에 가까워.'

'그는 제정신이 아니기도 하고 천재이기도 해.'

'그렇다면 우리는 더 이상 입을 다물고 있을 필요가 없어. 삼촌은 이미 알고 있어.' 멜라니는 희망에 들떠 있었다. 그녀는 요즘 거의 침묵을 지키고 있었고, 대개는 존재감을 드러내지 않았다. 하지만 그녀가 상대적으로 기분이 좋을 때면, 정신은 다시 산만해졌다. 그녀는 커다란 싸움에서 이겼다. 멜라니는 우리를 이곳까지 데려왔고, 그녀의 비밀은 더 이상 위험하지 않을 것 같았다. 그녀의 기억 속에서 제러드와 제이미는 버릴 수 없는 존재였다.

싸움이 끝나버리자, 그녀는 말할 의지를 잃어버렸다. 심지어 내게 말하는 것조차 힘들어했다. 그런 멜라니의 존재를 다른 사람이 다시금 알아차리자, 그녀는 한껏 고무되었다.

'맞아, 젭은 알고 있어. 그렇다고 달라지는 게 있을까?'

멜라니는 다른 사람들이 젭을 바라보는 태도에 대해 생각했다. '맞아.' 그녀는 한숨을 쉬며 말을 이었다. '하지만 제이미는… 잘 모르겠지만, 그 애가 진실을 느끼고 있다는 생각이 들어.'

'네 말이 옳을지도 몰라. 결국 그게 제이미나 우리들에게 득이 될지 해가 될지 알게 되겠지.'

젭은 잠시 침묵을 지켰지만 곧 우리들 이야기에 끼어들었다. "내가 좋아하던 총격 영화만큼은 아니지만 꽤 흥미롭군. 거미에 대한 이야기를 더 듣고 싶어. 정말 궁금해 견딜 수가 없구나."

나는 숨을 깊게 내쉰 다음 고개를 들었다. "뭘 알고 싶어요?"

그의 눈이 반달 모양을 그리며 따뜻한 미소를 지었다. "뇌가 세 개라는 게 사실이야?"

나는 고개를 끄덕였다.

"눈은 몇 개야?"

"열두 개요. 다리와 몸통이 만나는 지점에 하나씩 달려 있어요. 눈꺼풀은 없고, 두꺼운 눈썹 같은 섬유 조직만 잔뜩 있어요."

그는 눈을 반짝이며 고개를 끄덕였다. "독거미처럼 털이 잔뜩 달렸니?"

"아니에요. 갑옷을 입은 것 같은데⋯. 파충류나 어류처럼 비늘로 덮여 있어요."

나는 벽에 몸을 기대고, 오랫동안 이야기를 나눌 수 있도록 편안한 자세를 취했다.

젭은 비늘로 덮여 있다는 설명에 실망하는 기색이 전혀 없었다. 그는 내게 수많은 질문을 했다. 그는 거미에 대해 세부적으로 알고 싶어 했다. 어떻게 생겼는지, 행동 방식은 어떤지, 어떻게 지구를 침공했는지. 지구 침공에 대해서도 망설이지 않고 세부적으로 물었다. 오히려, 다른 어떤 이야기보다 더 큰 관심을 보였다. 젭은 내가 대답을 끝내자마자 다른 질문을 퍼부었고, 이를 드러내며 씩 웃는 경우도 잦았다. 몇 시간 동안 이야기를 나누며 거미에 대해서 충분히 알게 되자, 이번에는 꽃에 대해 알고 싶어 했다.

"꽃의 행성에 대해서는 절반도 설명해 주지 않았어." 그가 내게 말했다.

그래서 나는 그에게 가장 아름답고 평온한 행성에 대해 이야기해 주었다. 잠시 말을 멈추고 숨을 돌릴 때마다, 그는 내게 새로운 질문을 했다. 젭은 내가 대답하기 전 미리 추측하는 걸 좋아했고, 자신이 생각했던 대답이 틀려도 굳이 개의치 않는 듯했다.

"그럼 파리풀처럼 파리를 잡아먹기도 하나? 장담하건데, 분명히 먹었을 거야. 공룡 시대에 살았던 익수룡처럼 파리보다 큰 새도 잡아먹었겠지."

"아니에요, 다른 식물들처럼 햇빛을 받고 자라요."

"저런, 내가 생각했던 것처럼 재미있지는 않군."

때때로 나도 그와 함께 웃음을 터뜨리곤 했다.

화제가 용에 대한 이야기로 막 넘어갔을 때, 제이미가 우리 셋이 먹을 저녁 식사를 갖고 나타났다.

"안녕, 방랑자." 제이미는 약간 당황한 모습으로 말했다.

"안녕, 제이미." 나는 약간 수줍어하며 대답했다. 우리가 친밀감을 나눈 걸 그가 후회하고 있을지, 나는 확신할 수 없었다. 결국 내가 나빴던 것 같다.

그러나 제이미는 나와 젭 사이에 앉더니, 금세 내 곁으로 왔다. 그는 다리를 펴고 앉은 다음, 음식이 담긴 쟁반을 한가운데에 놓았다. 나는 배가 고파 죽을 지경이었고, 계속 이야기를 했기 때문에 목이 타들어갔다. 나는 단숨에 수프 그릇을 비웠다.

"네가 부엌에서 체면을 차리고 있다는 걸 눈치 챘어야 했는데. 완다, 배가 고플 땐 말을 해. 말을 하지 않으면 난 상대방의 마음을 잘 모르거든."

그가 마지막으로 한 말에 동의하지 않았지만, 나는 빵을 씹는 데 정신이 팔려 대답할 겨를이 없었다.

"완다라고 불러도 돼?" 제이미가 내게 물었다.

나는 고개를 끄덕였다.

"킨다도 어울리지 않아?" 젭은 잘난 척했다. 자신의 등을 두드리지 않는 게 오히려 놀라울 정도였다.

"그런데 킨다." 제이미가 말했다. "용에 대해 이야기하고 있지 않았어?"

"맞아." 젭이 신이 나서 말했다. "하지만 도마뱀 종류가 아니라 젤리로 만들어진 용이야. 그래도 날 수는 있어…. 공기도 젤리처럼 밀도가 높으니까. 수영하는 것과 비슷하지. 그리고 불 같은 산(酸)을 들이마실 수도 있어."

젭이 제이미에게 들려주는 이야기를 들으면서, 나는 내게 할당된 것보다 더 많은 음식을 먹고 물병을 비웠다. 입에 든 음식을 모두 씹어 넘기자, 젭은 다시 질문 공세를 폈다.

"그 산이라는 게…."

제이미는 젭처럼 질문을 퍼붓지 않았다. 나는 제이미 앞이니만큼 조심스럽게 말을 하리라 다짐했다. 젭도 제이미 때문인지 이번만큼은 미묘한 주제로 이어질 만한 질문은 하지 않았다. 우연인지 의도한 것인지 알 수 없었지만, 나는 조심스레 대답할 필요가 없었다.

주위가 서서히 어두워지더니 입구가 깜깜해졌다. 잠시 후 연한 달빛이 동굴 안을 비췄고 불빛만으로도 젭과 내 옆에 앉은 제이미를 충분히 알아볼 수 있었다.

밤이 찾아오자 제이미는 내 곁에 더 가까이 다가왔다. 젭이 내 손을 빤히 바라볼 때에야 비로소 나도 모르게 내가 그의 머리를 쓰다듬고 있다는 사실을 알아차렸다.

나는 두 손으로 내 몸을 감싸 안았다.

젭이 입을 크게 벌리며 하품을 했고, 나와 제이미도 따라했다.

"넌 이야기를 잘하는 재주가 있어, 완다." 우리 모두 기지개를 켜고 있을 때 젭이 말했다.

"예전 직업 때문일 거예요. 샌디에이고에 있는 대학에서 학생들에게 역사를 가르쳤거든요."

"학생들을 가르쳤다고?" 젭이 흥분하며 말했다. "정말 멋지구나. 이곳에서 유용하게 사용할 수 있겠어. 지금은 샤론이 세 아이를 가르치고 있는데, 그녀가 도와줄 수 없는 부분도 많거든. 매기는 수학이나 그 비슷한 과목은 잘해. 하지만 역사는…."

"내가 가르친 건 인류의 역사가 아니라 우리의 역사예요." 나는 젭의 말을 가로막으며 말했다. 그의 말을 기다려봐야 소용없을 것 같았다. "이곳에서 교육을 받은 건 아니기 때문에 별로 도움이 되지 않을 거예요."

"아무것도 배우지 않는 것보다는 너희들의 역사를 배우는 게 나을 거야.

우리가 생각했던 것보다 훨씬 더 많은 생명체가 우주에 살고 있으니, 인간들은 그런 것을 배워야 해."

"하지만 난 정식 교수는 아니었어요." 나는 다급한 목소리로 말했다. 젭은 내 이야기에 관심이 많지만 이곳에 있는 다른 사람들은 과연 그럴까? "명예교수 같은 직책이었는데, 초빙 강사나 마찬가지였어요. 그들이 내 이야기를 듣고 싶어 했던 이유는… 내 이름에 얽힌 사연 때문이었어요."

"내가 그 다음으로 물어보려던 게 바로 그거야." 젭은 즐거워하며 말했다. "네가 학생들을 가르친 경험에 대해서는 나중에 이야기하도록 하지. 지금 당장 알고 싶은 건, 그들이 너를 방랑자라고 부르게 된 이유야. '마른 물', '하늘의 손가락', '위로 떨어지기' 등 앞뒤가 맞지 않는 이상한 이름을 수없이 들었어. 그런 이름을 들을 때마다 너무 궁금해서 미칠 것 같았어."

나는 그가 말을 완전히 마칠 때까지 기다렸다가 말문을 열었다. "소울들은 대개 한 곳이나 두 곳의 행성에 살게 되는데, 평균적으로 두 개의 행성에서 살다가 마음에 드는 행성에 정착을 해요. 자신이 살고 있는 호스트의 생명이 끝날 때가 되면, 그 행성에 있는 똑같은 종족의 새로운 호스트 안으로 옮겨 살게 되지요. 한 종족의 몸에서 다른 종족으로 옮기는 과정은 정말 혼란스러워요. 그래서 대부분의 소울들은 그 과정을 매우 싫어하고요. 어떤 소울들은 자신이 태어난 행성을 절대 떠나지 않아요. 자신에게 맞는 행성을 찾지 못해 어려움을 겪는 경우도 종종 있지요. 그렇게 되면 세 군데의 행성까지 사는 경우도 있어요. 다섯 군데의 행성을 돌아다닌 이후에야 비로소 박쥐 행성에 정착한 소울도 만난 적이 있었어요. 나도 그곳이 마음에 들어서 정착할 뻔했지요. 하지만 아무것도 보이지 않아서…."

"몇 군데 행성에서 살았어? 제이미가 낮은 목소리로 물었다. 내가 이야기를 하는 동안, 그는 어느새 내 손을 잡고 있었다.

"이곳이 아홉 번째 행성이야." 나는 그의 손을 꼭 잡으며 대답했다.

"와! 아홉 번째라고?" 그는 깜짝 놀라 물었다.

"그 때문에 그들이 내게 강연을 부탁했던 거야. 우리의 통계에 대해 말할 수 있는 이는 많지만, 난 우리가 점령한 여러 군데의 행성을 직접 경험했으니까." 점령이라는 단어가 옳은 것인지 생각하며 나는 잠시 머뭇거렸지만, 제이미는 상관하지 않는 것 같았다. "내가 가보지 않은 행성은 세 곳, 아니 네 곳뿐이야. 얼마 전에 새로운 행성이 생겼으니까."

내가 건너뛴 행성이나 방금 새로 생긴 행성에 대해 잽이 질문을 퍼부을 거라고 생각했지만, 그는 턱수염만 만지작거릴 뿐 아무 말도 하지 않았다.

"왜 한 곳에 정착하지 않았어?" 제이미가 물었다.

"정착하고 싶을 만큼 좋은 곳을 찾지 못했으니까."

"지구는 어때? 이곳에 정착할 수 있을 것 같아?"

제이미가 활기찬 모습을 보자 내 입가에 미소가 번졌다. 그는 내가 다른 호스트로 옮겨갈 수 있을 거라고, 지금 상태로 훨씬 더 살 수 있을 거라고 확신하는 것 같았다.

"지구는… 매우 흥미로운 곳이야." 나는 중얼거렸다. "그리고 내가 예전에 살았던 곳보다 더 힘들어."

"항상 사방이 얼어 있고 발톱이 날카로운 맹수가 산다던 그 행성보다 더 힘들어?" 제이미가 내게 물었다.

"나름대로는 그래." 외부적인 공격에 취약한 안개 행성을 그에게 어떻게 설명하면 좋을까? 이렇게 내면에서 공격당하는 것과는 또 다른데….

'공격당했다고….' 멜라니가 코웃음을 치며 비웃었다.

나는 하품을 하며 그녀에게 말했다. '난 네 생각을 하고 있지 않았어. 항상 나를 저버리는 불안한 감정에 대해 생각하고 있었지. 넌 나를 공격했고, 그런 식으로 너의 기억을 내게 주입하잖아.'

'배운 대로 하는 것뿐이야.' 그녀가 무미건조하게 대답했다. 그녀가 나를 얼마나 강하게 제압하고 있는지 느낄 수 있었다. 멜라니의 마음속에 이 상야릇한 감정이 서서히 쌓여갔지만, 나는 그것을 알아차리지 못했다. 한편으로는 분노가, 다른 한편으로는 욕망과 좌절이 뒤섞인 감정이었다.

'질투라는 감정이야.' 그녀가 내게 알려주었다.

젭은 다시 하품을 했다. "내가 너무 무례했구나. 하루 종일 동굴을 걸어다녔는데 밤까지 계속 이야기를 시켰으니 녹초가 되었겠군. 자, 제이미, 완다가 잠을 잘 수 있도록 우린 그만 가자."

나는 기진맥진했다. 너무나 긴 하루가 지나간 것 같았다.

"알았어요, 젭 삼촌." 제이미는 가볍게 자리에서 일어나, 삼촌에게 손을 내밀었다.

"고맙구나." 젭은 몸을 일으키며 신음소리를 냈다. "그리고 너도 고맙구나." 그는 나를 보며 덧붙여 말했다. "지금까지 들은 이야기 가운데 가장 흥미진진했어. 완다, 내가 앞으로 물어볼 게 무궁무진하니까 목을 잘 관리하도록 해. 자, 이제 그만 가자!"

바로 그때, 발자국 소리가 들렸다. 나는 몸을 웅크리고 동굴 안으로 더 깊숙이 들어갔다. 하지만 방 안에 달빛이 밝게 비치는 바람에 저들에게 쉽게 들킬 것 같았다.

갑작스런 발소리에 바짝 긴장했다. 복도에 누군가 있는 것 같았다.

"미안하네, 젭. 샤론과 이야기를 나누다가 깜빡 잠이 들었어."

나는 그 부드러운 목소리를 단박에 알아차릴 수 있었다. 속이 메슥거리기 시작했고, 차라리 아무것도 먹지 않았으면 좋았을 텐데 하는 후회가 되었다.

"시간이 그렇게 되었는지도 몰랐다네, 의사 선생." 젭이 말했다. "우리끼리 재미있게 있었네. 언젠가 그녀에게 이야기를 들려달라고 해 봐. 아주 재밌거든. 하지만 오늘 밤은 안 돼. 완전히 녹초가 됐어. 그럼 내일 아침에 보세."

제러드가 그랬던 것처럼, 의사는 동굴 입구 앞에 침낭을 깔았다.

"잘 감시해." 젭은 침낭 옆에 총을 내려놓으며 말했다.

"괜찮아, 완다?" 제이미가 물었다. "떨고 있어."

온몸이 떨리는 것도 깨닫지 못했다. 잔뜩 긴장한 탓에 나는 아무 대답도 하지 못했다.

"의사에게 교대해 달라고 부탁한 것뿐이니 아무 걱정할 것 없어." 젭이 달래는 듯한 목소리로 말했다. "의사는 아주 훌륭한 사람이야."

의사는 졸린 표정으로 미소를 지었다. "널 해치지 않겠다고 약속할게, 완다. 네가 자고 있는 동안 보초를 서는 것 뿐이야."

나는 입술을 깨물었다. 몸은 여전히 떨렸다.

하지만 젭은 아무 문제없다고 생각하는 것 같았다. "잘 자, 완다. 자네도 잘 자." 그는 의사에게 인사를 한 뒤 복도로 걸어 내려갔다.

제이미는 걱정스런 표정으로 나를 쳐다보며 머뭇거렸다. "선생님은 좋은 사람이야." 그는 확신에 찬 목소리로 내게 속삭였다.

"그만 가자! 늦었어."

제이미는 서둘러 젭을 따라갔다.

그들이 시야에서 사라지자, 나는 의사를 보며 달라진 점이 있는지 확인했다. 편안한 표정도 그대로였고, 총을 만지지도 않았다. 그가 기지개를 펴자, 긴 팔다리 끝부분이 침낭 밖으로 나왔다. 자리에 눕자 체구는 훨씬 작아보였고, 더 말라 보였다.

"잘 자." 그가 졸린 목소리로 말했다.

물론 나는 아무 대답도 하지 않았다. 희미한 달빛에 비친 그의 가슴이 오르락내리락 하는 모습이 보였다. 호흡은 더 느리고 더 깊어졌고, 얼마 지나지 않아 그는 낮게 코까지 골기 시작했다.

그가 잠을 자는 척 연기를 하고 있을 수도 있었지만, 그렇다고 내가 할 수 있는 건 아무것도 없었다. 나는 매트리스 모퉁이가 등에 닿을 때까지, 방 안 깊숙이 들어갔다. 이 공간을 어지럽히지 않겠다고 스스로 다짐했었다. 그러나 어쩔 수 없었다. 침대 발치에 웅크리고 잔다고 해서 방을 더럽히지는 않겠지. 바닥은 너무 거칠고 딱딱했다.

의사의 코 고는 소리가 편안하게 들렸다. 그 소리를 들으며 나는 적어도 그가 어둠 속 어디에 있는지 짐작할 수 있었다.

살든 죽든, 우선 잠을 자는 게 좋을 듯했다. 멜라니의 표현처럼, 나는 누가 업어 가도 모를 정도로 피곤했다. 두 눈을 감았다. 매트리스의 촉감은 이곳에 온 이후 내가 만져본 것 가운데 가장 부드러웠다. 마음이 편안해졌고 나는 곧 잠 속으로 빠져들었다.

얼마 지나지 않아 조심스럽게 발을 끄는 소리가 들렸다. 방 안에서 나는 소리였다. 나는 깜짝 놀라 눈을 떴고, 달빛이 비치는 천장 아래로 어떤 그림자가 보였다. 바깥에서는 의사의 코 고는 소리가 멈추지 않고 계속 들렸다.

23

고백하다

거대한 부정형의 그림자가 내 앞을 가로막고 있었다. 불쑥 나타난 그 그림자는 내 얼굴을 향해 점점 더 가까이 다가왔다.

소리를 지르려 했지만 목구멍에 걸려 나오지 않았다. 숨이 막혀 헉 소리만 나왔을 뿐이었다.

"쉿, 나야." 제이미가 속삭였다. 그는 어깨에 메고 있던 둥그스름한 것을 바닥에 조심스럽게 내려놓았다. 그것을 내려놓자, 달빛에 비친 그의 본래 그림자가 나타났다.

나는 몇 번 숨을 몰아쉬며 손으로 목을 붙잡았다.

"미안해." 그가 매트리스 모퉁이에 앉으며 속삭였다. "생각해 보니 너무 어리석었어. 선생님을 안 깨우고 들어오려다 보니 나 때문에 네가 놀랄 거란 생각도 하지 못했어. 괜찮아?" 그는 내 발목을 가볍게 두드리며 말했다.

"응." 나는 여전히 숨을 몰아쉬며 대답했다.

"미안해." 그는 낮은 목소리로 사과했다.

"여긴 무슨 일이야, 제이미? 자야 하지 않아?"

"그래서 여기로 온 거야. 젭 삼촌이 코를 너무 심하게 골아서 더 이상 견딜 수가 없어."

나는 그의 대답을 이해할 수 없었다. "평소에 젭과 자지 않아?"

제이미는 하품을 하며, 침낭을 바닥에 깔았다. "아니, 보통 제러드 형과 함께 자. 너도 알겠지만, 형은 코를 골지 않아."

물론 나도 잘 알고 있었다.

"그럼 제러드 방에서 자면 되잖아? 혼자 자기 무섭니?" 물론 그 점을 나무랄 생각은 없었다. 나도 이곳에서 잠을 자는 게 두려웠기 때문이었다.

"그게 아니라…" 제이미가 볼멘소리로 투덜거렸다. "이 방이 형하고 내가 함께 자던 방이야."

"뭐라고?" 나는 깜짝 놀라서 물었다. "젭이 나를 제러드의 방에 머물게 한 거야?"

도저히 믿을 수가 없었다. 제러드는 나를 죽일 것이다. 아니, 그는 먼저 젭을 죽인 다음 나를 살해할 것이다.

"여긴 내 방이기도 해. 난 방을 내줄 수 없다고 젭 삼촌에게 말했어."

"제러드가 엄청 화낼 거야." 나는 혼잣말처럼 중얼거렸다.

"이 방은 내가 원하는 대로 할 수 있어." 제이미가 반항하듯 중얼거리더니 곧 입술을 깨물었다. "우린 제러드 형한테 말하지 않을 거야. 형은 알 필요가 없으니까."

"좋은 생각이야." 나는 고개를 끄덕이며 말했다.

"내가 이 방에서 자도 괜찮겠지, 그렇지? 젭 삼촌 코 고는 소리가 너무 시끄러워."

"물론 난 괜찮지만, 그래서는 안 될 것 같아."

제이미는 얼굴을 찡그렸다. 상처 받았다기보다는 강인한 모습을 보여주려는 것 같았다. "왜 안 돼?"

"안전하지 않으니까. 밤에 사람들이 나를 찾아오는 일이 종종 있거든."

제이미가 놀라 두 눈을 크게 떴다. "정말이야?"

"제러드가 항상 총을 갖고 있었기 때문에 사람들이 그냥 간 거야."

"누가?"

"모르겠어. 카일이 종종 오기도 했는데, 아직 이곳에 남아 있는 사람들은 분명 다른 사람들이야."

제이미는 고개를 끄덕였다. "내가 이곳에서 자야 할 이유가 더 있군. 내가 선생님을 도울 수 있을 거야."

"제이미…."

"난 어린아이가 아니야, 완다. 나 자신은 보살필 수 있어."

언쟁을 계속 해봐야 그는 고집만 더 피울 것이 분명했다. "그럼 이 침대를 사용해." 나는 제이미와 말싸움하는 걸 포기하며 말했다. "난 바닥에서 잘게. 여긴 네 방이잖아."

"그건 옳지 않아. 넌 손님이야."

나도 지지 않고 고집을 부렸다. "아니야, 이건 네 침대야."

"절대 안 돼." 그는 침낭에 누워 팔짱을 단단히 꼈다.

이번에도 제이미와 언쟁해 봐야 아무 소용이 없을 것 같았다. 그러나 그가 잠들면 내 마음대로 할 수 있으리라. 제이미는 항상 혼수상태에 빠진 것처럼 깊게 잠들곤 했다. 제이미가 잠들었을 때 멜라니는 원하는 곳이면 어디든지 그를 옮겨 놓곤 했다.

"내 베개를 써도 돼." 제이미는 누운 자리 옆에 있는 베개를 손으로 툭툭 치며 말했다. "그렇게 침대 발치에 웅크리고 잘 필요 없어."

나는 한숨을 쉬었지만, 침대 위쪽으로 기어 올라갔다.

"좋았어." 그는 즐거워하며 말했다. "이제 형 베개 좀 던져줄래?"

나는 베고 있는 베개를 만지작거리며 머뭇거렸다. 그러자 제이미는 자리에서 벌떡 일어나 다른 베개를 가져갔다. 나는 또 다시 한숨을 쉬었다.

우리는 의사의 낮은 숨소리에 귀를 기울이며, 한동안 아무 말도 하지 않고 누워 있었다.

"선생님이 코 고는 소리 듣기 좋지?" 제이미가 속삭였다.

"꼭 자장가 같기도 하네." 나는 제이미의 말에 동의했다.

"피곤해?"

"응."

"그렇구나."

나는 제이미가 무언가 말하기를 기다렸지만, 그는 입을 닫고 있었다.

"하고 싶은 말 있어?" 내가 물었다.

곧장 대답하지 않았지만, 나는 그가 애써 고민하고 있는 걸 느낄 수 있었다. 그래서 잠자코 기다렸다.

"내가 물어보면 사실대로 대답해 줄 거야?"

이번엔 내가 머뭇거렸다. "난 모든 걸 알지는 못해." 나는 미리 빠져나갈 여지를 남겨두었다.

"네가 알고 있는 거야. 아까 젭 삼촌과 가는 동안… 삼촌이 내게 말해 주었어. 일리는 있는 것 같지만 삼촌이 옳은지는 잘 모르겠어."

갑자기, 머릿속에서 멜라니의 존재가 느껴졌다.

제이미가 속삭이는 소리는 내 숨소리보다 더 조용해서 알아듣기가 힘들었다. "젭 삼촌은 멜라니 누나가 아직 살아 있다고 생각해. 네 안에 살고 있다고 말이야."

'아, 내 동생 제이미.' 멜라니가 한숨을 쉬었다.

나는 아무 말도 하지 않았다. 제이미에게도, 멜라니에게도.

"난 그런 일이 일어날 수 있다는 걸 몰랐어. 그런 일이 일어나기도 하는 거야?" 그의 목소리가 갈라졌다. 울음을 참고 있는 게 분명했다. 금방 울음을 터뜨리기엔 제이미는 어리지 않았다. 내가 사실대로 말한다면 제이미는 하루에 두 번씩이나 깊은 슬픔을 맛볼 터였다. 가슴 한구석이 찌르듯이 아팠다.

"그런 거야, 완다?"

'말해. 내가 사랑한다고 그에게 말해 줘.'

"왜 아무 대답도 하지 않는 거야?" 제이미는 금방이라도 울음을 터뜨릴 것 같았지만, 애써 눈물을 참고 있었다.

나는 침대에서 내려왔다. 매트리스와 침낭 사이를 지나 떨리는 그의 가슴을 꼭 안아주었다. 제이미의 머리를 당겨 안자, 내 목에 더운 눈물이 흘러내렸다.

"멜라니 누나가 아직 살아 있는 거야, 완다? 제발 말해 줘."

제이미는 도구에 불과할 수 있었다. 젭은 이 사실을 알아내기 위해 일부러 제이미를 보냈을 수도 있다. 젭은 제이미가 내 방어벽을 쉽게 무너뜨릴 수 있다는 사실을 알 정도로 영리한 사람이었다. 그는 자신이 추론한 사실을 확인하려 했을 것이고, 제이미를 도구로 이용하는 것을 당연시 여겼을 것이다. 그 위험한 사실을 알아내면, 젭은 어떻게 할까? 그는 나를 해치지 않겠지만…, 아니 내 판단을 믿어도 되는 것일까? 인간은 남을 속이고 기만한다. 우리 종족은 그런 걸 생각조차 하지 않지만, 인간에게는 항상 어두운 면이 도사리고 있다.

제이미가 몸을 떨었다.

'제이미가 괴로워하고 있어.' 멜라니가 울며 말했다. 멜라니는 나를 통제하려 안간힘을 썼지만 뜻대로 되지 않았다.

그러나 이것이 커다란 실수가 된다 해도, 누구의 탓도 할 수는 없었다. 나는 분명 나의 의지로 말을 하고 있었다.

"그녀는 돌아오겠다고 분명히 약속했어, 그렇지?" 나는 낮은 목소리로 속삭였다. "멜라니는 너와 한 약속은 꼭 지켜."

제이미는 내 허리를 감싸 안은 채 가만히 있었다. 몇 분 후, 그가 속삭였다. "사랑해, 멜라니 누나."

"그녀도 널 사랑해. 네가 이곳에 안전하게 있어서 그녀도 행복해."

내 얼굴에 묻은 눈물이 다 마를 때까지 그는 아무 말도 없이 조용히 있었다. 한참 후 얼굴에는 미세한 소금기만 남았다.

"모두가 그런 거야?" 벌써 잠들었다고 생각했는데, 제이미가 내게 불쑥 물었다. "모두들 떠나지 않고 머무는 거야?"

"아니." 나는 슬픈 목소리로 그에게 말했다. "멜라니는 특별한 경우야."

"누나는 강인하고 용감해."

"매우 강인하고 용감하지."

"그렇다면…" 제이미가 말을 멈추고 코를 훌쩍였다. "아빠도 떠나지 않고 머물러 있을까?"

나는 애써 침을 삼키려 했지만, 목구멍으로 넘어가지 않았다. "아니, 그렇지 않을 거야, 제이미. 멜라니와 같지 않을 거야."

"왜?"

"그는 수색자를 데리고 널 찾으러 왔기 때문이야. 사실은, 그의 몸 안에 있는 소울이 그렇게 한 거지. 너희 아버지가 몸 안에 그대로 머물러 있었다면 그렇게 하지 않았을 거야. 멜라니는 오두막이 어디 있는지 내게 절대 보여주지 않았어. 심지어 네가 가장 오랜 시간 동안 살았던 곳도 내게 알려주지 않았어. 내가 널 해치지 않을 거라는 걸 확신하기 전에는, 날 이곳으로 데려오지도 않았어."

나는 너무 많은 정보를 제이미에게 알려주었다. 말을 마치자마자, 의사가 더 이상 코를 골고 있지 않다는 사실을 깨달았다. 그의 숨소리는 더 이상 들리지 않았다. 바보 같으니라고! 나는 속으로 욕을 내뱉으며 자책했다.

"와, 대단한 걸." 제이미가 말했다.

나는 의사가 엿들을 수 없을 정도로 제이미의 귀에 가까이 대고 속삭였다. "맞아, 멜라니는 너무나 강인해."

제이미는 이마를 찌푸리며 내 말을 듣더니, 어두운 홀 입구를 쳐다보았다. 나와 똑같은 것을 알아차린 게 틀림없었다. 그는 이전보다 더 낮은 목소리로 내 귀에 대고 말했다. "그럼 넌 왜 그랬어? 넌 우리를 해치기 원치 않는 거야?"

"응, 난 너희들을 해치고 싶지 않아."

"왜?"

"난 네 누나와 함께 많은 시간을 보냈어. 너에 대한 감정도 비슷해. 그리고 나도 이제… 널 사랑하기 시작했어."

"그리고 제러드 형도?"

나는 잠시 이를 악물었다. 제이미가 그 사실을 너무 쉽게 연결해서 생각하는 게 가슴 아팠다. "물론 제러드가 다치지 않으면 해."

"형은 널 미워해." 그가 내게 말했다. 제이미는 그 사실을 슬퍼하는 게 분명했다.

"맞아, 모두들 나를 미워하지." 나는 한숨을 내쉬었다. "하지만 그들을 탓할 수는 없어."

"삼촌은 널 미워하지 않아. 나도 마찬가지고."

"좀 더 생각하고나서 날 미워할 수도 있어."

"하지만 그들이 지구를 처음 짓밟았을 때 넌 이곳에 있지도 않았어. 넌 아빠나 엄마, 누나를 데려가지 않았어. 그때 넌 외계에 있었어, 그렇지?"

"맞아. 하지만 내 존재를 부인할 수는 없어. 난 소울들과 똑같이 행동했어. 멜라니 이전에도 여러 호스트를 거쳤고, 난 계속 목숨을 빼앗았어…. 그게 내가 사는 방식이야."

"누나도 널 미워하니?"

나는 잠시 생각에 잠긴 후 대답했다. "예전처럼 날 미워하지는 않아."

'아니야, 이제 더 이상 널 미워하지 않아.'

"이제 더 이상 날 미워하지 않는다고 말하는구나." 나는 거의 들리지 않는 소리로 속삭였다.

"누나는… 어때?"

"이곳에 와서 기뻐해. 널 만나서 행복하고. 그들이 우리를 죽인다 해도 개의치 않아."

내 팔에 안겨 있는 제이미의 몸이 돌처럼 굳어졌다. "안 돼! 누나가 살아 있는 한 그럴 수 없어!"

'괜히 그런 말을 해서 제이미가 충격 받았잖아.' 멜라니가 투덜거렸다.

'미리 준비하지 않으면 더 힘들 거야.'

"사람들은 멜라니가 살아 있다는 걸 믿지 않을 거야." 나는 그에게 속삭였다. "내가 널 속이기 위해 거짓말을 하고 있다고 생각할 거야. 그런 말을 하면 오히려 날 죽이려고 더 덤벼들 거야. 거짓말을 하는 자는 수색자뿐이니까."

그 말을 듣자 제이미가 몸을 부르르 떨었다.

그는 잠시 후 말했다. "하지만 넌 거짓말 하는 게 아니잖아. 난 분명히 알 수 있어."

나는 어깨를 으쓱해 보였다.

"사람들이 누나를 죽이도록 내버려 두지 않을 거야."

그의 목소리는 숨소리처럼 낮았지만 단호한 결심이 느껴졌다. 제이미가 이 상황에 더 깊숙이 개입한다는 생각이 들자 몸이 마비될 지경이었다. 그와 함께 살고 있는 잔혹한 인간들이 떠올랐기 때문이었다. 제이미가 나를 보호하려 해도, 그들은 그의 어린 나이를 고려해 주지 않을까? 하지만 그렇지 않다면? 머릿속에 여러 생각이 뒤엉켰다. 제이미가 고집을 부리지 않도록 설득할 수 있는 방법이 필요했다.

내가 무슨 말을 하기 전에 제이미가 다시 말문을 열었다. 자신에게 주어진 대답은 너무나 명백하다는 듯, 갑자기 평온해 보였다. "제러드 형은 좋은 생각을 해낼 거야. 항상 그렇듯이."

"제러드도 네 말을 믿지 않을 거야. 여기 있는 사람들 가운데 가장 화가 나 있는 사람은 바로 제러드야."

"믿지 않는다 해도 널 보호해줄 거야."

"두고 보면 알겠지." 나는 혼잣말처럼 중얼거렸다. 우린 지금 언쟁하고 있는 건가? 그렇지는 않은 것 같았다.

제이미는 조용히 생각에 잠겼다. 마침내 숨소리가 느려졌고 입도 약간 벌어졌다. 제이미가 깊이 잠들기를 기다렸다가, 나는 그를 바닥에서 침대로 조심스럽게 옮겼다. 예전보다 많이 무거웠지만, 나는 감당해낼 수 있었다. 제이미는 잠에서 깨지 않았다.

제이미의 베개를 원래 자리에 둔 다음, 나는 침낭에 몸을 눕혔다.

'아, 내가 무슨 짓을 한 거지…?' 머릿속이 복잡했지만, 너무 피곤해서 내일 어떤 일이 일어날지 생각할 수 없었다. 몇 초가 지난 후 나는 잠에 빠져들었다.

잠에서 깨어나자, 천장에 갈라진 틈에서 햇빛이 비쳐 들어왔고 누군가가 휘파람을 불고 있었다.

갑자기 휘파람이 멎었다.

"드디어 일어났군." 내가 눈을 뜨자 젭이 중얼거렸다.

나는 몸을 옆으로 돌려 그를 쳐다보았다. 그러다가 내 팔 위에 올라간 제이미의 손을 발견했다. 밤새 제이미는 내게 손을 뻗었을 텐데…. 아니, 내가 아니라 자신의 누나를 향한 몸짓이었을 것이다.

젭은 팔짱을 낀 채 바위벽에 기대고 있었다. "충분히 잘 잤어?" 그가 내게 물었다.

기지개를 켜고 나는 그에게 고개를 끄덕였다.

"다시는 내 말을 무시하지 마." 그가 얼굴을 찌푸리며 내게 투덜거렸다.

"미안해요." 나는 낮은 목소리로 대답했다. "덕분에 잘 잤어요."

제이미는 내 목소리에 몸을 뒤척였다.

"완다?" 그는 내 이름을 불렀다.

제이미가 비몽사몽간에 완다라는 내 이름을 부르자, 이상하게도 마음속에 감동이 밀려왔다.

"응?"

제이미는 눈을 깜빡이며 눈 아래까지 헝클어져 있던 머리를 넘겼다. "아, 젭 삼촌 왔어요?"

"내 방은 마음에 들지 않는 거니, 제이미?"

"코 고는 소리가 너무 시끄러워서요." 제이미는 그렇게 대답한 다음 하품을 했다.

"손님이나 숙녀를 바닥에 재우라고 내가 가르쳤니?" 젭이 그에게 나무라듯 말했다.

제이미는 갑자기 벌떡 일어나 주변을 둘러보더니 얼굴을 찡그렸다.

"제이미를 나무라지 말아요." 내가 젭에게 말했다. "제이미는 침낭에서 자겠다고 우겼는데, 잠든 사이 내가 옮긴 거예요."

제이미는 씩씩거리며 말했다. "멜라니 누나도 항상 그랬어…."

나는 눈을 크게 뜨며, 제이미에게 경고의 뜻을 보냈다.

젭은 키득거리며 웃기 시작했다. 그는 어제처럼 고양이가 갑자기 먹잇감에 달려드는 것 같은 표정을 짓고 있었다. 퍼즐을 푼 듯한 표정. 그는 매트리스 쪽으로 걸어가 모퉁이를 발로 찼다.

"아침 수업에 벌써 늦었어. 샤론이 성질을 부릴 테니 서두르는 게 좋을 거야."

"샤론 누나는 항상 성질을 부려요." 제이미는 투덜거렸지만 곧 자리에서 일어나 방을 나갔다.

"잘 가, 제이미."

제이미는 나를 한 번 더 쳐다본 다음, 어두운 복도로 사라졌다.

우리 둘만 남게 되자 젭이 곧 말문을 열었다. "제이미를 돌보는 게 여간 성가신 게 아니야. 난 바쁜 사람이야. 이곳에 있는 사람들 모두 바빠서 보초를 설 겨를도 없지. 오늘 내가 허드렛일을 하는 동안, 나와 함께 다니도록 하자."

놀라움에 입이 벌어질 지경이었다.

그는 웃음기 없는 표정으로 나를 쳐다보았다.

"그렇게 겁에 질린 표정 짓지 마. 괜찮을 거야." 그는 투덜거리면서 총을 가볍게 두드렸다. "여긴 내 집이니까."

그와 논쟁을 벌이는 건 불가능했다. 마음을 가라앉히기 위해 심호흡을 세 번 했다. 심장 박동 소리가 귓속에서 크게 울려, 젭의 목소리가 상대적으로 작게 들렸다.

"자, 어서 서둘러, 완다."

그는 몸을 돌리더니 방 밖으로 성큼성큼 걸어 나갔다.

나는 얼어붙은 것처럼 잠시 서 있다가 곧 그를 따라갔다. 괜한 허세를 부린 게 아니었다. 벌써 첫 번째 모퉁이를 돌더니 젭의 모습이 보이지 않았다. 모두가 적대시하는 이곳에서 누군가와 맞닥뜨릴 수도 있다는 생각에 겁을 먹은 나는 그를 따라잡기 위해 뛰기 시작했다. 동굴의 넓은 교차로에 이르기 전, 나는 젭을 따라잡을 수 있었다. 그는 나를 쳐다보지도 않았고, 나는 그의 옆에 서서 발걸음을 늦추며 보조를 맞추었다.

"북서쪽 텃밭에 야채를 심어야 할 시간이야. 우선 흙을 일구어야 하는데, 손이 더러워질 거야. 일을 마친 이후에 몸을 씻을 데가 있는지 알아봐 줄게." 그는 코를 킁킁거리더니 껄껄대며 웃었다.

목덜미가 뜨거워지는 걸 느꼈지만 모르는 척 했다. "손이 더러워지는 건 상관없어요." 나는 중얼거리며 대답했다. 북서쪽 텃밭은 외진 곳에 있어서, 우리 둘이서만 일을 할 수 있을 것 같았다.

중앙 광장에 이르자, 사람들이 우리 곁을 지나가기 시작했다. 여느 때처럼 그들은 화난 얼굴로 우리를 노려보았다. 나는 이제 그들 얼굴을 한 사람씩 알아보게 되었다. 머리를 길게 땋은 흑백의 혼혈 중년 여자는 어제 밭에 물을 대던 사람이었다. 불룩한 배에 얼마 남지 않은 머리숱, 그리고 불그스레한 뺨의 키 작은 남자가 그녀와 항상 함께 있었다. 짙은 갈색 피부에 운동선수처럼 보이는 여자는, 내가 이곳에 처음 왔을 때 신발 끈을 매고 있던 여자였다. 두꺼운 입술에 졸린 눈을 지닌 또 다른 검은 피부의 여자는 부엌에 있던 사람이었고, 검은 머리의 두 아이가 그녀 곁에 서 있었다. 그들은 그녀의 아이일지도 모른다. 우리는 매기 곁을 지나갔다. 그녀는 젭을 노려보더니 나의 시선을 외면했다. 창백하고 아파 보이는 백발의 노인 앞도 지나갔는데, 예전에 본 적이 있는 사람이었다. 그러고 나서 이안이 우리 곁을 지나갔다.

"젭, 어쩐 일이에요?" 그가 유쾌한 목소리로 물었다.

"북서쪽 텃밭을 일구어야 하거든." 젭이 투덜거렸다.

"도와줄까요?"

"얼마나 도움이 되는지 두고 보자고." 젭이 중얼거렸다.

이안은 알았다는 듯이 고개를 끄덕이며 우리 뒤를 따라왔다. 등 뒤로 그의 시선이 느껴지자 마음이 불편했다.

제이미보다 약간 더 나이를 먹은 듯한 소년이 우리 곁을 지나갔다. 짙은 머리칼이 푸르스름한 이마 위로 내려와 있었다.

"어이, 웨스." 이안이 그를 불렀다.

웨스는 우리가 지나가는 모습을 아무 말 없이 지켜보았다. 이안은 그의 표정을 보며 껄껄 웃었다.

그리고 의사가 우리 곁을 지나갔다.

"안녕하세요." 이안이 의사에게 인사했다.

"이안." 의사가 고개를 끄덕이며 인사했다. 그는 커다란 밀가루 반죽을 손에 들고 있었다. 셔츠에도 밀가루가 잔뜩 묻어 있었다. "잘 잤어, 젭? 잘 잤어, 완다?"

"자네도 잘 잤나?" 젭이 의사에게 말했다.

나는 의사에게 고개를 끄덕여 보였다.

"나중에 보자." 의사는 밀가루 반죽을 들고 서둘러 갔다.

"완다라고?" 이안이 어리벙벙한 표정으로 물었다.

"내가 생각해낸 거야. 잘 어울리는 것 같지?"

"그렇군요." 이안은 짤막하게 대답했다.

우리는 마침내 북서쪽 텃밭에 도착했지만, 내 기대와는 완전히 다른 모습이었다.

복도에서 만난 것보다 더 많은 사람들이 그곳에 있었다. 여자 다섯 명 남자 아홉 명이었다. 그들은 하던 일을 멈추고 얼굴을 찌푸렸다.

"저들에게 신경 쓰지 마." 젭이 중얼거렸다.

내게 충고한 것처럼, 젭은 사람들에게 전혀 신경을 쓰지 않고 벽에 놓인 도구들을 향해 걸어갔다. 그는 총을 허리춤에 고정한 다음 곡괭이와 삽 두

개를 집어 들었다.

젭과 떨어지자, 나는 위험에 노출된 것 같은 느낌이 들었다. 이안은 한 발자국 뒤에 서 있었고, 그의 숨소리도 들릴 정도였다. 방 안에 있는 사람들은 여전히 손에 농기구를 든 채 나를 노려보고 있었다. 땅을 일구는 데 쓰는 곡괭이가 사람을 공격하는 데 쓰일 수 있다는 사실이 뇌리에서 떠나지 않았다. 사람들의 표정을 보자, 과연 그런 생각을 하는 이가 나뿐만이 아니라는 게 느껴졌다.

젭이 내게 다가와 삽을 건네주었다. 나는 낡은 손잡이를 잡으며 무게를 가늠해 보았다. 사람들의 살기 어린 눈빛을 보자, 이것을 나를 지키는 무기로 생각하지 않을 수 없었다. 그런 생각을 떠올리는 게 맘에 들지 않았다. 사실 사람들의 공격을 막기 위해서 삽을 들 수 있을지도 의문이었다.

젭은 이안에게 곡괭이를 넘겨주었다. 날카로운 금속 도구가 그의 손아귀에 들어가자 나는 잔뜩 긴장했다. 나는 있는 힘을 다해 그곳에서 도망치지 않으려고 마음을 다잡았다.

"뒤쪽 모퉁이부터 시작하자."

젭은 사람들이 덜 모여 있는 곳으로 나를 데리고 갔다. 그는 이안에게 딱딱한 흙을 잘게 부수도록 지시했고, 나에게는 삽으로 흙을 파라고 지시했다. 그는 나를 따라오면서 삽으로 흙덩어리를 부수어 텃밭에 섞었다.

거울에 반사된 따가운 햇빛 때문에 이안은 땀을 흘리기 시작했고, 곧 셔츠를 벗어 던졌다. 뒤에서 투덜거리는 젭을 돌아보자, 내가 가장 쉬운 일을 하고 있다는 걸 알 수 있었다. 차라리 좀 더 어려운 일을 하고 싶었다. 다른 사람들에게 신경을 쓸 겨를이 없을 정도로 어려운 일을 맡으면 좋을 텐데. 사람들이 조금이라도 움직일 때마다 몸이 움츠러드는 것이 느껴졌다.

하지만 내가 이안의 일을 할 수는 없는 노릇이었다. 딱딱한 흙을 잘게 부수기 위해서는 두꺼운 팔과 등 근육이 필요했다. 대신 나는 젭이 하는 일을 거들기로 마음먹었고, 흙덩어리를 더 작은 덩어리로 부수기 시작했다. 그러자 다른 이들에게 눈을 돌릴 겨를이 없었고 일에 더 집중할 수 있었다.

이안은 종종 우리에게 물을 가져다주었다. 어제 부엌에서 본 키가 작고 예쁜 여자는 사람들에게 물을 가져다주는 일을 담당하고 있는 것 같았지만, 우리를 모르는 척했다. 그럴 때마다 나선 것이 이안이었다. 나를 바라보는 그의 얼굴은 항상 불안해보였다. 그는 이제 더 이상 나를 죽일 생각이 없는 걸까? 아니면 기회를 엿보고 있는 걸까? 이곳에서 마시는 물은 항상 맛이 이상했다. 유황 냄새가 섞여 있었고 신선도도 떨어졌다. 일전에 마셨던 물맛과도 차이가 있었다. 나는 고개를 가로저으며 편집증을 몰아내려고 애썼다.

나는 다른 데 눈을 돌리지 않을 만큼 열심히 일했다. 그렇게 마지막 고랑에 이르렀을 때에도 미처 알아차리지 못했다. 몸을 똑바로 펴고 곡괭이를 어깨에 메면서 우두둑거리는 관절 소리를 내는 이안을 보고서야 비로소 일이 끝났다는 걸 깨달았다. 나는 곡괭이를 보고 놀라 뒷걸음질 쳤지만, 그는 나를 보지 못했다. 다른 사람들 모두 일손을 멈추고 우리를 쳐다보고 있었다. 흙을 모두 뒤엎은 모습도 보였다.

"모두들 수고했어." 젭이 큰 소리로 사람들에게 말했다. "내일은 씨앗을 심고 물을 줄 거야."

사람들은 낮은 목소리로 웅성거리며 벽에 도구들을 갖다놓았다. 어떤 사람들은 편안하게 이야기를 나누었지만 어떤 이들은 나 때문에 여전히 긴장한 모습이었다. 이안은 삽을 건네 달라며 내게 손을 내밀었고, 나는 그에게 삽을 넘겨주었다. 그렇지 않아도 우울하던 기분이 더 침울해졌다. 내일도 이곳에서 일을 해야 할 게 분명하기 때문이었다. 내일도 오늘만큼 힘든 하루가 될 것이다.

슬픈 표정으로 젭을 바라보자, 그도 웃으며 나를 쳐다보았다. 밉살스럽게 웃는 그의 얼굴에는 '네가 무슨 생각을 하는지 난 다 알고 있지.'라고 쓰여 있는 것 같았다. 그는 내가 불편해하는 걸 짐작할 뿐 아니라, 한편으로 즐기기도 하는 것이다.

젭은 나를 보며 윙크를 했다. 인간 친구에게서 기대할 수 있는 건 그게 최선이라는 사실을, 나는 다시 한 번 깨달았다.

"내일 보자, 완다." 반대편에 서 있던 이안이 말하더니 혼자 키득거리며 웃었다.

모두들 나를 쳐다보고 있었다.

24

참아내다

몸에서 좋지 않은 냄새가 났다.

이곳에 온 지 며칠이 지났는지 기억나지 않았다. 일주일이 지났을까, 아니면 이주일이 지났을까? 사막에서 입던 옷을 그대로 입은 채 계속 땀을 흘렸다. 면 셔츠에 염분기가 많이 남아 아코디언처럼 선명한 주름이 생겼다. 예전에는 연한 노란색이던 셔츠에 얼룩이 지고 더러워져서, 지금은 동굴 바닥처럼 보라색이 도는 갈색으로 변한 상태였다. 짧은 머리도 푸석푸석하고 모래투성이였다. 머리카락이 이리저리 뭉쳐 있었고, 앵무새처럼 윗부분이 뻣뻣하게 선 것도 같았다. 최근에 내 얼굴을 본 적은 없지만, 동굴 바닥처럼 검고, 멍이 든 것처럼 푸르스름할 것이다.

나는 젭의 마음을 충분히 이해할 수 있었다. 목욕을 해야 했다. 그리고 목욕을 헛수고로 만들지 않기 위해서는 옷도 갈아입어야 할 것이다. 젭은 옷이 마르는 동안 제이미의 옷을 입으라고 제안했지만, 얼마 없는 제이미의 옷을 늘어뜨리고 싶지 않았다. 고맙게도, 제러드의 옷을 입으라는 말은 하지 않았다. 결국 낡고 소매가 없지만 깨끗한 젭의 플란넬 면 셔츠를 입기로 했다. 그리고 몇 달 동안 입지 않은, 구멍투성이의 헐렁한 운동복 상하의도 입었다. 운동복은 손을 덮을 만큼 길이가 길었고 고약한 냄새가 났다. 젭은 이상하게 생긴 덩어리를 건네주며, 직접 만든 선인장 비누라고 했다. 나는 젭을 따라 강이 흐르는 방으로 향했다.

이번에도 우리 둘만 있는 게 아니었고, 그 때문에 실망이 컸다. 남자 셋과 머리를 땋은 혼혈 여자가 작은 개천에 흐르는 물을 양동이에 퍼 담았다. 욕실에서는 물이 튀는 소리와 웃음소리가 메아리쳤다.

"우리 차례를 기다리자." 젭이 내게 말했다.

그는 벽에 몸을 기댔다. 나는 그 옆에 뻣뻣하게 서 있었다. 불편한 마음으로 네 사람의 따가운 시선을 느끼면서도 바닥에 흐르는 뜨거운 온천수에만 눈을 고정했다.

잠시 후, 여자 세 명이 젖은 머리를 뒤로 넘긴 채 욕실에서 나왔다. 짙은 갈색 피부에 운동선수 같은 여자, 한 번도 본 적 없는 어린 금발 여자, 그리고 샤론이었다. 나를 보자마자 그들의 웃음소리가 갑자기 끊겼다.

"안녕하세요, 숙녀 여러분." 젭은 마치 모자를 벗는 시늉을 하며 말했다.

"젭이군요." 갈색 피부 여자가 단조로운 어조로 응수했다.

샤론과 다른 여자는 우리를 못 본 척했다.

그들이 지나가자 젭이 내게 말했다. "이제 네 차례야, 완다."

나는 음울한 눈빛으로 그를 바라본 다음, 어두운 욕실로 조심스럽게 들어갔다.

바닥이 어땠는지 기억을 떠올려보았다. 몇 발자국만 걸어가면 물이었던 건 분명히 기억났다. 발에 물이 닿는지 확인하기 위해 우선 신발을 벗었다.

너무 컴컴해서 아무것도 보이지 않았다. 칠흑처럼 검던 물웅덩이가 떠올랐다. 불투명한 수면 밑에서 금방이라도 무언가 튀어나올 것만 같아 몸이 부들부들 떨렸다. 하지만 머뭇거릴수록 그곳에 더 오랫동안 있어야 할 터였다. 나는 깨끗한 옷을 옆에 두고 향기 나는 비누를 들고, 물웅덩이를 찾아 조심스럽게 앞으로 나아갔다.

바깥 동굴의 습기 찬 공기에 비하면, 물은 꽤 시원했다. 물이 몸에 닿는 느낌이 상쾌했다. 마음속엔 여전히 두려움이 남아 있었지만, 시원한 물의 감촉이 고맙게 느껴졌다. 무언가 시원한 것을 느껴본 건 참 오래간만이었다. 나는 옷을 벗지 않은 채로 허리 깊이까지 천천히 내려갔다. 물줄기가 발목을 돌며 지나가다가 다시 바위를 돌고 흐르는 게 느껴졌다. 고이지 않는 물이라 좋았다. 고여 있는 물이라면 몸을 씻어도 여전히 더러울 것이다.

어깨가 잠길 때까지 몸을 물속에 담갔다. 조악한 비누를 옷에다 척척 묻히면서, 이것이야말로 옷을 깨끗하게 하는 가장 쉬운 방법이라고 생각했다. 비누가 피부에 닿자, 약간 따가운 느낌이 들었다.

비누를 묻힌 옷을 벗어 물속에서 비볐다. 그런 다음 내가 흘린 땀과 눈물이 모두 빠져나갈 때까지 깨끗하게 헹구고 짰다. 그리고 신발이 있을 바닥에 두었다.

피부에 비누가 직접 닿자 더 따가웠지만, 몸을 깨끗하게 할 수 있다는 생각으로 견뎌냈다. 비누 거품을 온몸에다 내자 피부 전체가 따끔거렸고 두피는 불에 덴 것처럼 아팠다. 상처를 입은 부위가 다른 곳보다 더 민감한 것 같았다. 머리에 상처가 아직 남아 있는 게 분명했다. 나는 비누를 바닥에 두고, 옷을 헹구었던 것처럼 몸을 헹구고 또 헹궜다.

물웅덩이에서 저벅저벅 걸어 나오자, 안도감과 후회가 뒤섞인 이상한 생각이 들었다. 물은 매우 깨끗하고 상쾌했지만, 피부는 계속 따끔거렸다. 주변이 어두컴컴해서 아무것도 분간할 수 없었기에 나는 주변을 더듬어 깨끗한 새 옷을 찾아 재빨리 입었고, 물 묻은 발로 신발을 신었다. 한 손으로는 젖은 옷을 들고, 다른 한 손으로는 조심스럽게 비누를 들었다.

내가 모습을 드러내자 젭이 웃었다. 그는 내가 들고 있는 비누를 쳐다보고 있었다.

"약간 따끔거리지? 곧 그 문제를 해결할 거야." 그는 셔츠 자락을 길게 빼서 내게 손을 내밀었고, 나는 그 위에 비누를 놓았다.

다른 사람들이 있었기 때문에 나는 아무 말도 하지 않았다. 그 뒤에 줄을 서 있는 사람이 다섯이었는데, 모두 밭일을 마치고 온 것 같았다.

첫 번째 차례는 이안이었다.

"좋아 보이는데." 이안이 내게 말했다. 그러나 내가 좋아 보여서 놀랐다는 것인지 짜증이 난다는 것인지 구분할 수 없는 목소리였다.

그는 한쪽 팔을 올리더니, 길고 창백한 손가락을 내 목을 향해 뻗었다. 내가 움찔하자, 그는 곧바로 팔을 내렸다.

"미안해." 그가 중얼거렸다.

내게 겁을 주려던 것일까, 아니면 내 목덜미를 확인하려던 것일까? 나를 죽이려 했다가 사과하는 거라고는 생각할 수 없었다. 물론 그는 아직도 내가 죽기를 원하겠지만, 그에게 직접 물어 볼 수는 없었다. 나는 앞으로 걸어가기 시작했고, 젭이 내 뒤를 따라왔다.

"오늘 하루는 그리 나쁘지 않았어." 어두운 복도를 걸으며 젭이 말했다.

"그리 나쁘진 않았어요." 나는 혼잣말처럼 중얼거렸다. 결국 나는 죽지 않고 살아남았다. 이 삶에 또 하루를 보탠 것이다.

"내일은 훨씬 더 좋을 거야." 젭이 약속하듯 분명히 말했다. "씨앗을 심는 건 항상 즐거운 일이야. 죽은 것처럼 보이는 씨앗에 새로운 생명이 생기는 걸 보는 건 기적 같은 일이지. 그런 걸 보면 나처럼 시들한 노인에게도 생명력이 있을 것 같은 느낌이 들어. 비료만 약간 주면 될 텐데." 젭은 자신이 던진 농담에 소리 내어 웃었다.

커다란 텃밭 동굴에 도착하자, 젭은 내 팔꿈치를 잡고 서쪽이 아닌 동쪽 방향으로 데리고 갔다.

"그렇게 열심히 땅을 팠는데 배가 고프지 않다고 말할 생각은 마라." 그가 내게 말했다. "룸서비스는 해주지 못한다. 앞으로는 너도 사람들이 식사하는 곳에서 식사해야 해."

나는 얼굴을 찌푸리며 바닥을 내려다보았지만, 아무 말 없이 그를 따라 부엌으로 향했다.

그나마 평소와 음식이 똑같은 점은 다행이었다. 기적처럼 소 등심구이나 치토스 한 봉지가 있었다면, 나는 더더욱 아무것도 먹을 수 없었을 것이다. 음식을 씹어 삼키는 데 온 정신을 집중해야 했다. 내가 나타나자마자 조용해진 분위기를 음식 씹는 소리로 깨뜨리고 싶지도 않았다. 부엌은 그다지 붐비지 않았다. 열 명 남짓한 사람들이 개수대 주변에 앉아 빵을 먹거나 멀건 수프를 먹고 있었다. 그러나 내가 들어오자 모든 대화는 끊겼고 쥐 죽은 듯 잠잠해졌다. 이런 상황이 얼마나 지속될까?

정답은 나흘이었다.

젭이 원하는 게 무엇인지, 나를 손님으로 공손하게 대하다가 인색하게 일을 시키는 이유를 이해하는 데도 나흘이 걸렸다.

흙을 일군 그 다음 날, 나는 그 텃밭에 씨앗을 심고 물을 주며 시간을 보냈다. 그 전날과는 다른 무리의 사람들이 있었는데, 아마도 여러 무리의 사람들이 교대하면서 일을 맡는 것 같았다. 매기와 아직 이름을 알지 못하는 짙은 갈색 피부 여자가 그 무리에 속했다. 모두들 거의 아무 말도 하지 않고 묵묵히 일했다. 이들의 침묵은 내가 함께 있는 것에 대한 항의처럼 느껴졌다.

이안이 우리와 함께 일을 했다. 그는 일할 순번이 아니었다. 나는 그 점 때문에 신경이 쓰였다.

다시 부엌에서 식사를 해야 했다. 제이미가 그곳에 있었고, 쥐 죽은 듯 조용한 침묵이 흐르는 가운데 제이미 소리밖에 들리지 않았다. 그는 이 어색한 침묵을 알아차리지 못할 만큼 둔감하지 않았으므로, 일부러 모르는 척하는 게 분명했다. 제이미는 우리 셋이서만 부엌에서 식사하는 양 행동했다. 그는 샤론의 수업에 대해 이야기했고, 수업 시간에 늦었지만 어떻게 곤경에서 빠져나올 수 있었는지 약간 허풍을 떨며 말했고, 샤론이 별로 준 허드렛일을 투덜거리며 불평하기도 했다. 젭은 마지못해 그를 꾸짖었다. 두 사람은 아무 일도 없는 것처럼 능청스럽게 연기를 했다. 그러나 나는 연기에 능숙하지 못했다. 제이미가 내게 그날 일과를 물었을 때, 내가 할 수 있었던 것은 음식을 내려다보며 한 마디 말만 중얼거리는 것뿐이었다. 내 반응을 본 제이미는 슬퍼하는 것 같았지만, 내게 더 이상 말을 시키지는 않았다.

그러나 밤이 되자 달랐다. 제이미는 내게 계속 말을 시켰고, 나는 제발 잠을 자게 해달라고 부탁했다. 그날 이후 제이미는 다시 자신의 방으로 돌아왔고, 원래 자리인 제러드 옆자리에서 자겠다고 고집을 부렸다. 그것은 멜라니가 기억하던 그대로였고, 멜라니는 그렇게 해주라고 허락했다.

젭도 허락했다. "보초 설 사람을 구하는 번거로움을 덜었구나. 총을 가까이에 둬. 총이 있다는 사실을 항상 명심해야 한다."

나는 다시 항의했지만, 그들은 내 말에 귀를 기울이지 않았다. 제이미는 내 옆에 총을 두고 잤고, 불안에 떨던 나는 악몽을 꾸었다.

일을 시작한 지 사흘째, 나는 부엌에서 일을 했다. 젭은 빵을 만드는 밀가루 반죽을 어떻게 하는지, 둥근 반죽 덩어리를 어떻게 부풀어 오르게 하는지, 그리고 연기가 나도 괜찮을 정도로 어두워졌을 때 커다란 석조 오븐 바닥에 어떻게 불을 피우는지 가르쳐주었다.

오후에 젭이 떠났다.

"밀가루를 좀 더 구해 와야겠어." 그는 총을 두르고 있는 끈을 만지작거리며 말했다.

곁에서 빵 반죽을 하던 여자 셋은 아무 말도 하지 않았고, 우리를 올려다보지도 않았다. 끈적거리는 밀가루 반죽이 팔꿈치에 묻었지만, 나는 젭을 따라가기 위해 밀가루를 손으로 문질러 닦았다.

젭은 묵묵히 일을 하고 있는 여자들을 바라보며 씩 웃더니, 나를 보며 고개를 절레절레 흔들었다. 그러고 나서 부엌을 한 바퀴 둘러본 다음, 내가 긴장을 풀기도 전에 밖으로 나가 버렸다.

나는 그곳에 얼어붙은 것처럼 꼼짝도 하지 못했고, 숨도 더 이상 쉴 수 없었다. 그곳에 있는 여자 세 명을 쳐다보았다. 욕실에서 본 금발 여자, 머리를 길게 땋은 혼혈 여자, 눈꺼풀이 무거워 보이는 여자. 나는 그들이 이제 나를 죽일 수 있다는 사실을 깨닫기를 기다렸다. 젭도 없고, 총도 없고, 내 손에는 끈적한 밀가루가 묻어 있다. 그들을 멈추게 할 것은 아무것도 없다.

그러나 여자들은 계속 밀가루를 반죽하고 모양을 만들고 있을 뿐, 그 명백한 사실을 깨닫지 못하는 것 같았다. 오랫동안 숨도 쉬지 못하고 서 있다가, 다시 밀가루를 반죽하기 시작했다. 내가 일을 하지 않고 가만히 있었기 때문에 그들이 오히려 상황을 더 주시한 것 같았다.

젭은 오랫동안 되돌아오지 않았다. 밀가루를 맷돌로 갈러 가기라도 한 것 같았다. 그렇지 않고서야 그렇게 오랫동안 자리를 비울 리가 없다.

"너무 오래 걸렸군요." 젭이 마침내 돌아오자, 혼혈 여자가 말했다. 젭의 오랜 부재를 걱정하는 건 나뿐만이 아니었던 것이다.

젭이 무거운 자루를 바닥에 내려놓자 쿵, 소리가 울렸다. "밀가루를 잔뜩 가져왔으니 안으로 들여와, 트루디."

트루디는 콧방귀를 뀌었다. "이렇게 많이 가져오느라 시간이 오래 걸렸나 보네요."

"그럼." 젭이 이를 드러내며 씩 웃었다.

그동안 조마조마하던 심장이 다시 안정을 찾았다.

그 다음 날, 우리는 옥수수 밭에 있는 거울을 닦고 있었다. 습기와 먼지가 거울에 쌓이면 햇빛이 희미하게 반사되어 식물에게 충분한 영양을 줄수 없기 때문에, 주기적으로 거울 닦는 일을 한다고 젭이 설명해 주었다. 젭은 그날도 우리와 함께 일을 했다. 이안이 나무 사다리로 올라가 거울을 닦는 동안, 젭과 나는 아랫부분을 깨끗이 닦았다. 이안의 체중과 손으로 만든 부실한 사다리를 생각해 보면, 쉽지 않은 일이었다. 그날 일을 마치자, 팔이 욱신거리고 아팠다.

일을 마치고 부엌으로 향하면서, 나는 젭이 항상 차고 다니던 총집이 비어 있다는 걸 알아차렸다.

갑자기 숨이 막혔다. 나는 비틀거리며 멈추어 섰다.

"무슨 일이야, 완다?" 젭은 아무것도 눈치 채지 못한 채 순진한 표정으로 물었다.

이안이 내 옆에 없었다면 젭에게 대답했을 것이다. 그는 선명한 푸른 눈동자로 내 이상한 태도를 주의 깊게 지켜보고 있었다.

나는 불신과 책망이 뒤섞인 눈빛으로 젭을 바라보다가, 고개를 가로저으며 다시 그를 따라 발걸음을 옮기기 시작했다. 그러자 젭이 키득거리며 웃었다.

"왜 저러는 거에요?" 이안은 내가 마치 귀머거리인 것처럼 젭에게 중얼거렸다.

"날 난처하게 만드는 거야." 젭이 말했다. 그는 인간만이 할 수 있는, 부드럽고 악의 없는 거짓말을 했다.

젭은 거짓말을 잘했다. 오늘 총을 두고 온 것, 어제 나를 혼자 내버려 둔 것, 나를 억지로 사람들 무리와 어울리도록 애쓰는 것은 남의 손을 빌어 나를 죽이려는 의도일까? 그도 나처럼 마음속으로는 우정을 느끼고 있을까? 아니면 그것 역시 거짓말일까?

오늘은 부엌에서 식사한 지 나흘째였다.

젭과 이안과 나는 더운 기운이 훅 끼치는 부엌 안으로 들어갔다. 사람들은 그날 있었던 일에 대해 낮은 목소리로 이야기를 나누고 있었다.

아무 일도 일어나지 않았다.

갑작스런 침묵도 없었다. 하던 일을 멈추고 나를 노려보는 사람도 없었고 우리가 들어오는 걸 신경 쓰는 사람도 없었다.

젭은 사람이 아무도 없는 식탁으로 나를 데리고 가서, 세 사람이 충분히 먹을 수 있도록 빵을 가져왔다. 이안은 내 옆에서 어슬렁거리다가, 반대편에 있는 여자를 쳐다보았다. 이안은 젊은 금발 여자를 폐기라고 불렀다.

"어떻게 지내? 앤디가 나가도 잘 지내고 있지?" 이안이 폐기에게 물었다.

"너무 걱정이 되서 잘 지내지 못해요." 그녀는 입술을 깨물었다.

"곧 돌아올 거야." 이안이 그녀를 안심시키며 말했다. "제러드는 항상 어떤 낙오자도 없이 모두 데리고 되돌아오니까. 정말 대단해. 그가 이곳에 온 이후로 어떤 사고나 문제도 일어나지 않았잖아. 앤디는 괜찮을 거니까 걱정하지 마."

이안이 제러드를 언급하자 귀가 번쩍 뜨였다. 요즘 들어 거의 비몽사몽이던 멜라니도 정신을 차렸다. 그러나 이안은 더 이상 아무 말도 하지 않았다. 그는 그저 폐기의 어깨를 토닥여주고, 젭에게서 음식을 받았다.

젭은 내 옆에 앉았다. 부엌 안을 둘러보는 그의 얼굴에는 만족감이 가득했다. 나는 부엌을 둘러보며, 그가 무엇을 보고 만족한 건지 알려고 애썼다. 부엌은 내가 나타나지 않았을 때와 똑같은 모습이었다. 오늘만은 그들이 내 존재를 신경 쓰지 않는 것 같았다. 나 때문에 방해 받는 것이 싫증난 것이 틀림없었다.

"사람들 마음이 가라앉은 것 같아요." 이안이 젭에게 말했다.

"그럴 줄 알았어. 이곳 사람들은 모두 합리적이니까."

나는 왠지 기분이 언짢았다.

"사실이야. 형은 지금 이곳에 없으니까." 이안이 웃으며 말했다.

"바로 그거야." 젭이 동의하며 같이 웃었다.

이안이 이곳에 있는 다른 합리적인 사람들과 자신을 동일시하는 점이 흥미로웠다. 젭이 무기를 갖고 있지 않다는 사실을 알아차린 것일까? 나는 궁금해 견딜 수가 없었지만, 그렇지 않은 경우를 대비해 물어볼 엄두가 나지 않았다.

식사는 계속되었고, 이안에 대한 호기심은 곧 사라져버렸다.

식사가 끝나자, 젭은 내게 그만 쉬라고 말했다. 그는 방까지 나를 바래다주며 다시 신사 흉내를 냈다.

"그럼 푹 쉬어, 완다." 그는 모자 벗는 시늉을 하며 말했다.

나는 숨을 깊이 들이마시며 용기를 냈다. "젭, 기다려요."

"왜?"

"젭⋯." 나는 젭의 기분을 상하지 않게 하기 위해 머뭇거렸다. "내가 어리석은 건지 모르지만⋯ 난 우리가 친구라고 생각했어요."

나는 그가 거짓말을 할 것처럼 표정이 변하는지 자세히 살폈다. 그는 여전히 온화해 보였다. 하긴 내가 거짓말쟁이의 말을 어떻게 구분할 수 있단 말인가?

"물론 우린 친구지, 완다."

"그런데 왜 나를 죽이려 해요?"

그는 깜짝 놀라 짙은 눈썹을 치켜 올렸다. "왜 그렇게 생각하는 거야?"

내가 생각하는 증거를 조목조목 나열했다. "오늘 총을 가져 오지 않았어요. 그리고 어제는 날 혼자 내버려 두었고요."

젭은 이를 드러내며 씩 웃었다. "넌 총을 싫어하잖아."

나는 잠자코 그의 대답을 기다렸다.

"완다, 내가 널 죽이려 했다면 넌 이곳에서 하루도 버티지 못했을 거야."

"알아요." 이유도 알 수 없이 당혹감이 몰려오기 시작했다. "그래서 이렇게 혼란스러운 거예요."

젭은 기분 좋게 껄껄 웃었다. "난 네가 죽기 바라지 않아! 그것만은 분명해. 나는 사람들이 너에게 익숙해지도록 했고, 사람들에게 설명하지도 않은 채 상황을 무조건 받아들이라고 했어. 그건 산 개구리를 물에 넣고 끓이는 격이지."

이상한 비유에 이마가 찌푸러들었다.

젭이 자세히 설명하기 시작했다.

"끓는 물에 개구리를 집어넣으면 곧바로 튀어나오지. 하지만 미지근한 물에 개구리를 집어넣고 서서히 끓이면, 개구리는 어떤 상황인지 알아차리지 못해. 그리고 결국 알아차리게 될 때는 이미 너무 늦단다. 일을 천천히 해나가는 게 중요하단 뜻이지."

나는 잠시 생각에 잠겼고, 오늘 점심 때 사람들이 나를 못 본 척하던 기억을 떠올렸다. 젭은 그들이 나에게 익숙해지도록 만든 것이다. 그 사실을 깨닫자 이상하게도 마음속에 희망이 생겼다. 이 상황에서 희망을 갖는 건 어리석지만, 어쨌든 새로운 희망이 움텄고 예전보다 기분이 한결 나아졌다.

"젭?"

"응?"

"나는 개구리인가요, 아니면 물인가요?"

그는 소리 내어 웃었다. "그건 네가 생각해보기 바란다. 자신에 대해 곰곰이 생각하는 건 소울에게도 좋을 거야." 젭은 이번에는 더 큰 소리로 웃어젖혔다. 그는 몸을 돌리고 방에서 나가며 말했다. "웃으라고 하는 얘기는 아니야."

"잠시만요…. 한 가지만 더 물어 봐도 돼요?"

"물론이지. 너한테 많은 걸 물어보았으니, 이젠 네 차례인 것 같구나."

"왜 내 친구가 되어주는 거죠, 젭?"

젭은 잠시 입을 꼭 다물며 대답을 생각하는 것 같았다.

"내가 호기심 많은 사람이라는 건 알지?" 그가 말문을 열었고 나는 고개를 끄덕였다. "나는 많은 소울들을 봐 왔지만 그들과 이야기를 나눈 적은 한 번도 없었어. 마음속엔 궁금증이 점점 쌓여갔지…. 게다가, 난 원하기만 하면 누구든지 친하게 지낼 수 있다고 생각했거든. 난 이론을 시험해 보는 걸 좋아해. 그리고 넌 내가 만난 여자애들 가운데 최고로 착하고 멋진 아이야. 소울과 친구가 된다는 건 정말 의외지만, 계속 친구로 지낼 수 있는 것도 정말 특별하고 멋진 일인 것 같아."

그는 내게 윙크한 다음, 허리를 깊이 숙여 인사하고 멀어져 갔다.

젭의 계획에 대해 알게 되었다고 해서, 단계를 서서히 올리는 것에 적응하기가 쉬운 것은 아니었다.

그는 더 이상 총을 갖고 다니지 않았다. 총이 어디 있는지 알 수 없었지만, 적어도 제이미가 총을 곁에 두고 자지 않는 것에 감사했다. 아무런 보호 장치도 없이 제이미와 함께 있는 게 약간 불안하기는 했지만, 총이 없으면 제이미가 덜 위험할 거라는 생각이 들었다. 그에게 위협적인 무기가 없으면 아무도 그를 해치려 하지 않을 것이기 때문이다. 게다가, 나를 찾으러 오는 사람은 더 이상 아무도 없었다.

젭은 내게 사소한 심부름을 시키기 시작했다. 배가 고프다며 부엌에 가서 빵을 하나 가지고 오라고 했고, 텃밭 모퉁이가 말랐으니 물을 한 양동이 가져오라고도 했다. 할 말이 있다면서 수업이 끝난 제이미를 데리고 오라고 했고, 시금치 싹이 올라왔는지 가서 확인해 보라고 했다. 그리고 의사에게 전할 말이 있다면서, 남쪽 동굴로 가는 길을 기억하고 있는지 내게 묻기도 했다.

그런 사소한 심부름을 하러 갈 때마다, 나는 두려움에 떨며 땀을 뻘뻘 흘렸다. 되도록 사람들의 눈에 띄지 않으려 애썼고, 최대한 발걸음을 빨리 옮기며 거의 뛰다시피 방과 어두운 복도를 지나갔다. 몸을 벽에 붙이고 시선을 아래로 향한 채였다. 사람들은 나를 모르는 척했다. 죽음의 위협을 느꼈던 유일한 때는, 샤론의 수업을 듣는 제이미를 데리러 갔을 때였다. 샤론의 눈빛은 금방이라도 나를 공격할 것처럼 적대적이었다. 나는 기어들어가는 목소리로 제이미를 데리러 왔다고 말했고, 그녀는 고개를 끄덕이며 제이미에게 가도 좋다고 했다. 제이미와 단둘이 있게 되었을 때, 제이미는 내 떨리는 손을 잡으며 샤론은 수업을 방해한 사람은 누구든지 그런 눈빛으로 쏘아본다고 말해주었다.

최악의 심부름은 의사를 찾으러 갔던 때였는데, 이안이 내게 길을 안내해 주겠다며 고집을 부렸기 때문이다. 거절할 수도 있었지만, 젭은 별다른 문제가 없다고 말했다. 그것은 젭이 이안이 나를 죽이지 않을 거라고 믿는 것을 의미했다. 젭의 생각이 맞는지 확인하는 시험 대상이 되는 것 같아 두려웠지만 이 시험을 피해갈 수는 없는 것 같았다. 젭이 이안을 믿는 것이 잘못이라면, 이안은 곧 다른 기회를 엿볼 것이다. 그래서 나는 마음을 졸이며 이안과 함께 어두운 남쪽 동굴을 걸어갔다.

동굴을 지나 남쪽 날개까지 무사히 가서, 의사에게 메시지를 전해주었다. 의사는 내가 이안과 함께 온 것을 보고 놀라는 기색이 없었다. 나만의 상상이겠지만, 두 사람이 의미심장한 눈빛을 교환하는 것도 같았다. 그들이 나를 들것에 눕혀 묶을지도 모른다는 생각도 들었다. 의사가 일하는 방에 있자 속이 점점 더 메스꺼워졌다.

그러나 의사는 내게 고맙다는 인사를 하고, 바쁜 일이라도 있는 것처럼 나를 곧 돌려보냈다. 그가 무엇을 하고 있는 중인지 정확히 알 수 없었다. 몇 권의 책이 펼쳐져 있었고, 스케치밖에 없는 종이더미가 쌓여 있었다.

방으로 돌아오는 길에, 두려움보다 더 큰 호기심이 발동했다.

"이안?" 그의 이름을 처음 부르는 데 약간 어려움이 있었다.

"응?" 이안은 약간 놀란 것 같았다.

"왜 아직 날 죽이지 않는 거죠?"

그는 콧방귀를 꼈다. "적나라하게 묻는군."

"나를 죽일 수도 있었잖아요. 젭이 화낼 수도 있겠지만, 난 그가 날 보호하려고 당신을 쏠 거라고 생각하지 않아요." 도대체 내가 무슨 말을 한 거지? 나는 그에게 따지고 있었다. 나는 곧 혀를 깨물고 입을 닫아버렸다.

"나도 알아." 그는 편안한 목소리로 말했다.

잠시 동안 침묵이 흘렀고, 우리의 낮은 발자국 소리만이 동굴 벽에 울려 퍼졌다.

"정당하지 못한 일이야." 이안이 마침내 다시 말문을 열었다. "많이 생각해 봤는데, 널 어떻게 죽인다 해도 옳지 못해. 전쟁을 일으킨 사령관의 잘못 때문에 민간인을 처형하는 것과 마찬가지야. 나는 젭의 이상한 생각에 모두 동의하지는 않아. 그의 생각을 믿는다면 좋겠지만, 그렇다고 해서 그게 사실이 되는 건 아니지. 젭이 옳든 그르든, 네가 우리에게 해를 끼칠 것 같지는 않아. 그리고 네가 제이미를 진심으로 좋아하는 건 인정할 수 있을 것 같아. 그 모습을 지켜보면 기분이 이상해. 네가 우리를 위험에 처하게 하지 않는 한, 널 죽이는 건 잔인한 것 같아. 이곳과는 어울리지 않는 일이지."

나는 잠시 '어울리지 않다'는 말에 대해 생각해 보았다. 지금까지 들은 말 가운데 가장 진실한 말인지도 몰랐다. 나는 도대체 어디에 어울리는 걸까?

다른 어느 누구보다도 이안의 마음이 그렇게 따뜻하리라고는 생각지도 못했다. 그가 잔인함을 부정적으로 생각하리라고는 상상하지도 못했다.

내가 그런 생각을 하는 동안 그는 말없이 가만히 있었다.

"날 죽이기 원치 않는다면 오늘 왜 나와 함께 온 거예요?" 내가 그에게 물었다.

그는 잠시 뜸을 들이다가 대답했다.

"잘 모르겠어…." 그는 머뭇거리며 말을 이었다. "젭은 상황이 안정되었다고 생각하지만, 난 확신이 들지 않아. 동요하는 사람들이 몇몇 있을지도 모르고…. 어쨌든 의사와 나는 가능한 한 널 지켜보려고 애쓰고 있어. 만약의 경우를 대비하는 거지. 너를 남쪽 동굴로 보내는 것은 운을 과신하는 것 같아. 하지만 젭은 그렇게 생각하고, 앞으로도 항상 운이 좋을 거라고 생각할 거야."

"당신과 의사가 나를 보호하기 위해 애쓰고 있다고요?"

"이상한 세상이지, 그렇지?"

나는 잠시 망설이다가 대답했다.

"정말 이상한 세상이네요." 나는 마침내 그의 생각에 동의했다.

25

강요하다

　다시 한 주가 지나갔다. 아니, 두 주가 지났는지도 모른다. 이곳에서는 시간을 계산하는 게 아무런 의미가 없는 것처럼 보였다. 시간을 기억하는 것이 오히려 더 이상하게 느껴졌다.

　나는 매일 사람들과 함께 일을 했고, 이제 더 이상 젭이 항상 내 곁에 있지는 않았다. 어떤 날은 이안이 함께 있었고, 어떤 날은 의사, 어떤 날은 제이미가 내 곁에 있었다. 나는 텃밭에 자란 잡초를 뽑았고, 빵을 만들기 위해 밀가루를 반죽했고, 개수대를 문질러 닦기도 했다. 물과 양파 수프를 날랐고, 어두운 물웅덩이에 가서 옷을 빨기도 했다. 선인장 비누 때문에 여전히 손이 따끔거렸다. 모두들 각자 맡은 일을 열심히 했다. 나는 그곳에서 일할 권리가 없었으므로, 다른 사람들보다 두 배는 더 열심히 일하기 위해 노력했다. 내가 그들에게 좋은 평가를 받지 못한다는 건 알았지만, 그들에게 무거운 짐은 되고 싶지 않았다.

내 주변에 있는 사람들에 대해서도 조금 알게 되었는데, 그들의 이야기에 귀를 기울인 덕분이었다. 적어도 그들의 이름은 알게 되었다. 갈색 피부 여자의 이름은 릴리였고, 필라델피아 출신이었다. 그녀는 유머 감각은 별로 없었지만 잘난 척하는 법이 없었기 때문에 모든 사람들과 잘 어울렸다. 뻣뻣한 검정 머리를 지닌 청년 웨스는 그녀를 자주 쳐다보았지만, 그녀는 눈치 채지 못하는 것 같았다. 그는 열아홉 살이었고, 몬타나 주 유레카에서 도망쳐 왔다. 졸린 눈의 여자는 루치나였고, 그녀의 아들의 이름은 이사야와 프리덤이었다. 프리덤은 이곳 동굴에서 태어났고, 의사가 분만을 도와주었다. 그들 세 명은 거의 보지 못했는데, 루치나가 아이들을 가능한 한 내게서 격리하기 위해서인 것 같았다. 뺨이 불그스름하고 머리가 빠지기 시작하는 남자는 트루디의 남편으로, 이름은 제프리였다. 그들은 히스라는 중년의 남자와 종종 함께 있었는데, 그는 제프리와 어릴 적부터 친한 친구였다. 세 사람은 침공을 피해 함께 도망쳐 이곳으로 왔다. 백발에 안색이 창백한 남자는 월터였다. 그는 병을 앓고 있었지만, 의사는 무슨 문제가 있는지 알아내지 못했다. 의사가 진단한다 하더라도 검사도구가 없기 때문에 치료할 방법이 없었고, 병을 치료할 약도 없었다. 월터의 증세가 점점 더 심해지자, 의사는 암으로 생각하는 것 같았다. 누군가가 고통스러운 질병 때문에 죽어가는 모습을 지켜보는 건 무척 슬픈 일이었다. 월터는 쉽게 지쳤지만 항상 밝아 보였다. 금발과는 대조를 이루는 짙은 색 눈동자를 지닌 여자는 하이디였다. 그녀는 텃밭에서 일을 하던 첫 날 물을 나르던 여자였다. 트래비스, 존, 스탠리, 라이드, 캐롤, 비올레타, 루스, 앤…. 나는 적어도 여기 있는 사람들의 이름은 모두 알게 되었다. 그곳에는 서른다섯 명의 사람들이 살았고, 그 가운데 여섯 명이 음식을 구하러 나간 상태였다. 그중에는 제러드도 있었다. 지금 동굴에는 스물아홉 명의 사람과 환영받지 못하는 외계인

하나가 있었다.

나는 나와 함께 지내는 그들에 대해 더 많은 것을 알게 되었다.

이안과 카일은 입구에 진짜 문 두 개가 달린 동굴 방에서 함께 지냈다. 이안은 내가 이곳에 있는 걸 항의하는 웨스와 같은 방에서 자기 시작했지만, 이틀 밤을 지낸 후 자신의 거처로 되돌아왔다. 근처 옆방도 당분간 비어 있었다. 그 방에 살던 사람들이 나를 두려워했다는 젭의 말을 듣자, 나는 웃음이 났다. 스물아홉의 방울뱀이 단 한 마리의 들쥐를 두려워한단 말인가?

옆방에 사는 페기가 돌아왔다. 앤디와 함께 방을 쓰는 그녀는 그의 부재를 슬퍼했다. 릴리는 하이디와 함께 꽃무늬 침구가 있는 첫 번째 방을 사용했다. 히스는 테이프를 붙인 마분지가 있는 두 번째 방에 살았다. 트루디와 제프리는 줄무늬 퀼트가 있는 세 번째 방에서 지냈다. 라이드와 비올레타는 더럽고 너덜너덜한 오리엔탈 카펫이 가리개처럼 걸려 있는 복도 쪽 아래에 살고 있었다.

복도의 네 번째 방은 의사와 샤론이 함께 썼고 다섯 번째 방은 매기의 방이었지만, 그들 셋 가운데 아직 아무도 돌아오지 않았다.

의사와 샤론은 함께 살고 있었고, 가끔씩 빈정거리며 사람을 웃기는 매기는 인류가 멸종하려는 순간 완벽한 남자를 찾았다며 딸을 놀렸다. 모든 인간 엄마들은 딸이 의사와 맺어지기를 바란다는 이야기도 들었다.

샤론은 멜라니의 기억 속에서 보던 모습과는 많이 달랐다. 음침한 어머니 밑에서 오랫동안 자라다보니 그녀도 비슷해진 것일까? 그녀는 이곳에 와서 의사와 사랑에 빠졌지만, 새로운 사랑 때문에 성격이 더 온화해진 것 같지는 않았다.

나는 제이미를 통해 그런 얘기를 들을 수 있었다. 샤론과 매기는 내가 함께 있을 때면 항상 나를 의식했고, 말도 조심스럽게 했다. 그들은 내게 여전히 강한 반감을 갖고 있었고, 나를 무시하는 태도도 공격적으로 느껴졌다.

나는 샤론과 매기가 어떻게 이곳으로 오게 되었는지 제이미에게 물었다. 제러드와 제이미보다 더 빨리, 그들만의 힘으로 젭을 찾아낸 것일까? 제이미는 질문의 진정한 의미를 이해한 것 같았다. 내가 정말 묻고 싶었던 것은, 멜라니가 그들을 찾아 이곳으로 온 게 시간 낭비였는지 아닌지 여부였다.

제이미는 그렇지 않다고 대답했다. 제러드는 제이미에게 멜라니의 마지막 메모를 보여주며, 누나가 사라졌다는 것을 알려주었다고 했다. 그 말을 한 이후 제러드는 잠시 동안 말을 잇지 못했다. 그 상황을 떠올리는 제이미를 보면서, 그 순간이 그들 두 사람에게 어떤 의미였을지 짐작할 수 있었다. 그들은 샤론을 찾으러 갔고 오래지 않아 그녀를 찾아냈다. 제러드가 매기에게 멜라니의 일을 설명하자, 상황은 긴박해졌다.

매기와 제러드가 힘을 합쳐 젭의 수수께끼를 푸는 데는 오랜 시간이 걸리지 않았다. 내가 시카고에서 샌디에이고로 옮겨가기 전, 그들 네 사람은 벌써 동굴에 도착했다.

제이미와 내가 멜라니에 대해 이야기를 하는 건 생각했던 것보다는 덜 힘들었다. 우리는 항상 멜라니 이야기를 했다. 그녀는 거의 말이 없었지만, 제이미의 아픔을 진정시켜주고 나의 어색함을 덜어주었다. 멜라니는 점점 더 말이 없어졌고, 가끔 입을 열 때도 조용한 목소리로 속삭일 뿐이었다. 그녀의 목소리가 들리는지 아니면 나 혼자 상상하는 건지 알 수 없을 때도 종종 있었다. 그러나 멜라니는 제이미를 위해 안간힘을 썼다. 그녀의 목소리가 들릴 때면, 항상 제이미에 관한 이야기였다. 멜라니가 말을 하지 않을 때도, 제이미와 나는 그녀의 존재를 느낄 수 있었다.

"요즘 멜라니 누나가 왜 이렇게 말이 없지?" 제이미가 어느 늦은 밤에 내게 물었다. 그날 밤 처음으로, 제이미는 내게 거미와 불을 먹는 자들에 대해 이야기해 달라고 보채지 않았다. 우리 둘 모두 몹시 피곤했다. 하루 종일 당근을 뽑느라 허리가 끊어질 것 같았다.

"멜라니가 우리처럼 말하는 건 힘들어. 너나 나보다 훨씬 더 많은 애를 써야 하거든. 그래서 꼭 필요한 말만 하지."

"그럼 내내 뭘 하는 거야?"

"귀를 기울여 사람들의 말을 듣는 것 같은데, 확실히는 모르겠어."

"지금은 들려?"

"아니."

나는 하품을 했고 제이미는 아무 말이 없었다. 그는 잠든 것 같았고, 나도 같은 방향으로 몸을 뒤척였다.

"누나가 사라질까? 정말 영원히 가버릴까?" 제이미가 갑자기 속삭였다. 마지막 말을 마친 후 그는 더 이상 말을 잇지 못했다.

나는 거짓말쟁이가 아니었다. 그렇다 하더라도 제이미에게 거짓말을 할 수는 없었을 것이다. 나는 미묘한 감정에 대해 생각하지 않으려고 애썼다. 아홉 번의 삶을 살면서 느낀 가장 진실한 사랑, 처음으로 느끼는 가족애와 모성 본능이 외계인에게 무슨 의미가 있는 걸까? 나는 그 생각을 머릿속에서 몰아내려 애썼다.

"모르겠어." 나는 제이미에게 말했다. 그러고 나서 진심으로 덧붙여 말했다. "그러지 않았으면 좋겠어."

"날 좋아하는 것처럼 누나를 좋아해? 누나가 널 미워했던 것처럼 너도 누나를 미워했어?"

"내가 널 좋아하는 감정과는 달라. 처음부터 멜라니를 미워한 적은 한 번도 없었어. 난 그녀가 두려웠고, 그녀 때문에 다른 이들처럼 될 수 없다는 사실에 화가 났어. 하지만 난 강인한 그녀의 모습을 보며 항상 감탄했어. 멜라니는 내가 아는 사람 가운데 가장 강해."

제이미가 웃었다. "누나가 두려웠다고?"

"멜라니가 무서운 존재일 수도 있다고 생각하지 않아? 네가 계곡 멀리까지 올라갔던 일 기억나지? 제러드가 말하기를, 네가 집으로 돌아왔을 때 그녀가 불같이 화를 냈다고 했어."

제이미는 그 기억을 떠올리고 키득거리며 웃었다. 그가 고통스러운 질문을 잠시 잊고 다른 기억을 떠올리는 모습을 보자 기뻤다.

어떤 방법으로든지 나는 새롭게 알게 된 사람들과 평화롭게 지내고 싶었다. 아무리 괴롭고 힘든 일이라도 기꺼이 하겠다고 생각했지만, 내 생각은 틀렸다. 얼마 후 젭이 그것을 알려주었다.

"나도 그렇게 생각하고 있었어." 모두들 진정한 지 두 주가 지난 어느 날 젭이 내게 말했다.

젭이 하는 말이 곱게 들리지 않기 시작했다.

"네가 이곳에서 사람들을 가르치게 될 거라고 말했던 거 기억나?"

나는 짤막하게 대답했다. "네."

"어떻게 생각해?"

나는 곰곰이 생각해볼 필요도 없이 대답했다. "안 돼요."

그의 제안을 거절하자 예상치 못했던 죄책감이 밀려왔다. 예전에는 소명을 거부한 적이 한 번도 없었다. 요구를 거절하는 게 이기적인 것 같았기 때문이다. 물론 이번 경우는 달랐다. 소울들은 자살 충동을 일으키는 일을 내게 요구한 적이 한 번도 없었다.

젭은 내게 얼굴을 찌푸리며, 마치 유충 같은 짙은 눈썹을 치켜 올렸다. "왜 안 돼?"

"샤론이 어떻게 생각할 것 같아요?" 나는 차분한 목소리로 물었다. 사람들을 가르칠 수 없는 한 가지 이유를 든 것이었지만, 아마도 가장 강력한 이유이기도 한 것 같았다.

젭은 여전히 얼굴을 찌푸린 채 고개를 끄덕이며, 내 생각을 인정했다.

"다수의 이익을 위해서야." 그가 투덜거리며 말했다.

나는 코를 씨근거리며 맞섰다. "다수의 이익이라고요? 차라리 나를 총으로 쏘는 게 더 이득이지 않아요?"

"완다, 그건 근시안적인 생각이야." 나의 반응에 그는 진지한 태도로 나와 토론했다. "이곳에서 너의 지식을 배울 수 있다면 특별한 기회가 될 거야. 그걸 가르쳐주지 않는 건 소중한 지식을 헛되게 만드는 거야."

"사람들이 내게 배우고 싶어 할 거라고 생각하지 않아요. 당신과 제이미에게 말해주는 건 괜찮지만…."

"그들이 뭘 원하는지는 중요하지 않아." 젭이 고집을 부렸다. "중요한 건 그들에게 이롭다는 사실이야. 초콜릿 대 브로콜리처럼. 지구에 새롭게 살기 시작한 소울들은 말할 필요도 없고, 우린 우주에 대해 더 많은 것을 알아야 해."

"어떻게 사람들에게 도움이 되는 거죠, 젭? 내가 소울들을 물리치는 방법을 안다고 생각해요? 사태를 역전시킬 수 있다고 생각해요? 젭, 이미 끝났어요."

"우리가 이곳에 있는 한 끝나지 않았어." 젭이 내게 말했다. 그가 이를 드러내며 웃는 것으로 보아 또 다시 나를 놀리는 게 분명했다. "난 네가 소울들을 배반하고 우리에게 대단한 무기를 줄 거라고는 기대하지 않아. 난 단지 우리가 살고 있는 세상에 대해 더 많은 것을 알아야 한다고 생각해."

배반이라는 단어가 가슴을 찔렀다. "내가 원한다 해도 무기를 줄 수 없어요, 젭. 우리에게는 대단한 약점이나 아킬레스건이 없어요. 인간을 구하러 올 우리의 적도 없고, 우리를 쓸어내고 당신들을 생존하게 해줄 치명적인 바이러스도 없어 유감이에요."

"너무 긴장하지 마." 그는 주먹을 쥐며 장난스럽게 내 팔을 가볍게 쳤다. "이미 말했지만, 이곳에서 사는 건 지루해. 사람들은 네가 생각하는 것보다 더 간절히 이야기를 듣고 싶어 할지도 몰라."

나는 젭이 그쯤에서 물러서지 않을 거라는 사실을 알았다. 젭은 패배를 인정할 수 없는 사람이니까.

제이미가 수업에 들어가거나 바쁜 일이 없을 때면, 나는 주로 젭과 제이미와 함께 앉아 식사를 했다. 이안은 항상 곁에 있었지만, 우리와 함께 식사를 하지는 않았다. 내 경호원으로 자처하고 나선 그의 말을 나는 온전히 받아들일 수는 없었다. 너무 선량한 생각이라 사실로 믿기지 않았고, 사람들 입장에서 보면 분명히 잘못된 생각이었다.

'자신들의 이익'을 위해 사람들을 가르쳐달라는 젭의 요구를 거절한 후 며칠 뒤, 저녁 식사 시간에 의사가 내 옆에 와 앉았다.

샤론은 평소처럼 우리가 앉는 자리에서 가장 멀리 떨어진 구석 자리에 앉아 있었다. 오늘은 그녀의 엄마 없이 혼자 있었다. 그녀는 의사가 내게 오는 모습을 쳐다보지 않았다. 하나로 높이 올려 묶은 그녀의 머리가 살짝 들렸고 목이 뻣뻣해지는 걸 볼 수 있었다. 구부린 어깨도 긴장하는 듯 보였다. 샤론의 그런 모습을 보자 나는 의사가 내게 다가오기 전에 당장 그곳을 떠나고 싶었다. 그와 충돌하는 모습을 보이고 싶지 않았기 때문이다.

하지만 내 옆에 앉아 있던 제이미는 갑자기 겁에 질린 내 눈빛을 알아차리고 내 손을 잡아주었다. 그는 내가 깜짝 놀랄 때마다 알아차리는 초자연적인 능력이라도 생긴 것 같았다. 나는 한숨을 쉬며 자리에 가만히 앉아 있었다. 제이미가 원하는 대로 해주다 보니, 자꾸만 성가신 일이 일어나는 듯했다.

"잘 지내?" 의사가 내 옆에 앉으며 편안한 목소리로 물었다.

약간 떨어져 앉은 이안이 몸을 돌리자, 우리 무리에 속한 것처럼 보였다.

나는 대답 대신 어깨를 으쓱했다.

"오늘은 수프를 끓였어요." 제이미가 대답했다. "그런데 눈이 왜 자꾸 따끔거리죠?"

의사는 빨갛게 달아오른 두 손을 보여주며 말했다. "비누 때문이야."

제이미가 큰 소리로 웃으며 말했다. "우리보다 더 심하네요. 당신이 이겼어요."

의사는 허리를 깊이 숙여 인사하는 시늉을 한 다음, 나를 보며 말했다. "완다, 물어볼 게 있어…." 그는 말끝을 흐렸다.

내 눈썹이 치켜 올라갔다.

"궁금한 게 있는데…. 네가 산 여러 행성 가운데 인간과 가장 비슷한 종족이 사는 곳은 어디야?"

나는 눈을 깜빡이며 되물었다. "그건 왜요?"

"예전부터 생물학에 대해 호기심이 많았거든. 너희들의 치료사들에 대해서도 생각해 봤는데…. 증상을 단순히 완화시키지 않고 병을 완전히 치료할 수 있는 지식을 어디서 얻은 거야?" 의사는 필요 이상으로 큰 소리로 말했고, 평소보다 훨씬 더 목소리에 힘이 들어갔다. 몇몇 사람들이 고개를 들고 우리를 쳐다보았다. 트루디와 제프리, 릴리, 월터 등….

나는 공간을 덜 차지하기 위해 팔로 몸을 감싸 안았다. "두 가지 다른 질문이군요." 나는 낮은 목소리로 중얼거렸다.

의사는 한 손을 들어 보이며, 내게 이야기를 계속 하라는 몸짓을 취했다.

제이미가 내 손을 꼭 잡았다.

나는 한숨을 쉬며 대답했다. "안개 행성에 사는 곰들이 아마 가장 비슷한 것 같아요."

"날카로운 발톱이 달린 맹수 말이야?" 제이미가 속삭였다.

나는 고개를 끄덕였다.

"어떤 점이 유사해?" 의사가 다그쳐 물었다.

젭이 우리를 바라보는 눈길이 느껴졌지만 나는 이야기를 계속했다. "여러 가지 면에서 포유류와 비슷해요. 온몸에 털이 있고, 온혈동물이죠. 그들의 피는 인간의 혈액과 똑같지 않지만, 기능은 거의 같아요. 그들이 느끼는 감정도 비슷하고, 사회적인 상호작용과 창조적인 의사소통…."

"창조적이라고?" 의사는 이야기에 홀린 것처럼, 혹은 홀린 것을 가장하며 몸을 앞으로 숙이며 물었다. "어떻게 그럴 수 있지?"

나는 제이미를 쳐다보았다. "넌 알고 있으니 의사에게 말해주지 않을래?"

"틀릴 수도 있잖아."

"그렇지 않을 거야."

제이미가 의사를 쳐다보자, 그는 고개를 끄덕였다.

"그들에게는 멋진 손이 있어요." 제이미는 곧 신이 나서 말하기 시작했다. "손마디가 이중이라 양쪽으로 모두 구부릴 수 있어요." 그는 자신의 손가락을 뒤쪽으로 약간 구부리는 시범을 보여주었다. "한쪽 면은 손바닥처럼 부드럽지만, 다른 한쪽은 절단기와 비슷해요! 그 손으로 얼음을 자르고 조각할 수 있어요. 그들은 절대 녹지 않는, 수정으로 만들어진 성이 가득한 도시를 만들었어요. 정말 아름다운 곳이야, 그렇지, 완다?" 그는 나를 쳐다보며 동의를 구했다.

나는 고개를 끄덕이며 말했다. "그들은 다양한 색을 볼 수 있어요. 수정으로 만든 성은 무지개처럼 다양한 색깔이죠. 그들은 자신이 만든 도시를 자랑스럽게 여겨요. 그리고 도시를 더 아름답게 만들기 위해 항상 노력하고요. 내가 알던 곰의 이름은 '빛을 짜는 직공'이었는데, 물론 그들의 언어로는 발음이 더 멋지죠. 그가 꿈꾸는 대로 얼음이 스스로 형태를 만들어 가기 때문에 그 이름을 얻게 되었죠. 그가 수정 성을 만드는 모습을 본 적이 있는데, 내가 갖고 있는 가장 아름다운 기억 가운데 하나예요."

"그들이 꿈을 꾼다고?" 이안이 나지막하게 물었다.

나는 어색하게 웃으며 대답했다. "인간처럼 선명한 꿈은 아니에요."

"너희 치료사들은 새로운 종족의 생리학에 대한 지식을 어떻게 얻는 거야? 그들은 만반의 준비를 갖추고 지구에 왔어. 불치병 환자들이 완전히 다른 모습으로 병원에서 걸어 나오는 모습을 봤거든…" 의사가 이마를 찌푸리자 좁은 이마에 V자 모양의 주름이 생겼다. 그는 다른 사람들처럼 소울들을 미워했지만, 한편으론 다른 사람들과는 달리 그들을 부러워했다.

나는 대답하고 싶지 않았다. 모두들 귀를 기울이고 있었지만, 수정으로 조각하는 곰에 대한 이야기처럼 아름다운 이야기가 아니었다. 이것은 그들이 패배하는 이야기였다.

의사는 이마를 찌푸리며 내 대답을 기다렸다.

"그들은… 샘플을 취해요." 나는 마지못해 중얼거렸다.

이안은 이해하겠다는 표정으로 씩 웃었다. "외계인 납치로군."

나는 그의 말을 못 들은 척했다.

"일리 있는 말이야." 의사는 그렇게 말하며 입을 굳게 다물었다.

부엌에 침묵이 흐르자 이곳에 처음 도착했던 순간이 떠올랐다.

"너희 종족은 어디에서 시작됐어?" 의사가 내게 물었다. "기억할 수 있어? 한 종족으로서 어떻게 진화해왔는지 알아?"

"오리진 행성에서 시작됐어요." 나는 고개를 끄덕이며 대답했다. "우리는 아직 그곳에 살고 있어요. 난 그곳에서… 태어났고요."

"정말 특별해." 제이미가 말했다. "오리진 행성에서 온 생명체를 만나는 건 정말 드문 일이잖아. 대부분의 소울들은 그곳에 머물려고 애쓰잖아, 그렇지, 완다?" 그는 내 대답을 기다리지 않았다. 매일 밤마다 그가 묻는 질문에 너무 자세하게 대답해준 게 후회스러워지기 시작했다. "그럼 다른 곳으로 이동해가면… 유명해지는 거야? 아니면 왕족처럼 귀한 대접을 받아?"

얼굴이 달아오르는 게 느껴졌다.

"그곳은 멋진 곳이에요." 제이미가 이야기를 계속했다. "다양한 색깔이 겹겹이 쌓인 구름도 많아요. 그곳은 소울들이 호스트 안에 들어가지 않아도 오랫동안 살 수 있는 유일한 행성이에요. 그리고 오리진 행성에 사는 소울들은 정말 예쁜데, 수많은 촉수와 날개 같은 것이 달려 있고 은빛이 나는 큰 눈을 가지고 있어요."

의사는 손으로 얼굴을 감싼 채 몸을 앞으로 기울였다. "그럼 소울들이 호스트의 몸 안에 들어가 기생하는 관계가 언제부터 시작됐는지 기억하고 있어? 그 종속적인 관계는 어떻게 시작된 거야?"

제이미는 나를 쳐다보며 어깨를 으쓱했다.

"애초부터 그랬어요." 나는 여전히 마지못해 천천히 대답했다. "우리 자신을 알 수 있을 정도로 지능을 갖춘 시간으로 거슬러 올라가도 마찬가지예요. 우리를 찾아낸 건 독수리들이었는데, 생긴 모습보다는 여러 특징 때문에 독수리라고 불리죠. 그들은 그다지… 선하지 않아요. 우리는 본래 호스트에게 그랬던 것처럼 독수리들과도 연계될 수 있다는 사실을 알아냈죠. 그래서 먼저 독수리들이 사는 행성으로 갔고, 그들을 따라 용의 행성과 여름 행성으로 갔어요. 아름다운 여름 행성에서도 독수리들은 여전히 선하지 않았죠. 우리는 이식을 시작했어요. 호스트들은 우리보다 생식하는 속도가 훨씬 더 느렸고, 수명도 우리보다 더 짧았어요. 그러고 나서 우리는 더 멀리 우주를 탐험하기 시작했어요…."

나는 나를 바라보는 사람들의 시선을 의식하며 말끝을 흐렸다. 샤론만이 계속 시선을 외면하고 있었다.

"마치 그곳에 있는 것처럼 말하네." 이안이 낮은 목소리로 말했다. "언제적 일이야?"

"이곳에 당신들 대신 공룡이 살던 시기 이전이에요. 난 그곳에 없었지만, 우리 어머니의 어머니의 어머니가 들려준 이야기를 기억하고 있어요."

"넌 몇 살이야?" 이안이 내게 몸을 기울이며 물었다. 그의 푸른 눈동자가 투명하게 빛났다.

"지구에서 셈하는 시간으로는 잘 모르겠어요."

"대략 어느 정도?" 이안은 궁금증을 참지 못하고 다그쳐 물었다.

"아마 수천 년 정도겠죠." 나는 어깨를 으쓱했다. "동면하면서 보낸 시간은 알 수가 없으니까."

이안은 깜짝 놀라 몸을 뒤로 젖혔다.

"와, 나이가 정말 많구나." 제이미가 숨을 내쉬며 말했다.

"하지만 정확하게 말하자면, 난 너보다 어려." 나는 제이미에게 중얼거렸다. "지구에 온 지 아직 일 년도 되지 않아서 항상 어린아이 같은 느낌이 들어."

제이미의 입술 끝이 살짝 올라갔다. 나보다 더 어른이라는 느낌이 들자 기분이 좋은 듯했다.

"너희 종족은 어떻게 나이가 들어가니? 수명은 어느 정도야?" 의사가 내게 물었다.

"우리에겐 수명이 없어요. 건강한 호스트를 만나면 영원히 살 수 있어요." 나는 그에게 대답했다.

사람들의 낮은 웅성거림이 동굴에 울려 퍼졌다. 화가 난 것인지, 겁을 먹은 것인지, 아니면 역겨워하는 건지 구분할 수 없었다. 그들에게 대답한 건 현명하지 못한 처사였다. 그들에게 내 대답이 어떤 의미일지 이해할 수 있었기 때문이다.

"대단하군." 분노에 찬 낮은 목소리가 샤론이 앉아 있는 쪽에서 들렸지만, 그녀는 여전히 다른 데를 쳐다보고 있었다.

내 손을 꼭 잡고 있던 제이미는 이야기를 멈추고 싶은 내 마음을 눈빛을 보고 알아차렸다. 그는 부드럽게 손을 빼냈다.

"이제 배가 고프지 않네요." 나는 빵에 손도 대지 않고서 그렇게 말했다. 그리고 벽 가까이에 붙어서 도망치듯 부엌을 빠져나왔다.

제이미가 내 뒤를 바짝 따라왔다. 그는 커다란 텃밭에 이르러 남은 빵을 내게 건네주었다.

"정말 재밌는 이야기였어." 그가 내게 말했다. "그걸 듣고 당황한 사람은 아무도 없을 거야."

"젭이 의사에게 시킨 거야, 그렇지?"

"넌 재밌는 이야기를 들려주잖아. 이야기를 조금 듣게 되면 계속 듣고 싶어져. 나와 젭 삼촌이 그랬던 것처럼."

"내가 말하고 싶지 않다면 어떻게 하지?"

제이미가 얼굴을 찡그렸다. "그렇다면… 말을 하지 말아야겠지. 하지만 내게 이야기를 들려줄 땐 괜찮아 보였는데…."

"그건 달라. 넌 날 좋아하잖아."

'넌 내가 죽기 원하지 않잖아'라고 말하려 했지만, 그 말에 함축된 의미 때문에 그가 화를 낼 것 같았다.

"일단 널 알게 되면 모두들 널 좋아하게 될 거야. 이안 형과 선생님도 널 좋아하잖아."

"이안과 의사는 날 좋아하지 않아, 제이미. 그들은 단지 호기심이 강한 것뿐이야."

"그들은 널 좋아해."

"아니야." 나는 신음소리를 냈다. 어느덧 우리가 머무는 방에 도착했다. 가리개를 젖히고 매트리스 위에 몸을 던졌다. 제이미는 약간 떨어져 앉아 두 팔로 무릎을 감쌌다.

"신경 쓰지 마. 젭 삼촌이 항상 잘해 나가잖아."

나는 다시 신음소리를 냈다.

"상황이 그렇게 나빠지지는 않을 거야."

"내가 부엌에서 식사할 때마다 의사가 질문할 거야. 그렇지?"

제이미는 수줍어하며 고개를 끄덕였다. "이안 형이나 젭 삼촌이 물어볼 수도 있을 거야."

"네가 물어볼 수도 있겠지."

"우리 모두 더 많은 걸 알고 싶어."

나는 한숨을 쉬며 몸을 뒤척였다. "매번 젭이 하고 싶은 대로 해야 하는 거니?"

제이미는 잠시 곰곰이 생각에 잠기더니 고개를 끄덕였다. "아마 그래야 할 거야."

나는 빵을 한입 크게 베어 물었다. 그리고 빵을 씹어 넘긴 다음 말했다. "지금부터는 방 안에서 식사를 해야겠어."

"내일 시금치 밭에서 잡초를 뽑고 있으면 이안 형이 네게 여러 가지 질문을 할 거야. 삼촌이 시킨 건 아니고, 형 자신이 알고 싶어 하는 거야."

"정말 멋진 일이군."

"넌 잘 비꼬는구나. 난 소울들은 부정적인 유머는 좋아하지 않을 거라고 생각했어. 밝고 기분 좋은 것만 좋아할 거라고 생각했거든."

"난 이곳 지구에 빠르게 적응한 거란다, 꼬마야."

제이미는 웃으며 내 손을 잡았다. "지구가 싫지 않지, 그렇지? 이곳에서 비참하지 않은 거지?"

커다란 그의 짙은 갈색 눈동자에 슬픔이 어렸다.

나는 그의 손을 내 얼굴에 갖다 대며 말했다. "응, 괜찮아." 나는 그에게 대답했고, 그 순간 난 온전히 진심이었다.

26

돌아오다

결국 나는 젭이 원하는 대로 사람들을 가르치게 되었다.

내가 가르치는 '수업'은 형식에 얽매이지 않았다. 매일 밤 저녁 식사를 마친 후 사람들이 묻는 질문에 대답해 주는 게 전부였다. 내가 기꺼이 수업을 떠맡자, 이안과 의사와 젭은 내가 수업하는 데 집중할 수 있도록 낮 시간 동안 나를 혼자 내버려두었다. 우리는 항상 부엌에 모였다. 나는 수업을 하는 동안에도 빵 굽는 일을 돕고 싶었다. 어려운 질문에 대답하기 전 잠시 생각할 시간을 벌 수도 있고 사람들의 눈빛을 쳐다보고 싶지 않을 때 시선을 다른 데로 돌릴 수 있는 핑계를 댈 수 있었기 때문이다. 머릿속으로 생각해봐도 그럴 듯했다. 종종 사람들의 기분을 상하게도 했지만, 결국엔 항상 그들에게 이익이 되는 행동을 하는 것이다.

나는 제이미가 옳다는 사실을 인정하고 싶지 않았다. 사람들이 나를 좋아하지 않는 건 명백한 사실이었다. 그들은 나를 좋아할 리가 없었다. 나는 그들의 일원이 아니기 때문이다. 물론 제이미는 나를 좋아했지만, 그것조차 이성적으로는 이해하기 힘든 화학적 반응이었다. 젭도 나를 좋아했지만, 그는 원래 기이한 사람이었다. 하지만 나머지 사람들은 나를 좋아할 이유가 없었다.

그렇다. 그들은 나를 좋아하지 않았다. 하지만 내가 수업을 시작하자 상황이 달라졌다.

그 사실을 처음 알아차린 건, 저녁 식사 때 의사의 질문에 대답한 후 그 다음 날 아침이었다. 나는 어두컴컴한 욕실에서 트루디, 릴리, 제이미와 함께 옷을 빨고 있었다.

"비누 좀 건네줄래, 완다?" 왼쪽에 있던 트루디가 내게 말했다.

젭이나 제이미, 또 이안이나 의사가 아닌 다른 사람이 내 이름을 부르는 소리를 듣자, 몸에 전기가 통하는 것처럼 찌릿했다. 나는 어리둥절한 채 비누를 넘겨주고, 손에 묻은 비누기를 헹궜다.

"고마워." 그녀가 덧붙여 말했다.

"천만에요." 나는 고개를 떨어뜨린 채 중얼거렸지만 목소리가 갈라졌다.

또 다음 날 저녁 식사를 하기 전 제이미를 찾으러 복도를 지나가는 길에 릴리와 마주쳤다.

"완다." 그녀가 고개를 끄덕이며 인사했다.

"릴리." 그녀에게 대답할 때 목이 메었다.

그날 밤 내게 질문을 한 사람은 의사와 이안뿐이 아니었다. 내게 가장 많은 질문을 던진 사람은 월터였다. 항상 피곤해 보이고 얼굴에 수심이 가득한 그는 노래하는 행성에 사는 박쥐들에게 끊임없는 관심을 보였다. 트루디와 제프리를 시켜 알고 싶은 것을 묻던 말없는 히스도 직접 말문을 열기 시작했다. 그는 불의 행성에 매혹되었지만, 나는 그곳에 대해서는 별로 이야기하고 싶지 않았다. 그는 내게 질문을 퍼부었고, 나는 내가 알고 있는 자세한 사항을 모두 말해 주었다. 릴리는 기계적인 것에 관심이 많았다. 우리가 이곳저곳 행성을 돌아다닐 때 타는 우주선에 대해 알고 싶어 했고, 우주비행사와 연료에 대해서도 물었다. 나는 사람들이 모두 본 적은 있지만 그 목적에 대해서는 거의 알지 못하는 저온 탱크에 대해 릴리에게 설명해주었다. 릴리 옆에 앉아 있는 수줍음 많은 웨스는 다른 행성이 아닌 지구에 대해 물었다. 그는 지구가 어떻게 돌아가고 있는지 물었다. 화폐도 없고, 일에 대한 보상도 없는데 소울들이 살아가는 사회는 왜 와해되지 않는지 궁금하다고 했다. 나는 이곳 동굴의 삶과 그다지 다르지 않다고 설명했다. 우리 모두 돈을 받지 않고 일하고 노동의 대가를 똑같이 분배하고 있지 않은가?

"맞아." 웨스는 고개를 끄덕이며 내 말에 끼어들었다. "하지만 이곳은 달라. 젭이 총을 들고 있어서 게으름을 피울 수 없잖아."

모두들 젭을 쳐다보자 그는 윙크를 했고, 웃음이 터졌다.

젭은 거의 매일 밤 이야기를 듣고만 있을 뿐 끼어들지는 않았다. 그는 생각에 잠긴 채 부엌 뒤편에 앉아 이따금 이를 드러낸 채 씩 웃었다.

수업이 사람들을 즐겁게 해 줄 거라는 젭의 생각은 옳았다. 내가 전에 살던 해초 행성에는 위안자, 치료사, 수색자처럼 다른 이들을 즐겁게 해주는 일을 담당하는 특별한 직책을 맡은 '이야기꾼'이 있다. 내가 그곳에서 맡은 소명이 바로 이야기꾼이었기 때문에, 이곳 지구에서 사람들을 가르치는 일은 커다란 변화가 아니었고, 유사한 직업으로도 볼 수 있었다. 나는 어두워진 후에도 연기 냄새와 빵 굽는 냄새가 가득한 부엌에서 이야기를 이어 나갔다. 모두들 마치 자리에 얼어붙은 것처럼 그곳을 떠나지 않았다. 내가 들려주는 이야기는 그들에게 새로웠고, 끊임없이 똑같이 반복되는 지루한 일상 이외에 생각할 거리를 주었다. 매일 보는 똑같은 서른다섯 명의 얼굴, 그들을 보면 기억나는 똑같은 슬픔, 마음속을 떠나지 않던 두려움과 좌절감을 잠시나마 잊을 수 있었다. 그 때문에 부엌에서는 언제든지 사람들이 내게 질문을 하며 수업이 진행되었다. 샤론과 매기만이 그 자리에 나타나지 않았다.

사람들에게 수업을 한 지 4주가 지나자 동굴 생활이 다시 바뀌었다.

부엌은 평소처럼 붐볐지만 항상 나타나지 않던 샤론과 매기 이외에 젭과 의사도 보이지 않았다. 식탁 위에는 짙은 색 쟁반이 놓여 있었고, 밀가루 반죽은 처음보다 두 배로 부풀어 올랐다. 굽고 있던 빵이 다 익으면, 이 반죽도 오븐에 들어가는 것이다. 트루디는 빵이 타지 않도록 항상 꼼꼼히 확인했다.

제이미가 아는 이야기가 나올 때면 그에게 대신 이야기해 달라고 종종 부탁하기도 했다. 그의 얼굴이 상기되는 모습과 허공을 가르는 손짓을 보는 게 즐거웠다. 오늘 밤, 하이디는 돌고래에 대해 더 알고 싶어 했고, 나는 제이미에게 알고 있는 것을 대답해 주라고 말했다.

소울이 지구에서 새롭게 알게 된 돌고래에 대해 물어볼 때면, 사람들은 항상 슬픈 표정을 지었다. 우리가 지구를 점령한 첫 해, 우리들은 돌고래가 인간의 모습을 반영하고 있다고 생각했다. 금발과는 어울리지 않는 하이디의 짙은 색 눈동자에 동정심이 가득 찼다.

"돌고래들은 오히려 잠자리와 더 비슷해. 그렇지, 완다?" 제이미는 내 대답을 기다리지 않으면서도 항상 내 동의를 구하곤 했다. "돌고래의 몸은 가죽처럼 질긴데, 나이에 따라 셋, 넷 혹은 다섯 쌍의 날개가 달려 있어, 그렇지? 그러니까 물속을 헤엄치는 곤충과 비슷해요. 그곳의 물은 이곳보다 가볍고 밀도는 더 높아요. 어떤 성별이냐에 따라 다섯, 일곱 혹은 아홉 쌍의 다리가 달려 있죠. 그렇지, 완다? 또 그들에게는 서로 다른 세 가지 성별이 있어요. 돌고래들은 정말 긴 손가락을 가지고 있는데, 강인하고 거친 손가락으로 뭐든지 지을 수 있어요. 나무와 비슷하지만 실제로 나무는 아닌 딱딱한 수중 식물을 재료로 물속에 도시를 건설하죠. 그 식물은 나무처럼 키가 크지 않아요. 그렇지, 완다? 하지만 돌고래들은 우주선이나 전화기를 만들지 못했기 때문에, 인간이 더 발전한 거예요."

트루디는 구워진 빵을 꺼낸 다음, 부풀어 오른 빵 반죽을 뜨거운 오븐 안에 밀어 넣으며 몸을 숙였다. 균형을 맞추어 살짝 안으로 집어넣으면 반죽이 올바른 위치를 찾았다.

오븐 앞에서 땀을 흘리고 있는데, 부엌 밖에서 소동이 일어난 듯 소리가 울려왔다. 이곳저곳에서 이상한 소리가 들렸기 때문에, 어느 정도 떨어진 곳에서 소리가 들리는지 구분하기 힘들었다.

"저기!" 제이미가 내 바로 뒤에서 소리쳤다. 고개를 돌리자, 그가 문 밖으로 뛰어나가는 뒷모습이 보였다.

나는 웅크리고 있던 몸을 펴서, 곧장 그를 뒤쫓아 갔다.

"기다려." 이안이 나를 불러 세웠다. "그는 곧 돌아올 거야. 돌고래에 대해서 더 이야기 해줘."

이안은 오븐 옆에 있는 조리대 위에 앉아 있었다. 손을 뻗으면 내 허리에 닿을 만큼 가까운 곳이었다. 그곳은 너무 뜨거워서 나는 앉기 꺼리는 자리였다.

예상치 못했던 그의 손길에 움찔하며 나는 그 자리에 머물렀다.

"밖에 무슨 일이에요?" 나는 이안에게 물었다. 무언가 웅성거리는 듯한 소리가 아직도 들려왔다. 흥분한 제이미의 목소리도 뒤섞여 들리는 듯했다.

이안은 어깨를 으쓱했다. "그거야 아무도 모르지. 아마 젭이…." 그는 아무 관심 없다는 듯이 다시 어깨를 으쓱해 보였다. 태연해 보였지만, 그의 눈빛에 알 수 없는 긴장감이 감돌았다.

나는 곧 알게 될 거라고 생각하며 이야기를 이어갔다. 믿기지 않을 정도로 복잡한 돌고래의 가족 관계를 설명하면서, 트루디가 따뜻한 빵을 플라스틱 통에 담는 것도 도와주었다.

"첫 번째 단계인 애벌레 상태에서는 이른바… 아홉 가운데 여섯 할아버지와 할머니들이 애벌레를 돌봐주죠. 애벌레가 움직이기 시작할 때 살 수 있는 집을 만들기 위해, 나머지 세 쌍의 부모가 여섯 쌍의 할아버지, 할머니들과 함께 일을 해요." 나는 평소처럼 이야기를 듣고 있는 사람들보다는 손에 든 빵에 시선을 고정한 채 설명했다. 바로 그때, 부엌 뒤쪽에서 숨을 몰아쉬는 소리가 들렸다. 나는 다음 말을 이으면서, 나 때문에 화난 사람이 있는지 확인하기 위해 천천히 사람들을 살폈다. "남은 세 쌍의 할아버지와 할머니들은 전통적으로…."

내게 화를 내는 사람은 아무도 없었다. 모두들 나와 같은 방향으로 고개를 돌렸다. 내 시선은 그들의 머리를 지나 어두운 부엌 입구 쪽으로 향했다.

맨 먼저 눈에 들어온 모습은 누군가의 팔에 매달린 제이미의 여윈 모습이었다. 제이미를 붙들고 있는 남자는 머리부터 발끝까지 지저분했고, 동굴 벽과 구분할 수 없을 정도로 칙칙해 보였다. 젭이라고 보기에는 키가 너무 컸는데, 제이미의 어깨 뒤로 젭이 보였다. 멀리 떨어져 있었지만, 젭이 불안한 듯이 눈을 가늘게 뜨고 코를 찡그리는 모습을 분명히 볼 수 있었다. 그가 불안해하는 경우는 거의 없는데…. 제이미의 얼굴은 기쁨으로 환하게 빛났다.

"드디어 오셨군." 이안이 내 옆에서 중얼거렸다. 그의 목소리는 오븐이 작동하는 소리에 묻혀 거의 들리지 않았다.

제이미가 여전히 매달려 있는 남자는 한 걸음 앞으로 걸어 나왔다. 그는 마치 무의식적인 행동처럼 한 손을 천천히 올리더니 주먹을 쥐었다. "이게 무슨 짓입니까, 젭?"

목이 막히는 것 같았다. 나는 침을 삼키려 애썼다. 숨을 쉬려고 노력했지만, 호흡을 할 수 없었다. 심장이 두근거리기 시작했다.

'제러드야!' 멜라니가 기쁨에 들떠 소리쳤다. 소리 없는 환희였다. 그녀는 내 머릿속에서 갑자기 생명력을 되찾았다. '제러드가 돌아왔어!'

"완다가 우리들에게 우주에 대해 가르치고 있어." 제이미는 제러드가 몹시 화내는 걸 눈치 채지 못한 채 쓸데없이 떠들어댔다. 그는 너무 흥분해서 사태 파악을 하지 못했다.

"완다?" 제러드의 낮은 목소리는 마치 으르렁거리는 소리처럼 들렸다.

제러드 뒤에는 그보다 더 지저분해 보이는 여러 사람들이 서 있었다. 그들이 분노한 목소리로 웅성이기 시작했을 때에야 비로소 나는 그들의 존재를 알아차렸다.

꼼짝도 하지 않던 사람들 가운데 금발의 페기가 자리에서 벌떡 일어나며 소리쳤다. "앤디!" 그녀는 주변에 앉아 있던 사람을 헤치고 달려가면서 울부짖었다. 제러드 근처에 있던 남자가 나오면서 그녀를 붙잡는 바람에, 웨스가 거의 넘어질 뻔했다. "아, 앤디!" 페기는 흐느껴 울었고, 그녀의 목소리를 듣자 멜라니가 떠올랐다.

페기가 울음을 터뜨리자 순간적으로 분위기가 바뀌었다. 침묵하던 사람들이 중얼거리기 시작했고, 대부분 자리에서 일어났다. 사람들은 무사히 되돌아온 사람을 환영하며 인사를 나누었다. 나는 그들의 얼굴에 나타난 이상한 표정을 읽으려 애썼다. 그들은 억지웃음을 지으며 나를 슬쩍 바라보았다. 잠시 후, 시간이 멈추고 나는 그 자리에 얼어붙는 것 같았다. 내가 그들의 얼굴에서 읽으려 했던 표정은 바로 죄의식이었다.

"괜찮을 거야, 완다." 이안이 목소리를 낮추며 내게 말했다.

나는 그의 얼굴을 쳐다보며, 그도 죄의식을 느끼는지 살폈다. 하지만 그의 표정에는 그런 감정은 보이지 않았고, 돌아온 사람들을 방어하는 듯한 긴장된 눈빛만 번쩍였다.

"도대체 무슨 일이야?" 새로운 목소리가 요란하게 울렸다.

먼지투성이지만 큰 체격 때문에 곧바로 알아볼 수 있는 카일이 사람들을 밀치고 나를 향해 다가왔다.

"저것한테 거짓말을 듣고 있단 말이야? 다들 제정신이야? 아니면 저것이 수색자를 이곳에 데려온 거야? 이제 모두 사람 몸에 기생하는 소울이라도 된 건가?"

많은 사람들이 부끄러워하며 고개를 떨어뜨렸다. 몇몇은 고개를 똑바로 들고 있었지만, 어깨는 딱딱하게 굳었다. 릴리, 트루디, 히스, 웨스 그리고 허약한 월터 등이 그랬다.

"진정해, 카일." 월터가 나약한 목소리로 말했다.

카일은 그의 말을 듣지 않았다. 그는 터벅터벅 나를 향해 걸어왔다. 동생과 똑같은 푸른 눈동자는 분노로 이글거리고 있었다. 그렇지만 나는 그에게 시선을 고정할 수 없었다. 내 시선은 제러드에게 향했고, 알 수 없는 그의 표정을 읽으려 애썼다.

마치 댐에서 터져 나오는 봇물처럼 제러드에 대한 멜라니의 사랑이 내게도 밀려왔다. 그 때문에 나는 빠른 속도로 다가오는 야만인 카일에게 신경 쓸 여유가 없었다.

이안이 카일을 막으며 내 앞에 멈추어 섰다. 나는 제러드를 계속 보기 위해 애써 고개를 돌렸다.

"형이 이곳을 떠나 있는 동안 상황이 바뀌었어."

카일은 믿기지 않는 표정으로 걸음을 멈추었다. "그렇다면 수색자가 들이닥쳤던 거야, 이안?"

"이 여자는 우리에게 위험한 존재가 아니야."

카일을 이를 악물었다. 나는 그가 주머니에서 무언가를 찾는 모습을 곁눈으로 볼 수 있었다.

마침내 나는 그에게 주의를 기울일 수 있었다. 무기가 나올지도 몰랐기에 몸을 움츠렸다. 나는 숨을 몰아쉬며 낮은 목소리로 겨우 중얼거렸다. "그를 막지 말아요, 이안."

이안은 아무 대답도 하지 않았다. 나는 이안이 다치는 걸 절대 원치 않았다. 그를 걱정하는 내 간절한 마음에 스스로도 깜짝 놀랐다. 본능적인 보호의식이 아니라 반드시 그를 보호해야 한다는 절대적 감정이었다. 그것은 내가 제이미 혹은 심지어 제러드에게 느끼던 것이었다. 이안이 나를 보호하려다 다치면 절대 안 된다는 생각이 들었다.

카일의 손이 다시 올라갔고, 손에서 빛이 반짝였다. 그는 이안의 얼굴에 불빛을 비춘 채 잠시 가만히 있었다. 이안은 움직이지 않았다.

"어떻게 된 일이야?" 카일은 손전등을 주머니에 집어넣으며 이안에게 물었다. "소울에게 기생하는 신세가 된 건 아니지?"

"모두 말해줄 테니까 진정해."

"말도 안 돼." 그 말은 카일이 아니라 그 뒤에 서 있던 사람의 입에서 나왔다. 나는 제러드가 사람들 사이를 지나 우리에게 천천히 걸어오는 모습을 바라보았다. 제러드가 가까이 다가오는 동안, 제이미는 당혹스런 표정으로 여전히 그에게 매달려 있었다. 제러드의 얼굴은 진흙투성이였지만 나는 그의 표정을 읽을 수 있었다. 그가 무사히 돌아온 사실에 들떠 있던 멜라니조차 그의 얼굴에 나타난 혐오감을 분명히 볼 수 있었다.

젭은 괜한 사람에게 헛된 노력을 기울였다. 트루디나 릴리가 내게 말한 것, 이안이 형을 가로막으며 나를 보호해준 것, 샤론과 매기가 내게 악의적인 태도를 보이지 않는 것 등은 중요하지 않았다. 납득시켜야 할 유일한 사람이 마침내 결정을 내린 것이다.

"진정해야 할 사람은 아무도 없어." 제러드가 이를 악물며 말했다. "젭." 제러드는 젭이 따라오는지 뒤돌아보지도 않은 채 말했다. "총 줘요."

그의 말이 끝난 후 이어지는 무거운 침묵에 귓속이 윙윙거리는 것 같았다.

그의 얼굴을 보는 순간, 나는 모든 게 끝났다는 걸 알았다. 내가 뭘 해야하는지 알았고, 멜라니도 동의했다. 가능한 한 아무 소리도 내지 않고, 나는 이안에게서 떨어지기 위해 옆으로 한 발짝 물러서서 뒷걸음질 쳤다. 그러고 나서 두 눈을 감았다.

"지금은 갖고 있지 않아." 젭이 점잔 빼며 천천히 말했다.

나는 눈을 가늘게 뜬 채, 젭이 말이 맞는지 확인하기 위해 제러드가 몸을 돌리는 모습을 보았다.

제러드는 분노에 찬 숨을 거칠게 내쉬었다. "좋아." 그는 중얼거리며 한 걸음 더 내 앞으로 다가왔다. "이 방식은 더 느릴 거야. 빨리 총을 찾아보는 게 더 인간적일 거야."

"제발, 제러드, 이야기 좀 들어봐." 이안은 급히 앞으로 나서며 말했지만, 그의 대답은 이미 짐작하고 있었다.

"이야기를 너무 많이 한 것 같군." 제러드가 호통쳤다. "젭이 내게 이 문제를 맡겼으니 결정은 내가 하는 거야."

젭이 요란한 소리를 내며 목을 가다듬었다. 제러드는 고개를 돌려 다시 그를 쳐다보았다.

"그렇지 않아요? 당신이 규칙을 정했어요, 젭." 제러드가 말했다.

"어쨌든 그건 사실이야."

제러드는 나를 돌아보았다. "이안, 저리 비켜."

"잠시만 기다려." 젭이 끼어들며 말했다. "기억하겠지만, 저 몸과 관련이 있는 사람이 결정을 내리도록 했어."

제러드의 이마에 핏줄이 서는 게 보였다. "그래서요?"

"너 만큼 저 몸과 중요한 관련이 있는 사람이 있어. 아니, 너보다 더 중요할지도 몰라."

제러드는 앞을 똑바로 노려보며 서 있었다. 잠시 후, 그는 이해하겠다는 듯 눈썹을 찌푸렸다. 그는 여전히 팔에 매달려 있는 소년을 내려다보았다.

제이미의 얼굴에는 더 이상 즐거운 감정은 남아 있지 않았다. 그의 얼굴은 충격을 받아 하얗게 질린 채였다.

"안 돼, 제러드 형." 제이미가 숨을 몰아쉬며 말했다. "그럴 수 없어. 완다는 착하고, 내 친구야! 그리고 멜라니 누나이기도 해! 누나는 어떻게 해? 누나를 죽여서는 안 돼! 부탁이야! 제발…." 제이미는 말을 잇지 못했고, 얼굴은 고통으로 일그러졌다.

나는 다시 눈을 감으며, 고통스러워하는 제이미의 모습을 떠올리지 않으려 애썼다. 그에게 다가가지 않고 도저히 견딜 수 없었다. 나는 근육에 힘을 주고, 내가 다가가도 아무 도움도 되지 않는다고 스스로에게 타일렀다.

"자." 젭이 말했다. 그는 더 이상 대화를 나누는 어조가 아니었다. "보다시피 제이미가 동의하지 않아. 제이미도 너만큼 할 말이 많을 거야."

오랫동안 아무 대답도 들리지 않자 나는 다시 눈을 떴다.

제러드는 겁에 질린 제이미의 얼굴을 오랫동안 쳐다보았다.

"어떻게 이런 일이 일어나도록 내버려둘 수 있는 거죠, 젭?" 제러드가 낮은 목소리로 물었다.

"이야기를 좀 해야겠어." 젭이 대답했다. "하지만 먼저 숨 좀 돌리는 게 어떻겠나? 목욕을 하고나면 이야기하고 싶은 기분이 생길 거야."

젭을 바라보는 제러드의 눈빛이 가여웠다. 그의 눈빛은 배신당한 충격과 고통으로 가득 차 있었다. 그런 눈빛은 인간만이 가질 수 있는 것으로, 카이사르와 브루투스, 예수와 유다의 눈빛과 비슷했다.

견딜 수 없는 긴장감이 또 다시 흘렀고, 제러드는 자신의 팔을 붙들고 있는 제이미의 손을 밀어냈다.

"카일." 제러드는 그를 부르며, 몸을 돌려 그곳에서 나갔다.

카일을 이안을 보며 얼굴을 찡그리더니 제러드를 따라갔다.

다른 원정 대원들도 말없이 제러드를 따라갔고, 페기는 앤디의 팔짱을 꼭 낀 채 그와 동행했다.

나를 구성원으로 받아준 사실을 인정하면서 부끄러워 고개를 떨어뜨린 사람들 모두 발을 질질 끌며 그들 뒤를 따라갔다. 내 옆에 남은 사람은 제이미와 젭, 이안, 트루디와 제프리, 히스, 릴리, 웨스 그리고 월터였다.

그들의 발자국 소리가 희미해지며 들리지 않을 때까지 아무도 말을 하지 않았다.

"휴!" 이안이 안도의 한숨을 내쉬었다. "큰일 날 뻔했는데 잘 해낸 것 같아요. 젭."

"다급하면 방책이 생기는 법이지. 하지만 문제가 해결된 건 아니야." 젭이 대답했다.

"총을 어디다 둔 거예요?"

"이런 일이 곧 있을 거라고 생각했거든."

"선견지명이네요."

사람들이 모두 떠난 자리에 혼자 서 있던 제이미는 아직도 몸을 떨고 있었다. 나는 그에게 천천히 걸어갔다. 그는 두 팔로 내 허리를 안았고, 나는 떨리는 손으로 그의 등을 토닥여 주었다.

"괜찮아." 나는 낮은 목소리로 그에게 거짓말을 했다. "괜찮아." 아무리 바보라도 내 말이 거짓이라는 걸 알 것이고, 제이미는 바보가 아니었다.

"형은 널 해치지 않을 거야." 제이미는 눈물을 글썽이며 목매인 소리로 말했다. "내가 그렇게 내버려두지 않을 거야."

"쉿." 나는 그의 말을 막으며 중얼거렸다.

온몸에 소름이 돋았다. 두려움 때문에 얼굴이 굳어지는 걸 느낄 수 있었다. 제러드의 말이 옳았다. 젭은 어떻게 이런 일이 일어나도록 내버려 둔 것일까? 제이미와 만나기 전, 내가 이곳에 도착했던 첫 날 나를 죽였더라면…. 적어도 제러드가 나를 격리시켜서 제이미와 친구가 되지 않았던 첫 주에 나를 죽였더라면…. 아니면 내가 멜라니에 대해 입을 다물었더라면…. 이미 너무 늦었다. 나는 제이미를 꼭 끌어안았다.

멜라니는 슬픔에 잠겼다. '불쌍한 제이미.'

'제이미에게 모든 걸 말하는 건 좋지 않다고 말했었잖아.' 나는 그녀에게 상기시켰다.

'우리가 죽으면 제이미는 어떻게 되지?'

'끔찍해질 거야. 충격이 커서 망연자실하겠지….'

멜라니는 내 말을 자르며 끼어들었다. '그 정도면 충분해. 나도 잘 알고 있어. 이제 우리가 어떻게 하면 될까?'

'아마 죽지 않고 살아남는 거겠지.'

멜라니와 나는 생존 가능성에 대해 생각해보았지만 곧 좌절했다.

이안이 제이미의 등을 툭 쳤다. 그의 손길이 우리의 몸에 전해져 울리는 것 같았다.

"너무 괴로워하지 마, 꼬마 친구." 이안이 제이미에게 말했다. "넌 혼자가 아니야."

"그들은 갑작스런 충격을 받아서 그런 것뿐이야." 나는 내 뒤에서 들리는 트루디의 목소리를 알아들을 수 있었다. "그들에게 설명할 기회가 생기면, 그들도 납득할 거야."

"납득한다고? 카일이?" 누군가가 거의 들리지 않는 소리로 중얼거렸다.

"이런 상황이 일어날 거라는 건 미리 알고 있었잖아." 젭이 낮은 목소리로 말했다. "우리가 함께 견뎌내면 폭풍은 지나갈 거야."

"총을 가지고 있어야 할지도 몰라." 릴리가 조용한 목소리로 제안했다. "오늘 밤은 혼자 있기 힘들 테니, 완다는 하이디와 나와 함께 지내도록 하자."

"완다를 다른 곳에 있게 하는 게 나을 거라는 생각이 들어." 이안은 릴리의 생각에 동의하지 않았다. "남쪽 동굴에 있는 게 어떨까? 내가 그녀를 지킬게. 젭, 도와줄 수 있죠?"

"나와 함께 있으면 들키지 않을 거야." 월터가 속삭이듯이 말했다.

월터의 말이 끝나기도 전에 웨스가 말했다. "이안, 내가 함께 갈게. 그들은 여섯이야."

"아니에요." 나는 마침내 겨우 숨을 내쉴 수 있었다. "나 때문에 싸우는 건 옳지 않아요. 당신들 모두 같은 편이에요. 제발 나 때문에 싸우지 말아요."

나는 내 허리를 감고 있는 제이미의 팔을 밀어냈고, 그가 내 손을 막으려 하자 그의 손목을 움켜쥐었다.

"잠시 혼자 있고 싶어." 나는 내게 쏠린 시선을 모르는 척하며 제이미에게 말했다. "혼자 있는 게 좋겠어." 나는 고개를 돌려 젭을 찾았다. "내가 없는 동안 함께 이야기할 수 있는 기회가 필요할 거예요. 적 앞에서 전술을 토론하는 건 정당하지 못해요."

"그럴 필요없어." 젭이 내게 말했다.

"나 혼자 생각할 시간이 필요해요, 젭."

제이미의 손을 놓은 다음 고개를 돌리고 발걸음을 옮겼다. 누군가가 내 어깨를 붙잡았고 나는 깜짝 놀라며 움츠러들었다.

그것은 이안이었다. "너 혼자서 동굴 안을 돌아다니는 건 좋지 않아."

나는 그에게 몸을 숙이며, 제이미에게 들리지 않도록 목소리를 최대한 낮추어 말했다. "피할 수 없는 일이라면 미룰 이유가 없어요. 제이미는 이 일로 아마 더 힘들어지겠죠?"

질문에 대한 대답은 이미 알고 있었다. 나는 이안의 손을 뿌리치고 출구를 향해 달려갔다.

"완다!" 제이미가 나를 따라오며 이름을 불렀다.

누군가가 급히 그를 붙잡는 소리가 들렸고, 내 뒤로 더 이상 발소리는 들리지 않았다. 그들은 나를 보내는 게 현명하다고 생각했을 것이다.

복도는 어두컴컴했고 인적이 없었다. 운이 좋다면, 커다란 텃밭을 가로

지르는 동안 아무도 만나지 않을 수도 있을 것이다.

이곳에 머물면서 알아내지 못한 한 가지는 바로 동굴 밖으로 나가는 출구였다. 굳이 찾아내려 하지는 않았지만, 동굴을 여러 번 돌아다니면서도 출구는 한 번도 보지 못했다. 커다란 동굴의 어두운 구석을 조심스럽게 걸어가던 나는 그것에 대해 곰곰이 생각해보았다. 출구는 도대체 어디에 있을까? 그러자 또 한 가지 의문이 들었다. 만약 이 수수께끼를 풀 수 있다면, 나는 이곳을 떠날 수 있을까?

떠난 후에 나를 기다리고 있을 것 중 가치가 있는 것은 아무것도 떠오르지 않았다. 밖에서 나를 기다리고 있을 사막, 수색자, 치료사, 위안자, 내게 피상적인 인상을 남겼던 전생(前生)도 이 동굴을 떠날 만한 이유는 되지 못했다. 내게 중요한 모든 것은 이곳 동굴 안에 있었다. 그건 바로 제이미, 그리고 나를 죽일지도 모르는 제러드였다. 그들 없이 동굴 밖으로 걸어 나가는 건 상상도 할 수 없었다.

그리고 젭과 이안. 이곳에는 내 친구들이 있다. 의사, 트루디, 릴리, 웨스, 월터, 히스. 그들은 내가 소울이라는 사실을 눈감아주고, 나를 죽일 필요가 없다고 생각한 괴짜 인간들이었다. 단순한 호기심 때문일 수도 있지만, 그것과 상관없이 그들은 가족 같은 유대감을 느끼는 사람들과 대항하며 기꺼이 내 편을 들어 주었다. 나는 그들을 떠올리며 고개를 가로저었고, 거친 바위벽을 손으로 만지며 앞으로 나아갔다.

동굴 반대편 먼 곳에서 사람들의 목소리가 들렸다. 나는 발걸음을 멈추지 않았다. 그들은 내가 이곳에 있는 걸 보지 못했고, 나는 찾고 있던 틈새를 방금 발견했다.

결국, 내가 갈 곳은 한 곳밖에 없었다. 빠져나갈 길을 알아냈다 해도, 나는 이곳으로 향했을 것이다. 나는 칠흑 같은 어둠 속을 더듬으며 서둘러 걸음을 옮겼다.

27

결심하지 못하다

　나는 벽을 더듬으며 내 감방으로 향했다.

　이 특별한 통로에 오지 않은 지 몇 주가 지났다. 제러드가 떠나고 젭이 나를 자유롭게 풀어주었던 그날 아침 이후, 나는 이곳에 온 적이 없었다. 하지만 내가 살아 있고 제러드가 동굴 안에 있는 한, 내가 지낼 곳은 이곳밖에 없는 듯했다.

　나를 반겨주는 희미한 햇살도 없었다. 나는 기진맥진했다. 감방으로 가는 복잡한 길이 희미하게나마 머릿속에 떠올랐다. 가능한 한 몸을 낮게 낮추고 왼손으로 벽을 더듬으면서 감방 입구를 찾았다. 감방 안으로 다시 기어 들어가겠다고 다짐한 것은 아니었지만, 적어도 내가 원하는 곳에 도착했다는 결심의 증거는 되어 줄 것이다.

　어쩌다 보니, 내 감방에 다시 거처하는 것 이외에 다른 선택의 여지가 없어져 버렸다.

손끝으로 감방 구멍 맨 윗부분을 만지는 순간, 발에 무언가가 걸려 비틀 거리다가 주저앉고 말았다. 팔을 뻗어 몸을 일으키려 하자, 거친 바위 대신 딱딱한 부스러기가 손에 와 닿는 게 느껴졌다. 그곳은 내가 가려던 곳이 아니었다.

예상치 못한 어떤 소리에 나는 소스라치게 놀랐다. 길을 잘못 들어서 내 감방 근처로 오지 못하고 다른 사람의 방 안으로 들어온 것 같았다. 방금 따라온 길을 머릿속에 떠올리며, 어느 지점에서 방향을 틀었는지 생각해 보았다. 나는 어둠 속에 몸을 웅크린 채, 소리가 다시 들리지 않는지 귀를 기울였다.

주위에선 아무 소리도 들리지 않았고, 내가 넘어진 소리를 들은 사람도 없는 것 같았다. 항상 그랬던 것처럼 주변은 깜깜했다. 통풍이 안 되어 숨이 막힐 것 같았고, 습도도 높았다. 이곳에는 나 이외에는 아무도 없는 게 분명했다.

가능한 한 조용히, 나는 조심스럽게 주위를 둘러보았다.

무언가가 손에 잡혔다. 테두리를 만져보자 마분지 상자 같았는데, 윗부분에 얇은 플라스틱판이 얹혀 있었다. 상자 안을 더듬자, 플라스틱판이 더 들어 있었다. 조그만 사각형 플라스틱판을 만지자 요란한 소음이 났다. 나는 지레 놀라 정신을 번쩍 차리고 뒤로 물러섰다.

감방 윗부분 왼쪽을 더듬자 더 많은 마분지 상자가 쌓여 있었다. 나는 상자 더미가 쌓인 맨 윗부분을 찾으려 애썼고, 그러기 위해서는 자리에서 일어서야 했다. 그곳의 높이는 내 키와 거의 비슷했다. 벽을 더듬어 구멍을 찾았는데, 내가 생각했던 곳에 위치하고 있었다. 나는 내 감방이 맞는지 확인하기 위해 안으로 기어 들어갔다. 활처럼 굽은 바닥을 만지자 내 감방이 맞다는 확신이 들었지만, 입구에서 더 나아갈 수가 없었다. 그곳은 상자로 가득 차 있었다.

어쩔 수 없이 벽을 더듬으며 다시 복도로 나왔다. 입구에서 더 이상 안으로 들어가는 건 불가능했다. 그곳은 알 수 없는 마분지 상자로 가득 차 있었기 때문이다.

어떤 상황인지 알아내기 위해 바닥을 기어 다니다가, 나는 상자들 가운데 다른 하나를 찾아냈다. 그것은 올이 굵은 삼베 같은 섬유로 만든 커다란 자루였다. 손으로 슬쩍 찔러 보자, 안에 가득 들어 있는 무거운 것이 움직이며 쉬익 소리가 났다. 손으로 자루를 주무를 때 나는 소리가 플라스틱보다 요란하지 않아 다행이었다. 그 소리 때문에 누군가에게 들킬 염려는 없을 것 같았다.

갑자기 모든 게 분명해졌다. 그것은 냄새 덕분이었다. 자루 안에 든 모래 같은 것을 손으로 만지자, 예상치도 않았던 익숙한 기억이 떠올랐다. 그 냄새를 맡자 샌디에이고 아파트의 부엌 싱크대 왼쪽 낮은 찬장이 떠올랐다. 봉투에 들어 있던 쌀, 쌀의 양을 가늠할 때 사용하는 플라스틱 컵, 그 뒤에 늘어서 있던 캔 음식….

나는 쌀자루를 만지고 있다는 사실을 깨달았다. 결국 올바른 장소로 온 것이다. 젭은 이곳을 저장고로 사용한다고 말하지 않았던가? 그리고 제러드는 오랜 시간 동안 먹을 것을 구한 뒤 방금 돌아오지 않았는가? 사람들이 몇 주 동안 훔쳐온 음식들은 모두 이곳에 저장하다가 사용할 것이다.

갑자기 머릿속에 여러 생각이 지나갔다.

우선, 내 주위에 음식이 가득 쌓여 있다는 사실이었다. 거친 빵과 연한 양파 수프가 아닌 진짜 음식이 있는 것이다. 이곳 어딘가에 땅콩버터가 있을지도 몰랐다. 초콜릿 칩 쿠키, 감자 칩, 치토스가 있을지도 몰랐다.

문명세계를 떠나온 이후로 처음 그런 음식을 찾아 맛보고, 실컷 배불리 먹는 상상을 했다. 그러나 잠시 후, 나는 그런 생각을 했다는 사실에 죄책감이 들었다. 제러드는 내게 음식을 먹이기 위해 목숨을 걸었고, 몇 주 동안 몸을 숨긴 채 음식을 훔쳤다.

그들이 가져온 음식이 이게 전부가 아닐 수도 있다는 걱정도 들었다. 상자를 더 가져오면 어떻게 할까? 제러드와 카일이 상자를 들고 이곳으로 오진 않을까? 그들이 나를 찾아내면 어떤 결과로 이어질지 상상하는 건 어렵지 않았다.

하지만 그러려고 내가 이곳에 있는 게 아닐까? 그 때문에 나 혼자 이곳에서 생각해야 하지 않을까?

나는 몸을 굽혀 벽에 기댔다. 쌀자루는 좋은 베개가 되었다. 주변이 캄캄했기 때문에 굳이 그럴 필요는 없었지만, 나는 두 눈을 꼭 감았다. 그리고 멜라니에게 조언을 구했다.

'멜라니, 이제 어떻게 할까?'

그녀가 아직 깨어 있어서 반가웠다. 힘든 상황이 닥치면 그녀는 항상 힘을 냈다. 멜라니가 멀리 사라질 때는 상황이 좋을 때뿐이었다.

'뭘 가장 우선시하는지 생각해 봐.' 그녀는 단호하게 말했다. '우리에게 가장 중요한 건 뭘까? 죽지 않고 사는 것? 아니면 제이미?'

멜라니는 이미 대답을 알고 있었다. 나는 한숨을 내쉬며 제이미라고 대답했다. 검은 벽에서 내 숨소리가 메아리쳤다.

'나도 그렇게 생각해. 젭과 이안이 우리를 보호해 준다면 우린 살아남을 수 있을 거야. 그러면 제이미에게 도움이 될까?'

'아마 그렇겠지. 우리가 지금 그냥 포기해 버리거나 아니면 어쩔 수 없이 계속 끌다가 나쁜 상황으로 끝나는 것 가운데 어느 것이 제이미에게 더 큰 상처가 될까?'

나는 다른 대안을 생각해 보았다.

'도망칠까?' 그녀에게 물었다.

'안 돼.' 그녀는 확고한 목소리로 말했다. '밖에 나가서 뭘 하겠어? 그리고 그들에게는 뭐라고 말해?'

내가 몇 달 동안 사라진 것을 그들에게 어떻게 설명할 수 있을지 상상했다. 거짓말을 할 수도 있고, 이야기를 꾸며낼 수도 있고, 기억이 나지 않는다고 말할 수도 있을 것이다. 그러나 수색자의 회의적인 얼굴과 의심으로 가득 찬 눈빛을 떠올리자, 내 서투른 시도는 실패할 거라는 생각이 들었다.

'그들은 내가 되살아났다고 생각할 거야.' 멜라니는 내 생각에 동의했다. '그리고 널 빼내고 수색자를 삽입할 거야.'

발걸음을 옮기면 마치 그것이 사실이라도 되는 것처럼, 나는 온몸을 부들부들 떨면서 머뭇거렸다. 그런 다음 나는 결론에 이르렀다. '새로 몸속으로 들어온 여자는 이곳을 폭로할 것이고 수색자들이 들이닥칠 거야.'

두려움이 우리를 감쌌다.

'그러니까 이곳에서 도망치는 건 안 돼.'

'맞아.' 멜라니는 낮은 목소리로 속삭였다. 복잡한 감정 때문에 그녀의 생각이 혼란스러웠다.

'그렇다면 결론은… 빠르거나 아니면 느리게 처리하는 거겠지. 어느 쪽이 제이미의 마음을 덜 아프게 할까?'

이 상황을 실질적으로 받아들이자 나는 점차 객관적인 입장에서 상황을 파악할 수 있었다. 하지만 멜라니는 내 노력을 따르지 않으려 했다.

'잘 모르겠어. 논리적으로 따지면, 우리 셋이 함께 더 오래 있을수록… 제이미에게 이별은 더 힘들 거야. 그리고 우리가 싸우지도 않고 포기해버리면… 그 애가 슬퍼하겠지. 우리가 제이미를 배신했다고 생각할 거야.'

나는 그녀가 제안한 두 가지 측면을 모두 고려하며, 이성적으로 판단하기 위해 애썼다.

'그렇다면 빨리 끝나는 게 낫겠지만… 제이미를 위해서 적어도 죽지 않도록 최선을 다해야 해.'

'가서 힘껏 싸우자.' 멜라니는 단호하게 말했다.

'좋아, 싸우는 거야.' 나는 폭력에 폭력으로 맞서는 모습을 떠올렸다. 문자 그대로의 의미는 알았지만 머릿속으로는 내가 과연 그리할 수 있을지는 상상되지 않았다.

'넌 할 수 있어.' 멜라니가 내게 용기를 북돋워주었다. '나도 도울게.'

'고맙지만 사양할게. 다른 방법을 찾아야 해.'

'도대체 이해가 안 가, 완다. 넌 너희 종족을 저버렸고, 내 동생을 위해 죽을 각오가 되어 있고, 내가 사랑했지만 지금은 널 죽이려 하는 남자를 사랑하고 있어. 그러면서도 이곳에서는 아무 소용없는 관습에서 벗어나지 못하고 있어.'

'난 그런 존재야, 멜라니. 다른 모든 게 바뀌어도 그걸 바꿀 수는 없어. 넌 잠자코 내가 변하지 않는 모습만 지켜보면 안 되겠니.'

'하지만 혹시라도 우리가…'

멜라니는 나와 말싸움을 계속 하려다가 별안간 말을 멈추었다. 복도 아래에서 발을 끄는 소리가 메아리쳐 들려왔다.

나는 그 자리에 얼어붙었다. 심장을 제외한 모든 기능이 멈추었고, 심장 박동마저도 고르지 못했다. 환청이라고 생각하고 싶었지만, 곧이어 나직한 발자국 소리가 이쪽으로 다가오는 소리가 또렷하게 들렸다.

나는 갑작스런 공포에 사로잡혔지만 멜라니는 평정을 유지했다.

'자리에서 일어나!' 그녀가 내게 명령했다.

'왜?'

'싸우지 않아도 도망칠 수는 있어. 제이미를 위해 뭔가는 해야 해.'

나는 천천히 숨을 내쉬면서 자리에서 일어섰다. 아드레날린이 솟아오르자 근육이 더 유연해졌다. 나를 뒤쫓아 오는 사람들보다 더 빨리 달릴 수 있겠지만, 어디를 향해 도망쳐야 할까?

"완다?" 누군가 조용한 목소리로 속삭였다. "완다? 거기 있는 거야? 완다, 나야."

애타는 그의 목소리에 나는 그가 누구인지 알 수 있었다.

"제이미!" 나는 숨을 몰아쉬며 그를 불렀다. "도대체 무슨 일이야? 혼자 있고 싶다고 말했잖아."

그는 가슴을 쓸어내리며 안도했고, 곧 목소리를 높여 말했다. "모두들 널 찾고 있어. 모두라고 해봐야 트루디, 릴리, 웨스가 전부지만 말이야. 우리가 하는 일은 모두에게 비밀로 해야 해. 네가 사라졌다는 걸 아무도 추측할 수 없어야 해. 삼촌이 다시 총을 들었어. 이안 형은 의사 선생님과 함께 있고. 선생님은 곧 제러드 형과 카일 형에게 말할 거야. 모두들 선생님 말에는 귀를 기울이거든. 그렇기 때문에 넌 이제 숨어 있을 필요 없어. 모두들 바빠. 그리고 넌 아마…"

제이미는 말을 하면서 계속 내 쪽으로 다가왔고, 마침내 내 손을 잡았다.

"난 숨어 있는 게 아니야, 제이미. 생각할 게 있다고 말했잖아."

"삼촌이 옆에 있어도 생각할 수 있잖아?"

"내가 어디로 가기 원하니? 제러드의 방으로 되돌아가라고? 이곳이 내가 있어야 하는 곳이야."

"이젠 그렇지 않아." 제이미의 목소리에서 고집이 느껴졌다.

"왜 모두들 바쁜 거야?" 나는 화제를 돌렸다. "의사는 뭘 하고 있어?"

화제를 돌리려던 내 시도는 실패로 돌아갔다. 그는 아무 대답도 하지 않았기 때문이다.

잠시 아무 말도 하지 않다가, 나는 그의 뺨을 만졌다. "제이미, 넌 젭과 함께 있어야 해. 날 찾는 건 그만두라고 다른 사람들에게 말해. 난 잠시 여기에 있을게."

"이곳에서 자면 안 돼."

"예전에도 이곳에서 잤어."

그가 몸을 떠는 게 내 손 끝에 느껴졌다.

"그럼 침낭과 베개라도 가지고 올게."

"그럼 하나씩만 가져와."

"제러드 형이 바보처럼 구는 한 형하고 같은 방을 쓰지 않을 거야."

마음속에서 신음소리가 났다. "그렇다면 코 고는 젭과 자야겠구나. 넌 그들과 함께 있어야 해."

"난 내가 원하는 곳에 있을 거야."

카일이 나를 찾아 이곳으로 올지도 모른다는 압박감이 마음을 무겁게 짓눌렀다. 그러나 그런 이야기를 하면 오히려 제이미는 나를 보호해야 한다는 책임감을 느낄 것이다.

"좋아, 하지만 젭의 허락을 받아야 해."

"나중에 받을게. 오늘 밤은 젭 삼촌을 귀찮게 하지 않을 거야."

"젭은 뭘하고 있어?"

제이미는 아무 대답도 하지 않았다. 바로 그때, 나는 처음으로 그가 내 질문에 고의적으로 대답을 하지 않는다는 사실을 알아차렸다. 그가 내게 말하고 싶지 않은 무언가가 있었다. 다른 사람들도 서둘러 나를 찾고 있을 것이다. 제러드가 돌아오자, 나에 대한 사람들의 생각이 예전처럼 되돌아갔을지도 모른다. 그들이 부엌에서 고개를 떨어뜨리고 미안해하며 슬그머니 나를 바라볼 때도 마찬가지였다.

"무슨 일이 일어나고 있는 거야, 제이미?" 나는 다그쳐 물었다.

"말하면 안 돼…." 제이미가 중얼거렸다. "그리고 말하지도 않을 거야." 그는 내 허리를 꼭 끌어안으며 내 어깨에 얼굴을 묻었다. "아무 문제없을 거야." 그는 힘주어 말했지만, 목소리는 갈라졌다.

나는 그의 등을 가볍게 두드려주었고 엉킨 머리칼을 쓰다듬었다. "그래, 그럴 거야." 나는 그의 침묵을 받아들이며 말했다. 마침내 우리 사이에도 비밀을 갖게 된 것이다. 그렇지 않은가? "불안해하지마, 제이미. 어떤 일이 일어나든 잘 해결될 거야. 모두 괜찮을 거야." 나는 그렇게 되기를 간절히 바라며 말했다.

"그랬으면 좋겠어." 제이미가 내게 속삭였다.

나는 그가 내게 말하려 하지 않는 걸 알아내기 위해 가만히 어둠 속을 응시했다. 그러자 멀리 복도 끝에서 불빛이 보였다. 희미한 빛이었지만 컴컴한 동굴 안에서는 분명히 알아볼 수 있었다.

"쉿." 나는 숨을 내쉬며 말했다. "누군가가 여기로 오고 있어. 어서 상자 뒤로 숨어."

제이미는 조금씩 더 밝아지는 노란 불빛을 향해 고개를 돌렸다. 불빛과 함께 발자국 소리가 다가오길 기대하며 귀를 기울였지만, 아무 소리도 들리지 않았다.

"난 숨지 않을 거야. 내 뒤로 와, 완다." 제이미가 말했다.

"안 돼!"

"제이미!" 제러드가 소리쳤다. "거기 있다는 거 알아!"

다리가 마비되는 것 같았다. 꼭 제러드가 날 죽이러 와야 했을까? 카일이 왔다면 제이미가 오히려 덜 힘들 텐데….

"다가오지 마!" 제이미가 되받아쳤다.

노란 불빛은 벽에 둥근 원을 그리며 점점 더 가까이 다가오고 있었다.

제러드는 모퉁이를 돌았고, 손전등으로 바닥 이곳저곳을 비추었다. 목욕을 해서 다시 깨끗해진 그는, 내가 아는 색 바랜 빨간색 셔츠를 입고 있었다. 몇 주 동안 그의 방에 살 때 벽에 걸려 있던 옷이었기 때문에 쉽게 알아볼 수 있었다. 그의 얼굴 역시 단박에 알아볼 수 있었다. 내가 이곳에 나타 났던 순간부터 그의 얼굴은 항상 똑같은 표정이었다.

불빛이 내 얼굴을 비추자 눈이 부셔서 앞이 보이지 않았다. 내 눈 뒤로 은색의 무언가가 불빛에 반짝이는 모습이 보였다. 제이미가 갑자기 뛰어오 르는 게 느껴졌다. 그는 처음에는 주춤거리다가 곧 단호한 손길로 나를 붙 잡았다.

"그것한테서 떨어져!" 제러드가 제이미에게 고함쳤다.

"입 다물어!" 제이미도 지지 않고 소리 질렀다. "그녀에 대해 아무것도 모 르면서 간섭하지 마."

제이미는 내게 꼭 달라붙었고, 나는 그의 팔을 뿌리치려 했다.

제러드는 성난 황소처럼 다가왔다. 그는 한 손으로 제이미의 셔츠 뒷부 분을 잡더니 내게서 낚아채 갔다. 그는 셔츠를 잡고 흔들며 제이미에게 고 함쳤다.

"이 바보 멍청아! 이것이 널 이용하는 걸 모르겠어?"

본능적으로, 나는 그들에게 달려가 둘을 갈라놓았다. 그러자 내가 의도 한 대로, 그는 제이미를 놓게 되었다. 내가 원한 건 그것뿐이었다. 익숙한 그의 체취가 훅 끼쳐왔고, 익숙한 형태의 그의 가슴팍이 내 손에 와 닿았다.

"제이미를 가만히 내버려 둬요." 나는 멜라니가 원하는 모습대로 되기 바 랐다. 강인한 힘과 단호한 목소리를 내뿜을 수 있기를 원했다.

그는 한 손으로 내 손목을 움켜잡더니, 나를 벽 쪽으로 밀어버렸다. 벽에 부딪힌 충격으로 잠시 숨을 쉴 수 없었다. 나는 벽에 부딪혔다가 다시 바 닥에 쌓인 상자 곁으로 떨어졌다. 상자가 엎어지는 바람에 요란한 소리가 났다.

이상한 자세로 상자에 처박혀 있는 동안 머리가 욱신거렸고, 눈앞에 이 상한 불빛이 지나가는 게 보였다.

"겁쟁이!" 제이미가 제러드에게 소리쳤다. "완다는 자신의 목숨을 구하기 위해 다른 사람을 해치지 않아! 그녀를 가만히 내버려 둬!"

상자가 움직이더니 제이미의 손이 내 팔에 닿는 게 느껴졌다. "완다? 괜찮아, 완다?"

"괜찮아." 나는 욱신거리는 머리를 참으며 그에게 말했다. 제러드가 비추고 있는 불빛에 화난 제이미의 얼굴이 환하게 드러났다. "제이미, 그만 가야 해. 얼른 도망쳐." 나는 낮은 목소리로 속삭였다.

제이미는 힘차게 고개를 가로저었다.

"어서 물러서!" 제러드가 큰 소리로 말했다.

제러드가 제이미의 어깨를 붙잡고 휙 잡아당기는 모습이 보였다. 내 주변에 쌓인 상자들은 마치 작은 눈사태를 일으키듯 우루루 쏟아져 내렸다. 나는 몸을 숙이며 팔로 머리를 감쌌다. 무거운 상자가 내 어깨뼈를 아프게 짓눌렀고, 나는 고통스러워하며 비명을 질렀다.

"완다를 아프게 하지 마!" 제이미가 울부짖었다.

날카로운 소리가 들렸고, 누군가가 숨을 헐떡이는 소리가 들렸다.

나는 팔꿈치가 아플 정도로 바닥을 꽉 디딘 채 무거운 상자 밑에서 빠져나오려고 고군분투했다.

제러드가 한 손으로 코를 잡고 있었고, 어두운 색의 무언가가 그의 입술 밑으로 흘러내렸다. 그는 깜짝 놀라 두 눈을 크게 떴다. 제이미는 두 주먹을 불끈 쥐고 그 앞에 서 있었고, 얼굴은 분노로 일그러진 채였다.

제러드가 놀라 그를 쳐다보자, 제이미의 얼굴에 있던 분노는 서서히 사라졌다. 대신 그의 얼굴에 고통이 떠올랐다. 부엌에 서 있던 제러드의 표정과 견줄 만한 커다란 아픔과 배신감이 느껴졌다.

"형은 내가 생각하던 사람이 아니야." 제이미가 낮은 목소리로 말했다. 그는 마치 제러드가 먼 곳에 있는 것처럼, 그들 사이에 벽이 가로막고 있는 것처럼 혼잣말로 중얼거렸다.

제이미의 눈에 눈물이 고였다. 그는 제러드에게 약한 모습을 보인 것을 부끄러워하며 고개를 돌리더니 재빨리 몸을 틀며 걸어갔다.

'적어도 우린 시도는 했어.' 멜라니가 슬픈 목소리로 말했다. 그녀는 가슴이 찢어지면서도 내가 고개를 돌려 제이미를 바라보기 원했다. 나는 그녀가 원하는 대로 해주었다.

제러드는 나를 보고 있지 않았다. 그는 여전히 손으로 코를 잡은 채, 제이미가 사라진 어둠 속을 응시하고 있었다.

"그렇지 않아!" 제러드가 갑자기 소리쳤다. "제이미! 이리로 돌아와!"

아무 대답도 들리지 않았다.

제러드는 내게 공허한 눈길을 던졌다. 그의 분노는 수그러든 것 같았지만 나는 몸을 움츠렸다. 그는 손전등을 집어 올린 다음, 앞에 가로막힌 상자를 걷어차며 제이미를 뒤쫓아 갔다.

"미안해. 울지 마, 제이미." 그는 모퉁이를 돌며 여전히 흥분한 목소리로 소리쳤다. 나는 어둠 속에 혼자 누워 있었다.

잠시 동안, 내가 할 수 있는 건 숨 쉬는 것뿐이었다. 숨을 들이마시고 내쉬는 데 온 정신을 집중했다. 숨을 고르게 쉬게 되었을 때, 나는 바닥에서 일어나기 위해 애썼다. 다리가 떨리고 금방이라도 쓰러질 것 같았지만, 어떻게 해야 일어설 수 있는지 생각하며 온 힘을 다했다. 다시 벽에 기대어 베개로 사용했던 쌀자루가 나올 때까지 미끄러져갔다. 나는 쌀자루에 기대어 몸 상태를 살폈다.

부러진 곳은 아무 데도 없었다. 오히려 제러드가 코를 다쳐 코피가 났을 뿐이다. 나는 천천히 고개를 가로저었다. 제이미와 제러드는 서로 싸우면 안 되었다. 나 때문에 그들이 혼란스럽고 불행해진 것 같았다. 나는 한숨을 쉬면서 다시 몸을 살폈다. 등 한가운데 넓은 부분이 욱신거렸고, 벽에 부딪혔던 얼굴 한 부분이 벗겨진 것 같았다. 손으로 만지자 따끔거렸고, 손에 축축한 피가 묻어나왔다. 얼굴 상처가 가장 심한 것 같았다. 다른 타박상과 외상은 그리 심하지 않았다.

부상이 심하지 않다는 사실을 깨닫자, 예상치 못한 안도감이 밀려왔다.

나는 살아 있었다. 제러드는 나를 죽일 기회가 있었지만 그 기회를 잡지 않았다. 대신 그는 제이미와의 문제를 해결하기 위해 그를 뒤따라갔다. 내가 그들에게 어떤 해를 끼쳤든, 두 사람의 관계는 회복될 것이다.

긴 하루였다. 제러드와 다른 사람들이 갑작스럽게 동굴로 나타나던 순간이 너무나 오래된 일처럼 느껴졌다. 나는 눈을 감고 쌀자루를 벤 채 잠이 들었다.

28

알지 못하다

칠흑 같은 어둠 속에서 깨어난 나는 내가 어디 있는지 알 수 없었다. 최근에는 햇빛이 비치는 걸 보고 아침이 되었다는 걸 아는 데 익숙해졌다. 처음에는 밤일 거라고 생각했지만, 곧 얼굴이 아프고 등이 욱신거렸다. 내가 어디 있는지 기억났다.

나직하고 고른 숨소리가 내 옆에서 들렸다. 나는 그 소리를 듣고 놀라지 않았다. 이곳 동굴에서 듣는 가장 익숙한 소리기 때문이었다. 제이미가 어젯밤 이곳으로 되돌아와서 내 옆에 잠든 모습을 보고도 놀라지 않았다.

내 숨소리가 변하는 걸 듣고 그도 잠이 깬 것 같았다. 혹은 지금껏 우리 둘이 같은 시각에 일어나던 습관 때문일 수도 있었다. 내가 잠에서 깨어난 직후, 제이미는 숨을 약간 몰아쉬었다.

"완다?" 그가 낮은 목소리로 내 이름을 불렀다.

"나 여기 있어."

제이미는 안도의 한숨을 쉬었다.

"여긴 정말 깜깜해." 그가 말했다.

"맞아."

"아직 아침이 되지 않았을까?"

"모르겠어."

"나 배고파. 부엌으로 가 보자."

나는 그에게 아무 대답도 하지 않았다.

그는 내가 침묵하는 이유를 정확히 이해했다. "여기 숨어 있을 필요 없어, 완다." 내가 대답하기 좀 더 기다렸다가 그는 진심으로 말했다. "어젯밤 제러드 형하고 이야기를 했어. 형은 이제 너를 귀찮게 하지 않을 거야. 분명히 약속했어."

나는 하마터면 웃을 뻔했다. 나를 귀찮게 한다는 표현이 우스웠다.

"나와 함께 가지 않을래?" 제이미는 내 손을 잡으며 나를 다그쳤다.

"너랑 함께 가길 정말 원해?" 나는 낮은 목소리로 그에게 물었다.

"웅. 모든 게 예전과 똑같을 거야."

'멜라니? 이렇게 하는 게 최선일까?'

'모르겠어.' 멜라니는 괴로워했다. 그녀는 자신이 객관적일 수 없다는 사실을 알았다. 그녀는 제러드를 보고 싶어했다.

'하지만 미친 짓이야.' 멜라니가 내게 말했다.

'네가 그를 보고 싶어 하는 것만큼 미친 짓은 아니야.'

"좋아, 제이미." 나는 그의 뜻에 따랐다. "하지만 예전과 똑같지 않다고 해서 화내지 마. 알았지? 상황이 이상하게 돌아가도… 놀라지 마."

"괜찮을 거야. 곧 알게 될 거야."

나는 여전히 그의 손을 꼭 잡은 채, 그가 어두운 길을 안내하도록 두었다. 커다란 텃밭에 들어가는 순간, 긴장감이 몰려왔다. 오늘 사람들이 내게 어떤 반응을 보일지 알 수 없었다. 내가 잠자는 동안 사람들은 무슨 이야기를 나누었을까?

아침 해가 높이 떠올랐지만 텃밭은 텅 비어 있었다. 수백 개의 거울에 반사된 햇빛 때문에 순간적으로 앞이 보이지 않았다.

제이미는 텅 빈 텃밭에는 관심이 없었다. 그의 시선은 내 얼굴을 향했고, 햇빛이 내 얼굴에 와 닿자 드디어 상처를 눈치 챈 것 같았다.

"세상에!" 그는 숨을 헐떡였다. "괜찮아? 많이 아파?"

나는 손끝으로 얼굴을 만졌다. 피부는 거칠었고, 핏자국이 말라붙어 있었다. 손끝이 지나간 자리가 욱신거렸다.

"괜찮아." 나는 속삭이듯 대답했다. 나는 텅 빈 텃밭을 보며 신중해졌고, 소근거리는 소리로 물었다. "모두들 어디에 있어?"

제이미는 어깨를 으쓱했다. 내 얼굴을 바라보는 그의 눈빛에는 여전히 긴장감이 흘렀다. "모두들 바쁜가 봐." 제이미는 목소리를 낮추지 않았다.

그러자 어젯밤 그가 내 질문에 고의적으로 대답하지 않던 기억이 떠올랐다. 내 눈썹이 치켜 올라갔다.

'제이미가 우리에게 뭘 말하지 않는 것 같아?'

'네가 모르는 건 나도 몰라, 완다.'

'넌 인간이잖아. 어떤 직감 같은 게 떠오르지 않아?'

'직감이라고? 우리가 안다고 생각했던 이곳을 모르겠다는 직감은 드네.' 멜라니가 말했다.

우리는 그 불길한 말을 곰곰이 생각했다.

식사 준비하는 소리가 부엌 복도에서 들리자 안도감이 밀려왔다. 특별히 보고 싶은 사람은 없었다. 물론 제러드를 간절히 보고 싶었지만, 동굴에 사람들의 모습이 보이지 않는데다 나를 배척하고 있다는 느낌마저 들어 신경이 몹시 날카로워졌다.

부엌은 절반도 채 차지 않았는데, 아침 시간인 걸 생각하면 이상했다. 그러나 오븐에서 풍기는 냄새 때문에 다른 생각을 할 겨를이 없었다.

"와, 계란이다!" 제이미가 거의 신음소리를 냈다.

제이미는 더 빨리 나를 이끌었고, 나도 기꺼이 그와 보조를 맞추었다. 뱃속에서 꾸르륵 소리가 났다. 우리는 서둘러 식탁에 가 앉았다. 그곳에서는 루치나가 손에 플라스틱 국자를 들고 아이들과 함께 있었다. 아침은 주로 스스로 가져와서 먹지만, 그것은 딱딱한 빵이 전부일 때만이었다.

루치나는 어린 아들을 보며 제이미에게 말했다. "한 시간 전에는 더 맛있었단다."

"지금도 맛있을 거예요." 제이미는 열에 들떠 말했다. "모두들 식사 마쳤어요?"

"대부분 다 먹었어. 의사에게 음식을 갖다 주었고 나머지는…." 루치나는 말끝을 흐렸고, 나를 바라보는 눈빛이 처음으로 흔들렸다. 제이미의 눈빛도 마찬가지였다. 나는 루치나의 얼굴에 스쳐가는 표정을 이해할 수 없었다. 그 표정은 너무 빨리 지나가 버렸고, 그녀는 내 얼굴에 난 상처를 알아차렸다.

"얼마나 남았어요?" 제이미가 물었다. 그의 목소리는 몇 배나 더 흥분되어 있었다.

루치나는 몸을 돌린 다음, 뜨거운 오븐 밑바닥에 있는 금속 팬을 국자로 잡아당겼다. "얼마나 먹고 싶어? 충분히 있어." 그녀는 되돌아보지 않고 말했다.

"카일 형인 척 해야겠어요." 제이미가 웃으며 말했다.

"그럼 카일이 먹을 만큼 줘야겠구나." 루치나도 웃으며 말했지만, 그녀의 눈빛은 슬퍼 보였다.

그녀는 스크램블드에그 요리를 그릇에 넘치도록 담아서 제이미에게 건네주었다.

그녀는 나를 다시 쳐다보았고, 나는 그 시선이 무엇을 의미하는지 이해했다.

"저기 가서 앉자, 제이미." 나는 그를 팔꿈치로 슬쩍 밀며 말했다.

그는 놀란 표정으로 내게 물었다. "넌 안 먹어?"

"응, 난…." 괜찮다고 다시 말하려 했지만, 뱃속에서 요란한 소리가 났다.

"완다?" 그는 나와 루치나를 번갈아 쳐다보았다. 그녀는 팔짱을 낀 채 서 있었다.

"난 빵만 먹을게." 나는 제이미를 밀면서 중얼거렸다.

"도대체 뭐가 문제예요?" 제이미는 그녀에게 대답을 기대했지만, 그녀는 아무런 대답 없이 꼼짝도 하지 않았다. "다 끝났으면 내가 여길 맡을게요." 그는 눈을 가늘게 뜨며 말했다. 그의 입술선이 고집스럽게 보였다.

루치나는 어깨를 으쓱하더니 국자를 석조 조리대 위에 놓았다. 그녀는 다시 나를 쳐다보지 않고 천천히 멀어져 갔다.

"제이미…." 나는 목소리를 낮추며 중얼거렸다. "이 음식은 날 위한 게 아니야. 제러드와 다른 사람들은 나한테 이 요리를 주기 위해 목숨을 걸었던 게 아니야. 빵만으로 충분해."

"그런 말 하지 마, 완다." 제이미가 말했다. "넌 나머지 우리들처럼 이곳에 살고 있어. 네가 사람들을 위해 옷을 빨고 빵을 굽는 걸 꺼리는 사람은 아무도 없어. 게다가 스크램블드에그는 오래 가지도 못해. 지금 먹지 않으면 버려야 해."

부엌 안에 있는 모든 사람들의 시선이 내 등에 쏠리는 걸 느꼈다.

"다른 사람이 먹는 게 더 나을 거야." 나는 제이미 이외에는 아무도 듣지 못하도록 더 목소리를 낮추어 말했다.

"아니야, 그렇지 않아." 제이미는 투덜거렸다. 그는 식탁 위에 놓인 빈 그릇에 요리를 가득 채운 다음 내게 건네주었다. "남기지 말고 다 먹어." 그는 힘주어 말했다.

그릇에 담긴 요리를 보자 입 안에 침이 고였다. 나는 그릇을 옆으로 밀친 다음 팔짱을 꼈다.

제이미는 이마를 찌푸렸다. "좋아." 그는 자신의 그릇을 앞으로 밀며 말했다. "네가 먹지 않으면 나도 먹지 않을 거야." 그의 뱃속에서도 꾸르륵거리는 소리가 들렸다. 그는 식사를 하지 않을 태세로 팔짱을 꼈다.

우리 둘은 꽤 오랫동안 서로를 쳐다보았다. 계란 냄새를 들이마시자 뱃속이 요동쳤다. 때때로 그는 곁눈으로 요리를 쳐다보기도 했다. 내게 가장 괴로운 것은 그의 간절한 눈빛이었다.

"좋아." 나는 마지못해 그에게 말하며, 그의 그릇과 내 그릇을 제 위치로 놓았다. 그는 내가 먼저 한 입 먹는 것을 보고 먹기 시작했다. 음식이 혀에 닿자 나는 가벼운 신음소리를 냈다. 차갑게 식어 딱딱해진 스크램블드에그는 지금껏 맛본 것 가운데 최상은 아니었지만, 여전히 무엇에도 비교할 수 없을 정도로 맛있었다.

제이미도 비슷한 반응을 보였다. 음식을 급하게 입안에 집어넣으며, 숨 쉴 겨를도 없이 삼켜버렸다. 나는 그가 숨이 막히지 않는지 지켜보았다.

그가 다 먹은 뒤 내 것을 더 먹을 수 있도록, 나는 더 천천히 먹었다.

남은 음식을 모두 먹고 포만감을 느꼈을 때에야 비로소 나는 부엌 안을 둘러보았다.

몇 달 동안 똑같은 음식만 먹다가 드디어 계란 요리를 먹은 흥분감 때문에 사람들은 자축하는 분위기일 거라고 생각했다. 그러나 분위기는 음울했고, 사람들은 낮은 목소리로 이야기를 나누고 있었다. 어젯밤 있었던 일에 대한 반응일까? 나는 부엌을 둘러보며 상황을 파악하려 애썼다.

여기저기에 앉은 사람들은 나를 쳐다보고 있었다. 그들은 목소리를 낮추어 심각한 이야기를 주고받았지만, 다른 사람들은 내게 전혀 주의를 기울이지 않았다. 게다가, 그들 가운데 화가 나거나 죄책감을 느끼거나 긴장한 것처럼 보이는 사람은 아무도 없었다.

내가 기대하던 것과 달리, 그들은 슬퍼 보였다. 부엌 안에 앉아 있는 모든 사람들의 얼굴엔 절망이 묻어 있었다.

맨 마지막으로 눈에 들어온 사람은 샤론이었는데, 평소처럼 혼자 구석에 앉아 식사를 하고 있었다. 여전히 무표정하게 기계적인 자세로 아침을 먹고 있었기 때문에, 그녀의 얼굴에 눈물이 흘러내리는 사실을 처음엔 알아차리지 못했다. 눈물이 음식으로 떨어졌지만, 그녀는 아무 일도 없는 것처럼 식사를 하고 있었다.

"의사에게 무슨 일이라도 있어?" 나는 제이미에게 속삭이며 물었다. 갑자기 두려움이 몰려왔다. 내가 과대망상에 시달리는 건 아닐까? 이 상황은 나와 아무 상관이 없는지도 몰랐다. 사람들의 슬픈 표정은 내가 모르는 사람들의 복잡한 관계의 일부분인지도 모른다. 사람들이 항상 바쁜 것도 그 때문일까? 혹시 무슨 사건이 있었던 걸까?

제이미는 샤론을 쳐다보더니 한숨을 내쉬며 대답했다. "아니, 선생님은 괜찮아."

"그럼 매기 고모가 다치기라도 했어?"

제이미는 고개를 가로저었다.

"월터는 어디 있어?" 나는 여전히 속삭이며 그에게 물었다. 이곳에 함께 사는 사람들, 심지어 나를 미워하는 사람들에게까지 해로운 일이 일어났다고 생각하자 마음이 불안해졌다.

"어디 있는지 모르겠어. 하지만 그는 아무 문제없으니 걱정 하지 마."

제이미의 얼굴도 부엌에 모인 사람들처럼 슬퍼 보인다는 사실을, 나는 그제야 깨달았다.

"무슨 일이야, 제이미? 왜 그렇게 불안해 보여?"

제이미는 고개를 떨어뜨리더니, 이번에는 의도적으로 천천히 음식을 먹었다. 하지만 내가 묻는 질문에는 대답하지 않았다.

그는 음식을 다 먹은 다음에도 아무 말도 하지 않았다. 나는 남은 음식을 그에게 밀었지만, 너무 매섭게 노려보는 바람에 아는 더 이상 그에게 권하지 않고 남은 음식을 마저 먹었다.

우리는 커다란 플라스틱 설거지통에 그릇을 넣었다. 그리고 가득 찬 설거지통을 싱크대로 옮겼다. 오늘 동굴에서 무슨 일을 할지 알 수 없었지만, 지금은 설거지를 해도 무방할 것 같았다.

제이미는 주변을 경계하며 나를 따라왔고, 난 그게 마음에 들지 않았다. 필요한 상황이라 할지라도, 그가 내 경호원처럼 구는 게 싫었다. 그러나 커다란 텃밭 모퉁이를 돌 때, 진짜 경호원이 나타났다.

이안은 지저분해 보였다. 머리에서 발끝까지 흙먼지가 잔뜩 묻어 있었고, 땀을 흘린 곳은 더 짙은 색으로 변한 상태였다. 갈색 흙먼지가 땀과 엉켜 그의 얼굴에 흘러내리는 모습을 보자, 그가 얼마나 기진맥진한지 알 것 같았다. 그도 다른 사람들처럼 우울해 보였다. 그러나 어디서 뒤집어쓰고 왔는지 모를 흙먼지를 보자 호기심이 생겼다. 그것은 동굴 안의, 보라색이 도는 짙은 흙먼지와는 달랐다. 이안은 오늘 아침 동굴 밖에 다녀온 것이 분명했다.

"여기 있었군." 그는 우리를 보고 중얼거리더니 큰 보폭으로 성큼성큼 걸어왔다. 이안은 우리에게 와서도 발걸음을 늦추지 않았고, 오히려 내 팔꿈치를 잡더니 앞으로 나아갔다. "잠시만 숨어 있자."

그는 옥수수가 거의 다 자란 서쪽 텃밭으로 이어지는 좁은 동굴 입구로 나를 끌고 갔다. 그는 나를 더 이상 멀리 데려가지 않고, 중앙 광장에서 보이지 않도록 어둠 속으로 안내했다. 제이미가 내 팔을 가볍게 붙들고 있는 게 느껴졌다.

잠시 후, 커다란 동굴에서 깊은 목소리가 울려나왔다. 그다지 거칠지 않은 그 목소리는 오늘 아침에 만났던 사람들처럼 어둡고 우울했다. 우리가 숨은 틈새 가까이에서 그 목소리가 지나갔다. 이안은 내 팔꿈치를 꼭 잡아주었고, 나는 제러드와 카일의 목소리를 들을 수 있었다. 멜라니는 내게 힘껏 저항했고, 내 통제력은 미미했다. 우리 둘 모두 제러드의 얼굴을 보고 싶어했다. 이안이 나를 붙들고 있어서 다행이었다.

"…그를 왜 가만히 내버려두는지 모르겠어. 잘못 되면 모든 게 끝장이야." 제러드의 목소리였다.

"그는 이번에는 진짜라고 생각하고 있어. 너무나 확신하고 있다고…. 그가 언젠가 문제를 해결할지도 모르잖아." 카일은 제러드의 생각에 동의하지 않았다.

"그건 가정에 지나지 않아." 제러드가 콧방귀를 뀌었다. "그 브랜디를 찾아낸다면 좋을 텐데…. 의사는 밤이 될 때까지 상자를 모두 확인할 수 있을 거야."

"아마 곧 찾아내겠지." 카일이 말했다. 그의 목소리가 서서히 멀어지면서 희미하게 들렸다. "샤론이…." 그리고 그의 목소리는 더 이상 들리지 않았다.

이안은 목소리가 완전히 들리지 않을 때까지 기다린 다음, 조금 더 있다가 내 팔을 놓아주었다.

"제러드 형이 분명히 말했어요." 제이미가 이안에게 중얼거렸다.

"맞아. 하지만 우리 형은 반대했어." 이안이 대답했다.

그들은 밝은 곳으로 다시 걸어갔다. 나는 그들 뒤를 천천히 따라갔다.

이안은 내가 무슨 생각을 하는지 처음으로 알아맞혔다. "설거지는 안 돼." 그가 내게 말했다. "이번에는 다른 사람들에게 맡기도록 하자."

나는 그에게 왜 흙먼지투성이인지 물어보고 싶었지만, 그가 대답을 회피할 것 같았다. 나는 강물이 흐르는 욕실로 이어지는 동굴을 바라보며 생각에 잠겼다.

이안이 화를 내는 소리가 들렸다.

깜짝 놀라 그를 쳐다보자, 그는 나를 쳐다보며 다그치고 있었다.

이안은 내 턱을 들어 올릴 것처럼 손을 내밀었지만, 내가 움찔하자 금세 손을 떨어뜨렸다.

"생각만 해도 역겨워." 그는 속이 메스꺼운 듯한 목소리로 말했다. "뒤에서 지켜보는 입장만 아니었다면 내가 직접 나섰을 거야."

나는 그를 보며 고개를 가로저었다. "괜찮아요, 이안."

"난 그렇게 생각하지 않아." 그는 내게 중얼거리더니 제이미를 보며 말했다. "넌 이제 수업 받으러 가야겠구나. 가능한 한 빨리 모든 걸 예전처럼 정상적으로 되돌려야 해."

제이미가 신음소리를 냈다. "샤론 누나가 오늘 끔찍하게 굴 거예요."

이안이 씩 웃으며 말했다. "네가 안됐긴 하지만, 그러는 상대방도 이해해 줘야 해."

제이미는 한숨을 쉬며 괜스레 동굴 바닥을 발로 찼다. "나 없을 동안 완다를 잘 지켜줘요."

"그럴게."

다른 동굴로 사라지는 동안 제이미는 계속 우리를 뒤돌아보다 멀어져 갔다.

"그건 이리 줘." 이안은 내가 대답할 겨를도 없이, 들고 있던 설거지통을 가져갔다.

"별로 무겁지 않아요." 나는 그에게 말했다.

그는 다시 이를 드러내며 씩 웃었다. "넌 설거지통을 들고 있는데 내 손에 아무것도 들려 있지 않으면 기분이 이상해. 여자에게는 기사도 정신을 발휘해야지. 자, 사태가 조용해질 때까지 어디론가 가서 편안하게 쉬자."

그의 말을 듣자 마음이 불편했지만, 나는 말없이 그를 따라갔다. 이안은 왜 내게 기사도 정신을 발휘하는 걸까?

그는 옥수수 밭으로 가서 낮은 밭고랑 안으로 들어갔다. 나는 그를 뒤따라갔고, 이안은 밭 한가운데 어디선가 멈추더니 설거지통을 내려놓고 밭에 드러누워 버렸다.

"이곳에 잘못 온 거 아니에요?" 나는 그 옆에 앉으며 말했다. "일을 해야 하지 않아요?"

"넌 너무 열심히 일해, 완다. 하루도 쉬지 않고 일하는 건 너밖에 없어."

"어쨌든 할 일이 있으니까⋯." 나는 중얼거리며 말끝을 흐렸다.

"모두들 오늘은 쉬니까 너도 쉬도록 해."

나는 호기심 어린 눈길로 그를 쳐다보았다. 거울에 비친 햇빛이 옥수수를 통해 이중으로 그림자를 만들었고, 그에게 비치는 햇빛도 줄무늬를 만들고 있었다. 흙먼지투성이에 주름진 그의 얼굴이 창백하고 지쳐 보였다.

"일하다 온 것처럼 보여요."

그의 눈빛에 긴장감이 흘렀다. "하지만 지금은 이렇게 쉬고 있잖아."

"제이미는 무슨 일이 있는지 내게 말하려 하지 않아요." 나는 중얼거렸다.

"그렇겠지. 나도 아무 말 하지 않을 거야." 그는 한숨을 내쉬었다. "넌 알 필요 없는 일이야."

보라색이 도는 칙칙한 흙을 내려다보자, 뱃속이 뒤틀리며 메슥거렸다. 내가 알 필요 없다는 말이 최악으로 들렸지만, 내 상상력이 부족한 것인지도 몰랐다.

"네가 묻는 말에는 대답하지 않으면서, 내가 너에게 질문한다면 너무 부당할까?" 이안은 침묵을 깨며 내게 물었다.

관심을 다른 데로 돌릴 수 있는 그의 질문이 오히려 반가웠다. "아니에요, 물어 보세요."

그는 곧바로 질문하진 않았다. 왜 머뭇거리는지 궁금해 고개를 들어 그를 쳐다보자, 그는 고개를 떨어뜨린 채 손등으로 흙을 만지고 있었다.

"난 네가 거짓말쟁이가 아니라는 사실은 분명히 알아." 그는 조용한 목소리로 말했다. "네가 어떻게 대답하든 난 네 말을 믿어."

그는 손등에 묻은 흙을 계속 내려다보았고, 나는 잠자코 기다렸다.

"난 젭이 어제 했던 이야기를 믿지 않지만, 그와 의사는 확신하고 있어…. 완다?" 그는 나를 올려다보며 물었다. "멜라니가 아직 네 몸속에 존재하고 있는 거야?"

그건 더 이상 나만 알고 있는 비밀이 아니었다. 제이미와 젭 모두 사실을 알고 있었다. 그리고 중요한 비밀도 아니었다. 어쨌든 나는 이안이 나를 죽일 사람에게 그 사실을 누설했을 거라고는 생각하지 않았다. "맞아요, 멜라니는 아직 내 몸속에 살아 있어요." 나는 그에게 말했다.

그는 천천히 고개를 끄덕였다. "그건 널 위한 거야, 아니면 그녀를 위한 거야?"

"우리 둘 모두에게 힘든 일이에요. 처음에는 어떻게 해서든 그녀가 사라지게 하고 싶었지만, 지금은 익숙해졌어요." 나는 어색한 웃음을 지었다. "누군가와 함께 있는 게 좋을 때도 종종 있어요. 멜라니에게는 더 힘들 거예요. 여러 가지 면에서 자유롭지 못하니까요. 그녀는 내 머릿속에 갇혀 있죠. 그래도 그녀는 완전히 사라지는 것보다는 이 상태를 더 낫다고 생각하고 있어요."

"선택의 여지가 있다는 걸 몰랐는걸."

"처음에는 선택의 여지가 없었어요. 당신 종족인 인간들이 현실에 대해 더 이상 저항하지 않을 때에야 비로소 선택의 여지가 생긴 거예요. 어떤 일이 일어나는지, 현실을 직시하는 게 중요한 것 같아요. 놀라 뒤로 물러서는 인간들은 대항해서 싸우지 않아요."

"그렇다면 내가 만약 저들에게 잡히면 어떻게 될까?"

나는 이글거리며 불타는 그의 매서운 눈빛을 바라보았다.

"당신은 아마 사라지지 않을 거예요. 하지만 상황이 달라졌어요. 이제 그들이 성인을 붙잡으면 호스트로 사용하려 하지 않아요. 문제가 너무 많기 때문이죠." 나는 다시 어색한 웃음을 지었다. "나처럼 문제가 생기는 거죠. 마음이 약해지고 호스트를 동정하다가 결국 길을 잃는 거죠…."

그는 오랫동안 생각에 잠겼다. 때때로 나를 쳐다보기도 했고, 옥수수를 쳐다보다가 멍하니 앞을 바라보기도 했다.

"그럼 이제 저들이 날 잡으면 어떻게 할까?" 그가 마침내 침묵을 깨며 물었다.

"그들은 아직도 삽입을 실시할 거예요. 일반적 소울이 아니라 정보를 얻어내기 위해, 그들은 당신의 몸에 수색자를 삽입할 거예요."

그는 몸을 떨었다.

"하지만 그들은 당신을 계속 호스트로 두지는 않을 거예요. 그들이 원하는 정보를 얻든 얻지 못하든 그들은 당신을… 처분할 거예요." 그 말을 하기가 힘들었다. 생각만 해도 역겨웠다. 인간들의 일 때문에 속이 메스꺼워진다는 사실이 이상했다. 예전에는 호스트의 관점에서 생각해 본 적이 한 번도 없었다. 다른 행성에서는 절대 그런 일이 없었다. 올바르게 작동하지 않는 호스트는 재빨리 그리고 아무렇지도 않게 처분했다. 더 이상 달리지 못하는 차는 아무 소용이 없는 것과 마찬가지인 이유였다. 처분하지 않고 그냥 두어봐야 무슨 소용이 있겠는가? 정신 상태 때문에 호스트의 몸을 사용할 수 없는 경우도 있었다. 무언가에 대한 위험한 중독, 사악한 열망, 치료할 수 없는 정신질환을 앓고 있는 몸은 다른 이들에게 안전하지 못했다.

물론 지나치게 강한 의지를 가진 호스트도 곧바로 처분되었다. 하지만 이곳 지구에서는 변칙적이었다.

이안의 눈빛을 바라보자, 정복할 수 없는 정신을 결함으로 생각하는 게 얼마나 부당한지 알 것 같았다.

"그럼 네가 저들에게 잡히면 어떻게 돼?" 그가 내게 물었다.

"내가 누구인지 알게 되면… 아직도 누군가가 나를 찾고 있다면…." 이안이 그랬던 것처럼, 나는 수색자를 떠올리며 몸을 떨었다. "그들은 나를 끄집어내어 다른 호스트에 삽입할 거예요. 더 유순하고 어린 호스트의 몸에 삽입하겠죠. 그들은 내가 다시 내 모습을 찾기 바랄 거예요. 나를 이곳 지구 밖으로 내쫓을 수도 있겠죠. 더 이상 나쁜 영향을 받지 않도록."

"그럼 다시 너 자신이 될 수 있을까?"

나는 그와 눈빛이 마주쳤다. "난 지금도 나 자신이에요. 난 내 정체성을 멜라니에게 빼앗기지 않았어요. 내가 곰이나 꽃이 되어도, 난 여전히 똑같은 감정을 느낄 거예요."

"저들이 널 처분하지 않을까?"

"절대 그렇지 않아요. 우리는 우리 종족에게 가혹한 처벌을 하지 않아요. 사실, 어떤 처벌도 하지 않아요. 그들이 어떤 일을 하든, 모두 날 구하기 위해서예요. 예전에는 다른 방법이 없다고 생각했지만, 지금은 나 자신을 통해 그렇지 않다는 걸 증명하고 있으니까요. 나를 처분하는 게 옳아요. 나는 배신자예요, 그렇죠?"

이안은 입을 굳게 다물더니 다시 말을 이었다. "그보다는 이탈자라고 하는 편이 낫겠지. 넌 그들을 배신하지 않았어. 단지 그들의 사회를 떠난 것뿐이야."

다시 침묵이 흘렀다. 나는 그의 말을 사실이라고 믿고 싶었다. 이탈자라는 말을 곰곰이 되씹으며, 내가 한 일은 동족의 배반자로 간주될 만큼 나쁜 것은 아니라고 자신에게 중얼거렸다.

이안이 크게 숨을 내쉬는 소리에 나는 정신을 차렸다. "의사가 일어나면 찾아가서 네 얼굴을 보여주자." 그는 손을 뻗어 내 턱을 만졌지만, 나는 이번에는 움츠러들지 않았다. 그는 내 고개를 돌려 상처가 있는 부위를 살폈다.

"아무 문제없어요. 겉으로는 이렇게 보여도 사실 괜찮아요."

"그랬으면 좋겠는데, 상처가 심해 보여." 그는 한숨을 쉬더니 기지개를 켰다. "오랫동안 숨어 있었으니 형은 더 이상 신경 쓰지 않을 거야. 설거지하는 것 좀 도와줄까?"

이안은 평소처럼 내가 시냇가에서 설거지를 하도록 내버려 두지 않을 것이다. 그는 다른 사람의 눈에 띄지 않도록 컴컴한 물웅덩이에 가서 설거지를 하자고 제안했다. 내가 얕은 물웅덩이에서 접시를 닦는 동안, 그는 옷에 묻어 있는 흙먼지를 먼저 깨끗이 씻어낸 다음 설거지를 도와주었다.

설거지를 마치자, 그는 다시 나를 부엌으로 데리고 갔다. 부엌은 점심을 먹으러 온 사람들로 붐비기 시작했다. 메뉴는 아침보다 더 상하기 쉬운 음식들이었다. 얇게 썬 부드러운 흰 빵, 체다 치즈, 볼로냐소시지가 있었다. 사람들은 소시지 껍질을 벗기고 있었지만, 처진 어깨는 여전히 무거워 보였고 웃음소리도 들리지 않았다.

우리가 평소에 식사를 하는 식탁에서 제이미가 나를 기다리고 있었다. 샌드위치 두 개가 앞에 놓여 있었고, 그는 먹지 않고 가만히 앉아 있었다. 이안은 호기심 어린 눈빛으로 제이미를 쳐다보다가, 아무것도 묻지 않고 음식을 가지러 갔다.

나는 고집스럽게 앉아 있는 제이미를 쳐다보며 샌드위치를 한 입 베어 먹었다. 내가 씹기 시작하자마자 제이미도 먹기 시작했다. 이안이 곧 음식을 갖고 되돌아왔고 우리는 아무 말도 하지 않고 식사를 했다. 음식이 너무 맛있었기 때문에 서로 이야기를 나누거나 다른 일을 할 겨를이 없었다.

나는 두 조각을 먹고 멈추었지만, 제이미와 이안은 배가 아플 정도까지 실컷 먹었다. 이안은 피곤 때문에 곧 쓰러질 것처럼 보였고, 졸지 않으려고 애써 두 눈을 부릅뜨고 있는 듯했다.

"다시 수업 들으러 가야지." 이안이 제이미에게 말했다.

제이미는 그의 표정을 살피며 말했다. "내가 완다를…"

"수업 들으러 가." 나는 그의 말을 막으며 재빨리 말했다. 나는 제이미가 나와 떨어져 지내기를 바랐다.

"나중에 보자. 그리고 아무 걱정도 하지 마…"

"물론이지." 한 마디의 짧은 거짓말이었지만 마치 진심처럼 들렸다. 아니면 내가 비꼬는 것인지도 몰랐다.

제이미가 가고나자 나는 졸고 있는 이안에게 고개를 돌렸다. "가서 좀 쉬어요. 난 괜찮을 거예요. 옥수수 밭 같이 사람들 눈에 잘 띄지 않는 곳에 가 있을게요."

"어젯밤엔 어디에서 잤어?" 그가 물었다. 반쯤 감긴 눈이었지만 놀라울 정도로 날카로운 눈빛이었다.

"그건 왜요?"

"내가 네 옆에서 자면 사람들의 눈에 띄지 않을 거야."

목소리를 낮추고 중얼거리던 우리는 이제 거의 속삭이고 있었다. 하지만 우리들에게 주의를 기울이는 사람은 아무도 없었다.

"매 순간 나를 지켜줄 수는 없어요."

"내기할까?"

나는 그에게 승복하며 어깨를 으쓱했다. "어젯밤에… 감방에서 잤어요. 맨 처음 내가 머물던 곳이죠."

이안은 얼굴을 찡그렸다. 그는 그곳을 좋아하지 않았다. 하지만 그는 자리에서 일어나 저장실이 있는 복도로 걸어가기 시작했다. 중앙 광장은 다시 사람들로 붐비고 있었는데, 모두들 우울한 표정으로 시선을 떨어뜨리고 있었다.

어두운 동굴 안으로 들어오자, 나는 다시 이안에게 물었다.

"이안, 도대체 이게 무슨 소용이 있을까요? 내가 더 오래 살아 있을수록 제이미에게 더 큰 상처를 주지 않을까요? 결국 그는 더 아파할 거예요. 내가 만약…."

"그렇게 생각하지 마, 완다. 우리는 짐승이 아니야. 왜 네가 반드시 죽는다고 생각해?"

"당신들이 짐승이라고 생각하지 않아요." 나는 조용히 말했다.

"고마워. 하지만 비난하려는 생각은 없어. 하지만 네가 비난한다고 해도 탓하지는 않을 거야."

그때 우리의 대화는 끊겼다. 바로 그 순간, 우리는 동굴 다음 모퉁이에서 창백한 불빛을 보았다.

"쉿…." 이안이 숨을 죽이며 말했다. "여기서 기다려."

그는 내 어깨를 부드럽게 누르며 나를 그 자리에 앉혔다. 그런 다음 그는 발소리를 죽이지 않고 앞으로 터벅터벅 걸어갔다. 모퉁이를 돌자 그의 모습은 더 이상 보이지 않았다.

"제러드?" 깜짝 놀란 척하며 그를 부르는 이안의 목소리가 들렸다.

가슴이 무겁게 내려앉았다. 두려움보다는 고통이 더 컸다.

"너랑 함께 있다는 것 알아." 제러드가 말했다. 그는 중앙 광장과 이곳 사이에 있는 사람들이 들을 수 있도록 큰 소리로 말했다. "어디 있는지 모르겠지만, 당장 이곳으로 나와." 제러드의 목소리는 험악했고 마치 나를 조롱하는 듯했다.

29

배반하다

나는 도망쳐야 할지 말아야 할지 갈등하며 자리에 앉아 있었다. 제러드는 차갑고 화난 목소리로 나를 불렀다. 조심스럽게 모퉁이를 돌고 푸른 불빛이 보이자, 멜라니는 나보다 더 간절히 그를 보기를 원했다. 나는 그곳에서 머뭇거렸다.

이안은 1, 2미터 정도 앞에 있었고, 제러드가 내게 어떤 악의적인 행동을 해도 막을 수 있도록 긴장감을 늦추지 않은 상태였다.

제러드는 제이미와 내가 이곳에 두고 간 침낭 위에 앉아 있었다. 그는 이안처럼 지쳐 보였지만, 눈빛만은 경계심으로 번쩍였다.

"그냥 그것과 이야기하고 싶어." 제러드가 이안에게 말했다. "제이미에게 약속했고, 그 약속은 반드시 지킬게."

"카일 형은 어디 있어?" 이안이 물었다.

"코를 어찌나 크게 골고 자는지 동굴 안이 흔들릴 정도야."

이안은 꼼짝도 하지 않았다.

"분명히 약속하지만 절대 저것을 죽이지는 않을게, 이안. 젭의 말이 옳아. 상황이 아무리 엉망이 되었다 해도, 제이미를 생각해야지. 그 애는 딴 생각에 빠져서 조만간 내 얘기를 들으려 하지도 않을 거야."

"딴 생각을 하고 있는 사람은 아무도 없어." 이안이 으르렁거렸다.

제러드는 손을 내저으며 그렇지 않다고 강변했다. "내가 말하고 싶은 건, 저건 위험에 처해 있지 않다는 거야." 그는 처음으로 나를 쳐다보며 말했다. 나는 벽에 바싹 붙어 있었다. "널 다시 해치지 않을게." 그가 내게 말했다.

나는 한 발자국 앞으로 다가갔다.

"원하지 않으면 얘기할 필요 없어, 완다." 이안이 재빨리 말했다. "의무적으로 해야 할 일은 아니야. 너에겐 선택권이 있어."

제러드의 눈썹이 밑으로 내려왔다. 이안의 말을 듣고 혼란스러워하는 것 같았다.

"괜찮아요. 얘기할게요." 나는 낮은 목소리로 중얼거리며 한 걸음 더 앞으로 다가갔다. 제러드는 손바닥을 위로 올린 다음, 내게 앞으로 오라는 손짓을 했다.

나는 천천히 걸어갔다. 단번에 걸어가지 못하고 한 발자국 내디딜 때마다 멈추어 섰다. 그리고 그에게 1미터 정도 떨어진 지점에서 멈추었다. 내가 발걸음을 옮길 때마다, 이안이 그림자처럼 내 뒤를 따라왔다.

"괜찮다면 단둘이 이야기하고 싶어." 제러드가 이안에게 말했다.

이안은 그 자리에서 꼼짝도 하지 않았다. "안 괜찮아."

"아니에요. 난 괜찮으니까 가서 잠 좀 자도록 해요." 나는 그의 팔을 가볍게 밀었다.

이안은 의아한 표정으로 내 얼굴을 자세히 들여다보았다. "제이미를 볼 모로 잡고 널 죽이려는 게 아닐까?" 그가 내게 물었다.

"아니에요. 제러드는 이런 일로 제이미에게 거짓말을 하지 않을 거예요."

내가 그의 이름을 부르자 제러드는 얼굴을 찌푸렸다.

"부탁이에요, 이안. 이 사람과 이야기하고 싶어요." 나는 이안에게 간곡히 부탁했다.

이안은 한참동안 나를 바라보더니 제러드를 매섭게 쏘아보았다.

"완다라는 이름이 있으니 '저것'이라고 부르지 마. 그녀 몸에 손을 대거나 상처를 입히면 내가 두 배로 갚아 줄 거야." 그는 명령조로 분명히 말했다.

그가 협박하는 모습을 본 나는 움츠러들었다.

이안은 갑자기 몸을 돌리더니 어둠 속으로 사라져갔다.

우리는 이안이 사라진 텅 빈 공간을 바라보며 잠시 침묵을 지켰다.

제러드가 계속 이안이 떠난 곳을 응시하는 동안, 나는 그의 얼굴을 쳐다보았다. 그가 고개를 돌려 눈빛이 마주치자, 나는 얼른 시선을 떨어뜨렸다.

"저런. 이안의 말이 농담이 아니군, 그렇지?"

나는 그의 질문이 가식적이라고 생각했다.

"자리에 앉는 게 어때?" 그는 침낭을 가볍게 두드리며 말했다.

나는 잠시 생각하다가, 감방 가까운 벽 쪽으로 걸어갔다. 그리고 그와 거리를 유지하며 침낭 위에 앉았다. 멜라니는 내 태도를 좋아하지 않았다. 내가 좀 더 가까이 앉아 그의 체취와 체온을 느끼기 바랐다.

나는 그러고 싶지 않았다. 그가 나를 해칠지도 모른다는 두려움 때문은 아니었다. 그는 화나 보이지 않았고, 단지 피곤하고 지쳐 보였다. 난 그저 그에게 더 가까이 다가가고 싶지 않았을 뿐이었다. 그에게 더 가까이 다가가면 마음 한구석이 아파왔다.

그는 고개를 한쪽으로 기울인 채 나를 쳐다보았다. 그와 눈빛이 언뜻 마주치자 나는 고개를 돌려버렸다.

"어젯밤엔 미안했어. 네 얼굴을 다치게 하지 말았어야 했는데."

나는 주먹을 쥔 채 무릎 위에 얹은 두 손을 가만히 바라보았다.

"날 두려워할 필요는 없어."

나는 그를 쳐다보지 않고 고개를 끄덕였다.

"네가 나와 이야기하고 싶어 한다고 생각했어."

나는 어깨를 으쓱했다. 우리 둘 사이에 느껴지는 반감 때문에 나는 목소리를 낼 수 없었다.

그가 움직이는 소리가 들렸다. 그는 침낭 밑으로 내려와, 멜라니가 원하던 대로 내 바로 옆에 앉았다. 그가 너무 가까이 있어서 생각을 집중할 수도 없고 숨도 제대로 쉴 수 없었다. 하지만 나는 옆으로 비껴 앉을 수 없었다. 이상하게도, 그와 가까이 앉기 원했던 멜라니가 갑자기 짜증을 냈다.

'왜 그래?' 그녀가 갑자기 긴장하자 나는 깜짝 놀라 물었다.

'그가 네 옆에 앉는 게 싫어. 기분이 이상해. 네가 그 옆에 앉고 싶어 하는 것도 싫어.' 문명세계를 떠나 이곳으로 온 이후 처음으로, 그녀가 내게 적대감을 드러냈다. 나는 적잖이 충격을 받았다. 그건 정당하지 못했다.

"한 가지 물어볼 게 있어." 제러드가 우리의 대화에 끼어들며 물었다.

그의 눈빛을 쳐다보던 나는 곧 시선을 돌렸다. 그의 매서운 눈빛과 멜라니의 분개한 모습이 나를 움츠러들게 했다.

"내가 뭘 물어보려는지 알 거야. 젭과 제이미가 밤새도록 내게 했던 이야기니까."

나는 어젯밤 베개로 썼던 쌀자루를 응시하며 질문을 기다렸다. 그가 손을 올리는 모습이 곁눈으로 보였고 나는 다시 벽 쪽으로 움츠러들었다.

"난 널 해치지 않아." 그는 조바심치며 반복해서 내게 말했다. 그는 내 턱을 움켜잡으며 자신을 똑바로 보게 했다.

그의 손길에 닿자 심장이 빨리 뛰기 시작했고, 눈에는 눈물이 고였다. 나는 눈물을 참으려 애썼다.

"완다." 그는 내 이름을 천천히 불렀다. 그의 목소리는 침착하고 변함이 없었지만, 내 이름을 부르는 게 내키지 않는 게 분명했다. "멜라니가 아직 너의 일부로 살아 있어? 사실대로 말해 줘."

멜라니가 강인한 힘으로 나를 공격했다. 갑작스런 두통처럼, 그녀가 뛰쳐나가려던 곳에 통증이 느껴졌다.

'이러지 마! 도대체 왜 그래?'

꼭 다문 그의 입술과 긴장된 눈빛을 보자 분명히 알 수 있었다. 내가 무슨 말을 하든 혹은 그녀가 무슨 말을 하든 상관없었다.

'난 이미 그에게 거짓말쟁이야.' 나는 멜라니에게 말했다. '그는 사실을 알기 원하지 않아. 그는 내가 거짓말쟁이고 수색자라는 걸 젭과 제이미에게 밝힐 수 있는 증거를 찾고 있는 것뿐이야. 그래야 날 죽일 수 잇을 테니까.'

멜라니는 아무 대답도 하지 않으려 했고 내 말을 믿으려고도 하지 않았다. 그녀가 침묵을 지키고 있는 모습을 바라보는 것은 고역이었다.

제러드는 내 이마에 맺힌 땀방울을 쳐다보았다. 잔뜩 긴장한 나의 등으로 땀방울이 흘러내렸고, 그는 눈을 가늘게 떴다. 제러드는 내가 얼굴을 돌리지 못하도록 턱을 움켜잡았다.

'제러드, 사랑해. 나 여기 있어.' 멜라니가 소리치려 했다.

내 입술은 떨리지 않았지만, 제러드가 내 눈빛을 읽지 못하는 것을 보고 실망감을 느꼈다.

그가 내 대답을 기다리는 동안 시간은 천천히 흘러갔다. 그의 눈빛을 똑바로 쳐다보는 것, 눈빛에 이글거리는 혐오감을 응시하는 건 고통스러웠다. 멜라니의 분노는 더 깊숙이 내 몸 안으로 들어왔다. 그녀의 질투가 넘쳐흘러 온몸이 혼탁해졌다.

시간이 더 흐르자, 나는 더 이상 눈물을 참을 수 없었다. 눈물이 내 빰 위로 흘러 제러드의 손바닥에 떨어졌다. 하지만 그의 표정에는 아무런 변화가 없었다.

마침내 나는 눈물을 그쳤다. 나는 눈을 감고 고개를 숙였다. 그는 대답을 강요하는 대신 손을 떨어뜨렸다.

제러드는 낙담하며 한숨을 쉬었다. 나는 그가 떠날 거라고 예상했다. 그가 떠나기를 기다리며 나는 다시 내 손을 내려다보았다. 심장 박동이 갈수록 더 빨라졌다. 그는 미동도 하지 않고 가만히 앉아 있었다. 나도 움직이지 않고 그대로 있었다. 그는 마치 내 옆에 놓인 돌에 새겨진 무늬처럼 꼼짝도 하지 않았다. 그의 딱딱한 표정과 빛나는 눈빛도 돌과 하나가 된 것처럼 잘 어울렸다.

멜라니는 달라진 제러드의 모습을 바라보며 그의 예전 모습을 떠올렸다. 그리고 그녀는 어느 특별한 날을 기억해냈다….

"아, 좋다." 제러드와 제이미가 함께 편안하게 한숨을 쉰다.

제러드는 가죽 소파 위에 빈둥거리고 있고 제이미는 소파 앞에 깔린 카펫 위에 드러누워 있다. 그들은 텔레비전의 대형 화면으로 농구 경기를 보고 있다. 이 집에 살고 있는, 소울에게 몸을 빼앗긴 인간은 일을 하러 나갔고, 우리는 이미 차에 음식물을 가득 채웠다. 다시 도망치기 전 몇 시간 동안 여유가 있다.

텔레비전 화면에는 두 선수가 사이드라인 부근에서 예의 바르게 이야기하는 모습이 나오고 있다. 카메라맨이 가까이 있어서, 두 선수가 하는 말이 그대로 중계된다.

"공은 내 손을 맞고 나갔어. 너희 팀 공이야."

"그렇지 않아. 부당하게 공격권을 갖고 싶진 않아. 테이프를 다시 돌려보는 게 좋을 것 같아."

선수들은 악수를 하고 서로를 어깨를 가볍게 두드려 준다.

"말도 안 돼. 너무 우스꽝스러워." 제러드가 투덜거린다.

"도저히 눈 뜨고 봐줄 수가 없어." 제이미는 제러드의 어투를 그대로 따라하며 말한다. 그는 하루가 다르게 제러드를 닮아가고 있다. 그를 우상으로 생각하기 때문이리라. "다른 볼 만한 거 있어?"

제러드가 몇몇 채널을 돌리자 트랙 경기를 하는 모습이 나온다. 소울에게 몸을 빼앗긴 인간들이 아이티에서 올림픽 경기를 하고 있다. 외계인들은 모두 흥분을 감추지 못하는 모습이다. 많은 외계인들이 올림픽기를 대문에 게양했다. 그러나 올림픽 게임은 예전과 똑같지 않다. 참가하는 모든 사람들이 메달을 딴다. 애처로운 풍경이다.

그러나 100미터 달리기 만큼은 왜곡되지 않았다. 소울에게 몸을 빼앗긴 인간들이 서로 경쟁하며 달리는 모습은 훨씬 흥미진진하게 느껴진다. 각각의 레인에서 따로 달리기 때문에 상대방을 의식하지 않고 실력대로 달리고 있다.

"멜라니, 이리 와서 좀 쉬어." 제러드가 그녀를 부른다.

내가 항상 문 뒤에 서 있는 것은 습관 때문이다. 언제든 도망칠 수 있도록 긴장하기 때문도 아니고, 겁을 먹고 있기 때문도 아니다. 그저 습관일 뿐이다.

나는 제러드에게 간다. 그는 나를 무릎에 앉히며 머리를 꼭 안아준다.

"편안해?" 그가 내게 묻는다.

"응." 나는 정말, 진정으로 편안하다. 이곳 낯선 자의 집 안에서.

아빠는 재미있는 이야기를 많이 들려주곤 했는데, 때로는 자신만의 언어로 이야기하기도 했다. 설상(雪上) 스쿠터 스물세 대, 샐러드 데이, 참견쟁이들, 신선한 판지상자, 개똥지빠귀 자리, 초콜릿 차 주전자, 계란을 핥아 먹는 할머니에 대한 이야기를 하곤 했다. 아빠가 가장 좋아하는 표현은 '집처럼 안전하다'는 것이었다.

엄마는 내게 자전거 타는 법을 가르쳐주면서 걱정스러운 목소리로 내게 말했다. '편안하게 생각하렴. 이 길은 집처럼 안전하단다.' 그리고 제이미에게 불을 끄고 자라며 이렇게 말했다. '아들아, 이곳도 괴물처럼 위험하지 않고 집처럼 안전하단다.'

그러다 하룻밤 사이에 세상은 악몽으로 변했고, 그 표현은 제이미와 내게 쓸쓸한 농담이 되었다. 집은 우리에게 가장 위험한 장소가 되었기 때문이다.

소나무 숲 뒤에 숨어 있을 때, 격리된 집 차고에서 자동차가 나오는 걸 지켜볼 때, 음식을 훔치기에 너무 아슬아슬하지 않은지 판단해야 할 때, 우리는 이렇게 말하곤 했다.

'저 소울들은 오랫동안 집을 비울까?'

'아니, 저곳은 집처럼 안전해. 얼른 이곳에서 나가자.'

마치 5년 전처럼 나는 이곳에 앉아 텔레비전을 보고 있다. 그때 나는 쥐가 우글거리는 하수구 안에서 제이미와 함께 밤을 새리라고는 생각도 하지 못했다. 그리고 마른 콩과 차갑게 식은 스파게티를 훔쳐간 도둑을 잡기 위해 수색자들이 손전등을 들고 돌아다니리라고도 생각지 못했다.

제이미와 내가 앞으로 20년 동안 살아남는다 해도, 우리는 안전하다는 감정을 다시는 느낄 수 없을 것이다. 행복하다는 감정은커녕 편안함도 다시 느껴보지 못할 것이다. 그런 감정은 이 생에 두 번 다시 느낄 수 없을 것 같았다.

하지만 제러드만 곁에 있으면 나도 모르게 그런 감정들이 느껴진다.

나는 그의 체취를 맡고, 그의 따뜻한 체온을 느낀다.

제러드는 모든 것을 안전하고 행복하게 만든다. 심지어 집까지도.

'그만 곁에 있으면 난 여전히 안전하다고 느껴.' 멜라니는 내 곁에 앉아 있는 그의 따뜻한 체온을 느끼며 말했다. '하지만 그는 내가 이곳에 있다는 사실도 알아차리지 못해.'

하지만 나는 안전하다고 느끼지 않았다. 제러드를 사랑하는 것은 내게 그 어떤 것보다 위험한 일일 것이다.

제러드가 옛날 모습 그대로였다면 멜라니와 나는 그를 사랑했을까? 우리의 기억 속에 있는 제러드는 항상 환하게 미소 짓고 있었고, 멜라니에게 희망과 기적을 가져다주었다. 그가 예전부터 혹독하고 냉소적이었다면, 멜라니는 그를 따라갔을까? 제이미가 부모님을 잃고 변한 것처럼, 제러드도 항상 웃던 그의 아버지와 형들을 잃은 후에 냉혹한 모습으로 변한 것일까?

'물론이지.' 멜라니는 확신했다. '제러드가 어떤 모습이었든 난 그를 사랑했을 거야. 난 지금 그의 모습도 사랑해.'

나도 멜라니와 똑같은 생각일지 궁금했다. 그녀의 기억 속에 그런 모습이었다면 나도 지금 그를 사랑하는 걸까?

나와 멜라니의 대화는 갑자기 중단되었다. 내가 아무런 결론도 내리지 못하는 사이, 제러드는 나와 계속 대화를 나누던 사람처럼 불쑥 이야기를 시작했다.

"네 이야기를 들은 젭과 제이미는 저들에게 잡힌 이후에도 의식을 계속 유지하는 게 가능하다고 생각하고 있어. 그들 둘은 멜라니가 아직 살아 있다고 믿고 있지."

그는 주먹으로 내 머리를 가볍게 두드렸다. 내가 뒤로 움츠러들자 그는 팔짱을 꼈다.

"제이미는 멜라니가 네게 말을 한다고 생각해." 그는 눈을 크게 뜨며 말했다. "아이에게 그런 말을 하는 건 부당하지만 윤리적으로도 옳지 못해."

나는 두 팔로 몸을 감싸 안았다.

"젭이 하는 이야기는 더 어처구니없어. 넌 뭘 뒤쫓고 있는 거지? 수색자들은 방향을 잘못 잡은 것 같고, 실제로 수색을 하는 것 같지도 않아. 그들이 찾고 있는 건 우리가 아니라 너야. 그들은 너에게 무슨 일이 있는지 잘 모르는 것 같아. 혹시 무소속으로 스파이 짓이라도 하는 거야? 아니면…."

그의 어리석은 생각에 모르는 척 아무 대답도 하지 않는 편이 나을 것 같았다. 나는 내 무릎을 뚫어지게 쳐다보았다. 보라색이 도는 짙은 흙이 잔뜩 묻어 여느 때처럼 지저분했다.

"아마 그들 말이 사실일 수도 있겠지."

예상했던 것과는 달리, 그는 소름이 돋은 내 팔을 손끝으로 가볍게 만졌다. 다시 말문을 열었을 때, 그의 목소리는 한층 더 부드러웠다. "이제 아무도 널 해치지 않을 거야. 네가 아무 문제도 일으키지 않는 한…." 그는 어깨를 으쓱했다. "그들이 무슨 말을 하려는지 이해할 수 있지만, 틀렸을 수도 있어. 그럴듯한 이유가 없어. 다만 제이미가…."

나는 고개를 번쩍 들었다. 그는 날카로운 눈빛으로 내 반응을 살폈다. 나는 관심을 보인 것을 후회하며 다시 고개를 숙이고 무릎을 내려다보았다.

"제이미가 너무 마음을 주고 있어서 두려워." 제러드가 중얼거렸다. "그를 혼자 내버려 두지 말았어야 했는데, 그럴 줄은 상상도 하지 못했어…. 그리고 이제 어떻게 해야 할지 모르겠어. 그 애는 멜라니가 살아 있다고 생각해. 하지만 결국 그런 시간이 오면… 그 애는 어떻게 될까?"

그는 '그런 시간이 오면….'이라고 말했다. 그가 무슨 약속을 했든, 그는 오랫동안 나를 살려두지 않을 것이다.

"젭도 넘어갔다니 놀라워." 그는 곰곰이 생각하며 화제를 바꾸었다. "그는 신중한 사람이야. 쉽게 남에게 속아 넘어가지 않지. 적어도 얼마 전까지는."

그는 잠시 생각에 잠겼다.

"이야기할 게 별로 없군, 그렇지?"

다시 긴 침묵이 이어졌다.

그러다 갑자기 그가 다시 말문을 열었다. "만약 그들이 옳다면 어떻게 해야 되냐는 생각 때문에 괴로워. 도대체 그걸 어떻게 알 수 있을까? 그들의 주장하는 논리는 일리가 없어. 다른 설명이 필요해."

멜라니는 다시 말하기 위해 고군분투했다. 지난번보다 악의적이지 않았고, 밖으로 튀어나오려고도 하지 않았다. 나는 손을 단단히 쥐고 입술을 꼭 다물었다.

제러드는 벽에 기대고 있던 몸을 움직여 나를 쳐다보았다. 나는 곁눈으로 그의 동작을 살폈다.

"왜 이곳에 있는 거야?" 그가 낮은 목소리로 물었다.

나는 고개를 들고 그의 얼굴을 엿보았다. 온화하고 친절해 보이는, 멜라니가 기억하는 모습 그대로였다. 자제력이 흔들리는 게 느껴졌고, 입술이 떨렸다. 나는 있는 힘을 다해 두 손을 단단히 붙잡았다. 그의 얼굴을 만지고 싶었다. 멜라니가 아니라 내가 원했다. 멜라니는 그것을 못마땅하게 여겼다.

'내 말을 듣고 싶지 않으면, 적어도 네 손이라도 단단히 쥐고 있어.' 멜라니는 내게 야유를 보냈다.

'나도 노력하고 있어. 미안해.' 멜라니에게 진심으로 미안했다. 그녀와 나 모두 마음이 아팠지만, 서로 다른 아픔이었다. 그 순간 누가 더 마음이 아픈지는 가늠하기 힘들 것 같았다.

다시 눈물이 고이자, 제러드는 호기심 어린 눈길로 나를 쳐다보았다.

"왜 그래?" 그가 부드러운 목소리로 물었다. "젭은 네가 이곳에 온 이유는 나와 제이미를 위해서라고 했는데, 정말 말도 안 되는 생각 아니야?"

내 입술이 반쯤 열렸다. 나는 재빨리 입을 닫았다.

제러드는 천천히 몸을 앞으로 기울여 두 손으로 내 얼굴을 잡았다. 나는 두 눈을 감았다.

"아무 말도 안할 거야?"

나는 고개를 가볍게 끄덕였다. 누가 그렇게 했는지 알 수 없었다. 내가 말하려 하지 않은 것일까 아니면 멜라니가 말할 수 없다고 한 것일까?

내 턱을 움켜잡은 그의 손에 힘이 들어갔다. 눈을 뜨자 그의 얼굴이 코앞에 있었다. 심장이 방망이질 쳤고 가슴이 덜컹 내려앉았다. 숨을 내쉬려 했지만 몸이 말을 듣지 않았다.

나는 그 눈빛의 의도를 알아차렸다. 그가 어떻게 움직이는지, 그의 입술이 어떻게 느끼는지 알 수 있었다. 그의 입술이 내게 와 닿았을 때, 다른 어느 때보다 더 큰 충격을 받았다.

그는 내 입술에 살짝 입 맞추려 했지만, 우리의 입술이 서로 만나자 사정은 달라졌다. 그의 입술은 돌연 거칠어졌고, 내 입술을 강하게 탐하며 내 얼굴을 어루만졌다. 머릿속의 기억과는 다른, 훨씬 더 강렬한 감정이 나를 감쌌고 머리가 어지러웠다.

몸이 반란을 일으켰다. 나는 더 이상 몸을 제어할 수 없었고, 몸이 나를 제어했다. 그것은 멜라니의 의도도 아니었다. 몸은 우리 둘보다 더 강했다. 우리의 호흡소리가 메아리쳤다. 나는 거칠게 숨을 몰아쉬었고 제러드는 마치 으르렁거리는 것처럼 맹렬하게 내게 키스했다.

내 팔은 통제에서 벗어났다. 나는 왼손으로 그의 얼굴을 만지고 머리칼을 쓰다듬었다.

오른손은 더 빠르게 움직였다. 그것은 더 이상 내 손이 아니었다.

순간 멜라니는 그가 내 얼굴을 쳐다보지 못하도록 주먹으로 그의 턱을 쳤다. 쿵, 하는 둔탁한 소리가 났다. 살과 살이 부딪히면서 긴장감과 분노가 일었다.

그 힘은 그를 밀어낼 만큼 강하지는 않았지만, 우리의 입술이 서로 닿지 않는 순간 그는 뒤로 물러났다. 제러드는 겁에 질린 내 얼굴을 보고 거칠게 숨을 몰아쉬었다.

나는 팔 위로 기어 올라오는 전갈이라도 발견한 것처럼 주먹을 불끈 쥐고 있었다. 가쁜 숨이 목구멍까지 차올랐다. 멜라니가 내 몸을 이용해 더 이상 폭력을 쓰지 못하도록 나는 왼손으로 오른쪽 손목을 움켜잡았다.

제러드를 올려다보았다. 그는 움켜쥔 내 손을 바라보고 있었다. 두려움은 희미해지고 놀라움이 그 자리를 대신했다. 바로 그 순간, 그는 완전히 무방비 상태였다. 넋 나간 그의 얼굴을 보자 나는 비로소 그의 생각을 읽을 수 있었다.

이것은 그가 예상했던 상황이 아니었다. 그는 다른 것을 기대했을 것이 분명하다. 이것은 시험이었다. 그가 나를 평가하기 위해 준비한 시험이었고, 그 결과를 자신했을 것이다. 그러나 제러드는 예상치 못한 결과에 깜짝 놀란 모습이었다.

시험을 통과했다는 걸까, 아니면 그렇지 않다는 걸까?

마음이 아파왔다. 가슴이 부서질 만큼 상심한다는 표현이 과장이 아님을 나는 이제 깨달을 수 있었다.

이런 상황에서 내겐 선택의 여지가 없었다. 이번에도 도망쳐야만 했다. 어두운 동굴 입구를 향해 달려간 다음, 상자로 가득 찬 구멍 안으로 들어갔다.

상자를 벽과 바닥으로 밀어붙이자 요란하게 부스럭거리는 소리가 났다. 나는 도저히 공간이 생기지 않은 것처럼 보이는 그곳에서 계속 꿈틀거리며 상자를 옆으로 밀어냈다. 그가 손으로 내 발목을 잡았을 때, 나는 딱딱한 상자를 차버렸다. 그의 신음소리를 듣자 좌절감이 밀려왔다. 그를 다치게 할 생각도 없었고, 칠 의도도 없었다. 난 단지 도망치려 했을 뿐이었다.

구멍 속으로 더 이상 들어갈 수 없다는 것을 깨닫고 더 이상 상자를 밀 수 없을 때에야 비로소, 나 자신이 흐느껴 우는 소리를 들을 수 있었다. 고통스러워하며 우는 내 목소리를 듣자 굴욕감이 들었다.

창피했다. 나 자신이 두려웠다. 의식적이든 무의식적이든 내 몸을 통해 폭력을 행사한 것이 두려웠지만, 그 때문에 흐느껴 우는 건 아니었다. 그것이 시험이었다는 사실 때문에 울었다. 이 모든 것이 현실이기를 바랐던 나는 정말 바보 같고 쉽게 감정에 치우치는 보잘 것 없는 생명일 뿐이었다.

멜라니는 내 안에서 몸부림치며 괴로워했다. 우리 둘의 이중적인 고통을 이해하기란 힘들었다. 그것이 현실이 아니라는 생각에 너무 괴로워 죽을 것만 같았다. 반면 멜라니는 너무 현실적이었기 때문에 죽을 만큼 괴로워했다. 오래전 그녀의 세상이 끝났을 때부터 지금까지, 그녀는 한 번도 배신감을 느낀 적이 없었다. 그녀의 아버지가 수색자를 앞세우고 자식들을 찾아왔을 때, 그녀는 인간의 몸 안으로 들어온 소울이 자신의 아버지가 아니라는 사실을 알았다. 배신감은 없었고 단지 슬펐을 뿐이었다. 그녀의 아버지는 죽었다. 그러나 제러드는 죽지 않고 살아 있는 상태였다.

'아무도 널 배신하지 않았어. 어리석게 굴지 마, 멜라니.' 나는 그녀에게 말했다. 그녀가 더 이상 슬퍼하지 않기를 바랐다. 그렇지 않아도 이미 너무 힘들고 괴로웠다. 내 짐만으로도 충분히 버거웠다.

'어떻게 그가 그럴 수 있어? 도대체 어떻게…' 그녀는 못 들은 척하며 마구 고함쳤다.

우리는 울음을 참지 못하고 함께 흐느껴 울었다.

그때 우리의 흥분을 잠재운 말 한 마디가 들려왔다.

감방 입구에서 들리는 그 소리는 제러드의 목소리였다. "멜라니?" 그 목소리는 마치 어린아이의 그것처럼 연약하고 마음 아프게 들렸다.

30
단축하다

"멜라니?" 그는 방금 전 그 목소리로 다시 물었다.

그의 목소리를 듣자 또 다시 흐느낌이 올라왔다.

"널 위해서였어, 멜라니. 저것을 위한 게 아니었어. 내가 저것에게 키스하지 않았다는 건 너도 알 거야."

흐느낌은 더 커져 신음소리로 변했다. 왜 나는 가만히 있지 못했을까? 나는 숨을 죽이고 울음을 참았다.

"만약 네가 거기 있다면, 멜라니…" 제러드가 말을 멈추었다.

멜라니는 만약이라고 단정하는 게 싫었다. 다시 흐느낌이 터져 나왔고, 나는 이를 악물며 눈물을 삼켰다.

"사랑해." 제러드가 말했다. "네가 거기 없다 해도, 내 목소리를 듣지 못해도, 난 널 사랑해."

나는 다시 숨을 죽였고, 입술을 너무 세게 깨물어 피가 났다. 육체적인 고통이 아무리 심해도 마음의 고통을 잊게 하지는 못했다.

감방 밖은 조용했고, 감방 안에도 정적이 흘렀다. 나는 주변에서 들리는 소리에 귀를 기울였다. 아무 생각도 할 수 없었다. 그리고 주변에는 아무 소리도 들리지 않았다.

나는 기이한 자세로 뒤틀려 있었다. 머리는 밑으로 처박혀 있었고, 얼굴 오른쪽은 거친 바위 바닥에 눌려 있었다. 어깨는 상자 모퉁이에 비스듬하게 기대고 있었고, 오른쪽 어깨가 왼쪽 어깨보다 높이 올라간 채였다. 반대 방향으로 향하고 있는 두 다리 중 왼쪽 종아리는 천장을 향하고 있었다. 상자에 이리저리 부딪히는 바람에 온몸에 멍이 들었다. 이안과 제이미에게 왜 온몸이 멍투성이인지 설명할 수 있는 변명을 찾아야 할 것이다. 도대체 뭐라고 말해야 할까? 마치 실험용 쥐에게 전기 충격을 가하고 반응을 지켜보듯이, 제러드가 내게 시험 삼아 키스했다는 걸 그들에게 어떻게 말할 수 있을까?

그리고 이러한 자세로 얼마나 오랫동안 버틸 수 있을까? 아무 소리도 내고 싶지 않았지만, 척추가 곧 끊어질 것 같았다. 시간이 흐를수록 통증을 견디기가 더 힘들어졌다. 아무 소리도 내지 않고 더 이상 오랫동안 참을 수 없을 것이다. 벌써 울음소리가 목구멍까지 올라오고 있었다.

멜라니는 내게 아무 말도 하지 않았다. 그녀는 안도감과 분노를 마음속으로 조용히 삭이고 있었다. 제러드는 그녀에게 말을 걸었고, 마침내 그녀의 존재를 알아차렸다. 그는 그녀에게 사랑한다고 말했다. 그러나 그가 키스한 상대는 바로 나였다. 그녀는 그 사실 때문에 상처 받을 이유는 없다고 스스로를 다독였고, 질투심 따위를 느낄 이유도 전혀 없다고 중얼거렸다. 그러나 그렇지 않다는 걸 알고 있었다. 나는 그 모든 이야기를 들을 수 있었지만, 그녀는 안으로 삭였다. 그녀는 내게 아무 말도 하지 않았다. 나를 피하며 차갑게 대했다.

이상하게도 그녀를 향해 분노가 치밀었다. 그녀를 두려워하며 내 머릿속에서 사라지기 바라던 처음 단계 때와는 다른 감정이었다. 그렇다, 나는 배신당한 느낌이 들었다. 그런 일이 일어났다고 해서 어떻게 그녀는 내게 화를 낼 수 있을까? 도대체 말이 되는가? 그녀가 내게 강요한 기억 때문에 그와 사랑에 빠져 혼란스러워 하는 게 내 잘못일까? 그녀가 괴로워하는 모습을 보며 나는 마음 아파했지만, 내 고통은 그녀에게 아무 의미도 없었다. 그녀는 오히려 내 고통을 즐기고 있었다. 정말 사악한 감정이었다.

눈물이 소리 없이 내 뺨을 타고 흘러내렸다. 나를 향한 그녀의 적대감이 머릿속에서 치밀어 올랐다.

멍들고 뒤틀린 등이 갑자기 끊어질 것처럼 아팠다.

나는 신음소리를 내며, 바위와 상자에 손을 짚고 몸을 뒤로 밀었다.

소리가 나는 것에는 더 이상 신경도 쓰이지 않았고, 이제 이곳을 빠져나가고 싶을 뿐이었다. 나는 다시 감방 안으로 들어오느니 차라리 죽어버리겠다고 맹세했다. 진심이었다.

안으로 들어온 것보다 바깥으로 빠져나가는 게 더 힘들었다. 몸을 뒤틀고 꿈틀거렸지만 상황은 더 악화되는 듯했고, 내 몸은 한쪽으로 기운 프레첼 과자처럼 이상한 형태로 구부러졌다. 영원히 이곳에서 빠져나갈 수 없을 것 같은 두려움에 나는 마치 어린아이처럼 소리 내어 울었다.

멜라니가 한숨을 쉬며 내게 제안했다. '발을 입구 주변에서 구부리고 빠져나와 봐.'

나는 그녀의 말을 못 들은 척하며, 뾰족한 모퉁이에 긴 상반신을 빼내려고 노력했다. 갈비뼈 아랫부분이 찌르는 듯 아팠다.

'별일도 아닌 것 같은데.' 멜라니가 투덜거렸다.

'네가 보기엔 그렇겠지.'

'알아.' 멜라니는 잠시 머뭇거리다가 자신의 실수를 인정했다. '알았어, 미안해. 진심이야. 난 인간이라 때로는 공정하지 못해. 우리는 항상 올바르게 생각하고 올바르게 행동하지는 않거든.' 그녀는 여전히 화난 목소리로 말했지만, 내가 제러드와 한 행동을 용서하고 잊으려 애썼다. 적어도 그녀는 그렇게 생각했다.

모퉁이에 발을 올린 다음 확 잡아당겼다. 무릎이 바닥에 닿았고, 그것을 지렛대 삼아 가슴을 들어올렸다. 다른 쪽 다리는 더 쉽게 잡아당길 수 있었다. 마침내 손으로 바닥을 짚고, 거꾸로 태어나는 아이처럼 밖으로 빠져나와 짙은 초록색 침낭 위로 떨어졌다. 나는 침낭에 엎드린 잠시 동안 누워 숨을 내쉬었다. 제러드는 이미 오래전에 가버리고 없었다. 천천히 호흡을 고르자 마침내 머리를 들어 올릴 준비가 되었다.

나 혼자였다. 혼자라는 사실에 슬퍼하지 않고 오히려 애써 안도감을 느끼려 했다. 혼자 있는 편이 오히려 더 나았다.

곰팡내 나는 침낭에 모로 누웠다. 졸리지는 않았지만 피곤했다. 제러드에게 거부당했다는 느낌이 무겁게 마음을 짓눌러 온몸에 힘이 빠졌다. 눈을 감고 다시 생각해보았다. 그가 내게서 떨어질 때 얼굴에 나타났던 소름 끼치는 표정만 계속 눈앞에 어른거렸다.

제이미는 지금 무엇을 하고 있을까? 내가 이곳에 있다는 걸 알고 있을까, 아니면 나를 찾고 있을까? 무척 피곤해 보이던 이안은 지금쯤 곯아떨어졌을 것이다. 카일은 곧 잠에서 깨어날까? 그는 다시 나를 찾아올까? 젭은 어디 있을까? 하루 종일 그의 모습이 보이지 않았다. 의사는 또 무얼 하고 있단 말인가.

허기로 꾸르륵거리는 소리에 서서히 제정신이 들었다. 나는 잠시 침낭에 누운 채 감각을 찾으려 애썼다. 낮일까, 밤일까? 이곳에서 혼자 얼마 동안 있었던 것일까?

뱃속에서 다시 소리가 났고, 나는 무릎을 꿇고 자리에서 일어났다. 배가 몹시 고픈 걸 보니 나도 모르는 사이 오랫동안 잤던 게 분명하고, 한두 끼 니는 거른 것 같았다.

저장고에 쌓여 있는 음식을 먹을 생각도 해보았다. 나는 이미 너무 많은 것에 해를 끼쳤고, 돌이킬 수 없을 정도로 파괴하기도 한 상태였다. 더 해를 끼칠 생각을 하자 죄책감은 더 커졌다. 부엌에 남은 빵을 가져와 먹는 편이 나을 것이다.

몸뿐만 아니라 마음에도 상처를 입었다. 내가 오랫동안 이곳에 있는데 날 찾아온 사람은 아무도 없다는 생각에 약간 섭섭한 마음이 들었지만, 부질없는 생각이었다. 사람들이 내게 무슨 일이 일어났는지 왜 신경 써야 한단 말인가? 그런데 제이미가 커다란 텃밭으로 이어지는 통로에 앉아 있는 모습을 보자 마음이 편안해졌다. 사람들에게 등을 지고 앉아 있는 걸 보니, 나를 기다리고 있는 게 틀림없었다.

내 눈이 밝게 빛났고 그의 눈도 마찬가지였다. 그는 자리에서 벌떡 일어섰고, 안도감으로 얼굴이 밝아졌다.

"무사했구나." 제이미가 말했다. 나는 그의 말이 사실이기를 바랐다. 그는 두서없이 이야기하기 시작했다. "제러드 형이 거짓말한다고 생각하지는 않았지만, 형은 네가 혼자 있고 싶어 한다고 말했어. 또 삼촌은 널 찾아가서는 안 된다고 말하면서도 몰래 도망칠 수 없도록 곁에 있으라고 했고. 네가 다쳤을 거라고 생각하지는 않았지만, 무슨 일이 있을지 알 수 없는 거잖아."

"난 괜찮아." 나는 그렇게 말하면서, 제이미의 손을 잡고 위안을 얻고 싶었다. 그는 내 허리에 팔을 감았다. 그의 머리가 내 어깨 높이까지 오는 걸 보고 생각보다 제이미가 많이 자랐다는 걸 느낄 수 있었다.

"눈이 충혈됐어." 그가 낮은 목소리로 말했다. "형이 널 괴롭혔어?"

"아니." 사람들은 실험용 쥐에게 고의적으로 잔인하게 굴지는 않는다. 단지 정보를 얻으려는 것뿐이었다.

"네가 무슨 말을 했든, 형은 우리가 누나에 대해 했던 이야기를 믿을 거야. 누나는 어때?"

"그녀도 기뻐하고 있어."

그는 만족스런 표정을 지으며 고개를 끄덕였다. "넌 어때?"

나는 머뭇거리며 솔직하게 대답했다. "사실을 숨기는 것보다는 사실을 그대로 말하는 게 내겐 더 쉬워."

나의 완곡한 표현이 그가 묻는 질문에 만족스런 대답이 된 것 같았다.

제이미 너머로, 텃밭에 들어오는 햇빛이 희미해지면서 붉게 물들고 있었다. 사막에는 벌써 해가 졌다.

"나 배고파." 나는 그를 안고 있던 팔을 풀었다.

"그럴 줄 알고 맛있는 걸 남겨두었어."

나는 한숨을 쉬며 말했다. "빵이면 충분해."

"그러지 마, 완다. 이안 형은 네가 자신을 너무 희생하고 있다고 했어."

나는 얼굴을 찡그렸다.

"형 말이 맞아." 제이미는 중얼거렸다. "우리 모두 네가 여기 있기를 바라는데도, 넌 고집을 부리고 있어."

"난 어느 곳에도 속하지 않아. 그리고 내가 이곳에 있기를 진심으로 바라는 사람은 아무도 없어, 제이미."

"난 진심으로 원해."

나는 그와 더 이상 말다툼하지 않았지만, 그의 말은 틀렸다. 자신이 하는 말을 진심으로 믿고 있기 때문에 거짓말이라고는 할 수 없었다. 그러나 그가 진정으로 원하는 것은 멜라니였다. 제이미는 나와 멜라니를 분리해서 생각하지 않았다.

트루디와 하이디는 부엌에서 빵을 구우며 연두색 사과를 나눠 먹고 있었다. 그들은 서로 돌아가며 사과를 한입씩 베어 먹었다.

"다시 만나서 반가워, 완다." 그녀는 사과를 씹고 있는 입을 가리며 진심으로 말했다. 하이디는 고개를 숙이며 인사했는데, 사과가 치아에 끼어 있었다. 제이미는 나를 슬쩍 찌르며, 사람들이 나를 보고 싶어 했다는 걸 말하려 했다. 그는 예의를 지킬 생각도 하지 않았다.

"저녁은 남겨 두었어요?" 제이미가 들뜬 목소리로 물었다.

"응." 트루디가 말했다. 제이미는 오븐 옆으로 가더니 금속 쟁반을 들고 되돌아왔다. "따뜻하게 해뒀어. 딱딱해졌겠지만 그냥 둔 것보다는 나을 거야."

쟁반 위에는 커다란 고기덩어리가 있었다. 내게 할당된 음식을 거절하려 했지만, 뱃속은 이미 요동치고 있었다.

"너무 많아요."

"상하는 음식은 첫날 모두 먹어치워야 해." 제이미가 내게 용기를 북돋워 주었다. "모두들 질리도록 먹었어. 전통적으로 항상 그렇게 해."

"너에게도 단백질이 필요해." 트루디가 덧붙여 말했다. "동굴에서 식사를 오랫동안 했는데 아픈 사람이 아무도 없는 게 오히려 이상해."

내가 식사를 하는 동안, 제이미는 마치 매처럼 매섭게 눈을 뜨고 고기가 접시에서 내 입으로 들어가는 걸 유심히 지켜보았다. 배가 너무 불러서 아플 지경이었지만, 나는 그를 즐겁게 해주기 위해 고기를 전부 먹었다.

음식을 다 먹을 즈음, 부엌에 사람들이 몰려오기 시작했다. 몇몇 사람들은 손에 사과를 들고 있었는데, 모두 누군가와 나누어 먹고 있었다. 그들은 호기심 어린 눈빛으로 상처 난 내 얼굴을 쳐다보았다.

"사람들이 왜 지금 오는 거야?" 나는 낮은 목소리로 제이미에게 물었다. 밖은 이미 어두웠고, 저녁 시간이 지난 지도 오래되었다.

제이미는 잠시 멍하니 나를 바라보았다. "물론 너의 이야기를 듣기 위해서지." 그가 덧붙여 말했다.

"농담하는 거야?"

"변한 건 아무것도 없다고 말했잖아."

나는 좁은 부엌 안을 둘러보았다. 모두 다 참석하지는 않았다. 의사는 오늘 밤 모습을 드러내지 않았다. 밖에 나가 음식을 훔쳐 온 사람들은 아무도 나타나지 않았는데, 그것은 폐기도 오지 않았다는 걸 뜻했다. 젭, 이안, 월터의 모습도 보이지 않았다. 트레비스, 캐롤, 루스, 앤도 없었다. 그러나 내가 생각했던 것보다 더 많은 사람들이 모였다. 그날 이후, 다시 일상으로 돌아와 내 이야기를 들을 사람은 거의 없을 거라고 생각했는데 말이다.

"지난 시간에 했던 돌고래로 되돌아가볼까?" 웨스가 물어보는 소리에, 부엌을 둘러보던 나는 정신이 번쩍 들었다. 그는 외계 행성 생물체에 실제로 관심이 있다기보다는, 이야기를 시작할 수 있도록 분위기를 띄워준 것이다.

모두들 기대 어린 눈빛으로 나를 쳐다보았다. 내가 생각한 것만큼 이곳의 생활이 많이 달라지지 않은 게 분명했다.

나는 하이디에게 빵 반죽을 받아 오븐 안에 밀어 넣었다. 나는 사람들을 등진 채 이야기를 시작했다.

"음… 그러니까… 세 쌍의 할아버지와 할머니까지 이야기했지요…. 그들은 전통적으로 공동체를 위해 봉사해요. 지구로 치면 그들은 한 가정의 생활을 책임지는 사람으로, 집을 나가 먹을 것을 구해오지요. 그들은 대개 농부들이에요. 그들은 수액을 짤 수 있는 식물을 재배하죠…."

이야기가 끝난 이후 예전처럼 일상으로 되돌아왔다.

제이미는 내게 음식 저장고에서 자지 말라고 제안했지만, 마지못해 하는 말이었다. 내가 지낼 만한 다른 장소는 없었다. 그는 평소처럼 고집을 부리면서, 나와 함께 잠을 자겠다고 우겼다. 제러드가 좋아할 것 같지 않다는 생각이 들었다. 그러나 그날 밤, 그 다음 날도 그를 볼 수 없었기 때문에, 그가 좋아하는지 싫어하는지는 알 수 없었다.

여섯 명의 약탈자들이 집으로 되돌아온 이후에도 똑같은 일과를 보내자, 젭이 이곳 사람들과 어울리라고 강요했을 때처럼 기분이 어색했다. 적대적인 눈빛과 분노에 찬 침묵. 나보다 그들이 더 힘들었을 것이다. 사실 난 이제 익숙해졌다. 하지만 그들은 사람들이 나를 대하는 태도에 익숙해지지 않았다. 예를 들어, 내가 옥수수 수확을 도우며 빈 바구니를 가져다주었을 때, 릴리는 미소를 지으며 고맙다고 인사했다. 그러자 앤디는 깜짝 놀라 눈알이 튀어나올 것처럼 두 눈을 크게 떴다. 그리고 욕실에서 트루디와 하이디와 함께 기다리는 동안, 하이디는 내 머리로 장난을 치기 시작했다. 머리가 길어 눈 밑까지 내려왔기 때문에, 나는 머리를 다시 자를 생각을 하고 있었다. 하이디는 내게 어울릴 스타일을 찾는다며, 머리를 이리저리 매만졌다. 브랜트와 아론이 어디선가 튀어나와 우리를 쳐다보았다. 아론은 음식을 구하러 나갔던 사람 가운데 나이가 가장 많은 이로, 나는 예전에 그를 본 기억이 없었다. 트루디는 하이디가 내 머리를 이상하게 비트는 모습을 보며 소리 내어 웃었다. 브랜트와 아론은 표정이 굳어지더니 아무 말 없이 우리 곁을 지나갔다.

하지만 그런 사소한 일은 아무것도 아니었다. 카일은 나를 가만히 두라는 명령을 분명히 받았지만, 아직 나의 뒤를 어슬렁거리며 쫓았다. 그의 표정으로 보아, 자신에 대한 제재를 불쾌하게 생각하는 게 틀림없었다. 그 앞을 지나갈 때면 나는 항상 다른 사람들과 함께 있었다. 그 때문에 그는 나를 쏘아보며 무의식적으로 주먹을 움켜쥘 뿐 아무런 행동도 하지 못했다. 카일을 보면, 이곳에 도착했던 첫 주처럼 돌연한 공포가 찾아왔다. 나는 그에게 이미 굴복하고 있는지도 몰랐다. 나는 다시 몸을 숨기고 사람들이 모이는 곳을 회피하기 시작했다. 그러나 그 다음 날 밤, 카일의 살기 어린 눈빛보다 더 중요한 것이 내 주의를 끌었다.

부엌은 다시 사람들로 가득 찼다. 사람들이 내 이야기에 관심이 있는지,

아니면 젭이 나누어주는 초콜릿 바에 관심이 있는지 알 수 없었다. 나는 초콜릿 바를 거절했다. 제이미가 투덜거리자, 초콜릿 바를 씹으며 동시에 이야기를 할 수 없기 때문이라고 설명했다. 그는 고집이 세기 때문에, 날 위해서 초콜릿 바를 하나 남겨놓을 것이다. 이안은 평소처럼 뜨거운 오븐 옆에 자리를 잡고 앉았고, 페기 옆에는 눈빛이 피곤해 보이는 앤디가 앉아 있었다. 제러드를 포함한 약탈자들은 아무도 참석하지 않았다. 의사도 보이지 않았는데, 아직 술이 깨지 않았는지 궁금했다. 그리고 월터는 오늘도 나타나지 않았다. 트루디의 남편인 제프리는 오늘 밤 처음으로 내게 질문을 했다. 나는 내심 즐거웠지만 내색은 하지 않았다. 그는 다른 사람들처럼 내 존재를 인정하기 시작한 것 같았다. 그러나 나는 그의 질문에는 잘 대답할 수 없었다. 그의 질문은 의사와 마찬가지로 대답하기 곤란했기 때문이다.

"치료에 대해서는 아는 게 거의 없어요." 나는 그 점을 시인했다. "내가 이곳에 처음 도착한 이후로는 치료사를 본 적이 없었거든요. 아픈 적이 한 번도 없었으니까요. 우리는 호스트의 몸을 완벽하게 관리할 수 없으면 어떤 행성도 선택하지 않아요. 그게 내가 아는 전부예요. 베인 상처, 골절, 큰 질병 등 치료할 수 없는 건 아무것도 없어요. 이제 노화만이 죽음의 유일한 원인이지요. 건강한 인간의 몸은 예외 없이 모두 오랫동안 살 수 있도록 재설계됐어요. 불의의 사건이 일어나기는 하지만, 소울들에게 그다지 자주 있는 일은 아니고요. 우리는 매우 신중하니까요."

"무장한 인간들이 나타나도 아무 문제없는 거군." 누군가가 중얼거렸다. 나는 뜨거운 빵을 옮기고 있었기 때문에 누가 중얼거렸는지 알 수 없었고, 목소리도 분간할 수 없었다.

"맞아요, 사실이에요." 나는 동의했다.

"그럼 그들이 병을 치료하는 데 뭘 사용하는지 모른단 말이야?" 제프리가 물었다. "그들의 약에는 뭐가 들어 있어?"

나는 고개를 가로저었다. "미안해요. 그런 정보를 얻을 수 있었을 때 난 그런 것에 관심이 없었어요. 난 당연하게 생각했어요. 내가 살아온 모든 행성에서는 모두들 건강했으니까요."

제프리의 불그스레한 뺨이 평소보다 더 벌겋게 변했다. 그는 화난 사람처럼 입을 굳게 다물고 시선을 떨어뜨렸다. 내가 한 어떤 말 때문에 그가 화난 것일까?

제프리 옆에 앉아 있던 히스가 그의 어깨를 가볍게 두드려주었다. 부엌에는 침묵이 흘렀다.

"독수리에 대해 얘기해줘…" 이안이 말했다. 그는 의도적으로 화제를 바꾸려 했다. "내가 제대로 들었는지 모르겠지만, 혹시 그들이 '친절하지 않다'고 말하지 않았어?"

나는 그런 설명을 한 적이 없었지만, 그가 그다지 관심이 없다는 건 알아차릴 수 있었다. 그는 머릿속에 떠오른 첫 번째 질문을 내게 던진 것이었다.

격식을 차리지 않는 내 이야기는 평소보다 일찍 끝났다. 사람들은 천천히 질문했고, 대부분은 제이미와 이안이 질문했다. 그들은 모두 제프리가 던진 질문에 대해 곰곰이 생각하는 것 같았다.

"내일은 일찍 일을 시작해서 옥수수 줄기를 뽑도록 하지…" 사람들은 젭의 말을 귀 기울여 듣지 않았고, 또 다시 어색한 침묵이 흘렀다. 사람들이 곧 자리에서 일어나 기지개를 켜고, 낮은 목소리로 무언가 심각한 이야기를 나누는 듯했다.

"내가 무슨 얘기를 해서 저런 거예요?" 나는 이안에게 속삭이며 물었다.

"아무것도 아니야. 모두들 죽어야 할 운명을 생각하기 때문이야." 그가 한숨을 쉬며 대답했다.

나는 멜라니의 뇌를 빌려, 직관이라는 개념을 이해하게 되었다.

"월터는 어디 있어요?" 나는 여전히 목소리를 낮춘 채 이안에게 물었다.

이안은 또 다시 한숨을 쉬며 대답했다. "남쪽 동굴에 있어… 몸이 좋지 않아."

"왜 사람들이 내게 아무 말도 하지 않았어요?"

"요즘 너에게도 힘든 일이 많았잖아. 그래서…"

나는 조바심을 내며 다그쳐 물었다. "그에게 무슨 문제라도 있어요?"

제이미가 내 곁에 다가와 손을 잡았다.

"월터 아저씨 뼈가 부러졌어. 몹시 연약한가 봐." 제이미가 목소리를 낮추며 말했다. "의사가 암 말기라고 했어."

"통증이 심했을 텐데 월터는 오랫동안 그 사실을 숨겼어." 이안이 음울한 목소리로 덧붙여 말했다.

나는 주춤했다. "그럼 손을 쓸 수 없는 거예요? 전혀?"

이안은 내 눈을 쳐다보며 천천히 고개를 끄덕였다. "우리가 할 수 있는 건 아무것도 없어. 설사 동굴에 갇혀 지내지 않는다 해도, 아무런 가망이 없어. 우리는 암을 치료할 수 없으니까."

나는 무슨 말이라도 하고 싶었지만 입술을 깨물었다. 월터를 위해 할 수 있는 건 아무것도 없었다. 인간은 몸을 치료하기 위해 영혼을 포기하기보다는 고통 속에서 서서히 죽어가는 걸 택할 것이다. 나도 이제는 이해할 수 있을 것 같았다.

"그가 널 찾고 있어." 이안이 말했다. "종종 네 이름을 부르기도 하는데, 뭐라고 말하는지는 잘 모르겠어. 의사가 통증을 줄이기 위해 그에게 계속 알코올을 마시게 하고 있어."

"선생님도 중환자에게 계속 알코올을 주는 것에 죄책감이 드나 봐." 제이미가 덧붙여 말했다.

"월터를 만나 봐도 될까요?" 내가 물었다. "혹시 다른 사람들이 싫어하지는 않을까요?"

이안은 얼굴을 찡그리며 콧방귀를 꼈다. "설마 이런 일로 기분 나빠 하겠어?" 그는 고개를 가로저었다. "월터의 마지막 소원이라면 누가 감히 뭐라 할 수 없을 거야."

"맞아요." 나도 동의했다. 마지막이라는 말을 듣자 마음이 다급해졌다. "월터가 나를 만나기 원한다면 다른 사람들이 어떻게 생각하는지는 중요하지 않아요. 그들이 화를 내도 상관없어요."

"그런 걱정은 하지 마. 사람들이 널 괴롭히도록 그냥 두지 않을 테니까." 이안은 입술을 굳게 다물며 단호하게 말했다.

마치 시간을 재는 것처럼 마음이 조급해졌다. 지금껏 내게 시간은 별다른 의미가 없었지만, 마지막이라는 말은 나를 무겁게 짓눌렀다. "오늘 밤은 너무 늦었나요? 그가 불편해할까요?"

"그는 취침 시간이 일정하지 않으니 가서 확인해 보자."

나는 곧바로 발걸음을 옮겼고, 내 손을 잡고 있던 제이미도 발을 끌며 따라왔다.

끝을 향해 시간이 흘러가고 있다는 생각 때문에 나는 서둘러 앞으로 갔다. 이안도 큰 보폭으로 성큼성큼 나를 뒤따라왔다.

우리는 달빛이 비치는 텃밭을 지나갔고, 그곳에 있던 대부분의 사람들은 우리에게 아무런 신경도 쓰지 않았다. 비록 평소와는 다른 동굴로 향하고 있었지만 제이미와 이안이 나와 동행하는 경우가 많았기 때문에 사람들의 호기심을 불러일으키지 않았다.

하지만 카일은 예외였다. 그는 나와 함께 걸어가는 이안의 모습을 보자 그 자리에 얼어붙었다. 그리고 제이미가 내 손을 꼭 잡고 있는 걸 보자, 그의 입술은 뒤틀렸다.

형의 반응을 알아차린 이안은 어깨를 쭉 폈고, 그의 형처럼 뒤틀린 표정을 지었다. 그리고 일부러 내 손을 잡았다. 카일은 아니꼽다는 듯이 투덜대더니 우리에게 등을 돌렸다.

어두운 남쪽 동굴 안으로 들어섰을 때 이안의 손을 놓으려 했지만, 그는 내 손을 더 단단히 잡았다.

"그를 더 화나게 만들지 말아요." 나는 낮은 목소리로 중얼거렸다.

"형의 생각은 틀렸어. 형은 항상 그런 식이지. 잘못된 생각을 고치는 데 다른 사람들보다 더 오랜 시간이 걸리겠지만, 그렇다고 형을 무조건 봐줄 수는 없어."

"카일을 보면 겁이 나요." 나는 그 점을 시인했다. "그가 나를 더 미워할 빌미를 제공하고 싶지 않아요."

이안과 제이미가 동시에 내 손을 꼭 붙잡았다. 그리고 동시에 말문을 열었다.

"두려워하지 마." 제이미가 말했다.

"젭은 자신의 생각을 분명히 했어." 이안이 말했다.

"그게 무슨 뜻이에요?" 내가 그에게 물었다.

"형이 젭이 정한 규칙을 따르지 않으면 더 이상 이곳에서 환영받지 못할 거야."

"하지만 그건 옳지 못해요. 카일은 이곳에 속한 사람이에요."

이안이 으르렁거렸다. "이곳에서 계속 살려면… 협상하는 법부터 배워야 해."

동굴을 지나가는 긴 시간 동안 우리는 아무 말도 하지 않았다. 나는 죄책감이 들었다. 이곳에 있는 동안 영원히 이런 감정만 느낄 것 같았다. 죄책감, 두려움 그리고 상심. 도대체 왜 나는 이곳에 왔을까?

'이상하게 들리겠지만, 너도 이곳에 속하기 때문일 거야.' 멜라니가 속삭였다. 그는 이안과 제이미의 따뜻한 손길을 나와 함께 느낄 수 있었다. '이런 곳이 어디라도 있었니?'

'아니, 아무 데도 없었어.' 그렇게 털어놓자 마음이 더 무거워졌다. '하지만 너처럼 이곳에 속한다는 느낌은 들지 않아.'

'우리는 하나야, 완다.'

'그래, 그 사실을 잊지 말아야겠어.'

그녀의 목소리가 너무나 또렷해서 내심 놀랐다. 그녀는 지난 이틀 동안 아무 말 없이 제러드를 다시 만날 수 있기를 바라며 조용히 기다렸다. 물론 나도 비슷한 생각을 하고 있었다.

'그는 아마 월터와 함께 있을 거야. 계속 그곳에 있었는지도 모르지.' 멜라니는 기대감에 부풀었다.

'그 때문에 월터를 만나러 가는 건 아니야.'

'그건 나도 알아.' 멜라니는 인정하는 것 같았지만, 나와는 달리 그녀는 월터에게 별다른 의미가 없는 듯했다. 그가 죽어가고 있다는 사실에 슬퍼했지만, 처음부터 그 사실을 인정하고 있었다. 반면 나는 그 사실을 도무지 받아들일 수 없었다. 월터는 그녀의 친구가 아닌 내 친구였다. 그가 지켜주었던 건 멜라니가 아니라 바로 나였다.

병원 동굴에 가까이 다가가자, 희미한 푸른 불빛이 우리를 맞아주었다 (그 희미한 불빛은 낮 시간에 저장한 햇빛을 이용한 것이라는 사실을 이제는 알게 되었다). 서로 아무 말도 하지 않았지만, 우리는 약속이라도 한 것처럼 더 조심스럽게 걸었다.

나는 이곳 동굴이 마음에 들지 않았다. 희미한 불빛에 비치는 이상한 그림자를 보고 있노라면 왠지 더 꺼림칙했다. 예전과는 다른 냄새가 풍겼다. 천천히 부패해가는 죽음의 냄새, 알코올과 담즙 냄새가 코를 찔렀다.

병동 간이침대 두 개에 사람이 누워 있었다. 의사는 간이침대 모서리에 발을 올린 채 잠들어 있었고, 귀에 익은 나직한 코 고는 소리가 들렸다. 다른 침대 위에는 몰라볼 정도로 초췌해진 월터가 누워 있었다. 월터는 우리가 다가오는 모습을 바라보고 있었다.

"사람들이 찾아올까 기다리고 있었던 거예요, 월터?" 월터가 우리를 쳐다보자 이안이 낮은 목소리로 물었다.

"음…." 월터가 신음소리를 냈다. 그의 입술이 축 늘어졌고, 희미한 불빛에 비치는 피부는 축축해 보였다.

"필요한 거 있어요?" 나는 중얼거렸다. 그에게 손을 뻗었지만 차마 다가가지는 못했다.

그는 희미한 눈빛으로 어둠을 응시했다. 나는 그에게 한 걸음 더 가까이 다가갔다.

"우리가 해드릴 일이 없을까요? 아무것도 없을까요?"

그의 눈길이 주변을 맴돌다가 내 얼굴을 똑바로 쳐다보았다. 갑자기 알코올로 인한 마비와 통증이 찾아오는 듯했다.

"이제야 왔군." 그가 숨을 몰아쉬며 힘겹게 말했다. "기다리면 올 줄 알았어. 글래디, 당신에게 할 말이 아주 많아."

31

필요로 하다

나는 깜짝 놀라서 얼른 고개를 돌려 제이미를 쳐다보았다.

"글래디는 월터 아저씨의 아내였대." 제이미는 거의 들리지 않는 목소리로 속삭였다. "두 사람이 함께 도망치지 못한 것 같아."

"글래디…." 월터는 내 반응을 전혀 알아차리지 못하고 말했다. "내가 암에 걸린 게 믿겨져? 정말 이상하지 않아? 평생 아픈 적 한 번 없었는데…." 그의 목소리는 점점 희미해져 들을 수 없었지만, 그의 입술은 계속 움직였다. 그는 기력이 너무 약해 손을 들어 올리지도 못했다. 그의 손끝이 간이침대 모서리에 있는 나를 향해 조금씩 움직였다.

이안은 팔꿈치로 나를 슬쩍 밀었다.

"어떻게 해야 하죠?" 나는 숨을 길게 내쉬며 말했다. 내 이마에 맺힌 땀방울은 그곳의 습기와는 아무 상관이 없었다.

"…할아버지는 백한 살까지 사셨지." 월터는 숨을 몰아쉬며 말했고, 그의 말은 계속 이어졌다. "가족 중에 암에 걸린 사람은 아무도 없었어. 심지어 사촌 가운데도 없었지. 그런데 당신 숙모인 레간이 피부암에 걸리지 않았나?"

그는 나를 쳐다보며 대답을 기다렸다. 이안은 내 등을 슬며시 찔렀다.

"음…." 나는 말끝을 맺지 못했다.

"아마 빌의 숙모였을 거야." 월터가 말했다.

나는 어쩔 줄 몰라 이안을 쳐다보았지만, 그는 어깨를 으쓱해 보일 뿐이었다. "도와줘요." 나는 소리는 내지 않고 입만 뻥긋하며 그에게 도움을 청했다.

그는 월터의 손가락을 잡아 주라고 내게 신호를 보냈다.

월터의 손가락은 백짓장처럼 창백했고 거의 반투명했다. 손등 위로 푸르스름한 핏줄이 희미하게 들여다보였다. 나는 그의 손을 잡으며, 제이미가 허약하다고 했던 뼈를 다치게나 하지 않을지 걱정했다. 그의 손은 마치 속이 텅 빈 것처럼 가벼웠다.

"글래디, 당신이 곁에 없어서 힘들었어. 이곳은 좋은 곳이야. 내가 없어도 당신은 이곳을 좋아했을 거야. 이야기할 사람도 많아. 당신은 사람들과 이야기하는 걸 무척 좋아했었지…." 그의 목소리는 다시 희미해져 더 이상 알아들을 수 없었지만, 그는 여전히 입술을 움직이며 아내에게 하고 싶은 이야기를 하고 있었다. 눈을 감고 머리를 옆으로 기댄 이후에도, 그의 입술은 계속 움직였다.

이안은 젖은 수건을 찾아 땀으로 얼룩진 월터의 얼굴을 닦아 주었다.

"난 다른 사람을 속이지 못해요." 월터가 더 이상 내 말을 듣지 않는다는 걸 확인한 나는 이안에게 말했다. "그를 당황하게 하고 싶지 않아요."

"아무 말도 할 필요 없어." 이안이 내게 분명한 어조로 말했다. "정신이 혼미해서 상관하지 않을 거야."

"내가 그녀와 닮았어?" 제이미에게 물었다.

"아니, 전혀 닮지 않았어. 사진을 본 적 있는데, 빨강머리에 키가 작고 통통한 체격이야."

"자, 땀을 닦아드리자."

이안은 내게 수건을 주었고, 나는 월터의 목에 흐른 땀을 닦아냈다. 손으로 무언가 열심히 일을 하고 있을 때면 마음이 편안해졌다. 월터는 계속 무언가를 중얼거렸다. 그가 말하는 소리가 흐릿하게나마 들리는 듯했다. "고마워, 글래디. 기분 좋아."

나는 의사의 코 고는 소리가 멎었는지도 몰랐다. 익숙한 그의 목소리가 갑자기 내 뒤에서 들렸지만, 너무 부드러운 목소리여서 놀라지 않았다.

"좀 어때?" 의사가 이안에게 물었다.

"헛것이 보이나봐요. 브랜디 때문일까요, 아니면 극심한 통증 때문일까요?" 이안이 낮은 목소리로 물었다.

"아마 통증 때문일 거야. 모르핀을 구할 수 있으면 내 오른팔이라도 희생할 텐데."

"제러드가 또 기적을 일으킬 수도 있겠죠." 이안이 말했다.

"그럴지도 모르지." 의사가 한숨을 쉬며 말했다.

나는 월터의 창백한 얼굴을 닦아주며 귀를 쫑긋 세웠지만, 그들은 제러드에 대해 더 이상 이야기하지 않았다.

'그는 여기에 없어.' 멜라니가 내게 속삭였다.

'월터를 도우러 갔을 거야.' 나도 그녀의 생각에 동의했다.

'혼자서.' 그녀는 덧붙여 말했다.

그를 마지막으로 봤던 때를 떠올려보았다. 키스 그리고…. '아마 혼자 있고 싶었을 거야.'

'네가 멋진 연기 실력을 갖춘 수색자라고 생각하지 않기 바랄 뿐이야.'

'아마 그렇게 생각할 수도 있겠지.'

멜라니는 낮은 신음소리를 냈다.

이안과 의사는 대수롭지 않은 이런저런 이야기를 낮은 목소리로 중얼거렸는데, 주로 이안이 이곳 병동에서 무슨 일이 있었는지 의사에게 물어보는 듯했다.

"완다의 얼굴은 왜 저런 거야?" 의사는 목소리를 낮추며 이안에게 물었지만, 나는 그가 하는 말을 쉽게 들을 수 있었다.

"항상 그렇죠 뭐." 이안이 목소리에 힘을 주며 말했다.

의사는 못마땅한 듯 중얼거리더니 혀를 찼다.

이안은 오늘 밤 수업 분위기가 어색했고 제프리가 어떤 질문을 했는지 의사에게 말해 주었다.

"멜라니의 몸에 치료사가 들어왔더라면 좋았을 것을…" 의사가 생각에 잠겨 말했다.

나는 당혹스러움에 움츠러들었지만, 내 뒤에 있던 그들은 알아차리지 못했다.

"완다가 멜라니의 몸에 들어온 건 행운이에요." 이안이 나를 방어해주며 말했다.

"나도 알아." 의사는 평소처럼 온화한 모습으로 말을 이었다. "완다가 의학에 관심이 없었던 게 유감이라고 말하는 편이 낫겠군."

"미안해요." 나는 낮은 소리로 중얼거렸다. 원인을 따지지 않고도 완벽하게 병을 치료할 수 있는 방법을 배우지 못한 것이 못내 아쉬웠다.

이안이 내 어깨에 손을 얹었다. "우리에게 미안할 건 하나도 없어."

제이미는 아무 말이 없었다. 주변을 둘러보자, 그는 의사가 잠시 잠을 자던 간이침대 위에 몸을 웅크리고 있었다.

"시간이 늦었어." 의사가 말했다. "월터는 오늘 밤에 아무 일도 없을 테니가서 잠을 자도록 해."

"나중에 또 올게요." 이안은 의사에게 분명히 약속했다. "다음에 올 때 가져올 테니 필요한 거 있으면 말해줘요."

나는 월터의 손을 내려놓고 조심스럽게 만져주었다. 그는 눈을 살짝 뜨고 있었고, 이전보다 의식이 더 또렷해 보였다.

"가려고?" 그는 숨찬 목소리로 말했다. "이렇게 일찍 가야 해?"

나는 재빨리 그의 손을 다시 잡았다. "아니에요, 가지 않아도 돼요."

그는 미소를 지으며 다시 눈을 감았다. 내 손을 잡는 그의 손길이 어린아이처럼 연약하기만 했다.

이안은 한숨을 내쉬었다.

"난 괜찮으니까 먼저 가요." 나는 그에게 말했다. "제이미는 방으로 데리고 가서 재워요."

이안은 병동 안을 둘러보았다. "잠시만 기다려." 그는 그렇게 말한 다음 가까이에 있는 간이침대를 잡았다. 그는 가볍게 침대를 들어서 월터가 누운 침대 옆으로 옮겼다. 나는 월터와 부딪히지 않기 위해 팔을 길게 뻗었고, 이안은 그 밑으로 간이침대를 정돈할 수 있었다. 월터는 눈을 꼭 감고 있었다. 이안은 너무나 스스럼없이 내 어깨에 손을 얹었고, 나는 깜짝 놀랐다.

이안은 월터가 내 손을 꼭 붙잡고 자는 모습을 턱으로 가리키며 말했다. "손 잡고도 잘 수 있겠어?"

"그럴 수 있어요."

"그럼 잘 자." 그는 내게 미소 지으며 말한 다음, 간이침대에 누워 있는 제이미를 안아 올렸다. "그만 가자, 꼬마 친구." 그는 마치 갓난아기 안듯이 가뿐하게 제이미를 안았다. 이안의 발자국 소리가 멀어지더니 잠시 후 더 이상 들리지 않았다.

의사를 하품을 하더니, 나무틀과 알루미늄 문으로 직접 만든 책상 뒤로 가서 앉았다. 월터의 얼굴이 너무 거무스름한 빛깔이라 마음이 불안했다. 마치 벌써 목숨이 끊어진 것 같았다. 아직도 내 손을 꼭 잡고 있는 그의 손을 보자 겨우 안심할 수 있을 뿐이었다.

의사는 낮은 소리로 흥얼거리면서 서류를 뒤지기 시작했다. 나는 부드러운 그의 목소리를 들으며 잠 속으로 빠져들었다.

아침이 되자 월터는 나를 알아보았다.

이안이 나를 데리러왔을 때, 월터는 잠을 깼다. 옥수수 줄기를 걷어내야 할 시간이기 때문이었다. 나는 일하러 가기 전에 아침 식사를 갖다 주겠다고 의사에게 약속했다. 그리고 그곳을 떠날 때까지, 내 손을 붙잡고 있던 월터의 손을 놓지 않았다.

월터는 눈을 떴다. "완다…." 그가 낮은 목소리로 속삭였다.

"월터, 정신이 들어요?" 나는 그의 의식이 언제 돌아왔는지, 그가 어젯밤 일을 기억하는지 알 수 없었다. 그는 허공에 손을 내저었고, 나는 왼손으로 그의 손을 잡아주었다.

"나를 보러오다니… 착하기도 하구나. 다른 사람들이 되돌아와서… 힘들었을 거야…. 그런데 네 얼굴이…."

그는 힘겹게 입술을 움직이는 것 같았고, 눈의 초점이 맑아졌다 흐릿해지기도 했다. 자신도 힘든 상황에서 어떻게 나를 저렇게 걱정할 수 있는지, 마음이 아팠다.

"난 괜찮아요, 월터. 몸은 좀 어때요?"

"음…." 그는 낮은 신음소리를 냈다. "좋지는 않아…. 의사는?"

"여기 있어요." 내 바로 뒤에 있던 의사가 대답했다.

"술 더 없어?" 그가 숨을 몰아쉬며 물었다.

"물론 있어요."

의사는 벌써 브랜디를 준비하고 있었다. 그는 두꺼운 유리병 입구를 월터의 입에 갖다 대고, 짙은 갈색의 액체를 조심스럽게 조금씩 부었다. 독한 술이 목구멍으로 조금씩 넘어갈 때마다 월터는 움찔했다. 브랜디가 그의 입 언저리로 흘러 베개를 적시기도 했다. 술 냄새가 내 코끝을 강하게 자극했다.

"좀 괜찮아요?" 의사는 오랫동안 천천히 브랜디를 부어준 다음 말했다.

월터가 힘겨워하며 끙끙거리는 걸 보니, 괜찮은 것 같지 않았다. 그는 눈을 감았다.

"더 마시겠어요?" 의사가 물었다.

월터는 얼굴을 찡그리며 신음소리를 냈다.

의사는 안타까워하며 중얼거렸다. "제러드는 어디 있는 거지?"

제러드의 이름을 듣자 몸이 뻣뻣해졌다. 멜라니의 마음이 다시 움직이기 시작했다.

월터의 머리가 목 뒤로 젖혀졌다.

"월터?" 나는 그의 귀에 대고 이름을 불렀다.

"고통이 너무 심해서 의식을 차릴 수가 없을 거야. 그냥 내버려 둬." 의사가 말했다.

"내가 뭘 할 수 있을까요?" 목이 메어 말이 잘 나오지 않았다.

"나도 아무것도 할 수 없어. 난 아무 쓸모도 없어." 의사의 목소리가 쓸쓸했다.

"그런 말 하지 말아요." 이안이 말했다. "이건 선생님 잘못이 아니에요. 세상이 예전과 달라졌잖아요. 선생님에게 더 많은 걸 기대하는 사람은 아무도 없어요."

내 어깨가 움츠러들었다. 그렇다. 그들의 세상은 예전과 달라졌다.

이안의 손끝이 내 팔에 닿았다. "그만 가자."

나는 고개를 끄덕이고, 다시 월터의 손을 놓았다.

그러자 월터가 눈을 번쩍 뜬 채 허공을 바라보았다. "글래디? 거기 있는 거야?" 그가 안타까운 목소리로 애원했다.

"네…. 여기 있어요." 나는 그가 내 손을 잡도록 둔 채 불분명하게 말했다.

이안은 어깨를 으쓱했다. "둘이 식사할 수 있도록 음식을 갖다 줄게." 그는 그렇게 말하며 자리를 떠났다.

나는 정신을 차리지 못하는 월터의 모습을 보며, 이안이 빨리 돌아오기를 조바심치며 기다렸다. 월터는 글래디의 이름을 계속해서 불렀지만, 내게 특별히 무언가를 원하지 않는다는 게 그나마 다행이었다. 약 반 시간이 지나자 이안의 발자국 소리가 들려왔다. 왜 그렇게 시간이 오래 걸렸는지 궁금했다.

의사는 책상에 앉아 어깨를 축 늘어뜨린 채 허공만 바라보고 있었다. 그는 자신의 무력함을 탓하고 있었다.

바로 그때 또 다른 소리가 들렸고, 그건 발자국 소리가 아니었다.

"저게 무슨 소리예요?" 나는 목소리를 낮추어 의사에게 물었다. 월터는 다시 조용해졌고, 의식 불명 상태인 것 같았다. 나는 그를 깨우고 싶지 않았다.

의사는 나를 쳐다보더니, 고개를 기울이며 소리에 귀를 기울였다.

무언가 톡톡 두드리는 소리가 들렸는데, 빠르고 부드러운 리듬이었다. 소리가 커지다가 작아지기를 반복했다.

"이상하네. 들어본 소리 같은데…." 그는 이마를 찌푸리며, 희미해지는 소리에 귀를 기울였다.

우리는 계속 귀를 기울였고, 그 소리가 멀어지자 발자국 소리가 다가왔다. 그 발소리는 우리가 기다리고 있던 이안의 소리가 아닌 듯했다. 거의 뛰다시피 걷는 소리였다.

의사는 곧 신경을 곤두세웠다. 그는 재빨리 밖으로 뛰어나갔다. 나도 밖으로 나가 무슨 일인지 살피고 싶었지만, 월터의 손을 놓아 그를 당황하게 만들고 싶지 않았다. 대신 밖에서 들리는 소리에 귀를 기울였다.

"브랜트?" 의사의 놀란 목소리가 들렸다.

"그것 어디 있어요? 도대체 어디에 있어요?" 상대편 남자가 숨을 몰아쉬며 물었다. 달리는 발소리가 잠시 멈추더니, 다시 들리기 시작했다.

"그게 무슨 말이야?" 의사가 내 쪽을 보며 물었다.

"그 소울 말이에요!" 브랜트는 아치 모양의 입구로 들어서면서 다급하게 소리쳤다.

브랜트는 카일이나 이안처럼 몸집이 크지 않았다. 키는 나보다 몇 센티미터밖에 더 크지 않았지만, 몸은 코뿔소처럼 단단했다. 병실 안을 둘러본 그는 날카로운 눈빛으로 나를 쏘아본 다음, 무의식 중인 월터를 보고 다시 나를 쳐다보았다.

브랜트가 내게 다가오자, 의사는 긴 손가락으로 그의 어깨를 부여잡았다.

"왜 그러는 거야?" 의사는 성난 목소리로 그에게 호통을 쳤다.

브랜트가 대답하기 전 다시 이상한 소리가 들려왔고, 우리 셋은 깜짝 놀라 그 자리에 얼어붙었다. 부드러운 소리는 날카로운 금속성 소리로 변했다가 갑자기 다시 부드러워졌다. 쾅 하는 소리가 연이어 들렸고, 동굴 안이 흔들릴 정도로 울렸다.

"혹시… 헬리콥터 아닐까?" 의사가 목소리를 낮추며 물었다.

"맞아요." 브랜트가 대답했다. "수색자예요. 저것을 찾기 위해 수색자가 온 거라고요." 그는 턱으로 나를 가리키며 말했다.

목이 막히는 듯했다. 목구멍 안으로 들어간 공기가 부족해 머리가 어지러웠다.

'안 돼, 지금은 안 돼. 제발….' 나는 멜라니에게 속삭였다.

'도대체 왜 저러는 거야? 왜 그녀는 우리를 내버려두지 못하는 걸까?' 멜라니가 내 머릿속에서 으르렁거렸다.

'그녀가 사람들을 해치도록 그냥 두지 않을 거야.'

'하지만 어떻게 수색자를 막지?'

'모르겠어. 모두 내 잘못이야.'

'내 잘못이기도 해, 완다. 이건 우리 모두의 잘못이야.'

"정말이야?" 의사가 내게 물었다.

"헬리콥터가 떠 있는 모습을 카일이 망원경으로 분명히 봤대요. 예전에 봤던 것과 똑같다고 했어요."

"이곳을 찾고 있는 걸까?" 의사의 목소리가 갑자기 겁에 질렸다. 그는 몸을 돌려 출구를 바라보았다. "샤론은 어디 있지?"

브랜트는 고개를 가로저었다. "헬리콥터는 주변을 빙빙 돌고 있어요. 피카초에서 시작해서 이리저리 돌아다니고 있는데, 여기 가까운 곳을 노리는 것 같지는 않아요. 우리가 차를 버렸을 때 몇 번 상공을 선회하기도 했지만."

"샤론은?" 의사가 다시 물었다.

"아이들과 루치나와 함께 있어요. 남자들은 오늘 밤 우리가 도망칠 경우를 대비해 짐을 꾸리고 있지만, 젭은 괜찮을 거라고 말했어요."

의사는 숨을 내쉬며 책상으로 걸어갔다. 구부정한 자세로 앉은 그는 마치 긴 경주를 마친 것처럼 지쳐 보였다. "이런 일이 처음은 아닌 걸." 그는 혼잣말처럼 중얼거렸다.

"며칠 동안 조심하면 되겠죠." 브랜트가 확신에 찬 목소리로 그에게 말했다. 그는 병실 안을 다시 둘러보며, 매 순간 내게 매서운 눈빛을 던졌다. "쓸 만한 밧줄 있어요?" 그는 빈 간이침대 모서리 시트를 시험 삼아 잡아당기며 의사에게 물었다.

"밧줄?" 의사의 목소리가 공허하게 울렸다.

"카일이 저놈의 소울을 묶어놓으라고 시키더군요."

나도 모르는 사이에 근육이 수축되었다. 나는 월터의 손을 꼭 잡았고, 그는 애처롭게 구슬픈 소리를 냈다. 나는 험상궂은 브랜트의 얼굴을 쳐다보면서, 월터의 손을 꼭 잡으며 진정하려고 애썼다.

　그는 의사의 대답을 기다리고 있었다.

　"완다를 감시하러 이곳에 왔다고?" 의사는 거친 목소리로 말했다. "왜 그래야 한다고 생각하는 거야?"

　"선생님, 어리석게 굴지 마세요. 이곳에는 커다란 틈새도 있고, 빛이 반사되는 금속들도 많아요." 브랜트는 벽 쪽에 있는 파일 캐비닛을 가리키며 말했다. "잠시 주의를 게을리 해도 수색자가 금방 이곳을 찾아낼 거라고요."

　힘겹게 침을 삼키자, 그 소리가 고요한 병실에 들리는 듯했다.

　"무슨 말인지 알아? 넌 수색자를 이곳에 끌어들일 속셈이었어." 브랜트가 다그쳤다.

　나는 수색자의 잔인한 눈빛을 피해 몸을 숨기고 싶었던 것 뿐인데, 그는 오히려 내가 수색자를 이곳에 끌어들일 거라고 생각했다. 그녀를 데려와 제이미, 제러드, 젭, 이안 등을 내가 죽이려 한다고… 속이 메슥거리고 토할 것 같았다.

　"그만 가봐, 브랜트." 의사는 냉담하게 말했다. "완다는 내가 지킬게."

　브랜트의 한쪽 눈썹이 치켜 올라갔다. "모두들 어떻게 된 거예요? 이안, 트루디 그리고 나머지 사람들 모두 최면에 걸린 것 같아요. 사람들 눈빛이 이상하면, 나도 어쩔 수 없이…."

　"원하면 확인해 봐, 브랜트. 하지만 지금은 당장 이곳에서 나가."

　브랜트는 고개를 가로저었다. "할 일이 있어요."

　의사는 브랜트를 향해 걸어가다가 나와 브랜트 중간 지점에서 멈추어 섰다. 그는 팔짱을 꼈다.

　"그녀에게 손대지 마."

헬리콥터 소리가 멀리서 들려왔다. 그 소리가 희미해질 때까지 우리 모두 숨을 죽였다.

다시 조용해지자 브랜트는 고개를 가로저었다. 그는 아무 말도 하지 않다가 책상으로 다가가 의사가 앉는 의자를 집어 들었다. 그는 파일 캐비닛이 있는 벽 쪽으로 의자를 가져가 바닥에 내려놓은 다음 털썩 주저앉았다. 금속 의자 다리가 바위 바닥에 부딪히며 요란한 소리를 냈다. 그는 무릎에 손을 올려놓은 채 몸을 앞으로 기울여 나를 노려보았다. 그는 죽어가는 사냥감이 더 이상 움직이지 않기를 기다리는 독수리 같았다.

의사는 손에 힘을 주며 이를 악물었다.

"글래디…." 월터가 선잠에서 깨어나며 중얼거렸다. "여기 있었군."

너무 불안해서 브랜트와 이야기할 수 없던 나는 월터의 손을 가볍게 만져주었다. 그는 희미한 눈빛으로 이곳에 없는 다른 무언가를 보는 것 같았다.

"아파, 글래디. 아주 많이 아파."

"알아요." 나는 낮은 목소리로 속삭였다. "선생님?"

그는 브랜디를 든 채 이미 옆에 와 있었다. "입을 벌려요, 월터."

헬리콥터 소리는 희미했지만 여전히 멀지 않은 곳에서 들렸다. 의사가 가끔씩 놀라 움찔했고, 브랜디 몇 방울이 내 팔에 튀었다.

끔찍한 하루였다. 지구에 온 이래로 최악의 날이었다. 동굴에 도착했던 첫날도, 뜨겁고 건조한 사막에서 죽어가던 그날도 오늘보다 끔찍하지 않았다.

헬리콥터는 계속 원을 돌았다. 한 시간이 지나 이제는 끝났을 거라고 생각했을 때 다시 헬리콥터 소리가 들려왔다. 고집스런 수색자의 얼굴과 텅 빈 사막에 혹시라도 남아 있을지 모르는 인간의 흔적을 찾아다니는 그녀의 튀어나온 눈이 머릿속에 떠올랐다. 나는 머릿속에서 그녀를 몰아내고, 무미건조한 사막의 평원을 떠올리려 했다. 마치 그녀가 아무것도 보지 못했다는 걸 확신하는 것처럼, 내가 그녀를 떠나게 할 수 있는 것처럼.

브랜트는 의심스러운 눈빛을 내게서 거두지 않았다. 그를 쳐다보지 않아도 그 시선이 느껴졌다. 이안이 아침 겸 점심 식사를 갖고 오자 상황은 좀 나아졌다. 그는 만약 탈출할 경우를 대비해서 짐을 쌌기 때문인지 온몸이 지저분했다. 다른 갈 곳이라도 있는 것일까? 브랜트가 무슨 일로 왔냐고 짤막하게 묻자, 험악하게 얼굴을 찌푸리는 이안의 모습은 그의 형처럼 보였다. 이안은 빈 간이침대를 내 옆으로 당기더니, 브랜트의 모습이 내게 보이지 않도록 막으며 침대에 앉았다.

헬리콥터 소리와 수상한 브랜트의 시선을 함께 느끼는 것은 그리 나쁘지만은 않았다. 차라리 둘 중 하나만 있었다면 더 괴로웠을 것이다.

정오 무렵, 의사는 월터에게 마지막으로 브랜디를 주었다. 잠시 후면 월터가 몸부림치고, 신음소리를 내고, 가쁜 숨을 몰아쉴 것 같았다. 그는 여전히 내 손을 꼭 잡고 있었고, 내가 손을 빼기만 하면 신음소리는 날카로운 울부짖음으로 변했다. 화장실에 가기 위해 병실에서 나온 적이 한 번 있었다. 브랜트가 나를 따라오자, 이안도 함께 따라나섰다. 우리가 거의 뛰다시피 다녀왔을 즈음, 월터의 울부짖는 소리는 더 이상 사람의 소리라고는 믿기지 않을 정도로 커져 있었다. 의사의 얼굴은 움푹 꺼진 채였다. 내가 그의 아내인 것처럼 가까이 다가가 말을 걸자 월터는 다시 조용해졌다. 물론 나는 그의 아내가 아니었지만, 그의 고통을 덜어줄 수 있는 선의의 거짓말이기 때문에 어렵지 않았다. 브랜트는 짜증을 내며 투덜거렸다. 그가 화를 내는 건 옳지 않았다. 월터의 통증을 줄여주는 것이 지금은 가장 중요했다.

하지만 월터의 애처로운 하소연과 몸부림은 계속되었고, 브랜트는 그 소리를 피해 가능한 한 멀리 떨어져 있었다.

제이미가 넷이 먹을 수 있는 식사를 들고 나를 찾아왔을 무렵 햇빛이 오렌지색으로 물들고 있었다. 나는 그가 병실에 머물지 못하도록 했다. 이안에게 그를 부엌으로 데려가 달라고 말했고, 그가 밤새 몰래 병실로 되돌아 오지 못하도록 지켜달라고 부탁했다. 부러진 다리에 통증을 느끼는 듯 월터는 고래고래 고함을 질렀고, 그 소리는 우리도 도저히 견딜 수 없었다. 의사와 나는 오늘 밤을 잊을 수 없겠지만, 제이미는 오늘 밤을 기억하지 않기를 바랐다. 브랜트도 오늘 밤을 잊지 못할 것이다. 그는 월터의 소리를 듣지 않기 위해 귀를 막고 대신 더 귀에 거슬리는 소리를 흥얼거렸다.

의사는 월터의 끔찍한 고통을 굳이 외면하려 하지 않는 대신, 그와 함께 고통을 나누었다. 월터의 고함소리가 들릴 때마다 의사의 얼굴에는 마치 날카로운 발톱으로 할퀸 것처럼 깊은 주름이 생겼다.

인간에게서 특히 의사에게서 그렇게 깊은 동정심을 느끼자 기분이 이상했다. 의사가 월터와 함께 고통을 느낀 이후부터는 그에게서 내가 아는 다른 의사와 똑같은 모습을 볼 수 없었다. 그의 동정심은 대단했고, 마음속으로 피라도 흘리는 것처럼 괴로워 보였다. 그 모습을 지켜보자, 의사가 잔인한 사람이라고는 도저히 믿을 수 없었다. 그는 남을 고문하는 사람일 리가 없었다. 나는 무슨 말을 듣고 그렇게 추론하게 되었는지 기억을 떠올렸다. 누군가가 무조건적으로 그를 힐난했던가? 그렇지 않았을 것이다. 난 지레 두려움에 질려 잘못된 결론을 내렸던 게 분명하다.

이 악몽 같은 밤이 지나면 두 번 다시 의사를 불신하는 일은 없을 것이다. 하지만 나는 이 병실을 항상 끔찍한 장소로 여길 것이다.

마지막 햇빛이 사라졌을 때 헬리콥터도 사라졌다. 우리는 희미한 푸른 불빛도 감히 켜지 못한 채 어둠 속에 앉아 있었다. 서너 시간이 지나고 나서야 우리는 그들의 정찰이 끝났다고 믿게 되었다. 그 사실을 맨 처음 인정한 사람은 브랜트였다. 그는 병실에 꽤 오랫동안 머물렀다.

"지금쯤이면 포기했을 게 분명해." 그는 입구에서 천천히 걸어 나오면서 혼잣말처럼 중얼거렸다. "밤에는 아무것도 보이지 않아. 손전등은 내가 가져갈게요. 그래야 젭의 애완동물이 아무 데도 가지 못할 테니까요."

의사는 아무 대답도 하지 않았고, 그가 떠나는 모습도 쳐다보지 않았다.

"가지 못하게 해, 글래디. 가지 못하게 해." 월터가 내게 사정했다. 그는 내 손을 꽉 쥐었고, 나는 그의 얼굴에 흐르는 땀을 닦아주었다.

시간이 천천히 흐르다가 멎어버린 것 같았다. 어두운 밤은 영원히 끝날 것 같지 않았다. 월터는 점점 더 자주 고함을 질렀고, 소리에는 더 큰 고통이 묻어났다.

멜라니는 자신은 아무런 소용도 없다는 걸 알고 멀찌감치 떨어져 있었다. 월터가 나를 필요로 하지 않았다면 나도 그녀처럼 몸을 숨겼을 것이다. 내 머릿속에는 오직 내 생각뿐이었는데, 예전에는 그러길 바랐다. 그러나 멜라니가 머릿속에서 사라지자 길을 잃어버린 것 같은 느낌이 들었다.

마침내 희미한 회색빛이 높은 천장에 난 틈새로 비쳐 들어오기 시작했다. 잠이 몰려왔지만, 월터의 신음소리와 고함소리 때문에 깊이 잠들 수 없었다. 의사가 내 옆에서 낮게 코를 고는 소리가 들렸다. 그가 잠시나마 이 상황에서 벗어날 수 있어서 다행이었다.

나는 제러드가 병실 안으로 들어오는 소리를 듣지 못했다. 나는 앞뒤가 맞지 않는 이런저런 이야기를 중얼거리며 월터를 진정시키려 애썼다.

"나 여기 있어요, 여기 있어요." 그가 아내의 이름을 부를 때 나는 중얼거렸다. "쉿, 이제 괜찮아요." 아무 의미도 없는 말이었다. 그러나 내가 무언가 말을 하면, 월터는 내 목소리를 듣고 덜 괴로워했다.

내가 월터와 함께 있는 모습을 제러드가 얼마 동안이나 보고 있었는지 알 수 없었다. 꽤 오랜 시간이었음이 분명했다. 그는 내 모습을 보고 화가 났을 터였다. 마침내 입을 연 그의 목소리는 냉담했다.

"선생님, 그만 일어나요." 제러드의 목소리가 들렸고 내 뒤에 있는 간이침대가 흔들리는 소리가 들렸다.

나는 월터의 손을 놓고 정신을 차린 다음 주변을 둘러보았다. 제러드의 얼굴이 보였다.

의사의 어깨를 흔들어 깨우다가, 그의 눈빛이 나와 마주쳤다. 희미한 빛 때문에 그의 표정을 읽을 수 없었다. 그의 얼굴에는 아무 표정도 없었다.

멜라니의 의식이 갑자기 되돌아왔다. 그녀는 그의 얼굴을 유심히 살피며, 무표정한 가면 뒤에 있는 그의 생각을 읽으려 애썼다.

"글래디! 가지 마! 가지 마!" 월터의 외침에 의사가 자리에서 벌떡 일어났고 하마터면 간이침대가 뒤집힐 뻔했다.

나는 월터를 다시 쳐다보며, 나를 찾는 그에게 내 아픈 손을 내밀었다.

"쉿! 월터, 나 여기 있어요. 떠나지 않을게요, 약속해요."

그는 어린아이처럼 훌쩍이며 조용해졌다. 나는 그의 이마를 닦아주었다. 그가 흐느끼는 소리는 한숨으로 변했다.

"왜 저러는 거죠?" 제러드가 내 뒤에서 혼잣말처럼 중얼거렸다.

"완다가 최고의 진통제야." 의사가 졸린 목소리로 대답했다.

"길들여진 수색자보다 더 나은 점이 있군요."

제러드의 비아냥거림에 멜라니가 머릿속에서 깨어났다. '멍청이에 고집불통!' 그녀는 투덜거렸다. '해가 서쪽에서 진다고 해도 그는 네 말을 믿지 않을 거야.'

그러나 의사는 내게는 아무 관심도 없었고, 제러드가 건넨 것에 감탄했다. "아, 결국 찾아냈군."

"모르핀이에요. 많지는 않고요. 수색자가 감시하지 않았더라면 더 빨리 가져올 수 있었을 텐데."

의사는 기뻐 어쩔 줄 몰랐다. 급히 물건을 꺼내며 기쁨을 주체하지 못했다. "제러드, 자넨 정말 기적의 사나이야!"

"잠시만…"

의사는 이미 내 옆에 와 있었고, 수척한 얼굴에는 기대감이 가득했다. 그는 바쁜 손길로 주사기를 만졌다. 그런 다음 내가 꼭 붙들고 있는 월터의 팔꿈치에 작은 바늘을 찔러 넣었다. 나는 고개를 돌렸다. 피부 안으로 무언가를 찔러 넣는 게 끔찍해 보였기 때문이다.

하지만 그 결과에 대해서는 반발할 여지가 없었다. 30초 만에 월터의 몸은 이완되었고, 편안한 모습으로 변했다. 거칠게 몰아쉬던 숨 가쁜 호흡도 편안해졌다. 잠시 후 그는 부드럽게 내 손을 놓아주었다.

나는 오른손으로 왼손을 부드럽게 주무르며 손끝까지 혈액순환이 되도록 했다. 피부 밑으로 혈액이 돌자 손마디가 따끔거렸다.

"이 정도로는 충분하지 않은 거죠?." 제러드가 혼잣말처럼 중얼거렸다.

월터는 마침내 평화를 찾은 것처럼 보였다. 제러드는 나를 등지고 있었지만, 나는 의사의 놀란 표정을 볼 수 있었다.

"뭐가 충분하지 않다는 거야? 제러드, 나는 훗날을 위해 모르핀을 남겨두지 않을 거야. 물론 모르핀이 필요한 순간이 곧 찾아오겠지만, 월터의 고통을 줄여줄 수 있는 방법이 있는데 그를 방치하지는 않을 걸세."

"그런 뜻으로 한 말은 아니었어요." 제러드가 말했다. 그는 힘겹게 오랜 시간 동안 숙고한 것처럼 말했다. 지금은 월터의 호흡처럼 느리고 편안했다.

의사는 혼란스러운 표정으로 이마를 찌푸렸다.

"사나흘 동안 통증을 치료하기에는 충분할 거예요." 제러드가 말했다. "복용량을 지킨다면."

나는 제러드가 무슨 말을 하는지 이해할 수 없었지만, 의사는 이해한 것 같았다.

"아…." 의사는 한숨을 쉬며 월터를 다시 쳐다보았다. 그의 눈 아래에 눈물이 고였다. 입을 벌리며 무언가 말하려 했지만, 아무 말도 하지 못했다.

나는 그들이 무슨 이야기를 나누는지 알고 싶었지만, 제러드가 있어서 계속 침묵을 지켰다. 굳이 이야기를 할 필요가 없을 듯했다.

"당신은 월터를 구할 수 없어요. 단지 통증을 없애줄 수 있을 뿐이죠."

"나도 알아." 의사는 눈물을 참으며 갈라지는 목소리로 말했다. "자네 말이 맞아."

'무슨 일이야?' 멜라니가 깨어 있는 동안 만큼은, 그녀에게 조언을 구하는 편이 나을 것이다.

'그들은 월터를 죽이려 하고 있어.' 멜라니는 사실 그대로 말했다. '과다복용으로 죽게 할 만큼 충분한 양의 모르핀이 있어.'

조용한 병실에 숨 가쁜 내 호흡소리가 들렸다. 나는 두 남자가 어떻게 반응하는지 보지 않았다. 월터에게 몸을 기울이자 나도 눈물이 고였다.

'안 돼, 아직은 안 돼.' 나는 마음속으로 생각했다.

'그가 비명을 지르면서 죽기 바라는 거야?'

'도저히 견딜 수가 없어…. 결국 죽어야 한다는 걸. 영원히 끝이잖아. 이젠 다시 그를 볼 수 없어.'

'친구를 만나러 다시 찾아간 적이 몇 번이나 있어, 완다?'

'예전에 이런 친구를 알게 된 적은 한 번도 없어.'

다른 행성에서 만났던 친구들은 모두 기억 속에서 희미해졌다. 소울들은 모두 너무 유사해서, 어떤 면에서는 서로 대체할 수 있는 존재였다. 하지만 월터는 그들과 비교할 수 없는 분명한 존재였다. 그가 떠나면, 그의 빈자리를 채울 수 있는 사람은 아무도 없을 것이다.

나는 월터의 머리를 꼭 껴안아주었고, 내 볼을 타고 흘러내린 눈물이 그의 얼굴에 떨어졌다. 눈물을 참으려 했지만, 흐느낌보다 더 구슬픈 울음이 터져 나왔다.

'나도 알아. 이런 경험도 처음이겠구나.' 멜라니가 속삭였다. 그녀의 목소리에는 동정심이 묻어 있었다. 나에 대한 동정, 그것 역시 처음이었다.

"완다?" 의사가 나를 불렀다.

나는 단지 고개를 가로저을 뿐, 아무 대답도 할 수 없었다.

"여기 너무 오래 있었구나." 그가 말했다. 그의 따뜻한 손길이 내 어깨에 와 닿았다. "잠시 쉬는 게 좋겠어."

나는 여전히 눈물을 흘리며 다시 고개를 가로저었다.

"넌 많이 지쳤어." 그가 내게 말했다. "가서 씻고 눈 좀 붙이도록 해. 음식도 먹고."

나는 그를 올려다보며 말했다. "되돌아올 때 월터는 살아 있겠죠?" 나는 눈물을 흘리며 중얼거렸다.

그의 눈빛이 불안하게 흔들렸다. "그러길 바라니?"

"작별 인사 할 기회라도 갖고 싶어요. 그는 내 친구니까요."

그는 내 팔을 가볍게 만져주었다. "알아, 완다. 나도 알아. 나도 마찬가지야. 서두르지 않을 테니, 가서 바람 좀 쐬고 돌아와. 월터는 잠시 잠을 자고 있을 거야."

그의 지친 얼굴을 보자 진심이라는 걸 믿을 수 있었다.

나는 고개를 끄덕이며 월터의 머리를 베개 위에 조심스럽게 내려놓았다. 이곳을 잠시 나가 있으면 마음을 달랠 수 있을 것이다. 그러나 어떻게 해야 할지는 알 수 없었다. 영원한 작별 인사를 해본 경험이 한 번도 없었기 때문이다.

나도 멜라니처럼 제러드를 사랑하고 있었기 때문에 내키진 않았지만 떠날 때 그를 쳐다보았다. 멜라니도 그러길 바라긴 했다. 하지만 그녀는 그 과정에서 나라는 존재는 빠지기 원했다.

그는 나를 쳐다보고 있었다. 오랫동안 나를 보고 있던 눈빛이었다. 그의 얼굴은 침착해 보였지만, 또 다시 놀라움과 의심이 있었다. 그 모습을 보자 신물이 났다. 내가 타고난 거짓말쟁이라 해도, 이런 순간에 연기를 하는 게

무슨 소용이란 말인가? 월터는 다시 잠에서 깨어나 날 찾지 않았다. 나는
더 이상 그의 아내 노릇을 할 수 없었다.

나는 오랫동안 제러드를 쳐다본 다음, 그의 표정보다는 차라리 더 밝은
어두운 동굴 복도로 서둘러 걸어갔다.

32

기습 당하다

동굴 안은 조용했고, 해는 아직 떠오르지 않았다. 동이 트면서, 중앙 광장 안에 있는 거울이 희미한 회색으로 변했다.

얼마 되지 않는 내 옷가지는 아직 제이미와 제러드의 방에 있었다. 제러드가 그곳에 없다는 것을 알았기 때문에, 나는 그 방으로 향했다.

제이미는 매트리스 윗부분에 몸을 동그랗게 만 채 곤히 잠들어 있었다. 평소에는 그렇게 몸을 웅크리고 자지 않았지만, 지금은 그럴 수밖에 없었다. 이안이 팔다리를 매트리스 모서리까지 길게 뻗은 채 큰 대자로 자고 있었기 때문이다.

무슨 이유 때문인지, 그 모습은 아주 우스꽝스럽게 보였다. 나는 터져 나오는 웃음을 참으며, 더러워진 티셔츠와 반바지를 집어 들었다. 복도로 나왔을 때에도 나는 키득거리며 웃음이 터져 나와 참을 수 없었다.

'너 제정신이 아니야.' 멜라니가 내게 말했다. '잠을 좀 자야 해.'

'나중에 잘게. 월터가…' 나는 말을 맺을 수 없었다. 월터 생각만 해도 울음이 북받쳤다.

나는 서둘러 욕실로 향했다. 의사가 한 말을 믿었지만…, 그가 마음을 바꿀 수도 있었다. 제러드가 내 생각에 반박했을지도 모른다. 서둘러야 했다.

모든 침실이 만나는 문어발 모양의 교차로 지점에 이르렀을 때, 뒤에서 무슨 소리가 들리는 것 같았다. 뒤돌아보았지만 어두운 동굴 안에는 아무도 보이지 않았다. 사람들이 뒤척이는 소리가 들리기 시작했다. 곧 아침 식사 시간이 될 것이고 하루 일과를 시작할 것이다. 옥수수 대를 뽑는 일을 마치면, 동쪽 텃밭의 흙을 일구어야 할 것이다. 지금은 도와줄 수 없지만…, 나중에 시간이 날 것이다….

지하 강이 흐르는 욕실로 이어지는 익숙한 길을 따라가는 동안, 머릿속에서는 수많은 생각이 떠올랐다. 나는 어떤 것에도 생각을 집중할 수 없었다. 월터, 제러드, 아침 식사, 하루 일과, 목욕 등 어떤 것에 마음을 모으려할 때마다, 곧 머릿속에 다른 생각이 떠올랐다. 멜라니의 말이 옳았다. 나에게는 잠이 필요했다. 그녀도 혼란스러웠다. 그녀의 머릿속에는 제러드 생각밖에 없었지만, 한데 엉겨 붙어 일관성이 없었다.

나는 욕실에 익숙해졌다. 칠흑 같은 어둠도 더 이상 개의치 않았다. 이곳에서는 대부분의 장소가 캄캄했다. 햇빛이 비치는 시간에도 절반은 어둠 속에 잠겨 있었다. 그리고 이곳에 와본 것도 한두 번은 아니니까. 물 밑에서 나를 끌어당기는 이상한 물체도 없었다.

그러나 몸을 푹 담그고 여유를 부릴 만큼 시간이 없었다. 다른 사람들도 곧 일어날 것이고, 어떤 사람들은 몸을 깨끗이 씻고 하루를 시작하기 원할 것이다. 먼저 몸을 씻은 다음 옷을 깨끗하게 빨았다. 지난 이틀 밤의 끔찍한 기억을 지워 버리기라도 하듯, 옷을 세게 문질렀다.

빨래를 마치고나자 손이 따끔거렸는데, 손가락 관절의 갈라진 틈이 가장 아팠다. 물에 깨끗이 헹구었지만 별다른 차도가 없었다. 나는 한숨을 쉬며 옷을 입으러 물웅덩이에서 나왔다.

목욕을 마치고 입을 옷은 뒤쪽 구석에 있는 평평한 바위 위에 두었다. 바닥에 놓인 돌덩어리를 실수로 걷어차는 바람에 맨발이 욱신거렸고, 돌은 욕실 벽에 부딪혀 다시 바닥에 떨어지더니 물웅덩이 안으로 들어갔다. 욕실 밖에 있는 뜨거운 온천수처럼 요란한 소리가 나지 않았지만, 나를 놀라게 하기엔 충분했다.

다음 순서를 기다리는 사람을 위해 얼른 지저분한 운동화를 신었다.

"똑똑." 어두컴컴한 입구에서 익숙한 목소리가 들려왔다.

"좋은 아침이에요, 이안." 나는 그에게 말했다. "잠은 잘 잤어요?"

"이안은 아직 자고 있어." 이안의 목소리와 똑같은 목소리가 들렸다. "영원히 이렇게 지낼 수는 없으니 최선의 방책을 찾아야겠지."

나는 깜짝 놀라 꼼짝도 할 수 없었다. 숨도 쉬기 힘들었다.

예전에도 그런 적이 있었지만, 카일이 약탈을 떠났던 몇 주 동안은 완전히 잊고 있었다. 이안과 그의 형 카일은 겉모습이 매우 닮았을 뿐 아니라 목소리도 거의 흡사했다. 카일이 목소리를 높이지 않고 말하면 거의 구분할 수 없을 정도였다.

숨이 막혀 말이 나오지 않았다. 카일은 욕실 입구에 서 있었고, 나는 어둠 속에 갇혔다. 도망갈 데는 아무 데도 없었다.

'조용히 해!' 멜라니가 머릿속에서 비명을 질렀다.

멜라니가 시키는 대로 할 수 있었다. 게다가 숨이 막혀 비명을 지를 수도 없었다.

'귀를 기울여!'

나는 그녀가 하라는 대로 했다. 머릿속엔 두려움이 가득 찼지만 정신을 집중하기 위해 있는 힘을 다했다.

아무 소리도 들리지 않았다. 카일은 내 대답을 기다리는 것일까? 조용히 욕실 안을 둘러보는 것일까? 귀를 기울였지만 강물이 흐르는 소리 때문에 아무 소리도 들을 수 없었다.

'서둘러, 돌멩이를 잡아!' 멜라니가 내게 명령했다.

'왜?'

나는 거친 돌을 움켜쥐고 카일의 머리를 겨누는 내 모습을 상상했다.

'난 못 해!'

'안 그러면 우리가 죽을 거야.' 멜라니가 내게 고함을 쳤다. '난 할 수 있어! 내가 할게!'

'다른 방법을 찾아야 해.' 나는 신음소리를 내면서도 얼어붙은 무릎을 구부렸다. 나는 어둠 속에 손을 뻗어 돌덩어리와 조약돌을 움켜쥐었다.

싸울 것인가, 아니면 도망칠 것인가.

차라리 멜라니가 밖으로 나오길 바랐다. 나는 문을 찾지 못했고, 무기로 사용할 수 없는 물건만 하릴없이 더듬었다.

소리가 들렸다. 화장실로 이어지는 개울에 무언가 튀기는 소리가 들렸다. 소리는 불과 몇 미터 거리에서 들렸다.

'내 손 쥐.'

'어떻게 해야 하는지 모르겠어. 손을 가져가.' 나는 벽을 더듬으며 출구로 다가갔다. 멜라니는 내 머릿속에서 빠져나갈 수 있는 방법을 찾으려 애썼지만, 그녀 역시 문을 찾지 못했다.

또 다시 소리가 들렸다. 이번에는 멀리 개울에서 들리는 것이 아니라, 입구 근처에서 들리는 숨소리였다. 나는 그 자리에 얼어붙었다.

'그는 어디 있어?'

'모르겠어!'

또 다시, 강물 흐르는 소리밖에 들리지 않았다. 카일 혼자 온 것일까? 그가 나를 물웅덩이로 모는 동안, 문 밖에서 기다리고 있던 사람이 나를 붙잡을까? 카일은 지금 얼마나 가까이 와 있는 걸까?

온몸에 털이 쭈뼛 서는 것 같았다. 그의 소리 없는 움직임 때문에, 공기의 압력도 더 세어진 것 같았다. 드디어 문을 찾았다. 나는 몸을 돌린 다음, 숨소리가 들렸던 곳에서 벗어나 내가 들어왔던 곳으로 되돌아갔다.

카일은 기다리지만은 않을 것이다. 그가 아무 말도 하지 않은 건 그가 서두른다는 것을 뜻할 것이다. 누구든 언제든지 욕실에 올 수 있었지만, 그가 온 것은 이상했다. 그를 말리고 싶은 사람보다는 이것이 최선이라고 생각할 사람들이 더 많을 것이다. 그리고 그를 말리고 싶은 사람들 가운데서도, 직접 행동으로 옮길 수 있는 사람은 더 적을 것이다. 그를 저지할 수 있는 건 젭과 그의 총뿐이었다. 제러드는 카일만큼 강인했지만, 카일은 더 저돌적이었다. 제러드는 더 이상 카일과 싸우려 하지 않을 것이다.

또 다시 소리가 들렸다. 문 옆에서 들리는 발자국 소리일까, 아니면 헛것을 들은 것일까? 얼마동안 침묵이 흐르고 있는 것일까? 시간이 얼마만큼 지나갔는지 가늠할 수 없었다.

'준비해.' 멜라니는 더 이상 시간을 벌 수 없다는 사실을 알고 있었다. 그녀는 내가 돌덩이를 더 단단히 쥐기 바랐다.

그러나 나는 일단 도망치고 싶었다. 시도한다 하더라도 상대방과 잘 싸우지는 못할 것이다. 카일은 몸무게가 내 두 배는 되었고, 팔을 길게 뻗어 나를 가격할 수도 있었다.

자갈을 움켜쥔 손을 들어 올려 욕실 뒷 통로를 향해 겨누었다. 나는 몸을 숨기고 누군가가 날 구조해주기 바란다는 뜻을 전할 수 있을 것이다. 나는 자갈을 벽에 던진 다음, 그것이 흩어지는 소리가 들리지 않도록 얼른 몸을 숨겼다.

문가에서 다시 숨소리가 들렸고, 발자국 소리가 나를 향해 다가왔다. 나는 가능한 한 조용히 벽 가장자리를 만졌다.

'두 사람이면 어떡하지?'

'모르겠어.'

나는 출구에 거의 다다랐다. 동굴로 나갈 수만 있다면 카일보다 더 빨리 달릴 수 있을 것 같았다. 나는 그보다 더 가볍고 날렵했다.

욕실 반대편에 있는 개울 흐르는 소리보다 발자국 소리가 더 커지기 시작했다. 나는 살금살금 빠르게 걸어갔다.

물이 튀면서 긴장감은 더 고조되었다. 몸에 물이 튀자, 나는 숨을 몰아쉬었다. 벽에도 물이 튀는 소리가 났다.

'그가 물웅덩이로 오고 있어! 달려!'

그러나 너무 오랫동안 머뭇거렸다. 커다란 손이 내 종아리와 발목을 움켜잡았다. 나는 잡아당기는 손길을 뿌리치고 앞으로 나아가려 했다. 그러다 바닥에 넘어졌고, 내가 바닥에 넘어지는 순간 그의 손도 미끄러졌다.

그도 나와 함께 넘어졌기 때문에, 앞으로 기어갈 수 있는 충분한 시간이 있었다. 기어가는 동안 거친 바위에 긁혀 무릎이 까졌다.

카일은 으르렁거리며 내 뒤꿈치를 잡았다. 신발이나 양말 같이 그가 붙들 수 있는 것이 없었기 때문에, 그의 손이 다시 미끄러졌다. 나는 여전히 고개를 숙인 채 자세를 일으켜 세우며 앞으로 나아갔다. 바닥과 거의 평행으로 몸을 움직였기 때문에 언제라도 다시 넘어질 위험이 있었다. 나는 굳건한 의지력을 발휘하며 균형을 유지했다.

다른 사람은 아무도 없었다. 바깥으로 나가는 입구에 나를 잡기 위해 기다리는 사람도 없었다. 앞으로 빨리 달려가자, 희망과 아드레날린이 혈관 속에서 용솟음쳤다. 나는 전속력으로 욕실을 빠져나왔고, 동굴을 지나가겠다는 일념밖에 없었다. 카일의 무거운 숨소리가 들렸지만, 아주 가깝지는 않았다. 발을 옮길 때마다 나는 힘차게 땅을 구르며 그를 앞서갔다.

다리가 부서질 것처럼 아팠다.

강물이 흐르는 소리 위로, 무거운 돌 두 개가 바닥에 부딪혀 떨어지는 소리가 들렸다. 내가 움켜쥐고 있던 돌과 그가 나를 맞히기 위해 던진 돌이었다. 다리가 걸려 나는 뒤로 넘어졌고, 바로 그때 그가 나를 덮쳤다.

그는 내 머리를 무겁게 눌렀고, 몸을 움직이지 못하도록 꽉 눌렀다. 나는 일어날 방법이 없었다.

'소리쳐!'

사이렌 같은 요란한 목소리 때문에 우리 둘 모두 깜짝 놀랐다. 내가 내지른 외침은 내가 기대하던 것 이상이었다. 분명히 누군가가 들었을 것이다. 그 사람이 쩝이기를 바랐다. 그리고 그가 총을 갖고 있기를 바랐다.

"닥쳐!" 카일이 강하게 맞섰다. 그의 손은 내 얼굴을 전부 덮을 만큼 컸다. 그는 손바닥으로 내 입을 막으며 비명을 지르지 못하게 했다.

그런 다음 그가 순간적으로 미끄러졌다. 너무 순식간에 일어난 일이라 그 기회를 이용할 겨를은 없었다. 그는 재빨리 나를 잡아당겨 다시 바닥에 눕혔다. 머리가 어지럽고 혼란스러웠지만, 얼굴이 물에 닿자마자 나는 다시 정신을 차렸다.

그의 손이 내 목덜미를 잡았고, 물웅덩이 바로 앞의 얕고 미지근한 개울물에 내 얼굴을 처박았다. 숨을 멈추려 했지만 이미 너무 늦었고, 벌써 물이 입안으로 들어갔다.

물이 폐 속으로 들어가자 공포가 엄습했다. 그는 내가 생각했던 것보다 더 강하게 내 머리를 연이어 물속에 처박았다. 사지를 버둥거리며 몸부림치자, 내 목을 잡고 있던 그의 손이 미끄러졌다. 그는 나를 더 꽉 잡으려 했다. 나는 그가 예상하는 대로 도망가기보다는 오히려 몸을 당겨 그에게 더 가까이 갔다. 순간 나는 개울물에서 빠져나와 물을 토해내고 숨을 쉴 수 있었다.

그는 내 뒷덜미를 잡고 다시 머리를 처박으려 했지만, 나는 그가 원하는 대로 힘을 쓸 수 없도록 몸을 비틀며 밑으로 파고들어갔다. 폐 속에 들어간 물 때문에 여전히 기침이 났고 경련이 일었다.

"그만해!" 카일이 으르렁거렸다.

그는 내게서 떨어져 나를 다시 잡아당기려 했다.

"그만하라니까!" 그는 이를 악물며 내게 말했다.

이제 모두 끝났다는 걸 느낄 수 있었다.

다친 다리에 문제가 생겼다. 다리에 감각이 없어 원하는 대로 움직일 수 없었다. 바닥에 팔을 짚고 반대편 멀쩡한 다리를 이용해서야 다친 다리를 움직일 수 있었다. 그것마저 기침이 너무 심해서 제대로 할 수 없었다. 다시 고함칠 기운도 없었다.

카일은 내 발목을 확 잡아당겼다. 몸이 뒤틀려 더 이상 지탱하지 못하고 거꾸로 쓰러지면서 그에게 안겼다.

그는 한 손으로 내 양쪽 발목을 잡고 다른 손으로 내 허리를 안았다. 그는 마치 밀가루 포대처럼 나를 거꾸로 들어올렸다. 나는 몸을 뒤틀며 다리를 버둥거렸다.

"자, 이제 그만하자."

그는 좁은 개울물을 건너뛰어 나를 가까운 배수구로 데려갔다. 뜨거운 온천수가 내 얼굴에 튀었다.

그는 나를 뜨겁고 어두운 온천수에 던져 넣어 죽이려는 것이다.

"안 돼, 안 돼!" 나는 소리치려 했지만 목소리가 거의 나오지 않았다.

나는 미친 듯이 몸부림을 쳤다. 가느다란 바위기둥에 무릎이 닿자, 나는 기둥에 발을 걸어 그에게서 빠져나오려 했다. 그는 투덜거리면서 몸을 홱 돌렸다.

그 때문에 나를 잡고 있던 그의 손이 느슨해졌고, 나는 한 번 더 몸을 움직일 수 있었다. 이전에도 한 번 해봤기 때문에 나는 다시 시도했다. 그에게서 벗어나려 힘을 쓰는 대신, 나는 몸을 틀어 통증을 참으며 발목에 힘을 주고 그의 허리를 감쌌다.

"저리 치워!" 카일은 나를 떨어뜨리려 했고, 나는 한쪽 발목을 홱 잡아당겼다. 그런 다음 한쪽 팔로 그의 목을 감싸며 머리를 잡아당겼다. 내가 검은 물속으로 들어가면, 그도 함께 들어갈 것이다.

카일은 내게 거친 소리를 내뱉으며, 내 다리를 비트는 걸 멈추고 내 측면을 후려쳤다.

고통 때문에 숨이 막혔지만 나는 다른 손으로 그의 머리채를 잡았다.

그가 두 팔로 나를 감싸 안자, 서로 죽이기 위해 혈투를 벌인다기보다는 꼭 서로를 포옹하는 자세처럼 되었다. 그런 다음 그는 양쪽에서 내 발목을 잡고 온 힘을 다해 나를 들어올렸다.

그의 머리칼이 빠지기 시작했지만, 그는 투덜거릴 뿐 개의치 않고 나를 더 세게 잡아당겼다.

머리 바로 밑에서 물이 흘러가는 소리가 들렸다. 물 위로 두꺼운 수증기가 구름처럼 피어올랐고, 순간 카일의 얼굴밖에 보이지 않았다. 분노로 가득 찬 짐승 같은 얼굴에서 자비라고는 찾아볼 수 없었다.

다친 다리에 힘이 빠지는 걸 느낄 수 있었다. 다급하게 카일에게 더 달라붙으려 했지만, 그는 무지막지한 힘으로 나를 압도했다. 그는 곧 나를 놓아버릴 것이고, 나는 뜨거운 물속으로 떨어져 사라질 것이다.

'제러드! 제이미!' 멜라니와 나, 우리 둘 모두 그들을 떠올리며 고통스러워했다. 그들은 내게 무슨 일이 일어났는지 모를 것이다. 이안과 젭, 의사와 월터에게 마지막 작별 인사도 하지 못할 것이다.

카일이 갑자기 뛰어 오르더니 쿵 소리를 내며 떨어졌다. 그러자 그가 원하던 결과를 얻었다. 내 다리에 힘이 빠진 것이다.

그러나 그가 그 점을 이용하기 전에, 또 다른 결과가 있었다.

갑작스런 진동에 동굴 전체가 내려앉을 것 같은 요란한 소리가 나면서 바닥이 흔들리기 시작한 것이다.

카일은 숨을 몰아쉬면서, 여전히 그의 머리를 움켜잡고 있는 나를 안은 채 다시 한 번 뛰어올랐다. 그러자 그의 발밑에 있던 바위가 갈라지는 소리를 내며 부서지기 시작했다.

우리 둘의 무게가 합쳐지자 약한 화산 바위가 갈라진 것이다. 카일이 발걸음을 옮기자, 그의 발걸음을 따라 바닥이 계속 갈라졌다. 바닥이 갈라지는 속도가 그의 걸음보다 더 빨랐다.

발밑을 지탱하던 바닥이 사라지자 그는 쿵 소리를 내며 주저앉았다. 내 몸무게 때문에 그는 뒤로 크게 넘어졌고, 날카로운 돌기둥에 머리를 박았다. 그의 팔이 흐느적거리면서 마침내 나를 놓았다.

바닥은 점점 더 넓게 갈라지기 시작했다. 카일을 지탱해주던 바닥이 떨리는 게 느껴졌다.

나는 그의 가슴팍 위에 있었다. 우리는 허공에 다리를 버둥거렸고, 물방울이 우리 몸에 튀었다.

"카일?"

대답이 없었다.

나는 몸을 움직이기가 두려웠다.

'그에게서 떨어져야 해. 둘이 같이 있으면 너무 무거워. 돌부리 쪽을 붙잡고 틈새 밖으로 나와.'

겁에 질린 나는 아무 생각도 할 수 없었고, 멜라니가 시키는 대로 따라했다. 카일의 머리를 잡고 있던 손을 놓은 다음, 돌기둥을 이용해 앞으로 나아갔다. 바닥은 아직 무너지지 않았지만 여전히 흔들리고 있었다.

나는 기둥을 타고 올라가 틈새 건너편 바닥에 내려왔다. 그곳의 바닥은 흔들리지 않았고, 나는 서둘러 안전한 동굴로 나아갔다.

또 다시 갈라진 틈이 보였고, 나는 고개를 돌려 카일을 보았다. 카일은 의식을 잃은 채 쓰러져 있었고, 한쪽 다리가 틈새 밑으로 떨어진 채였다. 돌멩이들이 강물 밑으로 떨어지는 소리가 들렸다. 그의 체중을 이기지 못한 바닥이 계속 떨리고 있었다.

'저러다 바닥에 떨어지고 말 거야.' 나는 그 사실을 깨달았다.

'꼴좋구나.' 멜라니가 그를 조롱했다.

'하지만…'

'그가 여기서 죽어버리면 다시는 우리를 죽이려 하지 못할 거야, 완다. 하지만 지금 구해주면, 앞으로 또 우리를 죽이려 할 거라고.'

'그럴 순 없어…'

'아니, 넌 할 수 있어. 얼른 가자. 너 살고 싶지 않아?'

그렇다. 나는 살고 싶었다.

카일은 지하 강물 속으로 사라지는 것이다. 그가 죽는다면, 아무도 날 해치려 하지 않을 수도 있을 것이다. 적어도 이곳에 있는 사람들은 날 해치려 하지 않을 것이다. 수색자들이 있기는 하지만 언젠가는 나를 포기할 것이고, 나는 내가 사랑하는 인간들과 함께 여기서 영원히 살 수 있을 것이다.

다리가 욱신거렸다. 마비되었던 다리에 통증이 찾아왔다. 따뜻한 액체가 입술을 타고 흘러내렸다. 그것이 피라는 걸 나는 곧 깨달을 수 있었다.

'얼른 가, 완다. 난 살고 싶어.'

내가 서 있는 곳에서도 진동을 느낄 수 있었다. 바닥이 갈라지면서 돌멩이들이 또 다시 강물 속으로 튀어 들어갔다. 바닥은 카일의 하중을 견디지 못하고 점점 더 크게 갈라졌고, 그의 몸은 틈새 속으로 미끄러져 들어갔다.

'그를 내버려 둬.'

멜라니는 그 말이 무엇을 뜻하는지 잘 알고 있었다. 이곳은 그녀의 법칙

대로 돌아가는, 그녀의 세상이었다.

　나는 곧 죽을 남자의 얼굴, 나를 죽이기 원했던 남자의 얼굴을 쳐다보았다. 의식을 잃은 그의 얼굴은 성난 짐승의 모습이 아니었다. 그의 얼굴은 심지어 평화로워 보이기까지 했다.

　그의 얼굴은 그의 동생 이안과 너무나 닮아 보였다.

　'안 돼.' 멜라니가 반대했다.

　나는 무릎으로 기어 그에게 다가갔다. 천천히, 조심스럽게 조금씩 몸을 움직였다. 돌기둥 너머로 가기는 너무 두려웠기 때문에, 다시 다리를 돛처럼 걸고 팔을 내려 카일의 팔을 잡아당겼다.

　팔이 빠질 만큼 세게 잡아당겼지만, 그는 미동도 하지 않았다. 모래시계의 모래가 흘러내리는 것 같은 소리가 나면서, 바닥은 점점 더 작은 조각으로 변해가는 것 같았다.

　그를 확 잡아당겨 보았지만, 바닥이 갈라지는 속도만 더 빨라질 뿐이었다. 그의 몸을 움직일수록 바닥은 점점 더 빨리 갈라졌다.

　어떻게 해야 할지 당황하는 사이, 커다란 돌덩어리가 강물 속으로 떨어지는 소리가 났고, 카일의 균형이 무너지기 시작했다. 그는 곧 아래로 떨어질 기세였다.

　"안 돼!" 나는 힘껏 소리쳤다. 나는 기둥에 매달려 그의 넓은 가슴팍을 붙잡아 다른 방향으로 돌리려 했다. 팔에 심한 통증이 느껴졌다.

　"도와주세요!" 나는 있는 힘을 다해 소리를 질렀다. "아무도 없어요?"

〈2권에서 계속〉

호스트 보이지 않는 적

1판 1쇄 인쇄 2009년 1월 14일
1판 1쇄 발행 2009년 1월 21일

지은이 스테프니 메이어
옮긴이 홍성영

발행인 양원석
총편집인 김기중
편집장 하명란
책임편집 김지아
영업 마케팅 정도준, 김성룡, 백준, 백창민

펴낸 곳 랜덤하우스코리아(주)
주소 서울시 강남구 삼성동 159 오크우드호텔 별관 B2
편집문의 02-3466-8827 구입문의 02-3466-8955
홈페이지 www.randombooks.co.kr
등록 2004년 1월 15일 제2-3726호

ISBN 978-89-255-3146-5 (04840)
        978-89-255-3148-9   (세트)